पेंगुइन स्वदे

AF656422

आठ दि..

सुरेन्द्र मोहन पाठक का जन्म 19 फरवरी, 1940 को पंजाब के खेमकरण में हुआ था। विज्ञान में स्नातकोत्तर उपाधि हासिल करने के बाद उन्होंने *भारतीय दूरभाष उद्योग* में नौकरी कर ली। युवावस्था तक कई राष्ट्रीय और अंतरराष्ट्रीय लेखकों को पढ़ने के साथ उन्होंने मारियो पूजो और जेम्स हेडली चेज़ के उपन्यासों का अनुवाद शुरू किया। इसके बाद मौलिक लेखन करने लगे।

सुरेन्द्र मोहन पाठक के प्रसिद्ध उपन्यास *असफल अभियान* और *खाली वार* थे, जिन्होंने पाठक जी को प्रसिद्धि के सबसे ऊंचे शिखर पर पहुंचा दिया। इसके पश्चात उन्होंने अभी तक पीछे मुड़ कर नहीं देखा। उनका *पैंसठ लाख की डकैती* नामक उपन्यास अंग्रेज़ी में भी छपा और उसकी लाखों प्रतियाँ बिकने की ख़बर चर्चा में रही। उनकी अब तक 305 पुस्तकें प्रकाशित हो चुकी हैं और उनका विमल सिरीज़ का नवीनतम उपन्यास 'मैं अपराधी जन्म का' प्रकाशन की राह पर है।

उन पर अन्य जानकारी के लिये www.smpathak.com पर लॉग ऑन करें। उनसे smpmysterywriter@gmail.com पर सम्पर्क किया जा सकता है। पत्राचार के लिये उनका पता है : पोस्ट बॉक्स नम्बर 9426 दिल्ली – 110051.

हिन्द पॉकेट बुक्स से प्रकाशित

लेखक की अन्य पुस्तकें

क़हर
जाके बैरी सन्मुख जीवै
काला नाग
एक करोड़ का जूता
खाली मकान
एक ही रास्ता
बीवी का हत्यारा

आठ दिन

सुरेन्द्र मोहन पाठक

पेंगुइन स्वदेश
पेंगुइन रैंडम हाउस इंप्रिंट

पेंगुइन स्वदेश

पेंगुइन स्वदेश, पेंगुइन रैंडम हाउस ग्रुप ऑफ़ कम्पनीज़ का हिस्सा है,
जिसका पता global.penguinrandomhouse.com पर मिलेगा

पेंगुइन रैंडम हाउस इंडिया प्रा. लि.,
चौथी मंजिल, कैपिटल टावर 1, एमजी रोड,
गुरुग्राम 122002, हरियाणा, भारत

पेंगुइन
रैंडम हाउस
इंडिया

प्रथम हिन्दी संस्करण हिन्द पॉकेट बुक्स में पेंगुइन रैंडम हाउस द्वारा 2021 में प्रकाशित
यह हिन्दी संस्करण पेंगुइन स्वदेश में पेंगुइन रैंडम हाउस द्वारा 2024 में प्रकाशित

10 9 8 7 6

ISBN 9789353497248

टाइपसेटिंग : डीजीअल्ट्राबुक्स प्रा.लि., नई दिल्ली
मुद्रक: गोपसंस पेपर्स प्राईवेट लिमिटेड, नोएडा

www.penguin.co.in

MIX
Paper | Supporting
responsible forestry
FSC® C191020
FSC
www.fsc.org

सोमवार : पहला दिन

इन्टरकॉम का बजर बजा।

पुखराज रहेजा ने हाथ बढ़ाकर फोन का रिसीवर उठाया।

वो उम्र में सिर्फ चालीस साल का था लेकिन अपने विशालकाय, थुलथुल जिस्म और अधगंजे सिर की वजह से पचास से ऊपर का लगता था। अलबत्ता रहता नौजवानों जैसी पूरी सजधज के साथ था।

''हां।'' – वो माउथपीस में बोला।

''अवस्थी लाइन पर है।'' – उसे अपनी सैक्रेट्री देविका की आवाज सुनायी दी।

एक क्षण बाद रहेजा को अपने विश्वसनीय फील्डमैन स्वरूप अवस्थी की आवाज सुनायी दी।

''डील फाइनल हो गया है।''

''बढ़िया।'' – रहेजा सन्तुष्ट स्वर में बोला।

''चार लाख बयाना फौरन अदा करना होगा।''

''ठीक है। मैं अपने बंगाली बाबू को रकम के साथ भेजता हूं।''

''डॉलर में।''

''क्या!''

''पार्टी की डिमांड है। आज ही बैंकॉक जा रहा है।''

''बैंकॉक जा रहा है! तो कागजी तौर पर डील फाइनल कब होगी?''

''तीन दिन में लौट आयेगा।''

''ओह! तीन दिन में लौट आयेगा। ठीक है, डॉलर।''

''सौ-सौ के नोट।''

''ठीक है। मैं बंगाली बाबू को फौरन रवाना करता हूं।''

लाइन कट गयी।

रहेजा के ऑफिस में एक सेफ थी जिसमें से उसने नोटों की कई गड्डियां निकालकर अपने सामने मेज पर रखीं। अधिकतर गड्डियां पांच सौ के नोटों की थीं जिनमें से आठ उसने अलग कीं और बाकी को वापिस सेफ में रखकर सेफ बंद कर दी। उसने आठ गड्डियों को चौकस किया और फिर उनको एक अखबार से ढक दिया। फिर उसने फोन का रिसीवर उठाकर अपनी सैक्रेट्री को बजर दिया और बोला – ''घोष को बुला और मनीचेंजर को बुला। मनीचेंजर पहले आ जाये तो उसके जाने तक घोष को अपने पास बिठा के रखना।''

''यस, सर।''

उसने रिसीवर वापिस क्रेडल पर रखा और इन्तजार करने लगा।

मनीचेंजर पसरीचा का ऑफिस लिंक रोड के उसी ऑफिस कम्पलैक्स में उससे दो फ्लोर नीचे ग्राउंड फ्लोर पर था, वो पांच मिनट से कम समय में वहां पहुंचा।

''बैठ।'' – रहेजा बोला – ''ऐसे ही उठ के चला आया या कुछ साथ भी लाया है?''

''लाया हूं।'' – पसरीचा इत्मीनान से बोला – ''आपकी कॉल हो तो खाली हाथ, खाली जेब भला कैसे आ सकता हूं!''

''जीता रह!'' – रहेजा ने नोटों पर से अखबार हटाया – ''सम्भाल। और सौ-सौ डॉलर के नब्बे नोट निकाल।''

''ये'' – पसरीचा तत्काल सावधान लहजे में बोला – ''कितनी रकम है?''

''चार लाख। गिन ले।''

''जरूरत नहीं लेकिन ये कम है। आजकल डॉलर का रेट साढ़े पैंतालीस के ऊपर चल रहा है।''

रहेजा ने एक आह भरी, जेब से अपना बटुवा निकाला और उसमें से हजार-हजार के पांच नोट बरामद करके गड्डियों के ऊपर रखे।

''रहेजा साहब'' – पसरीचा ने विरोध किया – ''मैंने कहा . . .''

''मैंने सुना क्या कहा! हुज्जत न कर। मेरे को अभी टाइम का तोड़ा है वर्ना तू शहर में अकेला मनीचेंजर नहीं है।''

''आप मेरे से ऐसी बातें करेंगे!''

''तू करा रहा है।''

''ऐसे चार नोट और रखिये।''

''नहीं।''

''अच्छी बात है। नहीं तो नहीं। आपकी बात तो मुझे रखनी पड़ेगी न! क्योंकि आप तो आप हैं . . .''

''मैंने बोला मेरे को टाइम का तोड़ा है।''

असहाय भाव से गर्दन हिलाते हुए पसरीचा ने कोट की भीतरी जेब से सौ डॉलर के नोटों का मोटा बंडल बरामद किया, उसमें से नब्बे नोट गिनकर मेज पर एक ओर रखे और फिर सामने पड़ी गड्डियों को और हजार के पांच नोटों को अखबार में लपेटकर वहां से रुखसत हो गया।

पीछे रहेजा ने अपनी मेज के एक दराज में से डॉलर के नोटों के साइज से थोड़ा बड़ा पीले रंग का मजबूत आयताकार लिफाफा बरामद किया जो कि खास नोटों को रखने के काम आता था। वो डाकखाने के रजिस्ट्री के लिफाफे जैसा था जो कि भीतर अस्तर लगा होने की वजह से मजबूत था, वाटरप्रूफ था और जिस पर कि जमा के निशान की शक्ल में दायें से बायें, ऊपर से नीचे भूरे रंग की दो मोटी लकीरें छपी हुई थीं। उसने डॉलर के नोटों को उठाकर लिफाफे में रखा, वो जुबान से गीला करके उसका फ्लैप बंद रहा था जबकि एक सुंदर, सूट-बूट में सजेधजे युवक ने भीतर कदम रखा।

युवक का नाम तपन घोष था और वो अपने रखरखाव से किसी टॉप की कम्पनी का टॉप का एग्जीक्यूटिव जान पड़ता था। अपने व्यक्तित्त्व की उस खूबी की वजह से ही वो पुखराज रहेजा के काम का आदमी था।

उसने रहेजा का अभिवादन किया।

''आ भई, बंगाली बाबू!'' – रहेजा बोला – ''बैठने की जहमत न कर क्योंकि तेरे को टाइम का तोड़ा है।''

संजीदा सूरत बनाये तपन घोष खामोश रहा।

''ये लिफाफा काबू में कर। इसमें नौ हजार डॉलर हैं। सौ-सौ डॉलर के नब्बे

नोट। रकम अवस्थी को पहुंचानी है, जो कि तुझे पंचधारा में मिलेगा। मालूम, कहां मिलेगा?''

''मालूम। पहले भी तो चार-पांच बार गया!''

''बढ़िया। जायेगा कैसे?''

''जैसे आपका हुक्म होगा।''

''ढाई बजे राजनगर टूरिज्म के ऑफिस के सामने से सुन्दरवन के लिये एक डीलक्स, एयरकंडीशंड बस चलती है। जा के वो बस पकड़, पांच बजे से पहले पंचधारा पहुंच जायेगा।''

घोष की निगाह स्वयंमेव अपनी कलाई घड़ी की ओर उठ गयी।

''अभी बहुत टाइम है'' – उसकी निगाह का मन्तव्य समझता रहेजा बोला – ''फिर भी निकल ले।''

घोष ने लिफाफा अपने कोट की भीतरी जेब में रखा, अपने एम्पलायर का अभिवादन किया और वहां से रुखसत हो गया।

पीछे रहेजा ने अपनी सैक्रेट्री को फोन पर हिदायत दी – ''अवस्थी को खबर कर कि बंगाली बाबू ढाई बजे वाली डीलक्स बस से रवाना हो रहा है, हो सके तो वो उसे पंचधारा के बस स्टैण्ड पर ही मिल जाये। समझ गयी?''

''यस, सर।''

''जीती रह।''

राजनगर टूरिज़्म का ऑफिस थोड़े ही फासले पर था जहां कि ऑफिस कम्पलैक्स के पिछवाड़े से शॉर्ट कट मार कर पांच मिनट में पहुंचा जा सकता था।

तपन घोष ने वही रास्ता पकड़ा।

दो ब्लॉक आगे इमारतों के पिछवाड़े के एक सुनसान रास्ते पर उसने कदम रखा तो एकाएक उसे ''पकड़ो पकड़ो'' की आवाज़ सुनायी दी। साथ ही दौड़ते कदमों की आवाज़ आयी।

उसने ठिठककर सामने, आजू-बाजू निगाह दौड़ाई।

फासले से एक युवक उधर दौड़ा चला आ रहा था। वो जींस, जैकेट पहने

था, गले में लाल रूमाल बांधे था और सिर पर गोल्फ कैप लगाये था। वो तनिक और करीब आया तो उसे उसकी मोटी मूंछ भी दिखायी दी। फिर यह देख कर वो सन्नाटे में आ गया कि उसके एक हाथ में चाकू था जो खून से सना जान पड़ता था। दूसरे हाथ में भी वो कुछ थामे था।

उसके पीछे उससे बहुत परे लड़खड़ाता-सा एक बूढ़ा व्यक्ति उधर आ रहा था जो कि 'पकड़ो-पकड़ो' चिल्ला रहा था।

उसी क्षण सड़क के पार लम्बे स्ट्रेप वाला चमड़े का हैण्डबैग झुलाती एक सुन्दर युवती प्रकट हुई जिसके बाल कटे हुए थे लेकिन कसी हुई पोनीटेल की सूरत में गर्दन के पीछे बंधे हुए थे और वो कॉलर वाली टी-शर्ट और खाकी रंग की साइड में फ्लैप वाली जेबों वाली बैगी पैंट पहने थी।

''पकड़ो! पकड़ो!'' – वृद्ध चिल्ला रहा था – ''वो गुण्डा मेरा बटुवा छीन के भागा जा रहा है।''

कथित गुण्डा घोष के करीब पहुंच रहा था लेकिन घोष का उसे रोकने का कोई इरादा नहीं जान पड़ता था।

अलबत्ता युवती का इरादा उससे ऐन जुदा था।

ज्यों ही गुण्डा दौड़ता हुआ उसके सामने से गुजरने लगा, उसने अपने भारी हैण्डबैग को स्ट्रेप से झुलाकर उस पर आक्रमण किया। बैग गुण्डे की टांगों से टकराया और वो कलाबाजी खाकर धड़ाम से चारों खाने चित्त सड़क पर गिरा। सड़क से टकराते ही उसके दूसरे हाथ में थमी चीज झटके से परे, घोष के पैरों के करीब आकर गिरी तो उसने देखा कि वो एक चमड़े का खूब फूला हुआ बटुवा था जो कि जमीन से टकराते ही खुल गया था।

गुण्डा उठा और बटुवे की तरफ झपटा।

घोष ने बटुवे को पांव की ठोकर जमाई। बटुवा चीखते-कराहते, लड़खड़ाते, करीब आते बूढ़े की दिशा में उछल गया।

''फाड़ के रख दूंगा।'' – गुण्डा चाकू लहराता हिंसक भाव से बोला।

पीछे से युवती ने हैण्डबैग फेंककर मारा।

हैण्डबैग गुण्डे के हाथ से टकराया लेकिन चाकू उसकी पकड़ से न निकला।

वो चाकू लहराता युवती की तरफ घूमा और आगे झपटने ही लगा था कि उसने पाया कि युवती ने सड़क पर से एक बड़ा सा पत्थर उठा लिया था और अब वो पत्थर उस पर फेंक मारने को आमादा थी।

गुण्डा ठिठक गया।

''देख लूंगा साली!'' – वो फुंफकारा – ''देख लूंगा।''

फिर वो वहां से भाग निकला।

युवती ने पत्थर फेंक दिया और आगे बढ़कर अपना हैण्डबैग काबू में किया।

घोष ने विपरीत दिशा में आगे बढ़कर सड़क पर लुढ़का पड़ा खुला बटुवा उठाया। यह देखकर उसके मुंह से सिसकारी निकल गयी कि बटुवा हजार-हजार के नोटों से ठुंसा पड़ा था। वो नोट एक लिफाफे में थे जो कि सड़क से टकराने से फट गया था और उसमें से नोट बाहर झलकने लगे थे।

नोटों वाले लिफाफे के अलावा भी बटुवे में कई नोट थे।

करीब आता बूढ़ा एकाएक ठोकर खाकर गिरा और जमीन पर लुढ़क गया।

घोष ने देखा उसकी पतलून दाईं जांघ पर से फटी हुई थी और खून से तर थी।

''हाय! हाय!'' – बूढ़ा कराह रहा था – ''मेरा बटुवा ले गया!''

''नहीं ले गया।'' – घोष उसकी तरफ बढ़ता हुआ बोला – ''भागते वक्त बटुवा उस गुण्डे के हाथ से गिर गया था। ये रहा आपका बटुवा।''

युवती और वो लगभग एक साथ धराशायी बूढ़े के करीब पहुंचे।

''अंकल'' – घोष बोला – ''क्यों इतना पैसा बटुवे में लेकर फिरते हो? यूं 'आ बैल मुझे मार' कहोगे तो बैल तो मारेगा ही!''

बूढ़ा लम्बे, चाक-चौबंद जिस्म वाला, निहायत तन्दुरुस्त शख्स था जो अपनी अकड़ी हुई मूंछों की वजह से कोई फौज का अफसर जान पड़ता था।

''अरे!'' – युवती बोली – ''आपकी जांघ में से खून बह रहा है!''

''चाकू!'' – वृद्ध हांफता हुआ बोला – ''चाकू मारा! उसी गुण्डे ने चाकू मारा। तभी तो बटुवा छीन सका। उसमें लाख रूपया . . . हजार-हजार के नोटों

में . . . हाय . . . पराई रकम . . .''

''सेफ है।'' – घोष बोला – ''ये लीजिये बटुवा अपना।''

''पुलिस को खबर करनी चाहिये।'' – युवती बोली।

''नहीं। नहीं।'' – तत्काल बूढ़े ने विरोध किया – ''हरगिज नहीं।''

''क्यों भला? ये बड़ी वारदात है। आपको लूटने की कोशिश की गयी है। आपको चाकू लगा है . . .''

''गहरा नहीं लगा। गहरा नहीं लगा . . .''

''फिर भी . . . इतना खून बह रहा है!''

''नहीं। पुलिस नहीं। बोला न!''

''जरूर आप भी उसी की जमात के हैं।''

''क्या?''

''कोई जरायमपेशा शख्स हैं और बटुवे की रकम किसी जुर्म का हासिल है।''

''नहीं। ये किसी की अमानत है . . .''

''आपने पहले भी कहा! लेकिन . . .''

''. . . ढाई बजे तक जिसका अपने मुकाम पर पहुंचना जरूरी है। सुनो . . . तुम लोग ये रकम पहुंचा दो, मैं तुम्हारा जिन्दगी भर अहसान मानूंगा और . . . और बतौर शुकराना दोनों को हजार रुपये दूंगा।''

''नहीं, नहीं।'' – लड़की फौरन हड़बड़ाये लहजे से बोली – ''मैं नहीं। मैंने उस गुण्डे पर हमला करने की जुर्रत की थी जो कि मैं आपकी मदद की गुहार सुनकर जोश में बिना सोचे-समझे कर बैठी थी। वो मुझे धमकाता यहां से गया था। हो सकता है वो मोड़ पर ही कहीं छुपा खड़ा हो, वो . . . वो जरूर मेरा पेट फाड़ देगा।''

''वो रुकने का हौसला नहीं कर सकता।''

''क्या पता लगता है! . . .और अब तो क्या पता वो अकेला भी न हो!''

''लेकिन . . .''

''मुझे तो मत बख्शा उसने। मैंने खामखाह पंगा लिया। सॉरी, ओल्ड मैन। नॉट मी।''

''लेकिन अगर तुम . . .''

''नॉट मी, पोपी, नॉट मी। मैं बड़ी हद कुछ कर सकती हूं तो तुम्हारे लिये डॉक्टरी इमदाद का इन्तजाम कर सकती हूं।''

''तो'' – वृद्ध याचनापूर्ण स्वर में घोष से सम्बोधित हुआ – ''तुम मेरा काम करो। मैं . . . मैं तुम्हें अकेले को दो हजार . . . चलो तीन हजार रुपये दूंगा।''

''मेरे पास टाइम नहीं है।'' – घोष बोला।

''मेरी खातिर निकालो। प्लीज़।''

''जो खतरा मैडम को है, वो मुझे भी तो है!''

''वो तुम्हें नहीं पहचान पायेगा। मैंने देखा था, उसकी सारी तवज्जो इस लड़की की तरफ थी क्योंकि इसने उसको रोकने की जुगत की थी।''

घोष अनिश्चित सा घड़ी देखने लगा।

''मिस्टर, प्लीज़ . . .''

''रकम ले के खिसक जायेगा।'' – युवती धीरे से बोली।

''क्या?'' – घोष तमककर बोला – ''क्या बोला?''

युवती खामोश रही।

''मैंने बटुवा लौटाया कि नहीं लौटाया? उस गुण्डे के हाथ से निकलकर बटुवा मेरे पैरों के पास आकर गिरा था, मैं उठकर चलता बनता तो कोई मेरा क्या कर लेता?''

युवती को जवाब न सूझा।

''तुम ठीक कह रहे हो।'' – बूढ़ा बोला – ''मेरा काम कर दो, प्लीज़।''

''मैं नहीं कर सकता।'' – घोष बोला – ''मेरी मजबूरी है।''

''क्या मजबूरी है?''

''मेरे को टाइम का तोड़ा है।''

''उसी की तो मैं भरपाई कर रहा हूं तीन हजार रुपये से। अगर ज्यादा चाहते हो तो . . .''

''नहीं, नहीं। वो बात नहीं।''

''ये कुछ ही मिनटों का काम है।''

‘‘और भी बात है।’’

‘‘और क्या बात है? वो भी बोलो। फॉर गॉड सेक, जल्दी बोलो।’’

‘‘मेरे अपने पास भी बड़ी रकम है जो कि आप ही की तरह किसी की अमानत है।’’

‘‘ओह!’’

‘‘वो लुट गयी तो?’’

‘‘बेटा, उस चाकू वाले को क्या सपना आयेगा इस बात का?’’

‘‘फिर भी . . .’’

‘‘अरे, वो तुम्हें नहीं मिलने वाला।’’

‘‘बुजुर्गवार ठीक कह रहे हैं।’’ – युवती बोली – ‘‘जहां वो बटमार अपनी करतूत को अंजाम दे के हटा है, उसकी हरचंद कोशिश होगी कि वो वहां से जल्दी से ज्यादा से ज्यादा दूर निकल जाये।’’

‘‘फिर क्या प्रॉब्लम है!’’ – घोष बोला – ‘‘फिर तो तुम भी ये काम कर सकती हो!’’

‘‘मैं कुछ और करूंगी न! मैं पीछे इनके लिये डॉक्टरी इमादाद मुहैया कराऊंगी। बोला तो!’’

‘‘हूं।’’

‘‘इस काम के लिये तुम रुक जाओ, मैं . . .’’

‘‘नहीं, नहीं। मेरे को टाइम को तोड़ा है। पहले ही बोला।’’

‘‘तो फिर दूसरा काम करो . . . जिसकी बाबत ये कहते हैं कि कुछ ही मिनटों का है।’’

घोष सोचने लगा।

‘‘अब कोई मर्दों वाली बात करो।’’

‘‘और जल्दी!’’ – बूढ़ा बोला – ‘‘जल्दी! देर हो गयी तो काम का होना, न होना एक बराबर होगा।’’

‘‘कहां जाना होगा?’’ – घोष हिचकिचाता हुआ बोला – ‘‘कहीं ज्यादा दूर तो नहीं . . .’’

''नहीं, ज्यादा दूर नहीं।'' – बूढ़ा तत्काल बोला – ''शंकर रोड पर जाना है। टैक्सी पर दस मिनट में पहुंच जाओगे।''

''वहां कहां?''

''एमका हाउस। मशहूर जगह है। दसमंजिला बिल्डिंग है, दूर से ही दिखाई दे जायेगी।''

''मेरी देखी हुई है। वहां किसके पास जाना होगा?''

''किसी के पास नहीं। लॉबी में लैटर बॉक्स लगे हुए हैं। तुमने ये लिफाफा'' – उसने नोटों से भरा फटा हुआ लिफाफा बटुवे से निकालकर घोष की तरफ बढ़ाया – ''लैटर बॉक्स नम्बर 403 में डाल देना है। बस।''

''आपको कैसे पता चलेगा कि मैंने लिफाफा वहां डाला, खुद ही हज्म न कर गया?''

''मैं तुमसे ऐसी उम्मीद नहीं कर सकता। तुम मुझे किसी भले घर के रोशन चिराग जान पड़ते हो। मेरा दिल गवाही देता है तुम ऐसा नहीं करोगे।''

''आपके दिल की गवाही झूठी निकली तो?''

''अरे, बेटा, अभी तुमने खुद बोला था कि तुम बटुवा उठा के चलते बनते तो . . .''

''अभी भी मैं ही कुछ बोला रहा हूं।''

''तो मेरी किस्मत। मेरी तो दोनों तरफ से मौत है! तुम्हारे पर भरोसा करने में तो फिर भी कोई गुंजायश है . . .''

''ऐसा क्यों है? आप हैं कौन?''

''जाने बिना नहीं मानोगे?''

''नहीं।''

''तो सुनो। मैं एक बुकी का कलैक्टर हूं।''

''बुकी!''

''जो सट्टा लगवाता है। रेस के घोड़ों पर गैरकानूनी दांव लगवाता है। मटके का नम्बर लगवाता है। आजकल क्रिकेट के वर्ल्ड कप पर बेतहाशा सट्टा चल रहा है जिसकी वजह से इतनी भारी कलैक्शन होती है कि दिन में दो-दो, तीन-तीन

बार पैसा बुकी के पास जमा कराना पड़ता है। पिछले एक हफ्ते में मैंने ऐसा कुछ पैसा थोड़ा-थोड़ा करके अपनी जाती जरूरियात पर सर्फ कर दिया था और मूर्खों की तरह उम्मीद करने लगा था कि बॉस को पता नहीं चलेगा। लेकिन पता चल गया। बॉस ने मेरा लिहाज किया, उसने मुझे आज ढाई बजे तक का वक्त रकम की भरपाई के लिये दिया है। आज ढाई बजे तक पैसा वापस जमा न हुआ तो मेरी लाश समुद्र में तैरती पायी जायेगी।''

''ओह! ये रकम भरपाई की है?''

''जो कि मेरा ईश्वर ही जानता है कैसे मैंने कलैक्ट की है। अब ये ढाई बजे तक एमका हाउस न पहुंची तो . . . तो . . ..''

उसका गला रुंध गया।

''ओह! लेकिन आप खुद भी तो टैक्सी पर . . .''

''नहीं जा सकता। मैंने झूठ बोला था कि मुझे चाकू गहरा नहीं लगा था . . .''

''क्यों?''

''क्योंकि मैं पुलिस का लफड़ा नहीं चाहता। पुलिस को अपने पास इस रकम की मौजूदगी की मैं क्या सफाई दूंगा! फिर पंचनामा वगैरह होने पर कितना टाइम जाया होगा! उतने में तो मेरी सुपारी लग जायेगी।''

''ठीक।''

''असल में घाव गहरा है और खूब खून बह गया है, अभी भी बह रहा है, मैं तो उठ के खड़ा नहीं हो सकता।''

''ऐसे तो आप . . . आप . . .''

''नहीं, नहीं। मरूंगा नहीं।''

''पीछे'' – युवती जल्दी से बोली – ''इतना इन्तजाम मैं कर दूंगी कि ये मरने न पायें।''

''ठीक है फिर।''

बूढ़े ने चैन की सांस ली। उसने नोटों वाला लिफाफा और तीन हजार रुपये की अतिरिक्त रकम घोष को सौंपी।

''बाई दि वे'' – घोष बोला – ''नाम क्या है आपका?''

''जगन्नाथ सिंह।''

''मुझे . . . गांगुली कहते हैं।''

''मैं तुम्हारा अहसानमन्द हूं, गांगुली बेटा।''

''रकम के लिये'' – युवती बोली – ''तुम्हारे पास कोई बैग-वैग होता तो अच्छा होता।''

''मैं ऐसे ही सम्भाल लूंगा।'' – घोष बोला।

''इस वक्त अहमियत सम्भालने की नहीं, छुपाने की है . . . रूमाल है पास? बड़ा सा?''

''मेरे पास है।'' – घोष के जवाब देने से पहले बूढ़ा बोला, उसने जेब से एक सफेद रंग का रूमाल निकाला – ''ये लो। और जो करना है, जल्दी करो।''

युवती ने रूमाल लेकर खोला, उसे अपने बायें हाथ पर फैलाया और घोष से बोली – ''रखो।''

''क्या?'' – घोष हड़बड़ाया।

''अरे, लिफाफा . . . और क्या!''

''ओह!'' – उसने बूढ़े का दिया नोटों से भरा लिफाफा रूमाल पर रखा।

''अपना भी रखो।''

उसने हिचकिचाते हुए अपने बॉस से हासिल हुआ लिफाफा कोट की भीतरी जेब से निकाला और पहले लिफाफे के ऊपर रखा।

दोनों लिफाफे लगभग एक साइज के थे।

युवती ने बड़ी दक्षता से रूमाल को लपेटकर पैकेट सा बनाया और अपने बालों में से निकालकर एक रबड़ बैण्ड उस पर चढ़ाया।

''अब देखो।'' – वो बोली।

उसने वो पैकेट अपनी बैगी पैंट के अग्रभाग में भीतर डाला और उसे बाहर से इधर उधर सरकाकर थपथपाकर एडजस्ट किया।

''दिखता है?'' – उसने पूछा।

''नहीं।'' – घोष बोला।

''मालूम पड़ता है पैंट में कुछ है?''

''नहीं।''

''मतलब समझे?''

''समझा।''

''अव्वल तो आगे वो गुण्डा तुम्हें मिलेगा नहीं, मिला भी तो तुम्हारी जेबें ही टटोलेगा, पैकेट जहां होगा, वहां का उसे खयाल तक नहीं आयेगा। नहीं?''

''हां।''

युवती ने पैकेट निकालकर उसके हवाले किया।

''रखो।'' – वो बोली।

युवती की ही तरह वो पैकेट घोष ने अपनी पतलून के अग्रभाग में पहुंचाया और तसल्ली की कि पैकेट की वहां मौजूदगी का बाहर से कतई पता नहीं चलता था।

उसने प्रशंसात्मक भाव से युवती की तरफ देखा।

''अब निकल लो।'' – युवती बोली।

घोष ने सहमति में सिर हिलाया और फिर वहां से रुखसत हुआ।

बल्लियां उछलता वो राजनगर टूरिज्म के ऑफिस के सामने पहुंचा लेकिन बस का, उसकी टिकट का पता करने से पहले इमारत में जाकर उसके टॉयलेट में घुस गया।

बस का क्या था, अब तो वो टैक्सी कर सकता था, हैलीकॉप्टर कर सकता था।

वाह! कितनी आसानी से एक लाख तीन हजार रुपये हाथ में आये थे!

टॉयलेट के एक स्टॉल के बन्द दरवाजे के पीछे पहुंचकर उसने अपनी पतलून के अग्रभाग से सफेद रूमाल में लिपटा नीला रबड़ बेंड चढ़ा पैकेट निकाला। उसने रबड़ बैंड उतारकर एक तरफ फेंका और रूमाल की तहें खोली।

भीतर से दो लिफाफों की जगह रद्दी कागजों का पुलन्दा बरामद हुआ।

तब तक अपनी तकदीर पर खुद रश्क करता बंगाली बाबू तपन घोष जैसे खड़ा-खड़ा मर गया।

युवक करीब के एक मध्यमवर्गीय बार के एक केबिन में बैठा खामोशी से बड़े तृप्तिपूर्ण भाव से सिगरेट के कश लगा रहा था।

उस घड़ी न उसके ऊपरी होंठ पर मोटी मूंछ थी, न सिर पर गोल्फ कैप थी और न लफंगों की तरह गले में लाल रूमाल बंधा हुआ था – वो तीनों चीजें उसने रास्ते में एक कूड़े के ड्रम में डाल दी थीं – पहले आगे से खुले अपनी कमीज के बटन उसने बंद कर लिये थे, बाल संवार लिये थे और अब वो कोई गुण्डा-बदमाश लगने की जगह और अपने फिल्म अभिनेताओं जैसे खूबसूरत थोबड़े की वजह से बड़ा कुलीन, बड़ा सम्भ्रांत तीस वर्षीय युवक जान पड़ रहा था। असल में वो कितना कुलीन था, कितना सम्भ्रांत था, यह देश के विभिन्न नगरों में बिखरे उसके शिकार ही बेहतर जानते थे जो उसकी धोखाधड़ी और ठगी के शिकार बन चुके थे।

और एक तपन घोष नाम का जमूरा अभी बन के हटा था।

युवक का नाम विकास गुप्ता था और वो एक पेशेवर ठग और कॉनमैन था। ठगी ही उसकी रोजी-रोटी का जरिया था और उसकी अमूमन हमेशा कामयाबी में सबसे बड़ा हाथ उसके आकर्षक व्यक्तित्व का और उसकी अक्ल और सूझबूझ का था। उसकी सूरत और रखरखाव को देखकर कभी कोई सपने में नहीं सोच सकता था कि वो ठग था, जो सोचता यही सोचता कि कोई प्रोफेसर था या इंजीनियर था या बिजनेस एग्ज़ीक्यूटिव था।

हाल ही में अपने एक दिवंगत मामा दाउदयाल शुक्ला के विरसे से उसे छः करोड़ रुपये की विपुल धन राशि प्राप्त हुई थी जिसने उसके स्थापित पसंदीदा लाइफ स्टाइल को बिगाड़ दिया था और वो छः करोड़ रुपया छः करोड़ कीलों की तरह तब तक उसके सीने में चुभता रहा था जब तक कि उसने उससे किनारा नहीं कर लिया था। उसने वो रकम सद्कार्य में इस्तेमाल के लिए दान कर दी थी।

एक पेशेवर ठग ने कानूनी प्रक्रिया से हाथ लगी, बेदाग, विपुल धन राशि दान कर दी थी।

उसने जो किया था, बहुत सोच-विचार कर किया था और वैसा कर चुकने के बाद ही उसका अपने से, अपने लाइफ स्टाइल से, अपने ठगी के पसंदीदा कार्य-कलापों से अमन-शांति का रिश्ता स्थापित हुआ था।

वो रकम दान करने के बाद से अपने पसदीदा कार्यक्षेत्र में तब वो पहली बार सक्रिय हुआ था और तपन घोष वो पहला बकरा था जिसे उसने अपने दो साथियों के साथ मिलकर जिबह किया था।

बढ़िया! बढ़िया!

उसने अपनी कलाई घड़ी पर निगाह डाली और फिर परे खड़े वेटर को इशारा किया।

तत्काल वेटर केबिन में उसके सामने पहुंचा।

''एक बीयर।'' – विकास गुप्ता बोला।

''यस, सर।''

''तीन गिलास।''

''सर!'' – वेटर सकपकाया।

''तीन नहीं समझते हो जो चार से पहले आता है? एक दो तीन नहीं समझते हो? एक के बाद क्या आता है?''

''दो।''

''और उसके बाद?''

''तीन।''

''वही। ले के आओ। शाबाश!''

वेटर ने तीन गिलासों के साथ एक बीयर सर्व की।

विकास ने तीनों गिलासों में बीयर डाली, एक खुद लिया और दो अपने सामने टेबल पर उधर की दो कुर्सियों के सामने रख दिये।

ऐनी टाइम नाओ। – दोबारा घड़ी देखता वो होंठों में बुदबुदाया।

विकास प्रोफेशनल कॉनमैन, पेशेवर ठग था लेकिन फिर भी ऐसा ठग नहीं था जिसने अपनी आत्मा शैतान के पास गिरवी रखी हुई हो। ठगी में भी उसके कुछ उसूल थे जिन पर वो हमेशा खरा उतरता था। उसने कभी किसी ऐसे आदमी को नहीं ठगा था, ठगे जाने के बाद जिसकी जिंदगी किसी ट्रेजेडी का शिकार हो सकती हो। अमूमन उसने ऐसे लोगों को ठगा था जो कि खुद – ढके-छुपे या प्रत्यक्ष – ठग थे। न ही अपनी ठगी से उसने किसी को आर्थिक सर्वनाश की

कगार पर ले जा खड़ा किया था। अमूमन उसका मिशन अपने से बड़े महंतों के घड़े से महज एक बूंद निकालना होता था जबकि उसने खुद अपनी आंखों से ऐसे ठग देखे थे जो अपनी सगी मां की आंखों से सुरमा चुराने से नहीं हिचकते थे, जो छः बच्चों की विधवा मां की सारी जमा पूंजी झटकते वक्त नहीं सोचते थे कि विधवा और उसके बच्चों की फाकाकशी से जान जा सकती थी, जो किसी अंधे मोहताज की लाठी छीन सकते थे।

तभी अकड़ी मूंछों वाले बूढ़े ने और उसकी हमदर्द, मददगार बैगी पैंट और कॉलर वाली स्कीवीधारी युवती ने – जिसने कि पहले पोनी टेल की सूरत में कसकर बंधे अपने कटे हुए खूबसूरत बाल अब खोल लिए थे – वहां कदम रखा।

बूढ़े ने अपनी जांघ के पास से कटी हुई, खून से रंगी पतलून बदल ली हुई थी और अब कोट, टाई और हैट में उसकी शान-बान देखते ही बनती थी जिसमें उसका रोबदार चेहरा और अकड़ी हुई शानदार मूंछें इजाफा कर रही थीं।

बूढ़े का नाम मनोहर लाल था, वो आयु में पचपन साल का था और जब वैसा सजा-धजा होता था तो पूछे जाने पर अपना परिचय जे.एन.एस. चौहान रिटायर्ड कर्नल, गढ़वाल रेजीमेंट के तौर पर देता था। अपने गठीले बदन, चाक-चौबंद जिस्म और छः फुट लम्बे कद की वजह से वो कर्नल तो क्या जनरल भी चल सकता था जबकि वो कभी फौज का मामूली सिपाही भी नहीं रहा था, उसने कभी मिलिट्री की शक्ल भी नहीं देखी थी।

ठगी की दुनिया में मनोहर लाल का बड़ा नाम था। अपने धंधे का वो कितना बड़ा उस्ताद था, इसका अंदाजा इसी बात से लगाया जा सकता था कि जितनी विकास गुप्ता की कुल जमा उम्र थी, उतने साल तो वो उस धंधे में गुजार चुका था। बेशुमार लोगों को वो अपनी ठगी का शिकार बना चुका था लेकिन आज तक एक बार भी पकड़ा नहीं गया था जबकि विकास गुप्ता सत्रह बार गिरफ्तार हो चुका था; ये बात दीगर थी कि हमेशा या तो थाने से ही छूट गया था या कोर्ट से संदेहलाभ पाकर छूट गया था।

युवती का नाम शबनम था। वो आयु में लगभग सत्ताइस बरस की थी और निहायत खूबसूरत थी। उसकी पसंदीदा ड्रैस लो कट, स्लीवलैस ब्लाउज और शिफौन की साड़ी थी लेकिन वो कोई भी ड्रैस क्यों न पहने हो, उसे देखकर कोई ये नहीं कह सकता था कि मनोहर लाल और विकास गुप्ता की तरह उसका पसंदीदा कारोबार भी ठगी था। अभी कुछ अरसा पहले तक वो मनोहर लाल की पक्की चेली थी लेकिन पिछले दिनों विशालगढ़ में फैले ठगी के बड़े व्यापक घोटालों के दौरान वो विकास गुप्ता के इतने करीब आ गयी थी कि उसने मनोहर लाल से अपनी सालों पुरानी जुगलबंदी तोड़ ली थी और विकास गुप्ता की होकर रह गयी थी।

तीनों ने मेहनत करके ये जानकारी हासिल की थी कि तपन घोष पुखराज रहेजा नाम के प्रॉपर्टी डीलर और बिल्डर का कैरियर था, वो अक्सर बड़ी-बड़ी कैश रकमें अपने बॉस के निर्देश पर एक जगह से दूसरी जगह पहुंचाता था और रहेजा के लिंक रोड वाले ऑफिस में वो तभी तलब किया जाता था जबकि कोई ऐसी रकम फिर 'कैरी' करनी होती थी।

अपनी पड़ताल के दौरान उन्हें ये भी पता लगा था कि रहेजा प्रॉपर्टी डीलर का धंधा उसका फ्रंट था, असल में वो दो नम्बर के कई धंधे करता था लेकिन उन बातों से उनका कोई लेना-देना नहीं था।

विकास गुप्ता के फिर सक्रिय होने के बाद से वो ठगी का पहला कारनामा था जिसे उन तीनों ने मिलकर अंजाम दिया था।

दोनों खुशी से दमकते हुए विकास के सामने बैठ गये।

''भई, वाह!'' – मनोहर लाल बोला – ''कामयाबी पर चियर्स बोलने का इंतजाम पहले ही करके रखा है लड़के ने।''

''कामयाबी में कोई शक था?'' – विकास भी हंसता हुआ बोला।

''अरे, कहां!''

''अब बोलो, क्या हाथ लगा? माल देखा?''

''देखा।'' – शबनम बोली – ''सुनोगे तो फड़क जाओगे।''

''फड़का।''

''डॉलर! नौ हजार! सौ-सौ डॉलर के नब्बे नोट।''

''यानी कि चार लाख रुपया!''

''ऊपर।''

''देखी बरकत'' – मनोहर लाल बोला – ''मेरी चेली की हाथ की सफाई की!''

''मेहनत की कमाई की, पोपी'' – शबनम बोली – ''मेहनत की कमाई की।''

''उसे जरा शक न हुआ'' – विकास बोला – ''कि पैकेट पतलून के फ्रंट में छुपाने की डिमांस्ट्रेशन देने-देने में तूने पैकेट बदल दिये थे?''

''कहां से होता! जिस दौरान मैं वो सब कर रही थी, उस दौरान वो तो मेरे गिरहबान में झांक रहा था और मेरे ये ताड़ रहा था।''

''बढ़िया! बढ़िया! चियर्स!''

''चियर्स!''

''चियर्स तो मेरी भी दर्ज कर लो, बच्चो'' – मनोहर लाल बोला – ''लेकिन बड़ी कामयाबी का चियर्स बीयर से गलत है।''

''तो क्या मंगाये?''

''अरे, बेटा दीनदयाल दयालू, तेरे को मालूम ही है कि कर्नल साहब का फेवरेट ड्रिंक जानी वाकर ब्लैक लेबल है।''

''दयालू-वयालू कुछ नहीं। खलीफा, व्हिस्की का बिल तुम खुद भरोगे।''

''तुम ब्लडी सिविलियन लोग तेरा-मेरा बहुत करता है। मिलिट्री में होता तो ब्लडी कोर्ट मार्शल कर देता।''

''मैं करा लेता। लेकिन आपसदारी में तो खाल में रहो।''

''चल शर्त हो जाये इसी बात पर तेरे-मेरे में। तू हारा तो आज का यहां का सब खाना-पीना तेरे जिम्मे, मैं हारा तो मेरे जिम्मे।''

''कैसी शर्त!''

''मामूली।''

''यानी कि अपने शागिर्द को थूक लगाओगे?''

''देखी मेरी उस्तादी! तू पहले ही सोचे बैठा है कि तू हारेगा।''

''ऐसी कोई बात नहीं।''

''तो ये क्यों कहा मैं शागिर्द को थूक लगाऊंगा? क्या पता थूक उस्ताद को लगे!''

''शर्त के मामले में'' – शबनम बोली – ''मैंने तो आज तक डैडी को थूक लगती देखी नहीं।''

''आज देखेगी।'' – विकास बोला – ''वैसे तो कुत्ता कुत्ते को नहीं काटता लेकिन खैर, बोलो क्या शर्त है?''

''सुन। देख। ये तेरा बीयर का गिलास है। मैंने इस पर'' – मनोहर लाल ने सिर पर से हैट उतारकर दायें हाथ में लिया – ''अपना हैट रखा। अपना गिलास तेरे को दिख रहा है?''

''कैसे दिखेगा?''

''जवाब दे।''

''अरे, वो तो हैट के नीचे छुप गया!''

''जवाब . . . जवाब दे, छोकरे।''

''नहीं। नहीं दिख रहा।''

''मेरे को भी नहीं दिख रहा।''

''जाहिर है।''

''ये भी जाहिर है कि हैट के नीचे गिलास है, गिलास में बीयर है?''

''हां।''

''तू'' – वो शबनम की ओर घूमा – ''इस बात की तसदीक करती है?''

''करती हूं।'' – शबनम बोली।

''गुड!'' – वो वापिस विकास की तरफ घूमा – ''अब मैं हैट को बिना छुए तेरे सामने, अपनी शब्बो के सामने, गिलास की बीयर पी जाऊंगा।''

''नामुमकिन।''

''यही शर्त है, बच्चा। पी जाऊं तो बिल तू देगा, न पी सकूं, तो बिल मैं दूंगा। बोल, क्या कहता है?''

‘‘मुझे शर्त मंजूर है।’’

‘‘तो फिर देख क्या होता है! मैं कोई अबराकाडाबरा नहीं करने वाला, कोई गिली-गिली नहीं करने वाला फिर भी देख, क्या होता!’’

‘‘देख रहा हूं।’’

‘‘निगाह यहां सामने ही रहे, फिर न कहना कि शब्बो रानी के बाइस्कोप की तरफ भटक गई थी।’’

‘‘नहीं कहूंगा।’’

‘‘हेयर वी गो।’’

मनोहर लाल ने आगे को झुककर अपना मुंह हैट के करीब किया और सुड़क-सुड़क की आवाजें निकालने लगा, हलक में घूंट उतारने का अभिनय करने लगा। आखिरकार उसने होंठ चटकाये और बोला – ‘‘पी ली।’’

‘‘क्या पी ली?’’ – विकास सकपकाया।

‘‘अरे, तेरी बीयर पी ली और क्या पी ली!’’

‘‘खामखाह!’’

‘‘अरे, मुन्ने, हाथ कंगन को आरसी क्या! पढ़े-सिखे को फारसी क्या! बातें न बना। मेरे दावे को झुठला।’’

‘‘क्या करूं?’’

‘‘मुझे क्या पता क्या करूं! जो तेरे जी में आये कर।’’

विकास ने हाथ बढ़ाकर मेज पर से हैट उठाया।

तत्काल मनोहर लाल ने बीयर का गिलास उठाया और एक ही सांस में सारी बीयर पी गया।

‘‘देख ले’’ – फिर विजेता के से स्वर में बोला – ‘‘हैट को छुए बिना मैंने गिलास की बीयर पी ली।’’

विकास भौंचक्का सा उसका मुंह देखने लगा।

‘‘पोपी!’’ – शबनम बोली।

‘‘यस, माई डियर।’’

‘‘बड़ी कुत्ती चीज है तू।’’

मनोहर लाल ने अट्टहास किया।

''अरे, डायन भी सात घर छोड़ देती है।''

''डायन ही तो!''

''क्यों किया ऐसा?''

''प्रैक्टिस के लिये किया। प्रैक्टिस बनी रहनी चाहिये, माई डियर।''

''लानत!''

''और फिर मैंने क्या किया! जो किया इसने किया। ये मेरे रिकॉर्ड से वाकिफ है। न लगाता शर्त। मैंने शर्त के लिये इसकी बांह तो नहीं मरोड़ी थी! इसे तोप तो नहीं दिखाई थी!''

''अच्छा अच्छा!'' – विकास भुनभुनाया।

''चल, आर्डर दे अब ब्लैक लेबल का। दोनों पैग इकट्ठे मंगा। और ये बीयर तू पकड़ डिस्काउंट के तौर पर।''

विकास ने वेटर को बुलाकर आर्डर दिया।

मनोहर लाल व्हिस्की पर काबिज हुआ 'रीफ्रेशंड चियर्स' बोला, व्हिस्की का एक घूंट भरा और बड़े तृप्तिपूर्ण भाव से होंठ चटकाये।

''यस।'' – फिर बोला – ''दिस इज मोर लाइक इट।''

''इंगलिश तो यूं बोलते हो'' – विकास बोला – ''जैसे कैम्ब्रिज से पढ़ के आये हो।''

''पागल हुआ है! मैंने कभी स्कूल की शक्ल नहीं देखी।''

''एक की आठ लगाना तो कोई तुमसे सीखे।''

''तू तो सब भूले चला जा रहा था। स्ट्रेट सिटिजन बनने चला था। छः करोड़ का मालिक भद्र पुरुष बनने चला था।''

''बना तो न रहा!''

''जो कि गुड न्यूज है ठगी की दुनिया के लिए जो कि तेरे जैसे प्रतिभाशाली ठग के कारनामों से वंचित हुई जा रही थी। इतना होनहार कॉनमैन कामयाबी की अनुछई बुलंदियों तक पहुंचने से पहले ही कानूनी तौर से हासिल हुई दौलत के चक्रव्यूह में फंसकर शराफत और ईमानदारी की ऐसी दुनिया में चला जा

रहा था जहां थ्रिल नहीं, सस्पेंस नहीं, एडवेंचर नहीं, कदम-कदम पर खतरे नहीं, जगन्नाथ सिंह चौहान रिटायर्ड कर्नल गढ़वाल रेजीमेंट उर्फ मनोहर सिंह नहीं, मिसेज पूर्णिमा सरीन उर्फ शबनम सेठी नहीं . . .''

''बस करो, बस करो।'' – शबनम ने तत्काल विरोध किया – ''मुझे क्यों बददुआ दे रहे हो! विकी जिस दुनिया में भी होगा, मेरे से दूर नहीं होगा।''

''अब नहीं होगा।''

''कभी नहीं होगा। क्यों, विकी?''

विकास ने सहमति में सिर हिलाया।

''अब माल के दर्शन तो कराओ!'' – फिर बोला।

''यहीं?'' – शबनम की भवें उठी।

''क्या हर्ज है! इस केबिन में हमीं तो हैं!''

''फिर तो'' – मनोहर लाल बोला – ''जो तियां पांचा करना है, वो भी अभी हो जाये।''

''मुझे कोई ऐतराज नहीं।''

सहमति में सिर हिलाते हुए शबनम ने अपनी बैगी पैंट की जेब में से पैकेट बरामद किया, उस पर से रबड़ बैंड हटाया और रूमाल को मेज पर रखकर खोला।

''ये तुम्हारे लाख रुपये के नोट।'' – उसने हजार-हजार के नोटों वाला लिफाफा मनोहर लाल को थमाया – ''और ये डॉलर।''

विकास ने डॉलर के नोटों का मुआयना किया।

''ये सारे नोट नये हैं'' – फिर संजीदगी से बोला – ''और एक से नब्बे तक अविकल सीरियल में हैं।''

''तो क्या हुआ?'' – मनोहर लाल की भवें उठी।

''ऐसे नोटों का कहीं रिकॉर्ड हो सकता है।''

''तो?''

''इनको रुपयों में तब्दील करने के लिये किसी लोकल मनीचेंजर के पास ले जाना हमें फंसवा सकता है।''

''ओह! लेकिन फौरन या हाल में ही तो! हमेशा तो ऐसी निगरानी नहीं रखी जा सकती!''

''क्या मतलब?''

''इन नोटों को अभी या निकट भविष्य में खर्च करने का या एक्सचेंज कराने का मेरा कोई इरादा नहीं।''

''लेकिन ऐसे सीरियल के डॉलर के नोट पास रखना . . .''

''मुझे कोई खतरा नहीं। ये कभी मेरे पास से बरामद नहीं होंगे।''

''अच्छा!''

''हां।''

''कहां रखोगे?''

''अपने पास ही रखूंगा।''

''पास कहां?''

''बताता हूं।''

मनोहर लाल ने अपने एक पांव से फौजियों जैसा भारी जूता उतारा, उसको उलटा किया, एड़ी को कहीं कुछ किया और फिर उसको घुमाया।

एड़ी का ऊपर वाला सिरा फिरकी की तरह घूमा और ढक्कन की तरह एक ओर सरक गया।

''देखो!'' – वो बोला।

विकास और शबनम दोनों ने देखा कि एड़ी भीतर से खोखली थी, अब उसमें एक काफी बड़ा चौकोर खाना दिखाई दे रहा था।

''तीस नोट बड़े आराम से इसमें समा जायेंगे।'' – वो बोला।

''लिहाजा तुम्हें अपना हिस्सा डॉलर में कबूल है!''

''डॉलर में और अभी। सच पूछो तो हमारे हाथ रुपये लगे होते तो भी मैं उन्हें डॉलर में कनवर्ट करने की ही जुगत करता।''

''आई सी।''

''लाओ।''

विकास ने तीस नोट उसे सौंप दिये।

मनोहर लाल ने नोटों को मोड़कर खाने में रखा और ऊपर एड़ी का ढक्कन वापिस सरकाया। जूता उसने वापिस पहन लिया।

''हजार-हजार रुपये निकालो।'' – फिर बोला।

''क्या!'' – दोनों के मुंह से निकला।

''तू भी 'क्या' बोली!'' – मनोहर लाल शबनम की तरफ घूमा – ''तेरे को नहीं मालूम क्या! वो जो तीन हजार रुपये फीस भरी थी मैंने पैकेट को एमका हाउस पहुंचाने की, उसे भूल गयी?''

''लानत! लानत! एक लाख पैंतीस हजार से ज्यादा की रकम कमाकर भी हजार रुपये नहीं भूल रहे।''

''दो हजार रुपये।''

''दो ही सही।''

''हिसाब हिसाब है शब्बो रानी, जो कि मां-बेटी में भी बराबर होना चाहिये।''

''यहां मां-बेटी कौन हैं?''

''मैंने मिसाल दी थी। फिर भी रिश्तेदार तो हैं कि नहीं है?''

''रिश्तेदार!''

''चोर-चोर मौसेरे भाई। तू मौसेरी बहन! अब हजार रुपये निकाल।''

''मेरे पास नहीं हैं।''

''तो भई'' – वो विकास की तरफ घूमा – ''तू दो हजार रुपये निकाल।''

''मैं निकालूं?''

''मेरी चेली हथियाये बैठा है तो अब सब कुछ तू ही तो भुगतेगा! निकाल।''

''दे दूंगा। तुम्हारे प्राण निकलने से पहले दे दूंगा।''

''वादा?''

''हां।''

''प्राण निकलने से पहले?''

''या बाद में। दो हजार के नोटों का हार मैं तुम्हारी अर्थी पर चढ़ा दूंगा।''

''यस। दैट्स लाइक ए गुड ब्वाय। लेकिन किसी ने तुम्हें – ब्लडी सिविलियन को – गन कैरेज के पास न फटकने दिया तो?''

‘‘अब सच में ही कर्नल बन के मत दिखाओ।’’

वो हंसा, फिर संजीदा हुआ। उसने व्हिस्की का एक घूंट भरा।

‘‘चल, दो हजार का डबल ऑर क्विट्स कर ले।’’ – फिर बोला – ‘‘मेरे साथ एक शर्त और लगा ले। मैं जीता तो चार हजार रुपये देना, तू जीता तो हिसाब बराबर।’’

‘‘नो। नैवर।’’ – शबनम ने तत्काल विरोध किया – ‘‘विकी, यूं डबल और क्विट्स करता ये बड़ा खलीफा हम दोनों का ये सारा हिस्सा भी हड़प जायेगा।’’

‘‘मालूम।’’ – विकास गम्भीरता से बोला।

‘‘बाई दि वे’’ – मनोहर लाल बदले स्वर में बोला – ‘‘तुम क्या करोगे? ये नोट ही पास रखोगे?’’

‘‘नहीं।’’

‘‘तो क्या करोगे? मनीचेंजर के पास जाने में तो तुम खतरा बताते हो!’’

‘‘लोकल मनीचेंजर के पास जाने में। सुंदरवन में एक मनीचेंजर है जो कि मेरा वाकिफ है। वो मेरे को डेढ़-दो रुपये कम का रेट लगायेगा लेकिन उससे डील करने में कोई रिस्क नहीं होगा।’’

‘‘सुंदरवन कहां है?’’

‘‘झेरी से कोई बीस-बाइस किलोमीटर आगे है।’’

‘‘कब जायेगा?’’

‘‘यहां से फारिग होते ही।’’

‘‘यहां से तो तू खुद को फारिग ही समझ। खाना मंगा।’’

विकास ने वेटर को इशारा किया।

पुखराज रहेजा ऑफिस से उठने की तैयारी कर रहा था जब कि इंटरकॉम का बजर बजा।

उसने कॉल रिसीव की तो लाइन पर स्वरूप अवस्थी को पाया।

‘‘बॉस’’ – अवस्थी की आवाज आयी – ‘‘बंगाली बाबू पहुंचा नहीं।’’

''क्या!'' – रहेजा की निगाह स्वयमेव ही वॉल क्लॉक की ओर उठ गयी। सवा पांच बजे थे – ''अरे, बस कहीं अटक गयी होगी!''

''वो डीलक्स बस तो आधा घंटा पहले मेरे सामने आके चली गयी!''

''घोष उसमें नहीं था?''

''होता तो फोन करता! मैंने तो उसके बाद की बस भी गुजर जाती देखकर आपको फोन किया है।''

''कहां मर गया! ऐसी कोताही पहले कभी की तो नहीं उसने!''

अवस्थी खामोश रहा।

''आधे घंटे में फिर फोन करना। मैं करता हूं कुछ।''

''ठीक है।''

लाइन कट गयी।

उसे डायल टोन सुनाई दी तो सैकेट्री को बोलने की जगह उसने खुद एक नम्बर डायल किया। सम्पर्क स्थापित हुआ तो वो बोला – ''पसारी!''

''बोल रहा हूं।''

दीपक पसारी एक प्राइवेट डिटेक्टिव था जिसकी स्पेशियलिटी ये थी कि दांव लगने पर क्लाइंट को ही ब्लैकमेल करने लगता था। जैसे धंधे में रहेजा था, उसके लिहाज से पसारी उसके बहुत काम का आदमी था।

''मैं रहेजा।''

''अरे, नमस्ते . . . नमस्ते, बड़े साहब!''

''नमस्ते। क्या कर रहा है?''

''टाइम पास कर रहा हूं।''

''कैसे?''

''जैसे हमेशा करता हूं। कम्प्यूटर पर ब्लू फिल्म देख रहा हूं।''

''बंद कर वो सब और तगड़ा हो जा।''

''हो गया।''

''अपना बंगाली बाबू तपन घोष गायब हो गया है। सौ-सौ के नोटों में नौ हजार डॉलर की रकम के साथ उसे अवस्थी के पास पंचधारा भेजा था, उसने

राजनगर टूरिज्म के ऑफिस के सामने से ढ़ाई बजे की बस पकड़नी थी और पांच से पहले पंचधारा पहुंचना था।''

''नहीं पहुंचा?''

''बस पहुंची लेकिन वो उसमें नहीं था।''

''रकम के साथ खिसक गया!''

''मुझे उम्मीद नहीं। वो पहले इससे बड़ी-बड़ी रकमें ढो चुका है। मेरी मुलाजमत में उसकी वाहिद क्वालीफिकेशन ही ये है कि वो पैसे पर नीयत मैली करने वाला आदमी नहीं।''

''फिर तो कोई हादसा गुजरा उसके साथ!''

''हो सकता है। कोई फैमिली मैन यूं गायब नहीं हो सकता। पता कर उसका।''

''ठीक है।''

''जब भी कुछ पता चले, टाइम का खयाल किये बिना मेरे को घंटी देना।''

''जरूर।''

''जीता रह।''

कॉल बैल बजी।

शबनम ने जाकर फ्लैट का प्रवेश द्वार खोला।

शबनम का फ्लैट कूपर रोड की एक पांचमंजिला इमारत की तीसरी मंजिल पर था जहां कि वैसे कई फ्लैट थे और जो फर्निश्ड और होटल जैसी वॉलेट सर्विस के साथ किराये पर मिलते थे। शबनम का फ्लैट दो कमरों का था, वैसे वहां पांच बैडरूम तक के फ्लैट भी थे।

आगंतुक अपेक्षित था।

विकास गुप्ता ने भीतर कदम रखा और फिर खुद ही अपने पीछे दरवाजा बंद किया।

''क्या हुआ?'' – शबनम के मुंह से निकला।

''पंगा।'' – जवाब मिला।

''हे भगवान! मनीचेंजर के साथ?''

''नहीं। वो काम तो उम्मीद के मुताबिक ऐन फिट हुआ। सवा तिरतालिस के करीब का भाव मिला। ये दो लाख साठ हजार रुपये हैं'' – उसने एक पैकेट उसे थमाया – ''पास रख।''

''सारे?''

''अभी सारे। बाद में आधे मेरे को देना।''

''मेरे साथ भी मेरा मेरा तेरा तेरा करोगे?''

''अरे, ऐसा कुछ नहीं कर रहा मैं! अब रख, बोला न!''

''पंगा क्या पड़ा?''

जवाब देने की जगह वो ड्रॉइंगरूम को लांघकर परले सिरे पर स्थित खिड़की के पास पहुंचा, उसने उसका एक पल्ला खोला और पर्दे की ओट में से बाहर सड़क पर झांका।

''क्या बात है?'' – वो सशंक भाव से बोली।

''देख रहा था'' – वो संजीदगी से बोला – ''कि कोई मेरा पीछा करता यहां तक तो नहीं पहुंच गया था!''

''क्यों भला?''

''लफड़ा गले पड़ गया है न!''

''कैसा लफड़ा? कुछ बताओ भी तो सही!''

उसने उत्तर न दिया। कुछ क्षण वो पूर्ववत् बाहर झांकता रहा, फिर उसने खिड़की बंद की, उसके आगे पर्दा सरकाया, खिड़की पर से हटा और आकर एक सोफे पर ढेर हुआ।

वो उसके सामने आ खड़ी हुई और उसके बोलने की प्रतिक्षा करने लगी।

''बैठ जा।'' – वो बोला।

''पहले बोलो, क्या हुआ?''

''बोलता हूं। बैठ।''

वो उसके करीब सोफे पर बैठ गयी।

''बहुत बड़ा लफड़ा हो गया है।'' – विकास बोला – ''बड़ा और हौलनाक।''

‘‘अरे, क्या?’’ – वो झल्लाई।

‘‘मैंने कत्ल होते देखा।’’

‘‘क्या!’’

‘‘एक आदमी का मेरी आंखों के सामने कत्ल हो गया।’’

‘‘कौन आदमी?’’

‘‘मालूम नहीं।’’

‘‘कब? कहां? . . . नहीं, पहले बोलो, ऐसा हो भी गया तो तुम्हें क्या?’’

‘‘मैंने कत्ल होता देखा न!’’

‘‘देखा तो देखा। जो देखा उसे भूल जाओ। समझ लो कुछ नहीं देखा।’’

‘‘मैं तो समझ लूंगा, वो कैसे समझ लेगा?’’

‘‘वो कौन?’’

‘‘कातिल! जिसने मेरे को देखा।’’

‘‘क्या! तुम ये कहना चाहते हो कि कातिल को खबर है कि तुमने उसको कत्ल करते देखा था?’’

‘‘हां।’’

‘‘तुम एक कत्ल के चश्मदीद गवाह बन गये हो?’’

‘‘हां।’’

‘‘और कातिल को – जो कोई भी वो है – इस बात की खबर है?’’

‘‘और मैं क्या कह रहा हूं?’’

‘‘ओ, माई गॉड!’’ – वो दहशतभरे लहजे से बोली।

विकास खामोश रहा।

‘‘तुम्हें अंदेशा है कि कातिल ने यहां तक तुम्हारा पीछा किया होगा?’’

‘‘हां।’’

‘‘ताकि . . . ताकि वो चश्मदीद गवाह को . . . खत्म . . . खत्म कर सके?’’

‘‘हां।’’

‘‘और उसे भी जो कि उस घड़ी उसके साथ हो?’’

‘‘क्या? . . .नहीं, नहीं। ऐसा कैसे हो सकता है?’’

‘‘क्यों कहीं हो सकता?’’

‘‘अरे, मुझे खाली अंदेशा था लेकिन हकीकतन मेरे पीछे यहां तक कोई नहीं पहुंचा है।’’

‘‘तुम्हें क्या मालूम?’’

‘‘मालूम है। अभी यही कंफर्म किया था मैंने। इस बाबत मुझे जरा भी भनक लगी होती तो मैं यहां आता ही नहीं।’’

‘‘कहां जाते?’’

‘‘कहीं भी जाता। यहां आकर ‘अपनी जान’ को खतरे में हरगिज न डालता।’’

‘‘अपनी जान को?’’

‘‘तेरी जान को। मेरी जान तू ही तो है! नहीं?’’

‘‘हां। अब बोलो, असल में क्या हुआ था?’’

‘‘बोलता हूं। घर में कोई ड्रिंक रखती है?’’

‘‘मैं बेवड़ी हूं?’’

‘‘वो तो तू है। फुल नहीं तो सेमी; सेमी नहीं तो क्वार्टर सही।’’

‘‘अकेले नहीं पीती। खाली होने वाले खसम को कम्पनी देने के लिये पीती हूं।’’

‘‘और उस्ताद को।’’

‘‘बस एक उसको। वो भी होने वाला खसम साथ हो तो।’’

‘‘क्या कहने!’’

‘‘मैं सुधर रही हूं।’’

‘‘नौ सौ चूहे खा के . . .’’

‘‘मैंने सिगरेट पीना छोड़ा कि नहीं छोड़ा!’’

‘‘छोड़ा।’’

‘‘शादी के बाद घूंट लगाना भी छोड़ दूंगी।’’

‘‘अच्छा! शादी कर रही है?’’

‘‘दफा हो।’’

‘‘लफड़ा सुनाये बिना?’’

''नहीं। सुनाओ।''

''पहले मेरी बात का सीधा जवाब दे।''

''ब्रांडी। ब्रांडी रखती हूं। मैडिसिनल परपस के लिये।''

''दवा के तौर पर इस्तेमाल के लिये?''

''हां।''

''गुड! मुझे ऐसी ही दवा की जरूरत है इस वक्त। दे मुझे।''

शबनम ने उसे उम्दा कोनियाक ब्रांडी रेमी मार्टिन सर्व की।

ट्रे पर एक ही गिलास देखकर विकास की भवें उठीं।

''मेरे को दवा की जरूरत नहीं।'' – शबनम बोली।

''जब असल बात सुनेगी तो पड़ जायेगी।''

''तब की तब देखेंगे।''

''मेरे को कम्पनी की जरूरत हो तो . . .''

''उसमें अभी बहुत टाइम है।''

''फिर भी . . .''

''फिर भी बैठी तो है तेरी ममी तेरे पास।''

''ठीक है।'' – उसने ब्रांडी का एक घूंट भरा, होंठ चटकाये और बोला – ''शुक्रिया।''

''नाओ, कम ऑन।''

''तेरे को मालूम ही है कि मैं लिंक रोड के बार में तेरे से और मनोहर लाल से अलग होकर सुंदरवन, अपने वाकिफकार मनीचेंजर से मिलने के लिये रवाना हुआ था!''

''हां।''

''अमूमन यहां राजनगर से सुंदरवन जाना हो तो इकबालपुर को जाता नेशनल हाइवे नम्बर इकतालीस पकड़कर, आगे झेरी जाकर आगे पंचधारा से होकर सुंदरवन जाया जाता है या नॉर्थशोर से झेरी जाकर आगे सुंदरवन जाया जाता है। हाइवे और झेरी की सड़क के जंक्शन पर मैं थोड़ी देर के लिये रुका था तो किसी ने मुझे बताया था कि एक रास्ता वहां से झेरी जाये बिना सीधा पंचधारा और

सुंदरवन के बीच में पहुंचता था जहां से मैं थोड़ा सा, बस तीन-चार किलोमीटर, आगे बढ़ता तो सुंदरवन पहुंच जाता।''

''मुझे ऐसे किसी रास्ते की खबर नहीं।''

''मेरे को भी कहां थी! तब लगी न!''

''आगे!''

''मैंने वो ही रास्ता पकड़ा। वो रास्ता ठीक था, छोटा था लेकिन सड़क ठीक नहीं थी। वहां से गुजरते वक्त मुझे याद आया था कि उधर सरकार का कोई मेजर डेवलपमेंट प्रोजेक्ट था जिसकी वजह से उधर खूब काम होना शुरू हुआ था लेकिन किसी वजह से वो प्रोजेक्ट ड्रॉप हो गया था।''

''वजह मुझे मालूम है।'' – शबनम एकाएक बोली – ''सरकार बदल गयी थी। नयी सरकार ने वो प्रोजेक्ट ड्रॉप कर दिया था।''

''वही बात होगी। बहरहाल कार से ड्राइव के लिये वो सड़क इतनी बुरी नहीं थी और झेरी न जाने की वजह से रास्ता वाकई छोटा था। लिहाजा वापिसी में भी मैंने वही रास्ता पकड़ा था। वापिसी में मेरे साथ पहला पंगा हुआ।''

''क्या?''

''हुआ तो कार के साथ लेकिन भुगतना मुझे पड़ा।''

''अरे, क्या?''

''मेरी जेन की पैट्रोल की सूई नहीं चलती इसलिये पैट्रोल की बाबत अंदाजा रखना पड़ता है कि टंकी में कितना बाकी होगा। वापिसी के सफर में मेरा वो अन्दाजा गड़बड़ा गया जिसका खामियाजा मुझे ये भुगतान पड़ा कि रात के साढ़े सात बजे के करीब जसलपुर रोड पर कार रुक गयी।''

''क्योंकि पैट्रोल चुक गया?''

''हां।''

''फिर?''

''मैंने कार को धकेलकर सड़क के किनारे किया और बाहर निकला। कार में एक प्लास्टिक का कनस्तर तब से मौजूद था जब से कि मैंने वो कार सैकण्डहैण्ड खरीदी थी और जिस पर सफेद पेंट से कार का नम्बर लिखा हुआ था। वो कनस्तर

कार में क्यों मौजूद था, मुझे नहीं मालूम था लेकिन कार के मेरे अधिकार में आने के बाद से मैंने उसे फेंका नहीं था।''

''क्यों मौजूद था! ऐसी ही किसी इमरजेंसी के लिये मौजूद था जो कि तुम्हें पेश आयी थी। पैट्रोल की सूई तब भी खराब होगी जबकि कार अभी ओरीजिनल ओनर के कब्जे में थी!''

''नहीं, तब खराब नहीं थी। वो तो हाल ही में खराब हुई थी!''

''आगे। आगे बढ़ो।''

''आगे ये कि कार के दगा देने से थोड़ी ही देर पहले मैं एक पैट्रोल पम्प के आगे से गुजरा था। मैंने वो कनस्तर सम्भाला और ज्यादा नहीं, यही कोई चारेक सौ गज चलकर मैं उस उजड़े से पैट्रोल पम्प पर पहुंचा जो कि बड़ी हैरानी की बात थी कि उस सड़क पर था। पम्प पर उस वक्त एक ही आदमी मौजूद था जो कि तब मुझे मालूम नहीं था कि मालिक था या मुलाजिम था। दस लीटर पैट्रोल से भरने के लिये मैंने कनस्तर और रकम उसके हवाले की और रैस्टरूम की बाबत सवाल किया।''

''रैस्टरूम?''

''ऐसी जगहों पर जो टॉयलेट्स वगैरह होते हैं, उन्हें रैस्टरूम ही बोलते हैं।''

''ओह!''

''उस शख्स ने बड़ी अजीब निगाह से मेरी तरफ देखा और जवाब देने की जगह पम्प के शीशे की खिड़कियों-दरवाजे वाले ऑफिस की ओर बढ़ चला। मुझे उसकी वो हरकत बड़ी अजीब लगी लेकिन उस पर कोई कमेंट करने की जगह मैं खुद ही रैस्टरूम की तलाश में निकल पड़ा जो कि मुझे ऑफिस से पीछे हटकर शैड जैसी एक दूसरी इमारत के बाजू में मिला। वहां एक बंद दरवाजे पर मैंने 'जेंट्स' लिखा पाया जिसे धकेलकर के मैं भीतर दाखिल हो गया। वहां एक तरफ टॉयलेट्स के तीन स्टॉल थे, दूसरी तरफ यूरीनल्स थे, दरवाजे के बाजू में एक वॉश बेसिन था। सब जगह गंदगी और बद्इंतजामी का बोलबाला था। यूरीनल्स के निकासी के रास्ते पान-सिगरेटों के टुकड़ों से बंद थे जिसकी वजह से वहां पेशाब की बदबू आम थी। उनके सामने खड़े होने की जगह मैं अपने करीब

के पहले टॉयलेट के स्टॉल पर पहुंचा और भीतर दाखिल होने की गरज से उसके दरवाजे को धक्का दिया। दरवाजा जरा सा अपनी जगह से हिला लेकिन खुला नहीं जिससे मैंने यही मतलब निकाला कि कोई भीतर था। लिहाजा मैं अगले दरवाजे पर पहुंचा और उसे ठेलकर भीतर दाखिल हो गया।''

''फिर?'' – शबनम सस्पेंसभरे स्वर में बोली।

''वो स्टॉल प्लाईवुड की पार्टीशन से यूं बने हुए थे कि न वो ऊपर छत तक पहुंचते थे और न नीचे फर्श तक पहुंचते थे। हर पार्टीशन फर्श से एक फुट ऊपर खत्म हो जाती थी और ऊपर की तरफ सिर के लेवल तक पहुंचती थी। जमा कोढ़ में खाज ये कि प्लाई में जगह-जगह छेद और झिर्रियां थीं।''

''प्राइवेसी में लोचा था।'' – वो उतावले स्वर में बोली – ''यही कहना चाहते हो न!''

''हां।''

''ऐसे मौके पर तुम मर्द लोग खुद को देखते हो या दायें-बायें दूसरों को?''

''क्या मतलब?''

'''ओनर्स प्राइड, नेबर्स एनवी'। ये मतलब?''

''अरे, नहीं, भई।''

''तो?''

''निगाह दायें-बायें भटकती ही है। जब प्राइवेसी मुमकिन न हो तो जरूर ही भटकती है।''

''इसलिये तुम्हारी भी भटकी?''

''हां।''

''उस स्टॉल की तरफ जिसका दरवाजा धक्का देने पर खुला नहीं था?''

''हां।''

''क्या देखा?''

''इत्तफाक से उधर की पार्टीशन में एक बड़ा सा छेद ऐन मेरी आंख के लेवल पर था। सहज ही मेरी निगाह उधर भटकी और उस छेद पर टिक गयी।''

''अरे, देखा क्या?''

''मैंने देखा कि दरवाजे की तरफ पीठ किये एक आदमी कमोड के सामने खड़ा था लेकिन वो . . . वो . . . वो नहीं कर रहा था जो मैं कर रहा था।''

''तो क्या कर रहा था? जरा जल्दी-जल्दी बोलो, मैं सस्पेंस से मरी जा रही हूं।''

''वो क्या है कि . . . कमोड का ढक्कन गिरा हुआ था और उस पर एक और . . . एक दूसरा आदमी बैठा हुआ था। जो आदमी खड़ा था, उसके हाथ में चाकू था जिसे मेरे देखते-देखते उसने . . . उसने उस बैठे हुए दूसरे आदमी के गले में भोंक दिया। पलक झपकते मैंने चाकू को गले में मूठ तक धंसते साफ देखा। मैंने . . . मैंने उस शख्स की ठोढ़ी के नीचे गले से लाल सुर्ख, चमकीला खून बह निकलता साफ देखा।''

शबनम के मुंह से तीखी सिसकारी निकली।

''फिर कातिल ने'' – विकास मंत्रमुग्ध-सा आगे बढ़ा – ''अपने बायें हाथ से उस शख्स को उसके सिर के बालों से थमा, उसकी गर्दन ऊंची की और गले में धंसा चाकू वापिस खींच लिया। उसने चाकू पर के खून को प्लाई की एक दीवार के साथ लटके टॉयलेट पेपर के रोल से पोंछा। कमोड पर बैठे उसके शिकार का जिस्म धीरे-धीरे आगे को झुकने लगा तो कातिल ने जल्दी से उसे सम्भालकर सीधा करने की कोशिश की ताकि वो उलटकर उसके ऊपर न आन पड़ता। उस कोशिश में हाथ में तब भी थमे उसके खुद के चाकू से उसका हाथ कट गया जिसकी कि – मुझे ऐसा लगा था – उसे खबर भी नहीं हुई थी।''

''अच्छा!''

''हां। जब वो टॉयलेट पेपर से चाकू पर लगा खून पोंछ रहा था तो लगता नहीं था कि उसे खबर थी कि उस खून के साथ वो अपने कटे हाथ से बहता खून भी पोंछ रहा था।''

''चाकू बहुत ही तीखा होगा!''

''जाहिर है। तभी तो मक्खन की तरह गले में धंसा। तभी तो धार के छूने भर से हाथ कट गया!''

''फिर?''

''उस दौरान शिकार की तरफ से उसकी तवज्जो हट गयी, नतीजतन शिकार

का जिस्म उलटकर फर्श पर लुढ़क गया। फर्श पर जिस्म के फैल पाने लायक, पसर पाने लायक जगह तो थी नहीं इसलिये उसकी एक बांह बीच की पार्टिशन के नीचे से निकलकर मेरे वाले स्टॉल में पहुंच गयी और मेरे उस ओर के जूते पर आकर पड़ी। कातिल ने झुककर लाश को समेटने की कोशिश की तो उसे मेरा जूता दिखाई दे गया।''

''ओह!''

''बद्किस्मती से मुझे उस बात का फौरन अहसास न हो सका वर्ना मैं तो गोली की तरह वहां से निकल लिया होता। जो कुछ मेरी आंखों के सामने वाकया हुआ था, उसने मुझे सकते की ऐसी हालत में पहुंचा दिया था कि मैं चाहकर भी अपनी जगह से हिल न पाया।''

''फिर?''

''फिर वो नामुराद घड़ी आयी जबकि उसी छेद में से कातिल ने मुझे देख लिया जिसमें से मैंने उसे और उसकी करतूत को देखा था। छेद के रास्ते क्षण भर को हम दोनों की निगाह मिली तो मेरी तंद्रा तो टूटी लेकिन मैं वो चुस्ती-फुर्ती न दिखा पाया जो कि मुझे दिखानी चाहिये थी और जो उस घड़ी कातिल ने दिखाई।''

''क्या किया उसने?''

''अपने स्टॉल से निकलकर आनन-फानन मेरे सिर पर आन खड़ा हुआ, चाकू की जगह उसके हाथ में गन दिखाई देने लगी जिसके निशाने पर मैं था और पिघले सीसे की तरह बाहर निकलने का उसका हुक्म मेरे कानों में पड़ने लगा। हुक्मउदूली की तो गुंजायश ही नहीं थी। भारी कदमों से मैं स्टॉल से बाहर निकला। मेरी घिग्घी बंधी हुई थी, मैं बोल पाने की हालत में ही नहीं था फिर भी उसने मुझे वॉर्निंग दी कि अगर मैंने मुंह से जरा भी आवाज निकाली तो वो मुझे गोलियों से छलनी कर देगा।''

''ओ, माई गॉड!''

''फिर उसने मुझे गन से कवर कर लिया और आगे चलने का हुक्म दिया।''

''आगे कहां?''

''बाहर सड़क के पार एक मैदान था, बकौल उसके वो मुझे वहां ले जाना चाहता था।''

''किसलिये?''

''ये भी कोई पूछने की बात है!''

''तुम्हें मार डालने के लिये?''

''और किसलिये?''

''उसका वो इरादा था तो उसने उस पर वहीं क्यों न अमल किया?''

''वहां गोली की आवाज सुनायी देती।''

''तो चाकू मार देता . . . जैसे . . . उस . . . उस दूसरे शख्स को मारा था?''

''उसका दूसरे शख्स की लाश वहां छोड़ने का इरादा नहीं होगा। तब उसे दो लाशें ठिकाने लगानी पड़तीं जो कि वो नहीं चाहता होगा!''

''पहली लाश का वो क्या करता?''

''क्या पता क्या करता!''

''मैदान में ले जाकर वो तुम्हें शूट करता?''

''या स्टैब करता; उसे वहां भी गोली की आवाज सुनी जाने का अंदेशा होता तो मुझे गन से कवर किये रहकर मेरे पर चाकू चलाता।''

''हूं। तो तुम उसके कहे मुताबिक बाहर निकल आये?''

''हां।''

''वो अपनी गन से तुम्हें कवर किये रहा?''

''हां। खुफिया तरीके से।''

''तुम्हें क्या मालूम!''

''कॉमन सेंस की बात है। उसने सब कुछ शरेआम करना होता तो उसे कहीं गोली चलाने में क्या गुरेज होता! बड़ी हद उसे पैट्रोल पम्प वाले को भी गोली मार देनी पड़ती!''

''ठीक! आगे?''

''उसके आगे मैं रैस्टरूम से बाहर निकला, पम्प के करीब पहुंचा तो मैंने पाया कि मेरा कनस्तर पम्प के करीब पड़ा था, उस पर ढक्कन चढ़ा हुआ था और पम्प

वाला एक दूसरे ग्राहक की कार में पैट्रोल भर रहा था। मैं पम्प के बाजू से आगे गुजरने लगा तो उसने मुझे आवाज देकर चेताया कि पैट्रोल के साथ मेरा कनस्तर तैयार था। तब मेरा ठिठकना और कनस्तर की तरफ तवज्जो देना जरूरी हो गया। मैंने कातिल की तरफ निगाह डाली तो उसने मुझे जाकर कनस्तर उठाने और उल्टे पांव लौट के आने का निर्देश दिया। सहमति में सिर हिलाता मैं आगे बढ़ा। तब मुझे लग रहा था कि वो मेरे लिये बचाव का एक अच्छा चांस था, मैं पैट्रोल भरवाती कार की ओट में जा सकता था और शोर मचा सकता था। लेकिन मैं अभी पम्प से थोड़ा दूर ही था कि वो चांस मेरे हाथ से निकल गया।''

''क्या हुआ?''

''कार वहां से चल दी।''

''ओह!''

''मजबूरन मुझे कनस्तर उठाकर कातिल के करीब लौटना पड़ा। उसने सड़क पार करके आगे मैदान में चलने का हुक्म दिया। आगे-पीछे चलते हम उस मैदान में पहुंचे और मैदान पर हावी अंधेरे का हिस्सा बन गये।''

''कनस्तर तब भी तुम्हारे हाथ में था?''

''हां।''

''अरे, तो वही फेंक मारा होता उस पर!''

''क्या बात करती है! दस लीटर पैट्रोल से भरे कनस्तर को फेंक मारना क्या कोई हंसी खेल था?''

''ओह! लेकिन कुछ तो किया होगा वर्ना मेरे सामने न बैठे होते।''

''हां, ''मरता क्या न करता'' की तर्ज पर कुछ तो किया ही!''

''क्या किया?''

''एकाएक ठोकर खा जाने का ड्रामा किया।''

''ओह!''

''वैसा मैंने मैदान के उस हिस्से में पहुंचकर किया जहां अंधेरे के बावजूद मुझे आगे पत्थर बिखरे पड़े दिखाई दे रहे थे। मैं कनस्तर पर से पकड़ ढीली करके वहां औंधे मुंह गिरा, मेरे दोनों हाथ मेरे सिर से आगे मैदान में फैले तो एक बड़ा सा

पत्थर मेरे हाथ में आ गया। मैंने उस पत्थर को पूरी ताकत से अपने पीछे मौजूद गन वाले कातिल पर फेंक मारा जो कि उसकी छाती से टकराया। वो छाती थामकर दोहरा हुआ तो मैं उठकर सरपट आगे मैदान में भाग निकला। हर घड़ी मुझे गोलियों की बौछार होने की दहशत ने सताया लेकिन गोली न चली। न ही वो मेरे पीछे आया। काफी दूर निकल आने पर एक बार ठिठक कर मैंने अपने पीछे झांका तो पीछे न मुझे वो दिखाई दिया, न दूर-दूर तक मुझे किसी हलचल का अहसास हुआ।''

उसने रुककर ब्रांडी का एक घूंट भरा और फिर भूली बात की तरह एक सिगरेट सुलगाया।

''ये'' – वो बोली – ''हैरानी की बात नहीं कि उसने न गोली चलाई, न तुम्हारे पीछे भागा?''

''हैरानी की बात बराबर है लेकिन ये भी तो सोच कि मुझे क्या पता था कि पत्थर उसको कितनी जोर का लगा था!''

''ठीक!''

''दूसरे, जैसे कि मैंने पहले भी कहा, हो सकता है उसे अंदेशा हो कि वहां खाली मैदान में भी गोली चलने की आवाज कहीं न कहीं सुनी जा सकती थी। ये न भूल कि मौकायवारदात से – पैट्रोल पम्प से जहां कि उसने एक कत्ल किया था – वो अभी कोई खास दूर नहीं था। ऐसे में गोलीबारी की वजह से वहां पुलिस पहुंच जाती तो उसके लिये प्रॉब्लम होती।''

''इसलिये उसने तुम्हें निकल जाने दिया?''

''या इसलिये निकल जाने दिया या मेरे फेंके पत्थर की चोट ने उसे फौरन कुछ करने के काबिल न छोड़ा।''

''फिर तुमने क्या किया?''

''मैंने उस खाली मैदान का बहुत बड़ा चक्कर काटा और पैट्रोल पम्प और अपने बीच में ज्यादा से ज्यादा फासला बना चुकने के बाद मैं फिर सड़क पर पहुंचा जहां से बड़ी मुश्किल से मुझे लिफ्ट हासिल हुई। जिसके सदके मैं शहरी आबादी में पहुंचा जहां से कि मैंने तेरे को फोन किया और फिर एक टैक्सी में

सवार होकर यहां पहुंचा।''

''थैंक गॉड।''

''जान बची सो लाखों पाये।''

''मुझे खुशी है कि संकट की घड़ी में तुम्हें अपनी ममी याद आयी।''

''संकट की घड़ी में न आयी, शब्बो रानी, संकट की घड़ी गुजर जाने के बाद आयी।''

''वो भी बराबर खुशी की बात है।'' – शबनम एक क्षण ठिठकी और फिर बोली – ''वो . . . वो कातिल . . . वो वापिस पैट्रोल पम्प पर गया होगा?''

''भई, अगर उसकी मंशा लाश को वहां के टॉयलेट में ही छोड़ने की नहीं थी तो जरूर गया होगा।''

''अब तुम्हारा क्या इरादा है?''

''मेरा इरादा मौकायवारदात पर लौटने का है।''

''क्या! पागल हुए हो?''

''वहां पैट्रोल पम्प के करीब मेरी कार खड़ी है। उसके किसी के नोटिस में आने से पहले मेरा उसको वहां से निकाल लाना जरूरी है। वहां वापिस लौटने के लिये मुझे तुम्हारी कार की जरूरत है।''

''खाली कार से क्या होगा?''

''क्या मतलब?''

''वापिसी में दो कारें कैसे हैंडल करोगे?''

''उस बाबत मैं अभी सोचूंगा।''

''क्या सोचोगे? क्यों सोचोगे? मैं साथ चलूंगी तो तुम्हारी इज्जत खतरे में पड़ जायेगी?''

''अरे, ये मुहावरा औरतों के लिये होता है। खतरे में औरतों की इज्जत पड़ती है।''

''जवाब दो।''

''ये पंगे वाला काम है जिसमें मैं तुम्हें नहीं लपेटना चाहता।''

''वो तो तुम लपेट चुके, वर्ना यहां न आये होते।''

''वो तो मैं रकम सौंपने आया। इतनी बड़ी रकम साथ-साथ लिये फिरने का क्या मतलब! कातिल को टॉयलेट में ही मेरा तिया पांचा एक करना मंजूर हो गया होता तो मैं जान और माल दोनों से हाथ धोता। अब कम से कम माल तो सेफ है!''

''जान माल से ज्यादा कीमती है।''

''अब सब खैरियत है।''

''तुम्हें क्या पता?''

''मैं तेरी बात कर रहा हूं।''

''मैं तुम्हारी बात कर रही हूं।''

''अरे, ये कत्ल का मामला है!''

''तुम्हारे लिये। मेरे लिये दिल का मामला है।''

''खामखाह!''

''नहीं खामखाह! प्राणनाथ, 'तू जहां-जहां चलेगा मेरा साया साथ होगा'।''

''बकवास न कर। गाड़ी की चाबी दे, मैं चलता हूं।''

''अरे, कठोर! निष्ठुर! पापी! बेवफा रास्ते बदलते हैं, हमसफर साथ-साथ चलते हैं।''

''तो तू नहीं मानेगी?''

''नहीं मानूंगी। तोरी बतियां नहीं मानूंगी। साले, बांह छुड़ाये जात है निबल जान के मोहे!''

विकास की हंसी छूट गयी।

शबनम ने भी हंसी में उसका साथ दिया। फिर फौरन संजीदा हुई।

''अब बोलो . . .''

''अभी चुप कर। अभी पहले मुझे सिगरेट खत्म करने दे, गिलास खाली करने दे।''

''कर न, मेरे बांकेलाल, किसने रोका है?''

''और एक बार मुझे सारी सिचुएशन को रीव्यू करने दे।''

''कोई जरूरत नहीं।''

''क्या बोला?''

''रीव्यू से तुम फिर ये नतीजा निकालने लग जाओगे कि मेरा साथ चलना ठीक नहीं।''

''वो तो है!''

''फिर पहुंच गये एक आने वाली जगह पर!''

''ये हकीकत है।''

''हकीकत गयी तेल लेने। मुझे हां या न में जवाब दो।''

''वो जवाब तो मैं दे चुका हूं। ये पंगे वाला काम है, मैं इसमें तुझे नहीं . . .''

''अरे, खसम, लिफाफे में जवाब न दे, लपेट के जवाब न दे, हां या न बोल। से यस ऑर नो!''

''नो।''

''अरे मेरे नाबीने बलम, तुझे मेरी जरूरत है।''

''नो।''

''मेरी कार की जरूरत है या नहीं?''

''है।''

''तो फिर मेरी भी जरूरत है।''

''नहीं, नहीं, नहीं। तू समझती क्यों नहीं कि ये खतरे का काम है, मैं तुझे जोखम में नहीं डाल सकता।''

''किससे खतरा है? पुलिस से?''

''पुलिस से भी। लेकिन ज्यादा कातिल से।''

''वो कैसे?''

''वो मेरी कार पर घात लगाये बैठा हो सकता है।''

''खामखाह! उसे क्या पता पैट्रोल पम्प के करीब सड़क पर लावारिस खड़ी जेन कार तुम्हारी है?''

''तू उस कनस्तर को भूल रही है जिसमें पम्प से मैंने दस लीटर पैट्रोल डलवाया था।''

''नहीं भूल रही हूं।''

''ये भूल रही है कि मैंने कहा था कि उस कनस्तर पर सफेद पेंट से जेन का

रजिस्ट्रेशन नम्बर लिखा हुआ था।''

''ओह!''

''जब कार का नम्बर लिखा कनस्तर मेरे हाथ में था तो कार किसकी हुई?''

''वो क्या करेगा?''

''वो हम दोनों को शूट कर देगा।''

उसके चेहरे पर चिंता के भाव आये।

''देखने में'' – फिर वो बोली – ''क्या वो बहुत खतरनाक आदमी था?''

''कातिल खतरनाक ही होते हैं।''

''वो कैसा था?''

''उम्र में वो मुझे चालीसेक साल का लगा था। बाल काले थे जिसमें दायीं तरफ मांग निकालता था। माथा चौड़ा था, भवें घनी थीं, आंखें मोटी-मोटी थीं और बाहर को निकलती जान पड़ती थीं, नाक लम्बी थी, होंठ पतले थे। कद मेरे जितना ही था लेकिन बदन मेरे से काफी भारी था। बायीं कनपटी पर सिले हुए जख्म का लम्बा निशान था।''

''सुपारी किलर?''

''हो सकता है, हो! या न हो!''

''हूं।''

''अब क्या कहती है?''

''तुम्हें अकेले जाने देना शहीद होने के लिये भेजने जैसा होगा इसलिये मैं साथ चलूंगी।''

''लानत!''

''जितनी मर्जी भेजो, मैं नहीं टलने वाली।''

''ठीक है। मर।''

''नाओ, दैट्स लाइक एक गुड ब्वाय।'' – शबनम हर्षित स्वर में बोली – ''इन अदर वर्ड्स, खुश कीत्ता ई जवान दी मुच्छ!''

''अब मैं प्रभु से प्रार्थना करता हूं कि वहां, मौकायवारदात पर, पुलिस पहले ही पहुंची हुई हो।''

''यानी कि कातिल को लाश वहां से गायब करने का मौका न लगा हो?''

''हां।''

''उससे क्या होगा?''

''पुलिस की मौजूदगी में मौकायवारदात के करीब अभी एक और कत्ल के इरादे से मौजूद रहने की उसकी हिम्मत नहीं होगी।''

''दैट्स वैरी गुड।''

''लेकिन एक बात सुन ले – एक फाइनल, एब्सोल्यूट बात सुन ले – उस पर भी हुज्जत की तो, बाई गॉड, थोबड़ा सेक दूंगा।''

''क्या?''

''हम सीधे कार के सिरहाने नहीं जा खड़े होंगे।''

''तो क्या करेंगे?''

''तेरी कार को परे कहीं ओट में रोकेंगे और मैं अकेला अपनी जेन तक जाऊंगा और हालात का, माहौल का जायजा लूंगा। थोड़ी देर बाद अपनी कार पर तू वहां से गुजरेगी, मुझे अगर वहां सब ठीक-ठाक लगा तो ठीक, कोई शक उपजाने वाली बात दिखाई दी या कोई इर्द-गिर्द मंडराता दिखाई दिया तो मैं तेरे साथ कार में सवार होऊंगा और हम वहां से निकल लेंगे।''

''तुम्हारी कार को वैसे ही पीछे छोड़कर?''

''उन हालात में हां।''

''हालात वो न हुए तो? सेफ हुए तो?''

''तो जेन को लौटा लाने की जुगत करेंगे।''

''पुलिस वहां होगी?''

''कहां? जेन के पास या पम्प पर?''

''दोनों जगह की बोलो!''

''जेन के पास उनके होने का अभी इतनी जल्दी कोई मतलब नहीं। दो फलांग दूर खड़ी कार की तरफ उनकी तवज्जो जाने का कोई मतलब नहीं। जायेगी भी तो जाते-जाते जायेगी, उसकी खबर उन्हें होते-होते होगी। कातिल को लाश को टॉयलेट से हटाने का वहां से गायब करने का मौका नहीं लगा होगा तो पुलिस

पम्प पर हो सकती है।''

''न हुई तो?''

''तो हम पहले चुपचाप पता करेंगे कि लाश अभी भी टॉयलेट में पड़ी थी या नहीं। पड़ी हुई हुई तो हम ही पुलिस को उस बाबत गुमनाम कॉल कर देंगे।''

''पता कैसे करेंगे? हम दोनों पम्प पर, और आगे टॉयलेट में, जायेंगे?''

''कुछ तो करेंगे। वैसे'' – वो एक क्षण ठिठका, फिर बोला – ''मेरा पम्प पर जाना ठीक न होगा क्योंकि पम्प वाला मुझे फौरन उस शख्स की सूरत में पहचान लेगा जो कि कनस्तर में पैट्रोल लेने वहां पहुंचा था।''

''तो?''

''अभी चलते हैं, आगे जैसा माहौल होगा, उसके मुताबिक फैसला करेंगे।''

''कातिल तुम्हारी ताक में तुम्हारी कार के पास भला क्यों रुकेगा?''

''क्योंकि उसने कत्ल के, उसकी करतूत के, चश्मदीद गवाह को खत्म करना है। ये काम वो और कैसे करेगा?''

''कार का नम्बर नोट करेगा और पता लगायेगा कि कार का मौजूदा मालिक कौन था और कहां पाया जाता था!''

''ओह!''

''इस बात का हिन्दोस्तानी में मतलब ये है, विकी बाबू कि जब तक वो छुट्टा घूम रहा है, तब तक तुम्हारी जान को कहीं भी खतरा है, कभी भी खतरा है।''

''फिर तो और भी जरूरी है कि वारदात जल्द-अज-जल्द पुलिस की जानकारी में आये।''

''एक बात सुन लो।''

''क्या?''

''अगर मैं विधवा हो गयी तो सफेद साड़ी नहीं पहनूंगी।''

''क्या बकती है? शादी से पहले विधवा कैसे हो जायेगी?''

''मैं मन वचन कर्म से तुम्हें पति धारण कर चुकी हूं इसलिये . . .''

''कर्म से कब किया?''

''सपने में कई बार किया। दूसरे, किसी सती नारी पर किसी मर्द की परछाई

भी पड़ जाये तो वो सधवा हो जाती है।''

''तू सती नारी है?''

''नारी तो हूं न! सती पर ही बहस है न!''

''अब बकवास बंद कर।''

''जो हुक्म, मेरे सरताज।''

''हम वहां पहुंचेंगे और बिना रुके मेरी कार के आगे से गुजरेंगे। कोई कार के भीतर या आसपास हुआ तो हमें उसका कोई न कोई हिन्ट जरूर मिलेगा।''

''न मिला और उसने तुम्हें पहचान लिया तो वो मेरी कार का नम्बर भी नोट कर लेगा और फिर मेरा अता-पता जानने की कोशिश करेगा?''

''कार तुम चला रही होगी तो मेरा छुप के बैठना आसान होगा। मैं पूरी कोशिश करूंगा कि पहचानना तो दूर, वो कार में मेरी मौजूदगी भी न भांप पाये।''

''यूं कुछ हाथ नहीं आने लगा। सड़क पर से तेजी से गुजरती कार में से तुम कुछ देख नहीं पाओगे और कार की रफ्तार घटाना अपने आप में शक जगाने की वजह होगा।''

''तो?''

''मेरी सुनो। मेरी मानो।''

''क्या सुनूं? क्या मानूं?''

''जो हुआ उसको भूल जाओ और भोर तक के लिये मुझे अपनी बांहों में ले लो।''

''ओह, शट अप।''

''जहां तुम्हारी जेन खड़ी है, उसके परे तुम कार से उतर जाना और सावधानी से फियेट से एक सेफ फासले पर पहुंच कर उसका और आसपास के माहौल का मुआयना करना। मैं पैट्रोल पम्प के आगे से गुजरूंगी, वहां कोई हलचल हुई तो उसको नोट करूंगी और एक लम्बा चक्कर काटकर तुम्हें कार में फिर से बिठा लेने के लिये वापिस लौटूंगी।''

''ठीक है।'' – वो हिचकिचाता हुआ बोला – ''लेकिन . . .''

''अभी भी लेकिन।''

''एक वादा कर।''

''मैं वादा करती हूं, मैं तुम्हारी हो जाने के बाद किसी मर्दुये की तरफ आंख उठाकर भी नहीं देखूंगी।''

''फिर लगी बहकने?''

''तुमने कोई और वादा कराना है?''

''हां।''

''कौन सा?''

''वादा कर कि पम्प पर कोई हलचल चलती कार में से तू न नोट कर पायी तो कार को रोकने की कोशिश नहीं करेगी। उसे पम्प पर ले जाने की कोशिश नहीं करेगी।''

''ठीक है, किया।''

''शाबाश!''

नौ बजे के करीब पुखराज रहेजा के मोबाइल की घंटी बजी।

उस घड़ी वो अपने घर के रास्ते में था।

स्क्रीन पर आये नम्बर से उसने जाना कि लाइन पर दीपक पसारी था।

''क्या खबर है?'' – वो बोला।

''आपका जमूरा मिल गया।'' – पसारी की आवाज आयी।

''कहां मिला?''

''रौनक बाजार के एक घटिया बार में बैठा मिला। रहेजा साहब, वेटर से पता चला कि वो शाम चार बजे से वहां था और लगातार जाम पर जाम चढ़ाये जा रहा था।''

''वजह?''

''समझना मुश्किल तो नहीं!''

''अगर तू कहेगा कि चार लाख की कमाई सैलीब्रेट कर रहा था तो मैं तेरी बाप पर यकीन नहीं करूंगा।''

''ये घोष की खुशकिस्मती है कि उसके एम्पलायर को उस पर इतना एतबार है। नहीं, ये वजह नहीं है।''

''तो क्या वजह है?''

''माल गंवा बैठा। पश्चाताप का गम गलत करता मिला।''

''क्या हुआ?''

''उसकी हालत कुछ कह पाने के लायक नहीं थी। मेरा ईश्वर ही जानता है कि कैसे मैं उससे असल बात निकलवा पाया।''

''अब कुछ कह भी तो सही!''

''ठगा गया। प्रोफेशनल ठगों की टोली ने चूना लगाया। तीन जनों ने बाकायदा निशाना बनाकर, स्कीम बनाकर उसे मूंडा। मुझे लगता है कि वो ठग लोग एक अरसे से अपने बंगाली बाबू को वॉच कर रहे थे और आपके कैरियर के तौर पर उसकी शिनाख्त कर चुके थे। आज वो अपनी चाल चल गये।''

''कैसे? क्या किया?''

पसारी ने बताया।

''ओह!'' – आखिर में रहेजा बोला – ''ये तो पहुंचे हुए महंतों का कारनामा हुआ?''

''बिल्कुल!''

''ऐसे ठग तो बिरादरी में जाने-पहचाने होते हैं! क्या उनका पता नहीं लगाया जा सकता?''

''रहेजा साहब, दानिशमंदी जहां बड़ी वारदात अंजाम दी हो, वहां से खिसक जाने में ही होती है।''

''कबूल। लेकिन क्या पता वो – सब या उनमें से कोई – दानिशमंद न हों! क्या पता वो इतने पहुंचे हुए महंत हों कि चार लाख की ठगी को बड़ी वारदात न मानते हों!''

''दम तो है आपकी बात में!''

''वो सौ-सौ डॉलर के नोट बिल्कुल नये थे और एक नयी गड्डी में से थे जिनमें से नब्बे नोट मुझे देकर दस मनीचेंजर ने अपने पास रख लिये थे। मनीचेंजर

मेरा रेगुलर और जाना पहचाना है . . .''

''पसरीचा!''

''वही। दस नोट अभी भी उसके पास होंगे जिनकी वजह से नब्बे नोटों की सीरीज के नम्बर जाने जा सकते हैं। सौ डॉलर बड़ी रकम होती है। कोई ऐरा-गैरा उसे कबूल नहीं करेगा इसलिये खुदरा खर्चने के लिये उसे रुपयों में कनवर्ट करना जरूरी होगा जो कोई मनीचेंजर ही कर सकता है। अब आगे समझा या मैं खाका खींच के समझाऊं?''

''समझा तो सही मैं लेकिन ये बड़ा फैलाव वाला काम है, मेरे अकेले से कैसे होगा?''

''मैंने अकेले करने को बोला?''

''ओह!''

''घोष अब कहां है? किस हालत में है?''

''हालत तो बुरी ही है उसकी लेकिन पहले से बेहतर है। एक टैक्सी पर उसे उसके घर रवाना करने के बाद ही मैंने आपको फोन लगाया है।''

''कल तक उसका नशा उतर जायेगा। कल उसे पकड़ना और बोलना कि अगर वो अपनी खैरियत चाहता है तो अपने ठगों को ट्रेस करने के लिये तुम्हारे साथ हाथ-पांव मारे।''

''ठीक।''

''एक से दो तो तू यूं हो जायेगा। आगे तू जाने तेरा काम जाने।''

''ठीक है, मैं करता हूं कुछ।''

''कुछ?''

''सब कुछ।''

''जीता रह।''

पैट्रोल पम्प के संचालक का नाम सतीश चावला था और वो ही इकलौता शख्स था जो उस रोज वहां हाजिरी भर रहा था।

अमूमन वहां पर अखिलेश नाम का उसका भांजा भी होता था लेकिन

उस रोज तबीयत खराब होने की वजह से वो दोपहरबाद ही वहां से चला गया था।

पम्प पर कोई खास बिजनेस नहीं होता था इसलिये अकेला सतीश चावला भी – या उसकी गैरहाजिरी में अखिलेश भी – सब सम्भाल सकता था। कोई खास बिजनेस न होने की वजह से ही पम्प सुबह आठ बजे खुलता था और रात को नौ बजे बंद हो जाता था।

उस वक्त चावला फालतू बत्तियां बुझाता पम्प बंद करने की तैयारी कर रहा था जबकि एक नीले रंग की मारुति वैन वहां पहुंची।

वो कार शबनम की थी। उसे अहसास था कि वो वादाखिलाफी कर रही थी लेकिन पम्प के करीब पहुंचते ही विकास से वादे के मुताबिक उसके आगे से गुजर जाने की जगह उसने वैन को ब्रेक लगानी शुरू की थी और उसे पम्प के भीतर की ओर घुमा दिया था।

जो कुछ विकास ने बयान किया था, वो उसकी कल्पना की उपज तो नहीं हो सकता था लेकिन – उसने खुद को समझाया था – वहां कोई खतरा नहीं दिखाई दे रहा था तो तसदीक करने की एक फटाफट कोशिश में क्या हर्ज था!

उसने वैन को पम्प के करीब रोका।

चावला ऑफिस से निकलकर उसके करीब पहुंचा।

''आई एम सॉरी।'' – वो एक गोल्डन जुबली मुस्कराहट से अपने खूबसूरत चेहरे को सजाती और उसे नवाजती बोली – ''मुझे नहीं मालूम था कि तुम बंद कर रहे थे।''

''कोई बात नहीं।'' – चावला अनमने भाव से बोला।

''मैं नाहक तुम्हें परेशान कर रही हूं क्योंकि मुझे पैट्रोल भी नहीं डलवाना।''

''तो?''

''मैं, अगर कोई प्रॉब्लम न हो तो, तुम्हारा रैस्टरूम इस्तेमाल करना चाहती हूं।''

''कोई प्रॉब्लम नहीं। वो उधर पीछे हटके बाजू में है।''

''थैंक्यू।''

वो कार से निकली और नदीदों की दीद के अंदाज से मोरनी की तरह छाती

फुलाती, कूल्हे झुलाती निर्देशित दिशा में आगे बढ़ी। आधे रास्ते में उसने घूमकर पीछे देखा तो पाया कि पम्प वाला ऑफिस में चला गया था।

बढ़िया!

वो रैस्टरूम के सामने पहुंची, एक क्षण हिचकिचाई फिर वो दरवाजा खोलकर भीतर दाखिल हो गयी जिस पर 'जेन्ट्स' लिखा था।

आम हालात में उसका जेन्ट्स टॉयलेट में कदम रखना ठीक न होता लेकिन तब क्या फर्क पड़ता था, जब उस एक पम्प वाले के अलावा वहां कोई था ही नहीं!

भीतर दाखिल होते ही कई तरह की बदबुयें उसके नथुनों से टकराईं और उसे उबकाई आने लगी। बड़ी मुश्किल से उसने अपने पर काबू किया और फिर बायें से दायें निगाह दौड़ाई। दायें प्लाईवुड की पार्टीशन वाले टॉयलेट्स पर पहुंचकर उसकी निगाह ठिठकी।

तीनों स्टॉलों के दरवाजे बंद थे।

हिचकती हुई दबे पांव वो पहले स्टॉल के सामने पहुंची जिसमें कि बकौल विकास एक लाश पड़ी हो सकती थी। उसने दरवाजे की तरफ हाथ बढ़ाया फिर सहम कर आधे रास्ते से ही वापिस खींच लिया।

दरवाजा खोले बिना भी तो जाना जा सकता था कि भीतर लाश थी या नहीं!

घुटनों के बल नीचे बैठकर, सिर फर्श की ओर झुकाकर उसने प्लाईवुड के फर्श तक न पहुंचते दरवाजे के नीचे से भीतर झांका।

खाली!

कुछ नहीं!

कमोड तक और पिछली पार्टीशन तक उसे फर्श के अलावा कुछ भी न दिखाई दिया। उसकी अपेक्षा में टॉयलेट के भीतर का फर्श और भी गंदा होना चाहिये था लेकिन हैरानी की बात थी कि वो बाहर के फर्श के मुकाबले में साफ था।

वैसे ही उकडू आगे बढ़ते उसने दो बाकी स्टॉलों के भीतर भी झांका।

कहीं कुछ नहीं।

वो उठकर सीधी हुई और दरवाजे के बाजू की दीवार पर फिट वॉश बेसिन के सामने पहुंची। वॉश बेसिन के ऊपर का शीशा मैला था और टूटा हुआ था और

वॉश बेसिन भी यूरीनल्स जैसा ही बेहाल था। उसकी बगल में एक रॉड पर एक वैसा तौलिया लटका हुआ था जिसके दोनों सिरे आपस में सिले हुए थे और जो खींचने पर रॉड पर घूमता जाता था ताकि तौलिये का कोई अलग-सूखा, साफ-हिस्सा इस्तेमाल में लाया जा सकता। हैरानी की बात थी कि वहां कोई चीज कदरन साफ और कम दागदार थी तो वो वो तौलिया ही था। जरूर टॉयलेट इस्तेमाल करने आने वाले तकरीबन लोगों को वहां का तौलिया इस्तेमाल करना गवारा नहीं होता था वरना उस पर भी कत्थे के दाग होते और वो बीड़ी-सिगरेट की मुश्क से महक रहा होता।

वहां कुछ नहीं रखा था – उसने मन ही मन फैसला किया – वहां और ठहरना बेकार था।

उसने दरवाजे को खोलने के लिये पास जाकर मूठ को थामा तो उसे अपना हाथ चिपचिपाता लगा। उसने तत्काल हाथ वापिस खींचा और ऊपर उठाकर हथेली पर निगाह डाली।

खून!

वो बौखलाकर एक कदम पीछे हट गयी।

दरवाजे की मूठ को खून लगा हुआ था जो कि अब उसके हाथ को लग गया था। मूठ को खून निश्चित रूप से किसी के खून से सने हाथ से लगा था और ये बात उस खूनखराबे की तसदीक करती थी जो कि विकास ने वहां अपनी आंखों के सामने होता देखा था।

तब उसे ये भी सूझा कि टॉयलेट के पहले स्टॉल का फर्श साफ क्यों था!

क्योंकि वो साफ किया गया था।

वहां बिखरे खून का वजूद मिटाने के लिये।

लिहाजा मूठ पर लगा रह गया खून किसी की लापरवाही का, बेध्यानी का नतीजा था।

वो वापिस वॉश बेसिन पर पहुंची। दूसरे हाथ से उसने उसका नलका चालू किया और खून से सना हाथ चलते पानी के नीचे कर दिया। हाथ पर से खून धुल गया तो उसने तौलिये से हाथ पोंछने शुरू किये। तौलिये का अगला, सूखा हिस्सा

अपने हाथों के करीब करने के लिये उसने तौलिये को रॉड पर से नीचे खींचा तो नीचे से गोल घूमते तौलिये के लूप में से निकलकर कोई चीज उसकी बैली पर आकर गिरी। उसने नीचे निगाह डाली और फिर झुककर उस चीज को उठाया।

हीरा!

जगमग!

वहां की ट्यूब लाइट की रौशनी में चम-चम चमकता हीरा!

उसने हीरे को अपने हैण्डबैग में डाल लिया और उसमें से मुंह पौंछने के काम आने वाला एक पेपर नैपकिन निकाला। उसने नैपकिन की कई तहें खोलकर उसे सीधा किया और फिर उससे मूठ पकड़कर दरवाजा खोला। बाहर कदम रखने से पहले उसने एक बार सावधानी से बाहर झांका।

कहीं कोई नहीं था।

वो खामोशी से वहां से बाहर निकली और लम्बे डग भरती आगे बढ़ी।

अपनी कार के करीब पहुंचने तक उसे पम्प वाले के दर्शन न हुए। वो कार में सवार हुई और तत्काल वहां से रवाना हो गयी।

विकास को फिर कार में सवार कराने के लिये।

सतीश चावला ऑफिस को ताला जड़ रहा था जबकि एक कार की हैडलाइट्स राहदारी पर चमकीं।

''पम्प बंद हो गया है।'' – वो घूमा और ऊंची आवाज़ में बोला।

कार फिर भी करीब आती रही।

''अरे, मैंने कहा . . .''

वो खामोश हो गया।

कार पुलिस की जीप थी।

वो करीब आकर रुकी तो उसने देखा कि जीप को एक हवलदार चला रहा था, उसके बाजू में पैसेंजर सीट पर एक इंस्पेक्टर बैठा हुआ था और पीछे एक और पुलिसिया था जो इंस्पेक्टर के बाद जीप से उतरा तो उसने देखा कि वो सब-इंस्पेक्टर था।

उसने अदब से दोनों का अभिवादन किया।

''कहां हुई वारदात?'' – इंस्पेक्टर दबंग स्वर में बोला।

चावला ने उसकी वर्दी पर लगी नेम प्लेट पढ़ी।

जिले सिंह!

वैसी ही नेम प्लेट सब-इंस्पेक्टर की वर्दी पर भी थी जिसके मुताबिक उसका नाम विष्णु प्रसाद था।

''वारदात!'' – चावला सकपकाया – ''कैसी वारदात?''

''कत्ल की वारदात।''

''यहां?''

''हां। रैस्टरूम में। कहां है रैस्टरूम?''

''कौन बोला?''

''कोई फोन पर बोला कि यहां के रैस्टरूम में किसी ने किसी को चाकू मार दिया था?''

''अरे, यहां कुछ नहीं हुआ। मजाक किया किसी ने पुलिस के साथ। बोगस कॉल थी।'' ''करते हैं लोग-बाग कभी-कभी ऐसी वाहियात हरकतें।''

''कॉल तुमने नहीं की थी?'' – सब-इंस्पेक्टर बोला।

''मैंने! तौबा!''

''पम्प तुम्हारा है?''

''हां।''

''नाम बोलो।''

''सतीश चावला।''

''और कौन है यहां?''

''कोई नहीं।''

''अकेले पम्प चलाते हो?''

''अमूमन एक आदमी और होता है। आज नहीं है।''

''अकेले कैसे चलता है?''

''चलता है। इधर कोई खास बिजनेस नहीं है। इक्का-दुक्का ग्राहक ही आता

है एक टाइम में।''

''रहते कहां हो?''

चावला ने रूप नगर के एक हाउसिंग कम्पलैक्स का पता बयान किया।

''तो'' – इंस्पेक्टर वार्तालाप का सूत्र अपने हाथ में लेता हुआ बोला – ''पुलिस को फोन तुमने नहीं लगाया था?''

''अरे, नहीं जनाब, मैं ऐसा वाहियात मजाक भला क्यों करूंगा सरकार के साथ!''

''हकीकत बयान करने के लिये।''

''हकीकत! अरे, जनाब, यहां कुछ नहीं हुआ। मैं अभी आपकी जुबानी ही सुन रहा हूं कि . . .''

''रैस्टरूम कहां है?''

''वो उधर बाजू में . . .''

''चलकर दिखाओ।''

हवलदार को पीछे छोड़कर दोनों पुलिस अधिकारी रैस्टरूम के सामने पहुंचे।

''ये दूसरी इमारत क्या है?'' – इंस्पेक्टर शैड की तरफ इशारा करता बोला।

''वो तो बंद पड़ी है एक अरसे से।''

''बंद पड़ी मेरे को दिखाई दे रही है। है क्या उसमें?''

''वर्कशॉप है। मेरा मतलब है, थी। पम्प का पिछला मालिक यहां सर्विस स्टेशन भी चलाता था लेकिन कोई बिजनेस नहीं था इसलिये बंद कर दिया।''

''उसने?''

''मैंने। मैंने जब से टेकओवर किया है, ये बंद है।''

''हूं।''

फिर उसने रैस्टरूम की तरफ तवज्जो दी।

''जेंट्स।'' – उसने दरवाजे पर से पढ़ा – ''लेडीज के लिये कोई इंतजाम नहीं!''

''है न!'' – चावला बोला – ''यहीं है लेकिन उसका रास्ता पिछवाड़े से है।''

इंस्पेक्टर के इशारे पर सब-इंस्पेक्टर पिछवाड़े की ओर बढ़ चला।

इंस्पेक्टर और चावला 'जेंट्स' लिखा दरवाजा खोलकर भीतर दाखिल हुए।

इंस्पेक्टर की निगाह पैनी होती चारों तरफ घूमी।

''यहां तो सब ठीक जान पड़ता है।'' – वो बोला।

''मैंने बोला न, किसी ने बोगस कॉल की।''

''किसने?''

''मुझे क्या मालूम!''

''कोई अंदाजा?''

''नहीं, मुझे कोई अंदाजा नहीं।''

''यहां की बाबत ही क्यों की?''

''अब मैं क्या बोलूं!''

इंस्पेक्टर घूमा तो उसकी निगाह दरवाजे की भीतरी मूठ पर पड़ी जिस पर पेपर नैपकिन चिपका हुआ था। तत्काल उसकी अनुभवी निगाहों ने ये भी नोट किया कि क्यों चिपका हुआ था।

तभी सब-इंस्पेक्टर ने बाहर से दरवाजा खोला।

''पीछे कुछ नहीं रखा।'' – भीतर दाखिल होता वो बोला।

''यहां रखा है।'' – इंस्पेक्टर बोला – ''दरवाजा बंद न करना। इसे ऐसे ही खुला छोड़कर गाड़ी में से पेचकस ले के आओ।''

सब-इंस्पेक्टर की भवें उठीं।

''ये मूठ चार पेचों के जरिये दरवाजे में कसी हुई है। एहतियात से पेच खोलकर मूठ को अलग करना है और कब्जे में लेना है।''

''इस पर तो खून . . . खून लगा जान पड़ता है!''

''ठीक जान पड़ता है। ये पेपर नैपकिन खून की वजह से ही मूठ पर चिपका रह गया है। इसके बावजूद मूठ पर से उंगलियों के निशान बरामद हो सकते हैं। समझे कुछ?''

''जी हां।''

सब-इंस्पेक्टर बाहर को लपका। उलटे पांव वो पेचकस के साथ वापिस लौटा और मूठ के पेच खोलने लगा।

उस दौरान इंस्पेक्टर ने टॉयलेट्स की तरफ तवज्जो दी। एक-एक करके उसने तीनों का दरवाजा खोला और भीतर झांका।

तीनों खाली थे।

लेकिन उनमें एक फर्क था जो उसकी निगाह को चुभे बिना न रहा।

पहले टॉयलेट का फर्श साफ था।

जब बाकी दोनों टॉयलेटों के फर्श मैले-कुचैले थे, बाहर यूरीनल्स और उनके बीच का फर्श भी वैसा ही बद्हाल था तो वो फर्श साफ क्यों था?

क्यों था?

''हो गया।'' – सब-इंस्पेक्टर बोला।

''ऑफिस में चलो।'' – इंस्पेक्टर ने आदेश दिया।

तीनों पम्प के ऑफिस में पहुंचे।

''तो'' – इंस्पेक्टर चावला से मुखातिब हुआ – ''पम्प के मालिक तुम हो?''

''हां।'' – चावला बोला।

''अकेले या कोई पार्टनर है?''

''पार्टनर! नहीं तो?''

''ऐसा फैंसी जवाब देने का क्या मतलब? पार्टनर के नाम पर सकपकाकर दिखाने का क्या मतलब? 'नहीं' के साथ 'तो' लगाने का क्या मतलब?''

''आप तो बाल की खाल निकाल रहे हैं!''

''और मेरा काम क्या है?''

चावला खामोश रहा।

''मूठ पर खून कहां से आया?''

''मुझे नहीं मालूम।''

''कोई अंदाजा?''

''नहीं।''

''खून अभी पूरी तरह से सूखा नहीं था। शाम से कितने लोग वहां गये थे?''

''ज्यादा नहीं। चार-पांच ही। जिसमें एक औरत थी।''

''रैस्टरूम की सफाई कौन करता है?''

''मैं। या मेरा भतीजा। अखिलेश।''

''तुम लोग क्यों?''

''यहां कोई खास कमाई नहीं है।''

''इसलिये ऑड जॉब्स के लिये कोई नौकर-चाकर नहीं रखा हुआ?''

''यही बात है।''

''आखिरी बार कब सफाई हुई थी?''

''क-कल।''

''किसने की थी?''

''मैंने।''

''आज क्यों नहीं?''

''सफाई एक दिन छोड़ के ही होती है।''

''इसलिये आज नहीं हुई। कल फिर होगी?''

''हां।''

''तुम्हारे लिये भी वो ही टॉयलेट है?''

''हां।''

''आज कब गये? कितनी बार गये?''

''एक ही बार गया। दोपहरबाद। लंच करने के बाद।''

''तब के बाद से किसी दूसरे काम से भी वहां नहीं गये?''

''दूसरा काम? दूसरा काम कौन सा?''

''मसलन फर्श साफ करने का काम?''

वो सवाल करते वक्त इंस्पेक्टर ने यूं अपलक चावला की तरफ देखा कि वो विचलित हुए बिना न रह सका।

''सॉरी!'' – वो बोला – ''मैं भूल गया था। और काम से तो गया था। शाम को कोई बिजनेस नहीं था इसलिये फर्श साफ करने गया था।''

''क्यों?''

''क्यों? क्योंकि गंदा था।''

''गंदा तो वहां सब कुछ है!''

वो खामोश रहा।

''काम शुरू किया तो मुकम्मल क्यों न किया?''

''जी!''

''टॉयलेट के एक ही स्टॉल का फर्श साफ करने के बाद काम छोड़ क्यों दिया?''

''अच्छा, वो?''

''हां, वो।''

''बाहर कोई कस्टमर आ गया था, मुतवातर हॉर्न बजाने लग गया था, इसलिये मुझे वो काम छोड़कर बाहर जाना पड़ गया था।''

''कस्टमर को अटैंड करने के बाद लौटे क्यों नहीं?''

''और कस्टमर आ गया था।''

''फिर?''

''फिर और आ गया था।''

''अभी तो कह रहे थे इधर कोई खास बिजनेस नहीं है! इक्का-दुक्का ग्राहक ही आता था!''

''इत्तफाक! इत्तफाक से ऐसा हुआ।''

''ऐसा इत्तफाक पहले भी कभी हुआ?''

''एकाध बार हुआ।''

''कितना अरसा हो गया पम्प चलाते?''

''पांच महीने।''

''तो अब एकाध बार जमा एक और बार हो गया इत्तफाक! कुल जमा दो ढाई बार हो गया! नहीं?''

उसने उत्तर न दिया।

''जब रूटीन एक दिन छोड़ के सफाई करने की बताते हो, जब सफाई अभी कल की बताते हो तो आज किसलिये?''

''कमाल है! रोजाना सफाई के खिलाफ क्या कोई ऑर्डिनेंस पास हो गया है? मैंने ऐसा करके कानून की कोई धारा बंद कर दी है?''

''डिपेंड करता है।''

''किस बात पर?''

''अगर तुमने फर्श इसलिये साफ किया कि वो गंदा था तो कोई परेशानी नहीं। लेकिन अगर किसी क्राइम के सबूत मिटाने की मंशा से किया तो'' – इंस्पेक्टर ने कहरभरी निगाह से चावला को देखा – ''बहुत गलत किया। बहुत बुरा किया। अब बोलो!''

''क्या बोलूं? मेरे को इतना ही बोलना है कि फर्श मेरे को गंदा लगा इसलिये मैंने साफ कर दिया . . . करना शुरू कर दिया . . . इतनी सी बात है जिसके लिये मैं नहीं समझता कि मुझे सरकार से इजाजत लेने की जरूरत थी।''

''बहुत करारी बात कही। तुमने बोला कि वहां जाने वालों में एक औरत भी थी?''

''हां।''

''कौन थी वो?''

''क्या पता कौन थी?''

''कस्टमर थी?''

''नहीं। पैट्रोल तो उसने नहीं डलवाया था! खाली रैस्टरूम में जाना चाहती थी।''

''ऐसी जगहों के रैस्टरूम को नॉनकस्टमर्स भी इस्तेमाल करते ही हैं, फिर भी वो औरत खास तौर से तुम्हें क्यों याद रही?''

''वजह तो है!''

''क्या वजह है? वही तो मैं जानना चाहता हूं।''

''एक तो वो खूबसूरत बहुत थी – ऐन फिल्म स्टार लगती थी – इसलिये; दूसरे, जा के जेन्ट्स टॉयलेट में घुस गयी थी।''

''क्या!''

''जी हां।''

''तुमने टोका नहीं?''

''क्लोजिंग टाइम था, मैंने सोचा था क्या फर्क पड़ता था!''

''तुम कहते हो वो बहुत खूबसूरत थी?''

''हां।''

''रखरखाव कैसा था?''

''शानदार। ए क्लास।''

''ऐसी क्लास औरत को ऐसे फटेले टॉयलेट में जाना कबूल हुआ?''

''जनाब, जाके ही तो पता लगा होगा कि फटेला था!''

''घर के भाग ड्योढ़ी से नजर आ जाते हैं। जब यहां सब कुछ फटेला है तो टॉयलेट क्या चमचम कर रहा होता?''

चावला ने आहत भाव से उसकी तरफ देखा।

''जवाब दो!''

''उसकी मजबूरी होगी! नेचर कॉल जोर मार रही होगी!''

''हां, ये हो सकता है। कब आयी थी वो यहां?''

''आप लोगों के यहां पहुंचने से बस थोड़ी ही देर पहले।''

''टाइम . . . टाइम बोलो।''

''नौ बजने से दो या तीन मिनट पहले।''

''टाइम की तरफ तवज्जो जाने की वजह?''

''मैं यहां नौ बजे बंद करता हूं, उसी तैयारी में था तो वो यहां पहुंची थी।''

''हुलिया बयान करो। खूबसूरत थी, फिल्म स्टार लगती थी, इसके अलावा कुछ बताओ।''

चावला ने भरसक कोशिश की।

''हूं।'' – इंस्पेक्टर गम्भीर हुंकार भरता बोला – ''मूठ पर खून कैसे लगा?''

''किसी को बेध्यानी में कोई चोट-वोट लग गयी होगी।''

''कोई बड़ी बात नहीं। लेकिन खून लगी मूठ पर पेपर नैपकिन क्योंकर चस्पां हो गया? वो भी गुलाबी रंग का! खुशबूदार!''

''अब मैं क्या बोलूं?''

''मूठ पर लगा खून तुम्हें क्यों न दिखाई दिया?''

''कब?'' – वो सकपकाया – ''कब न दिखाई दिया?''

''जब तुम टॉयलेट साफ करने गये थे।''

''तब नहीं लगा होगा।''

''लगा होता तो तुम्हारे हाथ को भी लगता?''

''जी!''

''भई, बाहर एकाएक ग्राहक के पहुंच जाने की वजह से, हॉर्न बजने लग जाने की वजह से जब तुम सफाई का काम बीच में छोड़कर बाहर को लपके थे तो तुमने भी तो मूठ से पकड़कर दरवाजा खोला होगा! तब अगर मूठ को खून लगा होता तो वो तुम्हारे हाथ को लगने से कैसे रह गया होता?''

उसने उस बात पर विचार किया।

''सफाई के वक्त दरवाजे को खोल के रखा जाता है।'' – फिर बोला – ''उसके रास्ते में ईंट लगा दी जाती है ताकि वाइपर से कचरा बाहर निकाला जा सके। यूं दरवाजा खोल के रखने से अंदर की मूठ दीवार के साथ जा लगती है इसलिये दिखाई नहीं देती। हॉर्न बजने पर जब मैं वहां से गया था तो यूं मेरे लिये दरवाजा खुला था इसलिये मूठ को थामने का, उस पर निगाह पड़ने का कोई मतलब ही नहीं था।''

''तो दरवाजा वैसे ही तुम्हारे बाद में वहां पहुंचने वालों को भी क्यों न खुला मिला?''

''क्योंकि जाती बार मैं पांव से ईंट हटा गया था।''

''इसका मतलब तो ये हुआ कि पीछे अधूरा छोड़ा काम लौट कर मुकम्मल करने की तुम्हारी कोई मर्जी ही नहीं थी। इसलिये नहीं थी क्योंकि काम तुम पहले ही मुकम्मल कर चुके थे। और काम ये था कि तुमने सिर्फ . . . सिर्फ टॉयलेट के पहले स्टॉल का फर्श साफ करना था।''

''ऐसी कोई बात नहीं। ईंट मैं बेध्यानी में हटा गया था और क्लोजिंग टाइम तक लौट के आने का मौका नहीं लगा था।''

''ऐसा?''

''हां।''

''ये तमाम बातें नजरअंदाज की जा सकती थीं अगरचे कि थाने में यहां एक कत्ल हुआ होने की बाबत कॉल न आयी होती। चोट बेध्यानी में लग जाती है, कत्ल बेध्यानी में नहीं होता। कत्ल की बाबत थाने में बोगस कॉल भी आये तो तफ्तीश करनी पड़ती है। नहीं?''

''हां।''

''दरयाफ्त करना पड़ता है कि कौन क्या जानता है! और पब्लिक से उम्मीद की जाती है कि वो पुलिस से सहयोग करे। उससे कुछ न छुपाये। क्या?''

''कुछ न छुपाये।''

''हां। याद रखना ये बात। अभी चलते हैं।''

चावला के भेजे की चरखी तेजी से घूमने लगी। वो सोचने लगा कि क्या वो उस शख्स का जिक्र करे जो दस लीटर के खाली कनस्तर के साथ उसमें पैट्रोल लेने पहुंचा था! क्या उसी शख्स ने कत्ल की बाबत पुलिस को फोन किया हो सकता था! किसी ने तो फोन किया ही था तो उसने क्यों नहीं!

दोनों पुलिस अधिकारी तब तक जीप तक पहुंच चुके थे।

''इंस्पेक्टर साहब!'' – वो पीछे लपकता बोला – ''जनाब, जरा रुकिये।''

इंस्पेक्टर ठिठका, घूमा, उसने प्रश्नसूचक नेत्रों से करीब आते चावला की तरफ देखा।

''मैं एक बात भूल गया था'' – चावला बोला – ''जो मुझे अभी एकाएक याद आयी है। हो सकता है आपकी निगाह में उसकी कोई अहमियत हो।''

''कौन सी बात?''

''साढ़े सात बजे के करीब खाली कनस्तर उठाये एक आदमी यहां आया था जो कहता था कि उसकी कार का यहां पम्प से थोड़ी ही दूर कहीं पैट्रोल चुक गया था। उसने मेरे को कनस्तर में दस लीटर पैट्रोल डालने को बोला था और फिर खुद मेरे से रैस्टरूम की बाबत पूछकर वहां चला गया था।''

''इसमें जिक्र की कौन सी बात है?'' – इंस्पेक्टर उतावले स्वर में बोला।

''वो बात आगे है न!''

''तो आगे पहुंचो, भई।''

''जनाब, पैट्रोल की खातिर तो वो यहां आया था और अपना पैट्रोल का कनस्तर ही यहां भूले जा रहा था।''

''भूले जा रहा था?''

''जी हां। मुझे आवाज देकर उसकी बाबत उसे चेताना पड़ा था। मेरे ऐसा करने के बाद ही उसने पम्प पर आकर अपना कनस्तर उठाया था लेकिन मुझे मुंह से थैंक्यू का एक लफ्ज फूट के नहीं दिया था।''

''ऐसा?''

''जी हां। मेरे आवाज देने पर वो आया, कनस्तर उठाया और लौट गया . . . यूं जैसे नींद में चल रहा हो।''

''कमाल है! ऐसा क्यों?''

''वो रैस्टरूम से लौटा था, उसके मिजाज में तब्दीली की वहीं कोई वजह पेश आयी होगी।''

''क्या वजह?''

''मुझे क्या मालूम?''

''उसने वहां कत्ल किया होगा और लाश को कमोड में फ्लश कर दिया होगा?''

''आप . . . आप मेरा मजाक उड़ा रहे हैं।''

''वो तुम्हारे टॉयलेट साफ करने से पहले यहां पहुंचा था या बाद में?''

''पहले।''

''लिहाजा तुम साढ़े सात बजे के बाद किसी वक्त टॉयलेट साफ करने गये थे?''

''हां।''

''और नौ बजे तुम क्लोजिंग बताते हो?''

''हां।''

''क्लोजिंग टाइम से पहले टॉयलेट साफ करने जाने की क्या तुक हुई?''

''आप तो फिर शुरू हो गये?''

''जवाब दो!''

''कल भी तो आकर ये काम मैंने ही करना था! एडवांस में कर दिया तो क्या आफत आ गयी?''

''देखने में कैसा था वो आदमी?''

''लम्बा-ऊंचा नौजवान था, उम्र में तीसेक साल का होगा, जींस-जैकेट पहने था, बढ़िया पर्सनैलिटी थी और . . .''

''ऐन हीरो लगता था! जैसे वो औरत हीरोइन लगती थी!''

''आप फिर . . .''

''बाल कैसे थे? आंखें कैसी थीं? मूंछ रखता था या क्लीनशेव्ड था?''

''ध्यान नहीं।''

''ध्यान करो।''

''जो मुझे याद था, मैंने बता दिया।''

''कुछ बाद में याद आ गया तो क्या करोगे?''

''आपको खबर करूंगा।''

''गुड!''

दोनों पुलिस अधिकारी पूर्ववत् जीप में सवार हो गये। जीप वहां से रवाना हो गयी।

''क्या कहते हो?'' – रास्ते में इंस्पेक्टर बोला।

''किस बारे में?'' – सब-इंस्पेक्टर हड़बड़ाया।

''अरे, पम्प वाले के बारे में।''

''फरेबी बातें करता था। सब कुछ सच-सच बताता नहीं जान पड़ता था।''

''ऐन मेरे मन की बात कही। मैं सोच रहा हूं अभी हम ऑफिस न जायें।''

''तो कहां जायें?''

''वापिस। मैं फासले से, खुफिया तरीके से पम्प को वॉच करना चाहता हूं और देखना चाहता हूं वो पीछे क्या करता है!''

''ठीक है।''

इंस्पेक्टर के निर्देश पर हवलदार ने जीप घुमाई और उसे पैट्रोल पम्प के सामने

के खाली मैदान में मलबे के एक ढेर की ओट में ले जाकर रोका।

''इस आदमी को चैक कराना होगा।'' – इंस्पेक्टर पैट्रोल पम्प की ओर झांकता गम्भीरता से बोला – ''पैट्रोल पम्प का मालिक होने के बावजूद क्यों वो कोई बाहैसियत शख्स नहीं जान पड़ता?''

''गुस्ताखी माफ, क्यों नहीं जान पड़ता?''

''अरे भई, जो शख्स खुद टॉयलेट साफ करता हो . . .''

''उसने वजह बताई तो थी कि धंधा मंदा था!''

''तो क्या हुआ? एक अटेंडेंट रखने से जागीर लुट जाती है? बाल मूंडने से मुर्दा हल्का होता है?''

''पुरुषार्थ की महिमा में विश्वास रखता होगा!''

''सारा पुरुषार्थ साला टॉयलेट साफ करने में ही घुसा हुआ है?''

''गांधीजी भी टॉयलेट साफ करते थे।''

''बढ़िया! जिसे अभी फरेबी किरदार बता के हटे हो, वो अब गांधीजी के बराबर हो गया।''

सब-इंस्पेक्टर हंसा।

''फिर वो खुद को पम्प का मालिक बताते वक्त हिचकिचाया क्यों? उसका लहजा क्यों लरजा?''

''मैं इस शख्स की पूरी जानकारी निकालूंगा। मुकम्मल जन्मपत्री खुद तैयार करूंगा।''

''जल्दी।''

''आपकी उम्मीद से जल्दी।''

''गुड। कनस्तर वाले का जिक्र उसने आखिर में, ऐन टेल एण्ड पर, क्यों किया?''

''आपको उसमें भी भेद लगता है?''

''जहां धंधा मंदा हो, इक्का-दुक्का ग्राहक ही आता हो, वहां ऐसे अनोखे व्यवहार वाला शख्स उसे आखिर में याद आया!''

''आज धंधा मंदा नहीं था। ग्राहक पर ग्राहक आ रहे थे। तभी तो टॉयलेट

साफ करने का काम मुकम्मल करने लौट न सका।''

''ऐसा वो ही तो कहता है!''

''आपका क्या खयाल है?''

''सब याद था उसे। खाली ये फैसला नहीं कर पा रहा था कि उस शख्स का जिक्र करे या न करे। फिर आखिर जिक्र इसलिये किया क्योंकि पुलिस को आयी फोन कॉल का सस्पेंस था। उसका जिक्र करके उसने हमें ये आइडिया सरकाया था कि हमें गुमनाम फोन कॉल करने वाला शख्स वो था।''

''आपकी बात में दम है . . . वो निकल रहा है।''

''मैं देख रहा हूं। लेकिन वो तो पैदल है!''

''गाड़ी कहीं और खड़ी की होगी।''

''खामखाह!''

''होगी कोई वजह।''

''अरे, जब कहते हो कि बाहैसियत शख्स नहीं जान पड़ता तो ये भी तो वजह हो सकती है कि गाड़ी उसके पास हो ही नहीं!''

''सिंह साहब, आजकल तो बेहैसियत लोगों के पास भी गाड़ी होना आम बात है।''

''ये बात भी ठीक है। तो?''

''तो पैदल कहीं करीब ही जा रहा होगा!''

''देखते हैं।''

सतीश चावला करीब जिस जगह गया, वो रोडवेज का बस स्टॉप था। थोड़ी देर बाद एक बस वहां पहुंची जिस पर वो सवार हो गया।

''विष्णु'' – इंस्पेक्टर बोला – ''क्या देखा?''

''पैट्रोल पम्प के मालिक को बस पर सवार होते देखा?''

''ऐसा पैट्रोल पम्प मालिक पहले कभी देखा सुना जिसके पास अपनी कोई सवारी न हो?''

''सवारी होगी, सिंह साहब, किसी वजह से आज नहीं होगी।''

''कौन सी वजह?''

‘‘गाड़ी बिगड़ी हुई रिपेयर के लिए वर्कशॉप में खड़ी होगी या सुधरी हुई होगी लेकिन बीवी ने कब्जा ली होगी।’’

‘‘तुम्हें क्या पता कि ये शादीशुदा है?’’

‘‘पता तो नहीं; बस, ऐसे ही गैस किया . . . मैं कल इसकी पूरी हिस्ट्री बयान करूंगा जिसमें कि इस बात का भी जिक्र होगा कि पैट्रोल पम्प बंद करके ये बस पर आज ही सवार हुआ था या ये इसकी हमेशा की रूटीन थी।’’

‘‘और मूठ को पुलिस फॉरेंसिक लैब में ब्लड टैस्ट और फिंगरप्रिंट्स बैकअप के लिये भेजोगे।’’

‘‘जरूर।’’

‘‘बस के पीछे चलें?’’

‘‘क्या फायदा होगा! वो बस रूपनगर की ही थी जहां कि उसने अपनी रिहायश बतायी थी। पम्प बंद करके इतनी रात गये घर के अलावा और कहां जायेगा!’’

‘‘ठीक। ओके, वापिस चलो।’’

पूर्वनिर्धारित स्थान पर शबनम ने अपनी वैन को स्लो किया, फिर खड़ी किया और स्टियरिंग थपथपाती प्रतीक्षा करने लगी।

एक पेड़ की ओट में से विकास प्रकट हुआ और आकर उसके पहलू में सवार हो गया।

शबनम ने प्रश्नसूचक नेत्रों से उसकी तरफ देखा।

‘‘सब खैरियत है।’’ – विकास बोला – ‘‘यहां लावारिस खड़ी मेरी कार किसी की निगाह में नहीं है। मुझे यहां ऐसा कोई शख्स दिखाई नहीं दिया जो कि निगाहबीनी कर रहा हो।’’

‘‘बढ़िया।’’

‘‘अपनी सुना! पैट्रोल पम्प पर क्या देखा?’’

‘‘वहां पुलिस पहुंची हुई है।’’

‘‘उसने तो पहुंचना ही था!’’

''क्यों, भई?''

''मैंने फोन किया था।''

''तुमने!''

''हां।''

''क्यों भला?''

''बोलूंगा। पहले तू . . .''

''पहले बोलो।''

''अरे, कत्ल का मामला था, सोचा लाश जितनी जल्दी बरामद होती, उतना अच्छा था।''

''ये बात पहले न सूझी?''

''नहीं ही सूझी। इसलिये न सूझी कि पहले मुझे शिद्दत से इस बात का अहसास नहीं हुआ था कि मेरी जान को खतरा था। तेरे पीछे मुझे लगा कि वो खतरा कातिल की गिरफ्तारी से टल सकता था।''

''पुलिस क्या करती? कोई जादू-मंतर करती जिसके सदके कातिल उनके सामने प्रकट हो जाता?''

''अरे, कुछ तो करती! ये उनका काम है, उनका कारोबार है। तूने देखा नहीं कि दस में से नौ कातिल वारदात के उजागर होने के बाद विद इन ए वीक पकड़े जाते हैं।''

''पुलिस को कहां फोन किया? करीबी थाने में?''

''नहीं, सौ नम्बर पर। वन जीरो जीरो पर।''

''क्या बोला?''

''ज्यों ही मैंने कत्ल का नाम लिया किसी ने मुझे होल्ड करा दिया। फिर लाइन पर कोई इंस्पेक्टर जिले सिंह आया जिसे कि मैंने कत्ल की बाबत, लाश की बाबत बता दिया।''

''ओह!''

''अब तू बोल, वहां पम्प पर और क्या देखा?''

''लाश गायब है।''

''क्या!''

''किधर ध्यान है? मैंने बोला टॉयलेट में लाश नहीं है।''

''तेरे को क्या मालूम?''

''आंखों से देखा न!''

''क्या? तू वहां गयी?''

''लो! और क्या मुझे दिव्यदृष्टि प्राप्त है जो मैंने वैन में बैठे-बैठे सड़क पर से ही टॉयलेट में झांक लिया?''

''तूने वादाखिलाफी की?''

''अब क्या बोलूं? मेरे से रहा नहीं गया।''

''कोई पंगा पड़ जाता तो?''

''पड़ा तो नहीं!''

''पड़ जाता तो?''

''अब तो तो बंद कर न, तोते!''

''मैं खफा हूं तेरे से।''

''हाय! मैं कुरबान! एक बात बोलूं, विकी?''

''बक।''

''तू ऐसे बोलता है तो निरा खसम लगता है।''

''बकवास बंद कर।''

''जो आज्ञा, प्राणनाथ।''

''मौके की नाजकत नहीं देखती। जब देखो चबर-चबर, चबर-चबर करने लगती है।''

''सॉरी।''

''मैंने गलती की जो तेरी बातों में आ गया और तुझे साथ लेकर आया।''

''अभी सॉरी बोला तो!''

''सॉरी की बच्ची।''

''बच्ची बोला, इसलिये डांट खा रही हूं वर्ना . . .''

''वर्ना क्या करती?''

''सुपारी लगवा देती।''

विकास ने उसकी गर्दन थाम ली।

''उई! मर गयी! अरे छोड़ो।''

विकास ने हाथ वापिस खींच लिया।

''गर्दन थाम ली। थामनी ही थी तो कोई ढंग की चीज थामी होती!''

''भाड़ में जा।''

''अच्छा, अच्छा। अब बोलो। क्या करें?''

''तुझे नहीं मालूम?''

''लो! मालूम होता तो पूछती?''

''यहां हम क्या करने आये हैं?''

''ये सवाल तो आसान है! जवाब मुझे आता है। तुम्हारी कार लौटा लाने।''

''वो यहां क्यों खड़ी है?''

''क्योंकि उसमें पैट्रोल नहीं है। ईजी!''

''तो?''

''तो! ओह! तो यूं कहो न, कि पैट्रोल लेने चलना है। तुम्हारा पैट्रोल वाला कनस्तर तलाश करके लाना है। इतनी सी बात इतना लपेट के कही। सीधे नहीं कहा गया 'शब्बो, लैट्स गो फैच दि कैन'।''

''शब्बो, लैट्स गो फैच दि कैन।''

''यस, माई लॉर्ड एण्ड मास्टर, राइट अवे। लेकिन . . .''

''अब क्या हुआ?''

''पुलिस अभी भी वहां हुई तो?''

''यहां से तो हिल। आगे पता चल जायेगा।''

शबनम ने वैन आगे बढ़ाई।

वैन पम्प के करीब पहुंची तो उन्होंने पुलिस की जीप को पम्प के परिसर से निकलकर सड़क पर आते और विपरीत दिशा में आगे बढ़ते देखा।

''जा रहे हैं।'' – शबनम बोली।

''रोक।''

''कैसे? जोर-जोर से हॉर्न बजाऊं या चीख के आवाज दूं?''

''अरी कम्बख्त, वैन को रोक; अपनी गाड़ी को रोक।''

''ओह! अपनी गाड़ी को रोकूं! मैं समझी कि . . .''

उसने वैन को साइड में करके खड़ा किया।

''थोड़ी देर रुकते हैं।'' – विकास बोला – ''जरा तसदीक हो जाये कि पीछे सब ठीकठाक है, फिर मैं मैदान में कनस्तर की तलाश में . . .''

''विकी, जीप लौट रही है।''

''क्या?''

''सामने देख। पुलिस की वही जीप वापिस आ रही है।''

''अब क्या हुआ?''

''देखते हैं।''

जीप लौटी तो पैट्रोल पम्प की ओर मुड़ने की जगह विपरीत दिशा में खाली मैदान की ओर मुड़ गयी और वहां पड़े मलबे के एक ढेर की ओट में जाकर रुक गयी।

''ये तो गड़बड़ हो गयी!'' – विकास बड़बड़ाया – ''मैं इनकी मौजूदगी में मैदान में कैसे जा सकता हूं?''

''कभी तो टलेंगे!''

विकास ने सहमति में सिर हिलाया।

दोनों प्रतीक्षा करने लगे।

उस दौरान उन्होंने पम्प वाले को सब बंद करके एक बस पर सवार होकर वहां से रुखसत होते देखा।

और थोड़ी देर बाद पुलिस की जीप भी वहां से चली गयी।

''अब जाता हूं।'' – विकास अपनी ओर का दरवाजा खोलता बोला।

''कहीं फिर न लौट आयें!'' – शबनम सशंक भाव से बोली।

''अब यहां क्या रखा है?''

शबनम खामोश रही।

''जाता हूं। पीछे तुझे कोई पंगा लगे, बखेड़ा लगे तो हॉर्न बजाना।''

शबनम ने सहमति में सिर हिलाया।

विकास ने वैन से निकलकर सड़क पार की और आगे अंधेरे मैदान में दाखिल हुआ। सावधानी से पिछली बार वाला रास्ता ट्रेस करता, आंखें फाड़े सामने देखता वो आगे बढ़ा।

जल्दी ही उसे जमीन पर लुढ़का पड़ा कनस्तर दिखाई दे गया। उसने उसे सीधा किया तो उसके वजन से ही तसदीक हो गयी कि उसमें से पैट्रोल बह नहीं गया था।

कनस्तर के साथ वो वापिस वैन में लौटा।

शबनम ने गाड़ी घुमायी और उसे ले जाकर वापिस वहां खड़ा किया जहां कि विकास की जेन खड़ी थी। विकास ने जेन की टंकी में पैट्रोल भरा और ड्राइविंग सीट पर जाकर इंजन ट्राई किया तो एकाध बार खांसकर इंजन बोल पड़ा।

आगे-पीछे कार चलाते दोनों वापिस कूपर रोड पहुंचे।

इस बार शबनम ने कोनियाक के दो जाम तैयार किये।

''अब बोल'' – फिर विकास भुनभुनाता-सा बोला – ''क्यों गयी पम्प पर? खास तौर से बोला था, वादा लिया था, भीतर नहीं जाना था, रुकना नहीं था, खाली सामने से गुजरना था।''

''अरे, तो हुआ क्या?''

''हो सकता तो था न! लाश वहां होती, तेरी वहां मौजूदगी के दौरान कोई ऊपर से आ जाता तो तेरा मुकाम जेल होता।''

''खामखाह!''

''जेन्ट्स टॉयलेट में अपनी मौजूदगी का तू क्या जवाब देती?''

''गलती हो गयी।''

''दरवाजा खोलते ही न दिखा कि वो जेन्ट्स टॉयलेट था? भीतर क्यों घुसी?''

''जोर की लगी थी दो नम्बर की।''

''लानत!''

''अंत भला सो भला। नहीं?''

''अब बोल, वहां क्या देखा?''

''क्या देखा! कुछ नहीं देखा। देखने लायक कुछ था ही नहीं वहां।''

''क्या किया?''

''किया भी कुछ नहीं। वो भी नहीं जिसके लिये कि वैसी जगह बनी होती है।''

''क्या हुआ?''

''क्या मतलब?''

''कुछ इरादतन किये बिना हो गया हो?''

''हां। ऐसा तो कुछ हुआ था।''

''क्या?''

''वहां से निकलने लगी थी तो मेरे हाथ को खून लग गया था।''

''खून!''

''हां।''

''कैसे? कहां से?''

''दरवाजे की भीतर की ओर की मूठ पर से। मैंने दरवाजा खोलने के लिये मूठ को थामा था तो हाथ चिपचिपा गया था। हटाकर उस पर निगाह डाली तो खून लगा पाया।''

''फिर? तफसील से बता सारी बात।''

शबनम ने बतायी।

''मूठ पर खून कैसे लगा?'' – विकास बड़बड़ाया।

''क्या बड़ी बात है! किसी के हाथ को कहीं से कट लग गया जिसकी उसे खबर न हुई। ऐसा अक्सर हो जाता है ''दर्द अब जाके उठा चोट लगे देर हुई'' के अंदाज में।''

''तू ये बात इसलिये कह रही है क्योंकि तुझे मुकम्मल तौर से अभी भी यकीन नहीं कि मैंने वहां अपनी आंखों के आगे एक खून होता देखा था।''

''वहां इस बात की चुगली करने वाला मुझे कुछ दिखाई नहीं दिया था।''

''तभी तो मूठ पर लगे खून की और ही वजह सुझा रही है।''

''वो खून मकतूल का था?''

''कातिल का था। मेरे सामने अपने ही चाकू से वो अपना हाथ काट बैठा था। चाकू की धार बेहद तीखी थी इसलिये फौरन उसे उस बात की खबर नहीं हुई थी। मुझे वहां से बाहर ले जाते वक्त दरवाजा उसने खोला था, इसलिये मूठ को खून लग गया था।''

''ओह!''

''तेरे पीछे मैंने पुलिस को फोन कर दिया। ये सोच के मेरा दिल हिलता है कि तेरे वहां होते वहां पुलिस पहुंच गयी होती तो तेरा क्या होता?''

''बाल-बाल ही बची फिर तो!''

''पुलिस से आमना-सामना होने से ही तो! तेरे खयाल से पम्प वाले ने तेरे बारे में पुलिस को कुछ नहीं बताया होगा?''

''अरे, हां। तुम्हें फोन करने की इतनी जल्दी क्या थी? मेरे लौट आने पर करते!''

''क्यों? मुझे सपना आना था कि तू वादाखिलाफी करेगी?''

''लो! मैं सोच रही थी कि तुम मेरी बहादुरी की तारीफ करोगे।''

''आई बड़ी बहादुर!''

वो हंसी।

''अब ये पक्की बात है कि तूने मुझे सब कुछ बता दिया है?''

''हां। नहीं।''

''हां भी? नहीं भी?''

''एक बात मैं भूल गयी थी। अब याद आयी।''

''कौन सी बात?''

उसने अपने हैण्डबैग से निकालकर हीरा पेश किया।

''ये क्या है?'' – विकास सकपकाया।

''देखो।''

''हीरा जान पड़ता है!''

''मेरे को भी।''

''कहां मिला?''

''रैस्टरूम के गोल घूमने वाले तौलिये में से। हाथ पोंछते वक्त मैंने उसे घुमाया था तो ये नीचे के लूप से निकलकर बाहर आ गिरा था।''

''लूप में कैसे पहुंच गया?''

''क्या पता! तुम बताओ?''

''ये हीरा किसी अंगूठी का जान पड़ता है। मेरे खयाल से ये किसी की अंगूठी में था और ठीक से जड़ा नहीं हुआ था।''

''क्यों?''

''या बाद में इस्तेमाल से लूज हो गया था। ऐसा आम हो जाता है। अंगूठी में जड़े नग अक्सर लूज हो जाते हैं।''

''ठीक।''

''तौलिये को बाहर से सुथरा न पाकर किसी ने भीतर हाथ डालकर हाथ पोंछने की कोशिश की होगी और ये तौलिये की रगड़ से अंगूठी में से निकलकर भीतर लूप में जा गिरा होगा!''

''और उसे खबर नहीं लगी होगी?''

''जाहिर है। वर्ना क्या वो हीरे को तौलिये में छोड़ता!''

''वो कौन?''

''क्या पता कौन!''

''इसका तुम्हारे कत्ल के केस से कोई ताल्लुक हो सकता है।''

''मेरे कत्ल के केस से नहीं, कत्ल के . . . कत्ल के केस से।''

''इसका कत्ल के केस से कोई ताल्लुक हो सकता है?''

''हो सकता है अगरचे कि वो अंगूठी कातिल पहने हुए हो जिसमें से निकलकर ये हीरा तौलिये में गिरा था।''

''इससे कातिल की शिनाख्त हो सकती है।''

''अगर वो बिना नग वाली, नग की जगह खाली छुटी, अंगूठी पहने तो हो तो सकती है।''

''फिर तो कातिल का पता लगाना आसान है।''

''अच्छा! वो कैसे?''

''अरे, राजनगर के हर बाशिंदे की अंगूठी वाला हाथ ही तो देखना होगा!''

''बढ़िया। तू करना ये काम। साथ में एक मार्कर ले लेना। जिस-जिस का हाथ चैक करती जाये उसके माथे पर क्रास का निशान लगाती जाना।''

वो हंसी।

''हंसती है!''

''तुम्हें मेरी हंसी अच्छी नहीं लगती?''

''अच्छी लगती है। बहुत अच्छी लगती है। लेकिन हर बात का कोई वक्त होता है, कोई मुकाम होता है।''

वो फौरन संजीदा हुई।

''कीमती जान पड़ता है।'' – फिर बोली।

''हीरा कीमती ही होता है। बशर्ते कि असली हो।''

''कोई नकली हीरा . . .''

''शीशा।''

''. . . क्यों पहनेगा?''

''अगर ये कातिल की अंगूठी से निकला है तो नकली होने के ही ज्यादा चांसिज हैं।''

''क्यों?''

''क्योंकि वो कोई सम्पन्न, खानदानी आदमी नहीं लगता था।''

''हीरा पहनने वाली शक्ल नहीं थी उसकी?''

''हां। या यूं समझ कि कीमती हीरा पहनने वाली शक्ल नहीं थी उसकी।''

''ये बूथी और हीरे की अंगूठी! लाइक ये मुंह और मसूर की दाल!''

''हां।''

''लाश कहां गयी?''

''उसी ने कहीं गायब की। मेरे बच निकलने के बाद वो वापिस लौटा होगा। उसने लाश वहां से हटा दी होगी और कत्ल की चुगली करने वाले सारे निशान मिटा दिये होंगे।''

''सिवाय मूठ पर लगे खून के।''

''जाहिर है।''

''लाश कैसे हटाई होगी? मुर्दा तो कहते हैं बड़ा भारी हो जाता है, उस एक जने ने हैंडल कर लिया होगा?''

विकास ने उस बात पर कुछ क्षण विचार किया।

''नहीं।'' – फिर बोला – ''मुझे लगता है पम्प वाले ने इस मामले में उसकी हर तरह की मदद की थी।''

''हर तरह की?''

''हमने उसे पम्प बंद करके बस पर सवार होकर वहां से जाते देखा था।''

''लाश ढोने के लिये अपनी कार कातिल को दे दी!''

''क्या बड़ी बात है?''

''बशर्ते कि उसके पास कार रही हो।''

''आजकल हर किसी के पास कार है, पैट्रोल पम्प के मालिक के पास नहीं होगी?''

''बशर्ते कि वो मालिक हो।''

विकास ने सकपकाकर उसकी तरफ देखा।

''बड़ी सयानी बातें कर रही है!''

''सोहबत का असर है। वैसे मुझे तुम्हारी बात से इत्तफाक है कि वो पम्प वाला क्राइम में कातिल का मददगार था।''

''क्यों? कोई खास बात है तेरे जेहन में?''

''हां, है। मुझे टॉयलेट के पहले स्टॉल का फर्श ऐन साफ मिला था जबकि उस फर्श के अलावा सब जगह तब भी बुरा हाल था। जब कातिल पम्प वाले की कार लेकर और लाश लेकर चला गया तो पीछे फर्श और किसने साफ किया?''

''बड़ी सयानी बातें कर रही है!''

''मैं हूं ही सयानी। तुम मेरे इनको ताड़ना बंद करो तो पता चले न!''

''मैं तो नहीं ताड़ रहा!''

''तो और भी हिमाकत कर रहे हो।''

''यानी कि चित भी तेरी और पट भी तेरी?''

''एक बात बोलूं?''

''बोल।''

''भगवान ने औरत को छातियां न लगाई होती तो उसकी दो कौड़ी की पूछ न होती।''

''ये बात तू पहले भी कह चुकी है।''

''कोई बात एक से ज्यादा बार कहने पर पुलिस पकड़ के ले जाती है?''

''नहीं। वैसे तेरी बात में दम है।''

''इसमें कि भगवान ने अगर औरत को . . .''

''उसका पीछा छोड़। दूसरी बात में। पम्प वाले के कातिल का मददगार होने वाली बात में। लेकिन इसका उलट भी मुमकिन है।''

''मैं समझी नहीं।''

''फर्श कातिल ने खुद साफ किया हो, ऐसा कर चुकने के बाद उसने हाथ धोये हों जिन्हें पोंछते वक्त अंगूठी का नग – ये हीरा, असली या नकली – तौलिये की रगड़ से सैटिंग में से निकल गया हो . . .''

''और उसे खबर न लगी हो?''

''क्या बड़ी बात है! तू भूल रही है कि वो एक कत्ल करके हटा था और दूसरा – मेरा – करने पर आमादा था। ऐसे मूड में ऐसे शख्स की तवज्जो अपनी अंगूठी की तरफ न गयी होना क्या बड़ी बात है?''

''और कार?''

''उसने खुद हथिया ली हो!''

''यानी कि चोरी कर ली हो?''

''हां।''

''मालिक को चोरी की खबर न लगी होगी?''

''लगी होगी।''

''तो उसने चोरी की रपट क्यों न दर्ज कराई? उसने तो पम्प बंद किया, बस पर बैठा और चल दिया!''

''तुझे क्या पता नहीं कराई? चोरी की बाबत फोन कॉल वो तुझे हाजिर नाजिर जान के करता?''

''ठीक।'' – फिर उसने नयी आपत्ति पेश की – ''कातिल ने जब फर्श साफ करने की जहमत की तो दरवाजे की मूठ पर क्यों खून लगा छोड़ गया?''

''अरे, मैंने बोला तो उसका अपना हाथ कहीं से कट गया होने की तरफ तवज्जो नहीं गयी होगी क्योंकि चाकू की धार बहुत तेज थी।''

''बोला तो था!''

''दूसरे, उसे वहां से निकल जाने की जल्दी थी क्योंकि वहां कभी भी, कोई भी उसके सिर पर आन खड़ा हो सकता था। ऐसे माहौल में किसी का अपने आपसे लापरवाह हो जाना क्या बड़ी बात है!''

''कोई बड़ी बात नहीं, लेकिन यूं तो खून तौलिये को भी लगा होना चाहिए?''

''लगा होगा। लेकिन कहां? अंदर की तरफ। उसने तौलिये के लूप के अंदर डालकर हाथ पोंछे तभी तो खुद तेरे कहे मुताबिक उसकी अंगूठी से निकलकर हीरा लूप के भीतर गिरा। तौलिये के अंदर की तरफ लगा खून तुझे कैसे दिखाई देता?''

''कैसे दिखाई देता! एक बात बताओ।''

''क्या?''

''तुम ठग हो या जासूस?''

''थोड़ा बहुत जासूस मैं आज से नहीं हूं, मुद्दत से हूं। भूल गयी कि विशालगढ़ में प्रकाश देव महाजन के कातिल को किसने एक्पोज किया था! अपने मामू की वसीयत में दर्ज बारह सवालों का जवाब तलाश करने में क्या मैंने कम जासूसी करके दिखाई थी! सानू माया तमंग और उसके बेटे और छः करोड़ के विरसे के दूसरे दावेदार लेख बहादुर तमंग की हर घात का प्रतिघात से जवाब देना क्या कम जासूसी थी?''

''ढेर थी। शाबाश मेरे शेरों के शेर!''

''बल्कि मैं तो सोच रहा हूं कि हम सच में जासूस बन जायें।''

''क्या?''

''अपने ठगी के कारनामों की पर्दादारी करने के लिये। एक फाल्स फ्रंट बनाकर रखने के लिये। समझी?''

''नहीं।''

''अरे जैसे फैंस – चोरी के माल की खरीद-फरोख्त करने वाला – अपने असल धंधे की ओट के लिये ज्वेलरी शॉप खोल लेता है, क्यूरियो शॉप खोल लेता है, एंटीक शॉप खोल लेता है, जैसे स्मगलर और ब्लैकिये बिल्डर, कॉन्ट्रैक्टर, प्रॉपर्टी डीलर बन बैठते हैं, वैसे हम प्राइवेट डिटेक्टिव बन सकते हैं।''

''प्राइवेट डिटेक्टिव ही क्यों?''

''क्योंकि इस काम में इनवेस्टमेंट कोई नहीं। खाली एक दफ्तर ही तो खोल के बैठना होगा! उस पर एक बोर्ड ही तो टांगना होगा – गुप्ता एण्ड सेठी प्राइवेट इनवैस्टीगेटर्स।''

''सेठी एण्ड गुप्ता।''

''ऐसा क्यों?''

''लेडीज फर्स्ट।''

''चल ऐसे ही सही।''

''मुझे ये शहर पसंद है। मैं शहर-शहर भटकने से तंग हूं। हम यहीं टिक जायें'' – वो अरमानभरे स्वर में बोली – ''और गृहस्थी बसा लें . . .''

''उसमें अभी टाइम है।''

'' . . .तो मुझे खुशी होगी।''

''तो मैं करूं तेरी खुशी का प्रबंध?''

''हां, प्लीज़। तुम जासूस, मैं जासूसन। सन! देख लेना हमारा पहला बच्चा लड़का होगा।''

''पैदा होते ही जिसकी मुट्ठी में लेडी डॉक्टर की अंगूठी होगी।''

वो हंसी।

''इसी को कहते हैं कि पूत के पांव पालने में नजर आ जाते हैं।''

''अब हम इस हीरा लाल का क्या करेंगे?''

''क्या करेंगे? पुलिस को सौप देंगे।''

''क्यों, भई? इस पर फाइंडर कीपर वाला नियम नहीं लागू होता?''

''क्या मतलब?''

''जिसको मिला, उसका माल।''

''इसका एक मेजर क्राइम से रिश्ता है।''

''ऐसा कोई रिश्ता स्थापित नहीं है।''

''ये कातिल की अंगूठी से निकलकर तौलिये के लूप में गिरा हो सकता है।''

''हो सकता है। है भी यही बात, इसका कोई सबूत सामने नहीं है।''

''ये नकली हो सकता है।''

''तुम्हारे मुंह में खाक! सपना तोड़ दिया मेरा।''

''हम इसकी औकात पहचानने की कोई जुगत करेंगे और ये भी पता करेंगे कि ये कातिल की प्रॉपर्टी है या नहीं! तब तक इसे पास रख लो और हीरा बाई बनकर इतरा लो।''

''हम इसकी बाबत अखबार में इश्तिहार क्यों न दें?''

''कैसा इश्तिहार?''

''ये कहता इश्तिहार कि फलां जगह से हमें एक हीरा पड़ा मिला है, जिस किसी की वो मिल्कियत हो, वो मिल्कियत साबित करके हीरा ले जाये।''

''और जाने से पहले बरायमेहरबानी हम दोनों का गला रेत जाये।''

''ओह!''

''जासूसन बनने चली है। इतनी सी बात नहीं समझती।''

''फिर तो ऐसे शख्स को ही तलाश करना होगा जिसकी उंगली में अंगूठी हो, अंगूठी में हीरे का खांचा हो लेकिन उसमें हीरा न हो।''

''ईज़ियर सैड दैन डन।''

''तो तुम बोलो क्या करें?''

''सोचूंगा मैं। अभी मैं कुछ और सोच रहा हूं।''

''क्या?''

''मेरे पास कोई हथियार होना चाहिये।''

''हथियार!''

''गन।''

''क्या प्रॉब्लम है? ये समुद्र किनारे बसा, बंदरगाह वाला शहर है, यहां गैरकानूनी गन हासिल करना . . .''

''कानूनी।''

''पागल हुए हो! तुम्हें गन का लाइसेंस कौन देगा?''

''प्राइवेट डिटेक्टिव को मिलता है लाइसेंस। पीडी का हथियारबंद होना आम बात है।''

''तुम सच में ही पीडी बनने की फिराक में हो?''

''दिखाने को। ताकि कानूनन गन रखने की इजाजत हासिल हो सके।''

''आसान काम है ये?''

''मुश्किल है लेकिन सिफारिश से, जुगत से सब कुछ होता है आज के जमाने में। शब्बो रानी, इस बार तो जान जैसे-तैसे बच गयी लेकिन दोबारा अगर मेरा उस कातिल से आमना-सामना हो गया तो जरूरी है कि मुकाबला बराबर का हो, उसकी तरह इस बार मेरे पास भी गन हो।''

''ठीक है। लाइसेंस हासिल करके दिखाना।''

''लेकिन पहले दिखावे का कोई ऑफिस . . .''

''किराये पर मिल जाता है। चुटकियों में। पल्ले पैसा होना चाहिये जो कि आज की तारीख में हमारे पल्ले है।''

''फर्नीचर . . .''

''वो भी किराये पर मिलता है। अगर तुम इस बात पर पक्के हो तो ये सब इंतजाम मेरे जिम्मे।''

''पक्का हूं।''

''ऑफिस बन गया समझो।''

''गुड। अब बाटम्स अप करो ताकि गुड नाइट बोलें।''

''आज रात'' – शबनम स्वप्निल स्वर में बोली – ''यहीं रह जाओ।''

''नहीं।''

''क्यों? डरते हो?''

"अरे, तेरे से नहीं, कातिल से। वो यकीनन मेरी फिराक में होगा। यहां सिर पर आन खड़ा हुआ तो एक ही जगह दो जानें जायेंगी।"

शबनम खामोश हो गयी।

लेकिन अब उसके चेहरे पर गहन चिंता के भाव थे।

वाकई पंगा गले पड़ा था।

खामखाह!

सतीश चावला रूपनगर अपने आवास पर पहुंचा जो कि सुमंगल हाउसिंग सोसायटी की मल्टीस्टोरी इमारत की दूसरी मंजिल पर एक दो बैडरूम वाला किराये का फ्लैट था।

कॉलबैल के जवाब में आलोका ने दरवाजा खोला।

रात की उस घड़ी वो नाइटी पहने थी जिसमें से उसके फैशन माडल्स जैसे कसे हुए जिस्म का अहसास उसे साफ हुआ। कद में वो साढ़े पांच फुट से जरा ही कम थी, तनी हुई सुडौल छातियों और भारी नितम्बों की वजह से उसकी पतली कमर और भी पतली लगती थी, रंग गोरा था, नयन-नक्श तीखे थे और उसके कटे हुए बालों की रंगत स्वाभाविक तौर पर ऐसी हल्की भूरी थी जैसी कि और महिलायें डाई से करवाती थीं और जिसकी वजह से विदेश में उस रंगत के बालों वाली लड़की ब्लोंड कहलाती थी। आधुनिकतम फैशन के मुताबिक हेयर स्टाइलिस्ट की फीस भरकर उसने बालों में घुंघर डलवाये हुए थे।

उसने जगमग मुस्कराहट से चावला का स्वागत किया।

चावला ने फ्लैट के भीतर कदम रखा, अपने पीछे पांव की ठोकर से दरवाजा बंद किया और उसे अपनी एक बांह के घेरे में ले लिया।

"कहां अटक गये थे?" – वो शिकायतभरे लहजे से बोली।

"जिसकी तेरे जैसी माशूक हो" – चावला उसे अपने साथ भींचता बोला – "वो बेवजह कहीं अटक सकता है?"

"अब क्या वजह हुई?"

''पुलिस हुई।''

''अरे!''

''ये पम्प वाला सैटअप रास नहीं आ रहा मुझे। लगता है मैंने रहेजा साहब से पट कर गलती की कि उनके लिये पम्प मालिक मैं बन जाऊं। आज वहां ऐसा पचड़ा पड़ा कि पुलिस आ गयी और कुल जहान के सवाल पूछने लगी। उन्हीं की वजह से लेट हुआ। अभी भी पता नहीं पीछा छूटा या नहीं!''

''ओह!''

''बहुत जहमत है।''

''पांच लाख रुपये भी तो मिले! इतनी बड़ी रकम ऐसे ही तो हाथ नहीं आ जाती! जहमत बिना आज की दुनिया में कहीं कुछ होता है!''

''वो तो है!''

''फिर और एक महीने की ही तो बात है! उसके बाद पम्प से तुम्हारा पीछा छूट जायेगा। हम कहीं भी चलते बनेंगे।''

''बात तो ठीक है तेरी!''

''हुआ क्या पम्प पर? पुलिस क्यों आ गयी?''

चावला ने कत्ल की बाबत उसको बताया।

आलोका सन्नाटे में आ गयी।

''कत्ल!'' – उसके मुंह से निकला – ''पम्प के परिसर में!''

''यही तो बखेड़ा है! इसीलिये तो पुलिस मेरे गले पड़ रही है और मैं खामखाह जवाबदेय बन गया हूं!''

''तुमने तो नहीं किया! लाश तो बरामद नहीं हुई!''

''पुलिस को किसी साले ने गुमनाम कॉल करके कत्ल की बाबत बोला था। अभी तो वो लोग पीछा छोड़ गये। बाद में इल्जाम लगाने लगे कि लाश मैंने गायब की थी तो मैं क्या कर लूंगा?''

''ओह!''

''फिर एक और भी खतरा है।''

''वो क्या?''

''उन लोगों को पता लगा कि मैं कत्ल की बाबत कुछ बक सकता था तो वो मुझे भी ढेर कर देंगे।''

''ओह, नो।''

''किसी का मुंह हमेशा के लिये बंद करना हो तो यही किया जाता है।''

''वो तुम्हारे साथ ऐसे नहीं पेश आ सकते। कैसे आ सकते हैं! पम्प तुम्हारे नाम है। जब तक पम्प तुम्हारे नाम है तब तक तुम्हारे खिलाफ वो ऐसा कोई कदम नहीं उठा सकते।''

''अपने बारे में क्या कहती है?''

''क्या मतलब?''

''अगर तुझे कुछ हुआ तो वो भी तो मेरे ही खिलाफ कदम होगा!''

''मुझे!'' – वो हाहाकारी स्वर में बोली – ''मुझे!''

''हां। तुझे। उनके किये तुम्हारा बाल भी बांका हुआ तो उनके कुछ करने से पहले मैं ही खून की नदियां बहा दूंगा।''

''नहीं, नहीं। ऐसा कुछ न करना।''

''मुझे तेरी बात से इत्तफाक है कि जब तक पैट्रोल पम्प का किस्सा नहीं निपट जाता, तब तक हम सेफ हैं लेकिन बाद में! बाद में क्या होगा! वो हम दोनों को खत्म कर देंगे।''

''तुम बात को बहुत बढ़ा-चढ़ा के कह रहे हो। ऐसा कुछ नहीं होगा।''

''मुझे तो लगता है कि कुछ न कुछ जरूर होगा!''

''तो क्या करोगे?''

''दो रास्ते हैं। एक उनकी धुन पर नाचते रहने का है, दूसरा कहीं खिसक चलने का है।''

''कौन सा रास्ता चुनोगे?''

''फिलहाल यहीं टिके रहने में हमारी गति है। इतना आगे बढ़ आने के बाद एकाएक कदम पीछे हटा पाना मुमकिन नहीं। मैं . . . मैं रहेजा साहब से बात करता हूं।''

''क्या बात?''

‘‘उन्हें उस आदमी के बारे में बताता हूं जो कनस्तर में पैट्रोल लेने पम्प पर पहुंचा था।’’

‘‘कौन आदमी?’’

‘‘बोलूंगा। पहले फोन करने दे।’’

बीवी को बंधनमुक्त करके वो उस साइड टेबल पर पहुंचा जहां कि फोन रखा था। उसने एक नम्बर मिलाया और सम्पर्क स्थापित होने की प्रतीक्षा करने लगा।

‘‘हल्लो!’’ – एकाएक वो बोला – ‘‘रहेजा साहब! . . . नमस्ते। मैं चावला . . . सतीश चावला बोलता हूं। रहेजा साहब, वक्त की ऐसी जरूरत आन पड़ी है कि मैं आपसे मिलना चाहता हूं। जी! . . . जी हां, पम्प की बाबत ही। . . . जी नहीं, फोन पर नहीं कह सकता। बात ऐसी है कि रूबरू कहना ही ठीक होगा . . . जी! जी, वो क्या है कि मेरी कार अभी भी आपके आदमी के पास है। . . . जी हां, जी हां, लौटा जायेगा। मैं जानता हूं लौटा जायेगा लेकिन मैं चाहता हूं कि वो कार लौटाने मेरी मौजूदगी में आये . . . जी हां। साहब . . . मैं जानता हूं कि आपके लिये जहमत कर रहा हूं लेकिन यकीन जानिये, ये जरूरी है। और मैं वादा करता हूं कि . . . ओके। ओके। सॉरी। सॉरी . . . जी हां। नमस्ते, जनाब।’’

उसने रिसीवर वापस क्रेडल पर रख दिया।

आलोका ने प्रश्नसूचक नेत्रों से उसकी तरफ देखा।

‘‘वो बीवी के साथ कहीं इधर करीब ही आया हुआ है।’’ – चावला ने बताया – ‘‘कहता है मेरे उसके पास आने की जरूरत नहीं, साढ़े दस तक वो ही यहां पहुंच जायेगा।’’

‘‘यहां? हमारे फ्लैट में?’’

‘‘हां।’’

‘‘तो मैं उनके लिये कुछ . . .’’

‘‘नहीं। उसने खास बोला है कि कोई तकल्लुफ न हो। वो कहीं से कोई पार्टी अटेंड करके ही यहां पहुंचेगा।’’

‘‘ओह!’’

“जब तक वो नहीं आता, इधर आ और आ के मेरी गोद में बैठ।”

इठलाती, मुस्कराती आलोका उसकी ओर बढ़ी।

दस पैंतीस पर पुखराज रहेजा सपत्नीक सतीश चावला के फ्लैट पर पहुंचा।

उसकी बीवी सुनन्दा ऐसी शानदार और नौजवान थी कि साथ चलती बीवी की जगह बेटी जान पड़ती थी। जबकि उम्र में उससे सिर्फ छ: साल छोटी थी। उसके बाल काले थे, आंखें भूरी थीं और फिगर कमसिन युवतियों के लिये भी काबिलेरश्क थी। वो कद में कदरन छोटी थी लेकिन उसकी कसर वो घर से निकलती थी तो हाई हील पहनकर पूरी कर लेती थी।

रहेजा ने वहां पहुंचते ही घोषित कर दिया कि वो तकल्लुफ नहीं चाहता था, ज्यादा देर वहां रुक नहीं सकता था इसलिये चावला बिना कोई भूमिका बांधे सीधे मतलब की बात पर आये।

“रहेजा साहब” – चावला गम्भीरता से बोला – “मैंने आपका हुक्म माना, आपके हुक्म पर मैंने ये जाहिर करते हुए वो पैट्रोल पम्प खरीदा जिस पर पैसा आपका लगा था, लेकिन दिखाने के लिये जिसका मालिक मैं था।”

“उसकी तुम्हें फीस भी तो मिली!” – रहेजा रूखे स्वर में बोला।

“बराबर मिली।”

“भरपूर मिली।”

“जी हां। लेकिन जब मैंने आपके साथ एग्रीमेंट के कागजात साइन किये थे तब मैंने सपने में भी नहीं सोचा था कि आगे चलकर एक कत्ल में मेरा दखल बन जायेगा।”

“मैंने भी नहीं सोचा था।”

“आप बात को सीरियसली नहीं ले रहे हैं।”

“ले रहा हूं, भई, बराबर ले रहा हूं। मुझे भी अफसोस है कि कत्ल में तुम्हारा दखल बना। लेकिन इसमें फिक्र वाली कौन सी बात हो गयी! तुमने तो कुछ नहीं किया न!”

“पुलिस फिर भी मेरे पर चढ़ दौड़ी।”

‘‘भई, कत्ल का केस है, उनका काम है यूं लोगों पर चढ़ दौड़ना। जब उन्हें पता चलेगा कि तुम्हारे हाथ साफ हैं तो वो खुद ही तुम्हारा पीछा छोड़ देंगे।’’

‘‘न छोड़ा तो?’’

‘‘इस तो का मैं क्या जवाब दूं? उससे पहले पाकिस्तान ने हमला कर दिया तो? प्रलय आ गयी तो?’’

चावला ने बेचैनी से पहलू बदला।

‘‘उन्होंने’’ – फिर बोला – ‘‘पम्प की मिल्कियत की बाबत कुछ सूंघने की कोशिश की तो?’’

‘‘फिर तो! पम्प को लेकर जो कुछ हुआ है, नीट एण्ड क्लीन हुआ है, लीगल हुआ है। तुमने किसी कानून की कोई धारा नहीं भंग की। तो कौन सी बात है जिसको लेकर वो तुम्हारे पर उंगली उठायेंगे?’’

‘‘पुलिस खामखाह भी तो लोगों को हिरासत में लेती है!’’

‘‘खामखाह नहीं लेती। झूठी-सच्ची कोई बुनियाद जरूर गढ़ती है। तुम्हें अपने खिलाफ कौन सी बुनियाद दिखाई देती है?’’

‘‘मौकायवारदात मेरी मिल्कियत है।’’

‘‘इस वजह से वो तुम्हें हिरासत में लें तो मुझे खबर करना। एक घंटे में छुड़ा लूंगा।’’

चावला के चेहरे पर आश्वासन के भाव न आये।

‘‘अरे, क्यों नाहक हलकान हो रहे हो! सिर्फ एक महीने की ही तो बात बाकी रह गयी है! एक महीने बाद ये शहर ही छोड़ देना और जहां जी में आये जाके’’ – उसने आंख भरकर आलोका को देखा – ‘‘ऐश करना।’’

‘‘अच्छा!’’

‘‘हां। सिर्फ इस तसल्ली की खातिर तुम मेरे से मिलना चाहते थे तो तुमने खामखाह अपना और मेरा वक्त जाया किया।’’

‘‘एक बात और भी है जो मैं नहीं समझता कि आपकी जानकारी में आयी है।’’

‘‘वो कौन सी बात हुई?’’

''कत्ल के वक्त, ऐन कत्ल के वक्त, रैस्टरूम में एक आदमी और मौजूद था।''

रहेजा को जैसे सांप सूंघ गया।

कितनी ही देर उसके मुंह से बोल न फूटा।

''फेंक रहे हो।'' – फिर वो उसे घूरता हुआ सख्ती से बोला – ''मजाक कर रहे हो। मैं ऐसे मजाक पसंद नहीं करता।''

''रहेजा साहब, आपसे मजाक करने की मेरी मजाल नहीं हो सकती। मैं हकीकत बयान कर रहा हूं।''

''क्या हकीकत बयान कर रहे हो? क्या कह रहे हो? फिर से कहो। साफ कहो।''

चावला ने कहा।

''हे भगवान! कत्ल का कोई चश्मदीद गवाह है!''

''और मैं क्या कह रहा हूं?'' – चावला बोला।

''इसकी खबर मुझे पहले क्यों न हुई?''

''और यही नहीं, मुझे पूरा-पूरा शक है कि कत्ल की बाबत उसी आदमी ने पुलिस को फोन किया था। उसी की वजह से पुलिस इतनी जल्दी पम्प पर पहुंच गयी थी।''

''तुम सारी बात फिर से, ठीक से, तफसील से बयान करो। कोई छोटी से छोटी, मामूली से मामूली बात भी छूटने न पाये।''

चावला ने फिर तमाम वाकया बयान किया और उस बार पुलिस वालों का, उनकी हर बात का, हर हरकत का खास तौर से जिक्र किया।

''हूं।''

रहेजा की उस हुंकार के बाद कितनी ही देर वहां खामोशी छाई रही जिसके दौरान वातावरण ब्लेड की धार जैसा पैना हो उठा।

आखिरकार रहेजा ने एक आह-सी भरी और जेब से मोबाइल फोन निकाला। उसने उस पर एक नम्बर पंच किया और फोन कान से लगाकर प्रतीक्षा करने लगा।

सम्पर्क स्थापित न हुआ।

झुंझलाते हुए उसने कोई दूसरा नम्बर पंच किया।

इस बार तुरंत सम्पर्क स्थापित हुआ।

''रहेजा बोलता हूं।'' – वो बोला – ''मैंने चकोर की छुट्टी करने को बोला था। क्या हुआ? . . . क्या? कल होगी! . . . नहीं। नहीं, कल नहीं, आज ही। अभी। ऐसा कर, भई . . . और पहले उसको पूछ चावला की कार कहां है! . . . ठीक है। जीता रह।''

उसने फोन बंद किया और चावला की तरफ घूमा।

''तुम्हारी कार बाहर सड़क के पार खड़ी है।'' – वो बोला – ''चाबी गेट के वॉचमैन के पास है।''

''शुक्र है।'' – चावला बोला।

''मैंने तुम लोगों को किसी तकल्लुफ के लिये मना किया था। लेकिन अब तुमने मेरा मूड बिगाड़ दिया है। घर में कोई ड्रिंक रखते हो?''

चावला ने अपनी बीवी की तरफ देखा।

आलोका बड़े चित्ताकर्षक अंदाज से मुस्कराई।

''राइट अवे।'' – वो बोली और उठकर किचन में चली गयी।

''मैं हैल्प करती हूं।'' – सुनन्दा बोली और पति के कुछ कह पाने से पहले आलोका के पीछे फ्लैट की छोटी सी किचन में चली गयी।

वहां उसने आलोका को एक शैल्फ में से व्हिस्की की आधी भरी बोतल निकालते पाया।

आलोका ने बोतल नीचे रखी और एक और शैल्फ से गिलास निकाले।

सुनंदा ने बोतल उठा ली।

''बस यही बोतल है घर में?'' – वो अजीब से लहजे में बोली।

''हां।'' – आलोका सकपकाई-सी बोली – ''ठीक नहीं है? सोसायटी के करीब ही आरडीए मार्केट में लिकर शॉप है, अभी खुली होगी, चावला साहब दौड़ के और बोतल ले आते हैं।''

''नहीं, ठीक है ये। मैं ड्रिंक बनाती हूं।''

वो बोतल का ढक्कन खोलने लगी, उस कोशिश में बोतल उसके हाथ से छूटी, गिलासों पर जाकर गिरी और बोतल भी टूट गयी, गिलास भी टूट गये।

''ओह!'' – सुनन्दा के मुंह से निकला – ''आई एम सॉरी!''

''क्या हुआ?'' – बाहर ड्राइंगरूम से चावला की आवाज आयी।

''बोतल फूट गयी।'' – आलोका ने उच्च स्वर में जवाब दिया।

''बोलो'' – सुनन्दा व्यग्र भाव से फुसफुसाई – ''हम दोनों जा के नयी बोतल ले आती हैं।''

आलोका ने असमंजसपूर्ण भाव से उसकी तरफ देखा।

''प्लीज़!'' – सुनन्दा ने याचना की – ''बोलो ऐसा। जिद करो।''

''लेकिन क्यों . . .''

''मैंने कहीं बाहर से एक अर्जेंट फोन कॉल करनी है। बोतल मैंने जान के फोड़ी ताकि बाहर निकलने का बहाना बन सके।''

''कमाल है!''

''प्लीज़!''

''फोन तो यहां से . . .''

''नहीं, यहां से नहीं। नहीं। प्लीज़, कहना मानो।''

''ठीक है। चलो।''

''थैंक्यू।''

दोनों किचन से निकलीं और वापिस ड्राइंगरूम में पहुंचीं।

''मैं जरा करीबी मार्केट तक जा रही हूं।'' – आलोका बोली।

''मगर'' – चावला बोला – ''बोतल लानी है तो मैं . . .''

''नहीं, नहीं। आपका मेहमान के पास बैठना जरूरी है। मैं गयी और आयी।''

''लेकिन तुम अकेली . . . लिकर शॉप पर . . .''

''मैं इन्हें साथ ले जाती हूं।''

''मैं चलती हूं।'' – सुनन्दा व्यग्र भाव से बोली।

''गुड। आओ, चलो।''

सुनन्दा ने अपने पति की तरफ देखा।

रहेजा ने हिचकिचाते हुए सहमति में सिर हिलाया।

दोनों तेजी से वहां से बाहर निकल गयीं।

खामोशी से वो मार्केट में पहुंची।

जहां सुनन्दा झपटती सी एक टेलीफोन बूथ में घुस गयी। उसने अपने पीछे

बूथ का शीशे का दरवाजा बंद कर लिया और हुक से रिसीवर हटाकर तेजी से नम्बर पंच करने लगी।

पता नहीं क्या माजरा था! – लिकर स्टोर की ओर बढ़ते हुए आलोका ने मन ही मन सोचा।

उसके बोतल खरीदकर बूथ पर वापिस लौटने तक सुनन्दा वहां से फारिग होकर बाहर निकल आयी।

दोनों वापिस लौटीं।

''रहेजा साहब के पल्ले क्यों पड़ गये तुम लोग?'' – रास्ते में सुनन्दा बोली।

''मजबूरी थी।''

''कैसी मजबूरी?''

''पैसे की।''

''पैसा ही करप्ट करता है सबको।''

''करप्ट!''

''छोड़ो। एक बात का ध्यान रखना। मेरी फोन कॉल का जिक्र वहां मर्दों के सामने न करना। दरख्वास्त है।''

''नहीं करूंगी। मेरे को तुम्हारी फोन कॉल से क्या!''

''ठीक। इसी बात पर कायम रहना।''

''जरूर।''

''शुक्रिया।''

''लेकिन कॉल की ऐसी अर्जेंसी! ऐसी सीक्रेसी!''

''वो सब जरूरी था। एक और कत्ल होने से रोकने के लिये जरूरी था।''

आलोका सन्नाटे में आ गयी।

लेकिन मुंह से कुछ न बोली।

मेहमानों के चले जाने के बाद जब वो दोनों बैडरूम में थे और एक-दूसरे की बांहों में थे तो आलोका बोली – ''सुनो, तुम अपनी स्टेटमेंट रहेजा साहब से वापिस हासिल नहीं कर सकते?''

''उससे क्या होगा?'' – चावला बोला।

''हम पैट्रोल पम्प को चुपचाप औने-पौने में बेचकर चलते बनेंगे।''

''कहां चलते बनेंगे?''

''कहीं भी।''

''रहेजा के पाले हुए गुण्डे हमें पाताल से खोद निकालेंगे।''

''खामखाह! इतना बड़ा हिन्दोस्तान है। इतनी बड़ी दुनिया है . . .''

''तू इन बातों को नहीं समझती।''

''जो बात नहीं समझती हूं वो समझाओ मुझे।''

''मेरी स्टेटमेंट जो रहेजा के पास है, वो उसने कहां महफूज रखी हुई है, ये मुझे नहीं मालूम।''

''मालूम कर तो सकते हो!''

''नहीं कर सकता।''

''मेरे को मौका दो।''

''क्या!''

''जो काम तुम नहीं कर सकते, वो शायद मैं कर सकूं।''

''क्या! क्या कह रही है? तू कैसे कर सकती है?''

''कुछ काम ऐसे होते हैं जिन्हें औरतें ही बेहतर अंजाम दे सकती हैं।''

''अरे, जानती है तू क्या कह रही है?''

''जानती हूं। तभी तो कह रही हूं।''

''तू क्या करेगी?''

''रहेजा को उंगलियों पर नचाकर दिखा दूंगी। ऐसा मंतर मारूंगी कि उसे पता भी नहीं लगेगा कि उसने मुझे कुछ बताया और मैं जान लूंगी कि तुम्हारी स्टेटमेंट वो कहां रखे है।''

''फिर?''

''फिर चुरा लूंगी।''

''वो स्टेज आने तक, तेरा मंतर चलने तक जो रहेजा तेरे साथ करेगा, उसे भुगत लेगी?''

''वो कुछ नहीं कर पायेगा।''

''अच्छा! तो तेरी उंगलियों पर कैसे नाचेगा वो? पागल है वो?''

''तुम देखना।''

''थोबड़ा बंद कर। साली, दोबारा ऐसा कोई हिन्ट भी मुझे दिया तो दुम ठोक दूंगा।''

''मैं तो'' – उसका स्वर रुआंसा हो उठा – ''तुम्हारे भले के लिये कह रही थी।''

''मत कह। ये तेरे करने लायक काम नहीं। इस बाबत जो करना होगा, जो मुमकिन होगा, मैं खुद करूंगा।''

''कर चुके तुम।''

''अब चुप कर।''

''अभी तक शादी तो कर न सके . . .''

''ताना देती है?''

''हां, देती हूं।''

''ठीक है, कल मैं तेरी ये शिकायत दूर करता हूं।''

''शिकायत नहीं, खास शिकायत। अहमतरीन शिकायत।''

''कल दूर करता हूं।''

''शादी करोगे?''

''और क्या बोला मैं?''

''यहां करोगे तो पोल नहीं खुल जायेगी कि हम पहले से शादीशुदा नहीं थे?''

''वो बात तो है! ठीक है, कहीं और जा के शादी करेंगे।''

''कहीं और कहां?''

उसने कुछ क्षण विचार किया।

''विशालगढ़।'' – फिर बोला।

''इतनी दूर!''

''कोई दूर नहीं। कार अब लौट आयी है, समझना पिकनिक के लिये ड्राइव

पर निकले। ओवरनाइट वहां रुक के लौट आयेंगे।''

''शादी करके?''

''और क्या!''

''वहां कहां?''

''कोर्ट में।''

''कोर्ट मैरिज के लिये तो पहले एक महीने का नोटिस देना पड़ता है।''

''वकील लोग सब सैट कर देते हैं। इसीलिये तो ओवरनाइट रुकना है। पहले रोज शाम तक सब सैटिंग होगी, अगली सुबह रजिस्ट्रार के कोर्ट में हाजिरी होगी, पांच मिनट में हम पति-पत्नी होंगे, एक घंटे में सर्टिफिकेट मिल जायेगा, देर लगेगी तो वकील सर्टीफिकेट कूरियर से भेज देगा। शाम से पहले हम यहां वापिस होंगे।''

''पक्की बात?''

''हां।''

''रात गयी बात गयी वाली बात तो नहीं होगी?''

''क्या मतलब?''

''सवेरा होते ही मुकर तो नहीं जाओगे?''

''पागल हुई है! मेरा ऐसा इरादा होता तो मैं इस बात को सिर ही क्यों उठाने देता?''

''ठीक।''

कुछ क्षण खामोशी रही।

''सतीश!'' – फिर वो फुसफुसाती सी बोली।

''बोल।''

''आई लव यू।''

चावला ने उसे अपनी बांहों में समेट लिया।

राजनगर में विकास गुप्ता का आवास अभी भी हर्नबी रोड पर स्थित मिसेज सिम्पसन का गैस्ट हाउस ही था लेकिन गैस्ट हाउस की रेनोवेशन और एक्सटेंशन के बाद अब वो मेन बिल्डिंग की पहली मंजिल के एक रूम से अनैक्सी में दूसरी

मंजिल के एक सुइट में शिफ्ट हो गया था।

सब कुछ ठीक हो जाने के बावजूद, पैट्रोल पम्प पर कोई अप्रिय घटित न होने के और वहां से अपनी कार निर्विघ्न लौटा लाने के बावजूद, उसे अंदेशा था कि वो कातिल की निगाहों में हो सकता था। अब आखिरकार वहां उसके आवास पर वो अपनी कोई चाल चल सकता था क्योंकि वहां वो तनहा था और रात को किसी घड़ी जबकि वो नींद के हवाले होता, उसे उस पर हमला करना आसान लगता। इस अंदेशे के जेरेसाया कम से कम उस रात उसने सावधानी बरतने का फैसला किया। उस फैसले के तहत उसे कुछ अरसा कातिल की आमद की इंतजार करना नाजायज न लगा क्योंकि उस पर हमले की नीयत से अगर वो वहां आता तो उसके बिस्तर के हवाले हो जाने के एकाध घंटे के बीच ही आता।

वो अपने सुइट में पहुंचा जहां के बैडरूम में उसने बिस्तर के हवाले हो चुका होने की स्टेज सैट की। उसने बैड की लम्बाई में कुछ तकिये यूं रखे कि कम्बल से ढक दिये जाने पर उन्होंने मानव शरीर का आकार ग्रहण कर लिया। अपनी एक कमीज की एक बांह में उसने कंधे से कफ तक एक तौलिया गोल करके डाला और उसे कोहनी से मोड़ पर आधा कम्बल के नीचे यूं सरकाया कि सोये हुए शख्स की कम्बल से बाहर निकली बांह लगने लगा।

फिर उसने पीछे हटकर फासले से अपनी कारगुजारी का मुआयना किया और संतुष्टिपूर्ण भाव से सिर हिलाया।

बैड पर सच में ही कोई यूं सोया लग रहा था कि कम्बल में से उसकी कोहनी के करीब से एक बांह बाहर निकल आयी थी।

उसने बैडरूम की बत्तियां बुझा दीं और बाल्कनी की ओर का दरवाजा तनिक खुला छोड़कर – जैसे उसकी बेध्यानी में पल्ला चौखट से मिलने से रह गया हो – उसके आगे पर्दा खींच दिया।

फिर वो अटैच्ड बाथरूम में पहुंचा। उसने भीतर दरवाजे के करीब एक कुर्सी रखी, दरवाजे को थोड़ा सा खोल के उसमें इतनी झिर्री पैदा की कि वो सहूलियत से बैडरूम में झांक पाता और फिर कुर्सी पर बैठकर प्रतीक्षा करने लगा।

उसका वॉच का वो सिलसिला आधी रात तक चलाने का इरादा था जिसके होने में अभी कोई पचास मिनट बाकी थे।

वो प्रतिक्षा करने लगा।

बड़ी मुश्किल से आगे सरकता वक्त आधी रात के मुकाम तक पहुंचा।

कुछ न हुआ।

और पांच मिनट बाद वो वॉच का समापन करने वाला था जबकि एकाएक उसे एक हल्की सी आहट सुनायी दी।

उसके कान खड़े हो गये।

बैडरूम के ड्राइंगरूम की ओर के दरवाजे पर कोई था।

वो बाल्कनी के रास्ते किसी के वहां पहुंचने की अपेक्षा कर रहा था लेकिन हैरानी की बात थी कि कोई सुइट के प्रवेश द्वार के बिल्ट इन लॉक को खोलकर भीतर दाखिल हुआ था।

वो उठकर खड़ा हो गया और सांस रोके झिर्री में आंख लगाये प्रतीक्षा करने लगा।

इंच-इंच करके बीच का दरवाजा खुलने लगा।

फिर उकड़ू हुए एक साये ने भीतर कदम रखा। वो एक क्षण वहीं चौखट पर ही ठिठका खड़ा रहा फिर वैसे ही उकड़ू होकर चलता फूंक-फूंक कर कदम रखता बैड की ओर बढ़ा। वो बैड के करीब पहुंचा। उसकी विकास की तरफ पूरी तरह से पीठ हो गयी।

खिड़की के रास्ते भीतर दाखिल होती चांद की रोशनी की हल्की सी लकीर उसके हाथ में थमी किसी चीज से प्रतिबिम्बित हुई।

चाकू!

जरूर कमीने का पसंदीदा हथियार था।

साये का चाकू वाला हाथ हवा में उठा।

तब विकास ने एक झटके से दरवाजा खोला और चौखट पर से उस पर छलांग लगा दी।

साये के मुंह से एक घुटी हुई कराह निकली, वो तनिक लड़खड़ाया और फिर

विकास के शरीर के नीचे दबा फर्श पर ढेर हो गया। विकास की एक बांह सांप की तरह उसकी गर्दन से जा लिपटी, उसने उसका चाकू वाला हाथ थामने के लिये अपना खाली हाथ बढ़ाया तो हाथ उसे कहीं न मिला। बौखलाकर उसने इधर-उधर हाथ मारा तो वो एक मुड़ी हुई बांह पर कहीं कोहनी के करीब पड़ा। फिर उसे अहसास हुआ कि उसके नीचे दबा साये का शरीर पूरी तरह से निश्चेष्ट हो गया था।

उसे बहुत हैरानी हुई।

झिझकते हुए उसने उसकी गर्दन से लिपटी अपनी बांह वापिस खींची।

साये के शरीर ने तब भी कोई हरकत न की।

वो सावधानी से उठकर खड़ा हुआ।

साया तब भी निश्चेष्ट पड़ा रहा।

उसने ट्यूब लाइट ऑन की और उसकी रोशनी में एक आशंकित, आतंकित निगाह साये के निश्चेष्ट शरीर पर डाली और फिर करीब जाकर उसके शरीर को यूं धक्का दिया कि वो पीठ के बल उलट गया।

तब तमाम माजरा उसकी समझ में आया।

उसके शरीर के भार के नीचे दबा जब वो फर्श पर गिरा था तो उसकी चाकू वाली बांह यूं मुड़ गयी थी कि चाकू उसकी खुद की छाती में धंस गया था।

बड़ी मुश्किल से वो उस अप्रत्याशित घटना के शॉक से उबरा, उसने उसकी सूरत पर निगाह डाली।

वही सूरत, जो उसने पैट्रोल पम्प के टॉयलेट में कातिल की देखी थी।

काले बाल! उनमें दायीं तरफ मांग! चौड़ा माथा! घनी भवें! मोटी-मोटी आंखें! लम्बी नाक! पतले होंठ!

और खास शिनाख्त बायीं कनपटी पर सिले हुए जख्म का लम्बा निशान!

उसने उसकी जेबें टटोली, एक जेब से उसका बटुवा बरामद किया और उसे खोलकर भीतर झांका। बटुवे की एक प्लास्टिक विंडो में उसका ड्राइविंग लाइसेंस लगा हुआ था जिसके मुताबिक उसका नाम संजय चकोर था और पते की जगह हाउस नम्बर 1, ज्योति कॉलोनी, राजनगर दर्ज था और उम्र अड़तालीस साल दर्ज थी।

बटुवे से बरामद दूसरी, किसी दिलचस्पी के काबिल, चीज एक विजिटिंग कार्ड था जिस पर लिखा था : पुखराज रहेजा, रहेजा प्रॉपर्टीज़, आकाशदीप चैम्बर्स, सैकंड फ्लोर, लिंक रोड, राजनगर।

तनिक हिचकिचाते हुए उसने वो कार्ड अपनी जेब में रख लिया और बटुवा वापिस यथास्थान उसकी जेब में सरका दिया।

फिर उसकी निगाह उसके बायें हाथ पर पड़ी।

बायें हाथ की दूसरी उंगली में वो सोने की अंगूठी पहने था जिसके टॉप के खांचे में से नग गायब था।

वो अंगूठी अपने आप में सबूत थी कि वो ही शख्स पैट्रोल पम्प के रैस्टरूम में हुए कत्ल के लिये जिम्मेदार था। उसकी मौत के साथ अब ये मालूम पड़ने की सम्भावना खत्म हो गयी थी कि उसने जिस शख्स का कत्ल किया था, वो कौन था, क्यों कत्ल किया था, और वो खुद कौन था! वो किसी का कारिन्दा था या उसने अपनी जाती हैसियत में उस काम को अंजाम दिया था! किसी का कारिंदा था तो किस का! वो किसी के भेजे वहां पहुंचा था या विकास से खतरा महसूस करता खुद ही वहां चला आया था!

कत्ल के चश्मदीद गवाह का मुंह हमेशा के लिये बंद करने के लिये।

कैसे उसने उसके आवास की जानकारी निकाली थी!

कार के जरिये!

या वो शुरू से ही यूं उसके पीछे लगा था कि उसे उसकी भनक नहीं लगी थी!

वो उठकर खड़ा हुआ, पांव की ठोकर से उसने लाश को यथापूर्व स्थिति में पहुंचाया, बैड पर से वो सब साजोसामान हटाकर वापिस स्टोरेज में रखा जो कि उसने वहां लेटे पड़े किसी शख्स का आकार बनाने के लिये इस्तेमाल किया था, जींस, जैकेट, जूते वगैरह उतारकर कुर्ता-पाजामा पहना, बैड पर लेटकर उसकी ऐसी गत बनाई जैसे वो उस पर काफी देर लेटा रहा हो और फिर पुलिस को फोन किया।

पुलिस वहां पहुंची।

एक इंस्पेक्टर, एक सब-इंस्पेक्टर और एक हवलदार।

इंस्पेक्टर जिले सिंह, सब-इंस्पेक्टर विष्णु प्रसाद।

जिले सिंह!

विकास सकपकाया।

क्या वो वही इंस्पेक्टर हो सकता था जिसने उसकी 100 पर की गुमनाम फोन कॉल सुनी थी!

टिपिकल नाम था। एक ही शहर में दो इंस्पेक्टरों का तो क्या होता!

''फोन आपने किया था?'' – इंस्पेक्टर अपने व्यवसायसुलभ रूखे लहजे से बोला।

''हां।''

''नाम विकास गुप्ता?''

''हां। आप लोग लोकल थाने से हैं?''

''स्पैशल। स्कवायड से हैं।''

''जी!''

''जो कत्ल के केसों को सैन्ट्रलाइज करने के लिये बनाया गया है।''

''खास कत्ल के केसों के लिये?''

''जी हां।''

तो ये वजह थी पहली वारदात की जगह से इतनी दूर उसकी यहां आमद की!

खबरदार रहने की जरूरत थी।

''लेकिन ये तो कत्ल का केस नहीं!'' – वो बोला।

''एक आदमी की छाती में चाकू धंसा बताते हैं और कहते हैं कत्ल का केस नहीं!''

''हां।''

''तो कैसा केस है?''

''हादसा!''

''चाकू एक्सीडेंटली उसकी छाती में धंस गया?''

''हां।''

''एक्सीडेंट कभी होते हैं . . .''

''यही तो मैं कह रहा हूं।''

'' . . . कभी कराये जाते हैं।''

''क्या मतलब?''

''मतलब अभी हम खुद समझ लें, फिर आपको समझायेंगे।''

इंस्पेक्टर ने अपने मातहतों को इशारा किया।

सब-इंस्पेक्टर और हवलदार लाश के मुआयने में जुट गये।

इंस्पेक्टर फिर विकास से मुखातिब हुआ।

''ये है कौन?'' – उसने पूछा।

जवाब देने से पहले विकास कई क्षण हिचकिचाया।

''मुझे नहीं मालूम।'' – आखिर बोला।

''आप वाकिफ नहीं इससे?''

''कतई नहीं।''

''ये आपका कोई दोस्त नहीं, जानकार नहीं?''

कैसे वो बतौर कातिल उसे पहचानता होने की हामी भर सकता था! कैसे वो बता सकता था कि वो कत्ल का चश्मदीद गवाह था और वो शख्स गवाह का मुंह हमेशा के लिये बंद करने की मंशा से वहां आया था!

''नहीं।''

''इसकी आमद पर आपने इसे दरवाजा नहीं खोला?''

''नहीं।''

''तो ये भीतर कैसे दाखिल हुआ?''

''कह नहीं सकता। हो सकता है मेरे से दरवाजा खुला रह गया हो।''

''यहां आप अकेले रहते हैं?''

''हां।''

''क्यों?''

''क्यों क्या मतलब! अकेला हूं इसलिये अकेला रहता हूं।''

''शादी नहीं की?''

''अभी नहीं।''

''कितनी उम्र है आपकी?''

''तीस।''

''क्या काम करते हैं?''

''आजकल कुछ नहीं।''

''पहले क्या करते थे?''

''पहले भी कुछ नहीं करता था।''

''ऐसा कैसे चलता है! हर मर्द-मानस का रोजी-रोटी का कोई जरिया होता है।''

''मेरी जिंदगी रोजी-रोटी की मोहताज नहीं।''

''क्यों भला?''

''मेरी तमाम जरूरियात विरसे से पूरी होती हैं।''

''कैसा विरसा?''

''जो मुझे अपने मामू दाउ दयाल शुक्ला का वारिस होने की वजह से हासिल हुआ। छः करोड़ रुपया।''

''आप वो विकास गुप्ता हैं?''

''वो'' से क्या मुराद है आपकी?''

''ये बिग न्यूज थी। हर छोटे-बड़े अखबार में छपी थी। कभी 'बारह सवालों वाला विकास गुप्ता' सारे शहर में चर्चा का विषय बन गया था।''

''था तो सही ऐसा।''

''वो विरसा तो हालिया बात है, पहले कैसे चलता था?''

''पहले भी एक दूसरे मामू से पैसा मिलता था।''

''लिहाजा आप परजीवी हैं! पैरासाइट हैं!''

''आपको कोई ऐतराज?''

''छः करोड़ रुपया बहुत बड़ी रकम होती है। एक जिंदगी में तो खर्च कर नहीं पायेंगे। लिहाजा आगे भी क्या कुछ करेंगे!''

''करूंगा! मैं अभी ही रोजगार की तलाश में हूं।''

''अच्छा! आखिरकार हैं आप रोजगार की तलाश में! यानी कि परजीवी जीवन से आजिज आ गये!''

''और छः करोड़ रुपया, जिसकी बाबत आप कह रहे हैं कि मैं एक जिंदगी में क्या खर्च कर पाऊंगा, मैं खर्च कर भी चुका हूं।''

''क्या! क्या फरमाया?''

''सही कहा मैंने।''

''क्या किया इतनी जल्दी इतनी बड़ी रकम का?''

''दान कर दी।''

''जी!''

''दान कर दी।''

''ऐसे शख्स ने इतनी बड़ी रकम दान कर दी जो अपनी जिंदगी की गाड़ी चलाने के लिये खुद दान-दक्षिणा का मोहताज है?''

''होता है कभी-कभी ऐसा भी। इंसानी मिजाज बदलता है कभी-कभी ऐसी इंकलाबी करवट।''

''किसे? किसे दान कर दी?''

''मुम्बई के एक चैरिटेबल ट्रस्ट को।''

''तमाम की तमाम?''

''हां।''

''यकीन नहीं आता। आपके दिमागी तवाजन में तो कोई नुक्स नहीं?''

विकास के होंठ भिंचे।

''सॉरी। बात ही आपने ऐसी चौंका देने वाली कही कि . . . खैर। तो अब आप एम्पलायमेंट की तलाश में हैं?''

''हां।''

''क्या करना चाहेंगे?''

''पीडी बनने का इरादा है।''

''पीडी! यानी प्राइवेट डिटेक्टिव?''

''हां।''

''आपके बस का होगा ये काम?''

''देखेंगे।''

''बन गये और कदरन कामयाब भी हो गये तो आपका दर्जा पुलिस के सेमी बिरादरीभाई का होगा।''

विकास खामोश रहा।

''मुझे आपकी शक्ल जानी-पहचानी सी लगती है।''

''क्या बड़ी बात है! विरसे की खबर के साथ कई अखबारों में छपी थी।''

''किसी और वजह से जानी-पहचानी लगती है। कभी गिरफ्तार हुए हैं?''

''मिस्टर इंस्पेक्टर!''

''ऐसे ही पूछा। नैवर माइंड। यहां कब से रह रहे हैं?''

''आठ-नौ महीने से।''

''राजनगर में कब से हैं?''

''तभी से।''

''यानी कि जब से राजनगर में है, यही आपका मुकाम है! पहला और आखिरी?''

''हां।''

''पहले कहां रहते थे?''

''विशालगढ़।''

''लिहाजा मूलरूप से आप विशालगढ़ के रहने वाले हैं?''

''नहीं। मूलरूप से मैं यूपी का बाशिंदा हूं, बंजारा फितरत पायी है इसलिये एक जगह टिका नहीं रह पाता।''

''होते हैं कुछ लोग ऐसे। खास तौर से आजकल के नौजवान। बहुत उतावले हैं। बहुत रैस्टलैस हैं। बहुत . . .''

''इन बातों का उस काम से रिश्ता है जो आप यहां करने आये हैं?''

इंस्पेक्टर सकपकाया, उसने कुछ क्षण घूर कर विकास को देखा, उसे विचलित होता न पाया तो बदले स्वर में बोला – ''तो आप इस शख्स को नहीं जानते और ये भीतर इसलिये घुस आया क्योंकि दरवाजा खुला रह गया था?''

''हां।''

''क्यों घुस आया?''

''इसका इरादा तो इसी बात से जाहिर है कि हाथ में चाकू थामे था।''

''चोरी-चकारी का इरादा रखता था?''

''क्या बड़ी बात है?''

''क्योंकि इसे भी मालूम था कि आप छः करोड़ के मालिक थे?''

''वो तो किसी को भी मालूम हो सकता है।''

''लेकिन इस नादान, अनजान शख्स को ये मालूम नहीं था कि वो रकम आप दान कर चुके थे!''

''मुमकिन है।''

''न भी कर चुके होते तो यहां न रखे होते!''

''जाहिर है।''

''चोरी के इरादे से कहीं घुसने के लिये रात बारह बजे का टाइम तो मुनासिब नहीं होता! इस वक्त तक तो लोग बाग अभी टीवी देख रहे होते हैं या देखकर हटे होते हैं। चोर कदरन जल्दी न आ गया?''

''उसने सुइट को खाली समझा होगा।''

''खाली सुइट का दरवाजा खुला होने का क्या मतलब?''

''ये मेरा खयाल है कि दरवाजा मेरे से खुला रह गया था। असल में हो सकता है उसने अपनी जुगत से बंद दरवाजा खोल लिया हो।''

''हो सकता है। चोरों के पास ऐसी सलाहियात होती हैं। लेकिन भीतर दाखिल होने के बाद जब उसने देखा कि सुइट खाली नहीं था तो चुपचाप खिसक क्यों न गया?''

''दाखिला पाने के लिये उसने जो मेहनत की थी, वो उसे जाया होती नहीं देखना चाहता होगा।''

''ऐसा?''

''हाथ कंगन को आरसी क्या! जो हुआ वो प्रत्यक्ष है।''

''असल में क्या हुआ था? संक्षेप में बताइये।''

''मैं आज लेट वापिस लौटा था इसलिये आधी रात होने तक भी घनघोर नींद के हवाले नहीं था जब मुझे यहां किसी की मौजूदगी का अहसास हुआ था। मैंने सावधानी से एक आंख खोलकर देखा था तो मैंने इसे पंलग के सिरहाने अपने पर झुका पाया था।''

''आप पर वार करने को आमादा था?''

''ऐसा ही जान पड़ता था।''

''चोरों को कत्ल से तो खास परहेज होता है!''

''इसको नहीं होगा। या इसका इरादा मुझे किसी तरीके से बेहोश करने का होगा और चाकू ये एहतियातन ताने होगा।''

''खैर, फिर?''

''मैंने एकदम इस पर छलांग लगा दी। ऐन उसी वक्त ये घूम गया। नतीजतन मैं इसकी पीठ से टकराया, ये मेरी जिस्म के वेग से धराशायी हुआ और मेरे भार के नीचे दब गया और फिर कतई न हिला-डुला। मैंने उठकर बत्ती जलाई तो देखा इसका अपना ही चाकू इसकी छाती में धंसा पड़ा था।''

''मर गया था?''

''हां।''

''जब आप कहते हैं कि इसके हाथ में चाकू था . . .''

''कहता हूं लेकिन तब मुझे ये तो नहीं पता था कि बद्‌किस्मती से ये यूं गिरा था कि चाकू इसकी छाती में धंस गया था।''

''बद्‌किस्मती से?''

''ये बद्‌किस्मती नहीं तो और क्या है कि बेचारा यूं खामखाह जान से गया!''

तभी वहां कुछ और लोग घुस आये।

मालूम हुआ कि वो पुलिस के फिंगरप्रिंट्स एक्सपर्ट, फोटोग्राफर और डॉक्टर थे। आते ही वो अपने काम में जुट गये।

''अब आप बाहर चलिये।'' – इंस्पेक्टर बोला।

विकास उसके साथ बाहर ड्राइंगरूम में आ गया।

''मैं सिगरेट पी सकता हूं?'' – वो बोला।

इंस्पेक्टर ने तनिक हिचकिचाते हुए सहमति में सिर हिलाया। उसने विकास के सिगरेट सुलगा लेने तक प्रतीक्षा की, फिर बोला – ''अब बोलिये, असल में क्या हुआ था?''

''क्या हुआ था?'' – विकास तनिक हड़बड़ाये स्वर में बोला – ''जो हुआ था, मैं बोल तो चुका!''

''असलियत बोलिये।''

''असलियत बोलूं? आप ऐसा क्यों समझते हैं कि मैंने जो बोला है, वो असलियत नहीं है?''

''आप कहते हैं कि बैड पर से जब आपने इस पर जुस्त लगाई तो आप इसकी पीठ से टकराये और ये आपके भार के नीचे दब गया?''

''हां।''

''तो फिर लाश छाती के बल क्यों नहीं पड़ी हुई है। जैसे आप इससे टकराये और इसे गिरा बताते हैं, उसके लिहाज से पीठ ऊपर होनी चाहिये कि छाती?''

''लेकिन छाती तो इसलिये ऊपर है क्योंकि आपके डॉक्टर ने अभी मुआयने के लिये लाश को उलटा है।''

''क्यों उलटा?''

''क्योंकि . . . क्योंकि . . .''

विकास खामोश हो गया।

''क्योंकि लाश औंधी पड़ी होने की सूरत में ये दिखाई नहीं देता कि उसके नीचे दबे पड़े हाथ में चाकू था और वो उसकी छाती में धंस गया था। अब सच बोलो, क्या माजरा है?''

विकास ने बेचैनी से पहलू बदला।

''कोई बात नहीं। मैं तुम्हें हैडक्वार्टर लेकर चलता हूं। वहां बोलना'' – उसने एक क्षण ठिठककर अपलक उसे देखा – ''या न बोलना।''

''हैडक्वार्टर!'' – विकास के मुंह से निकला।

''जहां पहुंचना आसान है, रुखसत पाना मुश्किल है। कई बार तो नामुमकिन हो जाता है।''

''आप मुझे गिरफ्तार करेंगे?''

''हिरासत में लेंगे।''

''लेकिन मैंने क्या किया है?''

''मालूम करेंगे। फरदर क्वेश्चनिंग के लिये हिरासत में लेंगे।''

''ये तो सरासर ज्यादती है।''

''बाई दि वे, मुझे अब याद आ गया है कि यहां आते ही क्यों मुझे तुम्हारी सूरत जानी-पहचानी लगती थी।''

विकास सकपकाया।

''मुल्क के जुदा-जुदा शहरों में जो शख्स दर्जनों बार गिरफ्तार हो चुका हो, एक पुलिस ऑफिसर अगर उसकी शक्ल याद नहीं रख सकता तो लानत है उसके पुलिस ऑफिसर होने पर। अभी आया कुछ समझ में?''

''महज गिरफ्तारी किसी के गुनाह का सबूत नहीं होता।''

''महज रिहाई भी किसी की बेगुनाही का सबूत नहीं होता। कोई तिकड़म से थाने की हिरासत से छूट जाये या संदेहलाभ पाकर अदालत से छूट जाये तो इतने से ही बेगुनाह साबित नहीं हो जाता। या हो जाता है?''

विकास ने जवाब न दिया।

''आज की दुनिया में गुनहगार का सजा पाए बिना छूट जाना बड़ा वाकया नहीं, ऐन वैसे ही जैसे बेगुनाह का सजा पा जाना कोई बड़ा वाकया नहीं।''

''जब इतना कुछ जानते हैं तो बताइये कभी मैं कत्ल के इल्जाम में गिरफ्तार हुआ?''

''इस बात के दो जवाब हैं। एक ये कि हर काम की तभी तो पहल होनी ही होती है। दूसरा ये कि मैंने कब कहा कि मैं तुम्हें कत्ल के इल्जाम में हैडक्वार्टर लेकर जाऊंगा?''

''तो क्यों लेकर जायेंगे?''

''तफ्तीश के लिये। उन बातों का जवाब हासिल करने के लिये – सही, सीधा और सच्चा जवाब हासिल करने के लिये – जिनको यहां तुम खातिर में नहीं ला रहे हो।''

''ऐसी कोई बात नहीं।''

''कबूल। तो जवाब दो।''

''अपने नीचे दबे इस शख्स के निश्चेष्ट हो जाने से मैं हैरान था। हैरान था कि जिस शख्स को हाथ-पांव पटकते होना चाहिये था, आजाद होकर फिर मुझ पर वार करने की कोशिश करता होना चाहिये था, वो हिल भी नहीं रहा था। तब मैंने लाश को उलटकर देखा था तो पाया था कि उसका अपना चाकू उसकी छाती में घुस गया था और वो मर गया था।''

''फिर लाश को वापिस उलट दिया था?''

''हां। बस, इतनी सी बात है।''

''इतनी सी बात नहीं है। तुमने लाश को हैंडल किया था जो कि तुम्हें नहीं करना चाहिये था।''

''इंस्पेक्टर साहब, ऐसा करते वक्त मुझे नहीं मालूम था कि औंधे मुंह पड़ा वो शख्स मरा पड़ा था।''

''हूं। तो तुम इस शख्स को कतई नहीं जानते?''

''हां।''

''क्या ये हो सकता है कि इसका इरादा चोरी का न हो, असल में ये तुम्हारा कत्ल करने आया हो और इसी वजह से पहले ही, एडवांस में, हाथ में चाकू थामे हो?''

''एक अनजान शख्स क्यों मेरा कत्ल करना चाहेगा?''

''शायद इतना अनजान न हो!''

''इतना ही अनजान था।''

''सुपारी किलिंग के बारे में क्या कहते हो?''

''सुपारी किलिंग?''

''किसी ने तुम्हारी सुपारी लगाई हो! ऐसी सूरत में कातिल होते हुए भी ये

शख्स तुम्हारे लिये अनजाना हो सकता है।''

''इंस्पेक्टर साहब, पहले तो ऐसे किसी आदमी की मैं कल्पना भी नहीं कर सकता जिसकी मेरे से इतनी अदावत हो, इतनी खुन्नस हो कि वो मेरा कत्ल कराना चाहता हो; दूसरे, सुपारी किलर का हथियार चाकू तो मैंने कभी नहीं देखा-सुना।''

''चाकू खामोश हथियार होता है। कत्ल को खामोशी से अंजाम देने की मंशा हो तो ऐन मुनासिब हथियार होता है।''

''फिर भी सुपारी किलिंग चाकू से?''

''चलो, माना कि सुपारी किलर नहीं था, उसने किसी से तुम्हारी सुपारी नहीं ली थी, जो कुछ वो करना चाहता था, अपनी जाती हैसियत में करना चाहता था।''

''लेकिन ऐसा करना चाहने की कोई वजह तो हो?''

''तुम्हारी निगाह में ऐसी कोई वजह नहीं?''

''नहीं, ऐसी कोई वजह नहीं।''

''चलो, फिलहाल मान लेते हैं कि वो चोर ही था जो कि एहतियातन चाकू थामे था। ओके?''

विकास ने मशीनी अंदाज से सहमति में सिर हिलाया।

''आजकल ठगी के कारोबार का क्या हाल है?''

''जनाब, आपको खामखयाली है कि . . .''

''दाई से पेट छुपाना चाहते हो?''

''जनाब, मैं . . .''

''ये सवाल मेरी तफ्तीश का हिस्सा नहीं। ये मैंने जाती तौर पर किया है।''

''अगर मैं ऐसा कुछ करता था तो यकीन जानिये मैं उससे किनारा कर चुका हूं।''

''ऐसा?''

''हां। हर इंसान की जिंदगी में एक टर्निंग प्वायंट आता है जो कई बार इंकलाबी साबित होता है। इसी बात का ये सबूत है कि मैंने छः करोड़ की रकम दान कर दी।''

''ऐसा तुम कहते हो।''

''सच में कर दी। मेरे बैंक एकाउंट से चैक कर लीजिये जिसमें से मैंने 6 करोड़ का ड्राफ्ट मुम्बई के एक चैरिटेबल ट्रस्ट के नाम बनवाया था। आप खुद मानते हैं कि एक आम आदमी के लिये, आम से बेहतर आदमी के लिये भी, छः करोड़ रुपया बहुत बड़ी रकम होती है। आप खुद सोचिये जिस शख्स के पल्ले इतनी बड़ी रकम कानूनन, व्हाइट में होगी वो ठगी का कारोबार करेगा?''

''हैबिट्स डाई हार्ड।''

''मुझे आपकी बात से इत्तफाक है लेकिन आदत में जरूरत का भी तो दखल होता है। जिस आदत को बनाये रखने की जरूरत न रहे . . .''

''चोर चोरी से जाये, हेराफेरी से न जाये।''

विकास ने आहत भाव से उसकी तरफ देखा।

''शायद इसीलिये पीडी बनना चाहते हो।''

''पीडी होना और ठग होना एक ही बात है?''

''नहीं। उन्नीस-बीस का फर्क तो होगा।''

''इसलिये मैंने मिलता-जुलता कारोबार चुना?''

''तुम बताओ।''

''ऐसी कोई बात नहीं है।''

''अपने बैंक एकाउंट की बाबत बताओ। बल्कि तमाम पर्टीकुलर्स एक कागज पर लिखकर दो।''

विकास ने आदेश का पालन किया।

तभी उसका मातहत सब-इंस्पेक्टर विष्णु प्रसाद वहां पहुंचा।

इंस्पेक्टर ने प्रश्नसूचक नेत्रों से उसकी तरफ देखा।

''हादसा हुआ ही जान पड़ता है।'' – सब-इंस्पेक्टर बोला।

''ऐसा?''

''जी हां। मैडीकल एग्जामिनर ने जिस्म में धंसे चाकू के ऐंगल को स्टडी किया है जिसके तहत वो कहता है कि ऐसा नहीं हो सकता कि किसी ने चाकू छाती

में भौंका हो और फिर मूठ पर मरने वाले का हाथ लपेट दिया हो। हालात बताते हैं कि चाकू उसी के हाथ में था जबकि वो उसके अपने जिस्म के वेग से उसके दिल में जा घुसा था।''

''ओह! और?''

''उसके ड्राइविंग लाइसेंस के मुताबिक उसका नाम संजय चकोर है और वो ज्योति कॉलोनी का बाशिंदा है।''

''ज्योति कॉलोनी! ये कहां हुई?''

''धोबी नाका क्रीक के पास एक मिडल क्लास बस्ती है।''

''और?''

''उसकी जेब से नकली चाबियों का एक गुच्छा बरामद हुआ है। लगता है उन्हीं में से एक से यहां का बिल्ट इन लॉक खोलकर भीतर घुसा था।''

''यानी कि यहां दाखिला पाने की तैयारी करके आया था!''

''ऐसा ही जान पड़ता है।''

''हूं।'' – इंस्पेक्टर विकास की ओर घूमा – ''ये जगह तो अभी पुलिस के कब्जे में रहेगी, आपको रातगुजारी का अपना कोई जुदा इंतजाम करना होगा।''

''कर लूंगा।'' – विकास बोला।

''क्या करेंगे?''

''कुछ तो करूंगा ही!''

''या हम करें?''

''आप क्या करेंगे?''

''आपको हैडक्वार्टर में रखेंगे।''

''लॉक अप में बंद करके?''

इंस्पेक्टर हंसा।

''शुक्रिया। मैं अपना इंतजाम खुद कर लूंगा।''

''मर्जी आपकी। लेकिन कल दोपहरबाद मेरे ऑफिस में हाजिर हो जाइयेगा।''

''वो किसलिये?''

''आपको मालूम होना चाहिये। अपना बयान रिकॉर्ड कराने के लिये। उस पर दस्तखत करने के लिये।''

''कहां आना होगा?''

इंस्पेक्टर ने उसे अपना एक विज़िटिंग कार्ड सौंपा।

''मुझे कपड़े तब्दील करने होंगे।'' – विकास बोला।

''कीजिये।''

''बैडरूम में जाना होगा।''

''जाइये।''

विकास बैडरूम में दाखिल हो गया।

पांच मिनट बाद रुखसत होने को तैयार वो वापिस ड्राइंगरूम में लौटा।

''कहां जाओगे?'' – इंस्पेक्टर ने पूछा।

''किसी करीबी होटल में ही जाऊंगा और कहां जाऊंगा!''

''शहर में यार-दोस्त कोई नहीं?''

''हैं। लेकिन होटल में मुझे सहूलियत होगी।''

''कहीं खिसक जाने की!''

''क्या?''

''खिसकने की कोशिश करना नादानी होगी।''

''मेरा ऐसा कोई इरादा नहीं।''

''फ्लाइट इज एन एवीडेंस आफ गिल्ट।''

''वॉट गिल्ट?''

''यू शुड नो।''

''मैंने कुछ नहीं किया।''

''फिर तो बात ही क्या है! लेकिन ताकीद फिर भी रहे।''

''वॉर्निंग का शुक्रिया।''

''वॉर्निंग नहीं, मशवरा। जाइये।''

विकास वहां से रुखसत हो गया।

''आपने इसे सस्ता छोड़ दिया।'' – पीछे सब-इंस्पेक्टर बोला।

''कहां छोड़ दिया!'' – इंस्पेक्टर बोला – ''बस, जरा सी ढील दी है। जब चाहेंगे फिर खींच लेंगे।''

''ढील भी क्यों दी?''

''विष्णु, मैंने इस शख्स की सूरत ही नहीं, आवाज भी पहचानी थी।''

''ऐसा?''

''हां। मुझे इसकी आवाज उस शख्स जैसी लगी थी जिसने पेट्रोल पम्प पर हुए कत्ल की बाबत 100 नम्बर पर गुमनाम लगाई थी और मेरे से बात की थी।''

''अरे! आपको मुगालता तो नहीं लग रहा?''

''लग तो नहीं रहा लेकिन अगर ये मुगालता है तो तसदीक का एक दूसरा जरिया भी है।''

''वो क्या?''

''कल जब ये हैडक्वार्टर पहुंचेगा तो हम उस हवलदार को इसकी आवाज सुनने का मौका देंगे जिसने कि इसकी कॉल रिसीव की थी और फिर आगे मुझे ट्रांसफर की थी।''

''ओह!''

''अगर आवाज हवलदार ने भी पहचानी तो फिर ये गारंटी होगी कि इसी शख्स ने वो गुमनाम कॉल की थी क्योंकि एक ही मुगालता दो जनों को नहीं हो सकता।''

''लेकिन सिंह साहब, अभी इस बात की गारंटी कहां हुई है कि पेट्रोल पम्प पर सच में ही कोई कत्ल हुआ था?''

''आगे होगी न! अगर कत्ल की बाबत गुमनाम कॉल करने वाला शख्स यही निकला तो कुछ तो होगा न! फिर कल यहां मरने वाले के बारे में भी तो हम कोई जानकारी निकालेंगे कि नहीं निकालेंगे?''

''निकालेंगे, क्यों नहीं निकालेंगे! यहां से फारिग होते ही मैं ज्योति कॉलोनी का चक्कर लगाऊंगा।''

''कल इसके बैंक का भी चक्कर लगाना। ये कागज पकड़ो, इस पर इसके

बैंक और एकाउंट की बाबत सब कुछ दर्ज है।''

''चैक क्या करना होगा?''

''कहता है छ: करोड़ रुपया दान कर दिया।''

''ओह! मैं समझ गया। ठीक है, कल बैंक भी। लेकिन सिंह साहब, मैं अभी भी कहता हूं आपने उसे सस्ते में छोड़ दिया। और नहीं तो इतना तो पूछते कि उस गुमनाम कॉल के वक्त वो कहां था!''

''कल पूछेंगे। तब तक हमारा होमवर्क मजबूत हो जायेगा।''

''कल तक गायब हो गया तो?''

''तो अपना ही नुकसान करेगा।''

''फिर भी . . .''

''क्यों गायब हो जायेगा? उसने कत्ल की बाबत गुमनाम कॉल की तो खुद वो कातिल तो हो नहीं सकता! किसी तरीके से उसे कत्ल की खबर लग गयी तो उसने खबर आगे पुलिस को करना तो जरूरी समझा, अपनी पहचान कराना जरूरी न समझा क्योंकि लोग-बाग पुलिस के फेर से बचने की आम कोशिश करते हैं। और जहां तक यहां का सवाल है, अभी तुमने खुद ही बोला कि वारदात एक हादसा थी। जिस शख्स के खिलाफ कुछ है ही नहीं वो भला क्यों यहां की अपनी जमी-जमाई जिंदगी से किनारा कर जायेगा?''

''ठीक। ठीक है फिर कल।''

इंस्पेक्टर ने सहमति में सिर हिलाया।

मंगलवार : दूसरा दिन

अगले रोज तक पुलिस की जानकारी में कई तरह का इजाफा हुआ।

सब-इंस्पेक्टर विष्णुप्रसाद ने कई मुद्दों पर अपनी रिपोर्ट अपने आला अफसर इंस्पेक्टर जिले सिंह को पेश की।

''रिकॉर्ड के मुताबिक'' – वो बोला – ''सतीश चावला पैट्रोल पम्प का सोल प्रोप्राइटर है, उसका कोई पार्टनर नहीं।''

''कोई साइलेंट पार्टनर होगा!''

''है तो रिकॉर्ड में नहीं है।''

''तो पार्टनर के जिक्र पर वो सकपकाया क्यों था?''

''मेरे को तो एक ही जवाब सूझता है।''

''क्या? मुझे वहम हुआ?''

''गुस्ताखी माफ, लेकिन हां।''

''खैर, आगे।''

''पांच महीने पहले उसने ये पैट्रौल पम्प किसी दूसरी पार्टी से खरीदा था।''

''ये तो उसने खुद ही बोला था। ओरीजिनल ओनर कौन था?''

''ये तो मैंने जानने की कोशिश नहीं की थी।''

''क्यों?''

''मुझे इस बात का केस से कोई रिश्ता दिखाई नहीं दिया था।''

''फिर भी . . . खैर। कितने में खरीदा था?''

''साठ लाख में।''

''बस! मैंने तो सुना है रीसेल में पम्प की कीमत करोड़ों में होती है!''

''पम्प उजाड़ जैसी सड़क पर है, कोई खास बिजनेस नहीं कर पाता। ऊपर से आपने देखा ही था कि कैसा फटेहाल था!''

''इसलिये कीमत कमजोर?''

''हां।''

''लेकिन साठ लाख रुपये भी तो कोई कम रकम नहीं होती! उसकी हैसियत है ऐसी?''

''कहता सुना गया है कि कुछ कर्जा बैंक से लिया, कुछ दोस्तों ने दिया।''

''कौन सी रकम बड़ी है?''

''जो दोस्तों ने दी।''

''बड़े मेहरबान दोस्त पाये हैं पट्ठे ने, जो लाखों की रकम कर्जे में दे सकते हैं। कौन हैं वो दोस्त?''

''वो बताना नहीं चाहता। फिलहाल मैंने भी ज्यादा दवाब नहीं डाला।''

''कोई पुलिस रिकॉर्ड?''

''नहीं।''

''घर का चक्कर लगाया जो उसने रूप नगर में बताया था?''

''हां।''

''कौन-कौन हैं घर में?''

''बस, एक बीवी है।''

''बच्चे?''

''नहीं हैं। अलबत्ता एक भांजा है जो पम्प पर – उसके साथ या उसकी गैरहाजिरी में – अक्सर होता है लेकिन वो उसके साथ नहीं रहता। धर्मपुरे में अपने मां-बाप के साथ रहता है। नाम अखिलेश है।''

''रहन-सहन कैसा है?''

''अखिलेश का?''

''अरे, भई, पम्प के मालिक का।''

''मामूली। दो बैडरूम के फ्लैट में।''

''कार?''

''है। सैकंड हैण्ड फियेट। चालीस-पचास हजार में मिल जाती है।''

''कल बस पर क्यों जा रहा था?''

''कार कोई दोस्त उधार मांग के ले गया था। देर रात को वापिस पुहंचा गया था।''

''जब घर में कोई नहीं था तो ये बात कैसे मालूम हुई?''

''गेट के वॉचमैन से। कहता है देर रात को कोई आदमी वो कार लौटाने आया था जो कार को सड़क पर ही पार्क करके चाबी उसे थमा गया था।''

''और?''

''और एक बात ऐसी है जो हमें कल रात हर्नबी रोड पर सूझनी चाहिये थी लेकिन न आपको सूझी, न मुझे सूझी।''

''ऐसी कौन सी बात है?''

''कल पम्प पर से जब हम लौट रहे थे तो उसने पीछे से आवाज देकर हमें एक आदमी के बारे में बताया था जो खाली कनस्तर में पैट्रोल लेने आया था, जो रैस्टरूम में भी गया था और जो वापिसी में पैट्रोल भरा कनस्तर वहीं भूले जा रहा था!''

''हां।''

''जिसे वो हीरो जैसा लम्बा-ऊंचा, तीसेक साल का जींस-जैकेटधारी नौजवान बताता था! कल वो कहता था कि उसे ध्यान नहीं था कि उसके बाल कैसे थे, आंखें कैसी थीं लेकिन आज जब मैंने उससे खोद-खोदकर उस बाबत फिर सवाल किये थे तो उसने सब कुछ याद किया और बयान किया। सिंह साहब, जो कुछ उसने कल बताया और जो कुछ आज उसमें जोड़ा उसकी रू में मैं दावे से कह सकता हूं कि वो और कोई नहीं, वही शख्स था जिसके हर्नबी रोड के आवास पर कल एक आदमी जान से गया।''

''विकास गुप्ता!''

''हां। कनस्तर वाले के पम्प पर पहुंचने का टाइम और 100 नम्बर पर कत्ल की बाबत कॉल आने का टाइम भी मैच करता है।''

''मतलब क्या हुआ इसका?''

''आप बताइये।''

''विकास गुप्ता सतीश चावला का पम्प में साइलेंट पार्टनर हो सकता है।''

''क्या बात कर रहे हैं?''

''वो पार्टनर तो हों लेकिन दोनों में कोई अदावत भी हो जिसकी वजह से वो

एक दूसरे की काट करते रहते हों! साइलेंट पार्टनर ने इत्तफाकन पम्प के रैस्टरूम में एक कत्ल होते देख लिया हो, वो इस बात को पुलिस की जानकारी में तो लाना चाहता हो लेकिन अपना रिश्ता पम्प से न जुड़ने देना चाहता हो, इस वजह से उसने गुमनाम कॉल वाला रास्ता चुना हो!''

''कनस्तर वाला उसका साइलेंट पार्टनर था तो चावला ने उसका जिक्र क्यों किया?''

''क्योंकि उसे अंदेशा था कि अगर हमें किसी और जरिये से वो बात मालूम हो जाती तो उस पर इल्जाम आता कि उसने पुलिस को अपना मुकम्मल बयान नहीं दिया था।''

''वो कहता है कि कनस्तर वाले ने उससे पूछा था कि रैस्टरूम कहां था, वो चावला का पार्टनर होता तो उसे मालूम न होता कि वहां रैस्टरूम कहां था?''

''कोई जरूरी नहीं। किसी का साइलेंट पार्टनर ऐसी मालूमात के बिना भी बना जा सकता है। दूसरे, चावला ने ऐसा कहा ही तो था कि पूछा था! असल में हमें क्या पता कि पूछा था कि नहीं पूछा था!''

''सिंह साहब . . . अब मैं क्या कहूं!''

''जो कहना है, बेखटके कहो।''

''आपकी कल्पना शक्ति कुछ ज्यादा ही ओवरटाइम कर रही है।''

इंस्पेक्टर हंसा, फौरन संजीदा हुआ।

''दरवाजे की मूठ की बाबत'' – फिर बोला – ''लैब की क्या रिपोर्ट है?''

''अच्छी रिपोर्ट है। दो बातें दिलचस्प और काबिलेजिक्र हैं।''

''क्या?''

''मूठ पर जो खून लगा था, उसका ब्लड ग्रुप वही है जो विकास गुप्ता के बैडरूम के सुईट में मरने वाले शख्स का है।''

''ज्योति कॉलोनी के बाशिंदे संजय चकोर का?''

''हां।''

''इसका क्या मतलब हुआ? क्या ये कि ये संजय चकोर पम्प के रैस्टरूम में

था जहां किसी तरह वो चोट खा गया था और फिर चोट से बहा खून पहले उसके हाथ पर, फिर दरवाजे की मूठ पर लग गया था?''

''हो तो ऐसा सकता है लेकिन ब्लड ग्रुप 'ओ' है जो कि बहुत कॉमन है।''

''बहरहाल सम्भावना तो है ही कि ये संजय चकोर पहले पम्प के रैस्टरूम में भी हाजिरी भर रहा था जहां कि इसने एक कत्ल किया था।''

''लाश कहां गयी?''

''अगर कत्ल हुआ है तो देर-सवेर जरूर बरामद होगी। लाश शिफ्ट कर देना हंसी-खेल हो सकता है लेकिन उसे गायब कर देना हंसी-खेल नहीं होता।''

''आप लाश के वजूद को कबूल करते हैं तो मूठ पर लगा खून लाश में से बहा भी तो हो सकता है?''

''हो सकता है।''

''फिर तो ये महज एक इत्तफाक हुआ कि मूठ पर लगे खून का ब्लड ग्रुप संजय चकोर के ब्लड ग्रुप से मिलता है!''

''हुआ। अब दूसरी बात बोलो।''

''फिंगरप्रिंट्स एक्सपर्ट मूठ पर से तीन तरह से फिंगरप्रिंट्स उठाने में कामयाब हुआ है।''

''सब स्पष्ट हैं?''

''कहता है बिल्कुल स्पष्ट नहीं हैं लेकिन फिर भी कम्पैरिजन के काम आ सकते हैं।''

''कोई कम्पैरिजन हुआ?''

''अभी कहां! अभी तो मैंने उससे फोन पर ये बात पूछी है। जब तहरीरी रिपोर्ट आयेगी तो उस पर काम करेंगे, बल्कि एक्सपर्ट से ही करवायेंगे।''

''ठीक है। संजय चकोर के घर से उसके बारे में क्या मालूम हुआ?''

''ज्योति कॉलोनी में वो एक एल.आई.जी. फ्लैट में अकेला रहता था, पहले टैक्सी चलाता था लेकिन पिछले कुछ अरसे से उसका उस काम से किनारा था, उसकी जगह और क्या करता था ये किसी को मालूम नहीं था।''

‘‘टैक्सी ड्राइवर दिखावे को होगा, असल में चोर ही होगा।’’

‘‘हो सकता है।’’

‘‘पुलिस रिकॉर्ड?’’

‘‘एक-दो बार मार-पीट के सिलसिले में हिरासत में लिया गया था लेकिन दोनों पार्टियों में कम्प्रोमाइज हो जाने की वजह से छोड़ दिया गया था।’’

‘‘बस?’’

‘‘जी हां।’’

‘‘ये तो कोई खास रिकॉर्ड न हुआ!’’

‘‘जाहिर है।’’

‘‘यानी कि कामयाब चोर था, शातिर मुजरिम था!’’

‘‘हां।’’

‘‘फिर भी अपना खुद का चाकू दिल में घुसेड़ बैठा!’’

‘‘इत्तफाक की बात है। तकदीर की बात है।’’

‘‘और?’’

‘‘मैं विकास गुप्ता के बैंक से तफ्तीश करने खुद गया था। पिछले दिनों सच में ही उसने मुम्बई के एक चैरिटेबल ट्रस्ट के नाम छः करोड़ रुपये का ड्राफ्ट बनवाया था जो कि डेबिट हो भी चुका है।’’

‘‘कमाल है! सच में इतनी बड़ी रकम दान कर दी! ऐसे दानवीर दाता की तो चरण रज लेनी चाहिये!’’

‘‘ठग है। नामचीन ठग है।’’

‘‘अब पीडी बनने का तमन्नाई है। यानी कि सुधर रहा है। सुधर चुका है।’’

तभी फोन की घंटी बजी।

इंस्पेक्टर ने रिसीवर उठाकर कॉल रिसीव की। कुछ क्षण बाद उसने फोन को क्रेडल पर पटका, मेज से अपनी पीक कैप उठाई और सिर पर टिकाता उठ खड़ा हुआ।

‘‘उठो।’’ – वो बोला – ‘‘चलो।’’

‘‘क्या हुआ?’’

"एक खून और।"

उदिता राजन अटवाल नाम के संसद सदस्य, जनशक्ति नामक पार्टी के नेता, की बीवी थी। अपनी नेतागिरी के चक्कर में राजन अटवाल अमूमन नगर से बाहर रहता था। वो कभी मुनासिब समझता था तो अपनी खूबसूरत बीवी को कहीं साथ ले जाता था, कभी नहीं ले जाता था लेकिन अमूमन नहीं ही ले जाता था। शुरुआती दौर में उदिता को इस बात से कोई ऐतराज हुआ हो तो हुआ हो, अब उसकी जाती पसंद खुद ही पीछे अकेले रहने में थी। उसे अपनी खूबसूरती पर बड़ा गुमान था जिसकी वजह से वो घर में भी खूब सज-धज के रहती थी।

वैसे तो उसके व्यक्तित्त्व की हर बात खूबसूरत थी लेकिन सबसे ज्यादा गुमान उसे अपने रेशमी बालों पर था जो स्वाभाविक रूप से ऐसे सुनहरे और छल्लेदार थे जो वैसे किसी हेयर स्टाइलिस्ट की हजारों में फीस भरकर ही बनवाये जा सकते थे।

वो एक विपन्न घर से आयी महिला थी जिसने अपने नेता पति की वजह से ही सम्पन्नता का मुंह देखा था। पति से कीमती कपड़ों, जेवरों की – यहां तक की नकद रकमों की भी – सौगात झटकते रहना उसका करोबार था। पति को ये मालूम होता कि यूं उसने चुपचाप नकद पच्चीस लाख रुपये जमा कर लिये थे तो उसे सख्त हैरानी होती।

निपन रोड पर स्थित एक मल्टीस्टोरी इमारत के पेंटहाउस अपार्टमेंट में अटवाल दम्पति का आवास था जहां से कि उसने पुलिस को फोन लगाया।

"हल्लो!" – वो माउथपीस में बोली – "मैं मेम्बर पार्लियामेंट राजन अटवाल साहब के यहां से उनकी मिसेज उदिता अटवाल बोलती हूं। यहां हमारे पेंटहाउस अपार्टमेंट में, जो निपन रोड के गुलमोहर टावर्स में है, अभी एक हादसा हो गया है . . . जी हां, हादसा। एक्सीडेंट . . . मेरी मेड के साथ . . . लगता है वो . . . वो मर गयी है . . . जी नहीं, ऊपर से नहीं गिरी . . . जो हुआ है अपार्टमेंट के भीतर ही हुआ है . . . मैं बोल तो रही हूं, आप मुझे कुछ कहने तो दें . . . वो बाथटब में डूब के . . . डूब के जान से हाथ धो बैठी है। . . . जी हां, गुलमोहर

टावर्स, पेंटहाउस अपार्टमेंट ए, निपन रोड, मैं उदिता अटवाल, वाइफ आफ राजन अटवाल एम.पी.। ठीक है . . . जल्दी . . . जल्दी कीजिये . . . ओके।''

उसने रिसीवर वापिस क्रेडल पर रख दिया और प्रतीक्षा करने लगी।

कुछ अरसे बाद कॉलबैल बजी तो उसने उठकर पहले ड्रेसिंग टेबल के सामने जाकर अपना मेकअप वगैरह चैक किया, साड़ी का फॉल दुरुस्त किया और फिर जाकर दरवाजा खोला।

चौखट पर उसे दो पुलिस वाले दिखाई दिये।

''मैं इंस्पेक्टर जिले सिंह'' – एक बोला – ''ये मेरा सहायक सब-इंस्पेक्टर विष्णु प्रसाद।''

''आइये।''

दोनों ने भीतर कदम रखा।

''कहां हुआ . . . हादसा?'' – इंस्पेक्टर ने पूछा।

उदिता उन्हें एक भव्य बैडरूम के वैसे ही भव्य अटैच्ड बाथरूम में लेकर आयी। वहां वो चौखट के करीब ही ठिठक गयी, दोनों पुलिसिये भीतर दाखिल हुए।

लाश दो तिहाई भरे बाथ टब में यूं पड़ी थी कि एक बांह टब से बाहर लटक रही थी। टब के परले बाजू में एक खुला शैल्फ था जिसमें कई तरह के साबुन, शैम्पू, वॉशिंग जैल, कोलोन जैसी चीजें दिखाई दे रही थीं। वहीं एक छोटा सा पोर्टेबल टी.वी. पड़ा था जिसकी स्क्रीन गीली थी, और एक नॉब आधी टूटी हुई थी। नॉब का टूटा हुआ हिस्सा टब के पानी में तैर रहा था जिससे लगता था कि नॉब तभी टूट के गिरी थी। शैल्फ के ऊपर छत से थोड़ा नीचे एक रोशनदान था जो कि खुला था।

हालात से लगता था कि चलता टी.वी. पानी में गिर गया था और टब में नहाती युवती बिजली का करंट खाकर मर गयी थी।

''क्या हुआ था?'' – इंस्पेक्टर ने घर की मालकिन से सवाल किया।

''बताती हूं।'' – उदिता भर्राए कण्ठ से बोली – ''यहां से चलिये।''

''कहां?''

''ड्राइंगरूम में।''

''ओह, ड्राइंगरूम में।'' – इंस्पेक्टर ने रोशनदान की तरफ इशारा किया – ''ये रोशनदान परली तरफ कहां खुलता है?''

''बाहर के एक गलियारे में।''

''वो गलियारा फ्लैट का हिस्सा नहीं?''

''नहीं। वो उस लॉबी का हिस्सा है जिसमें सीढ़ियां हैं और लिफ्टें हैं।''

''हूं। आइये।''

तीनों ड्राइंगरूम में पहुंचे।

''बैठिये।'' – वो बोली।

''नहीं'' – इंस्पेक्टर बोला – ''ऐसे ही ठीक है।''

''आप कुछ पियेंगे? ठंडा . . .''

''नहीं।'' – इंस्पेक्टर का स्वर तनिक रूखा हुआ – ''आप जवाब दीजिये। क्या हुआ था?''

''रिम्पल . . . वो लड़की, जिसे आपने बाथ टब में . . . म-मरी पड़ी देखा, मेड है . . . नहाने के लिये गयी थी। नहा रही थी . . . पोर्टेबल टी.वी. चला के टब में नहा रही थी कि कोई लापरवाही की, टी.वी. पानी में आ गिरा . . . पानी में बिजली का करंट दौड़ गया, झटका खाकर . . . आपने देखा ही है कि क्या बीती बेचारी पर!''

''उस वक्त आप कहां थी?''

''किचन में अपने लिये कॉफी बना रही थी।''

''किचन कहां है?''

उदिता ने बताया।

''वाकये की खबर कैसे लगी?''

''मेरा मोबाइल बैडरूम में रह गया था जो कि बजने लगा था। उसे सुनने के लिये मैं वहां गयी थी तो बाथरूम में भी मेरी निगाह पड़ी थी और वो . . . नजारा मुझे . . .''

वो खामोश हो गयी। उसके शरीर ने जोर की झुरझुरी ली।

''वो . . . मेड, क्या नाम बताया था?''

''रिम्पल।''

''रिम्पल टब में मरी पड़ी थी?''

''हां।''

''फासले से ही जान गयीं कि मरी पड़ी थी?''

''करीब जा के देखा। देखा तो . . . तो आंखें साफ पथराई दिखाई दीं।''

''बाथरूम का दरवाजा खुला था! तभी आप फोन उठाने आयीं भीतर झांक पायीं?''

''हां।''

''क्यों खुला था?''

''क्यों खुला था?'' – उसके चेहरे पर उलझन के भाव आये।

''ये अजीब बात नहीं कि एक नौजवान लड़की बाथरूम का दरवाजा खुला छोड़कर नहा रही थी?''

''अच्छा वो! . . .वो क्या है कि यहां मेरे सिवाय और कोई नहीं था . . .''

''फिर भी!''

''फिर आगे बैडरूम का दरवाजा भी तो था जो बंद था।''

''बंद तो न होगा, वर्ना आप ही भीतर न आ पाई होतीं!''

''बंद था लेकिन लैच पर लगा हुआ नहीं था।''

''भिड़का हुआ था?''

''हां . . . यही समझ लीजिये।''

''करंट लगने पर वो चीखी तो होगी?''

''हो सकता है लेकिन मुझे ऐसी कोई आवाज सुनायी नहीं दी थी।''

''आप इत्तफाकन बैडरूम में न जातीं तो पता नहीं वो कब तक वहां मरी पड़ी रहती?''

''कभी तो जाती ही, भले ही ये देखने जाती कि वो नहाने में इतना टाइम क्यों लगा रही थी!''

''आपकी मेड को यहां कोई कमरा अलॉटिड है?''

''हां। यहां सर्वेंट क्वार्टर है।''

''फिर वो . . . मेड . . . आपके बाथरूम में क्यों नहा रही थी?''

''मुंह लगी है न . . . थी न! मेड से ज्यादा कम्पैनियन थी। अटवाल साहब तो अक्सर बाहर रहते हैं इसलिये मेरी लाइफ में उसका रोल कदरन अहम हो गया था।''

''सखी बन गयी थी?''

''यही समझ लीजिये। पुरानी मुलाजिमा थी इसलिये हाउसहोल्ड के कॉन्फीडेंस में थी।''

''कितनी पुरानी?''

''काफी। मेरी शादी से भी पहले की।''

''फिर तो काफी उम्र होनी चाहिये उसकी!''

''तीसेक साल की थी।''

''फैमिली?''

''नहीं।''

''इस शहर में कोई करीबी?''

''नहीं।''

''यानी कि पूरी तरह से आप लोगों पर निर्भर थी?''

''यही समझ लीजिये।'' – वो एक क्षण ठिठकी फिर बोली – ''अब क्या होगा?''

''तफ्तीश होगी।''

''तफ्तीश! किस बात की? ये तो एक्सीडेंटल डैथ का केस है!''

''पोस्टमार्टम फिर भी लाजमी होती है।''

''पोस्टमार्टम! हे भगवान! फिर तो खबर अखबारों में भी आयेगी।''

''छोटा-मोटा जिक्र तो बराबर आयेगा।''

''ऐसा नहीं हो सकता कि न आये?''

''जी नहीं, ऐसा नहीं हो सकता।''

''आप ये बात जानते-बूझते कह रहे हैं कि मेरे पति संसद सदस्य हैं, जनशक्ति पार्टी के नेता हैं?''

''मैडम, इन बातों पर मेरा अख्तियार नहीं है। मैं केस का इंवेस्टिगेटिंग ऑफिसर हूं। मैं खामोश रहूंगा तो अखबार वाले हैडक्वार्टर में बैठे पब्लिक रिलेशन ऑफिसर से सब दरयाफ्त कर लेंगे।''

''ओह!'' – वो एक क्षण ठिठकी, फिर बोली – ''या अखबार में जिक्र यूं आये कि जनशक्ति पार्टी के एक एम.पी. की मेड के साथ ये हादसा गुजरा?''

''आपका मतलब है अटवाल साहब का बाई नेम जिक्र न हो, आपका बाई नेम जिक्र न हो?''

''हां।''

''मैं कोशिश करूंगा।''

तभी पुलिस के फोटोग्राफर वगैरह वहां पहुंचे।

अगला एक घंटा वो लाश के साथ व्यस्त रहे।

फिर लाश उठवा दी गयी और वो लोग भी रुखसत हो गये।

''अब आपको थोड़ी सी जहमत करनी होगी।'' – पीछे इंस्पेक्टर बोला।

''क्या?'' – उदिता सशंक भाव से बोली।

''हैडक्वार्टर आकर अपना बयान दर्ज करना होगा और उस पर दस्तखत करने होंगे।''

''कब?''

''आज किसी वक्त। जब आपको सहूलियत हो।''

''ठीक है।''

''फिर लाश क्लेम करने का भी मसला है। जब आप कहती हैं कि मेड की अपनी कोई फैमिली नहीं, उसका शहर में कोई करीबी नहीं तो फिर तो उसको लावारिस ही तसलीम किया जायेगा और . . .''

''नहीं, नहीं। हम हैं न! उसका अंतिम संस्कार हम करेंगे।''

''फिर तो आपका या एम.पी. साहब का हैडक्वार्टर आना और भी जरूरी होगा।''

''मैं आऊंगी। इस सिलसिले में जो कुछ करना होगा, मैं करूंगी।''

''सो नाइस ऑफ यू, मैडम।''

दोनों पुलिसिये वहां से निकलकर सड़क पर पहुंचे।

''एक बात बोलूं, सिंह साहब।'' – एकाएक सब-इंस्पेक्टर बोला।

''बोलो।''

''मेरे को लगता है कि वो मेड वहां इसलिये नहीं थी क्योंकि बीवी को तनहाई में कम्पैनियन की जरूरत थी बल्कि इसलिये थी क्योंकि खाविंद को लगता था कि उसकी गैरहाजिरी में उसकी खूबसूरत बीवी पर नजर रखने के लिये उसके भरोसे का कोई उसके करीब होना चाहिये था।''

''इसलिये पुरानी, दोनों की शादी से भी पहले की, मेड!''

''हां।''

''एक्सीडेंट में कोई भेद हो सकता है।''

''आप ऐसा इसलिये कह रहे हैं क्योंकि ऑफिस से निकलने से पहले आपने कहा था कि एक खून और हो गया था।''

''जब वारदात की खबर मुझे दी गयी थी तो मैंने यही तो सोचना था!''

''ठीक।''

''अब जवाब दो। एक्सीडेंट में कोई भेद हो सकता है?''

''दिखाई तो नहीं देता कोई भेद! वो सजावटी औरत, जिसे अपने नाज-नखरों से ही फुर्सत नहीं, क्यों वो अपनी मेड का खून करेगी?''

''विष्णु!''

''यस, सर।''

''ये क्या तरीका हुआ? मैंने तेरे से जवाब देने को कहा, तूने मेरे से सवाल कर दिया!''

सब-इंस्पेक्टर हंसा।

दोनों जीप में सवार हुए।

''वापिस चलूं, जनाब?'' – ड्राइवर की ड्यूटी निभाता सिपाही बोला।

''नहीं।'' – इंस्पेक्टर बोला – ''हाईवे नम्बर इकतालीस का रास्ता पकड़ो।''

सब-इंस्पेक्टर की भवें उठीं।

''मैं पैट्रोल पम्प पर सतीश चावला को संजय चकोर की तसवीर दिखाना

चाहता हूं और पूछना चाहता हूं कि क्या वो उस शख्स को पहचानता है!''

''क्या हाथ आयेगा?''

''हासिल उसके जवाब पर मुनहसर करता है।''

''आप क्यों जाते हैं? हम उसे ऑफिस में तलब कर सकते हैं।''

''यूं वो तैयारी करके आयेगा। मैं तो एकाएक उसके सिर पर पहुंचना चाहता हूं और उसे चकोर की उसके ड्राइविंग लाइसेंस पर लगी तसवीर दिखाना चाहता हूं।''

''ओह!''

पम्प पर उन्हें सन्नाटा मिला।

पुलिस की जीप देखकर अखिलेश ऑफिस से निकला और तब तक स्थिर हो चुकी जीप के करीब पहुंचा।

''चावला नहीं दिखाई दे रहा।'' – सब-इंस्पेक्टर विष्णु प्रसाद धीरे से बोला – ''जरूर ये उसका भांजा अखिलेश होगा।''

''वो भी यहीं-कहीं होगा।'' – इंस्पेक्टर बोला – ''जब तुम्हें सुबह घर पर मिला था तो कहां जायेगा?''

दरयाफ्त किया गया तो तसदीक हुई कि वो अखिलेश ही था।

''चावला साहब कहां हैं?'' – इंस्पेक्टर ने दबंग लहजे से पूछा।

''वो तो यहां नहीं हैं!'' – जवाब मिला।

''मुझे दिखाई दे रहा है। मैंने ये नहीं पूछा वो कहां नहीं हैं! मैंने पूछा है वो कहां हैं!''

''आउट ऑफ स्टेशन।''

''क्या?''

''विशालगढ़ गये हैं।''

''एकाएक?''

''जी हां।''

''क्या करने गये हैं?''

''मालूम नहीं।''

"तुम्हें कुछ न बोल के गये?"

"नहीं।"

"क्यों?"

"मैंने पूछा ही नहीं।"

"लेकिन ये बराबर बोला कि विशालगढ़ जा रहे थे?"

"हां।"

"अकेले गये?"

"आलोका भी साथ गयी है।"

"आलोका!"

"बीवी का नाम है!" – सब-इंस्पेक्टर धीरे से बोला।

"तुम मामी को नाम लेकर बुलाते हो?"

वो खामोश रहा। उसने बेचैनी से पहलू बदला।

"कैसे गये?"

"अपनी फियेट पर। खुद ड्राइव करके।"

"ये पक्का है कि विशालगढ़ ही गये हैं?"

"मेरे को तो यही बोला था!"

"कब लौटेंगे?"

"कल दोपहरबाद किसी वक्त।"

"लौट आयें तो बोलना कि पुलिस हैडक्वार्टर में इंस्पेक्टर जिले सिंह, स्पेशल स्क्वायड से कॉन्टैक्ट करें।"

उसने सहमति में सिर हिलाया।

"क्या बोलोगे?"

"मामू, पुलिस हैडक्वार्टर में स्पेशल स्क्वायड के इंस्पेक्टर जिले सिंह से कॉन्टैक्ट करें।"

"शाबाश!"

हैडक्वार्टर लौटने में उन्हें चार बज गये।

ऑफिस में उन्होंने तलब किये गये दोनों गवाहों को – विकास गुप्ता और उदिता अटवाल को – मौजूद पाया। दोनों यूं घुट-घुटकर बातें करते पाये गये जैसे एक-दूसरे को बरसों से जानते थे।

''अरे!'' – उदिता से मुखातिब होते हुए इंस्पेक्टर ने नकली हैरानी जाहिर की – ''आप तो बहुत जल्दी आ गयीं!''

''जिम्मेदारी का काम जल्दी ही करना चाहिये।'' – वो सहज भाव से बोली।

''मुझे अफसोस है कि आपको इंतजार करना पड़ा, मुझे मालूम होता कि आप इतनी जल्दी . . .''

''नैवर माइंड।''

''लगता है'' – विकास धीरे से बोला – ''मेरी जहमत से आपको कुछ लेना-देना नहीं।''

इंस्पेक्टर ने घूरकर उसे देखा।

''मैडम के साथ ही यहां पहुंचे?'' – फिर बोला।

''नहीं। इनसे बहुत पहले से यहां था।''

''इनसे पहले से वाकिफ हो?''

''नहीं। यहीं वाकफियत हुई।''

''नाइस मैन।'' – उदिता मुस्कराती हुई बोली।

''आपकी आंखों का सुरमा चुरा लेगा।''

''जी! क्या फरमाया?''

''कुछ नहीं। आप थोड़ी देर और बैठिये, मैं मालूम करता हूं कि दस्तखतों के लिये कागजात तैयार हुए या नहीं!''

दोनों ने सहमति में सिर हिलाया।

उसने विष्णु प्रसाद को स्टेटमेंट तैयार कराने का काम सौंपा।

फिर उसने हवलदार राम बाबू को – उस हवलदार को जिसने पिछली रात वाली, पम्प पर कत्ल की बाबत, गुमनाम कॉल सुनी थी – तलब किया। बड़ी चतुराई से उसने ऐसे हालात पैदा किये कि वो विकास गुप्ता की आवाज सुन पाता।

''वो आवाज'' – हवलदार बोला – ''इस बंदे की हो भी सकती है, नहीं भी हो सकती।''

''अबे, ये क्या जवाब हुआ?''

''साहब, पक्का करके कुछ कहना मुहाल है। कॉल रिसीव करते वक्त बोलने वाले की आवाज की तरफ कौन ध्यान देता है!''

''ऐसा पहले क्यों नहीं बोला?''

''पहले आपने पूछा कब था?''

''दफा हो।''

इंस्पेक्टर अपने ऑफिस में पहुंचा। वहां उसने आगन्तुकों से बिना पूछे कॉफी मंगाई।

''इंस्पेक्टर साहब'' – कॉफी के दौरान उदिता मधुर स्वर में बोली – ''आप विकी की कुछ मदद कीजिये न!''

''विकी!'' – इंस्पेक्टर के चेहरे पर उलझन के भाव आये – ''वो कौन हुआ?''

''अरे, भई, ये। विकास। विकास गुप्ता।''

क्या कहने! साली ढेर हो भी चुकी थी।

''क्या मदद चाहते हैं ये?''

''ये प्राइवेट डिटेक्टिव के धंधे में आ रहे हैं और समझते हैं कि इनके पास गन होनी चाहिये।'' – जल्दी से उसने जोड़ा – ''आत्मरक्षा के लिये।''

''तो डीसीपी लाइसेंसिंग को इस बाबत अर्जी लगायें।''

''लगाई है इन्होंने। मेरा मतलब है कि आप कुछ सिफारिश कर पाते तो . . .''

''मैडम, डीसीपी के सामने मैं कौन होता हूं! कुछ भी नहीं होता! मेरा सिफारिश कहां चलेगी?''

''फिर भी!''

''बोल के देखूंगा।''

''थैंक्यू। मैंने सुना है कि टैम्परेरी, प्रोविजिनल, शॉर्ट ड्यूरेशन वाला लाइसेंस तो आप भी जारी कर सकते हैं?''

''कर तो सकता हूं लेकिन उसके लिये भी एसीपी की इजाजत लेना होता है।''

''तो लीजिये न!''

''मैं देखूंगा। बाई दि वे, इनके मुंह में दही जमी है?''

''ऐसी कोई बात नहीं।'' – विकास तनिक हड़बड़ाकर बोला।

''शुक्र है।''

तभी सब-इंस्पेक्टर दस्तखत के लिये तैयार कागजात लेकर वहां पहुंचा।

इंस्पेक्टर ने पहले कागजात खुद चैक किये और फिर दोनों मेहमानों को पेश किये।

''आप दोनों'' – फिर बोला – ''इन्हें अच्छी तरह से पढ़ लीजिये, सब ठीक लगे तो साइन कीजिये।''

दोनों ने निर्देश का पालन किया, साइन किये।

''थैंक्यू।'' – इंस्पेक्टर बोला – ''अब आप लोग जा सकते हैं।''

सब-इंस्पेक्टर के चेहरे पर हैरानी के भाव आये।

दोनों उठ खड़े हुए।

''तो'' – उदिता बोली – ''आप विकी के लिये कुछ न कुछ जरूर करेंगे। ठीक?''

''वो तो जो हो सकेगा मैं करूंगा। आप कह रही हैं तो . . .''

''मैं कह रही हूं, प्लीज़।''

टोटल फिदा हो गयी जान पड़ी थी कम्बख्त पर। नहीं जानती थी किसके साथ पंगा ले रही थी।

''आप अटवाल साहब से बात क्यों नहीं करतीं?''

''जी, क्या कहा?''

''आपके हस्बैंड एम.पी. हैं, एम.पी. की तो इन मामलों में बहुत ताकत होती है, बहुत सलाहियात होती हैं। नहीं?''

''काबू में आयें तो कोई बात करूं न! वो तो हर वक्त बिजी बिजी बिजी रहते हैं।''

''फिर भी . . .''

''सलाह का शुक्रिया। मैं उनसे भी बात करूंगी। लेकिन इंस्पेक्टर, इसका मतलब ये नहीं है कि विकी बाबा के लिये आप कुछ न करें।''

बाबा!

क्या जादू जानता था कमीना!

''आप बेफिक्र रहिये, इसका काम'' – इंस्पेक्टर ने अपलक विकास की तरफ देखा – ''मेरे हाथों हुआ तो मुझे खुशी होगी।''

''थैंक्यू। सो नाइस ऑफ यू। थैंक्स अगेन।''

दोनों वहां से रुखसत हो गये।

''आपने उसे फिर चला जाने दिया!'' – पीछे सब-इंस्पेक्टर शिकायतभरे स्वर में बोला – ''इतनी भी ढील क्या कि . . .''

''छोड़, यार।'' – इंस्पेक्टर तिक्त भाव से बोला – ''उस औरत ने भेजा घुमा दिया। क्या किरदार है पट्ठी का! उंड़ली जा रही थी उस लड़के पर! मैं साले को फिर तलब कर लूंगा, तू अभी मेरा पीछा छोड़।''

चेहरे पर नाइत्तफाकी की साफ छाप लिये सब-इंस्पेक्टर विष्णु प्रसाद खामोश हो गया।

''मैं आपको कहीं ड्रॉप कर सकता हूं?'' – बाहर आकर विकास गुप्ता बोला।

''गाड़ी है तुम्हारे पास?'' – उदिता बोली।

''आपके काबिल तो नहीं लेकिन है।''

''मुझे लिफ्ट से कोई ऐतराज तो नहीं क्योंकि मैं टैक्सी पर आयी थी। लेकिन औना-पौना ड्रॉप किया तो क्या किया! घर तक छोड़कर आओ तो . . .''

''आप चांद से होकर घर पहुंचाने को बोलेंगी तो भी आपका हुक्म नाचीज के सिर माथे होगा।''

''क्या कहने!''

''कहां रहती हैं?''

''निपन रोड।''

‘‘ये कहां हुई?’’

‘‘तुम्हें नहीं मालूम?’’

‘‘मैं दरअसल इस शहर में नया हूं इसलिये अभी सारे शहर से वाकिफ नहीं।’’

‘‘आई सी। यहां से चलो, मैं रास्ता बताती रहूंगी।’’

दोनों विकास की जेन पर सवार हुए।

और पहले निपन रोड, फिर गुलमोहर टावर्स और आखिरकार उसके पेंटहाउस अपार्टमेंट ए पर पहुंचे।

‘‘वैल, सो लॉन्ग।’’ – विकास मुस्कराता हुआ बोला और वहां से रुखसत होने को तत्पर हुआ।

‘‘अरे, रुको।’’ – उदिता ने उसका हाथ थाम लिया – ‘‘कैसे चले जाओगे? क्या कोई भाड़े का काम करने आये थे जो भाड़ा मिला और चल दिये?’’

‘‘वो भी कहां मिला!’’

‘‘सब्र करोगे तो मिलेगा न! हड़बड़ी में कोई काम होता है! क्या! तुम तो, वो क्या कहते हैं, बांह छुड़ाये जात हो।’’

‘‘वो भी कहां छूट रही है! इतनी मजबूत पकड़ है आपकी!’’

वो हंसी, फिर उसे अपार्टमेंट के भीतर लेकर गयी।

‘‘क्या पियोगे?’’

‘‘जो आप पिलायेंगी।’’

‘‘सरेशाम व्हिस्की से परहेज तो नहीं करते?’’

‘‘करता हूं, लेकिन इतने हसीनतरीन हाथ से पीने को मिले तो नहीं करता।’’

‘‘क्या कहने!’’

विकास बड़े शिष्ट भाव से हंसा।

‘‘क्या पिलाऊं?’’ – वो मादक स्वर में बोली।

‘‘कुछ भी। आप तो जहर पिलायेंगी तो पी लूंगा।’’

‘‘मेरा सच में ही यही इरादा है।’’

‘‘क्या?’’

''जहर पिलाने का।''

''आई डोंट माइंड।''

''मैं अभी आयी।''

उसे ड्राइंगरूम में छोड़कर वो भीतर कहीं चली गयी।

वो वापिस लौटी तो हाथों में ड्रिंक्स की ट्रे थामे थी और जिस्म पर साड़ी-ब्लाउज की जगह रेशमी गाउन लपेटे थी।

जो कि उसकी आइंदा नीयत का अपने आप में इश्तिहार था।

उसे ड्रिंक पेश करके वो उसके सामने बैठने की जगह सोफे पर उसके पहलू में बैठी।

''चियर्स!'' – वो बोली।

''चियर्स!''

दोनों ने जाम टकराये।

''तो'' – विकास बोला – ''आपके हस्बैंड एम.पी. हैं?''

''हां।'' – जवाब मिला – ''मेरी बद्किस्मती से।''

''जी!''

''आम इंसान होते तो मेरे करीब होते।''

''बहुत बिजी रहते हैं?''

''जाहिर तो यही करते हैं, असलियत खुदा जाने।''

''काफी टाइम हो गया आपकी शादी को?''

''हां। छः साल।''

''कोई बच्चा!''

''बच्चा रिमोट कंट्रोल से होता है?''

''क्या मतलब?''

''पास टिकें तो कुछ हो न!''

''ओह! आप जैसी खूबसूरत बीवी होती तो मैं तो बीवी की गोद में ऐसा दफ्न होता कि मर कर ही उठता।''

''तुम शादीशुदा नहीं हो?''

''जी नहीं।''

''खुशकिस्मत होगी वो जिसे बतौर खाविंद तुम मिलोगे।''

''ऐसी कोई खुशफहमी मेरे को नहीं हैं।''

''मेरे को है न!''

''जी?''

उसने हौले से विकास की जांघ पर हाथ रखा।

''आपके हस्बैंड . . .''

''छत फाड़कर तो आने से रहे!''

''ओह!''

''जानते हो?''

''क्या?''

''मैं बहुत तनहा औरत हूं।''

''ऐसा तो नहीं होना चाहिये! आप जैसी स्वर्ग की अप्सरा और तनहा! ये तो जुल्म है!''

''अब कहां हूं तनहा! अब कहां हो रहा है जुल्म! अब तो तुम साथ हो!''

''ये भी ठीक है।''

''हो न!''

''क्या?''

''साथ।''

''ये भी कोई पूछने की बात है!''

''वैसे आज तक कभी मैं अपने हस्बैंड से बाहर नहीं गयी।''

''हर काम की कभी तो पहल होनी ही होती है!''

''यू सैड इट।'' – उसने हौले से विकास के कंधे पर सिर टिकाया और फुसफुसाती-सी बोली – ''मैंने तो पहल कर दी। . . . जबकि ऐसी कोई पहल तुम्हारी तरफ से होनी चाहिये थी। अब पता नहीं तुम क्या सोचोगे?''

''सोचूंगा क्यों? करूंगा।''

''क्या?''

उसने हौले से उसका जाम उसकी उंगलियों की पकड़ से निकाला, अपने जाम के साथ उसे सामने सैंटर टेबल पर रखा और उसे अपनी बांहों में ले लिया।

''पहल।'' – वो बोला।

रात के ग्यारह बजे थे।

सुनंदा बैडरूम में विशाल डबल बैड के करीब खड़ी उस पर दीन-दुनिया से बेखबर पसरे पड़े अपने पति पुखराज रहेजा, प्रॉपर्टी डीलर एण्ड बिल्डर, को निहार रही थी।

कैसे किसी में इतनी तब्दीली आ सकती थी कि उसको वो वो शख्स ही नहीं लगता था बारह साल पहले जिससे उसने शादी की थी। कैसे सिंगल सिलेंडर का आदमी डबल बैरल बन गया था, कैसे हंसमुख सजीला नौजवान खुंदकी, काईया, लालची धन-दीवाना खूंसट बन गया था और वक्त से पहले उम्रदराज शख्स लगने लगा था।

उसे मालूम था कि उन दिनों वो कौन-सा बड़ा दांव खेलने की फिराक में था।

जसलपुर रोड से आगे निझाला गांव का जो डेवलपमेंट प्रोजेक्ट पिछली सरकार ने ड्रॉप कर दिया था, उसके पति को इनसाइड इंफर्मेशन थी कि कुछ अरसे बाद नयी सरकार उसे फिर सक्रिय करने जा रही थी। वहां मेजर डेवलपमेंट ये होने वाला था कि नेशनल हाइवे इकतालीस से सुंदरवन तक जो नयी सड़क बननी शुरू हुई थी लेकिन बीच में बननी बंद हो गयी थी, उस पर रिलायंस का बहुत बड़ा कारखाना बनने वाला था जिसके लिये वहां जल्दी ही जमीन की खरीद शुरू होने वाली थी और नयी सड़क, अधूरी छुटी पड़ी सड़क, को भी सरकार फिर से बनवाना शुरू करने वाली थी। उस अंदरूनी जानकारी का भरपूर फायदा उसका पति यूं उठा रहा था कि वो चुपचाप यहां की काफी सारी जमीन औने-पौने दामों में खरीद चुका था और अभी और खरीद रहा था। रिलायंस का प्रोजेक्ट एनाउंस होते ही, जमीन की उनकी जरूरत सामने आते ही, वहां जमीन

का भाव आसमान छूने लगता और तब नौ एकड़ जमीन का सोल प्रोप्राइटर होने की वजह से उसका पति चांदी काटता।

उसके मंसूबों में फच्चर निझाला फिलिंग स्टेशन नाम का पैट्रोल पम्प डाल रहा था जिसको कब्जाना उसके लिये जरूरी था, भले ही उस काम के लिये उसे खून की नदियां बहानी पड़ जातीं।

और ऐसा कहीं हो सकता था कि पुखराज रहेजा का कोई मंसूबा किसी सिरे न चढ़ता!

सुनंदा के लिये ये भी कोई कम करिश्मा नहीं था कि अपने तमाम स्याह धंधों के बावजूद, अपनी आदतन कानून को ठेंगा दिखाने की फितरत के बावजूद वो शख्स कभी एक बार भी पुलिस के फेर में नहीं पड़ा था।

वाह री किस्मत!

उसकी बुलंद!

और मेरी फूटी!

फुलस्केप कागज की जो टाइपशुदा शीट वो अपने हाथ में थामे थी, उसे तह करके उसने अपनी अंगिया में खोंस लिया, फिर वार्डरोब से निकालकर एक शॉल अपने कंधों के गिर्द लपेटी और दबे पांव वहां से बाहर निकल गयी।

विकास गुप्ता को केवल एक रात होटल में गुजारनी पड़ी थी। उस रोज शाम तक पुलिस वाले उसके सुइट की चाबी मिसेज सिम्पसन के हवाले करके वहां से चले गये थे और अब सुइट वापिस उसके अधिकार में था।

आधी रात के करीब वो वहां वापिस लौटा था और आते ही बिस्तर के हवाले हो गया था। वो गहरी नींद में था जबकि उसे कॉलबैल बजती सुनायी दी थी।

ऊंघता-आंघता वो उठा और प्रवेश द्वार पर पहुंचा। उसने दरवाजा खोला तो सामने एक महिला को खड़ी पाया।

उसने प्रश्नसूचक नेत्रों से महिला की तरफ देखा।

''लगता है'' – महिला मुस्कराती हुई बोली – ''मैंने आपको सोते से जगा दिया।''

''कोई बात नहीं।'' – विकास अनमने भाव से बोला – ''फरमाइये?''

''आप विकास गुप्ता हैं न?''

''जी हां।''

''मैं आपके सिर्फ पांच सैकंड लूंगी।''

उसने अपना दायां हाथ अपने बायें हाथ में थामे हैण्डबैग में डाला, उसमें से खिलौना सी एक गन निकाली और उसका रुख विकास की ओर करके दो बार उसका घोड़ा खींचा।

विकास के मुंह आश्चर्य से घुटी हुई सिसकारी निकली, तत्काल उसके शरीर में भीषण पीड़ा की लहर दौड़ी, उसकी हकबकाई निगाह आततायी के चेहरे पर टिकी।

उसे जिस्म से पर कहीं बहते खून की गर्मी और चिपचिपाहट महसूस हुई और फिर उसकी टांगें मुड़ने लगीं। वो धराशायी हुआ तो उसका चेहरा आततायी की हाई हील वाली सैंडलों से सिर्फ कुछ इंच दूर था। उसने महिला की टांग टखने के पास से थामने की कोशिश की तो महिला ने तुरंत अपना पांव परे झटका और एक जोरदार ठोकर उसकी कनपटी पर जमायी।

उसकी चेतना लुप्त हो गयी।

उस स्थिति में पहुंचने से पहले की उसे कोई चीज याद रही तो वो उस महिला की एक्स्ट्रा हाई स्टिलेटो हील वाली लाल सैंडलें ही थीं।

पता नहीं कितनी देर बाद उसे अहसास हुआ कि वो किसी की मजबूत गिरफ्त में था, कोई उसे बैड पर डाल रहा था।

''सीरियस नहीं है।'' – उसे एक मर्दाना आवाज सुनायी दी – ''एक गोली दायीं बांह की हड्डी को छुए बिना मोटे मांस में से गुजर गयी है, दूसरी ने खाली दायीं तरफ पसलियों को खरोंचा है। खून काफी बहा है फिर भी कुछ ही दिनों में दौड़ा फिर रहा होगा।''

''बयान देने की हालत में है?'' – दूसरी मर्दाना आवाज आयी।

''है तो सही। लेकिन आप लोग इस काम को अभी मुल्तवी ही रखें तो बेहतर होगा।''

''आप डॉक्टर हैं, आप ऐसा कहते हैं तो आपकी बात माननी ही पड़ेगी। ठीक है, बयान कल सही।''

बुधवार : तीसरा दिन

अगले रोज सुबह-सवेरे मिसेज सिम्पसन के गैस्ट हाउस में इंस्पेक्टर जिले सिंह जिस महिला से मुखातिब था, उसका नाम चंद्रा दवे था, वो आयु में पैंतीसेक साल की थी, थियेटर पर्सनैलिटी थी और गेस्ट हाउस में उसका सुइट विकास गुप्ता के सुइट से तीन सुइट आगे था।

बार-बार वो विकास गुप्ता को बेचारा कह रही थी और बार-बार इंस्पेक्टर सोच रहा था कि क्या वो भी उस ठग के सम्मोहन में जकड़ी हुई थी।

''मैरिड हैं?'' – उसने पूछा।

''नहीं।'' – चंद्रा दवे ने उत्तर दिया।

''कब से यहां रह रही हैं?''

''अनैक्सी में तो तभी से, जब से कि ये बनी है – यानी कि चार महीने से – लेकिन गैस्ट हाउस में तीन साल से।''

''थियेटर में क्या करती हैं?''

''लिखती हूं, एक्ट करती हूं, डायरेक्ट करती हूं, प्रोड्यूस करती हूं। सब कुछ करती हूं।''

''सब कुछ करती हैं।''

''ये भी आप लोगों की खूबी है!''

''क्या?''

''किसी भी बात को वल्गराइज़ कर सकते हैं।''

''मैंने तो'' – इंस्पेक्टर तनिक हड़बड़ाया – ''ऐसा कुछ नहीं कहा!''

''कहा, बराबर कहा। लपेटकर, ये सोचकर कहा कि मुझे खबर नहीं लगेगी लेकिन कहा, बराबर कहा।''

''आप बड़ी सम्भ्रान्त महिला हैं, इंटलैक्चुअल हैं लेकिन . . .''

''क्या लेकिन?''

‘‘आप कहलवा रहीं हैं इसलिये कहना पड़ रहा है कि आपकी सोच भ्रष्ट है।’’

‘‘आप यहां मेरे में नुक्स निकालने आये हैं या मेरा बयान लेने आये हैं?’’

‘‘बयान लेने आये हैं।’’

‘‘तो लीजिये।’’

‘‘क्या?’’

‘‘अरे, भई, बयान। और क्या!’’

‘‘हां, बयान, और क्या!’’

‘‘जो आपका एक एस.आई. पहले ले चुका है।’’

‘‘अब मैं लेना चाहता हूं।’’

‘‘क्या?’’

‘‘बयान। आप फिर से, धीरज से, तफ्सील से बताइये कि आपने क्या देखा था?’’

‘‘मैंने बताया ही है कि . . .’’

‘‘फिर बताइये।’’

‘‘मैं अपने सुइट में बैठी अपनी एक स्क्रिप्ट पर काम कर रही थी जबकि मैंने गोलियां चलने की आवाज सुनी थी . . .’’

‘‘आपने साफ पहचाना था कि वो गोलियां चलने की आवाज थी?’’

‘‘हां।’’

‘‘आम लोग तो गोली की अवाज नहीं पहचानते!’’

‘‘मैं आम लोग नहीं हूं, थियेटर करती हूं। यहां ड्रामों में गन अक्सर चलाई जाती है, भले ही उसकी गोलियां नकली होती हैं।’’

‘‘इस वजह से आप गोली की आवाज पहचानती हैं?’’

‘‘हां।’’

‘‘मोटर व्हीकल्स के बैकफायर करने की आवाज भी कभी-कभी गोली चलने की आवाज जैसी ही लगती है।’’

‘‘आप बच्चे पढ़ा रहे हैं या चोर बहका रहे हैं?’’

‘‘जी!’’

''जब प्रत्यक्ष है कि पड़ोस में गोली ही चली थी तो भी किसी गाड़ी के बैकफायर करने के हवाले का क्या मतलब?''

''अब प्रत्यक्ष है, तब तो आपको मालूम नहीं था कि गोली चली थी?''

''तब भी मालूम था। मैं नहीं समझती कि सड़क पर से आती ऐसी कोई आवाज यहां सुनायी दे सकती है। ऐसा होता तो मैं हर तीसरे दिन समझती कि करीब कहीं गोली चली थी और पुलिस को फोन करती।''

''वैरी वैल सैड।''

''वो गालियां चलने की ही आवाज थी जो मैंने साफ पहचानी थी और अब ये बात सिद्ध हो चुकी है।''

''फिर आपने क्या किया था?''

''मैंने अपना काम छोड़ा था और लपककर अपने सुइट के दरवाजे पर पहुंची थी जहां से मैंने विकास गुप्ता को अपनी चौखट पर ढेर होते देखा था और . . . और उस कम्बख्त औरत को उसकी कनपटी पर पांव की ठोकर जमाते देखा था। फिर उसने मेरी तरफ पीठ फेरी थी और बगूले की तरह वहां से भाग निकली थी।''

''आपने उसकी सूरत देखी?''

''नहीं। मेरी तवज्जो उसके एक्शन पर थी, सूरत पर जाने से पहले तो उसने मेरी तरफ से पीठ फेर ली थी।''

''फिर भी कुछ तो देखा होगा? सूरत न देखी सही, कद-काठ का, उम्र का तो कोई अंदाजा हुआ होगा, ड्रैस की तरफ तो तवज्जो गयी होगी?''

''वो किसी गहरे रंग की जींस और कॉलर वाला वैसा कोट पहने थी जो बिजनेस एग्जीक्यूटिव औरतें आजकल पहनती हैं।''

''जो कमर पर टाइट होता है और मुश्किल से कूल्हों तक पहुंचता है?''

''मेरे खयाल से वही।''

''आगे?''

''बाल खुले थे, भूरे थे, घुंघराले थे, कद में साढ़े पांच फुट से कम नहीं जान पड़ती थी। वैसे हाई हील में असल कद का अंदाजा तो हो नहीं पाता।''

''हाई हील पहने थी?''

''बहुत हाई। इसीलिये तवज्जो गयी।''

''ज्यादा हाई हील में दौड़ना तो मुश्किल होता है!''

''वो तो हिरणी की तरह दौड़ी थी!''

''उम्र का कोई अंदाजा?''

''नहीं, कोई अंदाजा नहीं। तीस से पैंतालीस के बीच कोई भी उम्र हो सकती थी।''

''इस बाबत कोई और बात जो आपको याद पड़ती हो?''

उसने कुछ क्षण सोचा और फिर इनकार में सिर हिलाया।

''कभी-कभी बाद में कुछ याद आ जाता है। ऐसा हो तो हमें खबर कीजियेगा। दरख्वास्त है। ताकीद है।''

''जरूर।''

''थैंक्यू, मैडम।''

''वैलकम।''

मनोहर लाल ने जिस घड़ी विकास गुप्ता के नर्सिंग होम के कमरे में कदम रखा, वो एक नर्स से बात कर रहा था। नर्स उसके बैड के करीब एक कुर्सी पर बैठी हुई थी, उसका एक हाथ नर्स के दोनों हाथों में था और दोनों हंसते-मुस्कराते यूं घुट-घुट के बातें कर रहे थे जैसे जाने कब से एक दूसरे से परिचित थे।

मनोहर लाल के लम्बे, तने हुए जिस्म का, रौबदार चेहरे का, अकड़ी हुई मूंछों का नर्स पर कुछ ऐसा रौब पड़ा कि वो उछलकर खड़ी हो गयी।

''बैठो, बैठो।'' – मनोहर लाल दबंग स्वर में बोला – ''बी कम्फर्टेबल एण्ड एट ईज, माई डियर। तिरंगे के अलावा किसी के लिये उठकर खड़ा होना जरूरी नहीं होता।''

नर्स ने प्रश्नसूचक नेत्रों से विकास की तरफ देखा।

''जे.एन.एस. चौहान'' – विकास विनोदपूर्ण स्वर में बोला – ''रिटायर्ड कर्नल, गढ़वाल रेजीमेंट।''

उस परिचय का नर्स पर प्रत्याशित प्रभाव पड़ा, उसने आदरपूर्ण भाव से मनोहर लाल का अभिवादन किया और बोली – ''गुड आफ्टरनून, सर।''

''कर्नल।'' – मनोहर लाल ने जैसे याद दिलाया।

''कर्नल सर।''

''सेम टू यू, माई डियर। एण्ड गॉड ब्लैस यू।''

''थैंक्यू,'' सर।

''ये लारा है'' – विकास बोला – ''और यूनीफॉर्म बता ही रही है कि यहां नर्स है।''

''हमारे जवान का खास खयाल रखना, मिस लारा।'' – मनोहर लाल बोला।

''आई विल, सर।''

''कर्नल।''

''कर्नल, सर।''

''जय हिन्द।''

नर्स हड़बड़ाई, फिर उसका मंतव्य समझकर जल्दी से वहां से विदा हो गयी।

''बढ़िया थी।'' – पीछे मनोहर लाल बोला।

''नर्स!'' – विकास की भवें उठीं।

''नर्स मुझे क्या पता कैसी है! भले ही एवरेज हो, घटिया हो।''

''ओह! लड़की बढ़िया थी, बोला।''

''तन-मन से घायल दिखाई दे रहा है, लड़के। तन घायल करा के आया, मन लगता है यहां आ के घायल करा लिया।''

''ऐसी कोई बात नहीं।''

''नर्स की शक्ल से तो लगता था कि ऐसी ही बात है।''

''नहीं, ऐसी कोई बात नहीं।''

''लगी शर्त! मैं जीता तो यही बात है, तू जीता तो नहीं है।''

''खलीफा, इस हालत में तो बख्शो।''

''क्या हुआ है हालत को? जिस हालत में दिल से काम ले सकता है, उसमें दिमाग से काम नहीं ले सकता?''

''अब छोड़ो भी।''

मनोहर लाल संजीदा हुआ।

''क्या हुआ?'' – फिर पूछा।

विकास ने बताया।

''तौबा!'' – सुनकर मनोहर लाल बोला – ''कोई अंखियों से गोली मारे, कोई गन से गोली मारे, खाने वाले को कोई सबक नहीं।''

''कैसे खबर लगी?''

''शबनम ने फोन किया, और कैसे खबर लगती! थी कौन वो औरत?''

''नहीं मालूम।''

''कोई अंदाजा तो होगा?''

''कतई कोई अंदाजा नहीं।''

''आई, घंटी बजाई, नाम पूछा, गोली मार दी?''

''ऐन यही हुआ।''

''आमने-सामने गोली चली, फिर भी बच गया?''

''उसकी नालायकी की वजह से। कोई बड़ी बात नहीं कि पहली बार गन हैंडल की हो।''

''कभी उसको या उसके किसी करीबी को थूक लगाई?''

''उसको नहीं, करीबी वो किसकी थी, क्या पता लगता है!''

''ठगी के बदले जान का ग्राहक तो कोई नहीं बन जाता। ऐसे किसी शख्स की पहली कोशिश तो वो माल वापिस हासिल करना होती है जो कि ठगा गया।''

''ऐसी कोई बात न उठी। नौबत ही न आयी।''

''बात तो कोई जरूर होगी! ये नहीं तो कोई और। हाल में कोई पंगा तो नहीं लिया? परसों, लिंक रोड पर हमारी अलहदगी के बाद से?''

''मैंने तो न लिया लेकिन एक पंगा खामखाह गले पड़ा तो बराबर।''

''कौन सा?''

विकास ने उसे पैट्रोल पम्प वाले वाकये की बाबत बताया।

''तौबा!'' – मनोहर लाल दहशतनाक लहजे से बोला – ''तू एक मर्डर का गवाह बना बैठा है!''

‘‘राजी से नहीं बना। खामखाह बन गया।’’

‘‘फिर तो मान न मान, उसी की वजह से तेरे पर हमला हुआ।’’

‘‘नहीं हो सकता।’’

‘‘क्यों भला?’’

‘‘वजह वह होती, यानी कि मेरा मुंह बंद करना होती, तो गन बाइस कैलीबर का खिलौना न होती, जिस्म में खप्पा कर देने वाली अड़तीस या पैंतालीस जैसे प्रोहिबिटिड बोर वाली गन होती। चलाने वाली भी कोई फुलझड़ी न होती, कोई तजुर्बेकार गनर होता।’’

‘‘यानी कि जो हमला पिछली रात तेरे पर हुआ, वो जुदा था और जो कत्ल की आई विटनेस होने की वजह से अभी होगा, वो जुदा होगा?’’

‘‘हुआ तो हां।’’

‘‘तेरा ऐसी जगह बने रहना बनता है जहां तेरी जान को चौतरफा खतरा हो?’’

‘‘दोतरफा।’’

‘‘उसके चौतरफा बनने का इंतजार करना बनता है?’’

‘‘नहीं बनता लेकिन अब यहां टिके रहना मर्जी का नहीं, मजबूरी का मामला बन गया है।’’

‘‘वो कैसे?’’

‘‘परसों रात जो शख्स मेरे सुइट में मरा . . .’’

‘‘जो मारने आया था।’’

‘‘वो मसला जुदा है। पैट्रोल पम्प वाले कत्ल का चशमदीद गवाह होने की बात कबूल किये बिना मैं दावा नहीं कर सकता कि वो शख्स मुझे मारने आया था। पुलिस का डण्डा ही मेरे पर हावी हो जाये तो बात जुदा है वर्ना वो बात फिलहाल कबूल करने का मेरा कोई इरादा नहीं।’’

‘‘हूं। तू कुछ और कह रहा था!’’

‘‘हां। मैं यही कर रहा था कि परसों और कल रात के वाकये के बाद अब मैं इस हद तक पुलिस की निगाहों में हूं कि एक तो मेरा खिसकना वैसे ही नामुमकिन काम होगा, दूसरे अब खिसकना अपनी हालत आ बैल मुझे मार करना होगा

क्योंकि वो खिसकना नहीं, फरार होना माना जायेगा।''

''ठीक। अब इस सांसत से निजात कैसे पायेगा?''

''एक ही तरीका है।''

''क्या?''

''यही कि पैट्रोल पम्प वाले कातिल पर फोकस बने, उस कत्ल का राज खुले, ये पता चले कि कातिल ने लाश कैसे और कहां गायब की और मकतूल कौन था!''

''ये सब कैसे होगा? पुलिस के किये?''

''हो सकता है। वो कुछ नहीं करेगी तो मैं करूंगा।''

''तू भूल रहा है कि असल में तू क्या है?''

''नहीं भूल रहा लेकिन, खलीफा, गले पड़ा ढोल तो बजाना पड़ता है न!''

''तेरी महारत हाथ की सफाई दिखाने में है या फौजदारियां भुगतने में है?''

''अरे बोला न, मजबूरी में कुछ भी करना पड़ सकता है।''

''मैं कोई मदद कर सकता हूं?''

''मुलाहजे में पूछा है तो जवाब है 'नहीं, शुक्रिया', करने की नीयत से पूछा है तो जवाब है 'हां कर तो सकते हो'।''

''साफ बोल, मेरी चेली के सगे, साफ बोल।''

''यहां के डॉक्टर कहते हैं कि चार से सात दिन तक मेरा यहां रुकना जरूरी है, मेरी कल शाम तक से ज्यादा यहां रुकने की कोई मर्जी नहीं है।''

''जब वो कहते हैं तो . . .''

''बढ़ा-चढ़ा के कहते हैं। मेरे को कोई दिल का दौरा नहीं पड़ा, जिस वजह से मैं यहां हूं, उसमें मैं अपनी हालत को डॉक्टर से बेहतर समझ सकता हूं। मेरी हालत मुझे ये कहती है कि कल शाम तक मैं यकीनी तौर पर यहां से मूव कर सकता हूं।''

''अब अपना हैल्थ बुलेटिन बंद कर और काम बोल!''

''सुनो। पैट्रोल पम्प पर मैंने कातिल की सूरत बराबर देखी थी लेकिन पार्टीशन के एक छेद में से निगाह से निगाह मिलने पर जितनी देखी जा सकती थी, उतनी

ही देखी थी। बाद में रैस्टरूम में, उससे बाहर पम्प के परिसर में, आगे सड़क पार करके अंधेरे मैदान में मैं काफी देर उसके साथ रहा था। लेकिन तब वो हमेशा मेरी पीठ पीछे था, कभी रूबरू था तो अंधेरे में था, इन बातों की वजह से मैं दावे से नहीं कह सकता कि परसों रात – बावजूद उसकी बिना नग की अंगूठी के और कनपटी के सिले हए जख्म के शिनाख्ती निशान के – संजय चकोर नाम का जो शख्स चाकू से लैस, मेरे कत्ल के इरादे से लैस मेरे गैस्ट हाउस के सुइट में घुसा था वो ही पैट्रोल पम्प वाला हत्यारा था। वो था या नहीं, इस वक्त इस बात पर कोई शख्स रोशनी डाल सकता है तो वो पैट्रोल पम्प का मालिक है जिसका नाम मुझे पता चला है कि सतीश चावला है।''

''वो कैसे?''

''उसकी जानकारी के बिना लाश को पम्प के रैस्टरूम से नहीं गायब किया जा सकता।''

''क्यों नहीं किया जा सकता? तूने खूद कहा कि तूने उसे नौ बजे पम्प बंद करके जाते देखा था। उसकी गैरहाजिरी में रैस्टरूम पर – जिसे कि तू पम्प के ऑफिस की इमारत से अलग खुले में बना बताता है – क्या रिजर्व बैंक का ताला लगता होगा जिसे कि कोई खोल न पाया होगा?''

''तुम्हारी बात बिल्कुल दुरुस्त है, खलीफा, लेकिन और भी तो बातें हैं जो इस बात की ओर इशारा करती हैं कि कातिल को पम्प के मालिक की मदद हासिल थी।''

''और कौन सी बातें?''

''पहली तो ये कि लाश पम्प पर उसकी मौजूदगी में हटाई गयी थी। यानी कि साढ़े सात और नौ बजे के बीच। साढ़े सात बजे मैंने कत्ल होते देखा था और नौ बजे के करीब जब वहां पुलिस पहुंची थी तो लाश वहां उन्हें नहीं मिली थी। ठीक?''

''हां।''

''दूसरे, मैंने पम्प के मालिक को खुद, अपनी आंखों से, बस पर सवार होते देखा था।''

''तो?''

''कार पर क्यों न गया?''

''कार नहीं होगी उसके पास।''

''इसका जवाब मैं ये नहीं दूंगा कि ये नहीं हो सकता कि आजकल के जमाने में राजनगर जैसे महानगर में किसी के पास, खास तौर से किसी पैट्रोल पम्प के मालिक के पास, कार न हो। इसका जवाब मुझे यकीनी तौर पर मालूम है कि उसके पास एक फियेट कार है।''

''कैसे मालूम है?''

''कल पुलिस हैडक्वार्टर में मेरी हाजिरी थी। जिले सिंह नाम के जिस इंस्पेक्टर के पास हाजिरी थी, इंतजार के लिये मुझे उसके ऑफिस में बिठाया गया था। मेरी मौजूदगी में वहां एक कॉल आयी थी जिसको एक ए. एस. आई. ने आकर सुना था। उसने जो बातचीत कॉल रिसीव करके की थी, उससे मुझे ये पता चला था कि उन लोगों ने विशालगढ़ पुलिस के पास दरख्वास्त भेजी थी कि राजनगर के रजिस्ट्रेशन वाली एक सलेटी रंग की सैकंड हैण्ड फियेट कार पर, जो कि सतीश चावला नाम के शख्स के नाम रजिस्टर्ड थी, विजिल रखी जाये और अगर वो विशालगढ़ में देखी गई हो तो उसकी खबर राजनगर पुलिस के स्पेशल स्क्वायड के इंचार्ज इंस्पेक्टर जिले सिंह को दी जाये। दूसरी तरफ से तसदीक की गयी थी जिसे कि ए.एस.आई. ने अपने अफसर को ट्रांसफर करने के लिये दोहराया था, कि वो कार वहां सिविल कोर्ट के परिसर में देखी गयी थी। खलीफा, ऐसे मालूम है कि उस शख्स के पास कार है, फिर भी वो परसों पम्प बंद करने के बाद बस में सवार होकर वहां से गया।''

''क्यों?''

''ये भी कोई पूछने की बात है!''

''कार किसी को उधार दे दी?''

''बिल्कुल! किसको दे दी? कातिल को दे दी। क्यों दे दी? क्योंकि कातिल को लाश शिफ्ट करने के लिये, वहां से गायब करने के लिये किसी वाहन की जरूरत थी। पम्प के मालिक ने क्यों दी? क्योंकि वो कातिल से वाकिफ था,

इसलिये कोई बड़ी बात नहीं कि वो कातिल की करतूत से भी वाकिफ था।''

''ये तो कोई जरूरी नहीं। कातिल हथियारबंद था, कार वो जबरन भी अपने कब्जे में कर सकता था।''

''ऐसा था तो बाद में उसने पुलिस को खबर क्यों न की?''

''खौफजदा होगा। ऐसा धमकाया गया होगा कि मजाल नहीं हुई होगी।''

विकास ने उस सम्भावना पर विचार किया।

''तेरा कातिल से सामना न हुआ होता, तू उसकी करतूत का चश्मदीद गवाह न बना होता तो क्या होता? तो क्या वो लाश को वहीं छोड़ देता?''

''मेरे खयाल से हां। बाद में उसकी बाबत पुलिस तक खबर पहुंचती तो पम्प के मालिक का ये ही जवाब होता कि उसे नहीं मालूम था कि वो सब कब हुआ, क्यों हुआ, किसने किया?''

''यानी कि तब लाश को वहां से गायब किये जाने की जरूरत न समझी गयी होती?''

''हां।''

''फिर तो इस बात की ज्यादा सम्भावना है कि पैट्रोल पम्प के मालिक का, उसकी कार का रोल बाद में पैदा हुआ। क्राइम जैसे प्लान किया गया था, वैसे ही वाकया हुआ होता तो पम्प के मालिक को वक्त रहते उसकी खबर न लगती। उसका रोल तो लगता है वैसा तब हुआ जबकि कातिल तुझे – चश्मदीद गवाह को – खत्म न कर सका और उसे लाश को वहां से गायब कर देने की जरूरत महसूस होने लगी।''

''हो सकता है। खलीफा, यही तो बातें हैं जिनका जवाब मैं हासिल करना चाहता हूं और खुद यहां पड़ा होने की वजह से जिनके लिये मुझे तुम्हारी मदद की जरूरत है।''

''जो हासिल न हो तो क्या करेगा?''

''तो तुम्हें गिनकर हजार गाली दूंगा . . .''

''मैं तेरी साफगोई की दाद देता हूं!''

''. . . और या तो इस काम के लिये शबनम को तैयार करूंगा या तब तक

के लिये मुल्तवी करूंगा जब तक कि मैं खुद उठकर अपने पैरों पर खड़ा नहीं हो जाता।''

''तू मेरे से इनकार की उम्मीद करता है?''

''नहीं।''

''तो फिर?''

''फिर क्या? शक्रिया, बड़े खलीफा। नवाजिश। थैंक्यू। धन्यवाद।''

''सब एडवांस में?''

''बाद में भी।''

''गुड।''

''मेरा दिल गवाही देता है कि इन बातों का – तमाम का नहीं तो तकरीबन का – खुलासा पैट्रोल पम्प के मालिक सतीश चावला की शख्सियत में छुपा है। तुम खाली इतनी मेहरबानी करो कि मेरे एक्टिव होने तक उसे वॉच करो और उसके हर कार्यकलाप पर निगाह रखो। देख लेना, इतने से ही कुछ न कुछ जरूर हाथ आयेगा।''

''शुरुआती हाजिरी कहां भरूं?''

''जाहिर है कि पैट्रोल पम्प पर। कल वो वहां नहीं था लेकिन आज जरूर होगा।''

''न हुआ तो?''

''तो किसी तरीके से मालूम करना कि रहता कहां है!''

''मालूम हो गया, लेकिन वहां भी न हुआ तो?''

''तो छुट्टी। कल फिर यही ड्रिल रिपीट करना।''

''ठीक है। मैं शुरू करता हूं तेरा काम।''

''शुक्रिया।''

''यहां घूंट लगाने की सुविधा तो होगी नहीं?''

''अरे खलीफा, क्या जुल्म करते हो? ये नर्सिंग होम है या बार?''

''जहां सूरज वहीं चानना।''

''क्या मतलब?''

''मेरे पास हिप फ्लास्क है जिसमें क्वार्टर पूरा आता है। आधा-आधा कर लेते हैं।''

''अभी?''

''और क्या परसों? जब कि तू वैसे ही भागा फिर रहा होगा?''

''भागा तो नहीं फिर रहा होऊंगा!''

''चलता फिर रहा होगा।''

''ठीक है लेकिन फटाफट।''

''तू देख मेरी स्पीड।''

मनोहर लाल ने अभी हिप की तरफ हाथ ही बढ़ाया था कि नर्स लारा ने भीतर कदम रखा।

मनोहर लाल ने असहाय भाव से गर्दन हिलाते हुए हाथ वापिस खींचा और वैसे ही विकास की तरफ देखा।

विकास ने कंधे उचकाये।

''आपकी ड्रैसिंग चेंज किये जाने का टाइम हो गया है, मिस्टर गुप्ता।'' – नर्स बोली – ''सर, कर्नल सर, आई एम सॉरी, बट यू विल हैव टु लीव।''

''ब्लडी इनकनसिडरेट सिविलियंस।'' – मनोहर लाल बोला।

''जी! क्या फरमाया?''

''कुछ नहीं। सी यू, माई डियर। सी यू, माई सन।''

मार्च करता सा वो वहां से रुखसत हुआ।

दोनों पुलिस अधिकारी नर्सिंग होम पहुंचे।

विकास गुप्ता उन्हें न सिर्फ होश में मिला, एक सुंदर युवती के साथ चुहलबाजी करता, ठहाके लगाता मिला।

''आइये, इंस्पेक्टर साहब।'' – वो बोला।

इंस्पेक्टर की निगाह पैनी होती उस पर फिरी।

''बड़ी क्विक रिकवरी हुई!'' – फिर बोला।

''ऊपर वाले की मेहरबानी है।'' – विकास निर्दोष भाव से मुस्कराता बोला।

''मैडम की तारीफ?''

''ये शबनम है, डिटेक्टिव एजेंसी के प्रोजेक्ट में मेरी पार्टनर है।''

इंस्पेक्टर ने हैरानी से दोनों का मुंह देखा।

''और'' – विकास ने आगे जोड़ा – ''मेरी होने वाली शरीकेहयात है।''

''लिहाजा एक काम तो हो ही जायेगा। पीडी बनो न बनो, पति जरूर बन जाओगे।''

''दोनों काम होंगे।''

''मैडम से कब से वाकिफ हो?''

''काफी टाइम हो गया है।''

''दिनों में, महीनों में या सालों में?''

विकास खामोश रहा।

''जवाब दो, भई!''

''इन बातों से आपका क्या मतलब है?''

''तफ्तीश में लगी पुलिस का हर बात से मतलब होता है। जवाब दो।''

''मेरा और विकी का'' – शबनम दिलेरी से बोली – ''जन्म जन्मांतर का रिश्ता है।''

''मेरा सवाल भौतिक, सांसारिक रिश्ते की बाबत था। वाकफियत की बाबत था।''

''हम सालों से एक-दूसरे से वाकिफ हैं।''

''लिहाजा वाकफियत राजनगर में तो न हुई होगी! क्योंकि बकौल आपके जन्म-जन्मांतर के रिश्तेदार के, यहां तो यह आठ-नौ महीने से ही है!''

''दुरुस्त फरमाया आपने।''

''तो कहां हुई?''

''आप भूल रहे हैं कि बयान आप वारदात के शिकार का लेने आये हैं, मेरा नहीं। अब ये न कहियेगा कि पुलिस का हर बात से मतलब होता है। एक ही बात बार-बार दोहराई जाये तो वो बास मारने लगती है।''

''काफी पहुंची हुई शै हैं!''

''वो तो मैं हूं!''

''राम मिलाई जोड़ी . . .''

''आगे भी बेहिचक कहिये ताकि मुझे कील ठोंककर अहसास हो जाये कि मैं सरकारी अमलदारी के रूबरू हूं।''

''सरकारी अमलदारी! आपकी निगाह में अक्खड़! बद् मिजाज! बद् दिमाग!''

''और भी कई तारीफी लफ्ज मैं आपकी लिस्ट में जोड़ सकती हूं लेकिन अपनी जितनी तारीफ आपने खुद अपने मुंह से की, वो भी कम नहीं।''

''आई सी। बहरहाल मिस्टर गुप्ता का बयान मैं आपकी मौजूदगी में भी ले सकता हूं। नहीं?''

''हां। आप ऐसा बराबर कर सकते हैं लेकिन उस दौरान मेरा यहां मौजूद रहने का कोई इरादा नहीं है।''

''अच्छा!''

''जी हां।'' – वो विकास की तरफ घूमी – ''सी यू, डार्लिंग। शाम को फिर आऊंगी। ऑफिस की बाबत गुड न्यूज के साथ।''

शबनम वहां से चली गयी।

चेहरे पर असमंजस के भाव लिये इंस्पेक्टर उसे जाता देखता रहा।

''डार्लिंग!'' – फिर बोला – ''कौन सा जादू जानते हो, भैया!''

विकास ने उत्तर न दिया।

''अब तुम बयान देने की स्थिति में हो। ये मैंने तुमसे पूछा नहीं है, मुझे दिखाई दे रहा है कि हो। अपने जन्म जन्मांतर के रिश्ते से बतिया सकते हो तो जाहिर है कि बयान भी दे सकते हो। गलत कहा मैंने?''

''नहीं।''

''अब बोलो, क्या हुआ था? मुकम्मल वाकया बयान करो, कोई बात न छूटे।''

विकास ने आदेश का पालन किया। 'कोई बात न छूटे' के खाते में उसने स्टिलेटो हील वाली सैंडलों का भी जिक्र किया।

''गुड। अब जरा दूसरे सिरे पर पहुंचो।''

‘‘दूसरा सिरा!’’

‘‘चेहरा। सूरत। देखने में कैसी थी वो?’’

‘‘उसकी सूरत से मेरा मुश्किल से पांच सैकंड का वास्ता था।’’

‘‘पांच सैकंड में जो देखा, वो ही बयान करो।’’

‘‘उसका कद लम्बा था, नयन नक्श तीखे थे, रंग गोरा था।’’

‘‘बाल?’’

‘‘बालों की बाबत मैं सिर्फ इतना कह सकता हूं कि काले नहीं थे।’’

‘‘नौजवान औरतों के बाल अमूमन काले ही होते हैं लेकिन आजकल ये बात उन पर लागू नहीं क्योंकि बालों को कलर करवाने का रिवाज है। ऐसा था?’’

‘‘हो सकता है।’’

‘‘लेकिन कलर का कोई अंदाजा नहीं?’’

‘‘कतई कोई अंदाजा नहीं। पांच सैकंड में कहां-कहां ध्यान जाता!’’

‘‘आंखें?’’

‘‘जगमग।’’

‘‘मेरा सवाल उनकी रंगत की तरफ था।’’

‘‘रंगत का मुझे कोई अंदाजा नहीं।’’

‘‘कानों में, गले में कोई जेवर?’’

‘‘कानों में टॉप्स थे। गले में कुछ था तो मुझे दिखाई नहीं दिया था।’’

‘‘हाथों में?’’

‘‘मैंने उसके, बकौल आपके, दोनों सिरे ही देखे थे। एक क्योंकि मेरी अपनी शक्ल के लैवल पर था और दूसरा क्योंकि जब मैं ढेर हुआ था तो मेरा सिर उसके कदमों में था।’’

‘‘इसलिये इन बिटविन कुछ न देखा?’’

‘‘हां।’’

‘‘पोशाक का कोई अंदाजा नहीं?’’

‘‘मेरे खयाल से काली जींस, वैसे ही रंग का कोट और खुले कॉलर वाली शर्ट पहने थी।’’

''पांच सैकंड में काफी कुछ ताड़ लिया!''

''ऐसे ही तो पीडी बनने का इरादा नहीं किया है!''

''पहले कभी नहीं देखा था उसे?''

''नहीं।''

''उसने तुम्हें शूट क्यों किया?''

''क्या मालूम क्यों किया!''

''एक औरत ने, जिससे तुम्हारा कोई दूर-दूर का वास्ता नहीं था, क्यों तुम पर गोली चलाई?''

''बोला न, नहीं मालूम।''

''आई और शूटिंग शुरू कर दी?''

''नहीं, पहले मेरा नाम पूछा।''

''तसदीक की कि तुम्हीं विकास गुप्ता थे?''

''हां।''

''फिर गोली चलाई?''

''हां।''

''लिहाजा वो तुम्हारे नाम से वाकिफ थी, ये जानती थी कि उस नाम का शख्स कहां रहता था, सूरत से वाकिफ नहीं थी?''

''हो सकता है। ये भी हो सकता है कि सूरत से भी वाकिफ हो, फिर भी तसदीक करना चाहती हो कि मैं मैं ही था, मिलती-जुलती सूरत वाला कोई दूसरा शख्स नहीं था।''

''तुम उस औरत को नहीं जानते? तुम्हारी निगाह में कोई वजह नहीं जो वो तुम पर गोली चलाती?''

''हां। ''

''कभी तुमने उसे अपनी ठगी का शिकार बनाया हो और यूं उसने तुम्हारी करतूत का बदला चुकाया हो?''

''आप नाहक मुझे ठग करार देने को तुले हैं।''

''नाहक तो नहीं।''

''फिर भी मैं जो था, अब नहीं हूं!''

''फ्रॉड है। माया है।''

''अब मैं क्या कहूं!''

''मत कहो। सुनो। गौर से सुनो। जो मैं कहने जा रहा हूं, उसके एक-एक लफ्ज की तरफ तवज्जो दो। नम्बर एक, पुलिस को एक गुमनाम कॉल आती है जिसमें कोई कहता है कि जसलपुर रोड के करीब के एक पैट्रोल पम्प पर एक खून हो गया था। मैं कहता हूं वो गुमनाम कॉलर तुम थे।''

''खामखाह! मैं तो . . .''

''शटअप!'' – इंस्पेक्टर गर्ज कर बोला।

विकास ने होंठ भींच लिये।

''मैंने क्या कहा था? मैंने कहा था, सुनो। सुनो। आयी बात समझ में?''

वो खामोश रहा।

''वो गुमनाम कॉलर तुम थे। नम्बर दो, तुम्हरे सुइट में चोर घुसता है जो कुछ चुराता नहीं – क्योंकि वहां चुराने लायक कुछ था ही नहीं – लेकिन दुर्घटनावश जान से हाथ धो बैठता है और उस दुर्घटना के घटित होने में तुम्हारा हाथ था। नम्बर तीन, जिस आदमी ने पुलिस को गुमनाम कॉल की, जो एक कथित चोर की मौत की वजह बना, उस पर एक ऐसी औरत गोलियां चलाती है जिसे वो कहता है कि वो कतई नहीं जानता और इसलिये जान से जाने से बच जाता है क्योंकि जिस गन से उस पर गोलियां चलाई गयी थीं, वो बाईस कैलीबर की थी और उसको हैंडल करने वाली औरत या निपट अनाड़ी थी या हद से ज्यादा बौखलाई हुई थी। नम्बर चार, मुझे पूरा-पूरा यकीन है कि जो शख्स तुम्हें मारने आया था और तुम्हारे फ्लैट में मारने की जगह खुद मर गया था, वो ही वो कातिल था जिसे तुमने पैट्रोल पम्प पर कत्ल करते देखा था और इसलिये तुम्हारी, एक गवाह की, हस्ती मिटा देना जरूरी समझता था। अगर वो खुद कातिल नहीं था तो कातिल का कारिन्दा था जिसे चश्मदीद गवाह का मुंह बंद करने का काम सौंपा गया था। इतना सब कुछ अड़तालीस घंटे के भीतर हुआ, तुम्हारी हर जगह हाजिरी के तहत हुआ और तुम कहते हो तुम्हें कुछ मालूम नहीं,

तुम कुछ जानते नहीं।''

''मैं कुछ अर्ज करूं?''

''नहीं। खबरदार जो जुबानदराजी की। खबरदार जो मुंह भी खोला। पुलिस को बिल्कुल ही मिट्टी का माधो समझते हो! औरतों की आंखों से सुरमा चुराने में महारत हासिल कर ली तो समझ लिया सबको बेच खाओगे? समझते हो कि प्राइवेट डिटेक्टिव बनकर सबकी आंखों में धूल झोंक लोगे, अपनी सब करतूतों की पर्दादारी कर लोगे? ऐसा कुछ नहीं होने वाला। पीडी बनने का ख्वाब देखा है तो धंधे की जरूरियात को भी समझो। और पहली जरूरत ये है कि पीडी को पुलिस से बना के रखनी पड़ती है। पुलिस के खिलाफ जाकर पीडी का धंधा नहीं चल सकता। फिर भी कोशिश करोगे तो हिरासत में लेकर कहीं ऐसा दफ्न करूंगा कि ढूंढ़ती ही रह जायेगी होने वाली शरीकेहयात और बिजनेस पार्टनर। ऐसा खानाखराब करूंगा कि . . .''

तभी कमरे का दरवाजा खुला और युवा नर्स लारा ने भीतर कदम रखा।

''ये क्या हो रहा है?'' – वो अधिकारपूर्ण स्वर में बोली – ''ये नर्सिंग होम है या रेलवे स्टेशन! पेशेंट के सिरहाने यूं चिल्ला-चिल्ला के बोलते हैं कि सारा ब्लॉक डिस्टर्ब हो जाये! कौन गर्ज रहा था यहां?''

''कोई नहीं, मिस लारा, कोई नहीं।'' – विकास मीठे स्वर में बोला – ''सब कुछ एक गलतफहमी के तहत हुआ, अब नहीं होगा।''

नर्स ने संदिग्ध भाव से पुलिसियों की तरफ देखा।

''ये लोग अपनी तफ्तीश खत्म करके बस जा रहे हैं। जा रहे हैं न, इंस्पेक्टर साहब?''

''हां।'' – इंस्पेक्टर कठिन स्वर में बोला – ''जो कुछ मैंने कहा, विचार करना उस पर। मैं फिर आऊंगा।''

दोनों पुलिस अधिकारी वहां से रुखसत हुए।

''क्या जादू करता है ये शख्स औरतों पर!'' – बाहर आकर इंस्पेक्टर बोला – ''अब वो नर्स उस पर निसार हुई जा रही थी।''

''जादू ही करता है, सिंह साहब।'' – सब-इंस्पेक्टर बोला – ''बहरहाल

क्लास बढ़िया ली आपने उसकी।''

''अभी और लेता अगरचे कि नर्स की सूरत में विघ्न न आ गया होता। खैर, अगली बार सही।''

दोनों जीप में सवार हुए, जीप वहां से रवाना हुई।

''आगे क्या इरादा है?'' – रास्ते में सब-इंस्पेक्टर ने पूछा।

''किस बाबत?''

''उसी जमूरे की बाबत जिसकी अभी आपने क्लास ली?''

इंस्पेक्टर ने कुछ क्षण सोचा, फिर बोला – ''नार्सिंग होम से निकले, गिरफ्तार कर लूंगा।''

''किस आधार पर?''

''वक्त आने दो, आधार भी सोच लेंगे कोई। सोच क्या लेंगे – सोचा तो सब हुआ ही है – निर्धारित कर लेंगे, छांट लेंगे।''

''यानी कि निश्चय कर लिया है कि होशियारी दिखायेगा . . .''

''पुलिस के साथ चूहे-बिल्ली का खेल खेलेगा।''

''. . . तो अंदर होगा।''

''हां। साथ देगा तो लिहाज कर देंगे, यही सोच के कर देंगे कि पीडी का धंधा अख्तियार करने वाला है।''

''क्या सच में?''

इंस्पेक्टर की भवें उठीं।

''मुझे तो वो भी उसका कोई स्टण्ट जान पड़ता है। कोई तजुर्बा नहीं, कोई बैक ग्राउंड नहीं, आपके कहे मुताबिक शातिर ठग है तो कोई जरूरत नहीं, कैसे कोई ऐसा शख्स खड़े पैर पीडी बन सकता है?''

''अभी बन तो नहीं गया न! सोच ही तो रहा है न! पहले बन ले, फिर देखेंगे।''

''गुस्ताखी माफ, आपने उससे अभी भी नहीं पूछा कि पम्प पर हुए कथित कत्ल के वक्त, उस बाबत पुलिस को मिला गुमनाम कॉल के वक्त वो कहां था!''

''पूछा। बराबर पूछा। जब उस पर साफ इल्जाम लगाया कि वो गुमनाम कॉलर वो था, साफ इल्जाम लगाया कि पम्प पर हुए कत्ल का वो चश्मदीद

गवाह था और उसके गैस्ट हाउस के सुइट में मरा चोर या वो कातिल था या कातिल का कारिन्दा था तो और क्या किया?''

''अपनी सोच उस पर जाहिर की। महज एक सम्भावना, एक थ्योरी पेश की, कील ठोककर उसे जिम्मेदार न ठहराया।''

''वो भी मैं करता लेकिन . . . वो नर्स आ गयी न बीच में!''

''हम एक मामूली नर्स की धमकी में आ गये!''

''उस निजाम की धमकी में आ गये जो कि नर्स की पीठ पर था। वो बड़ा, मशहूर, मकबूल प्राइवेट नर्सिंग होम है जहां पुलिसिया ताकत का मुज़ाहिरा क्या दानिशमंदी होता?''

''नहीं।''

''तो?''

''कुछ नहीं।''

''और?''

''है तो सही एक बात और जिसका जिक्र करना मैं पहले भूल गया था।''

''क्या बात?''

''सतीश चावला के बैंक एकाउंट में पैट्रोल पम्प की खरीद से ताल्लुक रखती कोई मेजर ट्रांजेक्शन दर्ज नहीं है।''

''क्या मतलब हुआ इसका? यही न कि पम्प की कीमत की, मेजर या मुकम्मल, अदायगी उसने कैश में की?''

''हां।''

''तुमने खुद तो कहा था कि रकम उसने दोस्तों से उधार ली थी। उधारी कैश में मिली होगी इसलिये पेमेंट कैश में कर दी।''

''सिंह साहब, बड़ी रकमों की कैश डीलिंग गलत है, गैरकानूनी है।''

''तो? यही न कि उसने कानून भंग किया?''

''हां।''

''तो क्या बड़ी बात हुई! मुल्क का जो कैरेक्टर स्थापित है, उसने उसके मुताबिक ही तो काम किया! कभी किसी ने कहा कि हम लॉ अबाइडिंग नेशन

हैं? या कोई मैडल मिला? करप्शन में तो ऊंचा नाम है हमारा, मुल्क के कायदे-कानून को मानने में आगे हमें किसने बताया?''

''आप तो लैक्चर देने लगे।''

इंस्पेक्टर सकपकाया, उसने घूरकर अपने मातहत को देखा।

''मैं कुछ और कहना चाहता था।''

''क्या?''

''पम्प बेनामी की खरीद हो सकता है।''

''तुम्हारा मतलब है पैसा किसी और का, मालिक कोई और, और दिखावे को पम्प का खरीदार और मालिक सतीश चावला!''

''मामूली हैसियत वाला सतीश चावला। दो कमरों के फ्लैट में रहने वाला सतीश चावला। सैकंडहैण्ड फियेट जैसी फटीचर गाड़ी रखने वाला सतीश चावला। गाड़ी पास न होने की सूरत में घर जाने के लिये टैक्सी बुलाने की जगह बस में सफर करने वाला सतीश चावला।''

''तुम्हारी बात में दम है। ठीक है, हम इस शख्स को और टटोलेंगे।''

''हम!''

''तुम।''

''मुझे यही अंदेशा था।''

इंस्पेक्टर हंसा।

कॉलबैल के जवाब में आलोका ने फ्लैट का प्रवेश द्वार खोला तो सामने सुनंदा रहेजा को खड़े पाया।

आलोका सख्त हैरान हुई।

''हैरान हो गयीं!'' – सुनंदा बोली।

''नहीं, नहीं।'' – आलोका हड़बड़ाई – ''वैलकम! वैलकम!''

''है भी हैरानी की बात। एक तो मैं आयी, दूसरे अकेले आयी।''

आलोका खामोश रही।

''मैं ज्यादा टाइम नहीं लूंगी।''

''आप जितना मर्जी टाइम लीजिये। घर आपका है, हम आपके हैं।''

''हम! लिहाजा चावला साहब घर पर हैं?''

''हां।''

''गुड! मुझे दरअसल उन्हीं से काम है।''

''अच्छा!''

''निहायत जरूरी। मैं कल शाम भी आयी थी, आज सुबह भी आयी थी।''

''इतना जरूरी?''

''हां।''

''फोन किया होता!''

''किया। बराबर किया। जवाब न मिला तो समझा फोन खराब होगा, इसलिये आना पड़ा।''

''वो क्या है कि कल हम बाहर गये थे। बस अभी लौटे ही हैं। हम घर में घुसे और आपने घंटी बजाई।''

''कहां गये थे?''

''विशालगढ़।''

''आल दि वे?''

''हां।''

''क्या करने?''

''शादी करने।''

''मजाक कर रही हो। खैर। कहां है सतीश?''

''भीतर है।''

''बुलाओ।''

''कोई खास बात है?''

''हां।''

इतने मुख्तसर और संजीदा जवाब पर आलोका हड़बड़ाई।

फिर सतीश चावला खुद ही भीतर बैडरूम से निकलकर वहां पहुंच गया। उसने मेहमान का अभिवादन किया और आलोका से बोला – ''कोई चाय वाय . . .''

''नहीं, जरूरत नहीं।'' – सुनंदा ने तत्काल विरोध किया – ''तुम जरा बैठो और मेरी बात सुनो।''

''कोई खास बात है?'' – चावला सशंक भाव से बोला।

''हां, भई। तभी तो यहां आयी हूं। तुम न मिलते . . . कहीं के लिये निकल लिये होते तो . . . तो दिक्कत होती।''

''ऐसी क्या बात है?''

''बात जो भी है तुम्हारे मतलब की है।''

''अच्छा!''

''हां। मैं बहुत रिस्क लेकर यहां पहुंची हूं। रहेजा साहब को खबर लग गयी तो वो मुझे जान से मारने में कसर नहीं छोड़ेंगे।''

''फिर भी आप . . .''

''हां, फिर भी मैं यहां तुम्हारे सामने बैठी हूं। इसलिये बैठी हूं क्योंकि मैं जानती हूं कि मेरा हस्बैंड अपने जाती फायदे के लिये तुम्हें 'यूज' कर रहा है और ये बात मुझे नागवार गुजर रही है।''

''आपको?''

''हां, मेरे को। ऐनी प्रॉब्लम?''

''नहीं, नहीं। वो बात नहीं थी . . . मैं तो . . . मैं तो . . . खैर . . . आप अपनी बात कहिये।''

उसने अपने पर्स में से एक तहशुदा कागज निकाला और उसे सीधा किया।

''ये तुम्हारी दस्तखतशुदा स्टेटमेंट है, करारनामा है, जिसमें तुमने पैट्रोल पम्प को मेरे हस्बैंड को बेच देने के लिये अपनी हामी दर्ज की है। ये ऐसी सिक्केबंद तहरीर है कि तुम इससे मुकर नहीं सकते और जिसे मेरे हस्बैंड के हवाले करके एक तरह से तुम अपने हाथ कटाये बैठे हो। ये कागज मैं तुम्हारे हवाले कर सकती हूं।''

''आप'' – चावला हैरानी से बोला – ''ऐसा करेंगी!''

''एक शर्त पर।''

''ओह! पुछल्ला भी है!''

''हमेशा होता है। खामखाह कुछ हाथ आता है!''

''ठीक। क्या है शर्त?''

''तुम्हें फौरन ये शहर छोड़ जाना होगा और यहां से दूर किसी नामालूम जगह पर मुकाम पाना होगा।''

चावला खामोश रहा। उसने संदिग्ध भाव से सुनंदा के हाथ में थमे कागज की तरफ देखा।

''असली है।'' – सुनंदा बोला – ''तुम्हें मेरे से ऐसे किसी छल की उम्मीद नहीं करनी चाहिये।''

''मैं एक मिनट देख सकता हूं।''

सुनंदा ने तनिक हिचकिचाते हुए कागज उसे थमा दिया।

चावला ने कागज का मुआयना किया, जिस पर दर्ज था :

> मैं सतीश चावला वल्द हंसराज चावला साकिन फ्लैट नम्बर दो सौ दो, सुमंगल हाउसिंग सोसायटी, राजनगर, तसदीक करता हूं कि मैं श्री पुखराज रहेजा, प्रोप्राइटर मैसर्ज रहेजा प्रॉपर्टीज, आकाशदीप चैम्बर्स, लिंक रोड, राजनगर का साठ लाख रुपये का कर्जाई हूं और इस रकम को अड़तालीस घंटे के नोटिस पर वापिस लौटाने के लिये प्रतिबद्ध हूं। अगर किसी वजह से मैं अपने आपको वो रकम लौटाने में असमर्थ पाऊंगा तो रकम की एवज में निझाला गांव में जसलपुर रोड पर स्थित निझाला फिलिंग स्टेशन नाम के मेरे पैट्रोल पम्प के मालिक श्री पुखराज रहेजा होंगे। कागजी कार्यवाही के चलते वो प्रॉपर्टी अपने आप ही श्री पुखराज रहेजा के नाम हस्तांतरित मान ली जायेगी।
>
> बकलम खुद
> सतीश चावला

चावला ने तहरीर पर से सिर उठाया।

''ये इकलौती कॉपी तो नहीं!'' – फिर बोला।

''तुम्हें मालूम है ये इकलौती कॉपी नहीं है।'' – सुनंदा बोली – ''इसकी एक कॉपी और है जो कि मेरे हस्बैंड के वकील के कब्जे में है। एक तुम्हारे पास है ही।''

''फिर क्या फायदा हुआ?''

''मैं वो कॉपी भी हासिल कर सकती हूं।''

''अच्छा!''

''और उसका वजूद खत्म कर सकती हूं।''

''बड़े विश्वास के साथ कह रही हैं!''

''हां, बड़े विश्वास के साथ कह रही हूं।''

चावला कई क्षण खामोश रहा।

''मेरे पास ज्यादा वक्त नहीं है।'' – सुनंदा उतावले स्वर में बोली।

''आप क्यों ऐसा चाहती हैं . . .''

''सवाल मत करो। फैसला करो।''

''ऐसा कैसे हो सकता है?''

''कैसा कैसे हो सकता है?

''कि मैं एकाएक, खड़े पैर उठ के चल दूं!''

''क्यों नहीं हो सकता। इसने'' – उसने आलोका की तरफ इशारा किया – ''कहा कि कल तुम शादी बनाने के लिए विशालगढ़ गये थे। मैंने यही जाहिर किया था कि ये मजाक कर रही थी लेकिन ये बात सच हो सकती है। मुझे शुरू से शक था कि तुम लोग शादीशुदा नहीं थे, ऐसे ही एक-दूसरे के साथ रह रहे थे।''

''खामखाह!''

''नहीं खामखाह! ऐसी बातों के कई अपनी चुगली आप करने वाले इशारे होते हैं। ऐसी 'लिव-इन' ब्वाय फ्रेंड – या गर्ल फ्रेंड – पालना आज की अर्बन सोसायटी में आम है। लिहाजा तुमने कोई नया काम नहीं किया, खाली ये हौसला न दिखा सके कि खम ठोक के कहते कि मियां-बीवी नहीं थे, फिर भी मियां-बीवी की तरह इकट्ठे रहते थे। कहने का मतलब ये है कि बोलो, घोषित करो, कि तुम दोनों ने अपने ताल्लुकात को कानूनी बना लिया है और आखिरकार शादी कर ली है। शादी के बाद अगला, स्वाभाविक कदम हनीमून होता है। हनीमून के बहाने तुम कहीं भी जा सकते हो। नहीं?''

''हां।''

''तो फिर?''

चावला खामोश रहा।

सुनंदा ने कई क्षण अपलक उसे देखा।

वो बेचैनी से पहलू बदलने लगा।

''इस स्टेटमेंट के'' – फिर सुनंदा बोली – ''और इसकी उस कॉपी के, जो कि वकील के पास है, नष्ट हो जाने का मतलब समझते हो?''

चावला ने सहमति में सिर हिलाया।

''तुम्हें साठ लाख का फायदा!''

''बशर्ते कि ये कीमत लगे।''

''क्यों नहीं लगेगी? ज्यादा भी लग सकती है। कम भी लगी तो कितनी कम लगेगी? लाख-दो लाख ही तो?''

''हां।''

''फोकट का वो फायदा क्या कम होगा?''

''अगर होगा।''

''बराबर होगा। क्यों नहीं होगा! इस तहरीर के बिना मेरा हस्बैंड कभी साबित नहीं कर सकेगा कि तुम उसके साठ लाख के देनदार हो और तुम पर वो कोई नाजायज दबाव भी नहीं बना पायेगा क्योंकि तुम उसे ढूंढ़ें नहीं मिलोगे। नहीं?''

''हां।''

''तो अब बोलो, क्या कहते हो?''

''लेकिन लौटना तो मेरे को होगा! कभी तो लौटना होगा!''

''पम्प बेचने के लिये? उसकी रकम खड़ी करने के लिये?''

''हां। कोई फायदा मुझे होगा तो तभी तो होगा जबकि मैं पम्प को बेच पाऊंगा और उसकी हासिल कीमत कब्जा पाऊंगा!''

''उस काम के लिये एक महीने बाद कभी तुम लौट सकते हो। तुम कहां हो, मुझे खबर करके रखना। मैं तुम्हें ऐसे टाइम पर पर लौटने को बोलूंगी जब कि मेरा

हस्बैंड राजनगर से बाहर कहीं गया हुआ होगा। तब आकर पैट्रोल पम्प बेचना, जल्दी मची हो तो थोड़ा कम में बेच देना और रकम खड़ी करके चलते बनना। क्या प्रॉब्लम है?''

वो काम वो अपने भांजे अखिलेश के जरिये भी कर सकता था – चावला ने मन ही मन सोचा – अखिलेश रहेजा पर वॉच रख सकता था और उसे खबर कर सकता था कि कब रहेजा राजनगर में नहीं होने वाला था। आलोका को पीछे छोड़कर वो आनन-फानन यहां पहुंचता, किसी से पम्प का इमरजेंसी में – डैस्प्रेट सेल जैसा – सौदा करता और हासिल रकम बटोर कर एक-दो दिनों में वापिस लौट जाता।

वो ठीक कहती थी। क्या प्रॉब्लम थी!

लेकिन क्यों वो औरत उसे इतना बड़ा माली फायदा पहुंचाना चाहती थी! उसने खुद कहा था कि कोई काम खामखाह तो होता नहीं था! जरूर जितना बड़ा फायदा वो उस सिलसिले में उसका कराना चाहती थी, उससे कहीं बड़ा फायदा खुद उसका था।

जिसे उसने पुछल्ला बोला।

क्या माजरा था? कैसे वो उसकी समझ में आये?

''अब बोलो'' – वो उतावले से ज्यादा जिदभरे स्वर में बोली – ''क्या कहते हो?''

''मुझे आपकी बात मंजूर है।'' – वो बोला – ''आपकी राय के मुताबिक मैं अपनी बीवी के साथ हनीमून पर निकलने के लिये तैयार हूं। मैं जहां मुकाम पाऊंगा, वहां की आपको खबर करूंगा, फिर आप मुझे खबर करेंगी कि पम्प बेचने के लिये कब मेरा राजनगर लौटना सेफ होगा!''

''गुड।'' – वो संतुष्टिपूर्ण स्वर में बोली।

''ये कागज आप अभी मेरे हवाले करके जायेंगी?''

''ये भी कोई कहने की बात है! मेरा ऐसा इरादा न होता तो क्या मैं ओरीजिनल तुम्हें सौंपती! फोटोकॉपी देती। बल्कि दिखाती भी फोटोकॉपी ही।''

''सही फरमाया आपने।''

‘‘देख लेना, इस डील से तुम्हें कभी कोई पछतावा नहीं होगा और आगे जो होगा ऐन दुरुस्त होगा, चौकस होगा, तुम्हारी मर्जी के मुताबिक होगा।’’

‘‘लैट्स होप फॉर दि बैस्ट।’’

‘‘यस, लैट्स होप फॉर दि बैस्ट।’’

‘‘वकील कौन है?’’

‘‘वकील!’’ – उसकी भवें उठीं।

‘‘जिसके पास दूसरी कॉपी है।’’

‘‘ओह! मेरे हस्बैंड का वकील?’’

‘‘हां।’’

‘‘उसका नाम अरुण निझावन है, ऑफिस मैजेस्टिक सर्कल के इलाके में कहीं है, पता मुझे याद नहीं लेकिन डायरेक्ट्री में दर्ज होगा। क्यों पूछ रहे हो?’’

‘‘मैं उससे बात करूंगा।’’

‘‘अरे, क्या बात करोगे?’’

‘‘इस स्टेटमेंट की कॉपी के बारे में बात करूंगा। हो सकता है मैं उससे वो कॉपी हासिल करने का कोई जरिया निकाल लूं।’’

‘‘पागल हुए हो! ऐसा अहम डाकूमेंट, जो उसके पास मेरे हस्बैंड की अमानत है, वो जरूर ही तुम्हें सौंपेगा!’’

‘‘फिर भी . . .’’

‘‘क्या फिर भी? और मैंने बोला नहीं कि वो कॉपी उससे मैं हासिल कर सकती हूं!’’

‘‘आप कीजिये अपनी कोशिश लेकिन मुझे भी करने दीजिये।’’

‘‘डुप्लीकेशन का क्या फायदा?’’

‘‘नुकसान भी क्या?’’

‘‘एक दूसरे की लाइन क्रॉस होंगी तो नुकसान . . .’’

‘‘नहीं होंगी।’’

‘‘लेकिन . . .’’

‘‘मैडम, आप खूब जानती-समझती हैं कि दूसरी कॉपी के हाथ आये बिना

इस कॉपी की कोई अहमियत नहीं, कोई कीमत नहीं। जब आपने मुझे एक बड़ी रकम के सब्जबाग दिखाये हैं तो मेरे भी कोई कोशिश कर देखने में क्या हर्ज है?''

''बात हर्ज की नहीं, जरूरत की है। जब मैं तुम्हें विश्वास दिला रही हूं कि ये काम मैं कर दिखाऊंगी तो क्यों तुम परेशान हो रहे हो?''

चावला खामोश रहा लेकिन उसके चेहरे पर आश्वासन के भाव न आये।

''शाम तक वो दूसरी कॉपी भी तुम्हारे पास पहुंच जायेगी।''

''कैसे?''

''उससे तुम्हें क्या! तुम्हें आम खाने से मतलब होना चाहिये या पेड़ गिनने से?''

''बात रहेजा साहब तक नहीं पहुंचेगी? आखिर वो उनका वकील है!''

''पहुंच सकती है। लेकिन वो रिस्क तो लेना ही पड़ेगा!''

''आप मेरी बात सुनना नहीं चाहतीं लेकिन मैं ऐसा कुछ कर सकता हूं जिसमें कम से कम ऐसा कोई रिस्क नहीं होगा।''

''तुम क्या करोगे? जाके वकील से मिलोगे तो बात तो वहीं की वहीं रही।''

''नहीं मिलूंगा। पहले ऐसा सोचा था लेकिन अब वो खयाल छोड़ दिया।''

''अब क्या करोगे?''

''चोरी।''

''क्या! पागल हुए हो?''

''जरा भी नहीं।''

''जब इतना खतरनाक कदम उठाने की सोच रहे हो तो . . .''

''कोई खतरा नहीं।''

''चोरी करते पकड़े जाने में कोई खतरा नहीं?''

''नहीं पकड़ा जाऊंगा। फिर भी पकड़ा गया तो मेरे से रहेजा साहब का वादा है कि मेरे खिलाफ कोई भी चार्ज हो, वो एक घंटे में मुझे रिहा करा लेंगे।''

''जब उन्हीं के खिलाफ कदम उठाओगे तो जरूर ही वो अपने वादे पर खरे उतरेंगे!''

''वो नहीं जान पायेंगे कि कदम उनके खिलाफ था। अरुण निझावन अकेले रहेजा साहब का ही तो वकील नहीं होगा!''

''ऐसा कहीं होता है!''

''तो बस! कोई उलटी पड़ गयी तो किसी को सपने में भी भनक नहीं लगेगी – न वकील को, न उसके क्लायंट रहेजा साहब को – कि मेरा निशाना कौन था! क्या था!''

''कमाल है!''

''कोई कमाल नहीं। व्यवहारिक बात है। वकील के ऑफिस में दाखिल होता मैं पकड़ा गया तो मैं यही कहूंगा कि मैं मामूली चोर था और किसी कीमती सामान या नकदी के लालच में वहां घुसा था।''

''वकील के ऑफिस में नकदी?''

''न सही।''

''तो बाकी तो फर्नीचर, कम्प्यूटर्स वगैरह जैसा ऑफिस इक्विपमेंट ही होता है!''

''और भी कुछ होता है।''

''क्या?''

''क्लायंट्स के शेयर्स, बॉण्ड्स, कैश सर्टिफेकेट्स वगैरह।''

''वो तो क्लायंट्स के फाइनांशल एडवाइजर, चार्टर्ड एकाउंटेंट रखते हैं।''

''वकील भी रखते हैं।''

''मुझे शक है।''

''अरे, नहीं रखते होंगे। चोर ने ऐसा समझा तो क्या किया जाये!''

''ये बात तो ठीक है तुम्हारी!''

''फिर भी कॉपी मेरे हाथ लग गयी तो मैं वहां से ऐसे कोई कागजात या मिलती-जुलती आइटम्स जरूर चुराकर लाऊंगा – कैश हाथ लगे तो बात ही क्या है – जिससे लगे कि वो एक मामूली चोर की मामूली हरकत थी। देख लेना ये किसी को नहीं सूझेगा – न पुलिस को, न रहेजा साहब को – कि चोर मामूली नहीं, खासुलखास था और उसका निशाना ''जो हाथ आ जाये'' नहीं था एक खास चीज थी।''

''हूं।''

''और फिर सौ बातों की एक बात, मुझे पूरा यकीन है कि मैं पकड़ा नहीं जाऊंगा।''

''ठीक है। मर्जी तुम्हारी।'' – वो उठ खड़ी हुई – ''मै तुम्हारी कामयाबी के लिये दुआ करूंगी। जैसी बीते, खबर करना। कुछ न कर सके तो मेरे से जो बन पड़ेगा, मैं करूंगी। अभी जाती हूं।''

अपार व्यस्तता का प्रदर्शन करती वो वहां से रुखसत हुई।

गुरुवार : चौथा दिन

सुबह दस बजे के करीब मनोहर लाल नर्सिम होम में विकास गुप्ता के कमरे में पहुंचा।

विकास को उसने बैड पर लेटे होने की जगह एक कुर्सी पर बैठे अखबार पढ़ते पाया।

''बधाई।'' – वो बोला।

''किस बात की?'' – विकास सकपकाया।

''इतनी क्विक रिकवरी की।''

''अच्छा वो! शुक्रिया।'' – उसने अखबार एक ओर रख दिया – ''बैठो।''

मनोहर लाल उसके सामने दूसरी कुर्सी पर बैठ गया।

''कुछ पियोगे?'' – विकास ने पूछा।

''नहीं। मैं नाश्ता करके आया हूं। सुबह उठने में देर हो गयी, फिर नाश्ता वगैरह किया, इसी वजह से यहां लेट पहुंचा।''

''लेट पहुंचे! अभी तो सिर्फ दस ही बजे हैं!''

''तेरे मतलब का कुछ था न मेरे पास, उसके लिहाज से लेट पहुंचा।''

''ओह! ये तो बड़ी अच्छी खबर है कि पहले ही दिन जिक्र के काबिल कोई बात तुम्हारी नजर में आ गयी।''

''हुआ तो यही लेकिन बड़ा वाहियात काम सौंपा तूने मुझे। पहली बार अहसास हुआ कि दुनिया का सबसे बोर काम कोई है तो वो इंतजार है।''

''माशूक का न करना पड़े तो।''

''क्या बोला?''

''एक माशूक का ही इंतजार है जो किसी को नहीं खलता। तभी तो कहते हैं कि जो मजा इंतजार में देखा, वो कहां वसलेयार में देखा।''

''इतना इंतजार तो मैं माशूक का भी नहीं कर सकता।''

''उम्र की वजह से अब नहीं कर सकते, खलीफा, जवान होते तो ये बात हरगिज न कहते।''

''अरे लड़के, घोड़ा और मर्द कभी बूढ़ा नहीं होता।''

''क्या कहने!''

''अब मैं अपनी बात कहूं? वो बात कहूं जिसके लिये मैं यहां आया हूं?''

''सॉरी।''

''तेरी हिदायत के मुताबिक तेरी कार पर मैं उस पैट्रोल पम्प पर पहुंचा था और उसके सामने के खाली मैदान में मलबे के एक ढेर के पीछे ऐसी जगह डेरा जमाया था जहां से मैं पम्प के परिसर में सब जगह नजर दौड़ा सकता था। उधर से मुझे आसानी से नहीं देखा जा सकता था। पहली बात तो ये है कि मैं और पैट्रोल पम्प का मालिक लगभग एक साथ ही – कोई पांच बजे के करीब – वहां पहुंचे थे।''

''अच्छा!''

''हां। पांच से पहले पम्प पर एक नौजवान लड़का था, तेरे बताये हुलिये के मुताबिक जो सतीश चावला नहीं हो सकता था। पांच बजे सतीश चावला उस फियेट पर वहां पहुंचा था जिसकी बाबत तूने मुझे बताया था। फियेट धूल से यूं अटी हुई थी जैसे किसी लम्बे सफर से आयी हो। उसके वहां पहुंचने के थोड़ी देर बाद ही एक स्कूटर चलाता वो नौजवान लड़का वहां से चला गया था और पीछे पम्प चावला के हवाले हो गया था। नौ बजे तक पैट्रोल के लिये इक्के-दुक्के ग्राहक के रुकने के अलावा वहां कुछ नहीं हुआ था और मैं कार में बैठा जंग खाता रहा था।''

''फिर?''

''नौ बजे उसने पम्प बंद किया था और अपनी फियेट पर सवार होकर वहां से निकला था। मैं चुपचाप उसके पीछे लगा था और यूं वापिस शहर में और आगे रूपनगर पहुंचा था जहां के सुमंगल नाम के हाउसिंग कम्पलैक्स के कम्पाउंड में ले जाकर उसने अपनी फियेट रोकी थी। मैं अपनी कार को बाहर सड़क पर खड़ी

करके फियेट की निगाहबीनी करता रहा था क्योंकि रात को कहीं के लिये वो फिर निकलता तो फियेट पर ही निकलता।''

''ठीक। निकला?''

''आधी रात होने को आयी तो निकला, तब निकला जबकि उसके ऐसे किसी कदम की उम्मीद छोड़ कर मैं लौट चलने का मन बना रहा था। अपनी फियेट पर वो वहां से रवाना हुआ तो मैं चुपचाप, पूरी सावधानी से उसके पीछे लगा। रात के वक्त सड़कें खाली होती हैं इसलिये कोई पीछे लगा हो तो जल्दी नोटिस में आ जाता है, इसलिये ज्यादा सावधानी की जरूरत होती है। नहीं?''

''हां। लेकिन तुमने उसे कहां खबर लगने दी होगी कि उसका पीछा हो रहा था!''

''नहीं लगने दी थी, क्योंकि मेरे पर जिम्मेदारी थी तेरा काम मुस्तैदी से कर दिखाने की।''

''थैंक्यू। आखिर कहां पहुंचा वो?''

''मैजिस्टक सर्कल के इलाके में। उस वक्त वो कमर्शियल इलाका सुनसान पड़ा था। वहां उसने एक जगह अपनी फियेट को पार्क किया और उसमें से निकलकर पैदल आगे बढ़ा। मैंने कार खड़ी की और बरामदों के खम्बों की ओट लेता उसके पीछे चला। वो मेन सर्कल को छोड़कर एकाएक एक साइड स्ट्रीट में दाखिल हो गया। जब तक मैं उस स्ट्रीट के – जो कि मैजेस्टिक लेन नम्बर दो कहलाती थी – दहाने पर पहुंचा, वो मुझे कहीं दिखाई न दिया।''

''किसी इमारत में घुस गया था!''

''जब स्ट्रीट में दाखिल हुआ था लेकिन दिख नहीं रहा था तो ऐसा ही कुछ हुआ होना था।''

''उसकी वो ट्रिक तुमसे पीछा छुड़ाने के लिये तो नहीं थी?''

''यकीनन नहीं थी क्योंकि ऐसा होता तो आइंदा मुझे जो कुछ दिखाई दिया, वो न दिखाई दिया होता।''

''ओह!''

''लड़के, जब मेरी व्याकुल निगाह उसकी तलाश में स्ट्रीट में भटक रही थी तो एकाएक वो मुझे एक इमारत की तीसरी मंजिल पर उसकी पूरी लम्बाई में दौड़ते लोहे की रेलिंग लगे छज्जे पर दिखाई दिया। फिर मेरी समझ में ये भी आ गया कि वो वहां तक कैसे पहुंचा था!''

''कैसे पहुंचा था?''

''फायर एस्केप के जरिये। फायर एस्केप की पहली सीढ़ी स्ट्रीट के लैवल से काफी हाइट पर थी जहां तक ईश्वर जाने वो कैसे पहुंचा, आगे तो बस सीढ़ियां ही चढ़नी थी।''

''छज्जे पर वो क्या कर रह था?''

''छज्जा नहीं तो लम्बी बाल्कनी समझ ले।''

''क्या कर रहा था?''

''किसी औजार के जरिये शीशे की एक बंद खिड़की को खोलने की कोशिश कर रहा था। फासले से औजार मुझे दिखाई नहीं दे रहा था लेकिन वो खिड़की खोलने की कोशिश में था, ऐसा मुझे साफ दिखाई दे रहा था। अब खिड़की नाखूनों से तो खोली नहीं जा सकती।''

''इसलिये औजार!''

''जाहिर है।''

''खोल पाया?''

''न सिर्फ खोल पाया, उसके रास्ते भीतर दाखिल भी हो गया।''

''पैट्रोल पम्प का मालिक और चोर! बल्कि सेंधमार!''

''कामयाब!''

''आखिर क्या हुआ?''

''आखिर कोई दस मिनट बाद जैसे भीतर घुसा था वैसे बाहर निकला, अपने पीछे खिड़की को बंद किया और दबे पांव फायर एस्केप की सीढ़ियां उतरने लगा। मैं उससे पहले स्ट्रीट से बाहर निकल आया और जाकर सर्कल के एक पिलर के पीछे छुप गया।''

''जिस काम के लिये सेंधमारी की, उसमें कामयाब हुआ होगा?''

‘‘क्या पता! वापिसी में था तो वो खाली हाथ लेकिन हो सकता है जो आइटम उसने वहां से चुराई हो, वो उसकी जेब में हो!’’

‘‘हो सकता है। वो जगह क्या थी जहां कि वो घुसा था?’’

‘‘मेरे खयाल से कोई ऑफिस था। ऑफिस ही रात को सुनसान पड़े होते हैं। किसी रिहायशी जगह पर तो कोई यूं घुसने की हिम्मत कर नहीं सकता।’’

‘‘मैजेस्टिक सर्कल का तो सारा ही इलाका कमर्शियल है।’’

‘‘वही। और मेरे खयाल से वो उस ऑफिस का पिछवाड़ा था क्योंकि एक तो वो छज्जा बड़ा बद्शक्ल था जो कि किसी ऑफिस का फ्रंट होने के काबिल नहीं था, दूसरे फायर एस्केप तो पिछवाड़े में ही होता है।’’

‘‘बिल्कुल ठीक कहा। आखिर क्या हुआ?’’

‘‘वो आकर अपनी फियेट में सवार हुआ और नाक की सीध में वापिस रूपनगर पहुंचा। तब तक एक बज चुका था। मैंने कुछ देर इंतजार किया कि शायद वो दोबारा वहां से निकले, न निकला तो मैं भी लौट आया।’’

‘‘खलीफा, दिन के उजाले में उस जगह की बाबत तो कोई जानकारी निकालनी थी जहां कि वो रात में गया था!’’

‘‘क्या कहने! खलीफा भी कहता है और ये भी उम्मीद करता है कि मैंने ऐसा नहीं किया होगा।’’

‘‘यानी कि किया?’’

‘‘वो अरुण निझावन नाम के एक वकील का ऑफिस था।’’

‘‘क्यों चावला चोरों की तरह उस वकील के ऑफिस में घुसा?’’

‘‘जाकर पूछता हूं उससे।’’

‘‘मजाक कर रहे हो?’’

‘‘तेरा क्या खयाल है?’’

विकास खामोश रहा।

कुछ क्षण यूं ही खामोशी में गुजरे।

‘‘खलीफा’’ – फिर विकास बोला – ‘‘मैं दिल से तुम्हारा अहसानमंद हूं, अब जहां इतनी जहमत की है, शाम तक की जहमत और करो।’’

''शाम तक तगड़ा हो जायेगा?''

''होऊं या न होऊं, यहां से बाहर होऊंगा।''

''एक शर्त पर जहमत करूंगा।''

''अरे, पहले सुन तो लो मैं किस जहमत की बात कर रहा हूं!''

''कोई हो। एक शर्त पर करूंगा।''

''बोलो शर्त।''

''शाम को बार में मिलेगा?''

''मंजूर। कौन से बार में?''

''शंकर रोड पर हिना बार में।''

''ठीक है। शर्त मंजूर।''

''टाइम तू बोल।''

''आठ बजे।''

''अब जहमत बोल।''

''एक तो उस वकील के बारे में कुछ पता करो कि वो किस किस्म का वकील है।''

''किस किस्म का क्या मतलब?''

''दीवानी मुकदमे करता है, फौजदारी मुकदमे करता है या मुकदमे करता ही नहीं, खाली सलाह देता है!''

''मैं समझ गया।''

''हो सके तो ये पता करने की कोशिश करना कि क्या सतीश चावला उसे या वो सतीश चावला को जानता है!''

''ठीक।''

''और उसे रात की चोरी की खबर लगी है या नहीं! लगी है तो क्या चोरी गया!''

''ये सब कैसे मालूम होगा?''

''ऑफिस मेनटेन करता है तो स्टाफ भी होगा। किसी स्टाफर से जानकारी निकलवाना। तुम तो बड़े-बड़े सूरमाओं को शीशे में उतार लेते हो, ये तो मामूली

काम होगा तुम्हारे लिए!''

''काम को मामूली बताकर तू मेरी मेहनत को कम करके आंकना चाहता है?''

''अरे, नहीं। मेरा ऐसा कोई इरादा नहीं। कसम उठवा लो।''

''आगे बोल!''

''दूसरे, पम्प का एक चक्कर और लगाना।''

''सतीश चावला की ही फिराक में?''

''हां।''

''ठीक है। और?''

''बस।''

''तो मैं चलूं?''

''हां। जरूर।''

''घर खुद पहुंच जायेगा?''

''शबनम आयेगी न अभी! उससे बात करूंगा इस बाबत।''

''तब तक नर्स से चुसकी मारेगा?''

''नर्स। कौन सी नर्स?''

''कल जिसका नाम तूने लारा बताया था! जो तेरे पर बिछ-बिछ जा रही थी!''

''ऐसी कोई बात नहीं।''

''लारा दे रहा है मुझे?''

''अरे, खलीफा, लारा दे दी तो . . .''

''पुड़िया! पुड़िया दे रहा है?''

''नहीं लेकिन . . .''

तभी नर्स लारा ने वहां कदम रखा।

''ले!'' – मनोहर लाल बोला – ''शैतान को याद किया, शैतान हाजिर।''

''क्या बोला?'' – नर्स बोली।

''कुछ नहीं, माई डियर।'' – मनोहर लाल का लहजा फिर फौजी हो उठा –

''फौज का एक मुहावरा बोला जो फ्रंट पर दुश्मन की बाबत बोला जाता है। सी यू, माई डियर। सी यू, यंग मैन।''

मार्च करता वो वहां से चला गया।

दोपहर के करीब सब-इंस्पेक्टर विष्णु प्रसाद इंस्पेक्टर जिले सिंह के ऑफिस में पहुंचा। दोनों में अभिवादनों का आदान-प्रदान हुआ।

''क्या खबर है?'' – इंस्पेक्टर बोला।

''मैं पैट्रोल पम्प वाले सतीश चावला से फिर मिला था।'' – जवाब मिला।

''बढ़िया। चकोर के ड्राइविंग लाइसेंस वाली तस्वीर की बाबत क्या कहता है?''

''पहचानता होने से साफ इनकार करता है।''

''अच्छा!''

''हां। बहुत हिलाया-डुलाया लेकिन कहता है वो सूरत उसने पहले कभी नहीं देखी थी। कहता है उसने संजय चकोर नाम के किसी शख्स का कभी जिक्र तक नहीं सुना था।''

''सच बोल रहा होगा?''

''मुझे तो उम्मीद नहीं!''

''उसका इस बाबत झूठ पकड़ने का कोई जरिया?''

''फिलहाल तो दिखाई नहीं देता!''

''मतलब क्या हुआ इसका? क्या ये कि पम्प के रैस्टरूम में जो कत्ल हुआ – बशर्ते कि हुआ – उसकी पम्प के मालिक को कोई खबर नहीं लगी थी? सतीश चावला का जाने-अनजाने उस वारदात से कोई रिश्ता नहीं था?''

''हो सकता है।''

''हो सकता है लेकिन पता नहीं क्यों यकीन नहीं आता।''

सब-इंस्पेक्टर खामोश रहा।

''और?'' – इंस्पेक्टर बोला।

''उसने अपने बयान में कहा था कि उसने पम्प की कीमत की अदायगी के

लिये कुछ रकम बैंक से कर्जे में ली थी और कुछ दोस्तों से जमा की थी।''

''कहा तो था! जिक्र क्यों कर रहे हो? लगता है बैंक में उसको मिले कर्जे का कोई रिकॉर्ड नहीं।''

''रिकॉर्ड तो है!''

''अच्छा, है?''

''हां। रेगुलर क्वार्टरली किस्तें भी वो अदा करता है।''

''तो फिर! प्रॉब्लम क्या है?''

''वो कर्जा सिर्फ बारह लाख का है।''

''अच्छा! यानी कि अड़तालीस लाख रुपया, अस्सी पर्सेंट रकम, उसने दोस्तों से हासिल की! ऐसे हैसियत वाले और ऐसे दिलदार दोस्त हैं उसके!''

''की तो सौ फीसदी रकम दोस्तों से हासिल की।''

''क्या मलतब? अरे भई, वो बारह लाख का बैंक का कर्जा . . .''

''सवा साल पहले का है। जबकि पम्प का मालिक वो पांच महीने पहले बना बताता है।''

''पैसा सहेजकर रखा होगा! वक्त आने पर इनवेस्ट किया।''

''पम्प पर न किया।''

''तो किस पर किया?''

''फ्लैट पर किया। रूपनगर में सुमंगल हाउसिंग सोसायटी के जिस फ्लैट में वो रहता है, वो उसकी अपनी खरीद है जिसे कि एक साल पहले उसने चौदह लाख रुपये में अंजाम दिया।''

''पम्प की पूरी की पूरी कीमत कहीं बाहर से आयी?''

''हां।''

''क्या मतलब हुआ इसका?''

''मतलब वही हुआ जिसकी तरफ मैंने पहले भी इशारा किया था।''

''पम्प बेनामी की खरीद है! असल मालिक कोई और है!''

''मुझे तो ऐसा ही जान पड़ता है!''

''ऐसा है भी तो हम इसमें क्या कर सकते हैं? ये फाइनांशियल झमेला है जो

कि इंकमटैक्स के महकमे की तफ्तीश के दायरे में आता है।''

''लेकिन इससे उसका किरदार तो उजागर होता है! ये बात तो वजूद में आती है कि वो कोई स्ट्रेट सिटीजन नहीं!''

''ठीक।'' – इंस्पेक्टर प्रभावित स्वर में बोला।

''जो कि वो यकीनन नहीं है।''

''क्या! क्या यकीनन नहीं है?''

''स्ट्रेट सिटीजन। सिंह साहब, मुझे उसके ओरीजिनल कारोबर की भी भनक लगी है।''

''अच्छा!''

''हां। अभी छ: महीने पहले तक एक बुकी का एजेंट होता था।''

''क्या! सट्टा लगवाता था?''

''ऐसा हिंट मुझे बराबर मिला है।''

''पम्प का मालिक बन जाने पर वो काम छोड़ा! दिखावे का मालिक ही सही, लेकिन तब वो काम छोड़ा!''

''एक बात और भी है जो इशारा करती है कि सतीश चावला पम्प का असली मालिक नहीं हो सकता।''

''वो कौन सी?''

''पम्प के मौजूदा मुकाम पर उसे चलाना घाटे का सौदा है, उधर उस पम्प का बिजनेस बहुत मामूली है।''

''जरूर होगा। तभी तो असली मालिक ने उसे बेच दिया!''

''सतीश चावला ने क्या सोचकर खरीदा? कि मालिक बदलने से बिजनेस का ढब बदल जायेगा?''

''तुम कुछ कहना चाहते हो। पहले वो भी कहो, फिर सवाल करना।''

''मेरे को मालूम पड़ा है कि जसलपुर रोड के उस इलाके में निझाला गांव के आस-पास निकट भविष्य में भारी डेवलपमेंट होने जा रही है। सरकार बदलने की वजह से जिस सड़क का बनना बंद हो गया था, उसको फिर बनवाना शुरू किया जाने वाला है।''

''यानी कि आइंदा दिनों में उस पैट्रोल पम्प के धंधे के चमकने के आसार हैं!''

''वो भी और उधर प्रॉपर्टी की, रीयल एस्टेट की, कीमत कई गुणा बढ़ जाने के आसार हैं।''

''ये बात!''

''अब मेरा सवाल ये है, सिंह साहब, कि क्या आपको सतीश चावला इतना दानिशमंद और दूरअंदेशी शख्स लगा था कि आइंदा सामने आने वाली इंकलाबी तब्दीलियों को उसने भांपा होता और उनके मद्देनजर उसने पम्प का सौदा किया होता?''

''नहीं।''

''तो इसका साफ मतलब ये नहीं कि पम्प का असल मालिक कोई और है जिसमें कि दानिशमंदी और दूरअंदेशी वाली वो खूबियां हैं जो कि आपको सतीश चावला में न दिखाई दीं!''

''कबूल। सब कबूल। विष्णु, मैंने माना कि तुम बहुत दूर की कौड़ी लाये लेकिन किसी की इस हरकत का मकसद! सतीश चावला को आगे करके, उसके पीछे छुपकर चाल चलने का कोई फायदा!''

''यही कि इतनी दूर की कौड़ी किसी की तवज्जो में न आये। इलाके की फ्यूचर डेवलपमेंट की जो टिप उसे मिली थी, उसे सिर्फ वो ही कैश कर सके, सिर्फ वो ही चांदी काट सके।''

''तुम्हारी बात में दम है। इससे हमें ये भी इशारा मिलता है कि सतीश चावला की पीठ पीछे जो कोई भी है, वो रियल एस्टेट बिजनेस में है।''

''ऐन मेरे मन की बात कही।''

''अब पता कैसे लगे उस शख्स का?''

''बाजरिया सतीश चावला ही पता चलेगा।''

''पता चल जाने के बाद उस जानकारी से हमें हासिल क्या होगा?''

''ये आगे की बात है, आगे इस पर गौर करेंगे। जब जानकारी हासिल हो जाएगी तो सोचेंगे। क्या पता जानकारी अपनी ही जुबानी बहुत कुछ बोले।''

''ठीक है, इस सतीश चावला पर हम अभी और विजिल रखेंगे।''

सब-इंस्पेक्टर का सिर अपने आप ही यूं सहमति में हिलने लगा जैसे कि उसके आला अफसर ने ऐन उसके मन की बात कही हो।

विकास चिंतित था।

शबनम ने दोपहर को ही वहां पहुंच जाने की बात कही थी लेकिन तब तीन बज चुके थे और उसका कोई अता-पता नहीं था। वो उसके फ्लैट पर कॉल लगाता था तो घंटी बजती थी, जवाब नहीं मिलता था।

और आधा घंटा उसने इंतजार किया, फिर उठकर वहां से रुखसत होने के लिये तैयार हुआ। उसने अपना छोटा-मोटा सामान एक बैग में भरा और उस कॉलबैल का पुश दबाया जो उस फ्लोर के नर्सिंग स्टेशन पर बजती थी।

नर्स लारा वहां पहुंची।

''अभी भी ड्यूटी पर हो!'' – विकास हैरानी से बोला।

''बस, जा ही रही थी।'' – फिर एकाएक वो ठिठकी, फिर सकपकाकर बोली – ''अरे, मिस्टर गुप्ता, आप बैड में क्यों नहीं हैं और रैडी फॉर रोड क्यों दिखाई दे रहे हैं?''

''मैं भी बस जा ही रहा था। अच्छा हुआ तुमसे मुलाकात हो गयी, वर्ना मुझे हमेशा गिला रहता कि मैं ऐसी काइंड एण्ड कनसिडरेट नर्स को थैंक्यू न बोल सका, बाय न बोल सका।''

''लेकिन . . . आप ऐसे कैसे जा सकते हैं?''

''क्या प्रॉब्लम है? आई एम चैकिंग आउट। आई विल पे माई बिल ऐट रिसैप्शन।''

''कमाल करते हैं आप भी! आप नर्सिंग होम में हैं, किसी होटल में नहीं हैं।''

''क्या फर्क है?''

''आप पेशेंट हैं। मैडीकोलीगस केस हैं, जब तक आपका डॉक्टर आपकी डिस्चार्ज स्लिप नहीं जारी करेगा, आप यहां से नहीं जा सकते।''

''ओह!''

''ऊपर से अभी आपकी हालत जाने लायक कहां है?''

''वो तो खैर बराबर है। मेरी हालत को मेरे से बेहतर कौन जानता हो सकता है!''

''फिर भी डॉक्टर की तहरीरी इजाजत के बिना आप नहीं जा सकते।''

''मैंने फिर भी चला जाने की जिद की तो?''

''तो आपके लिये गम्भीर प्रॉब्लम होगी। ग्रेव पुलिस प्रॉब्लम, मिस्टर गुप्ता।''

''ओह!''

''अब आप कपड़े तब्दील कीजिये और बैड पर लेटिये।''

''नहीं।'' – विकास आगे बढ़ा और उसने नर्स को अपनी एक बांह के घेरे में ले लिया।

''अरे, क्या करते हो!'' – नर्स तत्काल बोली – ''कोई देख लेगा!''

''देख लेगा तो जो देखा, उसे दोहराने के लिये बाकी नहीं बचेगा।''

''क्या करोगे?''

''गोली मार दूंगा। गवाह कौन छोड़ता है!''

वो हंसी, फिर तत्काल संजीदा हुई।

''क्या चाहते हो?'' – वो बोली।

''असल में जो चाहता हूं, उसके लिये ये मुनासिब जगह नहीं, वैसे ये चाहता हूं कि मेरी यहां से निकासी की कोई सूरत करो। मेरे को नहीं मालूम था कि मैडीकोलीगल केस में इतनी प्रोसीजरल अड़चनें होती हैं वर्ना मैं सुबह से ही इस बाबत जो खानापूरी होती है, उसे करना शुरू कर देता। अब तुम मेरी खातिर'' – विकास ने उसे अपने साथ भींचा – ''मेरी खातिर कोई जुगत करो कि मैं यहां से आउट हो सकूं।''

''छोड़ो।''

''तुम तो दिल तोड़ रही हो।''

''अरे, छोड़ोगे तो कुछ करूंगी न!''

''अच्छा, वो!''

विकास ने उसे बंधनमुक्त किया।

तत्काल वो वहां से चली गयी।

और पंद्रह मिनट बाद लौटी।

''ये बिल भरो।'' – आकर बोली – ''और एक कागज-कलम लेकर सत्यापित करो कि तुम अपने डॉक्टर की राय को नजरअंदाज करते हुए स्वेच्छा से यहां से जा रहे हो और तुम अपने केस की आइंदा तहकीकात के लिये पुलिस को दिन-प्रतिदिन – आई मीन डे टु डे बेसिज पर – तब तक उपलब्ध रहोगे जब तक कि वो तुम्हें इस हाजिरी से मुक्त नहीं कर देंगे।''

विकास ने दोनों काम किये।

''मिस्टर गुप्ता'' – नर्स बोली – ''मेरा ईश्वर जानता है कि कैसे मैंने तुम्हारे डॉक्टर को इस काम के लिये राजी किया है।''

''मैं मशकूर हूं।''

''अभी आती हूं।''

दूसरी बार वो पांच मिनट में लौटी।

डिस्चार्ज स्लिप के साथ।

''इसे गेट पर देना।'' – वो बोली।

''हनी'' – उसे फिर अपनी बांहों में लेता विकास बोला – ''आई लव यू।''

''डॉक्टर भी यही कहता है।'' – वो कुटिल भाव से बोली – ''तभी तो तुम्हारा काम करने को राजी हुआ।''

''आई एम जैलस।''

वो हंसी।

''खून कर दूंगा।''

''या करा लोगे।''

''परवाह नहीं। प्रॉब्लम तो खत्म होगी!''

''प्रॉब्लम!''

''एक म्यान में दो तलवारें! कैसे रह सकती हैं?''

''तुम्हारा मतलब है पांच तलवारें।''

''पांच!''

वो फिर कुटिल भाव से हंसी।

''मैं इतनी जानें नहीं ले सकता . . .''

''इससे भी बुरा हो सकता था। स्कोर ज्यादा हो सकता था।''

''. . . लेकिन एक जान का दांव खेल सकता हूं। मैं लारासाइड कर लूंगा।''

''क्या कर लोगे?''

''लारासाइड।''

''वो क्या होती है?''

''लारा के पहलू में सुइसाइड करने को कहते हैं।''

वो जोर से हंसी।

''खातिर जमा रखो, मेरा कोई ब्वायफ्रेंड नहीं है।''

''अब बताने का क्या फायदा! अब तो मैंने अपने आपको लारासाइड के लिए प्रोग्राम कर लिया है।''

''बस करो।''

''ओके।'' – विकास ने उसके एक गाल से अपने होंठ छुआये और उसे बंधनमुक्त कर दिया – ''सी यू, हनी।''

''सी यू।''

विकास कूपर रोड और फिर आगे शबनम के फ्लैट पर पहुंचा।

फ्लैट का प्रवेश द्वारा मजबूती से बंद था।

उसने कॉलबैल बजाई।

कोई जवाब न मिला।

दरवाजे के नीचे से लग रहा था कि भीतर रोशनी थी जो शबनम घर में न होती तो न होती।

क्या माजरा था?

उसने की-होल से आंख लगाकर भीतर झांका तो भीतर असाधारण कुछ दिखाई तो न दिया लेकिन असाधारण कुछ महसूस बराबर हुआ।

की-होल से लगी आंख में उसने अजीब सी जलन महसूस की।

क्यों?

उसे जवाब सूझा तो उसके छक्के छूट गये।

गैस!

कुकिंग गैस!

भीतर गैस रिस रही थी।

तब उसे याद आया कि उसके पास फ्लैट की एक चाबी थी जो कि शबनम ने खुद उसे दी थी।

तत्काल वो अपनी जेबें टटोलने लगा।

हे भगवान! कहां थी चाबी!

बटुवे में! बटुवे में!

उसने जेब से बटुवा निकाला और उसकी कॉयन पाकेट से चाबी बरामद की। उसने चाबी को की-होल में दाखिल करने की कोशिश की तो उसकी बौखलाहट में वो उसके हाथ से गिर गयी। उसने नीचे झुककर चाबी उठाने की कोशिश की तो चाबी को उसकी एक उंगली का धक्का लगा और वो दरवाजे और फर्श के बीच की झिरी में घुस गयी।

हे भगवान! हे भगवान!

सावधानी से उसने फर्श को टटोला तो चाबी का एक हिस्सा उसके हाथ में आया जिसे धीरे-धीरे सरकाकर उसने चाबी को झिरी से बाहर खींचा।

इस बार उसने पूरी सावधानी से चाबी को की-होल में दाखिल करके फिराया और दरवाजा खोला।

गैस का भभूका उसके नथुनों से टकराया।

नाक को रूमाल में दबाये बगूले की तरह वो फ्लैट में दाखिल हुआ। उसने एक-एक करके उसकी तमाम खिड़कियां खोली और बाल्कनी की ओर का बड़ा दरवाजा खोला।

शबनम उसे अपने बैडरूम में बेहोश पड़ी मिली। उसने उसको वहां से उठाया और बाहर बाल्कनी में लाया जहां कि एक ईजी चेयर पड़ी थी। उसने उसको चेयर पर डाला और किचन में पहुंचा।

वहां गैस उसे ऑन मिली।

उसने गैस को ऑफ किया और चूल्हे की सारी नॉब चैक करके तस्दीक की कि कोई और नॉब खुली नहीं थी।

वो वापिस बाल्कनी में पहुंचा। वहां वो शबनम के करीब एक स्टूल पर बैठ गया और उसके मुंह पर पानी के छींटे मारने लगा और उसकी हथेलियां और पांव रगड़ने लगा।

तभी सिक्योरिटी की वर्दी पहने और कमीज के कंधों पर पुलिस वालों जैसे फूल टांके एक व्यक्ति वहां पहुंचा।

''मैं यहां का सिक्योरिटी इंचार्ज हूं।'' – वो बोला – ''वी. के. निगम।''

विकास ने सहमति में सिर हिलाया।

''क्या हुआ? इस फ्लोर से किसी ने शिकायत की कि गैस की मुश्क आ रही थी।''

''गैस खुली थी।'' – विकास बोला – ''उसी की वजह से इसकी ये हालत हुई। मैं न पहुंच गया होता तो शर्तिया जान से जाती।''

''गैस क्यों खुली थी?''

''क्या पता! इसी से कोई लापरवाही हुई होगी।''

''आप कौन हैं?''

''मैं मैडम का फ्रेंड हूं। विकास गुप्ता।''

''आप भीतर कैसे दाखिल हुए? मेन डोर बंद नहीं था?''

''बंद था लेकिन लॉक्ड नहीं था।''

''ऐसा कैसे हो सकता है! दरवाजा बंद हो तो वो तो अपने आप लॉक होता है।''

''अब बच्चे न पढ़ाओ।'' – विकास चिढ़कर बोला – ''भीतर से लॉक बटन दबा हुआ हो तो अपने-आप लॉक होता है।''

''इन्हें डॉक्टर की जरूरत होगी!''

''बड़ी देर में सूझा!''

''पुलिस को भी खबर करना होगा!''

''वो किसलिये?''

''हो सकता है ये लापरवाही का मामला न हो, गैस से इनकी जान लेने की

कोशिश की गयी हो।''

''ऐसा?''

''हां।''

''फिर तो मुझे यहां की सिक्योरिटी की दाद देनी होगी। एक कातिल यहां पहुंचा, इस फ्लैट में दाखिल हुआ और अपना कारनामा करके चला गया और सिक्योरिटी को भनक भी न लगी।''

वो हड़बड़ाया।

''सुइसाइड!'' – फिर जैसे सिक्योरिटी की लाज रखने के लिये बोला – ''सुइसाइड का केस हो सकता है!''

''ब्रिलियंट! और किसी को कहां ये बात सूझनी थी! अब हाथ-पांव हिलाओ।''

''क्या?''

''अरे, अभी डॉक्टर का जिक्र कर रहे थे या नहीं! इसे होश नहीं आ रहा है। जल्दी डॉक्टर को बुलाओ।''

''और पुलिस . . .''

''उन्हें भी बुलाना। शायद फौज की भी जरूरत पड़े। लेकिन पहले डॉक्टर। कम ऑन। हरी अप। स्नैप आउट आफ इट।''

कहीं जाने की जगह सिक्योरिटी इंचार्ज ने वहीं से कहीं फोन किया तो तीन मिनट में डॉक्टर वहां पहुंच गया जिसका मतलब था कि वो 'इन हाउस' उपलब्ध था।

उसने फौरन शबनम को हॉस्पीटल केस घोषित किया और फिर खुद ही उसे नजदीकी नर्सिंग होम में पहुंचाने का प्रबंध किया।

शबनम को वहां फौरन इंटेंसिव केयर यूनिट में ले जाया गया।

थोड़ी देर बाद, पता नहीं सिक्योरिटी इंचार्ज निगम की मेहरबानी से या नर्सिंग होम वालों की अपनी पहल से, पुलिस भी वहां पहुंच गयी। उन्होंने हालात की बाबत जाना, विकास से पूछताछ की और दोबारा, पेशेंट को होश आने के बाद, लौट आने को बोलकर चले गये।

विकास सिगरेट फूंकता प्रतीक्षा करता रहा।

आठ बजने को थे जबकि शबनम को खतरे के बाहर घोषित किया गया।

विकास ने चैन की सांस ली।

''मैं उससे मिल सकता हूं?'' – वो बोला।

''नहीं।'' – जवाब मिला – ''अभी पेशेंट आई.सी.यू. में है और कल सुबह तक तो वहां हर हाल में रहेगा।''

''मैं थोड़ी देर के लिये . . .''

''नो। आई.सी.यू. में जाने की इजाजत नहीं है। आप कल सुबह आइये।''

''बीच में कोई ऊंच-नीच हो गयी तो?''

''नहीं होगी। बोला न, पेशेंट खतरे से बाहर है। फिर भी अपना कॉन्टैक्ट नम्बर छोड़कर जाइये, ऐसा कुछ हुआ तो खबर करेंगे।''

''अच्छी बात है।'' – हथियार डालता विकास बोला।

विकास शंकर रोड के हिना बार में पहुंचा जहां कि मनोहर लाल से उसकी मुलाकात पूर्वनिर्धारित थी और जिसके लिये वो वहां लेट पहुंचा था।

मनोहर लाल बार काउंटर पर मौजूद था और एक कोने के स्टूल पर जमा हुआ था। उसके बाजू के स्टूल पर एक चश्माधारी, सूरत से ही निहायत संजीदा और काबिल लगने वाला व्यक्ति मौजूद था जो कि अपने ब्राउन सूट और टाई में बहुत जंच रहा था। उन दोनों के इर्द-गिर्द तीन-चार और व्यक्ति हाथों में ड्रिंक्स के गिलास लिये खड़े थे और मनोहर लाल की बातों से बहुत आनंदित जान पड़ते थे।

विकास करीब पहुंचा, उसने बारमैन से अपने लिये ड्रिंक हासिल किया।

मनोहर लाल ने उस पर एक उड़ती निगाह डाली और फिर उसे पूरी तरह से नजरअंदाज करके ब्राउन सूट वाले की तरफ आकर्षित हुआ जिसके बारे में विकास को पूरा यकीन था कि वो मनोहर लाल की उस शाम की मुर्गी था और उसको मूंडने की पूरी तैयारी वो कर चुका था।

''जनाब'' – वो कह रहा था – ''माना आप बड़ी हस्ती हैं, बड़ी कम्पनी के

बड़े पब्लिक रिलेशन ऑफिसर हैं लेकिन मैं भी मिलिट्रीमैन हूं, गढ़वाल रेजीमेंट का रिटायर्ड कर्नल हूं इसलिये अपने मुकाबले में मुझे कम न समझिये।''

''मैंने ऐसा बिल्कुल नहीं समझा।'' – ब्राउन सूट वाला बोला – ''सच पूछें तो आप तो अपने रख-रखाव से ही मिलिट्री का टॉप ब्रास जान पड़ते हैं।''

''फुल कर्नल! लेफ्टीनेंट कर्नल नहीं।''

''ब्रिगेडियर भी बोलें, मेजर जनरल भी बोलें तो मुझे आपकी बात पर एतबार होगा। मैं तो महज ये अर्ज कर रहा था कि जो आप कह रहे हैं, वो मुमकिन नहीं।''

''वन हण्ड्रैड पर्सेंट मुमकिन है।''

''आई एम सॉरी, आई डोंट बाई दैट।''

''शर्त हो जाये इसी बात पर!''

''शर्त!''

''बैट! वेजर! दांव! ऑर वाट ऐवर यू वांट टु कॉल इट।''

''कैसी शर्त?''

''अगर मैं अपनी बात को मुमकिन साबित कर दिखाऊं तो मेरे दो लार्ज जॉनी वॉकर ब्लैक आपकी तरफ से, न कर सकूं तो दो लार्ज ब्लैक लेबल मेरी तरफ से आपकी नजर। बोलिये क्या कहते हैं?''

''मुझे मंजूर है।''

''आप मेरे साथ बी.डब्ल्यू.सी. खेलने को तैयार हैं?''

''जी!''

''बैट विद कोलोनल।''

''ओह! दैट, जी हां, मैं तैयार हूं।''

''अब बोलिये, बात क्या थी?''

''आपने फरमाया था कि आप यहां कोई ऐसी चीज रख सकते हैं जो यहां मौजूद हर किसी को दिखाई देगी लेकिन मुझे नहीं दिखाई देगी।''

''ऐग्जैक्टली! और आप क्या कहते हैं?''

''मैंने अर्ज किया था, ऐसा नहीं हो सकता।''

''कैसा नहीं हो सकता? जरा फिर से बोलिये।''

''आप कोई ऐसी चीज यहां नहीं रख सकते जो हर किसी को दिखाई दे लेकिन मुझे न दिखाई दे।''

''शर्त ये है कि मैं ऐसा कर दिखाऊं तो दो पैग जॉनी वॉकर ब्लैक लेबल का बिल आप भरेंगे, न कर दिखाऊं तो बिल मैं भरूंगा?''

''हां।''

''बारमैन, तुमने सुना?''

''यस, सर।'' – बारमैन बोला।

''कर्नल।''

''यस, कर्नल साहब।''

''क्या सुना?''

''आप कोई चीज यहां यूं रखके दिखायेंगे कि वो यहां मौजूद हर किसी को दिखाई देगी लेकिन भटनागर साहब को नहीं दिखाई देगी।''

''हर किसी में तुम भी शामिल हो।''

''मेरे समेत हर किसी को दिखाई देगी लेकिन भटनागर साहब को नहीं दिखाई देगी।''

''ग्रेट! बाई दि वे, तुम्हारा अपना क्या खयाल है? क्या ऐसा हो सकता है?''

''मेरा खयाल है कि नहीं हो सकता।''

''तुम भी शर्त लगाना चाहते हो?''

''नो, सर – आई मीन कर्नल साहब – आई एम ए पुअर मैन।''

''तो क्या हुआ? जब तुम्हें गारंटी है कि . . .''

''कर्नल साहब, मैं जुआ नहीं खेलता।''

''भई, ये जुआ नहीं, हार-जीत की एक मामूली शर्त है।''

''जिस खेल में हार-जीत हो, वो जुआ ही होता है।''

''ऐसा है तो नहीं, लेकिन चलो, मर्जी तुम्हारी।'' – वो अपनी मुर्गी की तरफ घूमा – ''सो आर वुई रेडी, सर?''

''यस।''

''मैं करके दिखाऊं जो नहीं हो सकता?''

''यस, प्लीज़।''

मनोहर लाल ने जेब में हाथ डाला, बंद मुट्ठी बाहर निकाली और मुट्ठी में बंद कोई चीज उसके सिर पर रखी।

''आप जानते हैं आपके सिर पर कुछ है'' – वो बोला – ''अगर आपको दिखाई दे रहा है तो बताइये क्या है?''

ब्राउन सूट वाला हकबकाया।

''अब कोई भी बताये क्या है?''

''टुथ पिक है।'' – सब सम्वेत स्वर में बोले।

''थैंक्यू ऐवरीबाडी, थैंक्यू सर।'' – मनोहर लाल ने अपना गिलास खाली किया – ''मेरे दो लार्ज का बिल पी.आर.ओ. मिस्टर भटनागर देंगे। यही नाम बोला था न?''

ब्राउन सूट वाले के मुंह से बोल न फूटा। उसने सिर पर रखा टुथ पिक उठाया और भौंचक्का सा उसे देखने लगा।

''बारमैन!'' – मनोहर लाल बारमैन की तरफ घूमा – ''सुना तुमने!''

बारमैन ने सशंक भाव से ब्राउन सूट वाले की तरफ देखा।

ब्राउन सूट वाले ने यूं यत्न से सिर सहमति में हिलाया जैसे एकाएक वो मन भर का हो गया हो।

प्रशंसात्मक हर्षनाद के बीच मनोहर लाल अपने स्थान से उठा और शान से चलता हॉल को पार करके एक खाली केबिन में जा बैठा।

कुछ क्षण बाद विकास भी बार पर से हटा और जाकर केबिन में उसके सामने बैठ गया।

''आज कितना मूंडा! कितनों को मूंडा?'' – वो बोला।

''अरे, कुछ नहीं।'' – मनोहर लाल मुस्कराता हुआ बोला – ''खाली बोहनी की। बस, वो ही दो पैग, जो ब्राउन सूट से तेरे सामने शर्त में जीते।''

''करीब कहीं शीशा होता तो तुम्हारी शर्त का क्या होता?''

''तो मैं वो शर्त लगाता ही नहीं।''

"ओह!"

"हर बार की पिछली, बार के पीठ पीछे की दीवार में शीशा होता है, वहां भी था लेकिन वो शो केस के भीतर था और शो केस बोतलों से यूं भरा हुआ था कि उसमें सूरत नहीं देखी जा सकती थी। दूसरे, मैंने जानबूझकर अपना अड्डा बार काउन्टर के कोने में जमाया था जहां से कि वो शो केस काफी परे था।"

"यानी बोतलों से भरा न होता तो भी वो उसमें अपना अक्स न देख पाता?"

"ऐग्जैक्टली!"

"देख पाता तो तुम शर्त बदल देते?"

"और क्या! शर्तों का घाटा है! बोले तो तेरे से भी एक लगाऊं! एक कुत्ता पंद्रह फुट लम्बी . . ."

"जाने दो। जाने दो। कुत्ता कुत्ते को नहीं काटता।"

वो हंसा, फिर बोला – "अब ड्रिंक मंगा।"

"मैं मंगाऊं?"

"और कौन मंगाये?"

"खलीफा, मैं तुम्हारे पास आया हूं या तुम मेरे पास आये हो?"

"लड़के, तू तेरा मेरा बहुत करता है।"

"जवाब दो।"

"काम किसका है? तेरा या मेरा?"

"हमारा। अब हम एक टीम हैं।"

"न कभी थे, न हो पायेंगे। पहले मैं और शबनम एक टीम थे लेकिन मेरी चेली तेरे पर फिदा हो गयी और मुझे छोड़ गयी – मैंने भी बेटी की तरह उसे विदा कर दिया – अब तुम और शबनम एक टीम हो।"

"और वो जो नौ हजार डॉलर का खेल तीन दिन पहले हम तीनों ने खेला . . ."

"इत्तफाक से, वक्ती तौर पर, बिल्कुल टैम्परेरी हम एक हुए क्योंकि उस खेल में तीन खिलाड़ियों की जरूरत थी। अब ड्रिंक मंगा।"

''उस्ताद शागिर्द को थूक लगाता अच्छा लगेगा?''

''उस्ताद बोला न?''

''हां, वो तो बराबर बोला।''

''तो उस्ताद की उस्तादी अदा की बोल, गुरु दक्षिणा बोल, थूक क्यों बोलता है?''

''बातों में मैं तुमसे नहीं जीत सकता।''

''तू किसी भी बात में मेरे से नहीं जीत सकता। चाहे तो इसी बात पर शर्त लगा ले। जो आज के ड्रिंकिंग सैशन में पहले आउट हो जाये, वो बिल भरे और जो . . .''

''मैं शर्त के बिना ड्रिंक मंगाता हूं।''

''शाबाश!''

विकास ने दो ड्रिंक्स का आर्डर दिया जिनके सर्व होने तक उसने अपना गिलास खाली कर दिया।

नये ड्रिंक्स के साथ दोनों ने चियर्स बोला।

''खलीफा'' – विकास बोला – ''तुम्हारी बार की शर्तों की वजह से कभी फौजदारी होगी।''

''नहीं होगी।'' – मनोहर लाल पूरे विश्वास के साथ बोला – ''मैं खुंदकी, फसादी, हुज्जती लोगों से शर्त नहीं लगाता, ऐसे सभ्य और सम्भ्रांत लोगों से शर्त लगाता हूं जिन्हें अपनी अक्ल और सूझ-बूझ पर बड़ा नाज़ होता है। जो शर्त को हार-जीत का मुद्दा कम बनाते हैं, अपनी दानिशमंदी, अपने आला दिमाग के लिये चैलेंज ज्यादा मानते हैं। ऐसे आदमी चींटी मारने के लिये तोप का इस्तेमाल करते हैं। समझा?''

''नहीं।''

''एक्स्ट्रा, जरूरत से ज्यादा अक्ल लगाकर, सवाल की गहरी सर्जरी कर देते हैं। नतीजतन उन्हें सतह पर ही मौजूद जवाब दिखाई नहीं देता।''

''ओह!''

''ऊपर से उन पर इर्द-गिर्द जमा दर्शकों का, तमाशबीनों का प्रेशर होता

है जिसकी वजह से वो जवाब सोचने में ज्यादा वक्त लगाना अफोर्ड नहीं कर सकते।''

''ज्यादा वक्त यानी कि सवाल की पेचीदगी का, उसके उसकी सूझबूझ के दायरे से बाहर होने का एहतराम!''

''ऐग्जैक्टली।''

''जब जीत की तुम्हें इतनी गारंटी होती है तो शर्त चिकन फीड के लिये क्यों? खाली दो पैग व्हिस्की के लिये क्यों?''

''क्योंकि वे वक्ती तमाशबीनी का सिलसिला मोटी रकम की शर्त के मामले में कामयाब नहीं हो सकता। दो पैग व्हिस्की की कीमत के नुकसान को लोगबाग मजाक में लेते हैं और हार के लिये खुद को जिम्मेदार ठहराते हैं, खुले की अक्ल को कोसते हैं कि क्यों वो पूरी तरह से चौकन्ने और खबरदार नहीं थे!''

''ठीक।''

''बड़ी रकम की शर्त बार जैसे माहौल में अव्वल तो कोई लगायेगा नहीं, क्योंकि वो पहले ही शक करने लगेगा कि मेरी बात में जरूर कोई भेद था – जो कि होता ही है – जो उसकी समझ में नहीं आ रहा था, कोई घुंडी थी जिसे इत्तफाक से ऐन उस वक्त उसकी जेहनी कूवत नहीं खोल पा रही थी, कोई पेच था जो उसके पल्ले नहीं पड़ रहा था; फिर भी कोई बड़ी शर्त लगा बैठेगा तो हार जाने पर उसे स्पोर्ट्समैन स्पिरिट के साथ नहीं लेगा, उसे ठगी और धोखाधड़ी करार देगा और शर्त की रकम की अदायगी पर पसर जायेगा, उलटा धमकाने लगेगा कि मैं कोई प्रोफेशनल कॉनमैन था।''

''जो कि हकीकत है।''

''जाहिर है। इसी वजह से उनके इल्जाम को चैलेंज करना भी मुहाल होगा। ऐसी नौबत पर तमाशबीन भी उसकी तरफदारी करेंगे। तूने देखा ही था कि बारमैन उस शख्स से वाकिफ था और उसे बाई नेम जानता था।''

''बार का रेगुलर होगा!''

''यही कहना चाहता था मैं। यानी कि वहां का जमघट तो सब एक-दूसरे से

वाकिफ और मैं उनके बीच अजनबी। ऐसे माहौल में तकरार बढ़ने से तो मेरी कर्नलगिरी एक्सपोज होने का भी अंदेशा खड़ा हो सकता है। नहीं?''

''हां।''

''लेकिन छोटी शर्त हारकर उसकी अदायगी से इनकार करना एक टुच्ची हरकत मानी जायेगी। दो पैग व्हिस्की की जिम्मेदारी से बचने के लिये बाकी शराबी भाइयों के तिरस्कार का भाजन कोई नहीं बनना चाहेगा। लिहाजा वो बात को हंसी में लेगा और जाहिरा तौर पर खुशी-खुशी – भीतर से भले ही मेरी मौत की कामना कर रहा हो – मेरे दो पैग का बिल अदा कर देगा।''

''कभी हारे नहीं?''

''अब छोड़ न! हर बात कई-कई बार पूछ चुका है। खलीफा भी कहता है और ये भी पूछता है कि मैं कभी हारा या नहीं।''

विकास हंसा, उसने व्हिस्की चुसकी।

''लेट कैसे हो गया?'' – फिर मनोहर लाल ने संजीदगी से पूछा – ''कहां अटक गया था?''

विकास ने बताया।

''ब्लडी हैल!'' – सुनकर मनोहर लाल उत्तेजित भाव से बोला – ''शबनम ने खुदकुशी की कोशिश की?''

''सवाल ही नहीं पैदा होता। उसे मैं नहीं जानता या तुम नहीं जानते! वो खुदकुशी कर सकती है?''

''नहीं।''

''तो फिर?''

''हादसा गुजरा।''

''मुझे उस पर भी शक है। वो ऐसी लापरवाही नहीं कर सकती।''

''फिर तो . . . फिर तो एक ही सम्भावना बाकी बचती है।''

''हां।''

''कत्ल! उसके कत्ल की कोशिश की किसी ने?''

''मेरे को तो ऐसा ही जान पड़ता है।''

‘‘किसने? किसने?’’

‘‘क्या पता किसने! कल कुछ पता लगेगा जबकि मुझे उससे मिलने का मौका मिलेगा। वो ही कुछ बतायेगी तो बात का खुलासा होगा।’’

‘‘बात का रिश्ता हमारे ठगी के कारनामे से हो सकता है?’’

‘‘मुझे उम्मीद नहीं। ठगी का शिकार किसी नामुमकिन तरीके से ठग तक पहुंच बना ले तो वो ठगी गयी रकम की रिकवरी को तरजीह देगा या ठग को खुद सजा देने की तरफ तवज्जो देगा?’’

‘‘रकम की रिकवरी को तरजीह देगा। चाहे खुद बांह मरोड़नी पड़े, चाहे पुलिस की धमकी देनी पड़े।’’

‘‘तो फिर?’’

‘‘तू बता।’’

‘‘बात का कोई दूर-दराज का रिश्ता पैट्रोल पम्प वाली वारदात से हो सकता है।’’

‘‘उससे कैसे? कत्ल का गवाह तो तू है!’’

‘‘मैंने शबनम को सब बताया था।’’

‘‘फिर भी किसी की ऐसी तवज्जो का अहमतरीन मरकज तो तू होना चाहिये!’’

‘‘मेरी बारी भी आ सकती है।’’

‘‘ऐसे तो मेरी भी आ सकती है। क्योंकि तमाम वाकया तूने मेरे सामने भी दोहराया है।’’

‘‘तुम आउट ऑफ पिक्चर हो।’’

‘‘इन होते क्या देर लगती है?’’

‘‘अब छोड़ो भी। तुम तो यूं डरके दिखा रहे हो जैसे अभी कोई यहां पहुंचा और अभी उसने तुम्हारा टेंटुवा दबाया।’’

‘‘डरता तो खैर मैं नहीं। डर से कहीं कुछ होता है! अनहोनी न हो, और मैं किसी बात से नहीं डरता।’’

‘‘अनहोनी!’’

''बार की ये छत मेरे ऊपर आ गिरे। यहां से बाहर निकलूं तो बस की चपेट में आ जाऊं। शहर में प्लेग फैल जाये और उसका पहला शिकार मैं बनूं। पाकिस्तान हमला कर दे और पहला बम मेरे ऊपर गिरे। कोई . . .''

''अब बस करो और याद करो मैं यहां क्यों हाजिरी भर रहा हूं!''

''अगर तफरीहन नहीं आया तो . . .''

''खलीफा, प्लीज़।''

''तू चाहता है मैं उस वकील की, मैजेस्टिक सर्कल वाले वकील की, अरुण निझावन की बात करूं?''

''अगर करने लायक कोई बात है तो! अगर कुछ जाना है तो!''

''जाना तो है!''

''क्या?''

''जो जाना है वो सब मैंने तेरी राय पर अमल करते उसके ऑफिस स्टाफ से ही जाना है।''

''अरे, क्या?''

''सब बताता हूं। सुन। पिछली रात जहां मैंने सतीश चावला को चोरों की तरह घुसते देखा था, वो वकील के ऑफिस का पिछवाड़ा ही था जिसके फ्रंट से दाखिल होकर आज मैंने वो ऑफिस देखा था। ऑफिस बड़ा फैंसी बना हुआ था और स्टाफ के तौर पर वहां एक पटाखा रिसैप्शनिस्ट थी, एक चपरासी था, एक लॉ क्लर्क था . . .''

''जो कि खुद वकील होता है।''

''. . . और एक जनरल क्लर्क था।''

''तुम्हारी निगाहेकरम तो यकीनन रिसैप्शनिस्ट पर ही हुई होगी जिसे कि तुमने पटाखा बताया।''

वो बड़े धूर्त भाव से मुस्कराया।

''मेरे को मालूम हुआ है'' – फिर बोला – ''कि प्रैक्टिस करते तो उसे बीस साल होने को आ रहे हैं, लेकिन ट्रायल वर्क में उसका कोई नाम नहीं है। ज्यादातर दीवानी केस करता है और मुकदमे की नौबत आने से पहले

कोर्ट से बाहर ही दोनों पार्टियों में सुलह करा देना उसकी स्पैशियलिटी बताया जाता है।''

''इसका मतलब तो ये हुआ कि वकील कम है, फिक्सर ज्यादा है!''

''यही समझ ले।''

''आगे?''

''पिछली रात वहां कोई चोर घुसा था, इस बात का फिलहाल वहां किसी को कोई अहसास नहीं है।''

''यानी कोई ऐसी चीज चोरी न गयी जिन पर ऑफिस में दाखिल होते ही निगाह पड़ती हो या जिसका मिस होना खलता हो! या फिर कुछ चोरी गया ही नहीं था! पिछली रात की सतीश चावला की मेहनत बेकार गयी थी, उसे वहां से नाकामी ही हाथ लगी थी!''

मनोहर लाल बड़ी संजीदगी से इनकार में सिर हिलाने लगा।

''नहीं हो सकता?'' – विकास की भवें उठी।

''उसने सेंधमारी के बाद ऑफिस में सिर्फ दस मिनट लगाये थे। उसके हाथ कुछ न लगा होता तो इतनी जहमत करके, इतना खतरा मोल लेकर भीतर घुसने के बाद वो दस मिनट में ही वहां से किनारा न कर गया होता। अपने मतलब की चीज तलाश करने में उसने बहुत टाइम ऑफिस को खंगाला होता, घंटे डेढ़-घंटे से पहले वो बाहर न निकला होता।''

''बात तो तुम्हारी ठीक है! फिर तो जो चीज भी उसने वहां से चुराई थी, वो जेब में समा जाने लायक थी!''

''हां। लेकिन ऑफिस में उस चीज को किसी ने मिस नहीं किया था वर्ना वहां हड़कम्प मचा होता।''

''मिस नहीं किया था इसलिये नहीं मालूम हो सका होगा कि वो चीज क्या थी?''

''जाहिर है लेकिन होगा तो कोई डाकूमेंट ही होगा, ऑफिस में जिसकी गैरहाजिरी की किसी को तब तक खबर नहीं लगने वाली, जब तक कि उस डाकूमेंट की वहां कोई जरूरत न आन पड़े।''

''जो कि पता नहीं कब पड़ेगी!''

''पड़ेगी भी या नहीं!''

''और?''

''मालूम पड़ा है कि उस वकील का एक बहुत पोटेंशल क्लायंट है, इतना कि बाज लोग तो कहते हैं कि उसकी लीगल सर्विसेज मोटे तौर पर उस एक क्लायंट के लिये ही हैं।''

''वो क्लायंट कौन हुआ? पता चला कुछ?''

''चला। लड़के नाम सुनेगा तो फड़क जायेगा।''

''ऐसा?''

''हां। वो क्लायंट है शहर का मशहूर प्रॉपर्टी डीलर और बिल्डर पुखराज रहेजा जिसका लिंक रोड पर आकाशदीप चैम्बर्स में ऑफिस है। क्या बोला मैं? क्या सुना तूने?''

विकास एकाएक बेहद खामोश हो गया।

''पुखराज रहेजा वो शख्स है जिसके कैरियर को हमने नौ हजार डॉलर के लिये ठगा था। ठगा एम्पलाई को था, थूक एम्पलायर को लगी थी।''

''ये इत्तफाक भी हो सकता है।'' – विकास खोखले स्वर में बोला।

''क्या इत्तफाक हो सकता है?''

''यही कि उस वकील का खास, प्रिविलेज्ड क्लायंट वो शख्स था जिसे हमारी वजह से चार लाख से ऊपर की रकम की थूक लगी थी। खलीफा, हमने बकरा छांटा था, उसकी माली हैसियत की वजह से, उसकी कैश की मूवमैंट के एक सिस्टम की वजह से, उसके कैरियर के ईजी टार्गेट होने की वजह से, न कि इस वजह से कि वो उस वकील का खास क्लायंट था जिसके ऑफिस में वो शख्स बतौर चोर घुसा जिसके पैट्रोल पम्प पर कि मैंने एक खून होता देखा था।''

''यानी चोर की हरकत का ठगों की हरकत से कोई लेना-देना नहीं?''

''मुझे तो नहीं दिखाई देता!''

''न ही हो, यार। वर्ना एक सिम्पल, स्ट्रेट ठगी का मामला एक फसादी केस

में तब्दील हो जायेगा।''

''और?''

''और सुनने में ये भी आया है कि अरुण निझावन पुखराज रहेजा का लीगल एडवाइजर ही नहीं, ढका-छुपा बिजनेस पार्टनर भी है।''

''प्रॉपर्टी डीलर और एडवोकेट, बिल्डर और फिक्सर बिजनेस पार्टनर!''

''चोर-चोर मौसरे भाई।''

''या राम मिलाई जोड़ी . . .''

''वो भी।''

''और?''

''और बस।''

विकास की भवें उठीं।

''सतीश चावला के पम्प का चक्कर मैं नहीं लगा पाया था।'' – मनोहर लाल खेदपूर्ण स्वर में बोला – ''सारा दिन उस वकील के दफ्तर की खाक छानने में ही गुजर गया इसलिये . . .''

''कोई बात नहीं।''

''मैं कल . . .''

''जरूरत नहीं। अब मैं, तुम्हारी जुबान में, तगड़ा हो गया हूं, कल इस बाबत जो करना होगा मैं खुद करूंगा।''

''और मैं?''

''फिलहाल कुछ नहीं। कुछ होगा तो बोलूंगा।''

''अपनी शब्बो?''

''उसकी बाबत भी कल बोलूंगा।''

''मुझे उसकी फिक्र है।''

''फिक्र की कतई कोई जरूरत नहीं। उसके डॉक्टर ने उसे पूरी तरह से खतरे से बाहर बताया था।''

''वो मेरी शगिर्दी में ही ठीक थी। जब से उसका तेरे से साथ बना है, कुछ न कुछ . . . कोई पंगे वाला काम होता ही रहता है।''

''अब छोड़ो भी। कुछ नहीं हुआ उसे। हुआ है तो ठीक हो जायेगा। सब ठीक हो जायेगा। तुम ड्रिंक की तरफ तवज्जो दो।''

''कैसे दूं? गिलास तो खाली है!''

विकास ने वेटर को इशारा किया।

शुक्रवार : पांचवां दिन

सुबह दस बजे विकास नर्सिंग होम में पहुंचा।

शबनम से उसकी मुलाकात न हो सकी।

मालूम पड़ा कि वो उसके वहां पहुंचने से थोड़ी देर पहले आई.सी.यू. से एक प्राइवेट रूम में तो शिफ्ट कर दी गयी थी लेकिन उस वक्त सिडेटिव के असर में सोई हुई थी और दोपहर से पहले किसी हालत में नहीं जागने वाली थी।

उसने सतीश चावला के पैट्रोल पम्प का चक्कर लगाने का फैसला किया।

अब उसका इरादा उस पर या पम्प पर वॉच रखने का था।

पैट्रोल पम्प पर उसे सतीश चावला मौजूद न दिखाई दिया।

उसकी जगह उसे वो नौजवान लड़का दिखाई दिया जिसका जिक्र पिछले रोज मनोहर लाल ने किया था।

''मालिक कहां है?'' – वो रौब से बोला।

''चावला साहब तो यहां नहीं हैं!'' – युवक अदब से बोला।

''मुझे दिखाई दे रहा है। तुम कौन हो?''

''मैं उनका भांजा अखिलेश हूं।''

''मालिक की गैरहाजिरी में यहां का कारोबार तुम देखते हो?''

''हां।''

''मालिक – तुम्हारा मामू – आज यहां आया नहीं या आके चला गया?''

''आये ही नहीं।''

''वजह?''

''मामी को कोई काम था। उनके साथ कहीं जाना था।''

''यहां अब कब आयेगा मामू?''

''पता नहीं।''

''आयेगा सही?''

''जरूरी नहीं।''

''आये तो उसको मेरा एक पैगाम देना। पैगाम समझते हो न! मैसेज! संदेशा!''

''हां। बोलिये मैसेज।''

''बोलना विकास गुप्ता यहां आया था। बोलना, मैं परसों रात की उसकी हर हरकत से वाकिफ हूं और मैं वो शख्स हूं जो चार दिन पहले, सोमवार शाम को पैट्रोल के खाली कनस्तर के साथ यहां आया था और पैट्रोल डालने के लिये कनस्तर उसके हवाले करके रैस्टरूम में गया था। ऐसे ही बोलना सब।''

''बोलूंगा। मामू आपसे बात करें?''

''मर्जी है उसकी। मर्जी आये तो करे, न आये तो न करे।''

''मर्जी आये तो कैसे बात करें?''

विकास ने उसे अपने मोबाइल का नम्बर बताया।

वो रूप नगर पहुंचा।

मनोहर लाल से हासिल जानकारी की बिना पर बड़ी सहूलियत से उसने इलाके के प्लॉट नम्बर सात पर स्थापित सुमंगल नामक वो हाउसिंग कम्पलैक्स तलाश कर लिया जिसकी दूसरी मंजिल पर सतीश चावला का फ्लैट था।

फ्लैट उसे लॉक्ड मिला।

फिर भी सावधानीवश उसने कॉलबैल बजाई, दरवाजे पर दस्तक दी।

कोई जवाब न मिला।

यूं उसकी तसल्ली हो गयी कि घर में कोई नहीं था तो उसने जेब से एक स्टील का तार निकाला और उसकी सहायता से उसने दो मिनट में प्रवेश द्वार का ताला खोल लिया। वो चुपचाप भीतर दाखिल हुआ। अपने पीछे सावधानी से बिना आवाज किये उसने दरवाजा बंद किया।

अब!

उसे भीतर किसी ऐसे क्लू की तलाश थी जो कि सतीश चावला के किरदार पर कोई अतिरिक्त रोशनी डाल पाता।

अपनी तलाश – जो कि निपट अंधकार में तीर चलाने जैसी थी – उसने शुरू की।

तलाश से यूं जो नतीजा सामने आया वो था :

ड्रॉइंगरूम की वॉल कैबिनेट के एक दराज से एक मैरिज सर्टिफिकेट बरामद हुआ जो विशालगढ़ के सिविल कोर्ट में स्थित मैरिज रजिस्ट्रार के ऑफिस में जारी हुआ था और जिस पर सतीश चावला और आलोका साहनी का नाम दर्ज था और जिस पर दो दिन पहले के बुधवार की तारीख दर्ज थी।

हैरानी की बात थी कि जिस शख्स ने वहां से इतनी दूर विशालगढ़ जाके शादी की थी, वो बीवी के पहलू में होने की जगह उसी शाम को पम्प पर हाजिरी भर रहा था और रात को अपनी सेंधमारी के अभियान पर निकला हुआ था।

दूसरी चीज एक विजिटिंग कार्ड था जो कि बैडरूम की वार्डरोब में टंगे एक मर्दाना कोट की जेब से बरामद हुआ था। विजिटिंग कार्ड पर दर्ज था : पुखराज रहेजा, रहेजा प्रॉपर्टीज़, आकाशदीप चैम्बर्स, सैकंड फ्लोर, लिंक रोड, राजनगर।

फिर पुखराज रहेजा!

कौन था वो शख्स जिसके नाम की जगह-जगह हाजिरी थी!

और कार्ड उसे पहचाना-पहचाना क्यों लग रहा था?

जल्दी ही वजह उसके ध्यान में आ गयी।

वो कार्ड उस कार्ड का जुड़वा था जो उसने अपने गैस्ट हाउस के सुइट में अपने आक्रमणकारी – जो कि जान से गया था – के बटुवे में से बरामद किया था और हालात की गहमागहमी में जिसे वो बिल्कुल भूल गया था।

उसका आक्रमणकारी पुखराज रहेजा से वाकिफ था।

जिस पैट्रोल पम्प पर हुए कत्ल का वो चश्मदीद गवाह था, उसका मालिक पुखराज रहेजा से वाकिफ था।

जिस वकील के ऑफिस में पम्प के मालिक ने सेंध लगाई थी और यूं कुछ चोरी किया था, वो वकील पुखराज रहेजा से वाकिफ था।

जिस कैरियर का उन्होंने पैसा ठगा था, वो पुखराज रहेजा का मुलाजिम था।

कौन था ये पुखराज रहेजा, हर किसी के तार जिससे जुड़े जान पड़ते थे?

मालूम करूंगा। – वो दृढ़ता से होंठों में बुदबुदाया।

पूरी सावधानी बरतता वो सुरक्षित फ्लैट से बाहर निकला। सड़क पर आकर उसने एक पब्लिक फोन तलाश किया और अपना मोबाइल इस्तेमाल करने की जगह वहां से रहेजा के कार्ड में दर्ज टेलीफोन में से एक पर कॉल लगाई।

''रहेजा प्रॉपर्टीज़!'' – तत्काल उत्तर मिला – ''मे आई हैल्प यू।''

''यस। प्लीज़। मैं एक बड़ा फ्लैट या छोटा इंडीपेंडेट हाउस खरीदना चाहता हूं। आप लोग इस बारे में मेरी कोई मदद कर सकते हैं?''

''जी हां। बिल्कुल कर सकते हैं। हम दोनों टाइप के यूनिट्स प्रोवाइड करा सकते हैं। आपका बजट क्या है?''

''पंद्रह-बीस लाख!''

''इस प्राइस रेंज में एक सौ बीस गज जमीन में बने कुछ डबल स्टोरी इंडीपेंडेंट यूनिट्स अवेलेबल हैं। अपना नाम-पता बताइये, हम आपको ब्रोशर भेज देंगे।''

''नाम विकास गुप्ता है। ब्रोशर मेल से हासिल करने की जगह क्या मैं खुद आपके ऑफिस में आ सकता हूं?''

''बड़ी खुशी से। वर्किंग आवर्स में कभी भी आइये।''

''एक घंटे में आता हूं।''

''वैलकम।''

''आपकी तारीफ?''

''मैं देविका दत्ता। बिग बॉस की सैक्रेट्री।''

''बिग बॉस!''

''रहेजा साहब! पुखराज रहेजा साहब!''

''ऑफिस में आप ही मेरे से डील करेंगी?''

''मैं भी कर सकती हूं। रहेजा साहब ऑफिस में हुए तो खुद वो भी कर सकते हैं।''

''इस वक्त हैं वो ऑफिस में?''

''जी हां, हैं।''

''गुड। मैं एक घंटे से कम में वहां पहुंचता हूं।''

''वैलकम, सर।''

रहेजा प्रॉपर्टीज़ का ऑफिस वैसा ही सजधज वाला निकला जैसा कि किसी उस धंधे की बड़ी तोप का होना अपेक्षित था। आउटर ऑफिस में रिसैप्शन पर एक ऐसी सजावटी युवती मौजूद थी कि लगता था कि उसका रंग-रोगन भी ऑफिस के रंग-रोगन के साथ ही हुआ था।

''मैं विकास गुप्ता।'' – वो उसके रूबरू हुआ और मुस्कराता हुआ बोला – ''अभी थोड़ी देर पहले फोन किया था।''

''ओ, यस, मिस्टर गुप्ता।'' – वो दांत चमकाती, घंटी की तरह खनकती आवाज से बोली – ''बॉस आपका ही इंतजार कर रहे हैं।''

''बॉस बोला तो आप जरूर उनकी सैक्रेट्री होंगी। देविका दत्ता।''

''ठीक पहचाना। आइये।''

उसने उसे बॉस के ऑफिस में पहुंचाया जिसने उठकर उससे हाथ मिलाया और कुर्सी पेश की।

तो ये था पुखराज रहेजा जो पान में लौंग की तरह हर जगह फिट था!

''मैं पुखराज रहेजा।'' – वो बड़े मिलनसार अंदाज से बोला – ''आप हैं . . . गुप्ता। मिस्टर विकास गुप्ता। राइट?''

''एब्सोल्यूटली।'' – विकास बोला।

''बाहर से आये या पहले से यहां बसे हुए हैं?''

''बाहर से आया।''

''यहीं सैटल होना चाहते हैं इसलिये प्रॉपर्टी खरीदना चाहते हैं! नहीं?''

''नहीं।''

वो हड़बड़ाया।

''बहरहाल'' – फिर बोला – ''प्रॉपर्टी खरीदना चाहते हैं?''

''नहीं।''

उसके नेत्र सिकुड़े, ग्राहक के लिये दमकते चेहरे की वॉटेज में कमी आयी।

''तो क्या चाहते हैं?'' – वो बोला।

''जानकारी।''

''क्या?''

''इनफर्मेशन।''

''मैं कुछ समझा नहीं।''

''ये कार्ड'' – विकास ने उसे दोनों कार्ड दिखाये – ''आपके हैं?''

''जाहिर है।''

''ये बिज़नेस कार्ड हैं?''

''ये भी जाहिर है लेकिन . . .''

''जो कि आपने मुझे नहीं दिये, क्योंकि मैं आपसे पहले कभी नहीं मिला।''

''तो फिर ये कहां से आये आपके पास?''

''अच्छा सवाल है।''

''जवाब दीजिये। भले ही सवाल जितना अच्छा न हो।''

''एक मैंने संजय चकोर नाम के उस शख्स की जेब से निकाला था जो कि सोमवार को मेरे हाथों जान से गया था, दूसरा सतीश चावला नाम के एक शख्स के कब्जे में था।''

''कमाल है! ये सब आप मुझे क्यों बता रहे हैं?''

''अभी आप ही ने तो जवाब मांगा था। अब बताइये जवाब आपके सवाल से मैच करता हुआ है या नहीं?''

''ओफ्फोह! मेरा मतलब है इन बातों से मेरा क्या वास्ता है?''

''यही जानने तो मैं यहां आया हूं!''

''देखिये, मेरी सैक्रेट्री ने मुझे बताया था कि आप कस्टमर थे और कोई प्रॉपर्टी खरीदना चाहते थे। लगता है, उससे आपकी बात को समझने में कोई गलती हुई

थी। अगर ऐसा था तो उसकी तरफ से मैं सॉरी बोलता हूं और आपसे तशरीफ ले जाने की दरख्वास्त करता हूं . . .''

''अभी उसमें टाइम है।''

''क्या!''

''अभी मेरी बात मुकम्मल नहीं हुई।''

''क्या बाकी रह गया?''

''इस बात का जिक्र बाकी रह गया कि आपका जो आदमी – संजय चकोर – मेरे रेजीडेंस पर मेरे हाथों जान से गया था, वो वही था जिसने पहले जसलपुर रोड के करीब निझाला फिलिंग स्टेशन के रैस्टरूम में एक आदमी को चाकू घोंपकर उसका कत्ल किया था। वो शख्स मेरे हाथों मारा गया और किसी ने उसका बदला मेरी एक फ्रेंड और बिजनेस पार्टनर के कत्ल की कोशिश करके उतारना चाहा। जब भी कोई हादसा-वाकया होता है, कहीं न कहीं, न किसी तरीके से आपका नाम आन टपकता है। मैं जानना चाहता हूं कि ऐसा क्यों होता है? इसका कोई खास मकसद है या ये महज इत्तफाक है?''

''मिस्टर गुप्ता, आप जो कह रहे हैं, वो तमाम का तमाम मेरे लिये बेमानी है। कत्ल, कत्ल की कोशिश, कातिल, मेरा आदमी, बिज़नेस कार्ड सब नॉनसेंस हैं और मेरी बर्दाश्त से बाहर हैं। अब इससे पहले कि मैं अदब भूल जाऊं, आप यहां से तशरीफ ले जाइये वर्ना मैं पुलिस को फोन करता हूं।''

''वो तो आप जरूर कीजिये। बल्कि मैं मदद करता हूं आपकी इस काम में।'' – विकास ने उठकर करीब पड़े एक फोन पर से रिसीवर उठाया – ''मैं रिसीवर लगाता हूं आपके कान में, आप नम्बर पंच कीजिये।''

उसने ऐसी कोई कोशिश न की। वो एक शातिर खिलाड़ी की दूसरे शातिर खिलाड़ी के खिलाफ चाल थी। उसका इम्तहान था जिसमें – पता नहीं उसे खबर थी या नहीं – वो फेल हो गया था।

''फोन रखो।'' – वो शुष्क स्वर में बोला।

''यस, सर।''

विकास ने रिसीवर क्रेडल पर रखा और वापिस कुर्सी पर बैठ गया। रहेजा ने

कहीं से एक सिगरेट का पैकेट बरामद किया, बिना विकास को सिगरेट ऑफर करने का तकल्लुफ किये एक सिगरेट सुलगाया और विचारपूर्ण भाव से उसके दो-तीन कश लगाये।

''मैंने'' – फिर एक-एक शब्द पर जोर देता बोला – ''इसलिये पुलिस को बुलाने का इरादा छोड़ा है क्योंकि मैं अपने ऑफिस का माहौल नहीं बिगाड़ना चाहता, मैं अपने बिज़नेस को बैड पब्लिसिटी का – जो कि पुलिस के पांव पड़ें तो हो के रहती है – शिकार नहीं बनाना चाहता। तुम मेरी इस मजबूरी को – जो मजबूरी नहीं, बिज़नेस सैंस है – अपनी जीत समझना चाहते हो, तो शौक से समझो लेकिन ये हकीकत है और अपनी जगह कायम है कि तुम्हारी हर बात मेरी समझ से बाहर है।''

''मुझे अफसोस है कि . . .''

''मुझे भी अफसोस है। अब बोलो तुम हो कौन?''

''मैं एक प्राइवेट डिटेक्टिव हूं।''

''अच्छा!''

''जी हां।''

''लगते तो नहीं हो!''

''क्यों भला? सींग नहीं दिखाई दे रहे या खुर नहीं दिखाई दे रहे जो हर पीडी के होते हैं?''

''पीडी?''

''प्राइवेट डिटेक्टिव को ही कहते हैं।''

''ऑफिस कहां है?''

''अभी कहीं नहीं है। अलबत्ता तलाश में हूं।''

''लगता है, इस धंधे में अभी कदम रखा ही है। या अभी कदम रखने का खयाल ही किया है।''

''आपको इससे क्या फर्क पड़ता है?''

''फर्क तो कोई नहीं पड़ता!''

''तो फिर?''

''कुछ नहीं।''

''आप प्रॉपर्टी डीलर हैं, सतीश चावला ने, मैंने सुना है कि, एक चलता पैट्रोल पम्प खरीदा था, कम से कम इतना तो बताइये कि क्या ऐसा उसने आपके जरिये किया था?''

''मैं बताना जरूरी नहीं समझता, क्योंकि मैं नहीं समझता कि तुम्हें ऐसी कोई इंक्वायरी करने का अख्तियार है।''

''जनाब, ये इंक्वायरी नहीं, एक मामूली सवाल है।''

''तुम्हें कोई मामूली सवाल पूछने का भी कोई अख्तियार नहीं। तुम अपने टाइम की कीमत नहीं समझते हो तो मेरे टाइम की कीमत समझो और . . .''

उसने दरवाजे की तरफ इशारा किया।

''अगर ये आपकी जिद है कि . . .''

''आजकल गांधीगिरी बहुत मशहूर है। तुम्हारे से पीछा छुड़ाने का एक उस लाइन का तरीका है मेरे पास।''

''कौन सा?''

''तुम बैठो, मैं चलता हूं।''

और वो सच में ही अपनी एग्जीक्यूटिव चेयर पर से उठा और लम्बे डग भरता वहां से बाहर निकल गया।

विकास पराजित सा कुछ क्षण बैठा रहा, फिर अपने स्थान से उठा और वहां से बाहर निकला।

वो बाहरी ऑफिस में भी नहीं था, सच में ही वहां से चला गया था।

वो रिसैप्शन डैस्क के करीब ठिठका।

''आप जा रहे हैं, मिस्टर गुप्ता?'' – सैक्रेट्री मधुर स्वर में बोली।

''यस, मैडम'' – विकास गहरी सांस लेता बोला – ''जा रहा हूं।''

''मैं तो आपके लिये लंच मंगाने लगी थी। फिर शाम की चाय। डिनर का इंतजाम करने का भी हुक्म हुआ है।''

''वैरी स्मार्ट!''

वो ऑफिस से निकलकर सड़क पर पहुंचा।

उसने इतना बड़ा पंगा लिया था लेकिन हाथ कुछ नहीं आया था . . . सिवाय इसके कि रहेजा पुलिस बुलाने के इरादे से हिल गया था।

वो नर्सिंग होम में लौटा।

मालूम हुआ कि शबनम एक बार जागकर, डायटीशियन का बताया लंच करके फिर सो गयी थी।

वो कूपर रोड पहुंचा।

वहां वो शबनम के फ्लैट वाली इमारत में दाखिल हुआ और मैनेजर से मिला।

''इस वक्त यहां कोई वैकेन्सी है?'' – उसने पूछा।

''जी नहीं।'' – जवाब मिला।

''होने की उम्मीद?''

''सदा ही होती है। यहां फ्लैट्स डेली और वीकली रेंटल पर भी हैं। कस्टमर्स आते-जाते ही रहते हैं।''

''मैं चाहता हूं कि इस बार जब भी कोई वैकेन्सी हो तो वो फ्लैट आप मुझे दें।''

''उस गैस वाले हादसे के बाद आप यहां मैडम के करीब रहना चाहते हैं?''

''यही बात है। लगता है आप मुझे पहचानते हैं?''

''जी हां। मैडम के करीबी के तौर पर तो मैं आपको जानता ही था, कल के हादसे के बाद से तो और अच्छी तरह से जान गया हूं।''

''ओह!''

''आप वक्त रहते न पहुंच गये होते तो मैडम तो गयी थी जान से।''

''हां।''

''और बड़ा इत्तफाक ये हुआ कि फ्लैट का मेन डोर अनलॉक्ड रह गया। वो आपको खुला मिला।'' – वो एक क्षण ठिठका और फिर बोला – ''खुला ही मिला था न?''

''आपको शक है?''

''नहीं। आप कहते हैं खुला था तो खुला था।''

''इस बाबत भी आपसे एक दरख्वास्त है।''

''फरमाइये!''

''फ्लैट के मेन डोर का लॉक बदलवाइये।''

''कैसा लॉक चाहते हो?''

विकास ने बताया। समझाया।

''कॉस्टली आइटम है।'' – मैनेजर बोला – ''चार्ज होगी।''

''ठीक है।''

वो कहां से निकला और खाना खाने के लिये एक करीबी रेस्टोरेंट में पहुंचा।

वहां इत्तफाक से उसकी निगाह उस रोज के अखबार पर पड़ी। चोरी का वाकया परसों आधी रात के बाद का होने की वजह से जो खबर पिछले रोज के अखबार में नहीं जा सकी थी, वो उस रोज के अखबार में छपी थी। पता नहीं कैसे अखबार वालों को उस खबर की जानकारी लगी थी जिसका शीर्षक था :

नगर के नामचीन वकील के ऑफिस में चोरी

खबर के मुताबिक अरुण निझावन ने दावा किया था कि उसके ऑफिस से अस्सी हजार रुपये चोरी चले गये थे। वो रकम गायब होने की खबर लगने के बाद पाया गया था कि चोर ने पिछवाड़े की एक खिड़की जबरन खोल ली थी और उसी रास्ते से रात की किसी घड़ी ऑफिस में दाखिल हुआ था। चोरी की बात उजागर होने के बाद बाकी साजो-सामान का जायजा लिया गया था तो कुछ महत्त्वपूर्ण दस्तावेज भी गायब पाए गए थे।

उसने अखबार एक ओर डाला और सोचने लगा।

क्या पुखराज रहेजा के पुलिस को फोन करने से हिचकने के पीछे वजह उसके वकील के ऑफिस में हुई चोरी हो सकती थी!

बहुत दूर की कौड़ी थी।

उसने खामोशी से खाना खाया।

वो बिल वगैरह से फारिग हुआ तो एक नया खयाल उसके जेहन में आया।

पैट्रोल पम्प पर भांजे की मार्फत जो मैसेज वो मामू के लिये – सतीश चावला के लिये – छोड़कर आया था, उसकी कोई प्रतिक्रिया सामने नहीं आयी थी।

दोपहरबाद तीन बजने को थे लेकिन सतीश चावला ने उसके इतने बड़े दावे

का कोई नोटिस नहीं लिया जान पड़ता था कि वो बतौर चोर उसकी शिनाख्त कर सकता था और वो रैस्टरूम में हुए कत्ल का गवाह था।

ऐसा तो नहीं कि मैसेज अभी तक उसे मिला न हो!

नहीं हो सकता था। इतना अहम मैसेज उसे अभी तक न मिला हो, ये यकीन में आने वाली बात नहीं थी। वो पम्प पर न भी पहुंचा हो तो भांजे ने कहीं न कहीं उससे सम्पर्क स्थापित किया होता और मैसेज उसे दिया होता।

तो खामोशी का सबब! उसे फोन तक न करने की वजह!

कोई वजह उसे न सूझी।

वो वापिस शबनम के नर्सिंग होम लौटा।

शबनम को उसने फिर सिडेटिव के असर में सोई पाया।

''ऐसे कैसे बीतेगी?'' – वो नर्स से बोला – ''मेरा इससे बात करना निहायत जरूरी है।''

''क्या बात करना निहायत जरूरी है?''

''मैंने इसके कत्ल की कोशिश की लेकिन कामयाब न हो सका। पूछना चाहता हूं कि ये दोबारा कब मुझे खिदमत का मौका देगी!''

नर्स हड़बड़ाई, उसने घूरकर विकास को देखा।

''मजाक कर रहे हो!'' – फिर बोली।

''हां।''

''ये मैडीकोलीगस केस है। ऐसा मजाक आपको भारी पड़ सकता है।''

विकास हंसा।

''अब पेशेंट को रैस्ट करने दीजिये।''

''रैस्ट ही कर रहा है पेशेंट, और तो कुछ कर ही नहीं रहा! खैर!''

वो वापिस पैट्रोल पम्प पर पहुंचा।

सतीश चावला तब भी वहां नहीं था।

अंधेरा होने तक उसने उसकी वापिसी का इंतजार किया जो न हुई तो वो वापिस शहर की तरफ चल दिया।

नर्सिंग होम में पहुंचते-पहुंचते आठ बज गये।

उस बार शबनम को उसने होश में तो पाया लेकिन बात करने में असमर्थ पाया। विकास को उसने यूं देखा जैसे पहचानने में दिक्कत महसूस कर रही हो और फिर आंखें बंद कर लीं।

वहां रुकना बेकार जानकर वो फिर वहां से निकला और बाहर सड़क पर पहुंचा।

इमारत का घेरा काटकर वो पिछवाड़े की लेन में पहुंचा, पार्किंग के लिये सामने जगह न मिलने की वजह से जहां उसने अपनी कार पार्क की थी। उस गली में नीमअंधेरा था फिर भी फासले से ही उसे दिखाई दे गया कि उसकी कार का बोनट खुला था और दो आदमी उस पर झुके हुए थे।

उसके मुंह से हैरानी की सिसकारी निकली, तत्काल वो कार की तरफ लपका।

''हो गया।'' – आधे रास्ते में उसे एक आवाज सुनाई दी।

''निकल ले।'' – दूसरी आवाज आयी।

''क्या हो रहा है ये!'' – विकास अभी दूर ही था, लेकिन वो गला फाड़कर चिल्लाया।

दोनों ने चौंककर बोनट पर से सिर उठाया, सामने देखा और फिर घूमकर विपरीत दिशा में सरपट भागे।

विकास उनके पीछे लपका लेकिन उनके करीब भी न फटक पाया। गली से निकलकर वो आगे मेन रोड पर पहुंचे और फिर भीड़ में मिलकर उसकी निगाह से ओझल हो गये।

वो वापिस अपनी कार के करीब लौटा।

वो दोनों जाने से पहले हुड गिरा गये थे लेकिन उनकी हड़बड़ी में वो फ्रेम के साथ लॉक नहीं हुआ था।

विकास ने हुड वापिस उठाया और आंखें फाड़कर भीतर झांका।

नीमअंधेरे में भी उसे उस करतूत का अहसास हो गया जिसे वो दोनों अंजाम दे के गये थे।

भीतर इंजन के साथ बारूद की तीन छड़ें टेप से चस्पा थीं और उनकी तारें इग्नीशन की तारों से जुड़ी हुई थीं।

शबनम के बात करने में अक्षम होने ने उसे बचाया था जिसकी वजह से कि वो जल्दी लौट आया था। वो इत्मीनान से, शबनम से अपनी बातचीत मुकम्मल करके लौटा होता तो सहज भाव से आकर कार में सवार हुआ होता, इग्नीशन ऑन किया होता और धड़ाम।

कार भी खत्म, वो भी खत्म।

उसकी तवज्जो स्वयमेव ही सतीश चावला की तरफ गयी।

तो ये वजह थी जो सतीश चावला को उसके खास मैसेज की कोई प्रतिक्रिया सामने नहीं आयी थी।

न रहे बांस, न बजे बांसुरी।

सतीश चावला नाम का वो शख्स उसकी कल्पना से कहीं ज्यादा पहुंचा हुआ शख्स निकल रहा था।

चोर! सेंधमार!

अब उसे ये मुमकिन नहीं लग रहा था कि उसके पम्प पर हुए कत्ल से उसका कोई लेना-देना न हो।

सावधानी से उसने छड़ों की तारों को इग्नीशन की तारों से अलग किया, टेप उखाड़कर छड़ों को वहां से हटाया और बोनट बंद किया।

अब इंस्पेक्टर जिले सिंह की धमकी पर अमल करने का वक्त आ गया था।

वो पुलिस हैडक्वार्टर पहुंचा।

इंस्पेक्टर जिले सिंह अपने ऑफिस में मौजूद था।

''क्या है?'' – वो रूखे स्वर में बोला।

''मैं हूं।'' – विकास बोला – ''और क्या है?''

''मेरा मतलब है क्या चाहते हो?''

''बोलता हूं। जरा दम तो लेने दीजिये!''

''बैठो।''

''थैंक्यू।''

''मैं तुम्हें याद ही कर रहा था।''

''अच्छा!''

''कई जगह से, खास तौर से दिल्ली से, तुम्हारा रिकॉर्ड मंगवाया।'' – उसने घूरकर विकास को देखा – ''सत्रह बार गिरफ्तार हो चुके हो।''

''मैं अपनी मर्जी से यहां आया हूं, आप मुझे यहीं बिठा लें तो स्कोर में एक बार का इजाफा हो जायेगा।''

''क्या मतलब?''

''मैं पहले ही अर्ज कर चुका हूं कि गिरफ्तारी किसी के गुनाह का सबूत नहीं होता।''

''मैंने भी पहले ही कहा था कि रिहाई किसी की बेगुनाही का सबूत नहीं होता।''

''ये गड़े मुर्दे उखाड़ने वाली बातें हैं, आप ऐसा करेंगे तो उस बात की आब उतर जायेगी जिसके लिये मैं यहां आया हूं।''

''किसी खास मकसद से आये हो?''

''जी हां। वर्ना कौन आप . . . के महकमे का मुंह देखना चाहता है!''

''हूं। आगे?''

''मैं आपकी इस हिदायत पर अमल करने आया हूं कि पीडी के धंधे में पुलिस से बनाकर रखनी पड़ती है।''

''करो।''

''क्या?'' – विकास हड़बड़ाया।

''हिदायत पर अमल और क्या?''

विकास ने एक बनावटी आह भरी।

''ठीक है'' – फिर बोला – ''मैं सब कुछ साफ-साफ बयान करता हूं, इसलिये करता हूं ताकि आपको अहसास हो सके कि मैंने कोई गैरकानूनी काम नहीं किया।''

''देखते हैं।''

''मैं शुरू से बोलता हूं।''

''शुरू करने के लिये शुरू ही ठीक जगह होती है। बोलो।''

''वो क्या है कि चार दिन पहले सोमवार शाम को . . .''

उसने सविस्तार पैट्रोल पम्प के रैस्टरूम में अपने साथ बीता तमाम वाकया और आइंदा घटी वो घटनायें बयान की जो उस वाकये से ताल्लुक रखती हो सकती थीं बद्किस्मती से जिसमें उसका रोल कत्ल के चश्मदीद गवाह का बन गया था।

''परसों रात सतीश चावला'' – उसने आगे जोड़ा – ''आधी रात के करीब अरुण निझावन नाम के वकील के मैजेस्टिक सर्कल के इलाके में स्थित ऑफिस में चोरों की तरह घुसा था। इस काम के लिये उसने पिछवाड़े की एक खिड़की जबरन खोल ली थी। उस चोरी की खबर आज के अखबार में छपी है।''

''वो छोड़ो। तुम्हें कैसे मालूम कि वकील के ऑफिस में दाखिल होने वाला चोर सतीश चावला था? परसों रात तुम तो नर्सिंग होम में भरती थे?''

''मैं रात को नर्सिंग होम से खिसक गया था।''

''और किसी को खबर नहीं लगी थी?''

''जी हां।''

''ऐसा कहीं होता है!''

''हुआ न!''

''फेंक रहे हो।''

''नहीं, जनाब। जब खुद चलकर सब कुछ साफ-साफ कहने आया हूं तो गलतबयानी क्यों करूंगा?''

''आगे बढ़ो।''

आगे उसने शबनम के साथ बीती घटना का किस्सा जोड़ा।

''इंस्पेक्टर साहब, लोकल थाने से आये एस.आई. का कहना है'' – वो बोला – ''कि शबनम ने, मेरी कम्पैनियन और फ्यूचर बिजनेस एसोसियेट ने, कुकिंग गैस के जरिये खुदखुशी की कोशिश की थी लेकिन मेरा खुद का खयाल है कि उसके कत्ल की कोशिश की गया थी।''

''आई सी। और?''

''रैस्टरूम वाली वारदात के बाद मैं शबनम को साथ लेकर जसलपुर रोड से

अपनी कार लौटाने गया था तो वहां शबनम ने वो हरकत की थी जो उसे नहीं करनी चाहिये थी।''

''क्या किया था?''

''मौकायवारदात की निगाहबीनी के लिये वो रैस्टरूम में जा घुसी थी।''

''जेन्ट्स टॉयलेट में?'' – इन्सपेक्टर तीखे स्वर में बोला।

''जी हां।''

''ये शबनम . . . बहुत खूबसूरत है? फिल्म स्टार लगती है?''

''है तो सही ऐसा!''

''तो वो औरत, जिसका जिक्र सतीश चावला ने अपने बयान में किया था, तुम्हारी वाकिफ थी, खास थी, शबनम नाम है उसका?''

''हां।''

इंस्पेक्टर ने असहाय भाव से गर्दन हिलाई।

''मेरा खयाल है कि चावला ने किसी को शबनम की और क्लोजिंग टाइम से पहले उसके अनोखे व्यवहार की किसी को खबर की थी जो किसी तरीके से ये जानने में कामयाब हो गया था कि वो कौन थी और कहां पायी जाती थी और जो समझता था कि वो मौकायवारतदात के मुआयने से खास ही कुछ जान गयी थी जिसकी वजह से उसका मुंह बंद किया जाना जरूरी था। नतीजतन उसने उसकी मौत का सामान किया था या करवाया था।''

''तुम समझते हो कि तुम्हारी सखी की दुर्गत की वजह चावला था, फिर भी तुमने उसकी कोई खबर न ली?''

''इस इरादे से उसकी तलाश में मैं बराबर निकला लेकिन वो मुझे न मिला। न पम्प पर मिला, न अपने घर पर मिला। पता नहीं एकाएक वो कहां चला गया है!''

''हूं।''

''लेकिन मैंने चावला की पड़ताल फिर भी की थी जिसकी वजह से एक नाम सामने आया था, जिसके तार चावला से जुड़े जान पड़ते थे।''

''किसका नाम?''

''पुखराज रहेजा का नाम। जो कि मकबूल प्रॉपर्टी डीलर और बिल्डर है और लिंक रोड पर जिसका फैंसी ऑफिस है। मेरे को यहां तक हिंट मिला था कि संजय चकोर नाम के उस शख्स से भी उसका कोई कनैक्शन था जो सोमवार रात को मेरे कत्ल के लिये मेरे आवास पर आया था लेकिन खुद जान से हाथ धो बैठा था।''

''तुम ये कहना चाहते हो कि तुम्हारी कम्पैनियन के और तुम्हारे कत्ल की कोशिश इसलिये हुई क्योंकि तुम पैट्रोल पम्प पर हुए कत्ल के चशमदीद गवाह हो?''

''जी हां। मेरे कत्ल की कोशिश, तीसरी बार कोशिश, अभी फिर हुई।''

''क्या बोला?''

जवाब में विकास ने बारूद की छड़ें इंस्पेक्टर के सामने मेज पर रखीं और उनसे ताल्लुक रखता हालिया वाकया बयान किया।

''कमाल है! पांच दिन में तीन मर्तबा तुम्हारी जान लेने की कोशिश हुई!''

''मैं खुद हैरान हूं।''

''पहले कोई चाकू लेकर तुम्हारे बैडरूम में घुस आया, फिर तुम पर गोलियां चलाई गयीं और अब बारूद से तुम्हारी कार समेत तुम्हें उड़ाने का सामान किया गया।''

''बद्किस्मती से हां।''

''सब इसलिये क्योंकि तुमने एक कत्ल होते देखा?''

''हां।''

''जिसके हुए होने की अभी कोई गारंटी नहीं।''

''मैं हूं न गारंटी!''

''गारंटी लाश की बदामदी से होती है।''

''यानी कि मेरे – एक चशमदीद गवाह के – बयान की कोई कीमत नहीं?''

''कीमत तो है! तभी तो मैं तुम्हारे सामने बैठा तुम्हारी बात सुन रहा हूं। तो तुम कहते हो कि तीन बार तुम्हारी जान लेने की कोशिश की गयी क्योंकि तुमने कत्ल होते देखा!''

''कहता नहीं हूं, ये हकीकत है।''

''हकीकत ही सही लेकिन क्या इसमें तुम्हें कोई फच्चर नहीं दिखाई देता?''

''क्या मतलब?''

''तुम्हारा पहला हमलावर संजय चकोर एक संदिग्ध चरित्र का व्यक्ति था, इसलिये उसकी हरकत मेरी समझ में आती है लेकिन मैं एक हसीन औरत का उसी रोल में तस्सवुर करने में दिक्कत महसूस कर रहा हूं। तुम मेरी बात समझे?''

''नहीं।''

''तुम्हारा मुंह बंद करने के लिये जैसे किसी ने संजय चकोर को हुक्म दिया, वैसे ही उस औरत को भी दिया, ये बात तुम्हें जंचती है?''

''जंचती तो नहीं, लेकिन जो उसने किया जब वो प्रत्यक्ष है तो . . .''

''कबूल! लेकिन शायद किसी और वजह से किया?''

''गवाह का मुंह हमेशा के लिये बंद करने के अलावा कोई वजह?''

''हां।''

''और क्या वजह हो सकती है?''

''और वजह ये हो सकती है कि संजय चकोर शायद उसका बॉय फ्रेंड या हस्बैंड था और वो समझती थी कि वो किसी षड़यंत्र के तहत जान से गया था, उसकी मौत कोई फ्रेम अप था जिसके लिये तुम जिम्मेदार थे। लिहाजा उसकी मौत का बदला उतारने के लिये वो तुम्हारे गैस्ट हाउस में पहुंची और उसने तुम पर गोलियां दाग दीं। तुम बच इसलिये गये क्योंकि शूटिंग के कारोबार में वो अनाड़ी थी। न सिर्फ गन हैंडल करने का उसे कोई तजुर्बा नहीं था, उसने गन ही गलत चुनी थी। उसे गन को हैंडल करना आता होता और गन हाई कैलीबर की होती, तो दूसरी गोली चलाने की जरूरत न पड़ती, एक ही गोली तुम्हारा काम कर देती।''

''बिल्कुल ठीक। फिर जब उसे पता चला कि उसकी चलाई गोलियों से मेरी जान नहीं गयी थी और मैं दौड़ा फिर रहा था तो उसने दो मवालियों को मेरी कार में बारूद लगाने के लिये एंगेज किया, ये बात आपको जचंती है?''

इंस्पेक्टर सोचने लगा।

''नहीं जंचती।'' – फिर बोला – ''तुम्हारी कार में बारूद लगाने के लिए वो

किसी को एंगेज कर सकती थी तो गोली चलाने के लिए भी ऐसा कर सकती थी।''

''ऐग्जैक्टली!''

''इसका एक ही मतलब हो सकता है।''

''क्या?''

''तुम्हारे कत्ल की दूसरी कोशिश का – जो गन से हुई, उस औरत ने की – पहली और तीसरी कोशिश से कोई रिश्ता नहीं।''

''वो औरत मुझे इसलिये नहीं मारना चाहती थी क्योंकि मैं पम्प पर हुए कत्ल का चश्मदीद गवाह था?''

''हां।''

''उसका संजय चकोर से कोई लेना-देना नहीं था? उसकी कोशिश के पीछे उसकी मौत का बदला लेना नहीं था?''

''कबूलने को जी तो नहीं करता क्योंकि यूं मेरी अपनी थ्योरी फेल हो जायेगी लेकिन हां।''

''यानी कि मैं दो मुख्तलिफ वजुहात से दो मुख्तलिफ पार्टियों का निशाना बना हुआ हूं! एक वजह ये कि मैं कत्ल का चश्मदीद गवाह हूं और दूसरी नामालूम?''

''ऐसा ही जान पड़ता है। और दूसरी वजह तब तक नहीं नुमायां होने वाली जब तक ये पता नहीं चलता कि तुम्हारी हमलावर वो औरत कौन थी! लेकिन अब एक नया खतरा तुम्हारे लिये तैयार जान पड़ता है।''

''क्या?''

''समझो, भई। जैसे तुम्हारी जान लेने की बाजरिया चकोर एक कोशिश नाकाम हुई तो बाजरिया बारूद दूसरी हुई, वैसे ही उस औरत की एक कोशिश नाकाम हुई तो वो भी तो दूसरी कोशिश कर सकती है!''

''आप मुझे डरा रहे हैं।''

''मेरी ऐसी कोई मंशा नहीं है। मैंने तो सिर्फ जो मुझे सूझा, लॉजिकल लगा, वो कहा।''

''आपको मेरे से हमदर्दी होनी चाहिये।''

''जरूर होती। अलबत्ता कि तुम्हारा किरदार नुमायां न होता।''

''क्या है मेरा किरदार?''

''सत्रह बार पकड़े जा चुके हो।''

''पुलिसिया ज्यादतियों के तहत।''

''ज्यादतियां?''

''बराबर ज्यादतियां। तभी तो जितनी बार पुलिस ने पकड़ा, उतनी बार कानून ने रिहा किया।''

''तुम कहना चाहते हो कि सत्तरह कार तुम्हारी बेजा गिरफ्तारी हई?''

''रिकॉर्ड यही कहता है।''

''मैं मानता हूं पुलिस से गलती होती है लेकिन गलती एक बार होती है, दो बार होती है, सत्रह बार होती है?''

''अब मैं क्या कहूं?''

''न ही कहने में तुम्हारी भलाई है। पुलिस अपनी आयी पर आ जाये तो बिना किसी के कुछ किये भी उसे जेल की हवा खिलवा सकती है। बोलो तो मैं करके दिखाऊं ऐसा?''

''अरे, नहीं जनाब!''

''तो छोड़ो ये किस्सा।''

''छोड़ दिया। अब ये देखिये।''

विकास ने उसके सामने हीरा रखा।

''ये क्या है?'' – इंस्पेक्टर सकपकाया।

''हीरा है।''

''अरे, वो तो मुझे दिखाई दे रहा है। इसकी क्या स्टोरी है?''

विकास ने वो स्टोरी भी बयान की।

''इतना अहम क्लू'' – वो भड़का – ''दबाये बैठे हो?''

''किस बात का क्लू, जनाब! कत्ल हुआ होने की तो आप कहते हैं कि कोई गारंटी नहीं।''

''उसकी सम्भावना पर तो विचार करना पड़ता है या नहीं! तुम्हारी भी तो मुझे कोई गांरटी नहीं कि तुम ठग नहीं हो! फिर भी तुम्हें ढील दे रहा हूं या नहीं!''

''इसकी कोई अहमियत पहले मेरी समझ में नहीं आयी थी। पहले मैंने इसे महज एक कीमती आइटम माना था जो कि मेरी फ्रेंड ने पड़ी पायी थी और ''फाइन्डर कीपर'' के सिद्धांत के तहत हमने इसे अपने पास रख लिया था। लेकिन कल जब शबनम की जान लेने की कोशिश की गयी तो मुझे अहसास हुआ कि इस आइटम का पम्प वाले कातिल से कोई रिश्ता था, ये उसकी शिनाख्त का जरिया बन सकती थी और इसी की वजह से शबनम को भी उसी अंजाम के लिये चुना गया था जिसके लिये कि मैं पहले से निशाना था। जनाब, ये अहसास होते ही इस आइटम के साथ मैं आपके हुजूर में हाजिर हूं।''

''हूं। अब बोलो, तुम्हारी तमाम बातों का लुब्बोलुआब क्या है? इनकी बिना पर तुम्हारा फाइनल नतीजा क्या है?''

''मेरे नतीजे से आपको इत्तफाक होगा?''

''देखेंगे।''

''नहीं होगा।''

''अरे, बोला न, देखेंगे।''

''मुझे तमाम वाकयात का एक ही धुरा जान पड़ता है और वो है पुखराज रहेजा।''

''नॉनसेंस! एक नाम कहीं से किसी तरह से तुम्हारी पकड़ में आ गया और तुमने उसे खूंटा बनाकर तमाम वाकयात की – उस वकील के ऑफिस में चोरी के वाकये की भी – तमाम जिम्मेदारियां उस पर टांग दीं।''

''मैंने पहले ही बोला था कि आपको मेरी बात से इत्तफाक नहीं होगा।''

''उस शख्स को तुम बड़ा बिल्डर और प्रॉपर्टी डीलर बताते हो, इत्तफाक हो भी तो क्या बिना किसी सबूत के – सबूत क्या बिना सबूत के किसी हिंट के – उस पर हाथा डालना आसान होगा?''

''उसका नाम हर जगह पान में लौंग की तरह फिट दिखाई देता है।''

''तुम्हें . . . तुम्हें दिखाई देता है। जब मुझे दिखाई देगा तो मैं करूंगा इस बाबत कुछ।''

‘‘कुछ करेंगे तो दिखाई देगा न!’’

‘‘किसने कहा नहीं करूंगा?’’

‘‘यानी कि करेंगे?’’

‘‘हां।’’

‘‘सतीश चावला के बारे में क्या कहते हैं?’’

‘‘उसके बारे में क्या?’’

‘‘एडवोकेट अरुण निझावन के ऑफिस में दाखिल होने वाला चोर वो था।’’

‘‘मुझे यकीन नहीं आता।’’

‘‘आपको मेरी बात पर एतबार नहीं?’’

‘‘इसको कानूनी जुबान में कहते हैं इट इज युअर वर्ड अगेंस्ट हिज वर्ड।’’

‘‘लेकिन . . .’’

‘‘सुनो। सुनो। कल्पना करो कि उसके खिलाफ केस कोर्ट में लगता है। वहां उसके वकील का पुरजोर दावा होगा कि उसकी शिनाख्त में तुम्हें मुगालता लगा जो कि आधी रात के वक्त नीमअंधेरे में कोई बड़ी बात नहीं। दूसरे, गवाह की क्रेडिबलिटी का, विश्वसनीयता का सवाल होता है। उसका वकील जब कोर्ट में बतायेगा कि तुम एक पेशेवर ठग हो और अपने कारनामों की वजह से सत्रह बार गिरफ्तार हो चुके हो तो जरा सोचो तुम्हारी गवाही को मैजिस्ट्रेट किस निगाह से देखेगा! और सौ बातों की एक बात, तुम बतौर गवाह कोर्ट में पेश होना चाहते हो?’’

‘‘नहीं।’’

‘‘तो फिर?’’

‘‘आप क्या चाहते हैं, मैं खामोश बैठ जाऊं? जो देखा, वो सब भूल जाऊं और हाथ पर हाथ धरे इंतजार करूं कातिलों के आखिरकार कामयाब हो जाने का?’’

उसने कई क्षण इस बात पर विचार किया।

‘‘तुम कहते हो’’ – आखिरकार बोला – ‘‘कि तुम पीडी बनने के तमन्नाई हो। अगर ये बात सच है तो हाथ पर हाथ धरे बैठने का क्या मतलब! पूरी शिद्दत

से हाथ-पांव हिलाओ।''

''क्या करने के लिये?''

''लाश को तलाश करने के लिये। उस शख्स की लाश को तलाश करने के लिये जिसका तुम कहते हो कि तुम्हारी आंखों के सामने कत्ल हुआ।''

''ये पुलिस का काम है।''

''पुलिस की जान पर बनी है?''

''ठीक। आप कतई कुछ नहीं करेंगे?''

''दो काम करूंगा।''

''कौन से?''

''एक, इस बिल्डर रहेजा के किरदार को चुपचाप समझने की कोशिश करूंगा और दूसरे पता लगाने की कोशिश करूंगा कि सतीश चावला एकाएक कहां गायब हो गया है। इस सिलसिले में उसके भांजे से पूछताछ का कोई नतीजा निकल सकता है जो कि मैं करवाऊंगा या पहली फुरसत में खुद करूंगा। सतीश चावला का पता लग गया तो मैं उससे सख्त पूछताछ करूंगा। पम्प की वारदात से या वकील के ऑफिस की चोरी से उसके किसी रिश्ते का मुझे दूर-दराज का भी कोई हिंट लगा तो मैं उसे गिरफ्तार कर लूंगा और फिर वो याद करेगा कि कोई मिला था।''

''आप इस बात को किसी खातिर में नहीं लाते कि पुलिस से सहयोग के आपके मशवरे पर मैंने अमल किया, रात की इस घड़ी दौड़ा हुआ आपके पास पहुंचा और हर बात लफ़्ज़-दर-लफ़्ज़ पूरी ईमानदारी से आपके सामने बयान की।''

''क्योंकि तुम्हारी जान पर बनी है।''

''दुरुस्त। लेकिन इसलिये न आया क्योंकि आपसे प्रोटेक्शन हासिल करना चाहता हूं।''

''पुलिस प्रोटेक्शन तुम जैसे लोगों के लिये नहीं होती। तुम्हें तो, भैया, अपना सलीब आप ही ढोना पड़ेगा।''

'''मेरे जैसे लोग' तो आप यूं कहते हैं जैसे खुजली मारे कुत्ते का जिक्र कर रहे हों?''

''अब तुम जज्बाती हो रहे हो। घूंट लगाते हो?''

''आप लगवाना चाहते हैं?''

''अरे, खयाल तो करो कि कहां बैठे हो!''

''क्यों पूछ रहे हैं?''

''जवाब दो।''

''हां, लगाता हूं।''

''तो यहां से उठो और सीधे किसी बार में पहुंचो। घूंट लगाओ, खाना खाओ और घर जाकर चैन की नींद सो रहो। कल मुझे फिर मिलना, तब तक मैं सारे सिलसिले की बाबत ऐसा कुछ सोच के रखूंगा जो कि तुम्हें पसंद आने वाला हो। अब राजी?''

''हां।''

''तो फिर गुड नाइट बोलो।''

''गुड नाइट, सर।''

''गुड नाइट। स्वीट ड्रीम्स। स्लीप टाइट।''

मनोहर लाल होटल पैनोरमा के बार में मौजूद था।

सैंट्रल पार्क के करीब स्थित वो एक मध्यवर्गीय होटल था लेकिन जिसका बार होटल के स्टैण्डर्ड से कहीं बेहतर था।

ये भी मनोहर लाल की स्ट्रेटेजी का हिस्सा था कि वो एक ही बार में बार- बार नहीं जाता था। बंदरगाह होने की वजह से राजनगर में बारों का कोई घाटा नहीं था इसलिये वो रोज नये बार में जाता तो पहले बार की बारी दो महीने से पहले न आती और इतने अरसे बाद उस बार में जाना नये बार में जाने जैसा ही होता।

उसकी पर्सनैलिटी का ये कमाल था कि उस घड़ी वो बार पर मौजूद था, हाथ में ड्रिंक्स के गिलास थामे वह लोगों से घिरा हुआ था और सबकी निगाहों का मरकज कर्नल जे.एन.एस. चौहान था। अपनी वो शिनाख्त वो पूरी कामयाबी से बड़े रौब से स्थापित कर चुका था।

''मेरा सवाल ये है'' – मनोहर लाल दबंग आवाज में बोला – ''कि एक

कुत्ता जो पंद्रह फुट लम्बी रस्सी से बंधा है। पच्चीस फुट दूर पड़ी हड्डी तक पहुंच सकता है या नहीं!''

''नहीं पहुंच सकता।'' – कई स्वर एक साथ सुनायी दिये।

''कैसे पहुंच सकता है!''

''सवाल ही नहीं पैदा होता।''

''इमपॉसिबल।''

''इसी बात की तो शर्त है!'' – मनोहर लाल बोला – ''जिसे अपनी बात पर सबसे ज्यादा एतबार है, वो लगा ले दो पैग जॉनी वॉकर ब्लैक लेबल की शर्त मेरे से।''

''मैं लगाता हूं।'' – एक जींस जैकेटधारी युवक बोला।

''गुड। क्या नाम है तुम्हारा?''

''देवेन नागपाल।''

''क्या करते हो?''

''सी.ए. के फाइनल ईयर में हूं।''

''फिर तो जाहिर है कि आलादिमाग, जहीन नौजवान हो।''

''अहमक तो नहीं हूं!''

''तो तुम मेरे साथ शर्त लगाने को तैयार हो?''

''जिस शर्त में जीत की गारंटी हो, उसे लगाने को कौन तैयार नहीं होगा!''

''यानी कि तैयार हो?''

''हां।''

''किस चीज की शर्त है?''

''दो पैग जॉनी वॉकर ब्लैक लेबल की।''

''लार्ज।''

''ओके।''

''जानते हो न, दो लार्ज जॉनी वॉकर ब्लैक लेबल क्या कॉस्ट करते हैं?''

''जानता हूं।''

''इस बार में?''

''जानता हूं।''

''चाहो तो बारमैन से कंफर्म कर लो।''

''अरे, मैं खुद ब्लैक लेबल पीता हूं'' – वो झुंझलाया – ''पी रहा हूं।''

''नौजवान पीढ़ी जहीन तो है लेकिन उतावली है, जोश में जल्दी आ जाती है, हड़बड़ी में फैसले करती है और छलांग मारकर नतीजों पर पहुंचती है।''

''क्या कहना चाहते हैं?''

''बाद में ये तो नहीं कहोगे कि शर्त ठीक से समझ नहीं पाये थे?''

''नहीं कहूंगा।''

''कई शर्तें सुनने में बड़ी सिम्पल जान पड़ती हैं लेकिन असल में होती नहीं। मिसाल क्लोपैट्रा की है। इतनी पुरानी, थर्टी नाइन बी.सी. की, मिसाल आज भी रेलेवेंट है।''

''क्या मिसाल है?''

''क्लोपैट्रा का नाम सुना है? मिस्त्र की मलिका थी!''

''सुना है।''

''उसने अपने दस्तरखान पर अपने आशिक मार्क एंटनी से शर्त लगाई थी कि वो दस्तरखान छोड़े बिना पांच लाख डॉलर कीमत की शराब एक बार में पी सकती थी।''

''नामुमकिन।''

''उसका प्रेमी भी यही बोला था लेकिन हारा था।''

''कैसे?''

''मलिका ने एक करोड़ सेस्टर्शिया – सेस्टर्शिया तब की रोमन करंसी थी, बीस सेस्टर्शिया एक डॉलर के बराबर होते थे – कीमत के दो मोती अपने जाम में डाले थे और मोतियों समेत जाम पी गयी थी।''

''ओह! सर . . .''

''कर्नल।''

''कर्नल साहब, मैंने आपकी मिसाल समझ ली लेकिन ये मेरे पर लागू नहीं।''

''गुड! अब अपनी जुबानी रिपीट करो कि शर्त क्या है!''

''शर्त ये है कि आप कहते हैं कि पंद्रह फुट लम्बी रस्सी से बंधा कुत्ता पच्चीस फुट दूर हड्डी तक पहुंच सकता है, मैं कहता हूं नहीं पहुंच सकता।''

''वो पच्चीस क्या सौ फुट दूर पड़ी हड्डी तक पहुंच सकता है, हजार फुट दूर पड़ी हड्डी तक पहुंच सकता है, हजार गज दूर पड़ी हड्डी तक पहुंच सकता है।''

''बिना गले में बंधी रस्सी तुड़ाये?''

''हां।''

''इमपॉसिबल।''

''तो मैं बोलूं कैसे पहुंच सकता है?''

''बोलिये।''

''माई डियर, पहुंचने में कहां है कोई प्रॉब्लम! प्रॉब्लम तो तब होती जबकि रस्सी का दूसरा सिरा भी कहीं बंधा होता!''

''क्या!''

''मैंने बोला कि कुत्ता रस्सी से बंधा है, रस्सी भी कहीं बंधी है, ये तो मैंने बोला नहीं!''

युवक मुंह बाये मनोहर लाल को देखने लगा।

''सो देयर।'' – मनोहर लाल शान से बोला – ''बारमैन!''

''यस, सर।'' – बारमैन तत्पर स्वर में बोला।

''तुम सिविलियन लोग कोई बात याद नहीं रख सकते?''

''सॉरी! हुक्म, कर्नल साहब!''

''मेरे दो ड्रिंक्स का बिल ये वुड बी चार्टर्ड एकाउंटेंट नौजवान देगा।''

''यस।'' – युवक बोला – ''आई विल।''

''गॉड ब्लैस यू, माई डियर। बारमैन, दूसरा लगाओ।''

बारमैन ने कर्नल साहब को जॉनी वॉकर ब्लैक लेबल का नया ड्रिंक सर्व किया।

तभी मिलिट्री की यूनीफॉर्म में दो व्यक्ति वहां पहुंचे। उनमें से एक मेजर था और दूसरा लेफ्टीनेंट था।

मेजर ने इशारे से बारमैन को करीब बुलाया। दोनों में संक्षिप्त सा वार्तालाप हुआ, फिर बारमैन वापिस कोने में लगे मनोहर लाल के जमघट के करीब पहुंचा।

''कर्नल साहब!'' – वो बोला।

मनोहर लाल ने जाम पर से सिर उठाया, प्रश्नसूचक नेत्रों से उसकी तरफ देखा।

''आपको पूछ रहे हैं।'' – जमघट में से कोई बोला।

''क्या!'' – मनोहर लाल हड़बड़ाया।

''वो मिलिट्री वाले आपको पूछ रहे हैं।''

मनोहर लाल का दिल लरजा।

''मेरे को?''

''जी हां।''

''बाई नेम? बाई टाइटल?''

''जी हां।''

क्या माजरा था?

वो स्टूल से उतरा, उसने दोनों फौजियों पर निगाह दौड़ाई।

वो दोनों करीब आये। उन्होंने ठोककर 'कर्नल साहब' को सैल्यूट मारा।

''ऐट ईज।'' – भीतर से सहमा हुआ, ऊपर से तब भी रौब दिखाता मनोहर लाल बोला।

दोनों फौजी ऐट ईज हुए।

''क्या चाहते हो?''

''आपसे'' – मेजर अदब से बोला – ''ब्रिगेडियर साहब मिलना चाहते हैं।''

''ब्रि . . . ब्रिगेडियर स . . . साहब!''

''जी हां।''

''मेरे से?''

''जी हां।''

''मैं कौन हूं?''

''आप गढ़वाल रेजीमेंट के रिटायर्ड कर्नल जे.एन.एस. चौहान हैं।''

''ओह! ब्रिगेडियर साहब मुझे जानते हैं?''

‘‘हमें नहीं मालूम।’’

‘‘उन्होंने ये कैसे जाना कि मैं यहां मिल सकता था?’’

‘‘ये भी नहीं मालूम। सर, लैट्स मूव।’’

‘‘मैं नहीं मिलना चाहता।’’

‘‘एक्सक्यूज मी, सर, वो आपसे रैंक में ऊपर हैं और अभी रिटायर भी नहीं हुए हैं।’’

‘‘लेकिन . . .’’

‘‘हमें हुक्म है आपके बिना न लौटने का।’’

‘‘उन्हें यहां बुलाकर लाओ।’’

‘‘ये नहीं हो सकता।’’

‘‘क्यों? क्यों नहीं हो सकता?’’

‘‘ब्रिगेडियर साहब इस सिविल ठिकाने को किसी डैकोरेटिड, यूनीफॉर्म्ड मिलिट्री ऑफिसर की मौजूदगी के काबिल नहीं समझते। नाओ, प्लीज़ मूव, सर।’’

मनोहर लाल अपनी जगह से न हिला। वो स्थिति उसकी समझ से बाहर थी लेकिन उसका दिल पुकार-पुकारकर कह रहा था कि कोई बड़ा पंगा उसके गले पड़ने वाला था और वो तेजी से उस पंगे से निजात पाने की कोई तरकीब सोच रहा था।

वो दोनों उसके करीब, उसके दायें-बायें पहुंचे। दोनों ने अपनी-अपनी तरफ की बांह उसकी बांह में पिरोई और उसके जिस्म को यूं उमेठा कि मनोहर लाल के पांव फर्श छोड़ गये।

‘‘हिल, मादर . . .’’ – मेजर उसके कान में बोला – ‘‘वर्ना यहीं मरा पड़ा होगा।’’

उस एक फिकरे से तमाम माजरा उसकी समझ में आ गया।

‘‘मेरा ड्रिंक . . .’’ – वो दबे स्वर में बोला।

मेजर ने सहमति में सिर हिलाया, दोनों की पकड़ उस पर से ढीली हुई।

मनोहर लाल ने बार पर से उठाकर अपना गिलास खाली किया।

‘‘सी यू, ऐवरीबाडी।’’ – जबरन मुस्कराता वो अपने बार के टैम्परेरी

जोड़ीदारों से बोला – ''गुड नाइट। स्वीट ड्रीम्स।''

दोनों के बीच में मन-मन के कदमों से चलता वो बाहर की तरफ बढ़ा।

बाहर आकर वो सब सैंट्रल पार्क की ओर बढ़े। पार्क के करीब उसके बाहर से एक कच्ची सड़क थी जो पार्क के साथ-साथ आगे कहीं जाती थी। उसके एक बाजू में पार्क की झाड़ियों की बाउंड्री थी जिस पर बीच-बीच में सफेदे के पेड़ उगे हुए थे और सड़क के दूसरे बाजू में कुछ इमारतों की पीठ थी। वो रास्ता उस घड़ी सुनसान पड़ा था।

''कहां जा रहे हो, भाई लोगो!'' – मनोहर लाल दयनीय स्वर में बोला।

''खबरदार!'' – मेजर ने घुड़का – ''आवाज न निकले।''

वो सहमकर खामोश हो गया।

आगे उनकी ओर मुंह किये एक कार खड़ी थी जिसकी पार्किंग लाइट्स एकाएक जलीं। फिर कार के दो दरवाजे खुले और दो व्यक्तियों ने उसमें से बाहर कदम रखा। उनमें से एक विशालकाय था, दूसरा दुबला-पतला था।

उसके एस्कार्ट उनके करीब पहुंचकर रुके, मनोहर लाल को उन्होंने जबरन रोका।

विशालकाय व्यक्ति पुखराज रहेजा था, उसके साथ का दुबला व्यक्ति तपन घोष था।

मेजर रहेजा का पीडी दीपक पसारी था और लेफ्टीनेंट फील्डमैन स्वरूप अवस्थी था।

एक टॉर्च चमकी जिसकी रोशनी सीधे मनोहर लाल के चेहरे पर पड़ी।

''वही है।'' – तपन घोष बोला – ''ये वो है जो टांग में चाकू लगा बताता था और ''लुट गया'' की दुहाई दे रहा था।''

उस रोशनी में मनोहर लाल को भी बोलने वाले की सूरत का आभास मिला। उतने से भी वो सूरत उसने साफ पहचानी।

बिल्डर का कूरियर! उनका शिकार! जो अपना नाम गांगुली बताता था।

खेल खत्म!

टॉर्च बुझ गयी।

एक प्रचंड घूंसा उसकी पसलियों से टकराया।

''नाम बोल!'' – सवाल हुआ।

उन्होंने उसे तलाश कर दिखाया था तो ये हो ही नहीं सकता था कि उन्हें उसका नाम न मालूम होता इसलिये झूठ बोलना बेकार था।

''मनोहर लाल।'' – वो बोला।

''वो दोनों कौन थे? अब कहां हैं?''

''मैं उन्हें नहीं जानता . . .''

एक और घूंसा उसके पेट से टकराया, उसकी आंखों से आंसू छलछला आये।

''कसम से मैं उन्हें नहीं जानता।'' – घुटे कण्ठ से वो बड़ी मुश्किल से बोल पाया।

''साले! जोड़ीदारों के नाम नहीं जानता!''

''वो मेरे जोड़ीदार नहीं थे।''

''बक मत।''

''मैं सच कह रहा हूं।''

''तो उनके साथ क्यों कर था?''

''सिर्फ इसी काम के लिये था।''

''आगे-पीछे का कोई वास्ता नहीं?''

''हां।''

''एक बार का वास्ता भी कैसे बना?''

''हमपेशा होने की वजह से। जैसे आप लोगों ने मुझे तलाश लिया, उन्होंने भी तलाश लिया।''

''वो ठग थे?''

''हां।''

''जो कि तू भी है?''

''हां-हां।''

''स्कीम किसकी थी?''

‘‘उन्हीं की थी।’’

‘‘तू क्यों शामिल था?’’

‘‘क्योंकि तीन जनों के किये होने वाला काम था। इसलिये उन्हें मेरी उम्र के, मेरी किस्म के एक आदमी की जरूरत थी।’’

‘‘फिर तो तू भाड़े का टट्टू हुआ!’’

‘‘यही समझ लो।’’

‘‘क्या भाड़ा मिला?’’

मनोहर लाल हिचकिचाया।

‘‘झूठ बोला तो गोली मार दूंगा, हरामजादे।’’

‘‘ए . . . एक हिस्सा।’’

‘‘बराबर का?’’

‘‘हां।’’

‘‘भाड़े के टट्टू को बराबर का हिस्सा?’’

‘‘मेरी कंडीशन थी। जिद थी।’’

‘‘तीन हजार डॉलर तेरे हिस्से आये?’’

‘‘हां।’’

‘‘निकाल।’’

‘‘यहां नहीं हैं।’’

‘‘आज पांचवां दिन है।’’ – रहेजा बोला – ‘‘अब तक ये इतनी बड़ी रकम साथ लिये फिर रहा होगा?’’

‘‘ठीक।’’ – पसारी बोला।

‘‘फिर भी’’ – घोष व्यग्र भाव से बोला – ‘‘तलाशी लेने में क्या हर्ज है?’’

उसकी बारीक तलाशी ली गयी, जूते भी उतरवाये गये, लेकिन एड़ी की तरफ किसी की तवज्जो न गयी। बटुवे में जो दो हजार रुपये के करीब की रकम थी, वो किसी की दिलचस्पी का मरकज न बनी।

‘‘सौ-सौ डॉलर के तीस नोट तेरे हिस्से में आये।’’ – पूछा गया – ‘‘कहां हैं?’’

‘‘डॉलर नहीं हैं।’’ – मनोहर कांपती आवाज में बोला।

''क्या! क्या बोला?''

''रुपये हैं।''

''ओह! कनवर्ट करा लिये?''

''हां।''

''साले, छियालीस से ऊपर का रेट चल रहा है।''

''मेरे को तिरतालीस के करीब का रेट मिला। कसमिया कहता हूं।''

''हूं। तो एक लाख तीस हजार रुपये तेरे पास हैं।''

''सवा। पांच खर्च लिये।''

''कहां हैं?''

''मेरे घर पर।''

''पता बोल।''

उसने बोला।

उनमें आपस में खुसर-पुसर हुई।

''हम तेरे साथ तेरे घर चल रहे हैं।'' – फिर कोई बोला – ''वहां से वो रकम बरामद न हुई तो तू बहुत बुरी मौत मरेगा। कार में बैठ।''

सब कार में सवार हुए।

कार मुगल बाग और फिर आगे मालवा हाउस पहुंची।

मनोहर लाल उन्हें दूसरी मंजिल पर स्थित अपने फ्लैट में लेकर गया।

मनोहर लाल ने बड़ी शराफत से पांच-पांच सौ के दो सौ पचास नोट उनकी नजर किये।

उन्होंने फ्लैट की तलाशी फिर भी ली लेकिन और कोई रकम वहां से बरामद न हुई।

''अंगूठी उतार।'' – हुक्म मिला।

उसने हुक्म की तामील की।

''बटुवे की रकम इधर कर।''

उसने वो काम भी किया।

''अपने जोड़ीदारों का – आदमी और औरत का – हुलिया बोल।''

उसने गलत हुलिया बयान किया।

''नाम सच में तुझे मालूम नहीं?''

''नहीं मालूम।'' – मनोहर लाल दयनीय स्वर में बोला – ''मैं कोई नाम बोल भी दूंगा तो कैसे जानोगे कि गलत नाम न बोले!''

''तेरी मजाल नहीं हो सकती।''

''नहीं हो सकती। तभी तो . . .''

''उन्होंने बताये नहीं?''

''मैंने पूछे ही नहीं। नामों से मैंने क्या लेना था! स्कीम उनकी थी, तैयारी उनकी थी, मैंने तो महज कुछ मिनट का एक रोल उसमें अदा करना था। नाम जानकर मैं क्या करता!''

''आइंदा काम आने के लिये!''

''आइंदा वास्ता पड़ता तो पूछ लेता।''

''थे इसी शहर के?''

''मेरे खयाल से नहीं। एक बार उनके मुंह से लखनऊ का जिक्र निकला था। उनका लहजा भी उधर का ही था। मेरे खयाल से तो वो सोमवार को ही इधर से निकल लिये होंगे।''

''तू क्यों टिका रहा?''

''मेरी बद्‌किस्मती। मैंने भी वो समझदारी दिखाई होती तो इस वक्त आप लोगों से दुर्गत न करा रहा होता।''

''स्साला! किस्मत को रोता है। तेरे को उम्मीद थी हम तुझे ढूंढ़ निकालेंगे?''

''नहीं।''

''जरूरत पड़ी तो फिर ढूंढ़ निकालेंगे, भले ही पाताल में जा छुपना।''

''अब . . . अब क्यों . . . अब किसलिये? रकम तो मैंने लौटा दी!''

''तूने लौटा दी। दो तिहाई रकम अभी बाकी है जिसकी वसूली हम करके रहेंगे। लेकिन'' – बोलने वाले का स्वर हिंसक हो उठा – ''अगर हमें पता लगा कि तूने कोई गलतबयानी की है, कोई पुड़िया थमाने की कोशिश की है तो दूसरी बार तेरा क्या हश्र होगा, ये बताने की जरूरत है?''

''नहीं।''

''तेरा अंजाम बुरा होगा, कर्नल के बच्चे, तू जान से जायेगा। रसीद चौकस कर।''

बुलडोजर की ठोकर जैसा एक घूंसा मनोहर लाल के जबड़े पर पड़ा।

वो फर्श पर ढेर हो गया, तत्काल उसकी चेतना लुप्त हो गयी।

विकास हर्नबी रोड पहुंचा।

पहले मिसेज सिम्पसन के गैस्ट हाउस में पार्किंग की कोई व्यवस्था नहीं थी। वहां रहने वालों में से तब किसी के पास अगर कार थी तो तो वो उसे सड़क पर फुटपाथ के साथ खड़ी करते थे। लेकिन जब से अनैक्सी बनी थी, अनैक्सी के कम्पाउंड में ही कार पार्किंग मुमकिन थी।

उसने कम्पाउंड में दीवार की ओर मुंह करके कार खड़ी की और उसे चौकसी से लॉक करके बाहर निकला।

उसने कदम आगे बढ़ाया ही था कि एक साया करीबी कारों की ओट से निकला और उसके सामने आ खड़ा हुआ।

विकास थमककर खड़ा हुआ।

फिर उसने साये को पहचाना।

''अरे, खलीफा!'' – वो सकपकाया-सा बोला – ''इस वक्त!''

''आना पड़ा।'' – मनोहर लाल परेशानहाल लहजे से बोला – ''तेरी खातिर आना पड़ा।''

''क्या बात है! और ये शक्ल को क्या हुआ? सूजी हुई लग रही है।''

''किसी का हथौड़े जैसा हाथ पड़ा। और भी बहुत कुछ हुआ।''

''क्या? क्या?''

मनोहर लाल ने बताया।

''हे भगवान!'' – सुनकर विकास हाहाकारी लहजे से बोला – ''उन लोगों को तुम्हारी खबर कैसे लगी?''

''आसानी से तो न लगी! यकीनन गहरी रिसर्च का नतीजा था। लगता है उनकी तलाश की कामयाबी में हर शाम किसी न किसी बार में जानी वॉकर

ब्लैक लेबल की शर्त लगाने वाले रौबदार मूंछों वाले रिटायर्ड कर्नल के किरदार का भी हाथ था।''

''हो सकता है। ये बात पहले कभी न सूझी?''

''पहले कभी इस बात का कोई रोल नहीं बना था। पहले मेरा उसूल था कि जिस शहर में मैं अपने किसी कारनामे को अंजाम देता था, उसमें नहीं टिकता था। इस बार कोताही हुई जिसका खामियाजा भुगतना पड़ा। तेरी वजह से हुई, लड़के।''

''मेरी वजह से?''

''तेरा भी तो यही उसूल था, तू यहां टिक गया तो मैं भी टिक गया।''

''लेकिन मैं तो . . . मैं तो . . .''

''गृहस्थ बनने चला है। इसलिये औकात भूल गया। हकीकत को नजरअंदाज किया . . .''

''अब प्रॉब्लम क्या है?''

''तेरे को नहीं दिख रहा? उन लोगों को तेरी और शबनम की तलाश है।''

''वो हमें कभी नहीं ढूंढ़ पायेंगे। जैसी बात को उन्होंने तुम्हारी तलाश का जरिया बनाया, वैसी हमारे पर कोई लागू नहीं।''

''तुझे क्या पता?''

''दूसरे, शबनम नर्सिंग होम में है, मैं उसे छोड़ के कैसे जा सकता हूं!''

''देख, मेरा काम, मेरा फर्ज तुझे वॉर्न करना था जो कि मैंने कर दिया। आगे तू खुद सयाना है, रोटी को चोची नहीं कहता है, इसलिये तू जाने तेरा काम जाने। मैं तो निकल रहा हूं।''

''क्या!''

''मैंने फ्लैट छोड़ भी दिया है, वहां से अपना सामान समेट भी लिया है।''

''लेकिन अब तुम्हें क्या खतरा है! तुमने पैसा लौटा तो दिया! वो तुम्हारा पीछा छोड़ तो गये!''

''फिर पकड़ लेंगे।''

''क्या?''

''पीछा, और क्या?''

''लेकिन क्यों?''

''क्योंकि पांच-पांच सौ के जो नोट उन्होंने मेरे से वसूले हैं, वो नकली हैं।''

''क्या!''

''मेरे किसी और प्रोजेक्ट में काम आने वाले थे इसलिये मेरे पास थे। कल तक उन नोटों की हकीकत उन पर उजागर हो जायेगी, फिर वो मेरे पर कहर बनकर टूटेंगे, इसलिये मेरा आज ही, अभी कूच कर जाना जरूरी है।''

''तुमने उन्हें नकली नोट भेड़ दिये!''

''मेहनत की कमाई को ऐसे कैसे लुट जाने देता!''

''लेकिन तुम तो कहते हो कि धमका के गये कि पाताल से खोद निकालेंगे!''

''सब कहने की बात हैं। पाताल खोदेंगे तो जानेंगे।''

''ऐसा!''

''हां। लड़के, इस बार मैं इसलिये फंस गया क्योंकि मुझे इमकान नहीं था कि मेरे पर ऐसा वार होगा। अगली बार ऐसा कुछ नहीं होने वाला। यकीन कर मेरा। लेकिन तू अपना खयाल कर।''

''वॉर्निंग का शुक्रिया, खलीफा, मैं खबरदार रहूंगा।''

''चलता हूं।''

''कहां जाओगे?''

''अभी सोचा नहीं, अभी अहमतरीन काम यहां से निकलना है।''

''तुम्हारे पीछे लगा कोई यहां तो नहीं पहुंचा?''

''मेरे को इस बात का पूरा अंदेशा था। इसलिये मैंने पूरी एहतियात बरती थी। लड़के, मैं तेरे को खतरे से खबरदार करने आया हूं, तेरे लिये खतरा बनने नहीं आया।''

''सॉरी।''

''शब्बो से मिल के नहीं जा सकता। उसको मेरा बाय बोलना।''

''जरूर। खलीफा, एकाएक जा रहे हो इसलिये वो तुम्हें बहुत मिस करेगी।''

''मजबूरी है।''

"मेरे लायक कोई सेवा? कैसी भी?"

"अभी कोई जरूरत नहीं। पड़ेगी तो खबर करूंगा।"

वो उससे गले लग के मिला और फिर जैसे अंधेरे में से प्रकट हुआ था, वैसे ही अंधेरे में विलीन हो गया।

भारी मन से विकास अनैक्सी की इमारत में दाखिल हुआ।

रहेजा की मनोहर लाल तक पहुंच और उससे रकम की वसूली उसे किसी चमत्कार से कम नहीं जान पड़ती थी। उस वाकये ने उसके किरदार को और भी रहस्यमय बना दिया था।

अब लाख रुपये का सवाल था कि क्या ऐसी ही पहुंच वो विकास और शबनम तक भी बना सकता था!

उसे वो बात मुमकिन न लगी।

शबनम पम्प का चक्कर लगा चुकी थी और सतीश चावला के रूबरू हो चुकी थी, खुद वो रहेजा से उसके ऑफिस में जाकर मिल चुका था और बाकायदा तकरार मोल ले चुका था। अगर वो सब एक ही थैली के चट्टे-बट्टे थे तो जैसे मनोहर लाल शिनाख्त में आया था, वैसे किसी की तवज्जो उनकी तरफ भी जानी चाहिये थी।

अपने सुइट का प्रवेश द्वार खोलकर वो भीतर दाखिल हुआ। उसने अपने पीछे दरवाजा बंद किया, बिजली के दो स्विच ऑन किये और कोट उतारकर लापरवाही से सोफे पर डाला।

वो आगे बैडरूम की ओर बढ़ा तो बीच की चौखट पर ही ठिठक गया। न जाने क्यों उसे फिजा भारी लगने लगी।

वहम था। उसने अपने आपको तसल्ली दी – मनोहर लाल की आमद का सस्पेंस था। उसे नाहक लग रहा था कि वहां कोई था, आगे बैडरूम के अंधेरे में कोई छुपा हुआ था, वो किसी ऐसे शख्स की निगाह का मरकज था जिसकी आंखें अंधेरे की आदी हो चुकी थीं।

"कौन है?" – वो कर्कश स्वर में बोला – "कौन है वहां?"

खामोशी! सन्नाटा!

उसने बीच का दरवाजा पूरा खोला और आंखे फाड़कर भीतर झांका।

वहां रोशनी के अभाव में भी उसे अहसास हुआ कि भीतर कोई नहीं था।

तभी उसे अपने पीछे हल्की-सी सरसराहट की आवाज सुनायी दी, लेकिन इससे पहले कि वो पीछे घूम पाता, एक भीषण प्रहार उसकी कनपटी पर पड़ा। उसके मुंह से एक घुटी हुई कराह निकली और घुटने मुड़ने लगे। तभी किसी की बांह सांप की तरह उसकी गर्दन से लिपटी और उसका धराशायी होने को तत्पर शरीर स्थिर हुआ। बांह उसकी श्वास नलिकाओं पर कसने लगी। पकड़ से छूटने को वो तड़फड़ाने लगा, हाथ-पांव पटकने लगा। यूं हवा में चलते एक हाथ की पकड़ में एकाएक हमलावर की गुद्दी आ गयी। उसने अपनी पकड़ मजबूत की और पूरी शक्ति संचित करके उसे धोबी पाट दिया।

हमलावर धड़ाम से उसके सामने फर्श पर गिरा।

विकास ने अपनी उखड़ती सांसों पर काबू पाया और अब उठने की कोशिश करते हमलावर पर जुस्त लगायी। उसके जिस्म के भार के नीचे दबा हमलावर फिर धाराशायी हुआ लेकिन जल्दी ही सम्भला और उसने नीचे से यूं हूल दी कि विकास गेंद की तरह उछलकर परे गिरा। हमलावर फिर उस पर झपटने की जगह झुका-झुका ही बाहर को लपका। विकास ने गिरे-गिरे ही हवा में हाथ चलाये तो उसका एक टखना उसके हाथ में आ गया। उसकी पकड़ में ही हमलावर का जिस्म फिरकी की तरह घूमा, उसका हाथ अपनी एक जेब में घुसा, बाहर निकला और फिर कोई भारी नोकीली चीज विकास की खोपड़ी से टकराई।

विकास की चेतना लुप्त हो गयी।

शनिवार : छठा दिन

विकास की आंख खुली तो उसने नर्स लारा को अपने पर झुके पाया।

यानी वो फिर नर्सिंग होम में था।

नर्स मुस्कराई, सीधी हुई।

''ये तो मुझे अहसास है'' – वो बोली – ''कि मैं आपको कुछ ज्यादा ही भा गयी हूं, लेकिन मेरे करीब पहुंचने के लिये ऐसी पैंतरीबाजी की क्या जरुरत थी जिसमें जान जाते बचे?''

''पसंदीदा शै पर'' – विकास जबरन मुस्कराया – ''कुर्बान होने के लिये कोई कुर्बानी बड़ी नहीं।''

''लाइन मार रहे हो?''

''हां।''

वो हड़बड़ाई, फिर फौरन संजीदा हुई।

''कनपटी की खैरियत है'' – फिर बोली – ''लेकिन खोपड़ी पर आठ टांके आये हैं।''

''दिल पर कितने?''

''वो तो मरम्मत से बाहर चकनाचूर है।''

''च च च।''

''मिस्टर गुप्ता, मेरे को वो आशिक पसंद है जिसकी टूट-फूट की सात साल की गारंटी हो।''

''मजाक कर रही हो।''

''वो क्या आप ही को आता है!''

''ओह!''

''नर्सिंग मेरा पैशन है। मैं इस धंधे में मर्जी से हूं, न कि किसी मजबूरी की वजह से। अपने पेशेंट्स को चियर अप करके रखना मेरा फर्ज होता है। ऐसा उनकी

क्विक रिकवरी में सहायक सिद्ध होता है। मैं अपने हर पेशेंट के साथ ऐसे ही पेश आती हूं जैसे कि आपके साथ आ रही हूं। कुछ समझे?''

''नहीं।''

''मेरी मुस्कराहट – आपकी निगाह में डैजलिंग, कातिलाना – आप के ट्रीटमंट का हिस्सा है।''

''ओह!''

''मैं मैरिड हूं और मेरा हस्बैंड आपसे कहीं ज्यादा गबरू जवान है।''

''मैडम, दिल में नश्तर चुभोया, अब कम से कम उसे उमेठो तो नहीं।''

वो खामोश रही।

''मैं यहां कैसे पहुंचा?''

''वैसे ही जैसे मंगल को पहुंचे थे।''

''कर्टसी माई नेबर मिस चंद्रा दवे?''

''हां। आपकी खुशकिस्मती से वो नाइट शो में पिक्चर देखने गयी थी। लौटने पर आपके दरवाजे के आगे से गुजरी तो उसने उसे खुला पाया। भीतर झांका तो आपको फर्श पर ढेर पाया। फौरन उसने पुलिस को फोन किया।''

''यानी कि पुलिस को इस वाकये की खबर है?''

''उन्होंने ही आपको यहां पहुंचाया था।''

''ओह!

''आपको अपनी नेबर का शुक्रगुजार होना चाहिये। हुए तो न होंगे।''

''अभी नहीं।''

''क्यों? खबूसूरत नहीं है? नौजवान नहीं है?''

''मौका न लगा।''

''क्योंकि लाइन मारने से फुरसत न लगी!''

''अब मेरी पोजीशन कैसी है?''

''अच्छी है।''

''तो मैं यहां क्यों हूं? पुलिस का हुक्म है?''

''नहीं। उन्होंने इस बाबत जो कार्यवाही करनी थी, रात को ही कर ली थी।

अलबत्ता आपको किसी इंस्पेक्टर जिले सिंह के पास पेश होने को बोलकर गये हैं। फालोड?''

''यस।''

''अभी आप यहां आराम के लिये हैं।''

''शेर अर्ज है।''

''इरशाद!''

''न मिला है न मिलेगा मुझे आराम यहां।'' – विकास भरसक तरन्नुम में बोला – ''मैं मुसाफिर हूं मेरी सुबह कहां शाम कहां।''

''अच्छा शेर है। किसी ट्रक से पढ़ा?''

''टैम्पो पर से। उम्दा शेर ट्रकों पर, टैम्पो पर, रिक्शाओं पर ही लिखे होते हैं।''

''लोग बाग नाहक शेरो-शायरी की किताबें खरीदते हैं।''

''ये भी कोई कहने की बात है! एक तो फिजूल का खर्चा करते हैं, ऊपर से किताबों में से अच्छे, मनपंसद शेर छांटने पड़ते हैं, ट्रकों वगैरह पर तो छंटे-छटाये शेर दर्ज होते हैं। पढ़ते ही मुंह से वाह निकलती है।''

''किताब हमेशा पास होती है, ट्रक के पीछे से कोई शेर फटाफट न पढ़ा जा सके तो टैक्सी करके उसके पीछे दस मील जाना पड़ सकता है।''

''है तो सही ये प्रॉब्लम!''

''सी यू, मिस्टर गुप्ता।''

''अभी रुको जरा।''

वो ठिठकी, उसने प्रश्नसूचक नेत्रों से विकास की तरफ देखा।

''पिछली बार जब मैं यहां भरती था तो ब्रेकफास्ट में मुझे कॉर्न फ्लोर, दूध, दलिया और एक सूखा टोस्ट मिलता था। इस बार तो तुम खुद ही कहती हो कि मेरा इतना बुरा हाल नहीं . . .''

''बैटर ब्रेकफास्ट चाहते हैं?''

''बैटर न हो, तरीके का तो हो!''

''तरीके का तो वही था। जिसकी आपने मिट्टी छील दी।''

''तो कम तरीके का सही। सैकेंड क्लास आदमी के लिये सैकंड क्लास

ब्रेकफास्ट सही।''

''क्या चाहते हैं?''

''मसाला ऑमलेट। डबल। बटर टोस्ट। जैम। सॉसेज। कॉफी।''

''नो सॉसेज।''

''ओके। नो सॉसेज।''

सहमति में सिर हिलाती वो चली गयी।

तभी शबनम ने वहां कदम रखा।

''तुम!'' – वो हैरानी से बोला।

''और क्या मेरी आत्मा!'' – वो बोली – ''समझते हो कि मर के चुड़ैल बन गयी मैं!''

''मरें तेरे दुश्मन। लेकिन नर्सिंग होम से . . .''

''छुट्टी मिल गयी।''

''ओह!''

''उस वक्त तुम्हारी वहां मौजूदगी की उम्मीद कर रही थी लेकिन तुम वहां नहीं थे। तुम्हारे गैस्ट हाउस में फोन किया तो मिसेज सिम्पसन से मालूम हुआ कि फिर यहां पहुंचे हुए थे। विकी, ये तुम्हारे पर तीसरा हमला है . . .''

''चौथा।''

''क्या?''

विकास ने उसे कार में बम की बाबत बताया।

''तौबा!'' – शबनम नेत्र फैलाती बोली।

उसने उसे मनोहर लाल की बाबत भी बताया।

''हे भगवान! ऐसे कैसे बीतेगी?''

''देखेंगे। ऊखल में सिर है तो मूसल तो पड़ेंगे ही।''

''हमें खलीफा वाला रास्ता अख्तियार करना चाहिये।''

''यहां से खिसक चलना चाहिये?''

''हां।''

''क्योंकि यहां खतरा है?''

''जाहिर है। चार बार तुम्हारी जान लेने की कोशिश हो चुकी है। एक दफा मैं मरने से बची हूं। दुश्मन की कामयाबी की कभी तो पहल होगी!''

''तुम्हारे साथ नहीं होगी।''

''क्यों भला? मैने अमृत पिया है?''

''तुम्हारी गैरहाजिरी मैं मैंने दो काम किये हैं। एक तो तुम्हारे फ्लैट पर ऐसा लॉकिंग सिस्टम नया लगवाया है जिसे किसी का बाप नहीं खोल सकता।''

''मेरा बाप – खुदा उसे जन्नतनशीन करे – भी नहीं खोल सकता?''

''तुम खोल सकती हो। ये चाबी पकड़ो।''

''और?''

''दूसरे, मैंने तुम्हारे कम्पलैक्स के मैनेजर को बोला है कि वहां जो भी यूनिट आइंदा खाली हो, वो मेरे को दिया जाये।''

''तुम वहां रहोगे?''

''हां।''

''मेरी पहरेदारी के लिये?''

''जाहिर है।''

''तुम्हारी पहरेदारी कौन करेगा?''

''तुम करना।''

''अंधे ने अंधे को रास्ता दिखाया, दोनों खो गये।''

विकास हंसा।

''मेरे करीब रहने में मेरी कोई भलाई समझते हो तो बिल्कुल ही करीब क्यों नहीं रहते?''

''क्या मतलब?''

''मेरे ही फ्लैट में रहो। इस बाबत वहां कोई पाबंदी तो है नहीं!''

''वो वक्त भी आयेगा।''

''बहुत कुत्ती चीज हो।''

''अब क्या हुआ?''

''मेरे करीब रहोगे तो जानते हो कोई और ही पहरेदारी हो जायेगी।''

‘‘अब छोड़ वो किस्सा। और बता कि कैसे तू गैस का शिकार बनी!’’

‘‘गैस का न बनी, किसी की कलाकारिता आ बनी। गैस का तो मुझे कुछ पता ही न चला। नर्सिंग होम में होश आने पर ही पता चला कि क्या हुआ था।’’

‘‘क्या हुआ था? क्यों तुझे गैस की सूंघ न लगी?’’

‘‘क्योंकि गैस से पहले मैं किसी और वजह से होश खो चुकी थी।’’

‘‘और कौन सी वजह? कुछ कह भी तो सही अब!’’

तभी ब्रेकफास्ट पहुंच गया।

जिसे दोनों ने शेयर किया।

‘‘दोपरहबाद मैं फ्लैट पर थी’’ – फिर वो बोली – ‘‘जबकि एक डोर टू डोर सेल्सगर्ल वहां पहुंची थी जो कि एक फेमस ब्रांड के कॉस्मैटिक्स कम्पनी की सेल्स प्रोमोशन के तहत फिफ्टी पर्सेंट डिस्काउंट पर बेच रही थी। मैंने उसे भीतर बुला लिया। उसने मुझे कॉस्मैटिक्स का रेंज दिखाना शुरू किया। अच्छी लड़की थी, अच्छे घर की जान पड़ती थी इसलिये मैंने उसे कॉफी ऑफर की। कॉफी के दौरान मैंने कुछ परफ्यूम, शैम्पू और लिपस्टिक्स पंसद कीं।’’

‘‘कॉफी किसने बनायी?’’

‘‘मैंने बनायी, और कौन बनाता!’’

‘‘सर्व कहां की?’’

‘‘ड्राइंगरूम में। जहां कि मैंने उसे बिठाया था।’’

‘‘कॉफी सर्व करने के बाद तू उसके करीब से उठ के गयी थी?’’

‘‘हां, गयी थी।’’

‘‘क्यों?’’

‘‘वो बोली वो कॉफी में चीनी ज्यादा पीती थी, मैं उठकर किचन से उसके लिये चीनी लेने गयी थी।’’

‘‘तभी उसने काफी में कुछ मिला दिया। जैसे कि नींद की गोली।’’

‘‘हो सकता है।’’

‘‘हो सकता है नहीं, यही हुआ। तू गैस से पहले किसी और वजह से होश खो बैठी थी तो और वजह और क्या हो सकती थी?’’

''तुम्हारी बात ठीक है लेकिन मैंने उसे रुखसत करके खुद दरवाजा भीतर से बंद किया था। गोली की वजह से – अगर वो वजह थी – मेरी बेहोशी के दौर में वो गैस ऑन करने के लिये भीतर क्योंकर घुसी?''

''इसके दो जवाब मुमकिन हैं।''

''क्या?''

''एक तो ये कि वो ताले खोल लेने में माहिर थी . . .''

''अरे, शक्ल से वो बिल्कुल ऐसी नहीं लगती थी। वो तो कोई कॉलेज स्टुडेंट जान पड़ती थी जो कि पार्ट टाइम में वो काम पकड़े हुई थी।''

''शक्ल से क्या पता लगता है! शक्ल से मैं ठग लगता हूं? तू ठग की संगिनी लगती है? मनोहर लाल सिवाय मिलिट्री ऑफिसर के कुछ और लगता है? सोहल नाम का वो शख्स जिसको हम मुम्बई छः करोड़ का ड्राफ्ट देने गये थे, लगता था कि एक दुर्दान्त हत्यारा था जिसने सिंगल हैंडिड मुम्बई से आर्गेनाइज्ड क्राइम के तमाम महंतो का नामोनिशान मिटा दिया था?''

''ठीक है तुम्हारी बात। दूसरा जवाब क्या?''

''यही कि तूने मेनडोर को उसके पीछे बंद ही किया था, लॉक नहीं किया था। दरवाजे को अंदर से लॉक करने के लिए बिल्ट इन लॉक का जो बटन दबाया जाता है, वो दबाना तू भूल गयी थी।''

''वो बटन मैं हमेशा, परमानेंट दबा हुआ रखती हूं।''

''उसने तेरी आंख बचाकर उसे अनदबा कर दिया होगा।''

''खामखाह!''

''उसमें स्प्रिंग एक्शन होता है, दबाओ तो दब जाता है, फिर दबाओ तो वापिस बाहर निकल आता है। दरवाजे पर ठिठककर क्या तूने उससे कोई बातचीत की थी?''

''की तो थी! उसने की थी। मेरे से पूछने लगी थी कि क्या मैं उसे अपनी किन्हीं फ्रेंड्स के पते बता सकती थी जिनकी कि उन कॉस्मैटिक्स को खरीदने में दिलचस्पी हो!''

''बस! तभी उसने हाथ की सफाई दिखाई और तेरे से छुपाकर वो बटन

ऑपरेट कर दिया।''

''हो तो नहीं सकता।''

''तो फिर वो हवा बनकर चाबी के छेद में से वापिस भीतर दाखिल हुई। ये तो हो सकता है न! ईजी!''

''बहरहाल वो फिर भीतर आयी और गैस ऑन कर गयी!''

''हां। यूं ही हुआ था वो काम। इसके सिवाय और कोई एक्सप्लेनेशन मुमकिन नहीं।''

''थी कौन वो?''

''तू बता। इतनी देर वो तेरे पास ठहरी, उसका हुलिया, कद-काठ वगैरह बयान कर।''

उसने किया। बहुत बारीकी से, याद कर-करके किया।

''ये तो'' – विकास बोला – ''उसी औरत का हुलिया जान पड़ता है जिसने मेरे पर गोली चलाई थी।''

''अच्छा!''

''हां।''

''लेकिन वो तो कॉलेज स्टूडेंट जान पड़ती थी!''

''जान पड़ने से क्या होता है। ड्रैस और मेकअप से – या लैक ऑफ मेकअप से – दस साल का फर्क पैदा हो सकता है।''

''हूं। कौन पड़ा है हमारी जान के पीछे?''

''वही जिसे कत्ल के गवाह के तौर पर मेरा छुट्टा घूमना गवारा नहीं।''

''रहेजा?''

''उसकी पीठ पर हो सकता है। हर जगह प्रत्यक्ष या परोक्ष में उसका दखल दिखाई देता है। जैसे वो लोग मनोहर लाल से पेश आये, उससे तो लगता है कि ये रहेजा बिल्डर-विल्डर कुछ नहीं है, कोई गैंगस्टर है जिसने उस बिजनेस को अपना फ्रंट बनाया हुआ है।''

''जैसे तुम पीडी के बिजनेस को अपना फ्रंट बनाना चाहते हो?''

''हां।''

‘‘उस बात पर याद आया। मेरे साथ जो गुजरी, उससे पहले मैजेस्टिक सर्कल पर मैंने एक छोटा सा ऑफिस देखा था जो कि फर्निश्ड उपलब्ध है, टेलीफोन भी लगा हुआ है।’’

‘‘किराये पर!’’

‘‘हां।’’

‘‘कितना किराया।’’

‘‘बारह हजार रुपये।’’

‘‘ज्यादा है।’’

‘‘मैंने तो बोर्ड भी बनने दे दिया . . .’’

‘‘मजाक कर कर रही हो।’’

‘‘. . . विज़िटिंग कार्ड भी छपवा लिये।’’

‘‘छपने दे दिये?’’

‘‘छपवा लिये। ये देखो।’’

अपने हैंडबैग से निकालकर उसने विज़िटिंग कार्ड्स का एक प्लास्टिक का बॉक्स पेश किया।

विकास ने उसमें से एक कार्ड निकालकर उसका मुआयना किया। लिखा था :

सेठी एण्ड गुप्ता।
प्राइवेट इनवैस्टिगेटर्स
एग्जीक्यूटिव पार्टनर : विकास गुप्ता
एसोसियेट : शबनम सेठी
फ्लैट 204, हिमाचल हाउस
3, मैजेस्टिक सर्कल, राजनगर

कार्ड पर चार टेलीफोन नम्बर दर्ज थे।

‘‘ये फोन नम्बर?’’ – वो हैरानी से बोला – ‘‘वो भी चार-चार?’’

‘‘ठीक से पढ़ो।’’ – वो बोली – ‘‘एक तुम्हारे घर का है, एक मेरे घर का है; एक तुम्हारे मोबाइल का है, एक मेरे मोबाइल का है।’’

''कमाल है!''

''कार्ड पर जितने ज्यादा फोन नम्बर हों'' – वो शान से बोली – ''फर्म का उतना ही ज्यादा रौब बनता है।''

''लेकिन ये नम्बर . . .''

''फिलहाल चलेंगे। बाद में जब ऑफिस में फोन लग जायेगा तो नये कार्ड छपवा लेंगे। सारा सौ रुपये का तो मेला है।''

''फिर भी जल्दी क्या थी?''

''मुझे शौक चर्राया था कार्ड रखने का। अब छोड़ो ये किस्सा और अभी और सुनो।''

''और क्या सुनूं?''

''कूपर रोड पर जहां मैं रहती हूं, तुम्हें मालूम ही है कि वो जगह ट्रांजिट कम्पलैक्स है जहां होटल की तरह लोगबाग आते-जाते रहते हैं। जैसे मेरी सेफ्टी के लिये तुम्हें वहां नया लॉकिंग सिस्टम लगवाना पड़ा, वैसे मुझे भी एक बात सूझी है।''

''क्या?''

''मैं ये जाहिर कर सकती हूं कि मैं अब वहां नहीं रहती।''

''कैसे?''

''मेरा नाम शबनम सेठी है लेकिन तकरीबन लोग मुझे शब्बो बुलाते हैं। शब्बो शबाना का संक्षिप्त रूप ज्यादा मालूम होता है। वहां लॉबी में फ्लैट्स के आकूपेंट्स का जो इंडेक्स लगा हुआ है, और जो बीसेक पर्सेंट को छोड़कर निरंतर बदलता रहता है, आज से वहां मेरा नाम शबनम सरीन की जगह शबाना सेठी होगा। इससे ये जाहिर होगा कि वहां रहती शबनम सरीन फ्लैट छोड़ गयी और उसकी जगह शबाना सेठी आ गई।''

''लेकिन मैनेजर को तो मालूम होगा कि तुम वहीं हो और तुम्हारा नाम शबाना सेठी नहीं, शबनम सरीन है!''

''उसको समझाना मेरा काम। आगे मेरी दरख्वास्त पर सिक्योरिटी स्टाफ को समझाना उसका काम।''

‘‘हूं।’’

‘‘बोलो, क्या कहते हो?’’

‘‘ठीक है। तुम ये सब ऑर्गेनाइज कर सकती हो . . .’’

‘‘कर सकती हूं।’’

‘‘. . . तो करो।’’

‘‘शाम तक हो गया समझो। अब क्या इरादा है?’’

‘‘मुझे यहां से छुट्टी मिल चुकी है लेकिन अब मैंने – बल्कि हीरे की वजह से हमने – इंस्पेक्टर जिले सिंह की हाजिरी भरनी है।’’

‘‘ओके।’’

‘‘मुबारक हो।’’ – इंस्पेक्टर जिले सिंह बोला।

शबनम और विकास दोनों की भवें उठीं।

‘‘किस बात की?’’ – विकास बोला।

‘‘अरे भई, दोनों अपने पैरों पर खड़े हो वर्ना किसी ने तुम्हें हमेशा के लिये लिटा देने की कहां कसर छोड़ी थी!’’

‘‘अच्छा, वो!’’

‘‘अब बारी-बारी बोलो, क्या हुआ था?’’

पहले शबनम ने और फिर विकास ने अपनी आपबीती सुनायी।

‘‘मैडम को तो तुमने बचा लिया’’ – इंस्पेक्टर बोला – ‘‘लेकिन तुम्हें तो, मेरे भाई, तुम्हारी तकदीर ने बचाया। तुम तो अमृत पिये हो!

‘‘मजाक कर रहे हैं।’’

‘‘काहे को? अरे, चाकू के हमले से बच गये, प्वायंट ब्लैंक चली गोलियों से बच गये, बारूद से बच गये, रात के हमले से बच गये, कैसे बच गये? कोई बात है न तुम्हारे में! कुछ बात है कि हस्ती मिटती नहीं तुम्हारी।’’

‘‘शायरी छोड़िये। सब इत्तफाक है।’’

‘‘ऐसे इत्तफाक भी तो हर किसी के साथ नहीं होते!’’

‘‘हीरे की बाबत क्या कहते हैं?’’

''हीरा! हां। मैंने उस बाबत काफी सोच-विचार किया है लेकिन मैं बतौर क्लू उसका कहीं कोई इस्तेमाल नहीं सोच पाया हूं इसलिये सोचता हूं कि वो तुम्हें वापिस लौटा दूं।''

''जी!''

''लौटाये जाने की बात सुनकर हैरानी हुई?''

''जनाब, पुलिस वाले की जुबानी सुनकर हैरानी हुई।''

''सोचा था मैं हज्म कर जाऊंगा क्योंकि पुलिस वाला हूं?''

''अब क्या बोलूं, जनाब!''

''मैं कर भी जाता अगरचे कि लाखों का होता।''

''ऐसा नहीं है?''

''नहीं।''

''आपने उसे जंचवाया है?''

''और क्या उस बाबत मुझे कोई इलहाम हुआ है या मैं खुद पारखी हूं?''

''सॉरी।''

''है हीरा ही?'' – शबनम बोली – ''ग्लास तो नहीं?''

''नहीं, ग्लास नहीं है, हीरा ही है लेकिन एक्सपर्ट का कहना है कि निहायत मामूली आइटम है। हीरे की पहचान उसके तीन गुणों से होती हैं जिन्हें कहते हैं कट, कलर और क्लैरिटी। वो हीरा तीनों तरह से कमजोर है।''

''फिर भी हीरा है तो कुछ तो वेल्यू होगी?''

''हां। समझ लो आठ दस-हजार रुपये।''

''और वो आप हमें लौटा रहे हैं!''

''एक शर्त के साथ।''

''ओह! शर्त है!''

''तुम्हें अखबार के 'खोया पाया' कॉलम में उसकी बाबत अपनी तरफ से एक विज्ञापन देना होगा कि वो तुम्हें फलां जगह पड़ा मिला था, जिस किसी का वो हो, वो उस पर अपनी मिल्कियत साबित करके ले जाये। अगर कोई लेने पहुंच गया तो वो ही पुलिस के काम की बात बनेगी।''

''आई सी।''

''कोई पहुंच गया तो तुम्हें क्या करना होगा, जानते हो या तुम्हें समझाने की जरूरत है?''

''उसे अटकाये रखकर उसकी बाबत आपको खबर करना होगा।''

''बिल्कुल!''

''मैं तो ये भी जानता हूं कि उसे क्या करना होगा?''

''क्या! क्या बोला।''

''उसे आकर मेरा और शबनम का गला रेतना होगा, बस।''

''इश्तिहार में पता न देना'' – इन्सपेक्टर फिर बोला – ''खाली अपना फोन नम्बर देना। लैंडलाइन का। मैं उस लाइन के टेप किये जाने का इंतजाम कर दूंगा। हीरे की बाबत कोई तुम्हें फोन करेगा तो वो तभी गिरफ्तार कर लिया जायेगा। अब ठीक है?''

विकास ने हिचकिचाते हुए सहमति में सिर हिलाया।

''संजय चकोर की क्या पोजीशन है?'' – फिर पूछा।

''पोजीशन हॉरीजंटल है। लाश मोर्ग में पड़ी है क्योंकि उसका कोई क्लेमेंट सामने नहीं आया है।''

''आज छठा दिन है। अब तक कोई नहीं आया तो अब क्या आयेगा!''

''एकाध दिन और देखेंगे, फिर लाश किसी स्वयंसेवी संस्था के सुपुर्द कर देंगे जो उसका अंतिम संस्कार करा देगी।''

''मैं ये कहना चाहता था कि वो हीरा क्लेम करने के लिये उठ के कैसे खड़ा होगा?''

''क्या?''

''हीरा उसकी मिल्कियत हो सकता था।''

''ऐसा कोई सबूत सामने नहीं।''

''जो अंगूठी वो पहने था, उसमें नग की जगह खाली थी।''

''इतने से हीरा उसकी मिल्कियत साबित नहीं होता।''

''आप हीरे को खांचे में लगा के देखते, फिट बैठता दिखाई देता तो . . .''

''बच्चे पढ़ा रहे हो?''

''नहीं।''

''या इश्तिहार देने की जिम्मेदारी से बच रहे हो?''

''ऐसी कोई बात नहीं।''

''तो खत्म करो ये किस्सा। और जो कहा है, करो।''

''ठीक है। बारूद की छड़ों से कुछ पता लगा?''

''लगता। अगरचे कि'' – उसका लहजा सख्त हो उठा – ''उन्हें हैंडल करने की अहमकाना हरकत तुमने न की होती।''

''सॉरी!''

''अब क्या सॉरी!''

विकास खामोश रहा।

''छड़ों पर कई टाइप के फिंगरप्रिंट्स हैं लेकिन तमाम के तमाम ऐसे गड्ड-मड्ड हैं कि कोई भी शिनाख्त के काबिल नहीं। लेकिन एक और जगह से हम कुछ प्रिंट्स उठाने में कामयाब हुए हैं जिन्हें हमारे एक्सपर्ट ने शिनाख्त काबिल पाया है।''

''कहां से?''

उत्तर देने से पहले इंस्पेक्टर शबनम की तरफ घूमा।

''तुमने जब भीतर से रैस्टरूम का दरवाजा खोला था'' – वो बोला – ''तो जाहिर है कि मूठ पकड़कर ही खोला होगा!''

''हां।'' – शबनम बोली।

''हाथ को खून लगा?''

''लगा। मूठ पर जो खून लगा हुआ था वो मेरे हाथ को लगा।''

''तो क्या किया?''

''धो डाला।''

''फिर दरवाजा कैसे खोला?''

''मूठ को पेपर नैपकिन से पकड़कर खोला।''

''मेरा भी यही खयाल था, क्योंकि जब हम वहां पहुंचे थे, एक पेपर नैपकिन हमें मूठ से चिपका मिला था। वो मूठ के बहुत ही छोटे से हिस्से पर चिपका हुआ

था, बाकी पर से फिंगरप्रिंट्स उठाने में हमें कामयाबी मिली थी। हमारा एक्सपर्ट कहता है कि वो प्रिंट्स तीन टाइप के थे। अब जबकि जाहिर है कि तुमने मूठ को हैंडल किया था तो एक टाइप तो तुम्हारे प्रिंट्स की ही होगी। उसको खारिज करने के लिये हमें तुम्हारे फिंगरप्रिंट्स की जरूरत होगी। कोई ऐतराज?''

शबनम ने हिचकिचाते हुए इनकार में सिर हिलाया।

''तुम्हें?'' – वो विकास से सम्बोधित हुआ।

''लेकिन'' – विकास हड़बड़ाया – ''मैंने तो मूठ को हैंडल नहीं किया था। मेरे को तो दरवाजा कातिल ने ही खोला था जबकि मैं उसके साथ वहां से निकला था।''

''एहतियात के तौर पर क्या हर्ज है?''

''ठीक है फिर।''

दोनों के फिंगरप्रिंट्स लिये गये।

उसके बाद फिंगरप्रिंट्स एक्सपर्ट का काम शुरू हुआ।

उसने रिपोर्ट दी कि शबनम का केवल एक – तर्जनी उंगली का – प्रिंट मूठ पर से उठाये गये प्रिंट्स से मिलता था।

''आपको'' – विकास बोले बिना न रह सका – ''बाकी प्रिंट्स से संजय चकोर के फिंगरप्रिंट्स भी चैक करने चाहियें।

इंस्पेक्टर ने घूरकर विकास की तरफ देखा।

''लगता है कर चुके हैं।'' – विकास दबे स्वर में बोला।

''ये भी लगता होगा कि मैं यहां इंस्पेक्टर की नहीं, क्लर्क की नौकरी कर रहा हूं, चपरासी की नौकरी कर रहा हूं!''

''सॉरी!''

''मूठ पर एक अंगूठे का प्रिंट चकोर का भी पाया गया है।''

''जनाब, ये तो अपने आप में चकोर की वहां हाजिरी का सबूत है!''

''लेकिन हाजिरी के वक्त का नहीं। सिर्फ प्रिंट से वहां हुए कत्ल की हाजिरी लगती हो तो फिर तो ये भी कातिल हो सकती है।''

''इसका अंगूठा नहीं कटा हुआ। ये ऐसी अंगूठी नहीं पहनती जिसमें नग की

जगह खाली हो।''

''अरे, मेरे भाई, ये सम्भावना मेरे जेहन में है कि वहां अगर कोई कत्ल हुआ था तो वो चकोर ने किया था लेकिन इश्तिहार फिर भी देना है। समझे कि नहीं समझे?''

''समझा।''

''उसके जवाब में अगर कोई हीरे का दावेदार सामने आया तो हम उससे सवाल करेंगे कि वो लाश का भी दावेदार क्यों नहीं है!''

''ओह!''

''अभी आयी बात समझ में। और फिर अभी तीन में से दो किस्म के प्रिंट्स की शिनाख्त हुई है, तीसरी किस्म की शिनाख्त होना अभी बाकी है। फिर बोलो ''ओह''।''

विकास खामोश रहा।

इंस्पेक्टर फिर फिंगरप्रिंट्स एक्सपर्ट की ओर आकर्षित हुआ। उसने उसको पुलिस रिकॉर्ड में उपलब्ध नोन क्रिमिनल्स के फिंगरप्रिंट्स से उनके मिलान का लम्बा और विकट काम शुरू करने के हुक्म के साथ रुखसत किया।

फिर इंस्पेक्टर ने सम्पर्क बनाये रखने के सख्त आदेश के साथ और सावधान रहने के मशवरे के साथ उन दोनों को भी रुखसत किया।

दोनों बाहर निकले।

मुगलबाग में हैडक्वार्टर के करीब ही एक रेस्टोरेंट था जहां उन्होंने लंच का फैसला किया। वे रेस्टोरेंट में दाखिल हुए तो उन्होंने उसे फुल पाया। तभी एक वेटर ने संकेत से बोला कि ऊपर बाल्कनी में भी सीटिंग अरेंजमेंट था। वो दोनों निचले हॉल में से ऊपर को जाती अर्धवृत्ताकर सीढ़ियों के दहाने पर पहुंचे। वो उन पर कदम रखने ही लगे थे कि उन्हें ऊपर से नीचे आती एक महिला दिखाई दी। उसे रास्ता देने के लिये दोनों एक और हट गये। सीढ़ियों के घुमाव से नीचे आती विकास को सबसे पहले उसकी सुडौल टांगें दिखाई दीं जो कि उसकी स्कर्ट में से घुटनों से ऊपर तक झलकीं। फिर उसकी निगाह उसकी सैंडलों पर पड़ी।

स्टिलेटो कहलाने वाली हाई हील वाली लाल सैंडलें।

विकास के नेत्र फैले।

महिला रेस्टोरेंट के दरवाजे को धकेलकर बाहर निकल गयी।

''क्या हुआ?'' – शबनम बोली।

''ये . . . ये . . .'' – विकास बोला – ''वही औरत थी जिसने मेरे पर गोली चलाई थी।''

''क्या बात करते हो!''

''मैं उसकी सैंडलों को नहीं भूल सकता। मैं गिरा था तो उसके कदमों में ढेर हुआ था, तब उसके पांव ऐन मेरी आंखों के सामने थे और बेहोश होने से पहले मैंने कुछ देखा था तो उसकी सैंडलें ही देखी थीं। तू ऊपर जाके बैठ, मैं आता हूं।''

वो बगूले की तरह वहां से बाहर निकला और फुटपाथ पर पहुंचा।

उसकी व्याकुल निगाह फुटपाथ के दायें-बायें और फिर सड़क के पार दौड़ी।

वो कहीं नहीं थी।

लेकिन क्या ये इत्तफाक था कि वो तभी वहां से रुखसत हुई थी जबकि वो भीतर दाखिल हुए थे?

नहीं – उसके दिल ने गवाही दी। बाल्कनी से रेस्टोरेंट के ग्लास डोर से, ग्लास विंडोज से बार झांका जा सकता था और बाहर धूप की रोशनी होने की वजह से भीतर से बाहर का नजारा बाखूबी किया जा सकता था। उस औरत ने जान बूझकर अपनी वहां से रुखसती को यूं टाइम किया था कि वो भीतर दाखिल होते, तभी वो उनकी बगल से गुजरकर वहां से निकलती। धूप से भीतर आने वाले की आंखें चौंधियाई होने की वजह से उसे भीतर तत्काल स्पष्ट दिखाई देना नहीं शुरू हो सकता था। इसी बात का उस औरत ने फायदा उठाया था और वहां से निकलकर पता नहीं कहां गायब हो गयी थी।

ये महज इत्तफाक था कि अपनी मंगलवार रात वाली सैंडलें वो उस रोज भी पहने थी और जरूर ये बात उसकी कल्पना से परे थी कि उसकी शिनाख्त उसकी खास सैंडलों से भी हो सकती थी।

वो वापिस रेस्टोरेंट में दाखिल हुआ।

शबनम नीचे ही एक कोने की टेबल पर बैठी हुई थी, उसने जोर-जोर से हाथ

हिलाकर उसका ध्यान अपनी तरफ आकर्षित किया।

विकास उस टेबल पर पहुंचा और उसके करीब बैठ गया।

''नहीं मिली?'' – शबनम बोली।

विकास ने मायूसी का इजहार करते हुए इनकार से सिर हिलाया।

''तुम्हारी सूरत से ही लग रहा था। पक्की बात है वो वही औरत थी?''

''हां।''

''जिसे तुमने सूरत से नहीं, सैंडलों से पहचाना?''

''हां।''

''वैसा एक ही जोड़ा बना होगा! खास उस औरत के लिये!''

''मैं कुछ नहीं जानता। मेरा दिल कहता है वो वही औरत थी जिसने मेरे पर गोलियां चलाई थीं।''

''सैंडलों की वजह से।''

''हां हां हां।''

''नाराज क्यों होता है, मेरे झुनझुन!''

विकास खामोश रहा।

''उस वाकये के चार दिन बाद'' – शबनम बोली – ''आज वो खास तुम्हारी सहूलियत के लिये वो सैंडलें पहनकर निकली!''

''तू पागल है। ऐसी फू-फां वाली औरतों के पास दर्जनों जोड़े सैडलें होती हैं, उन्हें क्या याद रहता है उन्होंने कौन से दिन कौन सा जोड़ा पहना?''

''उसने तुम्हें जूतियों के ही काबिल समझा इसलिये उन्हीं का दीदार कराया, थोबड़ा आज भी न दिखाया।''

''बकवास न कर।''

''बीयर दिखाई दे, फिर तुम्हारी मन की मुराद पूरी करती हूं।''

विकास ने बीयर का ऑर्डर दिया।

साथ ही लंच का भी ऑर्डर दिया।

''जल्दी क्या है?'' – शबनम ने विरोध किया।

''मेरे को है जल्दी।'' – विकास बोला – ''अब तू मेरी बात सुन।''

''सुनाओ।''

''यहां से तू सीधे कूपर रोड जायेगी और अपने फ्लैट में टिक के बैठेगी। जब तक मैं न लौटूं, तू किसी को दरवाजा नहीं खोलेगी, खास तौर से किसी सेल्समैन को।''

''मैं नहीं।''

''अरे, तुझे रैस्ट की जरूरत है।''

''तुम्हें नहीं है? गोलियों से छलनी हो, सिर में सौ टांके लगे . . .''

''सौ?''

''ढेर तो लगे न! तुम्हें आराम की ज्यादा जरूरत है या मुझे?''

''तुझे। मर्द का क्या है, मर्द तो गिरता-पड़ता ही रहता है।''

''इतने गिरे हुए हो?''

''क्या कहती है! गिरता-पड़ता होना और गिरा होना एक ही बात होती है?''

''नहीं होती?''

''नहीं होती।''

''तभी तुम 'साथी हाथ बढ़ाना' कहने की जगह मुझे घर भेज रहे हो।''

तभी वेटर बीयर ले आया।

दोनों ने चियर्स बोला।

''तुम क्या करोगे?'' – फिर शबनम ने पूछा।

''करूंगा कुछ।''

''अपनी ममी के बिना कर सकोगे?''

''जब ममी नर्सिंग होम में पड़ी थी तब भी तो कुछ कर ही रहा था!''

''मां का सिर कर रहे थे। इतनी अक्ल तो है नहीं कि औरत का कौन-सा सिरा पहले देखते हैं!''

''शट अप!''

''शट अप के खसम, ये बात मैंने इसलिये कही थी कि जब तुम्हारी निगाह उसकी सैंडलबोसी कर रही थी, तब मेरी निगाह उस पर भटकी थी क्योंकि औरत औरत को यूं जरूर देखती है।''

"क्या देखा था?" – विकास उत्सुक भाव से बोला।

"आंखें चौंधियाई होने की वजह से उसकी सूरत तो मेरे भी पल्ले नहीं पड़ी थी लेकिन इतना मुझे फिर भी दिखाई दिया था कि उसके बाल स्याह काले थे, कटे हुए थे, लेकिन फिर भी कंधों तक आते थे, कद में साढ़े पांच फुट के करीब थी और बढ़िया बनी हुई थी। आवर ग्लास फिगर, यू नो।"

"ये सब तूने देखा?"

"खास नहीं देखा, औरत औरत को न देखते हुए भी यूं देखती ही है इसलिये देखा।"

"कुढ़ रही है। जल के कह रही है।"

"मेरी जूती जलती है।"

विकास हंसा, फिर संजीदा हुआ।

"अब खत्म कर ये किस्सा।" – फिर बोला।

"क्यों?"

"पूछती है क्यों? क्योंकि मैं कह रहा हूं।"

"तुम क्यों कह रहो हो?"

"मैं क्यों कह रहा हूं! अरे, आई एम युअर लार्ड एण्ड मास्टर!"

"यू आर?"

"आफकोर्स आई एम!"

"फिर तो आज्ञा शिरोधार्य, प्राणनाथ।"

विकास की फिर हंसी निकल गयी।

लाल सैंडलों वाली औरत जब रेस्टोरेंट के बगल के शू स्टोर से निकली तो तब वो लाल सैंडलों की जगह एक बहुत कम हील वाली बैली पहने थी। उसके हाथ में एक प्लास्टिक बैग था जिसमें मौजूद बैली के डिब्बे में उसकी सैंडलें बंद थीं।

उस घड़ी विकास और शबनम रेस्टोरेंट से बाहर निकले।

और थोड़ी देर बाद उसने विकास को एक जेन पर और शबनम को एक टैक्सी पर सवार होकर वहां से जाते देखा।

वो फुटपाथ पर आगे बढ़ी।

रास्ते में एक म्यूनिसपैलिटी का डस्टबिन था, बिना ठिठके जिसमें उसने हाथ में थमा बैग डाल दिया।

विकास लिंक रोड से और आगे आकाशदीप चैम्बर्स पहुंचा।

उस वक्त तीन बजने को थे।

रहेजा के ऑफिस में उसकी सैक्रेट्री देविका दत्ता एक स्टूल पर पांव फैलाये, कुर्सी पर अधलेटी सी बैठी कोई फिल्मी पत्रिका पढ़ रही थी।

उसका पोज ही बता रहा था कि उसका बॉस ऑफिस में नहीं था।

''हल्लो!'' – चेहरे पर फैंसी मुस्कराहट लाता विकास गुप्ता मीठे स्वर में बोला – ''गुड आफ्टरनून।''

वो स्टूल पर से पांव हटाकर सीधी हुई, मैगजीन परे करके उसने आगन्तुक पर निगाह डाली, तत्काल उसके चेहरे पर शिनाख्त के भाव आये।

''कल तुम मेरे लिये लंच मंगाने लगी थीं, फिर शाम की चाय। मैं लंच और शाम की चाय के वक्त के बीच में आया हूं, इस वक्त क्या मिलेगा?''

वो जबरन मुस्कराई।

''क्या चाहते हैं, मिस्टर गुप्ता?'' – फिर बोली।

''तुम्हारे बॉस से मिलने के अलावा यहां आ के कोई और क्या चाह सकता है?''

''रहेजा साहब तो चले गये!''

''लौट के आयेंगे?''

''आज तो नहीं आयेंगे! मेरे लायक कोई सेवा हो तो बताइये!''

''है तो सही!''

''क्या?''

''तुम्हारे साथ एक कप कॉफी पीना चाहता हूं।''

''किस फिराक में हैं?''

''तुम्हारे से दोस्ती करने की फिराक में हूं।''

''कमाल है! इतनी डायरेक्ट, इतनी अबरप्ट लाइन मारने वाला न मैंने कभी देखा, न सोचा, न सुना।''

''मेरी मजबूरी है।''

''क्या?''

''मेरे पास टाइम का तोड़ा है।''

''क्यों भला?''

''सोमवार से लेकर अब तक चार बार मुझे जान से मार देने की कोशिश की जा चुकी है। मेरे जैसे शख्स की जिंदगी का क्या भरोसा?''

''फेंक रहे हैं!''

''नहीं, सच कह रहा हूं। कसम उठवा लो। दो हमलों का सबूत तो मैं अभी पेश कर सकता हूं।''

''कीजिये।''

विकास ने उसे खोपड़ी दिखाई, उस पर लगे टांकों की बाबत बताया, गोली से छलनी बांह पेश की, अलबत्ता पसली का खाली जिक्र किया क्योंकि पसली पेश करने के लिये कपड़े उतारने पड़ते।

देविका के चेहरे पर हमदर्दी के भाव आये।

''छः बजे तक यहां मेरी मौजूदगी जरूरी है'' – वो बोली – ''इसलिये चाहकर भी मैं तुम्हारे साथ कहीं कॉफी पीने नहीं चल सकती।''

''ओह!''

''लेकिन तुम्हें कॉफी यहीं पिला सकती हूं।''

''कैसे?''

''बैठो। मालूम पड़ता है।''

विकास उसकी टेबल के सामने एक कुर्सी पर बैठ गया। वो उठी और बाजू का एक दरवाजा खोलकर उसके पीछे कहीं गायब हो गयी।

थोड़ी देर बाद जब लौटी तो उसके हाथ में एक ट्रे थी जिस पर कॉफी के भाप छोड़ते दो कप रखे हुए थे। वो वापिस अपनी सीट पर पहुंची, उसने कॉफी सर्व की।

''क्या चाहते हो?'' – फिर वो संजीदगी से और कदरन आत्मीयता से बोली।

''छोटी-मोटी जानकारी चाहता हूं।'' – विकास लहजे में फरियाद घोलता बोला।

''उससे क्या होगा?''

''जानबख्शी की कोई सूरत पैदा होगी।''

''हूं।''

''मेरे को कोई छोटी-मोटी जानकारी मुहैया कराना तुम्हारे लिये सबाब का काम होगा।''

''मसलन क्या?''

''मसलन तुम्हारे बॉस के घर का पता। कहां रहता है?''

''ये तो मामूली बात है, डायरेक्ट्री देखी होती!''

''सोचा, उसमें कई रहेजा दर्ज होंगे। कंफ्यूजन होगा।''

''कोठी नम्बर 4, जॉर्जटाउन।''

''थैंक्यू।''

''और बोलो।''

''कभी संजय चकोर का नाम सुना?''

उसने कुछ क्षण सोचा, फिर इनकार से सिर हिलाया।

''सतीश चावला का?''

''सुना।''

''जो जसलपुर रोड के करीब के निझाला फिलिंग स्टेशन नाम के पैट्रोल पम्प का मालिक है?''

''हां।''

''चावला उस पम्प का ओरीजिनल अलॉटी नहीं है, उसने हाल में, कुछ महीने पहले, उसे ओरीजिनल अलॉटी से खरीदा था। मैं ये जानना चाहता था कि खरीद-फरोख्त का ये डील तुम्हारे बॉस ने कराया था?''

वो हिचकिचाई।

''या इस बाबत तुम्हें कुछ मालूम नहीं?''

''मालूम तो है लेकिन . . . लेकिन सोच रही हूं कि जो मालूम है, वो तुम्हें बताना चाहिये या नहीं!''

''सबाब के काम में सोच कैसी?''

''होम करते हाथ जलने की मसल कहीं मेरे पर ही लागू न हो जाये!''

''ऐसा नहीं होगा। मैं गारंटी करता हूं।''

''तुम्हारी गांरटी को आई.एस.आई. मार्क मिला हुआ है?''

विकास ने आहत भाव से उसकी तरफ देखा।

''सॉरी!'' – वो बोलो।

विकास ने हाथ बढ़ाकर उसका हाथ थाम लिया और बोला – ''मैं बहुत धार्मिक आदमी हूं। कसम खा के अधर्म का काम नहीं करता। तुम जिसकी मर्जी कसम उठवा लो, मेरी वजह से तुम्हें कोई परेशानी नहीं होगी।''

''मुझे तुम्हारी बात पर एतबार है।''

''थैंक्यू।''

''हाथ छोड़ो, कोई आ जायेगा।''

विकास ने एक बार दबा के हाथ छोड़ा।

''हां'' – वो बोली – ''रहेजा साहब ने वो डील करवाया था। उस डील की वजह से मुझे बड़ी उलझन हुई थी।''

''वजह?''

''पैट्रोल पम्प के खरीदार उस शख्स की हैसियत तो पैट्रोल खरीदने की नहीं जान पड़ती थी।''

''अच्छा!''

''हां। एक बार रहेजा साहब को अच्छे मूड में पाकर मैंने ये बात उनसे चलाने की कोशिश की थी। वो जिक्र आते ही उनका अच्छा मूड हवा हो गया था और उन्होंने मुझे सख्ती से कहा था कि मैं अपने काम से काम रखा करूं।''

''ऐसा होना तो नहीं चाहिये था। आखिर वो शख्स – सतीश चावला- एक ग्राहक ही तो था जिसने बाजरिया रहेजा साहब एक प्रॉपर्टी खरीदी थी! तुम्हारी बातों से तो यूं लगता है कि जैसे कि उन दोनों में कोई खास ही टांका फिट हो।

अब इस बाबत कुछ पता लगे तो कैसे लगे!''

वो खामोश रही।

''तुम कोई तरीका सुझा सकती हो?''

उसने इनकार में सिर हिलाया।

''इतनी जल्दी जवाब न दो। कई बार कई बातें गहरे सोच-विचार के बाद सूझती हैं। तुम सोचना इस बाबत। कभी कुछ सूझे तो मुझे फोन करना। करोगी?''

''सूझेगा तो करूंगी।''

विकास ने अपनी ताजातरीन मिल्कियत अपना एक विजिटिंग कार्ड उसे सौंपा।

उसने कार्ड पर निगाह डाली, उसके चेहरे पर हैरानी के भाव आये।

''तुम डिटेक्टिव हो?'' – वो बोली।

''प्राइवेट।'' – विकास मुस्कराता हुआ बोला।

''तभी खोद-खोदकर इतने सवाल पूछ रहे थे!''

''सवाल तो खैर अपनी खातिर, अपनी जानबख्शी की खातिर ही पूछ रहा था।''

''हूं।''

''मैं तुम्हें विश्वास दिलाता हूं कि तुम्हारी-मेरी कम्युनिकेशन की तुम्हारी एम्पलायर को भनक भी नहीं लगेगी। ओके?''

उसने सहमति में सिर हिलाया।

''देख लो, मैंने तुम्हारा कोई ज्यादा टाइम नहीं लिया!''

उसकी निगाह स्वयंमेव ही अपनी कलाई घड़ी की ओर उठी।

तत्काल उसके नेत्र फैले।

कलाई पर घड़ी नहीं थी।

घबराये अंदाज से उसने मेज पर इधर-उधर देखना शुरू किया।

''क्या ढूंढ़ रही हो?'' – विकास सहज भाव से बोला।

''घड़ी।''

''वो तो यहां है।'' – विकास ने उसे घड़ी दिखाई।

वो सख्त हैरानी से कभी घड़ी को तो कभी विकास की सूरत को देखने लगी।

''लाओ, पहना दूं।'' – विकास बोला और उसकी कलाई पर घड़ी बांधने लगा।

''क्यों किया?''

''ताकि मैं तुम्हें मेरे पीठ फेरते ही न भूल जाऊं।''

''कैसे किया?''

''वे मुश्किल सवाल है, ये बताने की फीस लगती है जो कि मैं तुमसे चार्ज नहीं कर सकता इसलिये'' – वो बड़े मीठे अंदाज में मुस्कराया – ''जाता हूं। कॉफी का शुक्रिया।''

मंत्रमुग्ध सी वो उसे विदा होता देखती रही।

विकास जसलपुर रोड सतीश चावला के पैट्रोल पम्प कर पहुंचा।

उस बार उसने कार को सड़क के पार कहीं ओट में ले जाकर रोकने की जगह सीधे पम्प के सामने ले जाकर रोका।

अखिलेश ऑफिस से बाहर निकला और उसके करीब पहुंचा।

''मुझे पहचाना?'' – विकास बोला।

अखिलेश ने सहमति में सिर हिलाया।

''मैं कल भी आया था।''

''तभी तो पहचाना!''

''कहां हैं चावला साहब? आज भी नहीं आये?''

''हां।''

''मेरा मैसेज दिया?''

''मिलते तो देता न!''

''कल सुबह से तुम्हारी उनसे मुलाकात नहीं हुई?''

''नहीं हुई?''

''मालूम ही नहीं वो कहां है?''

''हां।''

''ऐसा अक्सर होता है?''

''कभी नहीं होता। पहली बार हुआ है।''

''पीछे कोई इमरजेंसी आ जाये तो तुम मामू से कहां कॉन्टैक्ट करोगे?''

उसे अनभिज्ञता से कंधे उचकाये।

''मेरा पैगाम याद है न?''

''याद है।''

''कॉन्टैक्ट भी हो तो बोलना।''

''कॉन्टैक्ट?''

''शायद कहीं से फोन ही आ जाये। नहीं?''

''हां।''

''शाबाश!''

लम्बी ड्राईव के बाद विकास जॉर्जटाउन पहुंचा।

जॉर्जटाउन शहर से कदरन बाहर नदी किनारे बसा एक शांत, रमणीक इलाका था जहां कि अधिकतर आबादी क्रिश्चियंस की थी।

वहां उसकी तलाश एक सफेद रंग की दोमंजिला कोठी पर जाकर खत्म हुई।

आयरन गेट खोलकर वो भीतर दाखिल हुआ, उसने मेन रोड पर जाकर उसकी पैनल में लगी कॉलबैल बजाई।

एक मेड ने दरवाजा खोला।

''रहेजा साहब से मिलना है।'' – विकास बोला – ''घर पर हैं?''

''देखती हूं।'' – वो बोली।

''देखती हो! तुम्हें मालूम नहीं वो घर हैं या नहीं है?''

''देखती हूं।''

विकास को चौखट पर खड़ा छोड़कर वो भीतर कहीं चली गयी।

दो मिनट बाद वो वापिस लौटी।

''साहब घर पर नहीं हैं।'' – वो बोली।

''साहब ने बोला वो घर नहीं हैं?''

''मैंने बोला, साहब।''

''मेमसाहब? वो हैं घर पर?''

''नहीं, साहब।''

''क्योंकि वो सच में नहीं हैं, इसलिये उनको पूछने जाने की जरूरत नहीं कि वो घर पर हैं या नहीं!''

''साहब, आप कैसी बातें करते हैं?''

''तुम बोलो, तुम कैसी बातें करती हो? या वो भी मैं बोलता हूं। तुम ऐसी बातें करती हो कि साहब घर पर हैं लेकिन वो किसी से मिलना नहीं चाहते।''

''साहब, साहब ने साफ बोला है वो किसी के लिये भी घर पर नहीं हैं।''

''वैसे हैं कहां?''

''साहब, मैंने बोला न . . .''

''मैं तुम्हारे जितना चतुर सुजान नहीं इसलिये तुम्हारी बात मेरी समझ में नहीं आ रही है। मोटे तौर पर जो समझ में आया, वो ये है कि साहब घर पर नहीं हैं। अब तुम ये बताओ कि घर पर होते तो कहां होते?''

''अपनी स्टडी में।''

''वो कहां है?''

उसने पीछे हॉल के सिर के एक बंद दरवाजे की ओर इशारा किया।

विकास ने मेड को बांह पकड़कर एक ओर किया और भीतर दाखिल होकर दृढ़ कदमों से बंद दरवाजे की ओर बढ़ा।

''साहब!'' – मेड व्याकुल भाव से बोली – ''साहब . . .''

''बोलना, मेरे पास तोप थी जो मैंने तुम पर तान दी थी।''

उसने बंद दरवाजे पर पहुंचकर उसे खोला और भीतर कदम रखा।

वो एक विशाल ऑफिस टेबल के पीछे चमड़ा मंढ़ी सिंहासन जैसी कुर्सी पर बैठा था। उस पर निगाह पड़ते ही वो उछलकर खड़ा हुआ।

''तुम्हारी ये मजाल! – वो भड़का – ''दफा हो जाओ वर्ना मैं पुलिस को फोन करता हूं।''

''कल भी आप पुलिस को फोन करते थे!''

''ऑफिस की और बात थी। ऑफिस का किसी हद तक पब्लिक प्लेस का दर्जा होता है। घर की बात और होती है।''

''कबूल। लेकिन अब जबकि मैं यहां तक पहुंच ही गया हूं तो कुछ बातों का, जो कि मुझे आपसे पिछली मुलाकात के बाद मालूम हुई हैं, जिक्र किये बिना नहीं टलने वाला, भले ही आप – इस बार सच में – पुलिस को फोन करें या मिलिट्री को।''

दांत भींचे उसने मेज पर पड़े फोन का रिसीवर उठाया।

''पुलिस ने रिसीवर में से निकलकर आपके सामने नहीं आ खड़े होना, इसलिये मेरी बात कहने से न मुझे आप रोक सकते हैं, न पुलिस।''

उसके दायें हाथ की तर्जनी उंगली की-पैड पर पड़ी।

''सतीश चावला वो शख्स है जिसने आपके वकील अरुण निझावन के ऑफिस में हुई चोरी को अंजाम दिया था।''

नम्बर पंच करने को तत्पर उसकी उंगली जैसे की-पैड पर फ्रीज हो गयी। उसने अपलक विकास की तरफ देखा।

विकास ने भी निडर भाव से वैसे ही उससे निगाह मिलाई।

उसके मुंह से एक आह निकली, उसने की-पैड पर से हाथ खींच लिया, रिसीवर को हौले से वापिस क्रेडल पर रख दिया और वापिस कुर्सी पर ढेर हो गया।

''क्या नाम बताया था तुमने अपना?'' – फिर बोला।

''विकास गुप्ता।'' – विकास सादर बोला।

''हां, विकास गुप्ता। क्या बातें करना चाहते हो? किस बाबत करना चाहते हो? कुछ पूछना चाहते हो या कुछ बताना चाहते हो?''

''दोनों।''

''क्यों?''

''क्योंकि मेरे सामने कुछ सवाल ऐसे हैं जिनका जवाब, मैं समझता हूं कि, मुझे आपसे ही हासिल हो सकता है।''

''मसलन?''

''मसलन सुनिये। मैं आप पर कोई इल्जाम नहीं लगा रहा लेकिन मुझे लगता है कि निझाला फिलिंग स्टेशन के असली मालिक आप हैं, वो प्रॉपर्टी बेनामी की खरीद है, सतीश चावला के जरिये जिसके आप मालिक बने हैं। उस प्रॉपर्टी पर मैंने अपनी आंखों के सामने एक आदमी का कत्ल होते देखा था। मेरा दिल दूसरी गवाही ये देता है कि आप जानते थे कि मकतूल कौन था या मकतूल आपकी बाबत जानता था या दोनों बातें थी। पम्प का कथित मालिक सतीश चावला बेनामी की खरीद में आपका मोहरा था तो आपका करीबी तो वो हुआ ही हुआ। अब आगे कहानी ये बनती है कि वो – आपका करीबी, सतीश चावला – आपके दूसरे करीबी आपके वकील के ऑफिस में चोरों की तरह दाखिल होता है और एक पहले से ही विकट और अबूझ स्थिति को और विकट, और अबूझ बना देता है। बात का लुब्बोलुआब ये है, जनाब, कि पिछले पांच दिनों में कुछ खास घटनायें ऐसे तरीके से घटित हुई हैं कि उनमें से हर किसी का तार सीधे या घेरा काटकर आपसे जुड़ा जान पड़ता है। ये एक बड़ी बात है जो कि बेवजह होती नहीं हो सकती।''

अपनी बातों का प्रभाव रहेजा पर देखने के लिये कुछ क्षण के लिये विकास ठिठका और फिर आगे बढ़ा – ''अब कोढ़ में खाज ये कि मुझे हर जगह आपकी हाजिरी का ही ये नतीजा जान पड़ता है कि आपसे हुई तल्ख मुलाकात के बाद दो बदमाशों ने मेरी कार के बोनट के नीचे बारूद लगाया और उसे इग्नीशन से जोड़ दिया ताकि मैं अपनी कार में आकर बैठता, इग्नीशन ऑन करता और मेरे और मेरी कार के परखच्चे उड़ जाते। और जब वो जलील हरकत कारगर साबित होती दिखाई न दी तो किसी ने मेरे घर पर छुपकर मेरे पर हमला कर दिया और मुझे मार डालने की कोशिश की। मैं अभी भी अचम्भे में हूं कि क्योंकर वो दोनों इतनी सॉलिड कोशिशें नाकाम हुईं!''

''तुम्हें एक्सप्लेनेशन चाहिये?''

''कुछ तो चाहिये ही!''

''अपने भाषण के शुरू में तुमने कहा कि तुम मेरे पर कोई इल्जाम नहीं लगा रहे हो। लेकिन इल्जाम तो बराबर लगा रहे हो। तभी तो तुम्हें सफाई चाहिये।''

''जनाब, वो क्या है कि . . .''

''मैं तुम्हें सफाई नहीं, सलाह देता हूं।''

''सलाह!''

''हां, सलाह! एडवाइस! मशवरा!''

''क्या?''

''लुका-छिपी का जो खेल तुम खेल रहे हो, उससे किनारा करो, अपने काम से काम रखो वर्ना लुहार की एक कभी तो पड़ेगी! हर कोई हमेशा बुलंदकिस्मत नहीं हो सकता। या हो सकता है?''

''क्या कहना चाहते हैं?''

''वो तो मैं कह चुका। बाकी रही मेरी बात तो मेरा दामन साफ था, साफ है और उसे आइंदा साफ रखने का ही मेरा इरादा है। मैंने तुम्हारी जिद के आगे हथियार डाले, तुम्हें अपने घर में घुसाया, बात करने का मौका दिया, बिन बुलाये मेहमान को रिसीव करने की जहमत उठाई, तुम्हारे इल्जामों से नाइत्तफाकी जाहिर की, अपनी पोजीशन साफ की, और क्या चाहते हो? अगर अभी भी तुम्हारी तसल्ली नहीं होती तो मेरे गले पड़ने की जगह पुलिस के पास जाओ, उन पर अपना ये रौशन खयाल जाहिर करो कि मैं मौत का सौदागर हूं, तुम्हारा हमलवार हूं। फिर जो होगा पुलिस करेगी। कुछ करने लायक नहीं पायेगी तो झूठी रपट लिखाने की एवज में तुम्हारी गर्दन थामेगी। यहां अंधेरे में तीर चलाकर तुम जो मकसद हल करना चाहते हो, वो सात जन्म लगे रहो, नहीं हल होने वाला। मक्खी किसी की नाक पर भिनभिनाकर उसके लिये असुविधा पैदा कर सकती है, खतरा नहीं बन सकती।''

''आपने मुझे मक्खी कहा?''

''एक मिसाल दी।''

''आपकी मिसाल सिर माथे लेकिन उससे पहले जो कहा, बेमानी कहा, उन सवालों को नजरअंदाज करके कहा, या नजरअंदाज करने के लिए कहा जिनके जवाब पाने की मैं आपसे उम्मीद कर रहा था। आपने इस बात का कोई माकूल जवाब नहीं दिया कि क्योंकर सतीश चावला जैसी मामूली हैसियत का शख्स

एक पैट्रोल पम्प पर इनवेस्ट करना अफोर्ड कर पाया! डील आपने कराया तो पेमेंट आपके जरिये, आपकी सुपरविजन में हुई होगी! कहां से आयी वो पेमेंट? मेरा जवाब ये है कि कहीं से न आयी। उसे कोई पेमेंट करनी ही न पड़ी। लेकिन पेमेंट तो हुई। हुई तो कहां से हुई! उसका जवाब तो प्रत्यक्ष है!''

''कैसे प्रत्यक्ष है?''

''जवाब मेरे सामने बैठा है। वो जो मुझे जिसका दामन उतना उजला नहीं जान पड़ता, जितना होने का उसका दावा है। जो मुझे लोहार की एक पड़ने की वॉर्निंग देता है। जो मुझे याद दिलाता है कि मेरी खुशकिस्मती हमेशा मेरा साथ नहीं दे सकती। जो मुझे अपनी आंखों के सामने हुए एक कत्ल को भूल जाने का मशवरा देता है क्योंकि उस कत्ल को उसके हुक्म पर अंजाम दिया गया था।''

''अरे, मेरे भाई, जुबानी जमाखर्च से एक जेबकतरे का इल्जाम साबित नहीं होता, तुम कत्ल का इल्जाम साबित करना चाहते हो! मेरे साथ ब्लफ खेलकर समझते हो कि किसी मुकाम पर पहुंच सकते हो!''

''मैं साबित कर सकता हूं।''

''करो।''

''वक्त आने पर करूंगा। करके रहूंगा।''

''लिहाजा अभी वक्त नहीं आया!''

''बद्किस्मती से – या आपकी खुशकिस्मती से – हां।''

''तो फिर चलते-फिरते नजर आओ। या अभी मेरे सब्र का और इम्तहान लेना चाहते हो! ऐसा है तो साफ बोलो ताकि मैं बी.पी. की एक गोली खा लूं।''

विकास ने एक गहरी सांस ली और असहाय भाव से गर्दन हिलायी।

''जाता हूं।'' – वो बोला – ''लेकिन एक आखिरी बात बोल कर।''

''वो क्या?''

''ब्लफ मैंने नहीं खेला, आपने खेला। और आप क्योंकि खेल के मेरे से कहीं ज्यादा तजुर्बेकार और शातिर खिलाड़ी हैं, इसलिये कामयाब हुए। बधाई।''

वो घूमा और लम्बे डग भरता वहां से बाहर निकल गया।

कार में पहुंचकर उसने पेट्रोल पम्प पर कॉल लगाई तो मालूम हुआ कि तब तक भी सतीश चावला न वहां लौटा था, न उसने कहीं से सम्पर्क किया था। उसने उसके घर का नम्बर दरयाफ्त किया और फिर उस नम्बर पर कॉल लगाई।

कोई जवाब न मिला।

एकाएक कहां गायब हो गया था वो शख्स!

वो रूपनगर पहुंचा।

चावला का फ्लैट उसने पूर्ववत् लॉक्ड पाया।

नाहक उसने कॉलबैल बजाई।

अपेक्षानुसार कोई जवाब न मिला।

उसके साथ-साथ उसकी बीवी का भी गायब होना हैरानी का बात थी।

वो ग्राउंड फ्लोर पर लौटा जहां कि उसने पार्किंग के एक पिलर के साथ एक मेज लगाये एक व्यक्ति को कपड़े प्रैस करते देखा था। उसने दूसरी मंजिल के सतीश चावला की बाबत उससे दरयाफ्त किया तो मालूम हुआ कि वो पति-पत्नी कोई एक साल से वहां रह रहे थे।

पति-पत्नी!

जिन्होंने अभी तीन दिन पहले विशालगढ़ में कोर्ट मैरिज की थी!

उसने एक बार फिर चावला के फ्लैट में दाखिल होने का और पहले से ज्यादा बारीक तलाशी लेने का फैसला किया।

वो वापिस फ्लैट के प्रवेश द्वार पर पहुंचा। स्टील की तार निकालकर उसने पहले की तरह फिर की-होल में फंसाया। तत्काल उसे अहसास हुआ कि लॉक के लिवर पहले ही मूव हुए हुए थे।

यानी कि ताला पहले ही खुला था।

उसने हैंडल को थामा और उसे घुमाकर दरवाजे को हल्का सा धक्का दिया।

दरवाजा चौखट से अलग हुआ।

यूं पैदा हुई झिरी में आंख लगाकर उसने भीतर झांका।

भीतर निपट अंधकार था।

इंच-इंच करके उसने दरवाजे को इतना सरकाया कि वो भीतर दाखिल हो पाता। सावधानी से उसने भीतर कदम रखा और अपने पीछे निःशब्द दरवाजा भिड़काया।

अब!

क्या भीतर कोई हो सकता था?

कोई रोशनी किये बिना?

घर के किसी बाशिंदे का भीतर कोई बत्ती जलाये बिना बैठे होने का मतलब!

नींद के हवाले होगा! शाम से रात हो गयी, होने की खबर न लगी होगी!

फोन आने की भी?

फोन खराब हो सकता। डैड फोन पर, वो जानता था, कॉल लगायी जाने पर घंटी बजने जैसी रिंग टोन सुनायी देती थी, घंटी नहीं बजती थी।

भीतर किसी के होने का आभास तो नहीं मिल रहा था!

क्या बड़ी बात थी?

जब संजय चकोर उसके सुइट में घुसा था तो क्या उसको उसके भीतर होने का आभास मिला था?

वो बात याद आने पर उसके जेहन में एक नया अंदेशा पनपा।

जैसा हमला उसने चकोर पर किया था, वैसा वहां उस पर भी तो हो सकता था!

कैसे हो सकता था – उसने अपने आपसे जिरह की – वो किसी की आमद के मामले में खबरदार था इसलिये उसके इस्तकबाल के लिये तैयार बैठा था, वहां तो किसी को उसकी खुफिया आमद का कोई इमकान नहीं था।

उसका दोबारा वहां घुसने की हिम्मत करना गलत था?

देखा जायेगा। – उसने अपने आपको तसल्ली दी – इस बार उसके मन में चोर तो नहीं था! दरवाजा उसने जबरन तो नहीं खोला था! वो तो पहले ही खुला था!

सावधानी से वो आगे बढ़ा।

ड्राइंगरूम के मध्य में पहुंचा तो उसके नथुनों से एक खुशबू टकराई।

नथुने फैलाकर सावधानी से उसने दो-तीन लम्बी सांसें खींची।

सेंट की – जनाना सेंट की – खुशबू।

उस हल्की सी खुशबू के अलावा फ्लैट का उस घड़ी का माहौल मरघट का सा था।

मरघट!

मरघट का नामुराद खयाल क्यों आया उसे!

पूर्ववत् सावधानी से चलता वो बैडरूम के दरवाजे पर पहुंचा। उसने हौले से उसे धकेला और आंखे फाड़-फाड़कर भीतर झांका। उसकी आंखें वहां के अंधेरे की आदी हुईं तो उसे अहसास हुआ कि बैड पर कोई था।

कोई हरकत नहीं, कोई जुम्बिश नहीं, मुर्दों से शर्त लगाकर कोई बैड पर सोया जान पड़ता था।

या था ही मुर्दा!

वो खतरनाक खयाल उसने जेहन में आते ही उसके जिस्म में झुरझुरी दौड़ गयी। हिम्मत करके वो आगे बढ़ा। उसने वहां की इकलौती खिड़की पर पड़ा भारी पर्दा व्यवस्थित किया और फिर बिजली का एक स्विच ऑन किया।

सतीश चावला बैड पर पीठ के बल पड़ा था। उसकी पथराई आंखें उसकी ईहलीला समाप्त हो चुकी होने की गवाही दे रही थीं। उसके गले में एक खूनआलूदा सुराख था और खून की चमक बता रही थी कि उसका कत्ल हुए कुछ ही मिनट हुए थे। कातिल उसकी आमद से थोड़ी ही देर पहले वहां से गया था और वो ही अपने पीछे फ्लैट का मेन डोर खुला छोड़ के गया था।

तौबा!

उसने जेब से रूमाल निकालकर बिजली के स्विच पर फेरा, बीच के दरवाजे के हैंडल पर फेरा और मेन डोर के अंदर बाहर के दोनों हैंडलों पर फेरा। उसने जेहन पर जोर देकर याद किया और फैसला किया कि और किसी चीज को उसने वहां नहीं छुआ था। तफ्तीश में उसके फिंगरप्रिंट्स मौकायवारदात से नहीं बरामद हो सकते थे।

मेन डोर को पूर्ववत् बंद करके वो वहां से रुखसत हुआ और बाहर सड़क पर जाकर अपनी कार में सवार हुआ।

अच्छा था कि उसने कार भीतर पार्किंग में ले जाने की जगह बाहर सड़क पर खड़ी की थी।

वो वहां से निकला और एक पब्लिक टेलीफोन बूथ पर पहुंचा। वहां से 100 नम्बर डायल करके और अपना लहजा मुम्बइया बनाकर उसने पुलिस को सतीश चावला के खूनी अंजाम की खबर दी।

विकास गैस्ट हाउस वापिस लौटा।

अपने सुइट का दरवाजा खोलकर वो भीतर दाखिल हुआ, उसने बिजली के कुछ स्विच ऑन किये और फिर आगे बैडरूम की तरफ बढ़ने की जगह वहीं थमककर खड़ा हो गया।

वहां के माहौल से ऐसा लगता था जैसे वहां दंगा होकर हटा हो। कोई चीज अपनी जगह नहीं थी। हर तरफ बेतरतीबी का बोलबाला था। सोफा सैट उधड़ा पड़ा था, उसकी गद्दियां फर्श पर ढेर थीं। वो बैडरूम में पहुंचा तो वहां उससे भी ज्यादा बुरा हाल पाया। वार्डरोब के कपड़े बैड पर थे, बैड की मैट्रेस फर्श पर थी, सिरहाने फटे हुए थे, वॉल कैबिनेट के दराज बाहर निकले हुए थे।

उसने गैस्ट हाउस की मालकिन मिसेज सिम्पसन को फोन किया।

''मिसेज सिम्पसन!'' – वो गुस्से से बोला – ''आप अभी, इसी वक्त मेरे पास आइये।''

''कौन बोलता है, मैन?''

''अनैक्सी से विकास गुप्ता बोलता है। फौरन मेरे सुइट में दर्शन दीजिये।''

''प्रॉब्लम क्या होना सकता?''

''प्रॉब्लम मैं नहीं बता सकता। प्रॉब्लम खुद अपने मुंह से बोलेगी। यू कम हेयर दिस मिनट।''

''आता है।''

दो मिनट में वो वहां पहुंची।

''मिसेज सिम्पसन'' – विकास गुस्से से भीतर हाथ लहराता बोला – ''ये क्या है?''

उसकी निगाह पैनी होती सुइट में फिरी, फिर उसके नेत्र फैले।

''बोले तो क्या किया सुइट को?'' – फिर बोली।

''मैंने किया?'' – विकास आंखें निकालता बोला।

''और कौन किया?''

''अरे, यही तो मैं जानना चाहता हूं! मैं अभी यहां आया हूं। यहां जो हुआ, मेरी गैरहाजिरी में हुआ। क्या इंतजाम है आपका? पहले कोई मेरे को स्टैब करने यहां घुस आया, फिर शूट करके चला गया, फिर गला घोंट के मारने को मेरे से पहले यहां मौजूद था। मैं पूछता हूं ये क्या हो रहा है?''

''आई एम सरप्राइज्ड, मैन, बट और किसी गैस्ट का साथ तो ऐसा कुछ नहीं होना सकता!''

''क्या? क्या बोला?''

''तुम्हीं कुछ पंगा किया होयेंगा जिसकी वजह से कोई तुम्हें ही स्पैशल करके टार्गेट बनाया।''

''यानी कि तमाम गलती मेरी है?''

''मैं ऐसा किधर बोला?''

''दो टूक नहीं बोला लेकिन बराबर बोला।''

''अभी क्या मांगता है?''

''ये मुझे बताना पड़ेगा?''

''मैं . . . मैं कुछ करता है।''

कुछ करने के नाम पर सबसे पहले जो उसने किया, वो वो न ही करती तो बेहतर होता।

उसने लोकल थाने में फोन करके पुलिस को बुला लिया।

एक ए.एस.आई. और एक हवलदार वहां पहुंचे।

उन्होंने सरसरी निगाह से सुइट का मुआयना किया और फिर विकास की तरफ आकर्षित हुए।

''आकूपैंट आप हैं?'' – ए.एस.आई. ने पूछा।

''हां।''

''नाम बोलिये।''

''विकास गुप्ता। थाने में कोई रिकॉर्ड नहीं रखा जाता!''

''किस बात का?''

''यहां आप लोगों का फेरा पहले भी लग चुका है। स्पैशल स्कवायड के इंस्पेक्टर जिले सिंह के साथ भी और अलग से भी। तब भी मेरे से यही कहा गया था, ''आकूपेंट मैं हूं'', ''नाम बोलूं।''

''थाने में डेढ़ सौ लोगों का स्टाफ होता है'' – वो शुष्क स्वर में बोला – ''हर कोई हर जगह नहीं जाता।''

''तभी तो पूछा कि क्या कोई रिकॉर्ड . . .''

''बच्चे न पढ़ाइये। मौकायवारदात पर फौरन पहुंचना होता है। रिकॉर्ड स्टडी करने बैठ जाने से ऐसा कैसे होगा?''

विकास खामोश रहा।

''पहले क्या हुआ?''

विकास ने बताया।

''क्या चोरी गया?'' – नया सवाल हुआ।

''कुछ नहीं।''

''पक्की बात?''

''हां।''

''कैश! ज्वेलरी! कोई कागजात! कुछ नहीं?''

विकास ने इनकार में सिर हिलाया।

''लिहाजा जो कुछ यहां हुआ, उसकी कोई वजह आपकी निगाह में नहीं है?''

''नहीं है।''

''आप इतने खासुलखास हो गये हैं कि जो होता है, आपके साथ होता है?''

''मैं वाहियात बात का जवाब नहीं दे सकता।''

ए.एस.आई. के चेहरे पर सख्ती के भाव आये।

''सब कुछ'' – फिर वो बोला – ''खुद ही तो नहीं कर डाला?''

''क्या!'' – विकास अचकचाकर बोला।

''कोई इंश्योरेंस का लफड़ा हो!''

''जिसके क्लेम के लिये चोरी मैंने खुद स्टेज की हो?''

''आपने किया ऐसा?''

''जब मैं कह रहा हूं कि कुछ चोरी गया ही नहीं तो लपड़ा कैसा, इंश्योरेंस कैसी, क्लेम कैसा!''

''बाद में कहेंगे?''

''खामखाह!''

''ऐसी बारीक पड़ताल में टाइम लगता है।''

''नहीं लगता। जैसा रहन-सहन मेरा है, उसमें नहीं लगता।''

''इस वारदात के तहत आपको किसी पर शक है?''

''नहीं।''

''यहां का हाल बताता है कि चोर को किसी खास चीज की तलाश थी और मुकम्मल हाल बताता है कि वो चीज उसके हाथ नहीं लगी थी वर्ना वो चीज हाथ लगने के बाद उसने तलाश बंद कर दी होती और बाकी बची जगह बेतरतीबी से बरी पाई गयी होती। ऐसी कोई चीज है आपकी निगाह में?''

''नहीं।''

''प्रवेश द्वार के ताले का मुआयना बताता है कि उसके साथ कोई जोर जबरदस्ती नहीं हुई। अनऑथोराइज्ड एंट्री के लिये उसे जबरदस्ती नहीं खोला गया।''

''तो?''

''कोई वाइल्ड पार्टी तो नहीं दी थी जिसमें इतना ऊधम मचा कि ये हाल हो गया?''

''यहां ऐसी पार्टी हुई होती तो किसी को खबर न लगी होती?''

''जवाब दीजिये।''

''जवाब ही दिया है।''

''अब आप क्या चाहते हैं?''

''मैं तो कुछ नहीं चाहता!''

''तो पुलिस को तलब क्यों किया?''

''मैंने नहीं किया। मैंने गैस्ट हाउस की मालकिन को तलब किया ताकि यहां की बद्इंतजामी, लैक ऑफ सिक्योरिटी, हाईलाइट हो पाती। मालकिन ने आपको तलब किया। मैडम से पूछिये, ये क्या चाहती हैं!''

ए.एस.आई. ने मिसेज सिम्पसन की तरफ देखा।

''मैन'' – वो बोली – ''तुम पुलिस के पास में रिपोर्ट लॉज करना नहीं मांगता?''

''नहीं मांगता। मैं आपके पास में रिपोर्ट लॉज करना मांगता है और डिमांड करना मांगता है कि यहां की सिक्योरिटी में इजाफा किया जाये।''

''करेंगा न!''

''दैट्स ऑल।''

मिसेज सिम्पसन की रिक्वेस्ट पर भुनभुनाते, असंतोष प्रकट करते पुलिस वाले वहां से चले गये।

पीछे विकास ने अपनी कलाई घड़ी पर निगाह डाली।

साढ़े नौ बजे थे।

''यहां सब ठीक-ठाक करने में'' – वो मिसेज सिम्पसन से सम्बोधित हुआ – ''बदलने वाली चीज बदलने में कितना टाइम लगेगा?''

''वन आवर।'' – वो बोली – ''मे बी वन एण्ड ए हाफ।''

''सुइट आपके हवाले है। दो घंटे में लौटता हूं।''

''ओके।''

वो वहां से बाहर निकला।

और चंद्रा दवे से रूबरू हुआ।

''हल्लो!'' – वो बोली।

''हल्लो!'' – विकास जबरन मुस्कराता बोला।

चंद्रा ने उसके कंधे पर से भीतर निगाह डाली।

''फिर?'' – उसकी भवें उठीं।

''फिर।'' – विकास खेदपूर्ण स्वर में बोला।

''अब क्या हुआ?''

विकास ने बताया।

''यानी कि'' – सुनकर वो बोली – ''इस बार आप सलामत हैं?''

''प्रभु की कृपा से'' – विकास एक क्षण ठिठका और फिर बोला – ''पिछली दो बार आपकी कृपा से।''

''खबर लग गयी?''

''जी हां। मैं आपका शुक्रगुजार होना चाहता था लेकिन . . .''

''टाइम न लगा!'' – उसके पीछे भीतर की तरफ हाथ लहराती वो विनोदपूर्ण स्वर में बोली।

''जी हां। यही समझ लीजिये।''

''जान पर खेलना तो आपके लिये फुलटाइम जॉब हो गयी! कभी फौज में भरती होने की बाबत न सोचा?''

विकास हंसा।

''क्या करते हैं आप?''

''यही कुछ करता हूं।''

''और क्या करते हैं?''

''और भी यही कुछ करता हूं।''

''अरे, भई, मेरा मतलब है काम क्या करते हो? वाट्स योर लाइन ऑफ बिजनेस?''

''मैडम, यही – जैसा कि अभी आपने कहा – फुल टाइम जॉब है, इससे कोई टाइम बचे तो कुछ करूं न!''

''चलिये, ऐसा ही सही। अब आप ठीकठाक हैं? दो वारदातों से रिकवर कर चुके हैं?''

''काफी हद तक।''

''थैंक गॉड।''

''एण्ड यू, मैडम। दो बार – मंगल और शुक्र को – आपने जो कुछ मेरे लिये

किया, उसके लिये मैं तहेदिल से आपका शुक्रगुजार हूं।''

''नैवर माइंड। यू डू गैट अराउंड, मिस्टर गुप्ता।''

विकास बड़े अदब से मुस्कराया।

''ओके। गुड नाइट।''

''गुड नाइट, मैडम।''

एडियां ठकठकाती वो आगे बढ़ गयी।

विकास अनैक्सी से बाहर निकला और जाकर अपनी कार में सवार हुआ।

जब तक वो जसलपुर रोड पहुंचा तब तक निझाला फिलिंग स्टेशन को बंद हुए एक मुद्दत हो चुकी थी।

वहां फिर लौटने के पीछे उसकी एक ही मंशा थी।

मकतूल के बारे में कोई लीड हासिल करने की कोशिश करना।

इंस्पेक्टर जिले सिंह के इस मशवरे पर अमल करने की कोशिश करना कि वो खुद उस शख्स की गायबशुदा लाश तलाश करने की कोशिश करे जिसका उसकी आंखों के सामने रैस्टरूम में कत्ल हुआ था।

लाश कहीं शिफ्ट कर देना कोई बड़ी बात नहीं थी लेकिन उसे गायब कर देना, हमेशा के लिये उसका वजूद मिटा देना हंसी-खेल नहीं था।

लाश खाली शिफ्ट की गयी थी तो वो कहीं तो थी। वैसे तो लाश कहीं भी हो सकती थी लेकिन उसके पम्प के समीप ही कहीं होने की उसे ज्यादा सम्भावना लगी क्योंकि देर तक, दूर तक लाश साथ लिये फिरना खतरे से खाली न होता। वो करीब ही कहीं थी तो उसकी तलाश में हाथ-पांव मारे जा सकते थे।

उसे सतीश चावला की मौत का अफसोस था, अफसोस था कि वारदात के बाद उसकी जिंदगी में उसके रूबरू होने का मौका उसके हाथ नहीं लगा था। ऐसा होता तो वो उसी से लाश की बाबत कोई जानकारी निकलवाने की कोशिश करता क्योंकि उसका दिल गवाही देता था कि कत्ल उसकी जानकारी में हुआ था और लाश को भी रैस्टरूम से उसकी जानकारी में शिफ्ट किया गया था। कोई बड़ी बात नहीं थी कि इस काम में उसने पूरी-पूरी मदद की होती या उसे किया ही उसने होता।

उसने सड़क पार मैदान में छुपाकर अपनी कार खड़ी की और पैदल पम्प के परिसर में लौटा।

कहां?

उसे कोई सम्भावना लगी तो उस शैड में ही लगी जिसके फ्रंट में रोलिंग शटर लगा हुआ था और जिसकी बाबत उसे बताया गया था कि पम्प के पिछले मालिक के वक्त वो मेंटेनेंस वर्कशॉप थी। शैड के आजू-बाजू तीन-तीन खिड़कियां थीं लेकिन सब बंद थीं। हर खिड़की के ऊपर एक रोशनदान था, उसमें से एक उसे टूटा हुआ लगा। करीब ही दो बड़े-बड़े खाली ड्रम लुढ़के पड़े थे। उसने उन्हें उठाकर सीधा किया और एक-दूसरे के ऊपर रखा। फिर बड़े यत्न से वो उन पर चढ़ा तो उसने पाया कि उसके कंधे रोशनदान तक पहुंचते थे। उसने भीतर झांका तो अंधेरे के सिवाय कुछ न दिखाई दिया।

पता नहीं भीतर बिजली का कनैक्शन था या नहीं था, रात की उस घड़ी भीतर रोशनी जलाना मुनासिब होता या नहीं।

टूटे रोशनदान का उसने मुआयना किया तो उसे बहुत कमजोर पाया।

अपने हाथ की मुट्ठी बनाकर उसने पल्ले पर तीन-चार चोटें लगाई तो वो अपनी जगह से उखड़कर भीतर जा गिरा।

वो ड्रमों से नीचे उतरा और वापिस अपनी कार पर पहुंचा। कार के डैश बोर्ड के खाने में एक दो सैलों वाली टॉर्च एक अरसे से पड़ी जो पता नहीं जलती भी थी या नहीं। उसने टार्च वहां से निकालकर उसे आजमाया, सैलों के साथ थोड़ी छेड़ाखानी की तो वो जल पड़ी।

टार्च के साथ वो वापिस लौटा।

वो वापिस ड्रमों पर चढ़ा, उसने टार्च की रोशनी भीतर दायें-बायें फिराई और फिर भीतर दाखिल होने का फैसला किया जिस पर अमल करना कोई कठिन काम न निकला। परली तरफ रोशनदान की चौखट से लटककर उसने नीचे छलांग लगाई तो वो सुरक्षित, निर्विघ्न धूल से अटे फर्श पर जाकर गिरा। कपड़े झाड़ता वो उठकर खड़ा हुआ।

टार्च की रोशनी में उसने वहां का बारीक मुआयना शुरू किया। वो त्यागी

हुई, मुद्दत से गैरइस्तेमालशुदा जगह थी जहां तो फर्श खोदकर भी लाश दफनाई गयी हो सकती थी।

लेकिन ऐसा नहीं था, कहीं ऐसे आसार नहीं थे जैसे फर्श खोदकर फिर बनवाया गया हो।

वर्कशॉप में वो इन्स्पेक्शन टनल भी थी जिस पर गाड़ी खड़ी करके उसके पेंदे का कोई काम हो तो वो किया जाता था। उसमें भी खुदाई और मरम्मत की चुगली करता कोई लक्षण सामने न आया।

अब उसे अपनी वो हरकत ही अहमकाना लगने लगी थी। लाश छुपाने के लिये एक तो वैसे ही वो इतनी माकूल जगह नहीं थी, दूसरे, कोई मूर्ख ही होता जो मौकायवारदात के इतने करीब लाश शिफ्ट करता।

फिर उसने अपना माथा ठोका।

मूर्ख कोई नहीं, खुद वो ही था।

खुद वो ही था जो भूल गया था कि सोमवार रात को, वारदात के दिन सतीश चावला बस पर घर गया था जबकि वो एक फियेट कार का मालिक था। जरूर उस रात उसकी कार लाश कहीं दूर शिफ्ट करने के लिये ही कातिल के हवाले थी।

पिछवाड़े में एक ऑफिसनुमा केबिन था जिसकी दीवारों की पैनलें और दरवाजा सब शीशे के थे।

दरवाजा लॉक्ड न निकला।

वो भीतर दाखिल हुआ और ऑफिस टेबल के पीछे पहुंचा। टेबल के सारे दराज बारी-बारी खोलकर उसने भीतर का मुआयना किया लेकिन कहीं कोई दिलचस्पी के काबिल चीज़ न मिली।

केबिन की जो दो दीवारें शीशें की नहीं थीं, उन पर शैल्फ लगे हुए थे लेकिन सब खाली डिब्बों और वर्कशॉप के वैसे ही कबाड़ से भरे हुए थे।

शैल्फों की निचली कतारों में केबिनेट थीं, टार्च की रोशनी में जिनमें उसने बारी-बारी झांका। सब कैबिनेट खाली थीं . . . सिवाय आखिरी के जिसमें कि एक टीन का डिब्बा पड़ा था। उसने वो डिब्बा वहां से उठाया और मेज पर रखकर खोला।

डिब्बे में पुराने बिलों, रसीदों और चिट्ठियों जैसे कागजात भरे हुए थे। अब

और कहीं से कोई उम्मीद बाकी नहीं थी इसलिये उसने एक-एक कागज का मुआयना करना शुरू किया।

आखिर में एक सलीके से तह किया हुआ कागज उसके हाथ में आया। उसने उसे खोलकर सीधा किया और टॉर्च की रोशनी में उस पर दर्ज इबारत को पढ़ा। लिखा था :

> मैं सतीश चावला वल्द हंसराज चावला साकिन फ्लैट नम्बर दो सौ दो, सुमंगल हाउसिंग सोसायटी, राजनगर तसदीक करता हूं कि मैं श्री पुखराज रहेजा प्रोप्राइटर मैसर्ज रहेजा प्रॉपर्टी डीलर्स एण्ड बिल्डर्स, आकाशदीप चैम्बर्स, लिंक रोड, राजनगर का साठ लाख रुपये का कर्जाई हूं और इस रकम को अड़तालीस घंटे के नोटिस पर नकद वापिस लौटाने के लिये प्रतिबद्ध हूं। अगर किसी वजह से मैं अपने आपको वो रकम लौटाने में असमर्थ पाऊंगा तो रकम की एवज में निझाला गांव में जसलपुर रोड पर स्थित निझाला फिलिंग स्टेशन नाम के मेरे पैट्रोल पम्प के मालिक श्री पुखराज रहेजा होंगे। कागजी कार्यवाही के चलते वो प्रॉपर्टी अपने आप ही श्री पुखराज रहेजा के नाम हस्तांतरित मान ली जायेगी।
>
> बकलम खुद
> सतीश चावल

उसने देखा कि बतौर गवाह जिन दो जनों के उस तहरीर पर दस्तखत थे, उनमें से एक अरूण निझावन था।

वो सोचने लगा।

वो तहरीर साफ जाहिर करती थी कि बेनामी की खरीद के सिलसिले में वो सेफ्टी का जरिया था ताकि खरीद में सहयोग करने वाला शख्स – सतीश चावला – बेईमान न हो जाये और खरीद का सच में ही मालिक न बन बैठे। वो तहरीर साफ सबूत थी कि पम्प का असली मालिक पुखराज रहेजा था। जिसने सतीश चावला को उस मामले में अपना मोहरा बनाया था।

लेकिन अगर ये बात थी तो वो तहरीर – वो डाकूमेंट, वो दस्तावेज, वो एफीडेविट, वो करारनामा – तो पुखराज रहेजा के कब्जे में होना चाहिये था।

जवाब साफ था।

उसी के कब्जे में था। उसका वकील अरूण निझावन उसे अपने पास महफूज रखे था। उस डाकूमेंट का वहां से बरामद होना अपने आपमें सबूत था कि जो चीज चुराने के लिये बुधवार रात को चावला वकील के ऑफिस में घुसा था, वो ये डाकूमेंट ही था जिसे लाकर उसने ऐसी जगह छुपाया था जहां उसके होने की कल्पना किसी का बाप नहीं कर सकता था।

बढ़िया।

उसके बाद!

उसके बाद कहानी ये बनती थी कि उस डाकूमेंट की गैरहाजिरी में रहेजा का पैट्रोल पम्प पर दावा सिफर हो जाता था। वो कभी साबित नहीं कर सकता था कि पम्प का मालिक सतीश चावला नहीं था क्योंकि उसकी कीमत अदा करने लायक उसकी माली हैसियत नहीं थी। वो ऐसा करता तो अपनी हालत खुद आ बैल मुझे मार जैसी करता क्योंकि तब उसे उस ब्लैक की रकम की सफाई देनी पड़ती जो पम्प खरीदने के लिये उसने चावला को मुहैया कराई थी। रहेजा से उस डाकूमेंट की चोरी छुपी तो रही नहीं होगी और उसके लिये ये भांपना भी मुश्किल नहीं रहा होगा कि उसे चुराने में किसकी दिलचस्पी हो सकती थी! फिर भी कोई कसर रह गयी थी तो वो उसने रहेजा पर ये जताकर पूरी कर दी थी कि उसके वकील के ऑफिस में घुसने वाला चोर चावला था। अब जो डाकूमेंट चावला ने इतना बड़ा रिस्क लेकर चुराया था, उसे वो यूं ही तो रहेजा के हवाले कर न देता! नतीजतन खून-खराबे की नौबत आती।

जो कि आई।

चावला का कत्ल हो गया।

लेकिन जिस मंशा से कत्ल रहेजा ने किया, या कराया, वो फिर भी पूरी न हुई। डाकूमेंट उसके हाथ न लगा।

अब जहां तक रिकॉर्ड का सवाल था, उस प्रॉपर्टी का – निझाला फिलिंग स्टेशन का – मालिक, जो कोई भी वो था, चावला का कानूनी वारिस था।

क्या रहेजा वारिस पर अपना दबाव बना सकता था?

खून से हाथ रंग चुका वो शख्स कोशिश से तो बाज आने वाला नहीं था। क्या पता उसका वकील निझावन इस सिलसिले में उसके लिये कोई कदम उठा भी चुका हो! उससे तो कोई बात छुपी हो नहीं सकती थी, आखिर वो बतौर गवाह डाकूमेंट का हस्ताक्षरकर्ता था।

छुपी होना तो दूर, उसके पास डाकूमेंट की प्रतिलिपि हो सकती थी।

प्रतिलिपि! कॉपी!

तब एक नये सवाल ने सिर उठाया।

चावला ने वकील के ऑफिस से क्या चुराया था? ओरीजिनल या कॉपी?

वकील के पास ओरीजिनल का क्या काम?

अलबत्ता कॉपी उसके पास हो सकती थी।

लेकिन ओरीजिनल के बिना कॉपी किस काम की?

इसका एक ही जवाब था।

किसी तरीके से ओरीजिनल पहले ही चावला के हाथ लग चुकी थी। इसी वजह से कॉपी भी कब्जा लेने के लिये उसने इतना बड़ा खतरा उठाया था। बाकायदा सेंध लगाकर चोरी की थी।

यूं कत्ल का भी एक नया ऐंगल सामने आता था।

चावला घर में नहीं था, शहर में नहीं था, वो सपत्नीक एकाएक कहीं गायब हो गया हुआ था। उसकी गैरहाजिरी में उन डाकूमेंट्स की तलाश में कातिल उसके फ्लैट में घुसा, उसने अभी अपनी तलाश शुरू ही की थी कि चावला एकाएक ऊपर से आ गया, कातिल ने उसको शूट कर दिया और अपनी तलाश फिर जारी की। तभी उसकी – विकास की – आमद की सूरत में उसमें फिर विघ्न आ गया, विकास नीचे धोबी से चावला की बाबत दरयाफ्त करने निकला तो कातिल पीछे से खिसक गया।

ठीक।

अब अगर वो उस डाकूमेंट के साथ एक बार फिर रहेजा से रूबरू होता तो उस पर क्या प्रतिक्रिया होती!

देखने लायक बात थी।

उसने कागज का मुआयना किया। वो कदरन पतला कागज था और लम्बाई में फुलस्केप के साइज से दो-ढाई इंच छोटा था। उसने मन ही मन हिसाब लगाया और फिर अपना मोबाइल निकालकर उसे खोला।

उसने उसकी बैटरी निकालकर एक तरफ रखी और कागज की यूं तहें लगाई कि वो बैटरी के आकार का हो गया। उसने यूं तहशुदा कागज को बैटरी की जगह रखा और मोबाइल बंद किया।

मोबाइल बड़ी सहूलियत से बंद हो गया।

बढ़िया!

उसने बैटरी को शैल्फों पर पड़े कबाड़ में डाल दिया और टीन के डिब्बे को पूर्ववत् बंद करके यथास्थान पहुंचाया।

फिर वो केबिन से बाहर निकला और आगे वर्कशॉप की एक खिड़की पर पहुंचा। उसने उसकी भीतर से चिटकनी हटाकर उसका एक पल्ला खींचा, उसके रास्ते बाहर निकला और अपने पीछे खिड़की बंद कर दी।

वहां से निकासी इतनी ही आसान थी।

बाहर उसने दोनों ड्रमों को एक-दूसरे से अलग किया और उन्हें पूर्ववत् जमीन पर लुढ़का दिया। उसने एक बार सिर उठाकर सामने निगाह दौड़ाई तो परिसर को उजाड़ और खामोश पाया।

सावधानी से वो आगे बढ़ा।

जिस चीज की जुस्तजू उसे वहां लायी थी, उसका तो कोई सुराग भी उसे नहीं मिला था लेकिन बदले में जो हाथ लगा था, वो भी कम महत्त्वपूर्ण नहीं था। वो तहरीर, सतीश चावला का वो हलफनामा निहायत महत्त्वपूर्ण था और उसकी बरामदी एक अद्भुत संयोग था।

ऐन कब्र खोद के मुर्दा निकालने जैसा।

तभी एकाएक एक तीखी रोशनी उसके चेहरे पर पड़ी।

आंखें फाड़-फाड़कर उसने सामने देखा तो रोशनी के पीछे उसे दो वर्दीधारी पुलिसिये दिखाई दिये।

''विकास गुप्ता!'' – एक ऊंचे, रूखे लहजे में बोला।

''हं-हां।''- विकास ने फंसे कण्ठ से जवाब दिया।

''चले आओ चुपचाप।''

विकास इंस्पेक्टर जिलेसिंह के ऑफिस में उसके सामने बैठा था और बार-बार बेचैनी से पहलू बदल रहा था।

इंस्पेक्टर कई क्षण मुतवातर उसे घूरता रहा, फिर बोला – ''सतीश चावला के फ्लैट में क्यों घुसे?''

विकास चौंका।

''जवाब दो।'' – वो कर्कश स्वर में बोला – ''या इनकार करो।''

''क-कैसे . . . कैसे मालूम?''

''जवाब दो।'' – वो गर्जा।

''मि-मिलना चाहता था।''

''क्यों?''

''उससे पूछना चाहता था कि रैस्टरूम से लाश कहां गयी?''

''अभी भी तुम्हारी जिद है कि वहां एक कत्ल हुआ था?''

''अभी भी, क्या मतलब? आपको इस बात पर एतबार न होता तो क्या खुद आपने मुझे मशवरा दिया होता कि मैं लाश को खुद तलाश करूं? अब जब मैंने आपके मशवरे पर अमल करना शुरू किया तो आप मेरी क्लास ले रहे हैं!''

''इस वजह से नहीं।''

''तो और किस वजह से?''

''तुम्हें मालूम है और किस वजह से।''

विकास खामोश रहा।

''पुलिस से तमाशबीनी करते हो और समझते हो चल जायेगी।''

''क्या किया मैंने?''

''तुम्हें नहीं पता क्या किया? जंगल के वासी हो जो नहीं जानते कि जब कोई शख्स कत्लशुदा लाश बरामद करता है तो उससे उम्मीद की जाती है कि वो

फौरन उसकी इत्तला पुलिस को करे . . .''

''मैंने की।''

''शटअप! और तब तक लाश के पास ठहरे जब तक कि पुलिस मौकायवारदात पर न पहुंच जाये। बिना कोई होशियारी किये। बिना कोई हरकत किये। बिना मौकायवारदात की किसी चीज को छुए। और ऐसा इसलिये न करे क्योंकि यूं पुलिस पर उसका अहसान होगा, बल्कि इसलिये करे क्योंकि ये उसकी ड्यूटी है, एक कर्तव्यपरायण नागरिक के तौर पर उसका फर्ज है। समझे कुछ?''

''हां।''

''सब कुछ?''

''हां।''

''तो तुम चावला से पूछना चाहते थे कि लाश कहां गयी?''

''हां।''

''तुम पूछते और वो बता देता?''

''देखता, क्या करता!''

''कब पहुंचे थे उसके फ्लैट पर?''

''आठ बजे।''

''कब तके रुके थे?''

''सवा आठ तक। या शायद आठ बीस तक।''

''पंद्रह मिनट – बीस मिनट – फ्लैट में घुसे बैठे रहे?''

''उस हाउसिंग कम्पलैक्स में रहा। फ्लैट से तो लाश देखते ही निकल पड़ा था।''

''कम्पलैक्स में क्यों रहे?''

''उसकी बाबत दरयाफ्त करता रहा। वो एकाएक गायब हो गया था, शायद किसी को कुछ मालूम होता कि कहां गया था!''

''मालूम पड़ा कुछ?''

''नहीं।''

''पुलिस को फोन कब किया?''

''ध्यान नहीं।''

''मैं ध्यान दिलाता हूं। साढ़े आठ बजे किया। कंट्रोल रूम में, जहां कि 100 नम्बर बजता है, इन बातों का रिकॉर्ड रखा जाता है।''

''तो साढ़े आठ किया होगा।''

''बीच के पंद्रह मिनट कहां थे?''

''किसी पी.सी.ओ. की तलाश में भटका।''

''मोबाइल से कॉल क्यों न लगायी?''

विकास से जवाब देते न बना।

''क्योंकि आइडेन्टिटी छुपा के रखना चाहते थे! जानते थे कि नम्बर रिकॉर्ड होता था। बोलो, हां!''

''हां।'' – विकास फंसे कण्ठ से बोला।

''छुपा तो न सके।''

''क-कैसे जाना?''

''तुम फ्लैट से फौरन न निकले, वहां दस-पंद्रह मिनट ठहरे . . .''

''नहीं। जब मैं कह रहा हूं कि . . .''

''मुझे मालूम है तुम क्या कह रहे हो! या समझते हो कि मैं बहरा हूं?''

विकास खामोश रहा।

''तुम पी.सी.ओ. की तलाश में न भटके। वो तुम्हें फौरन मिल गया। लिहाजा जो वक्त तुमने भटकन के सिर थोपा, वो असल में फ्लैट में गुजरा।''

''ऐसा नहीं है।''

''ऐसा ही है। नहीं है तो साबित करके दिखाओ।''

''सच को सबूत की जरूरत नहीं होती।''

''बशर्ते कि वो किसी भरोसे के काबिल शख्स ने बोला हो, न कि ऐसे शख्स ने जो सत्रह बार हवालात की हवा खा चुका हो।''

''बेगुनाह!''

''तुम्हारे कहने से क्या होता है?''

''आप खफा हैं वर्ना . . .''

''वर्ना क्या?''

''वर्ना मैं भी ऐसा ही हेंकड़ जवाब देता।''

''क्या!''

''आप के कहने से भी क्या होता है!''

''ये जवाब गलत है, नाजायज है, ढिठाईभरा है लेकिन मैं इसे इस घड़ी बहस का मुद्दा नहीं बनाना चाहता। अब बोलो, पुलिस के पहुंचने तक लाश के पास क्यों न रुके! पुलिस को फोन फ्लैट से ही क्यों न किया?''

''क्योंकि उसकी हालत बता रही थी कि उसी वक्त, मेरे वहां पहुंचने से जरा ही देर पहले, उसका खून हुआ था। उन हालात में मैं लाश के करीब पाया जाता तो मुझे ही कातिल समझा जा सकता था।''

''जब फोन तुमने किया . . .''

''पुलिस की आमद से पहले कातिल समझा जा सकता था। कातिल मेरे से आगे-आगे ही वहां से गया था, वो कम्पलैक्स में किसी को मेरी बाबत टिप दे सकता था। यूं पुलिस से सामना होने से पहले मेरा सामना रेजीडेंट्स से हो सकता था जो कि मुझे थामते और धुन के रख देते। मार भी डालते तो कोई बड़ी बात न होती।''

''खामखाह!''

''पब्लिक फ्यूरी को पुलिस से बेहतर कौन समझता है! फिर भी आप कह रहे हैं खामखाह!''

''हूं।''

''ऐसा आदमी ऐसा रिस्क कैसे ले सकता था जिस पर पहले ही एक नहीं, दो नहीं, चार कातिलाना हमले हो चुके हों!''

''चलो, मैंने मानी तुम्हारी बात। अच्छी सफाई दी तुमने मौकायवारदात पर न रुकने की। लेकिन इससे ये भी जाहिर होता है कि रिस्क न समझते तो रुकते। एक नेक शहरी की तरह?''

''हां।''

"तो फिर उस नामोनिहाद नेक शहरी ने कत्ल की बाबत कॉल गुमनाम क्यों की?"

"मैं इनवाल्वमेंट से बचना चाहता था। एक कत्ल में मेरी हाजिरी लगी थी तो मैं जान बचाता, मारा-मारा फिर रहा था, एक और में लगती तो मारा-मारा फिरता नहीं मारा ही जाता।"

"फ्लैट में दाखिला कैसे पाया? कॉलबैल के जवाब में भीतर से दरवाजा खोला गया?"

"क्या बात करते हैं, जनाब! भीतर से दरवाजा कौन खोलता! फ्लैट का मालिक तो भीतर मरा पड़ा था! कातिल तभी भी भीतर मौजूद होता तो मेरी भी वहां से लाश ही बरामद होती। गवाह कौन छोड़ता है!"

"तो कैसे भीतर दाखिल हुए?"

"दरवाजा लॉक्ड नहीं था। जाहिर था कि अपनी रुखसती के वक्त कातिल उसे पीछे खुला छोड़ गया था।"

"इसलिये तुमने मेन डोर को धकेला और भीतर दाखिल हो गये?"

"हां। ये खता मेरे से बराबर हुई। बुलाये जाने के बिना भीतर दाखिल हुआ। लेकिन इस गुस्ताखी की सजा फांसी तो न होगी!"

"कातिल कौन था?"

"मुझे क्या मालूम!"

"अपना कोई अंदाजा बताओ!"

"मुझे वहां के माहौल में रची बसी एक जनाना सेंट की खुशबू मिली थी जो ये साबित करती थी कि मेरी आमद से थोड़ी ही देर पहले वहां कोई फैशनेबल औरत मौजूद थी जो कि वो जनाना सेंट इस्तेमाल करती थी।"

"कातिल?"

"मुमकिन है।"

"चावला का कत्ल किसी औरत ने किया?"

"हो सकता है।"

"या कत्ल किसी आदमी ने किया लेकिन भ्रम फैलाने के लिये, अपने पर से

अटेंशन डाइवर्ट करने के लिये, उसने वहां उस जनाना सेंट की खुशबू फैलाई?''

''ये भी हो सकता है।''

''हूं। मैंने तुम्हें सलाह दी थी, बल्कि वॉर्निंग दी थी . . .''

''पुलिस से बना के रखने की बाबत?''

''हां।''

''वही तो कर रहा हूं! कल हाजिरी भरी, आज दिन में अपनी कम्पैनियन समेत हाजिरी भरी, अभी भी भर रहा हूं।''

''अभी अपनी मर्जी से भर रहे हो?''

''मर्जी से भी भरता अगरचे कि . . .''

''क्या? आगे बोलो!''

''थाम न लिया गया होता।''

''ऐग्जैक्टली! मजबूरी की हाजिरी को भी मर्जी की बताते हो? उसे भी अपने क्रेडिट में लगाते हो?''

''अब क्या कहूं . . .''

''न सिर्फ पकड़े गये, रंगे हाथों पकड़े गये।''

''रंगे हाथों! क्या किया मैंने?''

''क्या कहने! तुम्हें नहीं मालूम क्या किया! किसी के परिसर में बिना इजाजत जबरन घुसे और पूछते हो क्या किया! ब्रेकिंग एण्ड एन्टरिंग इज़ एन ऑफेंस।''

''जो किया'' – विकास मरे स्वर में बोला – ''लाश की तलाश में किया। इसलिये खता की माफी की दरख्वास्त है।''

''तुम्हें लगता था कि रैस्टरूम से गायब हुई लाश वहां हो सकती थी?''

''जब दाखिल हुआ था, तब लगता था। दाखिल हो जाने के बाद अपना वो कदम मुझे जाहिलाना लगने लगा था।''

''उस जगह का खयाल कैसे आया?''

''वो छोड़ी हुई जगह थी जो कि तभी से बंद बताई जाती थी जब से कि सतीश चावला ने उसे टेकओवर किया था। एक निगाह में मुझे वो जगह लाश दफ्न करने के लिये बहुत मुनासिब लगी थी।''

''लेकिन लाश वहां दफ्न नहीं थी?''

''हां। जनाब, पुलिस को मेरी वहां मौजूदगी की खबर कैसे लगी?''

''कौन कहता है कि लगी?''

''किसी के कहने की कहां जरूरत है! पुलिस इत्तफाकन तो वहां मौजूद थी नहीं! जब मैं वहां से बाहर निकलते ही धर लिया गया तो . . .''

वो हंसा।

शुक्र है। गौरमेंट का मिजाज तो बदला।

''तुम्हारे खयाल से'' – वो बदले स्वर में बोला – ''चावला का कत्ल क्यों हुआ?''

''मेरा खयाल पूछ रहे हैं?''

''हां, भई। आखिर पीडी बनने वाले हो! अनाधिकारिक तौर पर तो बन ही चुके हो।''

''ऐसी बात है तो नहीं लेकिन आप कहते हैं तो . . .''

''मैं कहता हूं। अब जवाब दो।''

''मेरे खयाल से सतीश चावला के कब्जे में कोई ऐसी चीज थी जो कोई खुद कब्जाना चाहता था लेकिन चावला को खत्म किये बिना उसे ये काम मुमकिन नहीं दिखाई दे रहा था, इसलिये उसने चावला का कत्ल किया, या करवाया?''

''करवाया? एक औरत से?''

''आपने अभी खुद ही तो कहा था कि कातिल कोई मर्द भी हो सकता था जिसने कंफ्यूजन पैदा करने के लिये – कातिल होने का इशारा किसी औरत की तरफ करने के लिये – मौकायवारदात पर जनाना सैंट की महक फैलाई थी!''

''तो अब वो चीज कातिल के कब्जे में पहुंच गयी है?''

''मेरे खयाल से नहीं।''

''वजह?''

''कातिल को किसी तरीके से मेरी आमद की भनक लग गयी थी, नतीजतन उसे एकाएक – मेरे पहुंचने से जरा ही पहले – वहां से कूच कर जाना पड़ा था।

दूसरे, मुझे फ्लैट में ऐसा माहौल नहीं लगा था जैसे कि वहां की तलाशी ली गयी हो।''

''इसका मतलब तो ये हुआ कि वो चीज – जो भी वो थी – अभी भी वहीं है?''

''अगर वो शुरू से वहां थी। ''

''चावला उसे कहीं और भी छुपाये हो सकता था?''

''मुमकिन है।''

''मसलन पम्प के परिसर में कहीं?''

''हो सकता है?''

''मसलन वर्कशॉप के उस शैड में जहां तुम जबरन दाखिल हुए और फिर निकलते पाये गये?''

''क्या कहना चाहते हैं?''

''तुम लाश की नहीं, उस चीज की तलाश में – जिसका सिर्फ तुमने जिक्र किया और जिसके वजूद से सिर्फ तुम वाकिफ जान पड़ते हो – वहां घुसे थे।''

विकास का दिल डूबा, बड़ी मुश्किल से उसने खुद पर काबू किया।

''क्या बात करते हैं!'' – वो प्रत्यक्षत: दिलेरी से बोला – ''अगर मेरा मिशन ये होता तो मैं पहले ऑफिस में घुसता या कबाड़ खाने से बद्तर उस वर्कशॉप में!''

''वो ऐसी जगह थी?''

''इससे भी बुरी थी। पता नहीं कब से वहां किसी परिंदे नें भी पर नहीं मारा था।''

''इसी वजह से लाश छुपाने के लिये माकूल जगह थी!''

''मैंने भी यही सोचा था लेकिन असल में ऐसा नहीं था, भीतर पहुंचने के बाद मेरा खयाल बदल गया था।''

''इसलिये एक मिशन का पीछा छोड़कर दूसरे मिशन पर काम करने लग गये थे?''

''दूसरा मिशन!''

''वो ''चीज'' तलाश करने का मिशन।''

''मैंने पहले ही अर्ज किया, मेरी तलाश का मरकज वो चीज होता तो मैं पहले ऑफिस में घुसा होता?''

''ऑफिस में लाश छुपाई गयी होने का कोई मतलब नहीं था इसलिये वर्कशॉप के शैड में घुसे।''

''आप तो खामखाह . . .''

''अभी तुम्हारी तलाशी ली जाये तो वो चीज बरामद होगी या नहीं? कोई ऐसी चीज बरामद होगी या नहीं जो कि तुम्हारे पास नहीं होनी चाहिए?''

विकास का दिल फिर लरजा।

उस घड़ी उसे जवाबी हमले में ही बचाव की कोई सूरत दिखाई दी।

वो उठकर खड़ा हुआ और एक-एक करके जेब की तमाम चीजें इंस्पेक्टर के सामने मेज पर रखने लगा।

बटुवा। मोबाइल। कंघी। रूमाल। चाबियां . . .

''ये क्या करते हो?'' – इंस्पेक्टर डपटकर बोला।

''आपकी तसल्ली करता हूं। अभी कपड़े भी उतारूंगा तमाम के तमाम।''

''बंद करो।''

उसने एक जूता उतारकर मेज पर रखा।

''अरे, सुना नहीं!'' – वो झल्लाया।

विकास ठिठका।

''जूता उठाओ। मेज पर रखते हैं?''

विकास ने जूता उठाया और उसे वापिस पहनने लगा।

इंस्पेक्टर ने लापरवाही से मेज पर पड़े सामान की ओर देखा और फिर बटुवा उठाया। उसने उसे खोलकर भीतर झांका, उसे मेज पर डालकर मोबाइल उठाया।

विकास की सांस रुक गयी। पलक झपकनी बंद हो गयी।

''ये तो'' – इंस्पेक्टर बोला – ''डैड जान पड़ता है।''

''अच्छा! हो गया?''

इंस्पेक्टर की भवें उठीं।

''अक्सर चार्ज करना भूल जाता हूं।''

''हूं।'' – उसने मोबाइल मेज पर डाल दिया।

विकास की जान में जान आयी।

''उठाओ सब तामझाम।''

उसने आदेश का पालन किया और वापिस कुर्सी पर ढेर हुआ।

''अब ये तो बताइये'' – वो उत्सुक भाव से बोला – ''कि पुलिस को मेरी खबर कैसे लगी?''

''सड़क से गुजरता एक कार वाला वहां रुका था . . .''

''लेकिन पम्प तो बंद था!''

''हवा के लिये। ऐसी सड़कों पर पम्प वाले अक्सर रात को हवा भरने का पम्प ऑन छोड़कर जाते हैं।''

''आई सी।''

''उसने तुम्हें ड्रमों पर चढ़कर रोशनदान में दाखिल होते देखा था। उसने अपने मोबाइल से उस बाबत सौ नम्बर को फोन कर दिया था।''

''ओह!''

''उसे हवा न मिली लेकिन यूं हमें तुम्हारी, तुम्हारी करतूत की, जानकारी मिल गयी।''

''ये कैसे मालूम पड़ा कि सतीश चावला के कत्ल की खबर देता फोन मैंने किया था?''

''लगता है भूल गये हो कि ये क्या जगह है और तुम क्यों यहां हो!''

''जी!''

''मेरे से जवाबतलबी करते हो!''

''मेरी ऐसी मजाल नहीं हो सकती।''

इंस्पेक्टर ने कुछ क्षण अपलक उसे देखा, फिर बोला – ''इस बार जब रूपनगर से सौ नम्बर पर तुमने कॉल लगाई थी तो इत्तफाक से रामबाबू नाम के उसी हवलदार ने तुम्हारी कॉल रिसीव की थी जिसने कि तुम्हारी पहली ऐसी कॉल – पैट्रोल पम्प के रैस्टरूम में हुए कत्ल की बाबत – सुनी थी। मंगलवार

को जब तुमने थाने में पहली हाजिरी भरी थी तो रामबाबू को चुपचाप तुम्हारी आवाज सुनायी गयी थी। तब वो यकीनी तौर पर नहीं कह सका था कि वो वही आवाज सुन रहा था जो उसने पहले सुनी थी लेकिन इस बार, बावजूद तुम्हारे नकली मुम्बइया लहजे के, उसने तुम्हारी आवाज पहचानी थी। ऐसे मालूम पड़ा, मिस्टर कॉनमैन!''

''ओह!''

''इश्तिहार दिया?''

''जी!''

''इश्तिहार! अखबार के खोया-पाया कॉलम में। हीरे की बाबत?''

''अच्छा, वो?''

''हां, वो।''

''आज ही तो बोला आपने!''

''साथ में क्या बोला था? अगले हफ्ते, अगले महीने देना। चलेगा?''

''आज मुझे टाइम नहीं लगा। मैं कल जरूर करूंगा आपका काम।''

''मेरा काम?''

''मेरा काम।''

''न किया तो?''

''तो कातिल को आपके हुजूर में पेश कर दूंगा।''

''क्या कहने! इतना गुमान! सच ही खुद को शरलाक होम्ज समझने लगे!''

विकास खामोश रहा।

''कत्ल कैसे हुआ?'' – फिर बोला।

''तुम्हें नहीं मालूम कैसे हुआ?'' – इस्पेक्टर आंखें निकालता बोला – ''खुद लाश बरामद की और पूछते हो . . .''

''मेरा सवाल हथियार की किस्म की बाबत था।''

''किस्म भी तुम्हें मालूम है। गले में गोली का सुराख . . .''

''अरे, जनाब'' – विकास तनिक झल्लाया – ''गन की किस्म की बाबत था।''

''उस पर गोली बाइस कैलीबर की गन से चलाई गयी थी।''

''जनाब, ये भी तो इस बात की तरफ इशारा है कि कत्ल किसी औरत ने किया!''

''मेरा फिर वही जवाब है। कत्ल हो सकता है किसी आदमी ने किया हो लेकिन भ्रम फैलाने के लिये, अपने पर से अटेंशन डाइवर्ट करने के लिये, जनाना समझा जाने वाला हथियार इस्तेमाल किया।''

''सेंट की तरह?''

''हां।''

''आई सी।''

''अब क्या इरादा है?''

''मेरा इरादा तो आपके इरादे का मोहताज है। आप बताइये!''

''बॉल दूसरे के पाले में पहुंचाना खूब जानते हो।''

विकास मुस्कराया।

''अब कत्ल का एक जेनुइन केस मेरे सामने है। इसलिये सोचता हूं कि तुम्हारी ही इच्छा पूरी कर दूं।''

''मेरी इच्छा!''

''तुम चाहते थे न, मैं पुखराज रहेजा की तरफ तवज्जो दूं?''

''अच्छा, वो! हां।''

''मैं पुखराज रहेजा में और मकतूल सतीश चावला में कोई लिंक तलाश करने की कोशिश करूंगा। जब तक कुछ हासिल नहीं हो जाता या मैं इस काम से किनारा नहीं कर लेता, तब तक के लिये मैं तुम्हें एक चांस और देता हूं।''

''यानी कि मैं जा सकता हूं?''

''अब क्या लिख के दूं?''

''थैंक्यू।'' – विकास उछलकर खड़ा हुआ – ''थैंक्यू, जनाब।''

''मैं तुम्हारी ब्रेकिंग एण्ड एंटरिंग की हरकत को, कत्ल के मौकायवारदात से खिसक जाने की हरकत को, इस उम्मीद में नजरअंदाज कर रहा हूं कि तुम्हारी मुकम्मल कोऑपरेशन पुलिस को हासिल होगी, केस से ताल्लुक रखती कोई छोटी से छोटी बात भी तुम्हारी जानकारी में आयेगी तो तुम उसके साथ फौरन

मेरे पास लौटोगे।''

''मैं ऐन यही करूंगा।''

''निकल लो।''

''शुक्रिया।''

रविवार : सातवां दिन

सुबह पौने नौ के करीब विकास जॉर्जटाउन पहुंचा।

उसने रहेजा की कोठी की कॉलबैल बजाई तो पिछले रोज वाली मेड ने ही दरवाजा खोला।

''मुझे पहचाना?'' – विकास मुस्कराता हुआ बोला।

मेड ने सकपकाये भाव से सहमति में सिर हिलाया।

''तो हिलो।''

''क-क्या?''

''जा के साहब को खबर करो।''

''क्या खबर करूं?''

''अरे, बोलो जाके, मैं आया हूं।''

''आपको साहब से मिलना है?''

''और क्या मैं उनका योगा गुरु हूं? ऐरोबिक्स इंस्ट्रक्टर हूं?''

''साहब सो रहे हैं।''

''अभी तक सो रहे हैं! सूरज सिर पर चढ़ा हुआ है!''

''लेट जागते हैं।''

''मेम साहब?''

''वो भी सो रही हैं।''

''दोनों इकट्ठे सोते हैं?''

वो खामोश रही।

''जगाओ।''

''क्या!''

''हर बात पर हैरान होकर दिखाना तुम्हारा स्टाइल है? मैंने कहा जाकर साहब को जगाओ।''

''ये नहीं हो सकता।''

''फिर भी करो।''

''मैं ऐसा नहीं कर सकती। साहब मेरी जान ले लेंगे।''

''इतनी सी बात पर!''

''मेरा मतलब है नौकरी से निकाल बाहर करेंगे।''

''सिर्फ जगाओ नहीं, जाकर बोलो सतीश चावला मर गया है।''

''मैं ऐसा . . .''

''नहीं करोगी तो . . . तो वो तुम्हें नौकरी से निकाल बाहर करेंगे। यकीन मानो मेरा।''

''ऐसा?''

''हां, ऐसा।''

''अच्छा।''

वो चली गयी।

कुछ क्षण बाद हॉल से ऊपर जाती सीढ़ियों के ऊपरले सिरे पर उसे रहेजा दिखाई दिया। सीढ़ियों को रौंदता-कूटता सा वो उतरकर नीचे आया। उसने विकास को इशारा किया और अपनी स्टडी में घुस गया।

विकास उसके पीछे वहां पहुंचा।

''बैठो।'' – वो संजीदा लहजे से बोला।

''थैंक्यू।''

''कल की तकरार से तुमने कोई सबक नहीं लिया जान पड़ता!''

''मैं क्या सबक लेता? क्यों सबक लेता? तकरार की वजह मैं तो नहीं था!''

''बराबर तुम थे। जबरन यहां घुस आये, वाही-तबाही बकने लगे, एक्सप्लेनेशनें मांगने लगे, इल्जाम लगाने लगे और कहते हो कि तकरार की वजह तुम नहीं थे!''

''कल की बात कल के साथ गयी।''

''ये मेरी शराफत है कि तुम्हारे जैसे फसादी शख्स को मैंने फिर घर में घुसने दिया।''

‘‘शरीफ आदमी से शराफत की ही उम्मीद की जाती है। लेकिन आपको तो ये बात मालूम होगी नहीं!’’

‘‘छोड़ो। और बोलो सतीश चावला की क्या बात है?’’

‘‘कल शाम उसका कत्ल हो गया है। सतीश चावला बोला मैं! यानी कि वो शख्स जो कल मैंने बताया था कि आपके वकील के ऑफिस में हुई चोरी के लिये जिम्मेदार था।’’

‘‘तो मैं क्या करूं?’’

‘‘आपके लिये ये कोई खास खबर नहीं?’’

‘‘नहीं।’’

‘‘तो फिर सोते से उठके क्यों चले आये?’’

‘‘क्योंकि मेरा मिलने से इनकार सुनकर जैसे कल तुम जबरन यहां मेरी स्टडी में घुस आये थे, वैसे आज मेरे बैडरूम में घुस आते।’’

‘‘बस, यही वजह है?’’

‘‘और कोई वजह है तो वो ये है कि वो मेरा क्लायंट था, मैंने उसका प्रॉपर्टी का डील हैंडल किया था।’’

‘‘एक क्लायंट की मौत का आपको अफसोस है?’’

‘‘नहीं होना चाहिये?’’

‘‘हजारों क्लायंट्स में से एक की मौत का आपको अफसोस है तो कोई वजह तो होगी!’’

‘‘कोई खास वजह नहीं।’’

‘‘शायद ये वजह हो कि वो खास क्लायन्ट था। और क्लायन्ट होने के अलावा भी कुछ था!’’

‘‘क्या? क्या था? क्या कहना चाहते हो?’’

‘‘उसका आपके साथ तहरीरी करार था, जो ये कहता था कि अगर एक निश्चित समय में साठ लाख रुपये का कर्जा वो आपको न लौटाता तो आप ऑटोमैटिकली उसके पैट्रोल पम्प के मालिक बन जाते। मेरा सवाल आपसे, करार की एक पार्टी से, ये है कि कैसे वो आपको इतनी बड़ी रकम नकद लौटा

पाता! क्या आपसे छुपा था कि पैट्रोल पम्प ऐसी जगह पर था जहां कि कोई खास बिजनेस नहीं था और चावला किसी और जरिये से कोई तगड़ी माली हैसियत वाला शख्स न था, न बन सकता था। रकम किस्तों में लौटाने का प्रावधान होता तो तब भी कोई बात थी। कैसे वो साठ लाख की रकम को नकद, एकमुश्त लौटाने के नामुमकिन काम को अंजाम दे पाता! ऐसी शर्त रखने का क्या मतलब जिसके दर्ज होते वक्त ही आपको मालूम था कि वो पूरी नहीं की जा सकती थी?''

''मुझे याद नहीं उस करार में क्या था?''

''करार की शर्तें याद नहीं या करार ही याद नहीं?''

''करार याद है।''

''तो फिर . . .''

''मेरे खयाल से बाद में उसकी अमेंडमेंट जारी की गयी थी।''

''कैसी अमेंडमेंट?''

''जो रकम की अदायगी माहाना किस्तों में किये जाने की छूट देती थी।''

''वैरी गुड! हो रही है माहाना किस्तों की ऐसी अदायगी?''

''हो ही रही होगी!''

''होगी क्या मतलब?''

''ऑफिस के रिकॉर्ड से पता चलेगा न! मैं इस बाबत एकाउंटेंट से पूछूंगा।''

''वैसे आपको याद नहीं?''

''नहीं, वैसे याद नहीं। ऑफिस में मुझे कोई एक ही काम तो नहीं!''

''ये सब बंडलबाजी है, मैं दावे के साथ कह सकता हूं कि ऐसी कोई अदायगी नहीं हो रही है।''

''तुम ये कहना चाहते हो कि मैं . . .''

''हां, यही कहना चाहता हूं। झूठ बोल रहे हैं आप!''

''क्या! तुम्हारी ये मजाल?''

''हां। मेरी ये मजाल!''

''तुम साले दो कौड़ी के आदमी . . .''

''मेरे को दो कौड़ी का या एक कौड़ी का या आधी कौड़ी का आदमी कहकर आप हकीकत पर पर्दा नहीं डाल सकते। या सच्ची बात कबूल कीजिये या अपने अंजाम के लिये तैयार रहिये।''

''अंजाम! कैसा अंजाम! क्या करोगे तुम?''

''पुलिस के पास जाऊंगा। आपने इतनी बार मुझे खाली धमकी दी पुलिस की, मैं सच में जाऊंगा।''

''अपनी वाहियात, बेबुनियाद बात को साबित कैसे करोगे?''

''सबूत है न मेरे पास!''

''है?''

''हां है। ये देखिये।'' – विकास ने जेब से निकालकर सतीश चावला का करारनामा उसकी आंखों के सामने लहराया – ''ये है सबूत। जो मैंने किस्तों की बाबत कहा, उसका ही नहीं, कत्ल का भी।''

''कत्ल का भी?''

''हां। कत्ल का भी।''

''उसका कैसा सबूत?''

''ये कत्ल का उद्देश्य है। कत्ल इस करारनामे की वजह से हुआ, सतीश चावला से इसे वापिस हथियाने के लिये हुआ। कत्ल आपने किया लेकिन वो गुनाह बेलज्जत साबित हुआ। कत्ल के बावजूद ये करारनामा आपके हाथ न लगा।''

''तुम पागल हो।'' – वो गर्जा। – ''कल मैं घर से निकला ही नहीं था। मैं सारी शाम, सारी रात यहां था।''

''तो फिर आपने कत्ल किया नहीं, करवाया।''

''ये सरासर बेजा इल्जाम है।''

''हो सकता है। आप चीखना-चिल्लाना, हाथ-पांव फेंकना बंद करें तो इस बारे में कोई बात हो न!''

वो शांत हुआ।

''तो'' – विकास बोला – ''आप कहते है कि कल शाम, कल रात आप

हर घड़ी यहां मौजूद थे?''

''हां।''

''कत्ल शाम आठ बजे के करीब किसी वक्त हुआ था। सवा आठ बजे के करीब मुझे उसकी खबर हुई थी। साढ़े आठ बजे के करीब वो खबर मैंने आगे पुलिस को पहुंचाई थी। अगर आप कहते हैं कि उस दौरान आप यहां थे . . .''

''मैं कहता हूं। पुरइसरार कहता हूं।''

''आप हकीकत बयान करते हो सकते हैं लेकिन इस हकीकत का यकीन पुलिस को दिलाना आसान न होगा। क्योंकि इस बात का यकीन पुलिस को दिलाना आसान न होगा कि सतीश चावला जैसी माली हैसियत वाला कोई शख्स साठ लाख की एकमुश्त कैश पेमेंट करके कोई डील फाइनल कर सकता था। जब इस बात की तफ्तीश होगी तो ये बात भी छुपी नहीं रहेगी कि बतौर प्रॉपर्टी डीलर वो डील आपने करवाया था। तब इस बात की सफाई देने की जिम्मेदारी आप पर भी आयद होगी कि कैसे सतीश चावला इतनी बड़ी कैश पेमेंट का इंतजाम कर पाया। क्या सफाई देंगे, जनाब?''

''वो अहम मुद्दा नहीं है। अहम मुद्दा ये है कि मैं उस शख्स का कातिल नहीं हो सकता। और ये मैं साबित कर सकता हूं। इसलिये मेरे को परेशान होने की कोई जरूरत नहीं।''

''ये आपकी खामखयाली है। जब तक आपके पास कत्ल का उद्देश्य है तब तक आप नहीं कह सकते कि आपको परेशान होने की कोई जरूरत नहीं। और कत्ल का उद्देश्य'' – विकास ने फिर कागज हवा में लहराया – ''बराबर आपके पास है।''

वो खामोश रहा, उसने बेचैनी से पहलू बदला।

''इसलिये मेरी राय मानिये और हकीकत बयान कीजिये। शायद मैं आपकी कोई मदद कर सकूं।''

''तुम क्या मदद कर सकोगे?''

''अगर आप बेगुनाह हैं तो मैं इस बात को साबित करने का, स्थापित करने का आपको जरिया सुझा सकता हूं। अगर ऐसा नहीं है तो भी किसी न किसी

तरीके से मैं आपके किसी न किसी काम आ सकता हूं क्योंकि मूर्ख दोस्त से दाना दुश्मन अच्छा होता है। आप अपना रवैया नहीं बदलेंगे, झूठ ही बोलते रहने की जिद नहीं छोड़ेंगे तो यहां के बाद मेरा अगला पड़ाव पुलिस हैडक्वार्टर ही होगा। अब बोलिये क्या कहते हैं?''

उसने उत्तर न दिया। उसने मेज का एक दराज खोलकर भीतर कुछ तलाश किया।

''मेरे पर तानने को'' – विकास धीरे से बोला – ''कोई हथियार तलाश कर रहे हैं तो कोशिश बेकार होगी।''

''हथियार!'' – वो उलझनपूर्ण भाव से बोला – ''काहे को?''

''ये करारनामा मेरे से छीन लेने को।''

''तुम पागल हो।''

''ये फोटोकॉपी है, इसलिये ऐसी कोशिश . . .''

''अरे, मैं दराज में सिगरेट तलाश कर रहा था।''

''सिगरेट मैं पेश करता हूं।''

''अब नहीं चाहिये मुझे। मूड नहीं रहा।''

विकास चुप रहा।

उसने जोर से दराज बंद किया, कुर्सी पर पहलू बदला।

कुछ क्षण खामोशी में गुजरे।

''चाय पियोगे?'' – फिर वो बोला।

विकास ने गहरी सांस ली। जिस पर वो अभी गरज बरस रहा था, जिसे वो अभी कोस रहा था, उसे चाय ऑफर करना उसके मिजाज में आयी, या आगे आने वाली, अच्छी तब्दीली का सबूत था।

''पी लूंगा।'' – वो बोला।

वो उठकर बाहर गया और मेड को चाय के बारे में हिदायत देकर लौटा।

''अब बोलिये।'' – विकास तनिक उतावले स्वर में बोला।

''समझ में नहीं आता क्या बोलूं?''

''वो तो मैं समझा देता हूं। ऐसा कुछ बोलिये जिसके जेरेसाया आप मर्डर सस्पैक्ट न रहें।''

‘‘जो बोलूंगा, उसे अपने तक रखोगे?’’

‘‘चुप रहने की वजह से अगर मेरी जान पर न आ बनी तो रखूंगा।’’

‘‘इतना भी काफी है। अब सुनो। पहली बात तो ये है कि वो पैट्रोल पम्प मैं पैट्रोल के बिजनेस के लिये नहीं, उस जमीन के लिये खरीदना चाहता था जिस पर कि वो स्थापित था। पम्प के पिछले मालिक को इस बात की कोई भनक लग गयी थी जिसकी वजह से वो मेरे से सौदा करने में अड़ी कर रहा था। मैं इस बाबत जितनी उससे बात करता, उतना ही उसका शक बढ़ता। इस प्रॉब्लम का हल मैंने ये निकाला कि मैंने डमी ग्राहक खड़ा किया।’’

‘‘सतीश चावला?’’

‘‘हां।’’

‘‘इस बात का अहसास मुझे पहले से है। अब इस प्रॉपर्टी का मालिक बनने के लिये मरे जाने की असल वजह बताइये!’’

‘‘असल वजह ये है, भैया, कि मेरे को इनसाइड इनफर्मेशन है कि . . .’’

‘‘कैसे है? किससे है?’’

‘‘कैसे भी है, किसी से भी है, ये मेन मुद्दा नहीं।’’

‘‘फिर भी . . .’’

‘‘नो फिर भी।’’

‘‘ऐज यू विश, सर।’’

‘‘ऐज आई वाज सेईंग, मेरे को इनसाइड इनफर्मेशन है कि आने वाले दिनों में उस इलाके में प्रॉपर्टी की कीमत एकदम शूट करने वाली है क्योंकि एक तो रिलायंस का एक बहुत बड़ा प्रोजेक्ट उधर शुरू होने वाला है, दूसरे जो सड़क उधर बननी शुरू हुई थी, सरकार बदल जाने की वजह से जिसका बनना बंद हो गया था, नई सरकार उसे फिर बनवाना शुरू करने जा रही है। इन बातों की वजह से आइंदा चंद ही महीनों में वहां प्रॉपर्टी की कीमत बीस गुणा, पच्चीस गुणा, यहां तक कि तीस गुणा बढ़ सकती है। मैंने बेहद खुफिया तरीके से उस इलाके में नौ एकड़ जमीन खरीदी है और इत्तफाक ऐसा हुआ है कि वो पैट्रोल पम्प मेरी खरीदी जमीन के दायरे में आता है।’’

''यानी कि आसपास की जमीन आपकी है, पम्प की जमीन आपकी नहीं है!''

''हां। इसी वजह से वो जमीन मुझे हर हाल में चाहिये थी। ओरीजिनल ओनर को पता चलता कि क्यों चाहिये थी तो वो हिमालय पहाड़ पर जाकर बैठ जाता। बावजूद इसके कि पम्प के उधर न होने जैसे बिजनेस से वो राजी नहीं था और वो उसने बेचना ही बेचना था। इस तमाम दुश्वारियों के हल के तौर पर मैंने डमी खरीदार खड़ा किया।''

''आई सी।''

''तुम्हारी जानकारी के लिये प्रॉपर्टी के धंधे में कम्पीटीशन, एक-दूसरे की मुखालफत, एक-दूसरे का गला काटने का एटीट्यूड बहुत है। ये बात हवा पकड़ती कि मैं, एक बड़ा बिल्डर और प्रॉपर्टी डीलर, एक पैट्रोल पम्प की खरीद के पीछे पड़ा था; एक ऐसे धंधे के पीछे पड़ा था जिससे मेरा कोई लेना-देना नहीं होना चाहिये था तो सबके कान खड़े हो जाते। नतीजतन मेरा मंसूबा, मेरा गेम एक्सपोज होता तो उधर की जमीन की शुरूआती कीमतें ही आठ दस गुणा बढ़ जातीं।''

''जो कि आप नहीं चाहते थे?''

''कैसे चाहता? अठन्नी की चीज पांच रूपये में खरीदने के हालात भला मैं क्यों पैदा होने देता?''

''इसलिये डमी खरीदार!''

''हां।''

''कोई और भी वजह है?''

''है तो सही।''

''वो भी बताइये।''

''मेरी इनकम टैक्स की इंक्वायरी है। प्रॉपर्टी के धंधे में दो नम्बर का पैसा खुला चलता है फिर भी इंक्वायरी सिर्फ मेरी है। ऐसे माहौल में इंकम टैक्स वालों को पम्प के मेरे साथ डील की खबर लगती तो हाथ के हाथ वो भी इंक्वायरी के दायरे में आ जाता। ऐसा होता तो पम्प का ओरीजिनल ओनर छूत की बीमारी

की तरह मेरे से परहेज करता।''

''इस वजह से भी डमी खरीदार!''

''हां।''

''उसकी इंक्वायरी होती?''

''न होती, इस बात का इंतजाम मैं कर सकता था। वो डील उसके धंधे की परिभाषा में नहीं आती थी, उसने जो करना था, एक ही मर्तबा करना था। फिर भी कोई पूछ होती तो मैं ऐसा इंतजाम कर सकता था कि उसको किसी प्राइवेट फाइनांसर से पैसा हासिल हुआ था।''

''कौन मानता?''

''न मानता तो जो ऊंच-नीच होती, वो उसके साथ होती जिसे कि वो भुगत लेता। दूसरे तब तक मेरा टैक्स का केस निपट जाता और पम्प को मैं टेकओवर कर लेता।''

''केस कैसे निपट जाता?''

''जैसे ऐसे इनकम टैक्स के केस निपटते हैं।''

''रिश्वत देकर?''

''कुछ रिश्वत देकर, कुछ जुर्माना अदा करके।''

तभी मेड चाय और बिस्कुट्स की ट्रे के साथ वहां पहुंची। दोनों को सब सर्व करके खाली ट्रे के साथ वो वहां से चली गयी।

पीछे विकास ने एक बिस्कुट चबाया, चाय का एक घूंट भरा।

''सतीश चावला को कैसे जानते थे?'' – फिर सवाल किया।

''जानता था किसी तरीके से।''

''फिर भी!''

''यार, मेरे धंधे में मुझे ऐसे बहुत लोग मिलते हैं जिनकी अपनी कोई जात-औकात नहीं होती। ऐसों में से अपने काम के एक को छांटना ही तो था मैंने!''

''बतौर वालंटियर!''

''खामखाह! मुफ्त में तो आजकल बुखार नहीं मिलता।''

''उसकी कितनी फीस भरी?''

“पांच लाख।”

“ज्यादा नहीं?”

“कोई कोर्ट-कचहरी हो जाये तो उसको भुगतने का रिस्क भी इस रकम में शामिल था।”

“बुनियादी तौर पर भी वो कोई जरायमपेशा शख्स था। थोड़ी कमीबेशी के साथ आप खुद भी ऐसे ही हैं इसलिये एक ही थैली के चट्टे-बट्टे होने की वजह से आपकी उससे बात बनी।”

“फिर शुरू हो गये!”

“मैंने खामखाह ये बात नहीं कहीं। चोरी की मजाल किसी स्ट्रेट सिटिजन की नहीं हो सकती। सेंधमारी का हुनर किसी स्ट्रेट सिटिजन को आता नहीं हो सकता। जो हाथ निवाला दे, उसी को काट खाना किसी स्ट्रेट सिटिजन को नहीं सूझ सकता। उसके किरदार को ये बात भी हाईलाइट करती है कि आपके वकील निझावन के ऑफिस में घुसकर उसने वहां से एक डाकूमेंट ही न चुराया, वहां उपलब्ध अस्सी हजार रूपये भी पार कर दिये। अब बताइये कौन था वो और कैसे आप उसको जानते थे?”

“एक बुकी का एजेंट था। क्रिकेट पर कभी-कभार मैं भी उसके जरिये दांव लगाता था।”

“ठीक। उसके हालिया कारनामे से अब आप क्या समझे?”

“क्या समझूं?”

“जो करारनामा आपने उससे लिखवाया, उसकी गैरहाजिरी में आप पैट्रोल पम्प पर अपना मालिकाना हक नहीं बना सकते। वो जिंदा रहता तो पैट्रोल पम्प को बेचता और हासिल रकम के साथ चलता बनता। साठ लाख जमा पांच लाख जो आपने उसकी फीस भारी, जमा अस्सी हजार जो उसने वकील के ऑफिस से चुराये। टोटल हुआ पैंसठ लाख अस्सी हजार रुपये। इतनी रकम का एक ऐसा शख्स आपको चूना लगाने जा रहा था, आपके खयाल से जिसे आपने फांसा था। कामयाब हो जाता तो क्या कहते? फांसा था या फंसे थे?”

उसके चेहरे ने रंग बदला।

''क्या कहना चाहते हो?'' – फिर बोला।

''आप इतने व्यवहारिक और दुनियादार आदमी हैं, ऐसे डबल क्रॉस का क्या जवाब देते आप?''

''कत्ल!''

''जो कि अंदाजों की बात नहीं रही। जो कि हो चुका है। जिससे मुकरा नहीं जा सकता।''

''तुम फिर मेरे पर उंगली उठा रहे हो!''

विकास खामोश रहा।

''तुम्हारा सारा जोर इस बात पर है कि चावला का कत्ल करारनामे की वजह से हुआ जिसे कि उसने मेरे वकील के ऑफिस से चुरा लेने की जुर्रत की थी। लेकिन शायद तुम ये नहीं जानते कि जो डाकूमेंट उसने वहां से चुराया था, वो ओरीजिनल की कॉपी था। ओरीजिनल अभी भी मेरे पास महफूज है।''

''आपके पास है?''

''बराबर है। अब तुम मुझे बताओ कि सिर्फ कॉपी हाथ आ जाने से वो करारनामे से कैसे मुकर सकता था?''

''कहां है ओरीजिनल?''

''यहीं है।''

''यहां कहां? यहीं स्टडी में या घर में?''

''घर में। ऊपर मेरे बैडरूम में।''

''दिखा सकते हैं?''

''तुम्हें किसलिये?''

''कोई वजह नहीं। लेकिन शायद आपको ही अपने दावे की तसदीक की जरूरत हो।''

वो खामोश रहा।

विकास ने अपलक उसे देखा। उसकी सूरत बता रही थी कि वो बात उसे जंची थी।

तभी स्टडी का दरवाजा खुला और मेड ने भीतर कदम रखा।

''क्या है?'' – रहेजा तनिक कर्कश स्वर में बोला – ''ट्रे बाद में ले जाना।'' – वो एक क्षण ठिठका, फिर बोला – ''या कोई और बात है?''

''घोष बाबू आये हैं।'' – मेड बोली।

''आ गया! हां, मैने बुलाया था उसे। लेकिन अभी बाहर ही रख।''

सहमति में सिर हिलाती मेड वहां से चली गयी।

पीछे रहेजा ने अपना चाय का कप खाली किया और उठ खड़ा हुआ।

''आता हूं।'' – वो बोला।

विकास ने सहमति में सिर हिलाया।

रहेजा वहां से चला गया।

पांच मिनट बाद वापिस लौटा तो उसका चेहरा फक था।

''नहीं है।'' – वो हैरान परेशान लहजे से बोला – ''गायब है। ओरीजिनल करारनामा अपनी जगह पर नहीं है।''

''मुझे यही उम्मीद थी।'' – विकास बोला – ''उम्मीद क्या थी, यकीन था।''

''कैसे? कैसे?''

''सीधी सी बात है। ओरीजिनल हाथ आये बिना कॉपी हथियाने की वैसी खतरनाक कोशिश करना, जैसी कि उसने की, बेवकूफी थी।''

''चोरी की नीयत से उसने यहां भी घुसने की हिम्मत की?''

''मुझे उम्मीद नहीं। ऑफिस रात को बंद होता है, घर बार ऑफिस की तरह बंद नहीं होता। दूसरे, इतनी बड़ी कोठी में उसे क्या मालूम कि ओरीजिनल कहां उपलब्ध थी! वो चोरों की तरह यहां घुस भी आता, फिर भी इस बात की कोई गारंटी नहीं थी कि ओरीजिनल को तलाश कर लेता।''

''तो फिर ओरीजिनल क्योंकर उसके हाथ आयी?''

''कुछ कहना मुहाल है लेकिन ये बात निश्चित है कि कत्ल से पहले दोनों कागज – ओरीजिनल और कॉपी – चावला के पास थे। किसी को'' – विकास ने एक अथपूर्ण निगाह रहेजा पर डाली – ''इस बात की खबर थी। कोई इस बाबत उससे बात करने उसके पास पहुंचा, बातचीत तकरार में बदल गयी, नतीजतन चावला का कत्ल हो गया।''

‘‘हूं।’’

कुछ क्षण खामोशी रही।

‘‘सुनो।’’ – फिर एकाएक वो बोला – ‘‘परसों जब तुम मेरे ऑफिस में मेरे से मिले थे तो तुमने कहा था कि तुम प्राइवेट डिटेक्टिव थे!’’

‘‘कहा तो था।’’ – विकास सावधान स्वर में बोला – ‘‘क्या कहना चाहते हैं?’’

‘‘मैं तुम्हें बतौर प्राइवेट डिटेक्टिव एंगेज करना चाहता हूं।’’

‘‘अच्छा!’’

‘‘हां। वैसे तो फर्म के कामों के लिये एक पीडी है मेरे पास लेकिन मैं तुम्हें एंगेज करना चाहता हूं।’’

‘‘ऐसा क्यों?’’

‘‘वो तुम्हारे जितना काबिल, तुम्हारे जितना जहीन नहीं, वैसे भी वो ट्रबल शूटर ज्यादा है, डिटेक्टिव कम है।’’

‘‘आपको क्या पता मैं काबिल हूं, जहीन हूं?’’

‘‘मैं उड़ते पंछी के पर पहचानता हूं। ऐसे ही मैं इतना बड़ा रीयल एस्टेट मैन नहीं बन गया।’’

‘‘बैठे पंछी के पर आप पहले ही पहचान चुके हैं, जबकि इस काम में आपके रीयल एस्टेट मैन होने का कोई दखल नहीं।’’

‘‘क्या? क्या बोला?’’

‘‘मैंने इस धंधे में अभी कदम रखा ही है, अव्वल रखने का खयाल ही किया है लेकिन आपको मालूम है कि मैं काबिल हूं, जहीन हूं, उड़ता पंछी हूं, वगैरह वगैरह हूं।’’

‘‘अरे, तबसरा छोड़ो, हिस्ट्री छोड़ो, और बोलो, क्या कहते हो?’’

‘‘क्या करने के लिये एंगेज करना चाहते हैं?’’

‘‘चावला के कातिल का पता लगाने के लिये। पता लगाने के लिये कि कैसे यहां से ओरीजिनल गायब हुई और चावला के कब्जे में पहुंची! ये साबित कर दिखाने के लिये कि मैं चावला का कातिल नहीं।’’

‘‘ये मैं कैसे कर सकता हूं?’’

‘‘क्यों नहीं कर सकते?’’

‘‘क्योंकि मेरी निगाह में तो कातिल आप हैं। आपके पास कत्ल का तगड़ा उद्देश्य है।’’

‘‘नॉनसेंस।’’

‘‘आपने चावला को डबल क्रॉस का मजा चखाया और यूं अपनी एक बड़ी रकम की हिफाजत की।’’

‘‘अरे, तुम जानते हो कल रात मैं घर पर था इसलिये मैं उसका कातिल नहीं हो सकता।’’

‘‘मैं क्या गुजरी रात की हर घड़ी आपके पहलू में था?’’

तभी दरवाजा खुला और शलवार सूट पहने एक औरत ने भीतर कदम रखा।

वो बैड से निकलकर आयी जान पड़ती थी लेकिन फिर भी बला की हसीन लग रही थी। उसके होंठ बिना लिपस्टिक के भी लाल थे, भूरी आंखें खूब बड़ी-बड़ी थीं और काले बाल यूं खुले हुए थे कि खूबसूरत चेहरा उनके फ्रेम में जड़ा जान पड़ता था। शलवार सूट के साथ वो दुपट्टा नहीं ओढ़े थी जिसकी वजह से उसके उन्नत वक्ष का अच्छा, निर्बाध नजारा मुमकिन था। पैरों में वो फ्लैट स्लीपर पहने थी जो कि चलते वक्त आवाज करते थे। कद में सवा पांच फुट के करीब जान पड़ती थी।

‘‘सवेरे-सवेरे स्टडी से आवाजें आ रही थीं।’’ – वो करीब आ कर बोली – ‘‘अचम्भा हुआ। देखने चली आयी।’’

उसने एक सरसरी निगाह विकास पर डाली और मुस्कराई।

विकास ने अपने मेजबान की ओर देखा।

‘‘मेरी बीवी। सुनंदा।’’ – रहेजा बोला – ‘‘ये विकास है।’’

‘‘हल्लो!’’ – सुनंदा की मुस्कराहट और मुखर हुई – ‘‘हम पहले कभी मिले हैं?’’

‘‘मेरे खयाल से तो नहीं, मैडम!’’ – विकास अदब से बोला।

‘‘क्या करते हैं विकास साहब?’’

‘‘मैं प्राइवेट डिटेक्टिव . . .’’

''ओह! वैरी एक्साइटिंग।''

''. . . बनने की कोशिश कर रहा हूं।''

''अभी बने नहीं?''

''नहीं।''

''लेकिन इरादा कर लिया है?''

''जी हां।''

''अच्छी शुरुआत है। इरादा करने से ही काम होता है। वैल बिगन इज़ हाफ डन। नो?''

''यस, मैडम।''

''मैंने'' – वो अपने पति से सम्बोधित हुई – ''डिस्टर्ब तो नहीं किया?''

''नहीं।'' – रहेजा बोला – ''बल्कि मैं तुम्हें याद ही कर रहा था।''

''सवेरे-सवेरे!''

''हां।''

''क्यों भला?''

''मेरे को तुम्हारे से कुछ पूछना है।''

''कोई खास बात?''

''हां। बहुत खास बात।''

''क्या?''

''चावला से मेरे करारनामे की ओरीजिनल चावला के पास कैसे पहुंच गयी?''

''यही खास बात है जो तुम मेरे से पूछना चाहते हो?''

''हां। जवाब दो।''

''मैंने पहुंचाई।''

रहेजा हक्का-बक्का सा उसका मुंह देखने लगा।

''क्यों?'' – फिर कठिन स्वर में बोला।

''वजह खुद समझो।''

''तुम . . . तुम पछताओगी!''

''जो काम मैं पहले से कर रही हूं वो अब अलग से क्या करूंगी?''

''तुम . . . तुम . . .''

उसने अपने पति की तरफ से पीठ फेरी और विकास से मुखातिब हुई।

''ये कुछ नहीं समझ पायेंगे।'' – वो बोली – ''कभी नहीं जान पायेंगे कि मैंने वो हरकत क्यों की और खुद मैं इन्हें कुछ बताने वाली नहीं। जानते हो?''

''क्या?'' – विकास के मुंह से निकला।

''निझाला गांव के लैंड डील से ये करोड़ों रुपया कमाने के सपने देख रहे हैं। लेकिन उससे क्या इनकी ऊंची उड़ान किसी मुकाम पर पहुंच जायेगी! इनकी खाऊं-खाऊं का प्याला लबरेज हो जायेगा! नहीं होगा। क्यों नहीं होगा? क्योंकि दौलत की भूख का कोई ओर छोर ही नहीं। – मनी इज़ नैवर एनफ – और वो भूख मिटाने के लिये ये क्या कुछ नहीं कर सकते! पूछो, क्या कुछ नहीं कर सकते!''

''बताइये।''

''काले पैसे के लिये खून कर सकते हैं। क्योंकि इस खुशफहमी से मुब्तला हैं कि बहुत चालाक हैं, बड़े हजरती हैं, शमशेर खलीफा हैं, कभी पकड़ाई में नहीं आ सकते। क्या समझे?''

विकास से उत्तर देते न बना, उसने सशंक भाव से रहेजा की तरफ देखा।

''तुम्हारी जानकारी के लिये मैं पिछले पंद्रह मिनट से बाहर दरवाजे पर खड़ी तुम लोगों की बातें सुन रही थी। तुम बड़े जहीन नौजवान जान पड़ते हो इसलिये वॉर्न कर रही हूं; मेरे हस्बैंड से बच के रहना, इन्हें जेहनियत की कोई कदर नहीं। खुंदक खाते हैं ये जहीन लोगों से। कम्पीटीशन महसूस करते हैं। इसे कहते हैं अक्लमंद के लिये इशारा। नमस्ते।''

आंखों से पति पर कहर बरसाती और होंठों की मुस्कराहट से मेहमान को नवाज़ती वो वहां से रुखसत हुई।

पीछे मरघट का सा सन्नाटा छा गया।

जिसे आखिर रहेजा ने ही तोड़ा।

''मीटिंग खत्म।'' – वो रूखे स्वर में बोला – ''चलो।''

बिना हुज्जत के विकास उठा और लम्बे डग भरता वहां से बाहर निकल गया।

बाहर हॉल में एक पिलर के साथ लगी एक सोफाचेयर पर वो बैठा था।

तपन घोष!

रहेजा का कैरियर!

उनका बकरा!

वही हुआ था, मेड की जुबानी नाम सुनते ही, जिसका अंदेशा उसको हुआ था।

केवल एक क्षण के लिये दोनों की निगाह मिली, फिर वो लम्बे डग भरता वहां से बाहर निकल गया।

घोष स्टडी में पहुंचा।

''आ, भई।'' – रहेजा बोला – ''जल्दी आ गया!''

''बॉस!'' – घोष व्यग्र भाव से बोला – ''वो कौन था?''

''कौन-कौन था?'' – रहेजा अनमने भाव से बोला।

''जो अभी यहां से गया!''

''तू क्यों पूछ रहा है?''

''बॉस, ये उन तीन ठगों में से एक था।''

''क्या!'' – रहेजा तत्काल कुर्सी पर सीधा हुआ।

''जो गुण्डा बना था। जो गले में लाल रूमाल बांधे था और सिर पर गोल्फ कैप लगाये था। जो जींस, जैकेट पहने था। जिसके एक हाथ में खून से सना चाकू था और दूसरे में बटुवा था।''

''क्या बकता है?''

''वही था।''

''तू तो उसे मोटी मूंछ वाला बताता था!''

''मूंछ मुंडा दी होगी या नकली होगी।''

''अरे, परसों रात उस नकली कर्नल ने अपने मेल जोड़ीदार का जो हुलिया बयान किया था, वो इससे कतई नहीं मिलता।''

''गुस्ताखी माफ, बॉस, वो नकली कर्नल जोड़ीदार इसका था या आपका?''

''क्या बकता है?''

''आपको क्या पता, हमें क्या पता, कि उसने सही हुलिया बयान किया था! आप जो कह रहे हैं, उस हुलिये की बिना पर कह रहे हैं जो कि बयान किया गया था लेकिन मैंने तो उसको रूबरू देखा था, मैं कैसे धोखा खा सकता हूं! आप मेरा यकीन कीजिये मूंछ और पोशाक के अलावा कोई फर्क नहीं।''

''तू पागल है। ये वो शख्स नहीं हो सकता।''

''क्यों नहीं हो सकता?''

''अगर ये उन ठगों की टोली में से होता तो इसकी मेरे पास फटकने की मजाल न होती! ये तो गले पड़ के मेरे से मिला ऑफिस में भी, यहां भी।''

''था कौन?''

''ये तो . . . ये तो . . .''

रहेजा खामोश हो गया।

क्या जानता था वो उस शख्स के बारे में?

कुछ भी तो नहीं।

वो अपने आपको पीडी बताता था लेकिन उसे उसको क्लायंट बनाने से गुरेज था। बतौर पीडी वो कहता था अभी उसका कोई ठिकाना नहीं था, रिहायश की बाबत खुद उसी ने कोई सवाल नहीं किया था।

''दौड़ के उसके पीछे जा'' – एकाएक वो व्यग्र भाव से बोला – ''और उसे वापिस बुला के ला। बोलना, रहेजा साहब और बात करना चाहते हैं। जा, जल्दी जा।''

घोष बाहर को लपका।

वो कोठी से निकलकर, कम्पाउंड लांघकर सड़क पर पहुंचा तो उसे सड़क सुनसान पड़ी मिली। उसने दोनों तरफ निगाह दौड़ाई तो सिर्फ एक सफेद जेन दूर जाती दिखाई दी।

वो वापिस लौटा।

''निकल गया?'' – उसकी सूरत पर निगाह पड़ते ही रहेजा बोला।

घोष ने सहमति में सिर हिलाया।

रहेजा ने मेज पर पड़ा फोन अपनी तरफ घसीटा और अपने पीडी दीपक पसारी को फोन लगाने लगा।

विकास को सुनंदा सड़क पर मौजूद उसकी जेन के साथ टेक लगाये खड़ी मिली।

''हल्लो!'' – वो बोला – यहां कैसे खड़ी हैं?''

''हवा खाने के लिये।'' – वो सहज भाव से बोली – ''भीतर दम घुट रहा था।''

''अच्छा!''

''क्या बड़ी बात है?''

''कोई बड़ी बात नहीं। अपना-अपना दम है। किसी का घुटने वाली जगह नहीं घुटता, किसी का न घुटने वाली जगह घुटता है।''

''बात समझ में तो नहीं आयी लेकिन तुम्हें जहीन आदमी कहा इसलिये अच्छी ही होगी।''

''आपने तो झट कबूल कर लिया कि करारनामे की ओरीजिनल कोठी से निकालकर आपने चावला के पास पहुंचाई!''

''क्या बड़ी बात की? मेरा हस्बैंड वो बात पूछ नहीं रहा था, बता रहा था, मेरे पर जाहिर कर रहा था। जाहिर बात से मुकरने का क्या मतलब? जो काम इस घर में मेरे सिवाय किसी ने किया हो ही नहीं सकता था, उससे इनकार करने का क्या मतलब?''

''बात तो आपकी ठीक है लेकिन यूं कोई हामी भरता तो नहीं!''

''कोई न!''

''खौफ नहीं खातीं आप अपने हस्बैंड से?''

''कैसा खौफ?''

''फौजदारी का!''

''ऐसा कुछ करेगा तो मैं बदले में कुछ नहीं करूंगी?''

''आप कुछ कर सकती हैं?''

''क्यों नहीं कर सकती?''

''यानी कि झांसी वाली हैं!''

‘‘क्या?’’

‘‘खूब लड़ी मर्दानी!’’

वो हंसी।

‘‘मैं आपसे एक-दो बातें और करना चाहता हूं लेकिन मैं यहां कम्फर्टेबल नहीं महसूस कर रहा।’’

‘‘गब्बर आ जायेगा?’’

‘‘देख तो बराबर लेगा! पहले से ही नहीं देख रहा होगा तो!’’

‘‘कार में बैठो।’’

दोनों कार में सवार हुए। विकास ने कार को आगे बढ़ाया।

एक बार उसकी निगाह रियर व्यू मिरर पर पड़ी तो उसमें उसे पीछे कोठी के सामने फुटफाथ पर खड़ा, सड़क पर दायें-बायें देखता, घोष दिखाई दिया।

उसकी सड़क पर मौजूदगी ही साबित कर रही थी कि वो विकास को पहचान गया था और रहेजा को उस बाबत रिपोर्ट दे चुका था।

बच गये – गहरी सांस लेता वो मन ही मन बोला – फिलहाल। आगे की देखी जायेगी।

कार मुश्किल से दो फर्लांग आगे बढ़ी थी कि वो बोली – ‘‘रोको।’’

उसने कार को बाजू करके एक पेड़ की छांव में रोका।

‘‘अब पूछो’’ – वो बोली – ‘‘क्या पूछना चाहते हो?’’

‘‘आप सतीश चावला से खूब वाकिफ हैं?’’

‘‘हूं तो सही!’’

‘‘उसकी बीवी से भी?’’

‘‘हां। आलोका से भी।’’

‘‘घर में आना-जाना है?’’

‘‘है।’’

‘‘रूपनगर?’’

‘‘हां, भई।’’

‘‘हस्बैंड के साथ जाती हैं?’’

''अकेले भी जाती हूं।''

''वो दोनों कब से वहां रूपनगर के उस फ्लैट में रह रहे हैं?''

''एक साल से।''

''क्योंकि पति-पत्नी हैं?''

''क्या कहना चाहते हो?''

''मुझे कुछ ऐसी भनक लगी है कि कानूनन पति-पत्नी वो हाल ही में बने हैं।''

''लिव-इन फ्रेंडशिप पर नाक तो कोई नहीं चढ़ाता आजकल!''

''यानी कि ये बात आपको भी मालूम है?''

''है तो सही!''

''अभी बुधवार शादी की! कोर्ट मैरिज! विशालगढ़ में!''

''तुम तो बहुत कुछ जानते हो!''

''जवाब दीजिये!''

''हां।''

''यानी कि चावला की कानूनी वारिस उसकी बीवी है? आलोका है जो पहले लिव-इन-फ्रेंड थी और हाल ही में बीवी बनी है।''

''हां।''

''है कहां वो?''

''मुझे नहीं मालूम।''

''कुछ तो मालूम होगा?''

''हां, कुछ तो मालूम है!''

''क्या?''

''हनीमून पर निकले हुए थे। निकलकर कहां गये थे, ये नहीं मालूम।''

''जहां भी गये थे, मियां वहां से कत्ल होने के लिये वापिस लौट आया, बीवी पीछे रह गयी!''

''हां। अभी तो बेचारी को खबर भी नहीं होगी कि शादी होते ही विधवा हो गयी थी।''

''आपको कैसे खबर है?''

''तुमसे लगी न!''

''मेरे से?''

''तुमने स्टडी में मेरे हस्बैंड को बताई, मैंने बाहर खड़े सुनी।''

''ओह! आपको इस बात का कतई कोई अंदाजा नहीं कि बीवी कहां होगी?''

''हां।''

''आपने अपने हस्बैंड पर इतना बड़ा इल्जाम लगाया कि वो छोटे से फायदे के लिये भी बड़ा, खतरनाक कदम उठा सकता है। खून कर सकता है। बेबुनियाद तो आपने ये बात कही नहीं होगी! लिहाजा उसकी ऐसी कोई हरकत आपकी जानकारी में है! किसका खून किया उसने?''

''खुद क्यों करेगा?''

''कराया?''

''हां।''

''किसका?''

''जगन तिवारी का।''

''वो कौन हुआ?''

''तुम्हें नहीं मालूम?''

''नहीं। मालूम होता तो पूछता!''

''उस फसाद की जड़ पैट्रोल पम्प का ओरीजिनल मालिक।''

''कहां रहता है?''

''किधर ध्यान है? जब मैंने बोला कि मेरे हस्बैंड ने उसका खून कराया तो कहां होगा वो?''

''ओह! कब हुआ उसका खून?''

''हाल ही में।''

''कहीं सोमवार ही तो नहीं?''

''हां।''

''लाश! लाश कहां गयी?''

''वहीं, जहां लाश के जाने का दस्तूर है।''

''कहां।''

''मुर्दाघर में। मोर्ग में।''

''क्या कह रही हैं!''

''सीधे से न पहुंची लेकिन आखिर वहीं पहुंची।''

''सीधे से न पहुंची तो कैसे पहुंची?''

''हाइवे लिंकिंग रोड पर एक इमारत थी जो कि गैरकानूनी ढंग से बनायी गयी थी। कारपोरेशन वाले आकर उसे तोड़ गये थे और तब से वो खाली, उजाड़ पड़ी थी। मंगलवार रात को उसमें आग लग गयी थी और उसमें से एक जली हुई लाश बरामद की गयी थी। लाश इस बुरी तरह से जली थी कि शिनाख्त के काबिल नहीं बची थी। पुलिस का खयाल था कि वो कोई आवारागर्द शख्स था जो रात को पनाह के लिये वहां घुसा था। लाश इस उम्मीद में अभी भी मोर्ग में पड़ी है कि शायद उसकी शिनाख्त हो सके। ऐसा ही दस्तूर है। उसे ठिकाने लगाने से पहले एक प्रोसीजर फॉलो करना पड़ता है। उसकी बाबत अखबार में इश्तिहारे-शोरे-गोगा निकलवाना पड़ता है। सब हाजिरी के काम हैं जिन्हें अंजाम देने वालों को भी मालूम है कि शिनाख्त नहीं हो सकती लेकिन प्रोसीजर फॉलो करना पड़ता है।''

''वो लाश जगन तिवारी की है?''

''हां।''

''आपको कैसे मालूम?''

''है मालूम किसी तरह से।''

''यकीनी तौर पर?''

''हां।''

''मुझे क्यों बता रही हैं?''

''क्योंकि तुम उसकी तलाश में मारे-मारे फिर रहे हो?''

''फिर भी?''

''क्योंकि मैंने तुम्हारे साथ जो ज्यादती की, मैं तुम्हें उसका सिला देना चाहती हूं।''

''ज्यादती! सिला! क्या कह रही हैं आप?''

''मेरे बाल काले हैं; भूरे होते, ब्लोंड होते, तो कल्पना करो मैं कैसी लगती?''

विकास सकपकाया।

''इस वक्त मैं सो के उठी हूं इसलिये उजड़ा चमन लग रही हूं। आंखों में मसकारा, होंठों पर गहरी लिपस्टिक वगैरह लगाकर मैं फुल मेकअप किये होती तो सोचो कैसी लगती?''

विकास के नेत्र फैले।

''मैं स्लीपर पहने हूं जिनमें हील है ही नहीं। अगर मैं हाई हील की – वैरी हाई की, जो स्टिलेटो कहलाती है – सैंडल पहने होती तो कद कहां पहुंचता मेरा?''

विकास हक्का-बक्का दिखाई देने लगा।

''एग्जीक्यूटिव ड्रैस। कॉलर वाली शर्ट। ब्लैक पैंट्स। कमर पर टाइट, कूल्हों तक पहुंचने वाला, कॉलर वाला ब्लैक कोट। दि वर्क्स!''

''हे भगवान! तुम वो औरत हो, मंगलवार जिसने मेरे पर गोली चलाई थी?''

''जो कि मेरी गलती थी।''

''क्या गलती थी?''

''मैंने समझा था, तुम मेरे पर जासूसी करने के लिये मेरे हस्बैंड के एंगेज किये कोई जासूस थे।''

''और तुम्हारा मंसूबा था कि जो कोई भी तुम्हारे खिलाफ तुम्हारे पति के साथ खड़ा होता, तुम उसे जान से मार देतीं!''

''मेरा ऐसा मंसूबा होता तो तुम बच कैसे गये होते? प्वायंट ब्लैंक रेंज से तो कोई निपट अनाड़ी भी गोली चलाये तो निशाना नहीं चूकता।''

''तो कैसे चूका?''

''मैंने चूकने दिया तो चूका। मेरी मंशा तुम्हें खौफजदा करने की थी, तुम्हारा खून करने की नहीं थी। इसी वजह से मैंने जो दो गोलियां चलाई थीं, वो यूं चलाई थीं कि तुम्हारा छोटा-मोटा पलस्तर ही उधड़ता। मेरी मंशा तुम्हें मार डालने की होती तो पहली ही गोली घातक साबित होती। मुकम्मल तसदीक के लिये मैंने

सारी गन तुम पर खाली कर दी होती। क्यों भला मैंने दो ही फायर करके तसल्ली कर लेती?''

''ठीक!''

''दूसरे, अगर तुम मेरे हस्बैंड के आदमी होते तो उसे भी ये सिग्नल पहुंचता कि यूं किसी को मेरे पीछे लगाने से उसके कुछ हाथ नहीं आने वाला था। समझे?''

''हां।''

''अभी स्टडी के दरवाजे पर छुपकर जो कुछ मैंने सुना, उसी से मुझे अहसास हुआ कि तुम्हारे खिलाफ मैंने जो कदम उठाया था, वो सरासर गलत था? मेरे हस्बैंड की तरफ होने की जगह तुम तो पाले के पार उसकी मुखालफत में खड़े थे! तब मुझे अपने किये पर अफसोस होने लगा।''

''मेरे रूबरू क्यों हुईं? स्टडी में दाखिल न होतीं तो मुझे तुम्हारे बारे में क्या पता लगता?''

''मैं देखना चाहती थी कि मेरे बदले रूप में अपने हमलावर के तौर पर तुम मुझे पहचानते थे या नहीं!''

''ओह!''

''मैंने तुम्हारे किरदार को, तुम्हारे मिजाज को, तुम्हारे मिशन की हर बात को गलत करके आंका। मैंने महसूस किया कि तुम्हारे खिलाफ जो गलत कदम मैंने उठाया था, उसकी तलाफी के तौर पर मुझे कुछ करना चाहिये था। और वही मैं इस घड़ी कर रही हूं।''

''इसलिये बाहर सड़क पर मेरी कार के पास खड़ी थीं?''

''हां।''

''आगे क्या इरादा है?''

''आगे कहीं दूर निकल लेने का इरादा है। किसी ऐसी जगह जाकर गर्क हो जाने का इरादा है जहां कोई डिस्टर्ब करने वाला न हो, कोई करीबी न पहुंच सकता हो।''

''रहिये ऐसी जगह चलकर जहां कोई न हो!''

''यू सैड इट।''

''है कोई ऐसी जगह निगाह में?''

''हो जायेगी। तलाश से क्या नहीं मिलता! बहरहाल वहां से लौटूंगी मैं तभी जबकि या तो मौजूदा तमाम बखेड़ा निपट चुका होगा या . . .''

''या क्या?''

''या पुखराज रहेजा, बिल्डर एण्ड प्रॉपर्टी डीलर एण्ड वगैरह-वगैरह जेल में होगा।''

''ओह!''

''और कुछ पूछना चाहते हो?''

''तुम और कुछ बताना चाहती हो?''

''नहीं। लेकिन कुछ सूझेगा तो फोन लगाऊंगी। जहां कहीं भी होऊंगी, वहां से फोन लगाऊंगी। नम्बर दो।''

विकास ने दिया।

''चलती हूं।'' – वो कार का अपनी ओर का दरवाजा खोलती बोली।

''मैं वापिस छोड़ के आता हूं।'' – विकास व्यग्र भाव से बोला।

''जरूरत नहीं।''

वो चली गयी।

विकास हर्नबी रोड पहुंचा।

उसने गैस्ट हाउस में अपने सुइट में कदम रखा तो फोन बजता पाया।

शबनम!

जरूर हैरान थी कि वो कहां गायब हो गया था।

उसने रिसीवर उठाकर कान से लगाया और बोला – ''हल्लो, शब्बो जान!''

''कौन सी जान?'' – किसी ने हड़बड़ाये लहजे में पूछा।

विकास भी हड़बड़ाया। लाइन पर शबनम नहीं थी।

''कौन?'' – उसने पूछा।

''अगर पहचाना नहीं तो कोई नहीं!''

''उदिता!''

''शाबाश! मैं अपनी शिनाख्त खोने से बच गयी। 'कोई नहीं' होने से बच गयी।''

''कैसे याद किया?''

''याद करने के लिये भी वजह की जरूरत होती है!''

''नहीं। मैं तो . . .''

''मोबाइल को क्या किया? बजता ही नहीं।''

''बैटरी खत्म हो गयी है। नयी खरीदनी थी। भूल गया। आज खरीदूंगा।''

''शब्बो जान कौन है?''

''कोई नहीं। तुम्हें ही नया सा, प्यारा सा नाम दिया।''

''तो फिर ''कौन'' क्यों पूछ रहे थे?''

''मजाक किया था।''

''क्या कर रहे हो?''

''कुछ नहीं।''

''गुड। साढ़े बारह बजे 'सेफायर' में पहुंचो। दोनों मिलकर 'कुछ नहीं' करेंगे।''

लाइन कट गयी।

उसने डायरेक्ट्री में इंस्पेक्टर जिले सिंह का नम्बर तलाश किया और उस पर कॉल लगाई। थोड़ी प्रतीक्षा के बाद इंस्पेक्टर लाइन पर आया।

उसने उसे अपना परिचय दिया और फिर बोला – ''जनाब, अगर आप न्यूज का सोर्स दरयाफ्त न करें तो मेरे पास आपके लिये एक हॉट न्यूज है।''

''क्या?''

''मंगलवार रात को हाइवे लिंकिंग रोड की एक इमारत में आग लगी थी जिसमें से बाद में एक जली हुई लाश बरामद की गयी थी जिसकी, मुझे मालूम हुआ है कि, अभी तक शिनाख्त नहीं हो पायी है। दुरुस्त मालूम हुआ है?''

''हां।''

''लाश की क्या पोजीशन है?''

''सरकारी मोर्ग में पड़ी है।''

''शिनाख्त की क्या पोजीशन है?''

''उस बाबत पुलिस की तफ्तीश का अभी तक तो कोई नतीजा सामने आया नहीं। लाश जली ही बुरी तरह से है। कोई देखकर शिनाख्त करे तो कैसे करे! मुश्किल काम है ये।''

''समझिये, आसान हो गया। समझिये, शिनाख्त हो गयी।''

''ऐसा!''

''जी हां। वो लाश निझाला पैट्रोल पम्प के भूतपूर्व मालिक जगन तिवारी की है। यानी कि उस शख्स की है जिससे कि वर्तमान मालिक सतीश चावला ने वो पैट्रोल पम्प खरीदा था।''

''तुम्हें कैसे मालूम?''

''और वो वही शख्स है सोमवार शाम को मैंने जिसका पैट्रोल पम्प के रैस्टरूम में अपनी आंखों के सामने कत्ल होते देखा था।''

''क्या!''

''जी हां।''

''पक्की बात है?''

''पक्की बात होने की गारंटी मैं नहीं कर सकता लेकिन मैक्सीमम चांसिज मेरी बात के सच होने के ही हैं।''

''ओह! तो चांस की बात है!''

''लेकिन खोखली बात नहीं है। चांस की बात में भी कई बार बहुत दम होता है। आप एक बार ये मान के चलिये कि पैट्रोल पम्प पर हुए कत्ल की बाबत जो मैंने कहा था, सच कहा था। एक कत्ल हुआ लेकिन लाश गायब है, एक लाश आपकी निगाह में है जिसकी शिनाख्त नहीं हो रही तो आपको इस सम्भावना पर विचार करना चाहिये या नहीं करना चाहिये कि वो लाश उसी शख्स की है जिसका मैंने कत्ल होते देखा?''

''बहस के लिये मान लिया कि है लेकिन ये तुमने किस बिना पर कहा कि वो जगन तिवारी नाम का वो शख्स है जो पम्प का चावला से पहले मालिक था?''

''उसका भी कोई हिंट मुझे मिला है, तभी कहा। उस हिंट में कोई दम है या नहीं, वो तो जगन तिवारी नाम के शख्स का अता-पता दरयाफ्त करने से ही लग

जायेगा। अगर वो शख्स सही सलामत, जीता-जागता उपलब्ध है तो मैं कहूंगा किसी ने मुझे उल्लू बनाया, गलत जानकारी फीड की! अगर वो गायब पाया जाता है तो क्या ये कंफर्म करना बहुत मुश्किल काम होगा कि मोर्ग में रखी जली हुई लाश उसकी है या नहीं!''

''हां, बहुत मुश्किल होगा।''

''जी! क्या फरमाया?''

''बहुत मुश्किल है। अब मेरी सुनो।''

''फरमाइये।''

''हम भी ये बात मालूम कर चुके हैं कि पम्प के ओरीजिनल ओनर का नाम जगन तिवारी था और वो नॉर्थ शोर पर रहता था। नॉर्थ शोर की पुलिस चौकी में उसकी गुमशुदगी की रिपोर्ट दर्ज है। उस रिपोर्ट की खबर लगने पर हमने उसके रिश्तेदारों को जली हुई लाश के रूबरू कराया था लेकिन कोई भी दावे के साथ नहीं कह सका था कि लाश जगन तिवारी की थी। लाश इस बुरी तरह से जली हुई थी कि उसकी शिनाख्त नामुमकिन थी।''

''ओह!''

''लेकिन हमें ये भी मालूम हो चुका है कि इमारत के साथ जले शख्स की मौत जलकर नहीं हुई थी।''

''ये मालूम हो चुका है?''

''हां।''

''वो कैसे?''

''पोस्टमार्टम से। कोई जलकर मरा हो तो उसके फेफड़ों में, ब्रेन में कार्बन डाई आक्साइड का डिपाज़िट पाया जाता है। कोई पहले ही मर चुका शख्स जला तो ऐसा नहीं होता क्योंकि कार्बन डाई आक्साइड ने जिस्म के भीतर सांस के साथ जाना होता है। मुर्दा सांस नहीं लेता इसलिये ये मुमकिन नहीं होता।''

''ओह। जनाब, इसका तो साफ मतलब हुआ कि उसकी आइडेन्टिटी छुपाने के लिये उसे जलाया गया!''

''हुआ।''

"फिर वो जगन तिवारी हो सकता है।"

"हो सकता है। अब बोलो ये जानकारी तुम्हारे हाथ कैसे लगी?"

"जनाब, अब आप वादाखिलाफी कर रहे हैं।"

"इन कन्फीडेंस बोलो।"

"वो मैं रूबरू बोलूंगा।"

"पक्की बात?"

"जी हां।"

"ठीक है फिर।"

'सैफायर' मुगलबाग में स्थित फैंसी बार-कम-रेस्टोरेंट था।

दीवार के साथ की एक टेबल पर उदिता अटवाल पहले से मौजूदा थी।

विकास ने उसके सामने की एक कुर्सी पर बैठने का उपक्रम किया तो उसने बायें हाथ से उस सोफे की सीट को थपथपाया जिस पर कि वो बैठी हुई थी।

वो जाकर उसके पहलू में बैठ गया।

साली कितनी हसीन लग रही थी! मेकअप का, रखरखाव का कितना सलीका था! बालों में पता नहीं कौन सा स्प्रे छिड़के थी कि वहां के नीमअंधेरे में जरा पहलू बदलती थी तो सितारे चमकते थे! नहीं भी हिलती थी तो किसी पॉलिश की हुई चीज की तरह जगमग जान पड़ते थे।

"हल्लो, ब्यूटीफुल!" – वो उसके कान के पास मुंह ले जा कर बोला।

"क्या हल्लो!" – वो शिकायतभरे लहजे से बोली – "क्या ब्युटीफुल! मंगलवार के बाद आज मिले हो! वो भी बोला तो!"

"सॉरी! मैं बहुत बिजी रहा।"

"क्या करते रहे?"

"हल चलाता रहा।"

"मजाक मत करो।"

"तुम्हारे बाल बहुत शाइन कर रहे हैं!"

''हां।'' – वो अपने बालों को नजाकत से छूती अभिमान से बोली – ''नया स्प्रे है। फ्रांस से आता है। इससे बाल अंधेरे में फ्लोरेसेंट आइटम की तरह शाइन करते हैं।''

''लिहाजा अंधेरे में खो नहीं सकती हो।''

वो हंसी, फिर बोली – ''और खूबी ये है कि एक बार का किया स्प्रे चौबीस घंटे काम करता है।''

''क्या बात है!''

तभी एक स्टीवार्ड उनके करीब पहुंचा।

विकास से मशवरा करके उसने उसके लिये स्कॉच एण्ड सोडा और अपने लिये जिन एण्ड टॉनिक का ऑर्डर दिया।

एक वेटर ने तुरंत ऑर्डर सर्व किया।

दोनों ने चियर्स बोला।

''तुम्हारी डिटेक्टिव एजेंसी की क्या प्रोग्रेस है?'' – फिर उदिता ने पूछा।

''अभी कोई प्रोग्रेस नहीं।'' – विकास बोला।

''वजह?''

''मेरी तरफ से ही ढील है।''

''और गन का लाइसेंस! मेरी सिफारिश काम आई?''

''उस सिलसिले में भी मेरी तरफ से ही ढील है। लेकिन मैं जल्दी ही कुछ करूंगा।''

''बोलो तो एम.पी. साहब से डीसीपी लाइसेंसिंग के नाम चिट्ठी ला के दूं?''

''थैंक्यू। लेकिन मेरे खयाल से जरूरत नहीं पड़ेगी। ऐसे ही काम हो जायेगा। इंस्पेक्टर जिले सिंह की सिफारिश ही काफी साबित होगी। आखिर महकमे का आदमी है।''

''मर्जी तुम्हारी।''

''और तुम सुनाओ, कैसा चल रहा है?''

''ठीक चल रहा है। यहां के बाद मेरे को जॉर्जटाउन जाना है, साथ चलोगे?''

''कहां जाना है?''

''जॉर्जटाउन। हैरान क्यों हो रहे हो?''

''नहीं, नहीं। ऐसी कोई बात नहीं। वो क्या है कि पहले नाम मेरी समझ में नहीं आया था।''

''आई सी। वैसे जानते हो न, जॉर्जटाउन कहां है?''

''जानता हूं। वैस्टइंडीज में है। क्रिकेट के वर्ल्ड कप के मैच आजकल वहां भी हो रहे हैं।''

''अरे, कहां सात समन्दर पार पहुंच गये!''

''समन्दर बीच में आये बिना जबलपुर में है।''

''तौबा!''

''तुम लोकल जॉर्जटाउन की बात तो नहीं कर रही हो जो शहर से कदरन बाहर एक इलाका है?''

''उसी की बात कर रही हूं।''

''वहां किसलिये जाना है?''

''वहां एक इमारत बिकाऊ है, उसे देखने जाना है।''

''खरीदने के लिये?''

''और किसलिये, भई! मकान है, ताजमहल तो नहीं!''

''सॉरी। तो निपन रोड से शिफ्ट कर रही हो?''

''अरे, नहीं। इनवैस्टमेंट के लिये। बाद में रेट बढ़ने पर बेचकर चार पैसे कमाने के लिये।''

''ऐसा अक्सर करती हो?''

''अक्सर तो नहीं, अलबत्ता एक-दो बार किया है।''

''आई सी।''

''सुना है, खस्ताहाल इमारत है जिसमें एक मुद्दत से रिहायश नहीं है। मैं उसको रेनोवेट कराके बेचूंगी तो अच्छा मुनाफा होगा।''

''गुड!''

''बशर्ते कि नॉर्मल रेनोवेशन से उसका हुलिया सुधरने के काबिल हुआ।

बिल्कुल ही खंडहर निकली तो खयाल छोड़ दूंगी।''

''मालिक से डायरेक्ट डीलिंग है या किसी प्रॉपर्टी डीलर के जरिये है?''

''प्रॉपर्टी डीलर के जरिये है। बड़े प्रॉपर्टी डीलर के जरिये है।''

''कौन हुआ वो?''

''रहेजा प्रॉपर्टीज़।''

फिर रहेजा!

''मालिक पुखराज रहेजा मेरे से खुद डील करता है।''

''प्रॉपर्टी दिखाने वो साथ चलेगा?''

''नहीं। वो जॉर्जटाउन में ही रहता है। उसके घर से चाबी क्लैक्ट करना होगा।''

''वो घर होगा?''

''बोला तो है उसने कि दो से तीन के बीच घर होगा! न भी हुआ तो उसकी अश्योरेंस है कि चाबी मिल जायेगी।''

''ठीक।''

''अब बोलो, साथ चलोगे?''

''मेरी सूरत देखो।''

''क्या है तुम्हारी सूरत में?''

''लगता हूं?''

''क्या?''

''अहमक!''

''अरे, क्या कह रहे हो!''

''पूछ रही हो साथ चलूंगा। और क्या इतना हसीन साथ मैं छोड़ दूंगा?''

वो हंसी।

आंइदा एक घंटा ड्रिंक्स का सैकंड राउंड चुसकने में और लंच करने में लगा।

फिर वे वहां से बाहर निकले।

वो वहां स्टील ग्रे कलर की सान्त्रो पर पहुंची थी, उसकी दरख्वास्त पर जिसकी ड्राइविंग सीट पर विकास बैठा।

कार जॉर्जटाउन की तरफ रवाना हुई।

''यहीं की रहने वाली हो?'' – कुछ क्षण बाद विकास बोला।

''नहीं।'' – उसने सहज भाव से जवाब दिया – ''इकबालपुर की।''

''फैमिली वहीं है?''

''फैमिली है ही नहीं। मां-बाप कब के मर-खप गये, एक छोटी बहन है जो यहां राजनगर में ही रहती है।''

''तुम्हारे जितनी ही खूबसूरत है?''

''मेरे से ज्यादा।''

''ये तो खैर नहीं हो सकता। तुम तो खूबसूरती में लास्ट वर्ड हो, तुम्हारे से खूबसूरत भला कोई कैसे हो सकता है?''

''हो सकता है। है मेरी बहन है।''

''है तो है। अच्छा हुआ उससे मुलाकात न हुई।''

''होती तो क्या होता?''

''जैसे तुम्हारे पर लट्टू हुआ, उस पर हो जाता। जैसे तुम्हारे साथ . . ..''

''ओह, शट अप।''

''एम.पी. की बीवी कैसे बन गयीं?''

''जब बीवी बनी थी, तब वो एम.पी. नहीं था।''

''नेता तो होगा!''

''छोटा-मोटा। किसी गिनती में नहीं। गली-मोहल्ले के लेवल का।''

''तो फिर वो . . ..''

''अब छोड़ो। ड्राइविंग की तरफ ध्यान दो।''

विकास खामोश हो गया।

आखिरकार उसने कार को जॉर्जटाउन में रहेजा की कोठी के सामने ले जाकर खड़ा किया।

उदिता ने हैरानी से उसकी तरफ देखा।

''क्या हुआ?'' – वो बोला।

''तुम रहेजा से वाकिफ हो?''

''ऐसा मैंने कब कहा?''

''कार को नाक की सीध में लाकर यहां उसकी कोठी के सामने खड़ा किया तो वाकिफ ही होंगे! वर्ना तुम्हें क्या पता वो जॉर्जटाउन में कहां रहता था!''

वो हंसा।

''हां।'' – फिर बोला – ''जानता हूं उसे। दो बार यहां आ भी चुका हूं।''

''सैफायर में तो ऐसा कोई हिंट न दिया!''

''खातिर जमा रखो, इतनी सी बात पर अमरीका नाराज नहीं होगा।''

''कई बार मेरे को हैरानी होती है।''

''किस बात पर?''

''और शक होता है।''

''अरे, किस बात पर?''

''तुम पर। तुम्हारे किरदार पर।''

''नॉनसेंस! हनी, कई बार हैरान होने लायक बात हो तो सकती है। अभी तुम मेरे से मिली नहीं हो। नहीं?''

उसने उत्तर न दिया, कई क्षण वो अपलक उसे देखती रही, फिर एकाएक उसने अपनी साइड का दरवाजा खोला।

''तुम भीतर चलोगे?'' – वो बोली।

''नहीं।''

''तो मैं आती हूं एक मिनट में।''

''ठीक है।''

कार से निकलकर वो आगे बढ़ी और कम्पाउंड में दाखिल हुई।

पीछे विकास ने एक सिगरेट सुलगा लिया।

कोठी में दाखिल हो जाने पर उसने उसका पीछे छूट गया हैण्डबैग टटोला, कार का डैशबोर्ड टटोला।

कहीं कोई दिलचस्पी के काबिल चीज न मिली।

वो दूसरा सिगरेट सुलगाने पर विचार कर रहा था कि वो लौट आयी।

''ईस्टएण्ड, स्ट्रीट फोर।'' – कार में सवार होती वो बोली – ''यहां से तीन

ब्लॉक आगे दायीं तरफ है। वहां आठवीं इमारत।''

विकास ने सहमति में सिर हिलाया और कार आगे बढ़ाई।

वो आठ, स्ट्रीट फोर, ईस्टएण्ड पहुंचे।

वो दोमंजिला कोठी थी जिसमें अटैच्ड बाथ वाले चार बैडरूम, एक विशाल ड्रॉईंग डायनिंग, किचन,पैंट्री वगैरह थे।

''बढ़िया।'' – वो बोली – ''ऐन मेरी पसंद की जगह है।''

''रंग-रोगन में लाख रुपये का खर्चा मांगती है।''

''नो प्रॉब्लम। तभी तो अच्छी कीमत मिलेगी! मैं इसका ऐसा हुलिया तब्दील कराऊंगी कि ग्राहक खूबसूरती का शैदाई हुआ तो मर मिटेगा।''

''तुम्हारे पर?''

''वाट नॉनसेंस! अरे, रेनोवेटिड कोठी पर।''

''ओह!''

''खूबसूरत घर भी खूबसूरत औरत की तरह होता है; बहुत एहतियात से रखना पड़ता है। आदर मान से रखो तो सदा जगमग। उपेक्षा करो, तिरस्कार करो तो खंडहर।''

''ठीक।''

''किनाराकशी की शिकार कोई औरत देखी कभी?''

''कौन सी कशी?''

''भई, उपेक्षा। निग्लैक्ट।''

''ओह! किनाराकशी। क्या लफ्ज छांटा है! कौन सी जुबान का है?''

''रशियन। या शायद अफगानिस्तानी।''

''मजाक कर रही हो।''

''आओ, चलें।''

कार वापिस रहेजा की कोठी के सामने पहुंची।

''चाबी दे के आती हूं।'' – वो बोली।

विकास ने सहमति में सिर हिलाया।

''बस, गयी और आयी।''

''आराम से आना। मेरी कौन सी गाड़ी छूट रही है!''

वो चली गयी।

कार में से विकास ने पिछली बार वाली ही ड्रिल फिर दोहराई जाती देखी।

फ्रंट के कम्पाउंड को पार करके वो बरामदे में पहुंची, उसने कॉलबैल बजाई, मेड ने दरवाजा खोला, वो भीतर गयी, उसके पीछे दरवाजा बंद हुआ।

वो सोचने लगा।

क्या उस औरत के रहेजा से कारोबारी के अलावा कोई ताल्लुकात हो सकते थे! खुद उसके साथ वो झटपट इंटीमेट हो गयी थी, इस वजह से क्या उसे 'ईजी ले' करार दिया जा सकता था?

वो कोई फैसला न कर सका।

क्या वो . . .

तभी कोठी के भीतर से एक तीखी चीख सी आवाज आयी।

उसने हड़बड़ाकर कोठी की तरफ देखा, फिर कार से निकल कर कोठी की तरफ झपटा। उसने मेन डोर को धक्का दिया तो उसे खुला पाया। उसने भीतर कदम डाला तो बद्हवास उदिता को उधर ही लपकते पाया।

''क्या हुआ?'' – विकास आशंकित भाव से बोला।

करीब आकर वो ठिठकी। उसने कसकर विकास की एक बांह थामी और कांपते हाथ की एक उंगली स्टडी की तरफ उठाई।

''वो . . . वो'' – हाथ जैसी ही कांपती आवाज से वो बोली – ''वहां . . . वहां . . .''

''क्या वहां?'' – विकास का स्वर तीखा हुआ – ''क्या हुआ?''

''वो . . . वो . . . रहेजा साहब . . . वहां . . .''

''अरे, क्या हुआ उन्हें''

''वो . . . वो . . . वहां . . . मरे पड़े हैं।''

लोकल थाने से पुलिस वहां पहुंची।

पुलिस दल की रहनुमाई एक युवा सब-इंस्पेक्टर कर रहा था।

सब स्टडी में पहुंचे।

वो अपनी एग्जीक्यूटिव चेयर के एक पहलू में उलटा पड़ा था। उसकी बायीं बांह उसके भारी भरकम जिस्म के नीचे कहीं दबी हुई थी और दूसरी कुर्सी की बांह पर से नीचे लटक रही थी। उसकी छाती में गोली का सुराख दिखाई दे रहा था, सुराख की वजह कोई गन वहां कहीं दिखाई नहीं दे रही थी।

फिर सब-इंस्पेक्टर के आदेश पर सब वहां से निकलकर हाल में पहुंचे।

''फोन किसने किया था?'' – वहां सब-इंस्पेक्टर बोला।

''मैंने।'' – मेड भयभीत भाव से बोली

''नाम बोलो।''

''सुजाता।''

''तुम्हें वारदात की खबर कैसी लगी थी?''

''मैडम से लगी थी।'' – मेड ने उदिता की तरफ इशारा किया – ''इन्हें लगी थी तो मुझे लगी थी।''

''आपकी तारीफ?''

''मेरा नाम उदिता है।'' – वो बोली, फिर उसके स्वर में अधिकार का पुट आया – ''मैं राजन अटवाल एम.पी. की पत्नी हूं।''

''राजन अटवाल। जो जनशक्ति पार्टी के नेता हैं?''

''हां।''

''पता बोलिये।''

उदिता ने बोला।

''आप यहां कैसे आयीं?''

उदिता ने वजह बतायी।

सब-इंस्पेक्टर ने विकास की तरफ देखा।

''मैं मैडम के साथ हूं। नाम विकास गुप्ता है। मैं बाहर कार में बैठा हुआ था जबकि मैंने मैडम की चीख की आवाज सुनी थी। भीतर आया था तो ये . . .. ये कांड हुआ पड़ा देखा था।''

''हूं।'' – वो फिर मेड की तरफ घूमा – ''तुम्हारी मालकिन . . . मिसेज रहेजा . . . वो कहां हैं?''

''कहीं बाहर गयी हुई हैं।'' – मेड बोली।

''वारदात के वक्त यहां थी?''

''नहीं।''

''कब लौटेगी?''

''मालूम नहीं।''

''उन्हें इस वारदात की खबर करनी हो तो कैसे करोगी?''

''मैंने उनके मोबाइल पर कॉल लगायी थी लेकिन . . . वो यहीं बजा।''

''यहीं बजा क्या मतलब?''

''ऊपर बैडरूम में पड़ा है।''

''साथ ले जाना भूल गयीं?''

''शायद।''

''या खुद छोड़ गयीं! जानबूझ के?''

''हो सकता है।''

''कॉन्टैक्ट का कोई और तरीका?''

मेड ने इनकार में सिर हिलाया।

''आप'' – वो उदिता से सम्बोधित हुआ – ''यहां कोई प्रॉपर्टी देखने आयी थीं जो कि मिस्टर रहेजा को जरिये बिकाऊ थी, आप पहले चाबी कलैक्ट करने आयीं, फिर लौटाने आयीं। दूसरे फेरे में आपको रहेजा साहब की जगह उनकी लाश के दर्शन हुए। ठीक?''

उदिता ने सहमति में सिर हिलाया।

''पहला फेरा कब लगा था?''

''ढाई बजे के करीब।''

''दूसरा।''

''सवा तीन बजे के करीब।''

वो बिकाऊ प्रॉपर्टी कहां है?

‘‘ईस्ट एण्ड। स्ट्रीट फोर।’’

‘‘करीब है। कार से ज्यादा वक्त तो न लगा होगा पहुंचने में?’’

‘‘पांच मिनट लगे थे।’’

‘‘इतने ही लौटने में?’’

‘‘जाहिर है।’’

‘‘लिहाजा कोई पैंतीस मिनट आप वहां उस प्रॉपर्टी पर रहीं?’’

‘‘हां।’’

‘‘कत्ल आपके दो फेरों के बीच के पौने घंटे में हुआ?’’

‘‘जाहिर है।’’

‘‘दूसरे फेरे, की बाबत फिर से बताइये।’’

‘‘हम – मैं और विकास – यहां लौटे थे। विकास गाड़ी में बैठा रहा था, मैं चाबी लौटाने आयी थी। कॉलबैल बजाई थी तो मेड ने दरवाजा खोला था। इसने मुझे बताया था कि साहब स्टडी में थे। मैं वहां पहुंची तो वो . . . वो नजारा . . . देखने को मिला।’’

‘‘पहले फेरे में वो आपको कहां मिले थे?’’

‘‘वहीं। स्टडी में।’’

‘‘भले चंगे? ठीक ठाक? ऐन फिट?’’

‘‘हां।’’

‘‘कोई खटकने वाली बात देखी हो!’’

‘‘खटकने वाली बात का क्या मतलब?’’

‘‘नर्वस हों! उत्तजित हों! पशेमान हों! गमगीन हों!’’

‘‘नहीं, ऐसा कुछ नहीं था।’’

‘‘एकदम नॉर्मल थे?’’

‘‘हां।’’

‘‘आप’’ – वो विकास से सम्बोधित हुआ – ‘‘आप कहां रहते हैं?’’

विकास ने पता बताया।

‘‘क्या करते हैं?’’

''प्राइवेट डिटेक्टिव हूं।''

सब-इन्स्पेक्टर सकपकाया।

''ऑफिस कहां है! पता बोलिये।''

विकास ने हिचकिचाते हुए अपनी नयी उपलब्धि अपना एक विजिटिंग कार्ड उसे सौंपा।

सब-इंस्पेक्टर ने कार्ड पर सरसरी निगाह डाली।

''सेठी एण्ड गुप्ता!'' – वो कार्ड पर से पढ़ता हुआ बोला – ''प्राइवेट इनवैस्टिगेटर्स! मैंने तो कभी नाम नहीं सुना! धंधा अभी नया ही तो नहीं!''

''है तो ऐसा ही!''

''तो बतौर पीडी आप मैडम के साथ थे?''

''नहीं। मैं बतौर फ्रेंड मैडम के साथ था। कम्पनी देने के लिये मैडम के साथ था। मैडम से मेरी लंच अप्वायंटमेंट थी। उसके दौरान यहां आने की बात उठी थी। मैडम की दरख्वास्त पर, मैडम को कम्पनी देने के लिये, मैं मैडम के साथ चला आया था।''

''जब मैडम चाबी क्लैक्ट करने यहां भीतर आयी थी तो आप इनके साथ आये थे?''

''नहीं। मैं कार मैं बैठा रहा था।''

''वो तो आप तब बैठे रहे थे न, जबकि ये चाबी लौटाने आयी थीं?''

''नहीं। तब भी मैं कार में ही बैठा रहा था।''

''भीतर आये ही नहीं थे?''

''आया था न! मैडम की चीख सुनकर आया था। पहले भी बोला था।''

''हूं।'' – वो फिर मेड की तरफ घूमा – ''ढाई और सवा तीन के बीच तुम कहां थीं?''

''मैं किचन में थी।''

''तमाम अरसा?''

''हां।''

''क्या कर रही थीं?''

''वही जो किचन में किया जाता है। लंच के बाद का कामकाज। डिनर की तैयारी का कामकाज।''

''गोली चलने की आवाज सुनी थी?''

''नहीं।''

''क्यों?''

''स्टडी का दरवाजा बंद हो तो वहां की आवाज किचन में नहीं पहुंचती।''

''आम आवाजें। वो खास आवाज थी।''

''मैंने नहीं सुनी थी।''

''घर की मालकिन – मिसेज रहेजा – क्या नाम है उनका?''

''सुनंदा।''

''सुनंदा। कहां गयी हुई हैं?''

''मैंने बोला तो . . ..''

''ठीक से न बोला। अब बोलो, कब गयीं, कहां गयीं – लोकल कहीं गयीं या आउट स्टेशन – कब लौटेंगी? खास तौर से अगर आउट स्टेशन – बाहर कहीं – गयी हैं!''

अभी कहीं निकल लेने का इरादा है – विकास के जेहन में सुनंदा की आवाज गूंजी – जहां से कि अब मैं तभी वापिस लौटूंगी जब कि या तो मौजूदा तमाम बखेड़ा निपट चुका होगा या रहेजा जेल में होगा।

''आज सुबह गयीं, पता नहीं कहां गयीं, लेकिन कुछ दिन बाद लौटने का बोलकर गयीं।''

''ये न बोला कि कहीं शहर में ही जा रही थीं या शहर से बाहर जा रही थीं?''

''न, ये न बोला। अलबत्ता एक बैग में कुछ सामान – कपड़े वगैरह – भरकर साथ लेकर गयी थीं।''

''सिर्फ एक बैग?''

''हां।''

''कोई सूटकेस नहीं?''

''नहीं।''

''तुम हर वक्त घर में थीं?''

''हां।''

''थोड़ी देर के लिये भी कहीं बाहर नहीं गयी थीं?''

''नहीं गयी थी।''

''खास तौर से ढाई और सवा तीन के बीच?''

''मैं कहीं नहीं गयी थी।''

''झूठ बोलने का अंजाम जानती हो?''

''जानती हूं।''

''क्या जानती हो?''

''गिरफ्तार कर लेंगे। जेल में डाल देंगे। टॉर्चर करेंगे . . .''

''बस, बस। जेल तक ही ठीक है। तुम्हें अहसास है कि कत्ल के वक्त के आसपास यहां इस घर में सिर्फ तुम मौजूद थीं! इस बात का का मतलब समझती हो?''

वो व्याकुल दिखाई देने लगी, अपने एकाएक सूख आये होंठों पर जुबान फेरने लगी।

''कत्ल तुमने किया?''

''हे भगवान! नहीं! नहीं!''

''तुम कहती हो कि तुमने गोली की आवाज न सुनी। मुझे तुम्हारी बात पर एतबार नहीं। एतबार नहीं कि किचन में गोली की आवाज नहीं सुनी जा सकती। गोली की आवाज बहुत तीखी होती है। कभी सुनी है?''

''नहीं।''

''पहले कभी स्टडी के बंद दरवाजे के पीछे गोली चली?''

''नहीं।''

''तो फिर तुम्हें क्या मालूम कि वो किचन में नहीं सुनायी देती?''

उसने बेचैनी से पहलू बदला।

''इसके दो ही मतलब मुमकिन हैं।''

''क-क्या?''

‘‘या तो गोली चलने के वक्त तुम घर में नहीं थीं या गोली तुमने खुद चलाई थी।’’

वो रोने लगी।

‘‘अगर’’ – उदिता सहानुभूतिपूर्ण स्वर में बोली – ‘‘थोड़ी देर के लिये तुम घर से कहीं गयी थी तो बोल क्यों नहीं देती ऐसा!’’

‘‘मैं . . . मैं’’ – वो पूर्ववत् सुबकती हुई बोली – ‘‘जरा सी देर के लिये बाजू की कोठी में गयी थी।’’

‘‘किसलिये?’’

‘‘फ्लोरी से मिलने।’’

‘‘वो कौन है?’’

‘‘मेड है। मेरी तरह वहां काम करती है।’’

उदिता ने सब-इंस्पेक्टर की तरफ देखा।

‘‘जरा सी देर’’ – सब-इंस्पेक्टर सख्ती से मेड से मुखातिब हुआ – ‘‘कितनी देर होती है?’’

‘‘आ-आधा घंटा।’’ – मेड दबे स्वर में बोली।

‘‘आधा घंटा जरा सी देर होती है?’’

उसने सिर झुका लिया।

‘‘उस मेड से – फ्लोरी नाम बोला जिसका तुमने – इस बाबत सवाल किया जाये तो वो तुम्हारी बात की तसदीक करेगी?’’

‘‘जरूर करेगी लेकिन उसके लिये प्रॉब्लम होगी। नौकरी से निकाल भी दी जाये तो कोई बड़ी बात नहीं होगी।’’

‘‘ऐसा क्यों?’’

‘‘उसके एम्पलायर बड़े सख्तमिजाज क्रिश्चियंस हैं। किसी का फ्लोरी से जब मर्जी मिलने चले आना पसंद नहीं करते।’’

‘‘कैसे मालूम कि तुम आधा घंटा बाहर थीं। घड़ी देखी थी?’’

‘‘नहीं।’’

‘‘तो?’’

''मैडम के'' – उसने उदिता की तरफ इशारा किया – ''पहली बार आने के थोड़ी देर बाद गयी थी, इनके दोबारा आने से थोड़ी देर पहले लौटी थी। इन्होंने आने-जाने का जो अपना टाइम बताया, उससे अंदाज लगाया।''

''जैसे 'जरा सी देर' का मतलब आधा घंटा था, वैसे 'थोड़ी देर' का क्या मतलब है?''

उसने उस बात पर विचार किया।

''पांच-सात मिनट।'' – फिर बोली।

''लिहाजा कत्ल दो बजकर सैंतीस मिनट और तीन बजकर आठ मिनट के बीच हुआ?''

मेड ने मशीनी अंदाज से सहमति में सिर हिलाया।

''गन गायब है।'' – सब-इंस्पेक्टर यूं बोला जैसे स्वत: भाषण कर रहा हो – ''कहां गयी! कातिल साथ ले गया या पीछे कहीं छुपा गया!''

''गन के कैलीबर की बाबत कोई अंदाजा?'' – विकास सहज भाव से बोला।

सब-इंस्पेक्टर ने घूरकर उसे देखा।

''अपने आपको डिटेक्टिव बताते हो'' – फिर बोला – ''तुम बताओ! या बैलेस्टिक्स का कारोबार तुम्हारे रेंज में नहीं आता?''

''रेंज में तो नहीं आता, लेकिन मेरा अंदाजा है कि आलायकत्ल बाईस कैलीबर की गन थी।''

''यकीनी तौर पर बाईस कैलीबर की गन थी। बुलेट की एंट्री से बना सुराख साफ इस बात की चुगली करता है।''

''जनाना हथियार!'' – विकास सावधान स्वर में बोला।

जवाब की नौबत न आयी।

तभी लैब एक्सपर्ट्स के साथ इंस्पेक्टर जिले सिंह और सब-इंस्पेक्टर विष्णु प्रसाद वहां पहुंचे।

तब स्वयंमेव ही तफ्तीश की कमांड लोकल थाने से आये सब-इंस्पेक्टर के हाथ से निकलकर इंस्पेक्टर जिले सिंह के हाथ में पहुंच गयी। हाजिर लोगों पर – खास तौर से विकास पर – उसने एक उड़ती निगाह डाली और फिर सब-इंस्पेक्टर

के साथ मंत्रणा में जुट गया।

उदिता विकास के करीब सरक आयी।

''कोई ऐसी जुगत करो।'' – वो व्यग्र भाव से बोली – ''कि मेरी यहां मौजूदगी की हाजिरी न लगे।''

''क्या!''

''अखबारों में तो मेरा जिक्र हरगिज न आये।''

''ये काम मैं करूं?''

''हां।''

''अरे, तुम एक सिटिंग एम.पी. की, एक रसूख वाले नेता की बीवी हो, इंस्पेक्टर से खुद बात करो।''

''नहीं, तुम करो।''

''वो मेरी सुनेगा?''

''नहीं सुनेगा तो मैं कुछ और सोचूंगी।''

''अजीब रिक्वेस्ट है!''

''और ऐसा भी कुछ करो कि मुझे यहां और न रुकना पड़े।''

''तुम्हें कोई गलतफहमी हो रही है। मैं पुलिस कमिश्नर नहीं, होम मिनिस्टर नहीं, विकास गुप्ता हूं।''

''ओह, शट अप।''

''मै इंस्पेक्टर से बात करके देखूंगा।''

''हां। करना। संजीदगी से।''

विकास ने सहमति में सिर हिलाया।

इंस्पेक्टर बहुत देर में फारिग हुआ। सबसे ज्यादा टाइम उसने अपने अमले के साथ गन की तलाश में लगाया जो कि कहीं न मिली।

आखिरकार वो विकास की तरफ आकर्षित हुआ, उसने उसकी बांह थामी और उसे परे एक कोने में ले आया।

''यहां भी पहुंच गये?'' – वो बोला।

विकास कंधे उचकाते खेदपूर्ण भाव से मुस्कराया।

''जब मैंने तुम्हें कहा था कि तुम्हारी बातों की अहमियत देता मैं रहेजा पर तवज्जो दूंगा तो . . .''

''अरे, जनाब, यहां मेरी हाजिरी की वजह वो नहीं है, जो आप समझ रहे हैं।''

''पुलिस की लाइन क्रॉस करने की कोशिश में नहीं हो!''

''हरगिज भी नहीं।''

''तो क्यों हो?''

''मैडम के एस्कार्ट के तौर पर हूं।''

''क्या!''

''मैं सच कह रहा हूं। मैडम से मेरी लंच अप्वायंटमेंट थी जिसके दौरान ये बोलीं इन्हें जॉर्जटाउन जाना था, कम्पनी के लिये साथ चलूं। मुझे तो यहां पहुंचकर पता चला कि यहां इनका निशाना रहेजा की कोठी था।''

''अभी मंगलवार तुम पहली बार उससे मिले; इतनी यारी गांठ भी ली कि लंच अप्वायंटमेंट्स होने लगीं!''

''मैंने न गांठीं।''

''वो इतनी फास्ट वर्कर निकली?''

''यही समझ लीजिये।''

''जबकि शादीशुदा औरत है!''

''खाविंद की तवज्जो से महरूम शादीशुदा औरत है।''

''तुम्हें क्या मालूम?''

''मेरा खयाल है।''

''सदके, भई, तुम्हारे खयाल के! अपने मतलब का खयाल बड़ी जल्दी सूझता है तुम्हें!''

''इसी वजह से – उसके शादीशुदा और बड़े नेता की बीवी होने की वजह से – दरख्वास्त है कि उसका नाम अपनी तफ्तीश से बाहर रखें।''

''ये नहीं हो सकता ये कत्ल का केस है, लाश उसने बरामद की थी, कैसे हो सकता है?''

''उसे न सही लेकिन उसके नाम को आप फिर भी तफ्तीश से बाहर रख सकते हैं।''

''तुम्हारे कहने से?'' – इंस्पेक्टर के स्वर में व्यंग्य का पुट आया।

''मेरे कहने से नहीं, अपने सुपीरियर जजमेंट के कहने से।''

''उसका बयान होना होगा।''

''जुबानी दो मिनट में हो सकता है। तहरीरी बयान के लिये आप उसे अपने ऑफिस में तलब कर सकते हैं। पहले भी तो ऐसा ही किया था!''

''पहली बार से याद आया। छ: दिन में दो लाशें बरामद कीं। कैसी औरत है?''

''हालात के लपेटे में आयी औरत है, और कोई खराबी नहीं।''

''पिछली बार भी यही कहती थी कि अखबार में उसका नाम न आये, उसके एम.पी. हस्बैंड का नाम न आये।''

''बड़े लोगों की ऐसी मंशा होती ही है।''

''बच के क्यों नहीं रहते ऐसी हरकतों से जिनकी वजह से अखबार में उनका नाम आता है!''

''हरकतें खामखाह गले भी तो पड़ती हैं! इस बार तो यकीनन खामखाह गले पड़ी, पिछली बार की मुझे खबर नहीं।''

''हूं।''

''पिछली बार आपने मैडम की बात रखी तो एक बार और मेहरबानी कीजिये न, जनाब!''

''तो उसे समझाओ कि सब कुछ सच-सच बयान करे।''

''समझाने की जरूरत नहीं। इस बात को वो खूब समझती है।''

''करेगी?''

''बिलाशक करेगी। आप प्लीज़ उसका बयान लीजिये और जल्दी, मीडिया के पहुंचने से पहले, उसे यहां से रुखसत कीजिये।''

''अच्छा! जल्दी भी करूं?''

''प्लीज़!''

‘‘तुम आज से – मैडम के साथ आने से – पहले भी कभी यहां आये?’’

विकास हिचकिचाया।

‘‘लगता है जो दावा तुमने मैडम की बाबत किया, वो खुद तुम्हारे पर लागू नहीं।’’

‘‘ऐसी बात नहीं है।’’

‘‘तो जवाब दो।’’

‘‘आज सुबह ही आया था।’’

‘‘क्या करने?’’

‘‘उस पर सतीश चावला के कत्ल का इल्जाम लगाने और फिर इस बात की उस पर कोई प्रतिक्रिया देखने।’’

‘‘क्यों? जब मैंने कहा था मैं इसा बाबत उससे बात करूंगा?’’

‘‘सब्र न हुआ।’’

‘‘सब्र न हुआ! कहता है सब्र न हुआ।’’

‘‘सॉरी।’’

‘‘क्या प्रतिक्रिया देखी? उसने कबूल कर लिया कातिल होना?’’

‘‘नहीं। बल्कि पुरजोर दावा किया कि कत्ल के वक्त के आसपास वो घर पर था, कल शाम के बाद से उसने यहां से बाहर कदम नहीं रखा था।’’

‘‘सच बोलता लगा था?’’

‘‘लगा तो था!’’

‘‘तो कत्ल किसने किया?’’

‘‘क्या पता!’’

‘‘खुद उसका कत्ल किसने किया?’’

‘‘क्या पता!’’

‘‘कोई अंदाजा?’’

विकास ने इनकार में सिर हिलाया।

‘‘मेड की बाबत क्या कहते हो?’’

‘‘वो कातिल नहीं हो सकती। एक तो उसके पास कत्ल की कोई वजह नहीं;

दूसरे, कातिल वो होती तो यहां न मिलती। तीसरे, वो यहां मकतूल के साथ अकेली थी, उसने इस काम के लिये कोई बेहतर वक्त तलाश किया होता।''

''हूं। अब बीवी की बोलो। उसकी बाबत क्या कहते हो?''

''क्या कहूं?''

''वो गायब है।''

''तो? आप कहना चाहते हैं इसलिये गायब है कि कातिल वो है?''

''नहीं हो सकता?''

''वो सुबह से गायब बताई जा रही है। कत्ल दोपहरबाद हुआ।''

''एक बार जा के लौटा नहीं जा सकता?''

''मेड की जानकारी के बिना?''

''क्या बड़ी बात है? वो घर की मालकिन है, मेन डोर की एक चाबी उसके पास होना क्या बड़ी बात है? चाबी के सदके उसके लिये चुपचाप भीतर दाखिल होना और चुपचाप रुखसत हो जाना क्या बड़ी बात है? दूसरे, मेड खुद कहती है कि कत्ल के वक्त के आसपास वो घर पर नहीं थी। और किसको उसकी यहां खुफिया आमद की और रवानगी की खबर होती?''

''उसके पति को।''

''मुर्दे नहीं बोलते।''

विकास ने सहमति में सिर हिलाया।

इंस्पेक्टर कुछ क्षण खामोश रहा।

''हम'' – फिर बोला – ''बीवी की तस्वीर मुहैया करने की कोशिश कर रहे हैं। फिर उसकी तलाश में कुछ करेंगे।''

''क्या?''

''आल प्वायंट बुलेटिन इशु करेंगे।''

''ओह!''

''तुम्हें तो'' – इंस्पेक्टर ने अपलक उसकी तरफ देखा – ''मालूम होगा नहीं कि वो कहां है?''

''मुझे! मुझे कैसे मालूम होगा?''

''वही तो।'' – उसने एक गहरी सांस ली – ''ठीक है।''

''क्या ठीक है?''

''जा सकते हो।''

''मैडम भी?'' – विकास आशापूर्ण स्वर में बोला।

''हां।''

उसने चैन की सांस ली।

फिर उसने परे खड़ी उदिता को इशारा किया।

उदिता ने सहमति में सिर हिलाया, कृतज्ञ भाव से इन्स्पेक्टर की तरफ देखा और विकास के साथ हो ली।

तभी तपन घोष और एक दूसरा शख्स वहां पहुंचे। दोनों ने विकास को वहां से जाता देखा तो वो आपस में खुसर-पुसर करने लगे।

''इंस्पेक्टर साहब'' – फिर एकाएक दूसरा शख्स बोला – ''इसे रोकिये।''

''किसे रोकूं?'' – इंस्पेक्टर हड़बड़ाया।

''ये, जो जा रहा है, इसे रोकिये।''

''क्यों भला? और तुम कौन हो?''

''मेरा नाम दीपक पसारी है, मैं प्राइवेट डिटेक्टिव हूं, रहेजा साहब की रेगुलर एम्पलायमेंट में हूं और उनका खास आदमी हूं।''

''आई सी।''

''ये आदमी ठग है, इसने अपने दो साथियों के साथ मिलकर चार लाख की ठगी की है।''

''किसके साथ?''

''रहेजा साहब के साथ।''

''तुम क्यों भड़क रहे हो?''

''मेरे साथ।'' – घोष बोला – ''रहेजा साहब की वो रकम मेरे पास थी जो कि ठगी गयी थी।''

''थाने जा के एफ.आई.आर. दर्ज कराओ।''

''वो हम करायेंगे'' – पसारी बोला – ''लेकिन ये तो भागा जा रहा है!''

‘‘तो क्या हुआ?’’

‘‘ये फरार हो जायेगा।’’

‘‘इसकी मजाल नहीं हो सकती। दो कत्ल के केसों में इसका इनवाल्वमेंट है।’’

‘‘लेकिन . . .’’

‘‘अब बस करो।’’

‘‘आपको हमारी बात सुननी होगी।’’ – घोष गुस्से से बोला।

‘‘ठीक है। सुनाओ।’’

‘‘लेकिन उसे तो रोकिये!’’

‘‘पहले बोलो, क्या कहना चाहते हो . . .’’

‘‘लेकिन . . ..’’

तब तक विकास और उदिता वहां से जा चुके थे।

विकास उदिता के साथ उसकी कार पर वापिस मुगलबाग ही लौटा क्योंकि वहां ‘सैफायर’ की पार्किंग में उसकी अपनी कार खड़ी थी। उदिता के विदा हो जाने के बाद उसने एक नजदीकी शॉपिंग माल का रुख किया। वहां की एक परफ्यूम शाप में सेल्सगर्ल की सहायता से उसने कई सेंट ट्राई करने के बाद आखिरकार जो सेंट ट्राई किया उसका नाम मिडनाइट मैलोडी था जिसकी दो आउंस की शीशी की कीमत छत्तीस सौ रुपये थी।

शॉपिंग माल से ही उसने अपने मोबाइल के लिये नयी बैटरी खरीदी।

वो अपनी कार में लौटा जिसमें सवार होकर उसने शीशी का आधा सेंट बाहर जमीन पर गिरा दिया और शीशी को मजबूती से बंद करके अपनी जेब रख लिया।

वो कुछ क्षण कार में बैठा, स्टियरिंग ठकठकाता, अपना अगला कदम निर्धारित करने की कोशिश करता रहा, फिर उसने मोबाइल पर सतीश चावला के फ्लैट का नम्बर पंच किया।

अपेक्षा के विपरीत उत्तर मिला।

नौजवान जनाना आवाज।

‘‘हल्लो!’’ – वो सावधान स्वर में बोला – ‘‘मिसेज चावला?’’

''यस।''

''मैडम, मेरा नाम विकास गुप्ता है। मैं प्राइवेट डिटेक्टिव हूं। मुझे आपके पति के असामयिक निधन की खबर है, आपकी मातम की घड़ी में मैं आपको हरगिज डिस्टर्ब न करता अगरचे कि मेरा आपसे बात करना निहायत जरूरी न होता।''

''क्या बात करना?''

''मिलने पर बोलूंगा न!''

''आप मिलने आना चाहते हैं?''

''अगर आपको जहमत न हो तो!''

''जहमत तो है ही . . ..''

''अगर आप सिर्फ पांच मिनट की जहमत बर्दाश्त कर सकें तो!''

''अभी?''

''जी हां।''

''कहां से बोल रहे हैं?''

''मुगलबाग से।''

''वो तो बहुत दूर है!''

''मेरे पास कार है। मैं बड़ी हद आधे घंटे में पहुंच जाऊंगा।''

''कोई बहुत जरूरी बात मेरे से करने?''

''जी हां।''

''जिसका कोई हिंट आप फोन पर देते तो . . ..''

''आधे घंटे में क्या फर्क पड़ता है! मैं उससे भी जल्दी पहुंचने की कोशिश करूंगा।''

''ठीक है। पहुंचिये।''

''थैंक्यू, मैडम।''

विकास उसके रूबरू हुआ।

वो एक बोरे जैसा गाउन पहने थी जिसमें उसकी फिगर का कोई अंदाजा हो

पाना मुमकिन नहीं था, नंगे पांव थी, चेहरा मेकअप से कतई महरूम था और सिर पर के काले बाल वो एक रूमाल से पीठ पीछे कसके बांधे थी।

उसकी आंखों में गम और उदासी की गहन छाया तैर रही थी और पपोटे यूं सूजे हुए थे जैसे बेतहाशा रोती रही हो।

विकास ने उसे अपना परिचय दिया तो उसने भी अपना नाम – आलोका – बताया और भीतर बुलाकर उसे ड्राईंगरूम में बिठाया।

''फरमाइये?'' – वो कातर भाव से बोली।

''मैडम'' – विकास अपने स्वर में ज्यादा से ज्यादा सहानुभूति घोलता बोला – ''आपके साथ इतनी बड़ी ट्रेजेड़ी हुई है, मैं शर्मिंदा हूं कि ऐसे वक्त में मैं आपको डिस्टर्ब कर रहा हूं।''

वो खामोश रही।

''आपके पति हिंसक मौत मरे हैं, कत्ल हुआ है उनका, आप भी जरूर चाहती होंगी कि उनका कातिल जल्द-अज-जल्द पकड़ा जाये और उसे सख्त से सख्त सजा मिले!''

उसका सिर हौले से सहमति में हिला।

''आप मेरे चंद सवालों का जवाब देंगी तो हो सकता है इस काम में मेरे एफर्ट की भी हाजिरी लग जाये।''

''क्या पूछना चाहते हैं?''

''क्या आप शादी से पहले भी चावला साहब से वाकिफ थीं?''

''हां। हमारी शादी एक लम्बी कोर्टशिप के बाद हुई थी।''

''फिर तो आप ऐसे कई लोगों को जानती होंगी जो उनके करीबी थे; जिनसे उनके दोस्ताना ताल्लुकात थे या कारोबारी वास्ता था!''

''क्यों जानना चाहते हैं? ''

''मैंने बोला तो कि . . .''

''ये जानने से मेरे हस्बैंड का कातिल पकड़ाई में आ जायेगा?''

''आ सकता है।''

वो सोचने लगी।

''मैं आपकी सोच में मदद करता हूं। कुछ ऐसी बातों का जिक्र करता हूं जिनकी अभी आपको खबर नहीं होगी या आप समझती होंगी कि मुझे खबर नहीं।''

वो सकपकाई, उसकी भवें उठीं।

''पहली बात तो ये है कि पुखराज रहेजा का कत्ल हो गया है . . .''

वो चौंकी।

''कब?'' – उसने पूछा।

''आज ही। दोपहरबाद किसी वक्त।''

''ओह!''

''और दूसरी बात ये है कि मुझे मालूम है कि आपके हस्बैंड की माली हैसियत कोई पैट्रोल पम्प खरीदने के काबिल नहीं थी . . .''

''कैसे नहीं थी? जो बात प्रत्यक्ष है . . .''

''वो भ्रामक है। आपके हस्बैंड को पम्प खरीदने के लिये पैसा रहेजा से हासिल हुआ था। अमूमन मरने वाले की प्रॉपर्टी के मालिकान उसके करीबी रिश्तेदार होते हैं लेकिन इस मामले में ऐसा नहीं है क्योंकि आपके हस्बैंड की रहेजा से ऐसी लिखत-पढ़त थी कि उसकी मौत की सूरत में पम्प का मालिक रहेजा होगा।''

''ऐसा कैसे हो सकता है!'' – वो तमककर बोली – ''उस पम्प की वारिस मैं और सिर्फ मैं हूं क्योंकि मैं अपने हस्बैंड की सबसे करीबी रिश्तेदार हूं।''

''बीवी हैं!''

''हां।''

''लेकिन सिर्फ चार दिन पहले बनी हैं। अब तक तो आपके इस कानूनी दर्जे की किसी को खबर भी नहीं होगी।''

''उससे क्या होता है? उससे इस बात की हकीकत कैसे बदल जायेगी कि मैं मरने वाले की बीवी हूं?''

''आप बात को समझ नहीं रही हैं। आप उस लिखत-पढ़त की तरफ तवज्जो नहीं दे रही हैं जो मैंने बोला कि पैट्रोल पम्प को लेकर आपके हस्बैंड और पुखराज रहेजा के बीच हुई थी।''

"लेकिन रहेजा भी तो, बकौल खुद आपके, मर चुका है!"

"उससे आपको कोई फर्क नहीं पड़ता। उससे सिर्फ ये होगा कि जिस पम्प का दावेदार अपनी जिंदगी में रहेजा होता, उसकी दावेदार अब उसकी बीवी होगी। बीवी है न रहेजा साहब की?"

"है।"

"बच्चे?"

"नहीं हैं।"

"कहां है?"

"अरे जब कोई बच्चा है ही नहीं तो . . ."

"मैंने बीवी की बाबत सवाल किया।"

"वो कहां है! मुझे क्या पता कहां है!"

"कोई अंदाजा?"

"मुझे नहीं है। तुम पम्प की बात करो जिसको लेकर तुम खामखाह पेचीदगियां खड़ी कर रहे हो।"

"आई एम सॉरी। मैं बात को दूसरे तरीके से कहता हूं। फर्ज करो आपके हस्बैंड का कोई भाई है . . ."

"मेरे हस्बैंड का कोई भाई नहीं है।"

"सगा न सही, कहीं दूर-दराज रहता कोई चाचा-ताऊ का लड़का सही। उसकी आपको क्या खबर होगी!"

"आगे?"

"वो कजन नहीं जानता कि सतीश चावला ने आपसे शादी कर ली हुई है और समझता है कि उसकी मौत के बाद पम्प का कोई मालिक होगा तो वो ही होगा। लालच का मारा वो चुपचाप शहर में आता है, कत्ल करता है और चुपचाप लौट जाता है। अपने शहर से अपनी गैरहाजिरी की वो पहले से कोई एलीबाई तैयार करके रखता है ताकि, बेसबब ही सही, पुलिस कभी उस तक पहुंच जाये तो वो साबित करके दिखा सके कि वो अपने भाई का कातिल नहीं हो सकता। तब वो बड़े इत्मीनान से पम्प पर अपना दावा पेश करता है।"

‘‘मिस्टर, तुम तो अपनी ही थ्योरी के उलट जा रहे हो। अभी तो कहके हटे हो कि किसी करारनामे के तहत उस पम्प का मालिक पहले रहेजा होता और अब उसकी भी मौत के बाद मालिक मिसेज सुनंदा रहेजा होगी। इसका मतलब तो ये हुआ कि तुम्हारी कल्पना से जो कजन उपजा उसने जो किया, खामखाह किया, बेकार किया।’’

‘‘आपको जाती तौर पर करारनामे की कोई खबर है?’’

वो हिचकिचाई।

‘‘मेरा सवाल’’ – विकास ने जेब से पर्चा निकालकर उसे दिखाया – ‘‘इस करारनामे की बाबत है।’’

‘‘ये तुम्हारे पास कहां से आया?’’

‘‘ये कॉपी है।’’

‘‘कॉपी भी कहां से आयी?’’

‘‘कहीं से भी आयी। आप बोलिये, इसी करारनामे का हवाला दिया आपने?’’

‘‘हं-हां। अब तुम इसका क्या करोगे?’’

‘‘वो मैं अभी सोचूंगा। पहले मैं आपको ये बताता हूं कि मैंने कजन वाली बात का जिक्र क्यों किया! उस कथित कजन को अगर पैट्रोल पम्प की खबर हो सकती थी तो करारनामे की भी खबर हो सकती थी। कोई बड़ी बात नहीं कि जैसे करारनामे की एक कॉपी मैंने हासिल कर ली, वैसे एक कॉपी उसने भी हासिल कर ली हो।’’

‘‘क्योंकि’’ – उसके स्वर में व्यंग्य का पुट आया – ‘‘मिठाई है जो बंट रही थी!’’

‘‘मिठाई तो नहीं है क्योंकि बेशुमार लोगों में बंट सकती है। मेरा अंदाजा है कि ऐसे तीन पर्चे उपलब्ध थे, एक ओरिजिनल और दो कॉपियां। एक कॉपी – आप देख रही हैं कि – मेरे पास है, दूसरी उस कथित कजन के हाथ लग गयी हो सकती है। अब सवाल ये है कि तीसरी – ओरीजिनल – कहां है?’’

‘‘कहां है?’’

''मैं आपसे पूछ रहा हूं।''

''मैं तुमसे पूछ रही हूं।''

''यानी कि आपको नहीं मालूम?''

वो खामोश रही।

''यानी वो किसी के भी पास हो सकती है। पुखराज रहेजा के पास भी। और अब बाजरिया रहेजा उसकी बीवी के पास भी। क्या नाम बोला था आपने?''

''सुनंदा।''

''हां, सुनंदा। सुनंदा रहेजा। विडो एण्ड लीगल हायर आफ पुखराज रहेजा। मैडम, ये करारनामा आपने पढ़ा। इससे तो यही जाहिर होता है कि आप तभी पम्प की मालकिन बन सकती हैं जबकि आप साठ लाख रुपया नकद रहेजा के कानूनी वारिस को लौटायें। कर सकती हैं आप ऐसा?''

''सवाल कर सकने का नहीं है, कर सकने की जरूरत का है जिसका निर्विवाद रूप से स्थापित होना अभी बाकी है। इसी वजह से अब मुझे एक और अंदेशा सताता है।''

''क्या?''

''अगर मेरे हस्बैंड का कत्ल उसके किसी कजन ने – मैं तो नहीं मानती कि ऐसा कोई शख्स है – पम्प के लालच में किया तो वो तो मेरा भी कत्ल कर सकता है।''

''कर सकता है लेकिन आपने ये भी तो कहा कि आप नहीं मानतीं कि ऐसा कोई शख्स है।''

''तुमने शक का एक बीज तो बो ही दिया!''

''सॉरी।''

''अब मैं क्या करूं?''

''मेरे से पूछ रही हैं?''

''और कौन है यहां?''

''मेरे खयाल से तो आपको कुछ अरसे के लिये कहीं शिफ्ट कर जाना चाहिये। आप चाहें तो इस मामले में भी मैं आपकी मदद कर सकता हूं।''

''क्या?''

''मेरी एक फ्रेंड है, अकेली रहती है, आप चाहें तो आप उसके साथ रह सकती हैं।''

उसने उस बात पर विचार किया।

''नहीं'' – फिर बोली – ''मैं यहीं ठीक हूं। मुझे यहीं टिकना चाहिये। अभी कल मेरे हस्बैंड की मौत हुई है, कैसे मैं यहां से चल दूं! नहीं, मैं मरूं चाहे जिऊं, फिलहाल तो यहीं रहूंगी।''

''पुलिस की भी तो इस बाबत हिदायत होगी! कत्ल के मामले में होती है।''

''हां, वो बात भी है।''

''फिर तो बात ही खत्म हो गयी!''

''नहीं, बात नहीं खत्म हो गयी। मैंने कहां शिफ्ट किया, ये बात पुलिस की जानकारी में हो तो मुझे उम्मीद नहीं कि उन्हें कोई ऐतराज होगा।''

''ठीक कहा आपने।''

''इस पर्चे का क्या करोगे?''

''आप बताइये क्या करूं?''

''मैं क्या बताऊं! मर्जी तुम्हारी है।''

''ओरीजिनल आपके पास है?''

''मैं इस बात का पहले ही जवाब नहीं दे चुकी?''

''है?'' – विकास पुरइसरार लहजे से बोला।

''नहीं।'' – वह पहलू बदलती बोली।

''जानती हैं कहां है?''

''नहीं।''

''कोई अंदाजा?''

''पुखराज रहेजा के पास ही होगी।''

''वो तो गया।''

''खुद गया न! सब कुछ साथ तो न ले गया!''

''कौन ले जा सकता है!''

''तो फिर?''

''उसके पास थी तो कहां होगी?''

''कहीं कागजात में। जहां कहीं भी वो उन्हें फाइल करके रखता होगा। घर में। ऑफिस में। कहीं भी।''

''अपनी मौत से पहले उसने ओरीजिनल आपके हस्बैंड को दी थी!''

''खामखाह!''

''मेरी जानकारी यही कहती है।''

''क्यों कहती है? तुमने उसे ओरीजिनल मेरे हस्बैंड को थमाते देखा था?''

''नहीं। ऐसा होता तो ओरीजिनल की बाबत मैं आपसे पूछता नहीं, आपको बताता।''

''मेरे हस्बैंड के पास अगर ओरीजिनल थी तो इस बात की मुझे कोई खबर नहीं।''

''ओरिजिनल आपने कभी देखी?''

''नहीं। कहां से देखती? कौन दिखाता?''

''आपका हस्बैंड!''

''उसने ऐसा कुछ नहीं किया था।''

''आई सी।''

''इस कॉपी का तुम क्या करोगे?''

''इस बाबत अभी मैंने कोई फैसला नहीं किया।'' – वो एक क्षण ठिठका और फिर बोला – ''आपको दे दूं?''

''जैसे मेरे कहने से दे ही दोगे!''

''दे भी दूंगा तो ये आपके किसी काम नहीं आयेगी। ऐसे मामलों में कोर्ट-कचहरी हो तो ओरीजिनल ही पेश करनी पड़ती है।''

विकास को उम्मीद थी कि वो फोटोकापी की मांग करेगी लेकिन हैरानी की बात थी कि उसने वैसी कोई मांग पेश न की। मांग की जगह उसने राय पेश की।

''तुम्हें ये कॉपी पुलिस को सौंपनी चाहिये।'' – वो बोली।

''पुलिस को इस करारनामे की भनक भी लगी तो आप उनकी तवज्जो का मरकज बन जायेंगी।''

विकास का खयाल था कि वो बात सुनकर वो चौंकेगी, बौखलायेगी लेकिन उसने लापरवाही से महज कंधे उचकाये।

विकास ने जेब से 'मिडनाइट मैलोडी' की शीशी निकाली।

''ये आपकी है?'' – शीशी उसने सामने करता वो बोला।

'''मिडनाइट मैलोडी'! ये तो . . .''

वो खामोश हो गयी।

''किसकी है?'' – विकास उसे अपलक देखता बोला।

''मुझे नहीं मालूम।''

''आप कुछ कहने तो जा रही थीं!''

''क्या?''

''आप बेहतर जानती हैं। मुझे लगा था कि आप कोई नाम लेने जा रही थीं।''

''गलत लगा था।''

''लगा तो ठीक ही था लेकिन'' – विकास ने गहरी सांस ली – ''लगता है ऐन बीच में खयाल बदल गया।''

''कुछ और पूछना चाहते हो?''

''क्या करूं पूछ के! बताया तो आपने कुछ भी नहीं!''

''क्या नहीं बताया?''

''मेरे पहले ही सवाल का कोई जवाब नहीं दिया। मैंने पूछा था कि आप किन्हीं ऐसे लोगों को जानती थीं जिनसे आपके हस्बैंड के दोस्ताना ताल्लुकात थे या कारोबारी वास्ता था?''

''अब दे देती हूं। ऐसा एक ही शख्स था। पुखराज रहेजा। मेरा हस्बैंड बहुत बिजी रहने वाला शख्स था, उसके पास यारबाशी के लिये वक्त नहीं था। अब जवाब मिल गया तुम्हें?''

''हां।''

''तो फिर . . .''

''तो फिर नमस्ते।'' – विकास उठ खड़ा हुआ – ''वक्त देने का शुक्रिया, मैडम।''

विकास पुलिस हैडक्वार्टर पहुंचा।

जैसे आलोका की राय पर अमल करने के लिये।

उसने करारनामे की कॉपी इंस्पेक्टर जिले सिंह को पेश की।

जिले सिंह ने एक सरसरी निगाह उस पर डाली, हड़बड़ाया, उसे गौर से दोबारा पढ़ा। आखिरकार उसने कागज पर से सिर उठाया और घूरकर विकास की तरफ देखा।

''कहां से मिली?'' – वो सख्ती से बोला।

''मिली कहीं से।'' – विकास सहज भाव से बोला – ''देखते ही महसूस किया कि इसे पुलिस के पास होना चाहिये था, पहुंचाने चला आया।''

''मिली कहां से?''

''उससे क्या फर्क पड़ता है?''

''जवाब दो।''

''गुस्ताखी माफ, मैं इस बात का जवाब नहीं दे सकता।''

''तो गुस्ताखी माफ नहीं हो सकती। बोलो! जवाब दो!''

''लगता है, मैंने यहां आकर गलती की।''

''अब खामोश रहकर दूसरी, पहले से ज्यादा बड़ी, गलती करोगे।''

''जनाब, मैं नहीं बता सकता। मेरा किसी से वादा है कि मैं इस बात को राज रखूंगा। मैं वो वादा न करता तो इतनी अहम तहरीर कभी मेरे हाथ न लगती। अब आप आम खाने से मतलब रखिये, पेड़ गिनने से नहीं।''

''गिरफ्तार कर लूंगा!''

''बेवजह गिरफ्तार करेंगे तो छूटने में घंटा भी नहीं लगेगा।''

''तभी तो, जब छुड़ाने वाले को पता लगेगा कि गिरफ्तार हो।''

''आप ऐसा जुल्म नहीं ढा सकते।''

''तुम्हें क्या पता मैं क्या कर सकता हूं!''

''ये तो होम करते हाथ जलने वाली बात हुई!''

''अब कुछ कहोगे भी! कहां मिला ये करारनामा?''

''राह चलते पड़ा मिला।''

''मसखरी महंगी पड़ेगी।''

''मैं मसखरी नहीं कर रहा। जनाब को बता रहा हूं ये कागज कैसे, कहां से मेरे हाथ लगा।''

''साथ में ये भी लगा कि तुम्हारे किसी काम का नहीं था इसलिये मेरे पास ले आये!''

''आपके पास ले आया। बिना खयाल भी किये कि ये मेरे काम का था या नहीं था।''

''ठीक है। ठीक है, भई।'' – उसने अपनी कुर्सी से पीठ लगाई और गहरी सांस ली – ''अब सुनो मैं क्या कहता हूं! जब से तुमने अपनी कार में बारूद लगाया जाने की बात मुझे बताई है, मैंने तुम्हारी निगरानी पर अपने आदमी लगाये हुए हैं। वो आदमी तब भी तुम्हारे पीछे थे जबकि कल रात तुम सतीश चावला के पैट्रोल पम्प की वर्कशॉप में घुसे थे।''

विकास चौंका।

''ये थी वजह तुम्हारे वहां से बाहर निकलते ही पकड़ लिये जाने की।''

''न कि ये'' – विकास मरे स्वर में बोला – ''कि कोई कार वाला हवा के लिये वहां रुका था और उसने मुझे रोशनदान से निकलते देख लिया था।''

''अभी आयी बात समझ में।''

विकास खामोश रहा।

''मेरा खयाल ये है कि ये कागज तुमने वर्कशॉप में कहीं से बरामद किया था लेकिन ऐसा था तो साथ में हैरानी भी है कि तुम्हारी यहां तलाशी के दौरान क्यों न बरामद हुआ! कहां छुपाया था?''

''अब इस बात की क्या अहमियत रह गयी? जब मैं अपनी राजी से इसे आपकी खिदमत में पेश कर रहा हूं, चौबीस घंटे के भीतर पेश कर रहा हूं तो जरा सी देर की वजह से जो खता हुई, वो तो आप मुझे माफ कर सकते हैं!''

''कर तो सकता हूं!''

''तो कहिये की, ताकि मेरी टेंशन खत्म हो।''

''की।''

''शुक्रिया, जनाब।''

''लेकिन तुम्हारे जैसे शख्स की टेंशन खत्म नहीं हो सकती। तुम करतबी, हजरती, नटवरलाल हो, हमेशा ऑन टोज़ रहोगे।''

''ऐसी बात नहीं है।''

''ऐसी ही बात है। लगता है सिर्फ खूबसूरत औरतों के काबू में आते हो, बाकी सबके हाथों से गीली मछली की तरह फिसल-फिसल जाते हो।''

''ऐसी तो बिल्कुल भी बात नहीं है।''

''क्यों नहीं है? नहीं है तो क्यों जॉर्जटाउन में उदिता अटवाल की इतनी हिमायत कर रहे थे?''

''वो तो . . . वो तो . . .''

''क्यों यहां से थोड़ी ही दूर 'सैफायर' में लंच पर उसके साथ थे?''

''आप तो सब कुछ जानते हैं!''

''ये बात जानते हो फिर भी लुका-छिपी से बाज नहीं आते हो। एक सांस से पुलिस से सहयोग करने का दम भरते हो, दूसरे से मुखालफत करने लगते हो।''

''मुखालफत कब की?''

''कब नहीं की? अभी ही की। अभी ही सीधे से बक के दिये कि ये कागज तुम्हारे हाथ कहां से लगा?''

''अब तो आपको मालूम है!''

''मालूम है तो अपनी खुद की कोशिशों से मालूम है, तुम्हारे बताये वो नहीं मालूम!''

''हासिल मेरे कराये है'' – विकास तनिक दिलेरी से बोला – ''आपकी कोशिश कारगर हुई होती तो तलाशी में बरामद होता।''

''तब ये तुम्हारे पास था?''

‘‘हां।’’

‘‘सच कह रहे हो?’’

‘‘हां।’’

‘‘कहां था?’’

‘‘बता दूं?’’

‘‘लगता है तुम डण्डे के ही यार हो।’’

‘‘इसकी तहों की क्रीज पर गौर कीजिये। . . . अब जहां से जैसे-जैसे मुड़ा है मोड़िये। . . .गुड! . . .अब देखिये इसने क्या साइज अख्तियार किया है और याद कीजिये कि कल रात मेरा मोबाइल नहीं चल रहा था जिसकी वजह मैंने ये बताई थी कि मैं चार्ज करना भूल गया था।’’

तब बात इंस्पेक्टर की समझ में आयी, वो भौंचक्का सा विकास का मुंह देखने लगा।

विकास मुस्कराया।

‘‘खैर!’’ – इंस्पेक्टर के लहजे में तब्दीली आयी – ‘‘अब बोलो उदिता अटवाल की उंगलियों पर क्यों नाच रहे हो?’’

‘‘जनाब’’ – विकास विनयशील स्वर में बोला – ‘‘अव्वल तो ऐसी कोई बात है नहीं, है तो गुस्ताखी की माफी के साथ पूछ रहा हूं कि आपको क्या फर्क पड़ता है?’’

‘‘कोई फर्क न पड़ता, मेरी उसकी तरफ तवज्जो तक न जाती अगरचे कि वो मर्डर सस्पैक्ट न होती।’’

‘‘जी!’’

‘‘तुम उसकी डुगडुगी पर नाचने वाले जमूरे, तुम्हें क्योंकर अहसास हुआ होगा इस बात का! मिस्टर नटवरलाल, जरा सोचो। लाश किसने बरामद की? उसने। मरने वाले को आखिरी बार जिंदा किसने देखा था? उसने। मेरा जाती तजुर्बा है कि ऐसा बहुत कम होता है कि मकतूल को आखिरी बार जिंदा देखने वाला शख्स ही वो शख्स भी हो जिसने कि लाश बरामद की हो। उस औरत ने ढाई बजे रहेजा को जिंदा देखा था जबकि उसने बिकाऊ प्रॉपर्टी की उससे चाबी

हासिल की थी। फिर सवा तीन बजे उसी ने उसको तब मरा पड़ा देखा था जबकि वो चाबी लौटाने गयी थी। ढाई और सवा तीन के बीच के पौने घंटे में, स्टडी में या स्टडी से बाहर, मकतूल को किसी ने नहीं देखा था। इससे क्या समझे?''

''समझा तो सही कुछ!''

''अब इससे पहले की सुनो। लंच पर वो 'सैफायर' में तुम से मिली। कैसे मिली? तुम उसके पीछे पड़े थे?''

''उसने फोन किया था।''

''और 'सैफायर' में मिलने को बोला था?''

''हां।''

''वहां लंच ही हुआ या प्री-लंच कुछ और भी हुआ?''

''दो दौर ड्रिंक्स के भी चले।''

''ताकि शबाब की वजह से माहौल में जो रंगीनी आनी बाकी रह गयी थी, वो शराब से पूरी हो जाती, तुम्हारा डिफेंस कमजोर हो जाता ताकि जब वो जॉर्जटाउन साथ चलने के लिये मनुहार करती तो तुमसे 'न' बोलते न बनता। नहीं?''

''हां।''

''मेरी थ्योरी ये कहती है कि तुम्हें बाहर कार में बैठा छोड़कर जब वो कोठी के भीतर चाबी कलैक्ट करने गयी थी, उसने तभी रहेजा को शूट कर दिया था लेकिन तुम्हारे जेहन में उसने ये बात बाखूबी बिठाई कि वो रहेजा से चाबी लेने भीतर गयी, चाबी लेकर लौटी इसलिये पीछे रहेजा को जिंदा छोड़कर आई। फिर आइंदा पैंतीस मिनट बिकाऊ मकान का मुआयना करती तुम्हारे साथ रही, चाबी लौटाने वापिस रहेजा की कोठी पर लौटी और लगी चीखें मारने। तुम दौड़े-दौड़े भीतर गये और उसने कांपते, घिघियाते, गश खाते तुम्हें बताया कि रहेजा तो मरा पड़ा था . . .''

''गश खाते नहीं।''

''. . . उसको तो तुम दोनों की गैरहाजिरी में किसी ने शूट कर दिया था।''

''मेड के बारे में क्या कहते हैं?''

''वो उसकी सहूलियत के लिये आधे घंटे के लिये पड़ोस की कोठी में चली गयी।''

''इत्तफाक से। न जाती तो क्या होता? तो हो सकता था लाश पांच मिनट में बरामद हो गयी होती। फिर मेरी एलीबाई उदिता के किस काम आती कि कत्ल के वक्त के दौरान वो मेरे साथ थी?''

''हर कातिल को कोई न कोई चांस लेना पड़ता है। कत्ल के बाद लाश का फौरन बरामद हो जाना वो चांस था जो उस औरत ने लिया।''

''तो आपकी निगाह में कातिल वो है?''

''मर्डर सस्पैक्ट नम्बर वन वो है।''

''तो अभी तक गिरफ्तार क्यों नहीं है?''

''क्योंकि एम.पी. की बीवी है। बड़े राजनैतिक नेता की बीवी है।''

''आई सी।''

''जब तक बिल्कुल पक्का केस हम उसके खिलाफ नहीं खड़ा कर पाते, तब तक उसकी गिरफ्तारी मुश्किल है।''

''पक्का केस कैसे खड़ा होगा?''

''तुम मदद करोगे।''

''जी!''

''इनकार करोगे तो अभी बंद कर दूंगा।''

''ये तो ब्लैकमेल हुई! आप ब्लैकमेल से मदद वसूलेंगे?''

''ये भी एक तरीका है। लेकिन तुम ऐसी नौबत क्यों आने देते हो?''

विकास ने बेचैनी से पहलू बदला।

''कहना मानो वर्ना दोहरी मार पड़ेगी।''

''दोहरी!'' – विकास सकपकाया।

''घोष और पसारी नाम के उन दो आदमियों को भूल गये जो तुम्हारे जाते-जाते जॉर्जटाउन, रहेजा की कोठी पर पहुंचे थे!''

''आपको उनकी बकवास पर यकीन है?''

''कोई बात बेवजह नहीं होती, बेबुनियाद नहीं होती। धुआं हो तो आग भी

होती है। ठगी में शरीक लड़की का जो हुलिया घोष बयान करता है, वो तुम्हारी सखी शबनम से मिलता है . . .''

''सारी खूबसूरत नौजवान लड़कियां दिखने में एक ही जैसी होती हैं।''

''. . . तीसरा कौन था?''

''कोई हो तो बोलूं!''

''पीडी दीपक पसारी कहता है कि तुम्हारा तीसरा साथी मनोहर लाल नाम का एक शख्स है जो कि मुगलबाग में मालवा हाउस नाम की इमारत के एक फ्लैट में रहता था।''

''उसे मेरे सामने पेश करो, कहलवाओ कि वो मेरा साथी है।''

''रहता था बोला मैं। था। भूतकाल में।''

''अब कहां गया?''

''शुक्रवार रात को एकाएक खड़े पैर फ्लैट छोड़ गया और खुदा जाने कहां गया?''

''इंस्पेक्टर साहब, आप किसी की खामखयाली को, किसी के मुगालते को हवा दे रहे हैं।''

''ऐसा होता तो मैं तुम्हें जॉर्जटाउन से चला जाने देता?''

''मतलब?''

''मैं स्पैशल स्क्वायड का इंस्पेक्टर हूं, मेरा वैसे मामलों से कोई मतलब नहीं जो वो दोनों बयान कर रहे थे।''

''ओह!''

''लेकिन मैं मतलब बना सकता हूं। पुलिस वाला – वो भी तीन सितारों वाला इंस्पेक्टर – मैं फिर भी हूं। तुम चाहते हो मैं ऐसा करूं?''

''नहीं।''

''गुड। अब वो सवाल पूछो, जो तुम्हें पूछना चाहिये।''

''क्या करना होगा मुझे?''

''अपना पसंदीदा काम ही करना होगा।''

''क्या?''

‘‘पिछली बार मुलाकात के हालात उस औरत ने पैदा किये, इस बार तुम्हें करने होंगे।’’

‘‘फिर?’’

‘‘फिर पता लगाना होगा कि जॉर्जटाउन जाने के पीछे उसका असल मकसद क्या था! दूसरे, वो पुखराज रहेजा को किस हद तक जानती थी! दोनों के ताल्लुकात महज कारोबारी थे या कोई और भी वास्ता था! वास्ते की शुरुआत कैसे हुई थी और क्या वो दोनों अक्सर मिलते थे!’’

‘‘इतने काम?’’

‘‘प्राइवेट डिटेक्टिव बनना चाहते हो। समझ लेना प्रैक्टिस का, ट्रेनिंग का मौका मिल रहा है। राजनगर पुलिस के सौजन्य से।’’

‘‘पूछताछ की कोशिश करनी होगी या पीछे ही पड़ जाना होगा?’’

‘‘अगर तुम्हें लगे कि वो ही गुनहगार है तो पीछे ही पड़ जाना है, अगर लगे कि बेगुनाह है तो खाली पूछताछ करनी है। क्या करना मुनासिब होगा, ये मैं तुम्हारे जजमेंट पर छोड़ता हूं।’’

‘‘हूं। आपने उसे सस्पैक्ट नम्बर वन करार दिया; कोई नम्बर टू भी तो होगा! थ्री भी तो होगा!’’

‘‘क्यों नहीं होगा? हमेशा होता है।’’

‘‘इस केस में कौन है?’’

‘‘सबसे पहले तो मकतूल की बीवी सुनंदा ही है जो कि गायब है। पति के कत्ल के केस में पत्नी वैसे ही सस्पैक्ट होती है जैसे पत्नी के कत्ल के केस में पति नेचुरल सस्पैक्ट होता है। फिर मकतूल सतीश चावला की बीवी आलोका है जो हो सकता है अपने पति के कत्ल के लिये रहेजा को जिम्मेदार मानती हो और उसने बदले की भावना से प्रेरित होकर खून से हाथ रंगे हों। फिर उसका वकील अरुण निझावन है जो, हमें पता चला है कि, वकील कम रहेजा के हर स्याह सफेद धंधे में उसका जोड़ीदार ज्यादा है। हमारे पास सस्पैक्ट्स का तोड़ा नहीं है, भैया, तोड़ा है तो उद्देश्य का, मकसद का, मोटिव का है। और उद्देश्य काफी पीछे जाकर भी उजागर हो सकता है।’’

''पीछे जाकर?''

''हां। एक अहम सवाल – जिसे ये करारनामा भी हाईलाइट करता है – हमारे सामने ये भी है कि सतीश चावला और पुखराज रहेजा कैसे एक-दूसरे से कनैक्टिड थे!''

''बगल में छोरा, शहर ढिंढोरा।''

''क्या बोला?''

''जनाब मेरे से पूछा होता।''

''तुम जानते हो?''

''न जानता होता तो कहता क्यों?''

''बोलो, क्या जानते हो?''

विकास ने सविस्तार वो तमाम किस्सा बयान किया जो उसे उसी सुबह खुद रहेजा से सुनने को मिला था।

''ओह!'' – सुनकर इंस्पेक्टर प्रभावित भाव से बोला – ''मेरे मातहत सब-इंस्पेक्टर विष्णु प्रसाद ने भी इस बाबत कुछ कहा तो था लेकिन मुझे मालूम नहीं था कि ये इतना व्यापक सिलसिला था।''

''अब तो हिसाब बराबर हो गया न?''

''कौन सा हिसाब?''

''आपको मालूम है कौन सा हिसाब!''

''ठीक है, तुम भी क्या याद करोगे! लेकिन आगे नया खाता न खोल बैठना।''

''ऐसा नहीं होगा।''

''चलो, मोटिव पर तो तुमने फोकस बना दिया लेकिन ये सवाल तो अभी भी अपनी जगह कायम है कि मोटिव पर अमल कौन कर रहा है!''

''माली फायदा तो'' – विकास सावधान स्वर में बोला – ''सबसे ज्यादा रहेजा की बीवी को ही है जो कि अब बीवी नहीं, एक दौलतमंद विधवा है।''

''तुम अपनी माशूक से फोकस शिफ्ट करने की कोशिश कर रहे हो?''

''अगर आपका इशारा उदिता की तरफ है तो वो मेरी माशूक नहीं, दोस्त है, वाकिफकार है।''

''इसलिये उसके कातिल होने की सम्भावना को नकारना तुम्हारा फर्ज है।''

''मेरे ऐसा करने से क्या होगा?''

''शायद हो! जब उसकी जगह लेने के लिये दौलतमंद विधवा का खयाल आया तो ये भी तो बताओ कि क्यों आया, किस बिना पर आया? क्या है तुम्हारी थ्योरी?''

''मेरी थ्योरी ये है, जनाब, कि सतीश चावला का कत्ल पुखराज रहेजा ने किया क्योंकि चावला किसी तरीके से इस करारनामे की ओरीजिनल हासिल करने में कामयाब हो गया था और वो ओरीजिनल रहेजा हर हाल में वापिस चाहता था जो कि चावला को खत्म किये बिना हासिल होती दिखाई नहीं देती थी।''

''लिहाजा हासिल हो गयी थी!''

''कहना मुहाल है, क्योंकि मैंने पहले ही कहा था कि चावला के कत्ल के बाद फ्लैट की तलाशी लेने का मौका कातिल को नहीं मिला था।''

''क्योंकि वहां तुमने किसी तरह की अस्त-व्यस्तता नहीं पायी थी?''

''हां।''

''इसका ये भी तो मतलब हो सकता है कि कत्ल के बाद जो पहली ही जगह कातिल ने टटोली थी, वहीं उसका मतलब हल हो गया था!''

''हो सकता है। लेकिन इस वक्त मुद्दा ये नहीं है कि उसकी तलाश कामयाब हुई थी या नहीं, मुद्दा ये है कि उस तलाश के आगाज़ से पहले क्या हुआ था! पहले चावला का कत्ल हुआ था।''

''आगे? दूसरे कत्ल की बात?''

''दूसरे कत्ल की बाबत मेरा अंदाजा ये है कि रहेजा पति-पत्नी की आपस में नहीं बनती थी। पति क्रुक्ड बिजनेस करता था जिससे पत्नी आजिज़ थी। इसी वजह से पनपी और आपे से बाहर हुई किसी तकरार का नतीजा रहेजा का कत्ल था। कत्ल के बाद आतंकित पत्नी गोली लगी लाश को स्टडी में छोड़कर – जहां से वो बरामद होते-होते ही होती क्योंकि घर में सिर्फ एक मेड थी जो कि बुलाये जाने पर ही स्टडी में जाती थी – कहीं खिसक गयी। कहां खिसक गयी, ये तो

अपने असीमित साधनों के तहत पुलिस ही पता लगा सकती है!''

''जब करारनामे की एक कॉपी यहां हम दोनों के सामने पड़ी है तो इसके लिये सतीश चावला का कत्ल करने का रहेजा को क्या फायदा हुआ?''

''रहेजा ओरीजिनल और कॉपी की एक ही जगह से बरामदी की उम्मीद कर रहा होगा! कत्ल के बाद ही उसे मालूम हुआ होगा कि जहां ओरीजिनल थी, वहां कॉपी नहीं थी।''

''होंगी दो ही? एक ओरीजिनल और एक कॉपी?''

''जिक्र तो दो का ही आया है लेकिन तीन भी हो सकती हैं।''

''वो कैसे?''

''एक ओरीजिनल और एक कॉपी तो हुई ही हुई, क्योंकि ये स्थापित है कि ओरीजिनल रहेजा के पास थी – होनी भी उसी के पास चाहिये थी क्योंकि करारनामा उसके लिये बना डाकूमेंट था – एक कॉपी वकील के पास बराबर थी क्योंकि चावला ने उसे उसके ऑफिस से चुराया था। तीसरी के वजूद की बात मैं इसलिये कहता हूं कि रिकॉर्ड के तौर पर, दस्तूर के तौर पर, करारनामे के हस्ताक्षरकर्ता के पास भी तो कॉपी होनी चाहिए!''

''होनी तो चाहिये! इससे तो ऐसा जान पड़ता है कि कत्ल के बाद मकतूल के फ्लैट से कातिल के हाथ ओरीजिनल – जो पता नहीं कैसे उसके कब्जे से निकलकर मकतूल चावला के पास पहुंच गयी थी – और एक कॉपी – जो कि चावला की अपनी थी – लगी। जो कॉपी वो वर्कशॉप में छुपाये था और जो वहां से तुमने बरामद की, वो वो थी जो उसने वकील के ऑफिस से चुराई थी।''

''हो सकता है।''

''लेकिन ये अभी स्थापित नहीं है कि कत्ल के बाद कातिल के हाथ कुछ लगा था। नहीं लगा था तो इस तहरीर की ओरीजिनल अभी भी गायब है, कापी एक और थी तो वो भी गायब है। कहां होंगे वो दोनों कागज? खास तौर से ओरीजिनल?''

''क्या पता?''

''चावला की बीवी के बारे में क्या खयाल है?''

''हो सकता है। लेकिन वो उसका क्या करेगी! वो कागज पेश करना तो बतौर वारिस रहेजा की साठ लाख की देनदारी कबूल करना होगा। इतनी नादान वो नहीं हो सकती कि न जानती हो कि अगर बतौर वारिस उसने पैट्रोल पम्प का मालिक बनना था तो उस कागज को तो राख भी बरामद नहीं होनी चाहिये थी।''

''नष्ट कर चुकी होगी?''

''या ऐसी जगह गर्क कर चुकी होगी जहां से वो किसी को ढूंढ़े न मिले।''

''हूं।'' – इंस्पेक्टर ने लम्बी हुंकार भरी – ''मैं इस औरत से बात करूंगा। अब तुम जली हुई लाश की बात करो।''

''क्या बात करूं?''

''कैसे खबर लगी? किससे खबर लगी? कोई कहानी सुनाने की कोशिश मत करना। समझे?''

''समझा! रहेजा की बीवी से लगी।''

''क्या!''

''जी हां।''

''उसने वो बात तुम्हें क्यों बताई?''

''मेरे खयाल से इस थ्योरी के तहत बताई कि एक ही शख्स के दो दुश्मन दोस्त होते हैं।''

''हूं।''

''उस एक बात की जानकारी से कई बातों का खुलासा हुआ, कई बातों का आपस में रिश्ता पैदा हुआ।''

''मसलन?''

''मसलन जो आदमी – संजय चकोर – मिसेज सिम्पसन के गैस्ट हाउस के मेरे सुइट में जान से गया था, सूरत ठीक से न देखी होने के बावजूद मुझे सूझा कि वो ही वो शख्स था जिसे मैंने पैट्रोल पम्प के टॉयलेट में कत्ल करते देखा था। क्यों सूझा? क्योंकि वो हाथ में जो अंगूठी पहने था, उसकी सैटिंग में से नग गायब था। क्यों गायब था? क्योंकि लूज होने की वजह से टॉयलेट के तौलिये के लूप में तब गिर गया था, जब वो हाथ पोंछ रहा था। मकतूल की

लाश टॉयलेट से गायब हो गयी थी। रहेजा की बीवी के – सुनंदा के – बताये मुझे मालूम हुआ कि कहां गायब हुई थी और किसकी थी। लिहाजा कातिल संजय चकोर का और मकतूल जगन तिवारी का – जो कि पम्प का भूतपूर्व मालिक था – दोनों का संबंध रहेजा से था। जगन तिवारी का कत्ल क्यों हुआ, ये मैं नहीं जानता लेकिन इस बात में कोई दो राय मुमकिन नहीं कि रहेजा के हुक्म पर हुआ। कातिल चकोर, मैं कसम खा के कहता हूं कि, वैसे ही मरा था जैसे कि मैंने बयान किया था।''

''दुर्घटनावश?''

''हां। अब आप बताइये, इन बातों से कहां कोई वास्ता सुनंदा का जान पड़ता है जो कि वो अपने पति का कत्ल करती?''

''अच्छी वकालत की उस औरत की! तुम्हारी बातों पर जाऊं तो एक मर्डर सस्पैक्ट घट गया।''

''जो कि देखा जाये तो अच्छा ही हुआ, जनाब। यूं बाई मैथड ऑफ इलीमिनेशन भी तो कातिल तक पहुंचा जा सकता है!''

''और क्या बोली वो औरत?''

''और तो कुछ न बोली!''

''कोई ऐसा हिंट न दिया जिससे ये जान पड़ता कि तुम्हारे पर गोली किसने चलाई थी?''

उस सिलसिले में सुनंदा का नाम लेना फिर उस पर पुलिस का फोकस बनाना होता जो कि विकास नहीं चाहता था।

''हूं।''

''तो अब मुझे इजाजत है?''

''है। लेकिन उस काम के लिये जो तुम्हें समझाया गया है। समझे?''

''हां।''

''कुछ मालूम हो तो फौरन रिपोर्ट करने के लिये। ये भी समझे?''

''हां।''

''अब जा सकते हो। . . .नहीं, ठहरो अभी।''

‘‘अब क्या हुआ, जनाब?’’

‘‘अखबार में इश्तिहार दिया?’’

‘‘वो . . . वो . . .’’

‘‘भूल गये? टाइम न लगा? जेब कट गयी?’’

‘‘जरूरी न समझा।’’

‘‘क्या बोला?’’

‘‘आज कातिल आपके कब्जे में होगा।’’

‘‘दोनों कत्लों का?’’

‘‘हां।’’

‘‘बड़े दावे के साथ कह रहे हो!’’

‘‘हां।’’

‘‘न हुआ तो?’’

‘‘तो जो चोर की सजा वो मेरी सजा।’’

‘‘ठग की। कॉनमैन की!’’

‘‘चलिये, ऐसे ही सही।’’

‘‘जाओ।’’

विकास उसका अभिवादन करके वहां से विदा हुआ।

सोमवार : आखिरी दिन

विकास सुबह सवा दस बजे लिंक रोड पहुंचा।

रहेजा प्रॉपर्टीज़ का ऑफिस खुला था और रिसैप्शन पर सैक्रेट्री देविका दत्ता मौजूद थी।

''मुझे उम्मीद नहीं थी कि ऑफिस खुला होगा।'' – वो बोला।

''सोचा तो था मैंने इस बाबत।'' – वो उदास स्वर में बोली – ''फिर सोचा बहुत फोन आयेंगे। बहुत लोगों को ट्रेजेडी की बाबत खबर करना होगा।''

''इसलिये खोला?''

''हां।''

''ऑफिस हमेशा तुम्हीं खोलती हो?''

''हां।''

''रहेजा साहब की बाबत खबर कैसे लगी?''

''पुलिस से लगी। कल क्लोजिंग टाइम से थोड़ी देर पहले यहां उनका फोन आया। हुक्म हुआ उनके पहुंचने तक मैं कहीं न जाऊं। साढ़े छः बजे पहुंचे, तब खबर लगी।''

''उन्होंने फोन पर कुछ न बताया?''

''न।''

''तुमने क्या समझा?''

''क्या समझना था! पुलिस का यहां आना कोई नयी बात तो थी नहीं!''

''आई सी। लेकिन इस बार पुलिस जुदा वजह से आयी थी, रहेजा साहब का काम हो गया था, सुन के छक्के छूट गये होंगे!''

''हां।''

''अफसोस हुआ?''

''न होता? मेरा एम्पलायर मर गया, मैं बैठे-बिठाये बेरोजगार हो गयी,

अफसोस भी न होता?''

''ठीक। आज के मातमी मौहाल में कॉफी की गुंजायश तो होगी नहीं!''

''चपरासी बना रहा है। बोलती हूं, डबल बनाये।''

वो उठ कर बाजू के दरवाजे के पीछे गयी, उलटे पांव वापिस लौटी।

''यहां चपरासी भी है?'' – विकास बोला – ''कल तो दिखाई दिया नहीं था!''

''कहीं काम से गया था।''

''और स्टाफ की क्या पोजीशन है?''

''कई फील्ड वर्कर हैं। आते-जाते रहते हैं।''

तभी चपरासी कॉफी लाया। कॉफी सर्व करके वो ऑफिस से बाहर कहीं चला गया।

''मुझे अखबार से पता लगा है'' – वो बोली – ''कि . . . कि वारदात के वक्त तुम जॉर्जटाउन में थे! लाश तुमने बरामद की थी!''

''बरामद मैंने नहीं की थी, अलबत्ता बरामदी के वक्त मैं वहां मौजूद था।''

''ओह! यहां कैसे आये?''

''कल मैंने बोला तो था मैं किस फिराक में था! दोस्ती की राह पर अगला कदम बढ़ाने आया हूं।''

''मजाक मत करो। प्लीज़। मैं मजाक के मूड में नहीं हूं।''

''सॉरी। कुछ पूछने आया।''

''क्या?''

''इतना बड़ा वाकया हो गया, तुम्हारे एम्पलायर की बीवी की कोई खबर नहीं। तुम्हें कोई अंदाजा है कि वो कहां होगी?''

उसने इनकार में सिर हिलाया।

''ये मालूम है कि गायब है?''

''गायब का तो कुछ और ही मतलब होता है, ये मालूम है कि कहीं गयी हुई है, कल सुबह से कोठी पर नहीं है।''

''कैसे मालूम है?''

''पुलिस के यहां से चले जाने के बाद मैं जॉर्जटाउन गयी थी। सुजाता से मालूम हुआ था।''

''सुजाता!''

''मेड।''

''ओह, हां। मेड। सुजाता। नाम भूल गया था। बाई दि वे, मेड का बयान मैंने भी सुना था। उसका कहना था कि रहेजा की लाश की बरामदी से थोड़ी ही देर पहले बीवी कोठी से एक बैग के साथ किसी नामालूम जगह के लिये रवाना हुई थी। तुम्हारी जानकारी के लिये पुलिस को कत्ल का शक उस पर भी है।''

''ओह, नो!''

''हस्बैंड को शूट करके खिसक गयी।''

''तुम्हें ऐसा नहीं सोचना चाहिए कि वो कातिल . . .''

''मैंने बिल्कुल नहीं सोचा। पुलिस ने सोचा। मैंने तो खाली पुलिस की सोच को दोहराया।''

वो खामोश रही।

''रात को न लौटने के इरादे से कोई घर से जाये लेकिन किसी को खबर करके न जाये, ये अजीब बात नहीं?''

''तुम्हें क्या पता उसने किसी को खबर नहीं की थी!''

''मेड कहती है . . .''

''क्या कहती है? यही न, कि मैडम ने उसे कुछ न बोला! क्यों बोलना था उसे? एक मेड को!''

''क्या कहना चाहती हो?''

''जो बोलना होगा वो उसने रहेजा साहब को बोला होगा।''

''जिससे कि इस बात की तसदीक नहीं हो सकती।''

''तुम फिर इस बात को हवा दे रहे हो कि सुनंदा कत्ल के बाद वहां से गयी।''

''पुलिस! पुलिस हवा दे रही है।''

''पुलिस को भी ऐसे बेबुनियाद इल्जाम नहीं लगाने चाहिये।''

''पुलिस पुलिस है। उन्हें कौन रोक सकता है!''

''ये भी ठीक है।''

''वो कहीं जा छुपने की नीयत से घर छोड़ के गयी तो हस्बैंड को क्यों बोल के जायेगी?''

''इस वजह से गयी तो किसी को भी क्यों बोल के जायेगी?''

''औरत है, आदतन किसी से जिक्र कर सकती है।''

''किससे?''

''मसलन तुमसे।''

''नो चांस। मेरे उसके ऐसे ताल्लुकात नहीं।''

''तो कोई खास सखी! सखा!''

''मुझे इस बाबत कोई जानकारी नहीं। पुलिस को भी मेरा यही जवाब था।''

''उन्होंने भी इस बाबत पूछा था?''

''हां।''

''लिहाजा उनके जेहन में भी है कि उसके किसी खासुलखास को उसकी खबर हो सकती है?''

''शायद।''

''चलो, सीधे से तुम्हें न मालूम सही कि वो कहां गयी हो सकती है लेकिन एक दूसरे तरीके से अंदाजा तो हो सकता है?''

''कौन से दूसरे तरीके से?''

''प्रॉपर्टी का धंधा करने वाले शख्स के पोजेशन में कई प्रॉपर्टीज़ हो सकती हैं। फायदे की डील दिखाई दे तो क्लायंट को खरीदवाने की जगह कई प्रॉपर्टीज़ कई बार प्रॉपर्टी डीलर्स खुद खरीदकर रख लेते हैं और बाद में मुनासिब वक्त आने पर भारी मुनाफे से बेचते हैं। तुम मरने वाले की सैक्रेट्री हो, मैं समझता हूं कि तुम्हें ऐसे हर डील की खबर होगी – नहीं है तो ऑफिस के रिकॉर्ड से मालूम कर सकती हो – अब किसी ऐसी प्रॉपर्टी के बारे में सोचो जिसे बीवी ने अपनी खुफिया रिहायश के लिये चुना हो।''

''मैं रहेजा साहब की ऐसी तमाम प्रॉपर्टीज़ के बारे में जानती हूं इसलिये ये भी जानती हूं कि उनमें से रहने लायक कोई नहीं है, एकाएक पहुंचकर रहने लगने

लायक तो बिल्कुल ही कोई नहीं है, लेकिन . . .''

''क्या लेकिन?''

''रहेजा साहब की मिल्कियत एक जुदा किस्म की ऐसी जगह है जिसे खड़े पैर रिहायश बनाया जा सकता है।''

''जुदा किस्म की!''

''हां।''

''ऐसी कौन सी जगह है?''

''याट।''

''याट!''

''हां। रहेजा साहब तीन स्टेटरूम्स वाले एक याट के मालिक हैं . . . थे . . . जो उन्होंने अभी पिछले ही हफ्ते खरीदा था इसलिये अभी तो उसकी किसी को खबर नहीं।''

''वो याट सुनंदा रहेजा का हाइडआउट हो सकता है?''

''हाइडआउट!''

''खुफिया ठिकाना! छुप के रहने की जगह!''

''हां, हो सकता है। बिल्कुल हो सकता है। तभी तो उसका जिक्र किया।''

''कहां खड़ा है वो याट? राजनगर में ही?''

''नहीं। यहां से तो काफी दूर।''

''कहां?''

''नूरपुर।''

''इतनी दूर?''

''डील के वक्त वहीं खड़ा था। यहां लाने का रहेजा साहब को टाइम ही नहीं मिला।''

''नाम क्या है?''

''सी-गल। लेकिन रहेजा साहब कहते थे तब्दील करेंगे, बीवी के नाम पर रखेंगे।''

''सुनंदा!''

''हां।''

''बीवी को इस बात की खबर है?''

''हां।''

''फिर तो ये हो ही नहीं सकता कि उसे याट की बाबत कुछ न मालूम हो!''

''नहीं हो सकता। तभी तो बोला कि वो कहीं हो सकती है तो वहीं हो सकती है।''

''ठीक।''

''इसीलिये बोलती हूं कि वो रहेजा साहब की कातिल नहीं हो सकती।''

''क्यों भला?''

''अरे, मर्द औरत का इतना रुतबा बुलंद करे, उसे इतना आदर-मान दे तो औरत आदर-मान का बदला उसका खून करके चुकायेगी?''

''औरत का मिजाज मौसम की तरह होता है, चुटकियों में बदलता है।''

''फिर भी मुझे यकीन नहीं कि सुनंदा ने साहब का कत्ल किया होगा।''

''मैं तुम्हारे यकीन की, तुम्हारे जज्बात की कद्र करता हूं।'' – विकास उठ खड़ा हुआ – ''कॉफी का शुक्रिया।''

उसने सहमति में सिर हिलाकर शुक्रिया कबूल किया।

नूरपुर तटवर्तीय इलाके का एक छोटा सा कस्बा था जो सड़क के रास्ते तीन सवा-तीन घंटे की ड्राइव के फासले पर था।

वहां लोकल याट क्लब और आगे पायर के साथ लगे खड़े याट्स में से 'सी-गल' को तलाशने में उसे कोई खास दिक्कत पेश न आयी।

उसने याट पर कदम रखा तो पाया कि डैक सुनसान पड़ा था और इंजनरूम में भी कोई नहीं था। वो नीचे को जाती सीढ़ियों के दहाने पर पहुंचा और नीचे की ओर मुंह करके उच्च स्वर में बोला – ''हल्लो! कोई है?''

सीढ़ियों के निचले सिरे पर राहदारी में वो प्रकट हुई। वो स्लैक्स और कॉलर वाली मर्दाना शर्ट पहने थी। उसके बाल खुले थे। उसके एक हाथ में सफेद

तरल पदार्थ से तीन-चौथाई भरा एक गिलास था और दूसरे में एक पेपरबैक नॉवल था।

"नमस्ते!" – विकास मधुर स्वर में बोला।

"तुम!" – सुनंदा के मुंह से हैरानीभरी सिसकारी निकली।

"कैसी हो?"

"यहां कैसे पहुंच गये?"

"बताता हूं। तुम ऊपर आती हो या मैं नीचे आऊं?"

"आती हूं।"

जब वो ऊपर डैक पर पहुंची तो उसके हाथ में न जाम था, न किताब थी।

किताब की खैरियत थी लेकिन जाम की गैरहाजिरी से लगता था उसकी मेहमानवाजी की कोई मंशा नहीं थी।

उसके इशारे पर दोनों डैक पर लगी एक टेबल पर आमने-सामने बैठे।

"कैसे जाना?" – फिर उसने सवाल किया।

"क्या?"

"कि मैं यहां हूं?"

"रिलैक्स करने के लिये बढ़िया जगह है। तफरीह के लिये भी।"

"हां। लेकिन बद्किस्मती से चलाना नहीं जानती, हैंडल करना नहीं जानती वर्ना पायर पर होने की जगह बीच समुद्र में कहीं लंगर डाले होती। फरेबी दुनिया से दूर। फरेबी दुनिया वालों से दूर।"

"मेरे लिये तो अच्छा ही हुआ।"

"क्या?"

"यही कि तुम्हें याट चलाना नहीं आता, वर्ना मैं कहां ढूंढ़ पाया होता तुम्हें!"

"यहां भी कैसे ढूंढ़ा?"

"कोई खास दिक्कत पेश न आयी। सिर्फ तुम्हारी बातों को याद किया। पिछली मुलाकात में तुमने कहा था कि तुम्हारा कहीं निकल लेने का इरादा था जहां कि कोई तुम्हें डिस्टर्ब करने वाला न हो, जहां कोई करीबी न पहुंच सकता हो। फिर तुम्हारी मेड सुजाता से पता लगा कि तुम मिनीमम सामान के साथ –

सिर्फ एक बैग के साथ – घर से निकली थीं। लिहाजा किसी, फर्निश्ड जगह पर मुकाम पाने वाली थीं जो कि कोई होटल नहीं हो सकता था क्योंकि होटल को तो ऐसी जगह नहीं माना जा सकता था जहां कोई डिस्टर्ब करने वाला न हो, कोई करीबी न पहुंच सकता हो। फिर तुम्हारे हस्बैंड की हालिया खरीद याट की खबर लगी। बाकी तो बस लेगवर्क ही था। ''

''हूं। अपने लिये करियर ठीक चुना तुमने। तुम तो बने-बनाये पीडी हो!''

''थैंक्यू। एकाएक चली आयीं!''

''मैं एकाएक ही करूं तो कुछ होता है वर्ना बैठ जाती हूं।''

''अच्छा!''

''हां। अब बोलो क्यों आये?''

''तुम्हें नहीं मालूम?''

''क्या नहीं मालूम?''

''यही कि मैं क्यों आया?''

''नहीं।''

''मुझे पीडी तसलीम करने के बाद भी नहीं मालूम?''

''ओह! तो तुम्हारी विजिट का रिश्ता मेरे हस्बैंड के . . . अंजाम से है?''

''हां, कैसे खबर लगी?''

''रेडियो में सुनी।''

''कल शाम?''

''आज। अभी थोड़ी देर पहले जबकि इत्तफाक से रेडियो ऑन किया।''

''आई सी। खबर सुनते ही अपने आपसे चियर्स बोला?''

''नहीं।''

''गम गलत करने के लिये जाम का सहारा लिया?''

''गम किसे है?''

''नहीं है?''

''कहीं दिखाई दे रहा है?''

''दिखाई तो नहीं दे रहा!''

''होता तो धाड़ें मार-मार कर रोती मिलती। भातीय सन्नारी की तरह। जाने वाले के साथ जाने की दुहाई देती।''

''जाने वाले को तुम ही ने तो नहीं भेजा?''

''क्या मतलब?''

''मतलब तुम्हें मालूम है।''

''अगर तुम मुझे कातिल समझ रहे हो तो ये खयाल अपने मन से निकाल दो। मैं उसे अपने पीछे सही-सलामत छोड़ के आयी थी।''

''तुम्हारे खयाल से कत्ल किसने किया होगा?''

''इस बाबत मेरा कोई खयाल नहीं।''

''फिर भी?''

''फिर भी कोई नाम जेहन में आता है तो वो उसका वकील अरुण निझावान है। उन दोनों का आपस में बहुत कुछ सांझा था। सीक्रेटली भी और पब्लिकली भी। हो सकता है कहीं ठन गयी हो जिसका नतीजा कत्ल हो।''

''एडवोकेट निझावन तुम्हारे हस्बैंड के हर बिजनेस में पार्टनर था?''

''नहीं, हर बिजनेस में तो नहीं था। सच पूछो तो उन दोनों की पार्टनरशिप जनरल नहीं थी, डील टु डील थी।''

''ऐसा क्यों?''

''मेरा हस्बैंड इन मामलों में किसी से भीगता नहीं था, 'एकला चालो रे' था।''

''तो फिर डील टु डील पार्टनरशिप भी किसलिये?''

''कोई मजबूरी होगी। कभी न कभी कोई न कोई ऐसा डील पेश आ जाता होगा जिसमें उसे निझावन से जुगलबंदी जरूरी जान पड़ती होगी।''

''आई सी। उसके निझाला गांव वाले प्रोजेक्ट में निझावन पार्टनर था?''

''उसमें तो शायद था, लेकिन मैं गारंटी नहीं कर सकती। चाहो तो तुम्हारे लिये शोभना से पता कर सकती हूं।''

''शोभना कौन?''

''निझावन की बीवी।''

''वो बतायेगी?''

‘‘क्यों नही बतायेगी? मेरी फ्रेंड है।’’

‘‘ऐसी किसी बात का जवाब उसे उसके हस्बैंड को कत्ल में लपेटता लगेगा तो बतायेगी?’’

वो सोचने लगी।

‘‘तुम्हारे खयाल से’’ – फिर बोली – ‘‘निझावन मेरे हस्बैंड का कातिल हो सकता है?’’

‘‘हो सकने का क्या है! होने को तो तुम भी हो सकती हो!’’

‘‘क्या!’’

‘‘तुमने अपने पति का कत्ल किया है?’’

‘‘दूसरी बार तुमने ये इल्जाम मेरे पर लगाया। पहला जवाब भूल गया, उस पर यकीन न आया या सोचा कि इस बार मेरा जवाब जुदा होगा?’’

‘‘बड़ा पेचीदा जवाब दिया!’’

‘‘लगता है तुम्हें मेरे पर यकीन नहीं।’’

‘‘चाहता तो हूं कि हो!’’

‘‘सिर्फ चाहते हो? ये जानते-बूझते कि मैं वो औरत हूं जिसने पूरी ईमानदारी से इतनी खतरनाक बात तुम्हारे सामने कबूल की थी कि तुम्हारे पर गोली मैंने चलाई थी।’’

‘‘किसी ने तो वो काम किया! किसी के दायरे में कोई भी आता है।’’

‘‘इसलिये मैंने किया?’’

‘‘तुम कहती हो तुमने नहीं किया तो नहीं किया। अब छोड़ो वो किस्सा और एक दूसरी बात की तरफ तवज्जो दो। एक दूसरे कत्ल की तरफ तवज्जो दो। तुम्हारे खयाल से तुम्हारे हस्बैंड ने सतीश चावला का कत्ल किया हो सकता है?’’

‘‘मैं नहीं कह सकती कि नहीं हो सकता, क्योंकि वो अपनी आई पर आ जाये तो कुछ भी कर सकता है।’’

‘‘तुम अपने हस्बैंड के ऐसे किसी डील की बाबत यकीनी तौर पर जानती हो जिसमें अरुण निझावन की शिरकत न हो?’’

‘‘इस बाबत तुम उसकी सैक्रेट्री देविका दत्ता से सवाल करो तो बेहतर होगा।

उसे रहेजा प्रॉपर्टीज के हर स्याह सफेद की वाकफियत होती है।''

''तुम्हारा हस्बैंड पड़ा कैसे इस धंधे में?''

''बस, पड़ गया।''

''पहले किसी की शागिर्दी की होगी! उस्ताद कौन है उसका रीयल एस्टेट की मार्केट में?''

''क्यों पूछ रहे हो?''

''क्योंकि न जाने क्यों मुझे लगता है कि पुखराज रहेजा खुद इतना काबिल, इतना आलादिमाग शख्स नहीं था कि बड़े-बड़े सौदों की बाबत तमाम फैसले खुद कर सकता। इस लिहाज से उसका कोई सोर्स होना चाहिये जिससे उसे रीयल एस्टेट के फायदे के सौदों की बाबत टिप मिलती थी।''

''मैं ऐसे किसी शख्स को नहीं जानती।''

''तुम कुछ मदद नहीं कर रही हो मेरी! कुछ बता नहीं रही हो!''

''तुम सवाल ही ऐसे पूछते हो जिनके जवाबों का मुझे दूर दूर तक कोई अंदाजा नहीं होता।''

''क्योंकि मुझे सवाल पूछने का कोई तजुर्बा नहीं।''

''अब मॉडेस्ट बन के दिखा रहे हो।''

''मेरे सवाल इस उम्मीद में बार-बार दीवार में सिर मारने जैसे हैं कि कहीं तो दीवार कमजोर होगी और भेजा हिलने की जगह दीवार हिलेगी।''

''सिर मारने के लिये दीवार तुमने चुन ली है, इसे भी तो कदरन कामयाबी ही माना जायेगा! कौन सी दीवार कहीं से कमजोर है, सिर मारने पर फूट सकती है, ये मालूम होना भी तो कामयाबी की निशानी है!''

''हां, शायद। अब बरायमेहरबानी तुम मुझे मेरे पर गोली चलाने की असली वजह बताओ।''

''बताई तो थी! बोला तो था कि मैंने समझा था कि तुम मेरे पर जासूसी करने के लिये मेरे हस्बैंड के एंगेज किये कोई जासूस थे!''

''ये एक वजह हो सकती है . . .''

''है।''

''लेकिन इकलौती वजह नहीं हो सकती।'' ये वजह छोटी है, इसके मुकाबले में तुम्हारा एक्शन बहुत बड़ा था। तुमने मेरे पर गोली मुझे खौफजदा करने के लिये चलाई, घायल करने के लिये चलाई या मार डालने के लिये चलाई, ये अहम मुद्दा नहीं। कानूनन अहम मुद्दा ये है कि गोली चलाई और यूं गोली चलाने वाले पर दफा तीन सौ सात के तहत इरादायकत्ल का गम्भीर चार्ज लगता है। अपने हस्बैंड को ये सिग्नल पहुंचाने के लिये, कि तुम्हारे पीछे आदमी लगाने से उसके हाथ कुछ नहीं आने वाला था, तुम्हारा ये एक्शन चींटी मारने के लिये तोप लाने जैसा था। अब असल वजह बोलो।''

''जाने बिना नहीं मानोगे?''

''क्यों नहीं मानूंगा? मानना पड़ेगा। तुम्हारी बांह तो मैं मरोड़ने से रहा!''

''असल वजह जाने बिना सवाल तो तुम्हारे जेहन से नहीं निकलेगा न!''

''हां, वो तो नहीं निकलेगा!''

''तो सुनो असल वजह। असल वजह ये है कि मुझे यकीन था कि तुमने जान बूझकर संजय चकोर को मारा था।''

''लेकिन अखबारों में पुलिस का बयान साफ छपा था कि . . .''

''अखबारों का क्या है! पुलिस का क्या है! कुछ भी छाप देते हैं, कुछ भी कह देते हैं।''

''हूं।''

''जो हुआ था उसकी बाबत मेरा दिल गवाही देता था कि चकोर की मौत मेरे हस्बैंड की और तुम्हारी मिलीभगत का नतीजा था। मेरे हस्बैंड के कहने पर तुमने यूं स्टेज सैट की थी कि उसकी जान दुर्घटनावश खुद उसके हाथों गयी जान पड़ती थी।''

''तुम भूल रही हो कि मैं उसके पास नहीं गया था, कत्ल के इरादे से वो मेरे पास आया था।''

''उसे ऐसा करने के लिये उकसाया गया था। और तुम्हें उसकी आमद की बाबत पहले ही खबरदार कर दिया गया था। यही मिलीभगत थी, यही उसके खिलाफ साजिश थी, जिसके तहत वो जान से गया।''

''तुम . . . तुम पा . . .''

''हां, हां। कहो। कहो कि मैं पागल हूं।''

''पागल तो नहीं हो लेकिन तुम्हारा दिमाग ओवरटाइम कर रहा है, तुम खयालों की दुनिया में बहुत ऊंचा उड़ रही हो। तुम एक ऐसी बात को अपने तसव्वुर में बिठाये बैठी हो जिसकी कोई बुनियाद ही नहीं है। खुद अपनी ही बात को काटती हो, उसके खिलाफ जाती हो। अगर तुम समझती हो कि चकोर एक साजिश के तहत मरा था जिसमें तुम्हारे हस्बैंड के साथ मैं भी शरीक था और तुम चकोर की मौत का बदला लेने के लिये मेरे पर चढ़ दौड़ी थीं तो ये कहने का क्या मतलब कि गोली चलाते वक्त तुमने जानबूझकर निशाना चूक जाने दिया? दूसरे, जब साजिश में दो जने शरीक थे तो दूसरे को क्यों बख्श दिया? तुम ये भी नहीं कह सकतीं कि दूसरे को न बख्शा; कि जो कदम तुमने मेरे खिलाफ मंगलवार को उठाया, वो दूसरे के खिलाफ–अपने हस्बैंड के खिलाफ, पुखराज रहेजा के खिलाफ–पांच दिन बाद, यानी कि कल उठाया। अगर तुम इतना ही बदले की भावना से धधक रही थीं तो पहले हस्बैंड को वैसे शूट क्यों न किया जैसे कि वो शूट किया गया पाया गया। और सौ बातों की एक बात, चकोर जैसे आदमी से तुम्हारा क्या लेना-देना था? क्यों भला तुम उसकी मौत से इस कदर भड़क सकती थीं कि खून करने पर उतारू हो सकती थीं? मां जाया था? राखी बंधवाता था?''

''शट अप!''

''इतनी सी बात पर शट अप! फिर तो रिश्ता साफ है। यार था। तुम्हारा उससे अफेयर था।''

''मेरे हस्बैंड के'' – वो तमककर बोली – ''ऐसे तीन अफेयर मेरा कलेजा फूंक चुके थे जबकि मेरी एक की मजाल हुई थी।''

''लिहाजा जब मेरे पर गोली चलाई थी तो निशाना जानबूझकर नहीं चूक जाने दिया था, वो इसलिये चूका था क्योंकि गन हैंडल करने का तजुर्बा नहीं था?''

''हां।''

''हस्बैंड को कैसे बख्श दिया? दांव न लगा? जब तक दांव न लगा, तब तक

तुम्हारा काम किसी और ने कर दिया?''

''नहीं।''

''तो?''

''चकोर की मौत की वजह से मन में जो भड़ास उमड़ी थी, वो तुम्हारे पर गोली चलाने के बाद ठण्डी पड़ गयी थी। जो जुनून सवार हुआ था, वो उतर गया था।''

''मेरे पर दो ही गोलियां क्यों चलाई थीं?''

''गन जाम हो गयी थी। और गोली चली ही नहीं थी। पहली दो गोलियां चलाते वक्त भी अटक रही थी, जम्प कर रही थी।''

''क्या पता अनाड़ीपन के अलावा निशाना चूकने की ये भी वजह हो!''

''हो सकता है।''

''हासिल कहां से की?''

''की कहीं से।''

''वो ही क्यों हासिल की?''

''क्योंकि वो ही ऑफर हुई। क्योंकि मुझे पता ही नहीं था, गन गन में फर्क होता था।''

''बहरहाल मेरी जान तुमने न बख्शी, ऊपर वाले ने बख्शी!''

वो खामोश रही।

''मैं तुम्हारी दिलेरी की दाद देता हूं। इसलिये नहीं कि तुमने मुझे शूट करने की हिम्मत की बल्कि इसलिये कि जो किया उसे अपनी जुबानी कबूल किया। वो भी उसी के सामने जिसको मार डालने का मंसूबा था। इसे इकबालिया बयान भी कहते हैं जो समझती हो न कि तुम्हें कहां पहुंचा सकता है?''

''कुछ साबित नहीं कर सकोगे।''

''मेरी ऐसी कोई मंशा भी नहीं, होती तो उस पर कल अमल करता जबकि तुमने पहली बार ये बात अपनी जुबान से निकाली थी। वैसे जानती हो न, कि दिलेरी एक हद तक ही दिलेरी कहलाती है, उसके बाद दिलेरी और मूर्खता में फर्क करना मुश्किल होता है।''

उसने प्रतिवाद के लिये मुंह खोला, फिर होंठ भींच लिये।

''तो अपने हस्बैंड के एक नहीं, दो नहीं, तीन अफेयर्स की तुम्हें वाकफियत है?''

''हां।''

''तीन की वाकफियत है तो असल में तो हो सकता है और भी ज्यादा हों?''

''हो सकता है।''

''फिर तो वो वूमेनाइजर हुआ?''

''ऐसे शख्स को ये कहते हैं तो हुआ।''

''किसी खास अफेयर की खबर हो?''

''है तो सही।''

''किसके साथ?''

''ये नहीं मालूम?''

''तो क्या मालूम है?''

''ये कि उसके बाल लाली लिये भरे हैं और उसका लिपस्टिक का फेवरेट कलर हल्का बैंगनी है।''

''कैसे मालूम?''

''बाल उसके ट्वि़ड के कोट से लगे देखे, लिपस्टिक जेब में पड़े एक रूमाल पर लगी देखी।''

''और?''

''कद खूब लम्बा। कमर पतली।''

''ये कैसे जाना?''

''लेडीज जींस खरीदकर लाया। जरूर गिफ्ट के लिये। बाई चांस कार की डिकी में पड़ी देखी। उसकी लम्बाई से जाना। बैल्ट के साइज से जाना।''

''लेकिन ये नहीं मालूम कि वो थी कौन?''

''नहीं मालूम।''

''जानने की कोशिश भी न की?''

''क्या करती? साये की तरह पीछे लग जाती? उसे मालूम पड़ जाता तो

जूतियों में दाल बंटती।''

''मुकाबला करतीं।''

''कैसे?''

''साफ-साफ इल्जाम लगातीं।''

''मैंने दूसरे तरीके से मुकाबला किया।''

''दूसरा तरीका कौन-सा?''

''टिट फार टैट।''

''उसने चकोरी ढूंढ़ी, तुमने चकोर ढूंढ़ लिया?''

''हां।''

''वही क्यों?''

''बेल करीबी दरख्त से ही लिपटती है।''

''तुम्हारे हस्बैंड की उस खास माशूक का जो कैरीकेचर तुम्हारे जेहन में है, वो गलत हो सकता है क्योंकि उसकी बुनियाद कमजोर है।''

''वो कैसे?''

''कोई फैशनेबल औरत हमेशा एक ही लिपस्टिक नहीं लगाती। बाल रंगने का आजकल आम रिवाज है, किसी भी रंग के बाल किसी भी दूसरे रंग के बनाये जा सकते हैं। फिर आज कल विग भी पापुलर हैं, कॉमन हैं। बाकी रही कद की बात तो जींस की लम्बाई से उसका अंदाजा भ्रामक हो सकता है। लम्बी हो तो पहनने वालियां आमतौर पर नीचे से मोड़ लेती हैं, छोटी हो तो टखनों के ऊपर तक आने वाली भी चलती है। नहीं?''

''हां।''

''तुम नहीं जानतीं वो कौन है! यकीनी तौर पर नहीं जानतीं तो क्या किसी पर शक भी नहीं?''

''शक क्योंकर?''

''शायद वो कोई ऐसी औरत हो जो तुम पति-पत्नी दोनों की कॉमन फ्रेंडशिप के दायरे में आती हो!''

''वो कोई ऐसी औरत होती तो किसी न किसी ने उसका जिक्र किया होता।

आखिर दोनों किसी पब्लिक प्लेस पर – किसी रेस्टोरेंट में, बार में, क्लब में, शॉपिंग मॉल में, मल्टीप्लैक्स में – कभी तो कहीं तो देखे गये होते!''

''अगर इसी शहर में विचरने की नादानी करते। कहीं बाहर मिलते होते तो?''

''बाहर कहां?''

''कई जगह हैं। मसलन नॉर्थ शोर, झेरी, सुंदरवन वगैरह।''

''या कोई लव नैस्ट।'' – सुनंदा के मुंह से निकला।

''क्या!''

''वो प्रॉपर्टी डीलर था; क्या पता उसने कहां-कहां कैसी-कैसी प्रॉपर्टीज़ में पैसा लगाया हुआ था। ऐसी प्रॉपर्टी जॉर्जटाउन से दूर, लिंक रोड से दूर, कोई फ्लैट भी हो सकता है जहां वो छुप के मिलते हों, जो उनका प्रेम घरौंदा हो।''

''हो सकता है। बल्कि ये बात मुझे ज्यादा जंचती है। किसी आउट ऑफ टाउन मीटिंग प्लेस का आइडिया आने से पहले मुझे यही सूझना चाहिये था। ये बात पुलिस को भी सूझ सकती है। पुलिस अपने असीमित साधनों से किसी फ्लैट का भी पता लगा सकती है और ऐसी किसी औरत का पता भी लगा सकती है। उसके बाद जानती हो क्या होगा?''

''क्या होगा?''

''तुम्हारे खिलाफ कत्ल का एक उद्देश्य और खड़ा हो जायेगा।''

''खामखाह!''

''नहीं खामखाह। पुलिस तुम्हें हसद की मारी औरत करार देगी तो नहीं खामखाह। फिर वो तुम्हारे गले पड़ेंगे।''

''उन्हें क्या पता मैं कहां हूं!''

''ये कोई बड़ी तसल्ली नहीं। तुम हमेशा गायब नहीं रह सकतीं। दूसरे, यहां नूरपुर में खड़े इस याट की खबर मुझे लग सकती है तो उन्हें भी लग सकती है।''

''मैंने कत्ल नहीं किया।''

''मुझे तुम्हारी बात पर एतबार है। लेकिन पूछताछ तो फिर भी होती है। हर हाल में होती है। मामला मकतूल की बीवी का हो तो टल नहीं सकती।''

''तो मैं क्या करूं?''

‘‘बीवी बनो।’’

‘‘क्या मतलब?’’

‘‘तुम्हें खबर है तुम्हारे हस्बैंड का वजूद इस दुनिया से उठ गया, फिर भी तुम यहां पिकनिक मना रही हो . . .’’

‘‘पिकनिक नहीं मना रही . . .’’

‘‘नॉवल पढ़ रही हो, ड्रिंक चुसक रही हो, समुद्र का, तनहाई का आनंद ले रही हो, रिलैक्स कर रही हो, और पिकनिक क्या होती है?’’

‘‘क्या करूं? छाती पीटती, विलाप करती जॉर्जटाउन पहुंचूं?’’

‘‘ऐन यही करो। विधवा से यही उम्मीद की जाती है। आज के माहौल में आधी औरतों को अपने खाविंद के मरने का कोई गम, कोई मलाल नहीं होता। लेकिन घी के चिराग कोई नहीं जलाने लगती, चियर्स कोई नहीं बोलने लगती। गमज़दा होना पड़ता है, मलाल जाहिर करना पड़ता है, मौके के मुताबिक लिबास पहनकर विधवा लगना पड़ता है।’’ – वो एक क्षण ठिठका – ‘‘मैंने जो कहना था, कह दिया, आगे तुम्हारी मर्जी।’’

‘‘मुझे पुलिस से आमना-सामना होने के खयाल से दहशत होती है। तुम्हारी बातों से जान पड़ता है कि मैं उनके सामने पड़ी नहीं और उन्होंने मुझे गिरफ्तार किया नहीं। मैं इस फजीहत से बचना चाहती हूं। कोई रास्ता सुझाओ।’’

‘‘कोई रास्ता नहीं। कबूतर के आंखें बंद कर लेने से बिल्ली गायब नहीं हो जाती। मर्डर सस्पैक्ट तो तुम बराबर समझी जाओगी और वैसा ही ट्रीटमेंट भी बराबर पाओगी जो पुलिस के हाथों मर्डर सस्पैक्ट पाता है। लेकिन अगर तुम बेगुनाह हो तो डर कैसा?’’

‘‘वो मुझे गुनहगार साबित करके ही मानेंगे। मैंने सुना है पुलिस ऐसा ही करती है। पहले सस्पैक्ट छांटती है, फिर डंडे से कबुलवाती है कि वही मुजरिम है।’’

‘‘तुम्हारे पर फिल्मों का असर है। पुलिस हर किसी के साथ ऐसे पेश नहीं आती।’’

‘‘आती है।’’

‘‘नोन क्रिमिनल्स के साथ। ऐसे लोगों के साथ जिनकी क्राइम की कोई केस

हिस्ट्री होती है। तुम्हारी है?''

उसने इनकार में सिर हिलाता।

''फिर क्यों डरतीं?''

''मैंने तुम पर गोलियां चलाई थीं!''

''उस बात की खबर पुलिस को कभी नहीं होगी। मैं उस बात को कभी अपनी जुबान पर नहीं लाऊंगा। समझ लो कि भूल भी गया। अब तुम भी भूल जाओ और निश्चिंत हो जाओ।''

''कैसे हो सकती हूं?''

''उस मामले में तो हो ही सकती हो मेरे वादे के बाद।''

''वो दौलतमंद आदमी था, वो कहेंगे मैंने दौलत की खातिर खून से हाथ रंगे।''

''वो बहुत कुछ कहेंगे। उनका काम है कहना। उनकी ड्यूटी है सस्पैक्ट से सवाल करना। लेकिन सस्पैक्ट को मुजरिम साबित करने में वो हमेशा ही कामयाब नहीं हो जाते। अपनी बेगुनाही साबित करने के लिये तुमने बस इतना करना होगा कि ये स्थापित करके दिखाना होगा कि कत्ल के वक्त तुम मौकायवारदात से दूर कहीं और थीं।''

''हूं।''

''बाई दि वे, कहां थीं?''

''तुम यकीन नहीं करोगे।''

''बोलो तो सही।''

''सिनेमा हॉल में थी। पिक्चर देख रही थी।''

''ओह, नो।''

''क्या हुआ?''

''सबसे कॉमन एलीबाई है ये।''

''लेकिन मैं सच कह रही हूं। मैं परेशान थी। इस बात से हिली हुई थी कि मैंने अपने हस्बैंड के और तुम्हारे सामने कुछ ज्यादा ही मुंह फाड़ दिया था। सकून हासिल करने के लिये, अटेंशन डाइवर्ट करने के लिये मैं सिनेमा में जा बैठी।''

''कौन से सिनेमा में?''

''मल्टीप्लैक्स के किसी हॉल में। याद नहीं कौन सा था।''

''पिक्चर कौन सी थी?''

''नाम नहीं याद। वहां पांच स्क्रीन थीं, पांच फिल्म चल रही थी, मुझे बिल्कुल ध्यान नहीं मैं जिस हॉल में जाकर बैठी थी उसमें कौन सी फिल्म चल रही थी!''

''शुरू में क्रेडिट्स से पहले नाम आता है।''

''मैं लेट पहुंची थी। तब तक क्रेडिट्स निकल चुके थे।''

''कास्ट क्या थी?''

''कोई इंग्लिश की फिल्म थी, कास्ट में मैं किसी को नहीं पहचानती थी। इंग्लिश की फिल्म मैं कभी-कभार ही देखती हूं।''

''कल देखी।''

''मुझे पता ही नहीं था जिस हॉल की टिकट मुझे मिली थी, उसमें इंग्लिश की फिल्म दिखाई जा रही थी।''

''देखा क्या था?''

''कुछ समझ ही नहीं आया था। इसी वजह से मुझे ऊंघ आ गयी थी।''

''बढ़िया।''

''वैसे मेरे खयाल से कोई वार फिल्म थी। समुद्र और जहाज ही दिखाये जाते रहे थे। शायद इसी वजह से मुझे याट का खयाल आया था और मुझे यहां आना सूझा था।''

''शायद वहां बुकिंग ऑफिस पर किसी को तुम्हारी याद हो या उस उशर को तुम्हारी याद हो जिसने तुम्हें तुम्हारी सीट तक पहुंचाया था!''

''शायद।''

''या किसी दर्शक को!''

''वो तो मुमकिन नहीं जान पड़ता।''

''वजह?''

''हाल तकरीबन खाली पड़ा था। मेरी लाइन में मैं अकेली थी। अगली पिछली लाइनों में भी शायद ही कोई था।''

''आई सी।''

''अब क्या कहते हो?''

''तुम्हारी एलीबाई कमजोर है। किसी को उस पर यकीन नहीं आने वाला लेकिन मैं फिर भी कहता हूं कि तुम्हारे लिये बेहतरीन कदम यही है कि तुम वापिस पहुंचो। फौरन वापिस पहुंचो।''

''फौरन किसलिये? मैं कह सकती हूं मुझे जो हुआ, उसकी खबर ही नहीं थी। एक रेडियो ही तो जरिया है खबर लगने का, मैं कह सकती हूं रेडियो मैंने खोला ही नहीं था।''

''तुम तो यूं कह रही हो जैसे बाकी की सारी जिदंगी इस याट में गुजार सकती हो।''

उसने यूं शक्ल बनायी जैसे रोने लगी हो।

''पुलिस यहां पहुंच के रहेगी। वो तुम्हारे साथ यूं पेश आयेगी जैसे कि तुम फरार थीं। तुम्हारे खिलाफ इतनी बातें हैं, क्या फायदा उसमें एक और का इजाफा करने का! मेरी राय मानो, फौरन वापिस लौटो और पुलिस से आमना-सामना होने की जाकर तुम पहल करो। मैं अब चलता हूं।''

''तुम तो किसी को नहीं बताओगे कि मैं यहां हूं?'' – वो व्यग्र भाव से बोली – ''खास तौर से पुलिस को!''

''तुम ऐसा चाहती हो तो नहीं, मैं नहीं बताऊंगा।''

''मैं चाहती हूं।''

''तो मेरी तरफ से निश्चिंत रहो।''

''थैंक्यू। अब तुम्हारा अगला कदम क्या होगा?''

''मेरा कदम क्या होना है! एक-दो लोगों से मिलूंगा।''

''किनसे?''

''एक तो तुम्हारे हस्बैंड के एडवोकेट-कम-पार्टनर अरुण निझावन से मिलने का इरादा है। दूसरे, सतीश चावला की बीवी से मिलूंगा।''

''आलोका से! उसके जिक्र पर खयाल आया। आलोका लम्बी है, छरहरी है, लिपस्टिक में हल्का बैंगनी रंग उसका फेवरेट है और उसके घुंघराले बाल

सुनहरे हैं। क्या समझे?''

''क्या समझूं?''

''मेरे हस्बैंड की स्पेशल मिस्ट्रेस, जिसका मैंने जिक्र किया, वो हो सकती है।''

''आलोका! आलोका चावला! सतीश चावला की बीवी?''

''हां।''

''लेकिन वो कातिल तो नहीं हो सकती! कत्ल के वक्त के आसपास तो वो अपने हस्बैंड के साथ हनीमून पर निकली हुई थी।''

''मैंने बतौर कातिल उसका नाम नहीं लिया। मैंने अपने हस्बैंड के जिस खास अफेयर का जिक्र किया था, मैंने कहा है कि, वो आलोका के साथ हो सकता है।''

''जिसने अभी पांच दिन पहले शादी की थी!''

''अफेयर में औरत की हामी हो तो शादी कोई बहुत बड़ा व्यवधान नहीं होता।''

''ऐसा?''

''हां।''

''तुम कहती हो आलोका के बाल सुनहरे और घुंघर वाले हैं लेकिन मैं तो जब उससे मिला था तो मैंने उसके बाल काले और फुटे से खींची लकीरों से सीधे देखे थे।''

''नहीं, नहीं। उसके बाल तो ऐसे हैं कि देखने वाली जलती हैं कि उनके वैसे क्यों न हुए!''

''क्यों ऐसे शानदार, ऐसे फैशनेबल, ऐसे स्टाइलिश बालों को उसने काला करवाया और स्ट्रेट करवाया! सच पूछो तो काले और स्ट्रेट बालों में तो वो निरी बहन जी लग रही थी।''

''मिलने जा तो रहे हो! पूछना उसने ऐसा क्यों किया!''

''पूछूंगा।'' – वो उठ खड़ा हुआ।

सुनंदा भी उठी।

विकास ने अपलक उसे देखा।

''क्या देखते हो?'' – वो तनिक नर्वस भाव से बोली।

''तुम बहुत खूबसूरत हो।''

''थैंक्यू।'' – पलकें फड़फड़ाती वो मुस्कराई।

''जेल की हवा खानी पड़ गयी तो बहार पतझड़ में बदल जायेगी। याद भी नहीं आयेगा कि कभी पसीना गुलाब था।''

''तुम्हारे मुंह में खाक!''

''गिरफ्तारी की नौबत आखिर आ ही जाये तो मुझे खबर करना, शायद मैं तुम्हारी कोई मदद कर सकूं।''

विकास ने उसे अपना एक विजिटिंग कार्ड थमाया।

''तुम्हें!'' – वो बोली – ''वकील को नहीं?''

''वकील!''

''अरुण निझावन।''

''खयाल बुरा नहीं। लेकिन शायद न कर सको।''

''क्यों भला?''

''क्या पता वो तुमसे पहले जेल में हो।''

विकास ने सतीश चावला के फ्लैट की कॉलबैल बजाई।

दरवाजा खुला, चौखट पर आलोका प्रकट हुई। पटाखा आलोका प्रकट हुई।

वो घुटनों से जरा नीचे पिंडली तक आने वाली जींस और कसी हुई स्कीवी पहने थी जिसमें उसका वक्ष और उन्नत लग रहा था। उसके सुनहरी रंगत लिये भूरे बाल कई फनों वाली नागिन की तरह उसके कंधों पर लहरा रहे थे।

जो औरत पिछले रोज गम की प्रतिमूर्ति लग रही थी, उजड़ा चमन लग रही थी, तब वो ऐसी लग रही थी जैसे डिस्को जाने को तैयार हो।

''हल्लो!'' – विकास खेदपूर्ण स्वर में बोला – ''मुझे फोन करके आना चाहिये था लेकिन इत्तफाक से रूप नगर से ही गुजर रहा था इसलिये . . .''

''आइये।''

उसने उसे पूर्ववत् ड्राईंगरूम में ले जाकर बिठाया।

''कुछ और बातें मालूम हुई थीं'' – वो बोला – ''सोचा कुछ आपको याद आयी होंगी, नोट्स कम्पेयर करने चला आया।''

''क्या मालूम हुआ?'' – आलोका ने सहज भाव से पूछा।

''आप पुखराज रहेजा से वाकिफ थीं। किस हद तक वाकिफ थीं?''

''हद से क्या मतलब है आपका?''

''गहरे ताल्लुकात थे?''

''वो कैसे होते हैं?''

''आपको मालूम होना चाहिये।''

''क्यों मालूम होना चाहिये?''

''क्योंकि आप औरत हैं। खूबसूरत औरत हैं। खूबसूरत और नौजवान औरत हैं। औरत के मर्द के साथ गहरे ताल्लुकात कैसे होते हैं, ये आपको मालूम नहीं होगा तो और किसे मालूम होगा?''

''मिस्टर गुप्ता, आप इंसल्टिंग बातें कर रहे हैं।''

''मेरी ऐसी कोई मंशा नहीं लेकिन ये एक सवाल मेरे जेहन में मुतवातर बज रहा है जिसका जवाब मुझे आपसे ही हासिल हो सकता है क्योंकि पुखराज रहेजा की तो चला-चली हो गयी।''

''मैं नहीं दे सकती।''

''क्या आप नहीं चाहती कि आपके पति का कातिल पकड़ाई में आये और अपने किये की सजा पाये?''

''बराबर चाहती हूं।''

''तो इतनी सी बात का जवाब देने से गुरेज क्यों?''

''क्योंकि अपनी इतनी सी बात आप यूं पूछ रहे हैं जैसे मेरे पर कोई तोहमत मंढ़ रहे हो।''

''अगर आपको ऐसा लगा तो मुझे अफसोस है।''

''मैं मिस्टर रहेजा को सिर्फ इसलिये जानती हूं क्योंकि मेरे हस्बैंड की उनसे बिजनेस डीलिंग्स थी।''

''बस?''

''बस।''

''हाल में – बुधवार को – आपने शादी की थी, शादी के बाद आप अपने पति के साथ हनीमून पर गयी थीं, आपका हनीमून जारी रहा लेकिन पति वापिस लौट आया। ऐसा क्यों?''

''उनकी वापिसी वक्ती थी क्योंकि उन्हें यहां कोई जरूरी काम था।''

''क्या काम था?''

''ये उन्होंने मुझे नहीं बताया था। न मैंने पूछा था।''

''पति की तब यहां मौजूदगी के दौरान, वक्ती मौजूदगी के दौरान, क्या कभी आप भी यहां आयीं थीं?''

''नहीं।''

''श्योर?''

''हां।''

''साबित कर सकती हैं?''

''नहीं कर सकती। न ऐसा करना जरूरी समझती हूं।''

''मेरे साथ ये जवाब चल सकता है, मैडम, लेकिन पुलिस के साथ नहीं चल सकता।''

''पुलिस मेरा बयान ले चुकी है, उन्होंने मेरे से जो जवाबतलबी करनी थी, वो लोग कर चुके हैं।''

''एक बार।''

''बयान एक ही बार होता है।''

''आपकी खामखयाली है। बार-बार भी होता है। वो फिर आ जायेंगे। फिर के बाद फिर आ जायेंगे। तब तक आते रहेंगे जब तक जान नहीं लेंगे कि आपके पति का कातिल कौन था! पुखराज रहेजा का कातिल कौन था!''

''मेरे पति के कत्ल के साथ आप मिस्टर रहेजा के कत्ल को क्यों जोड़ रहे हैं?''

''क्योंकि दोनों कत्ल एक ही शख्स की करतूत हो सकते हैं।''

''मेरे पति के कत्ल के लिये तो आप किसी काल्पनिक कजन को जिम्मेदार

ठहरा रहे थे, उसका रहेजा साहब से क्या वास्ता?''

''शायद हो कोई वास्ता! कत्ल के केस में हर पहलू पर गौर करना पड़ता है। वो कजन – जिसे आपने काल्पनिक कहा – भी एक पहलू है। आप भी एक पहलू हैं।''

''मैं भी?''

''हां।''

''मैं कैसे?''

''इस सवाल का जवाब आपसे बेहतर कौन जानता है?''

''कमाल है! मेरी मदद चाहते हो और मेरे सामने बैठकर मुझ पर ही इल्जाम लगाते हो!''

''इरादतन नहीं। आपने पहलुओं की बात की तो इस पहलू का भी जिक्र मुझे करना पड़ा।''

''हूं।''

''जो बात गैरमामूली लगती है, आंखों को चुभती है, नामाकूल लगती है उसका जिक्र तो आता ही है न!'' – विकास ने अपलक उसे देखा – ''या नहीं?''

''मुझे मालूम है तुम कहां मार कर रहे हो?''

''कहां मार कर रहा हूं?''

''यहां तुम्हें कोई सोगवार विधवा नहीं दिखाई दे रही, यहां मार कर रहे हो।''

''सच पूछें तो बात तो यही है!''

''उसकी वजह है और वजह तुम हो।''

''जी!''

''तुम्हीं ने कहा था कि मेरी जान को खतरा था। किसकी जान को खतरा था? मकतूल की विधवा की जान को खतरा था। ताजी-ताजी विधवा हुई औरत का एक खास हुलिया होता है। होता है न?''

''हां।''

''कल आये थे तो दिखाई दिया था?''

‘‘हां।’’

‘‘फौजी को गोली मारना हो तो उसकी शिनाख्त का जरिया उसकी वर्दी भी बनती है!’’

‘‘हां।’’

‘‘तो समझो कुछ।’’

‘‘क्या समझूं?’’

‘‘जब मेरी जान को खतरा है तो विधवा वाला हुलिया अख्तियार करके मील भर से भी अपनी शिनाख्त को आसान बनाना क्या मुनासिब होगा?’’

‘‘ओह!’’

‘‘इस वक्त कोई मुझे देखेगा तो समझ लेगा कि मैं मकतूल सतीश चावला की विधवा हूं? फर्ज करो सड़क के पार से कोई विधवा पर घात लगाये है। वो मुझे इमारत से बाहर निकलता देखेगा तो क्या विधवा समझ के गोली मार देगा? मैं उसे फ्लैट की बाल्कनी में या किसी खिड़की में दिखाई दे जाऊंगी तो क्या वो मेरे को शूट कर देगा?’’

‘‘बहुत दूर की सूझी, मैडम!’’

‘‘कल तुम इतना सस्पैंस फैला गये, अब मैं लोक लाज की परवाह करूं या अपनी जान की? बोलो?’’

‘‘क्या बोलूं? मेरी बोलती तो आपकी लॉजिक ने बंद कर दी!’’

‘‘जो तुम्हें दिखाई देता है और – तुम्हारे अपने लफ्जों में – नामाकूल लगता है, उससे क्या तुम ये नतीजा निकाल सकते हो कि मुझे अपने पति से प्यार नहीं था! दुनिया में ऐसी कौन औरत होगी जो शादी के तीन दिन बाद, अपने हनीमून पर विधवा होना चाहती होगी! पति की मौत का मातम, विधवा होने का गम, पोशाक नामाकूल होने से क्या दिलोदिमाग से निकल जाता है?’’

‘‘नहीं।’’

‘‘मैं अपने पति को दिल से चाहती थी, ताजिंदगी मैं उसकी मौत के सदमे को नहीं भूल पाऊंगी।’’

‘‘शादी पिछले बुधवार की लेकिन पति-पत्नी की तरह रह तो आप लोग

एक अरसे से रहे थे!''

''हमारी कुछ मजबूरियां थीं।''

''क्या?''

''बल्कि मेरी मजबूरी थी।''

''क्या?''

''एक बात तो ये थी कि मैं पहले से मैरीड थी, डाइवोर्स फाइनल होने में टाइम लगा। दूसरे, सतीश कहता था कि आज की दुनिया में मैरिज नाम की इंस्टीट्यूशन की कोई अहमियत बाकी नहीं रही थी। उसके इन खयालात की वजह से मेरा डाइवोर्स फाइनल हो जाने के बाद भी शादी टलती रही।''

''आखिर बुधवार को हुई?''

''हां।''

''विशालगढ़ में?''

''हां।''

''मैरिज रजिस्ट्रार के ऑफिस में?''

''हां।''

''ऐसा क्यों?''

''क्योंकि सतीश आजादखयाल था, मैं आजादखयाल थी, अड़ोसी-पड़ोसी तो इतने आजादखयाल नहीं थे जो कि हमें पहले से पति-पत्नी समझते थे। उनका भरम बनाये रखना जरूरी था।''

''लेकिन ये भरम बनाये रखना जरूरी न समझा कि आप विधवा हैं!''

''क्योंकि जान पर आ बनी। खुद तुम्हारी मेहरबानी से।''

''मैंने जो महसूस किया, वो बोला।''

''बहुत अच्छा महसूस किया। बहुत अच्छा बोला।''

''मैडम, तमाम कहासुनी के बाद मेरा सवाल है, आप ये तो चाहती हैं न, कि कातिल का चेहरा उजागर हो, उसे उसके किये की सजा मिले?''

''हां। दिल से चाहती हूं।''

''तो दिल से इस बाबत कुछ कीजिये भी तो सही!''

''क्या करू?''

''कुछ बातों के ऑनेस्ट जवाब दीजिये।''

''जो जवाब मैंने तुम्हें दिये, वो डिसआनेस्ट थे?''

''आइंदा . . . आइंदा कुछ बातों के ऑनेस्ट जवाब दीजिये।''

''पूछो।''

''आप पुखराज रहेजा के फ्रेंडशिप सर्कल से वाकिफ हैं?''

''नहीं।''

''उसकी बीवी सुनंदा से?''

''वाकिफ हूं। लेकिन सिर्फ वाकिफ ही हूं। कोई इन्टीमेसी नहीं है। खाली एक बार मिली मैं उससे।''

''ये आपने इस करार के मद्देनजर कहा कि आप ऑनेस्ट जवाब देंगी?''

''दो बार।'' – उसने तत्काल संशोधित किया – ''दो बार मिली। एक बार पिछले सोमवार रात को जबकि वो पति-पत्नी दोनों यहां आये थे और दूसरी बार बुधवार दोपहरबाद जबकि उसने . . . उसने . . .''

वो खामोश हो गयी।

''ओह, कम ऑन। प्लीज़। आउट विद इट।''

''जबकि उसने करारनामे की ओरीजिनल सतीश को दी थी।''

''यानी कल आपने झूठ बोला था कि आपको ओरीजिनल की कोई खोज खबर नहीं थी?''

''हां। लेकिन अपनी खातिर नहीं।''

''तो और किसकी खातिर?''

''सुनंदा की खातिर।''

''वो कैसे?''

''उसने करारनामा अपने पति के पास से चोरी किया था। इस बात का उजागर हो जाना उसके लिये प्रॉब्लम बन सकता था।''

''कौन बनाता प्रॉब्लम? रहेजा ही तो बनाता जिसके साथ कि दगाबाजी हुई थी? मैंने तो कल आते ही आपको बताया था कि रहेजा का कत्ल हो गया था!''

''सुनंदा की छवि तो फिर भी बिगड़ती! आखिर उसने गलत काम किया था जो कि उसके पति से विश्वासघात का दर्जा रखता था।''

''इसलिये आपने ओरीजिनल की बाबत कुछ न कहना मुनासिब समझा?''

''हां।''

''क्यों किया इतना बड़ा काम सुनंदा ने? बदले में क्या चाहती थी?''

''बदले में वो चाहती थी कि सतीश हमेशा के लिये ये शहर छोड़कर कहीं चला जाये।''

''क्यों?''

''वजह उसने कोई नहीं बताई थी।''

''वो यूं चला जाता तो पीछे पैट्रोल पम्प का क्या होता?''

''उसको बेचने के लिये वो बाद में कभी चुपचाप लौट सकता था। सुनंदा कहती थी कि लौटने के लिये मुनासिब वक्त की खबर भी वो करेगी।''

''आई सी। उसके अपने पति से, रहेजा से, कैसे ताल्लुकात थे?''

''खराब।''

''कितने खराब?''

''नफरत करती थी अपने पति से।''

''इतनी कि खून कर सकती थी?''

''ये मैं नहीं कह सकती। लेकिन इतना मुझे साफ महसूस हुआ था कि नफरत के हवाले वो औरत मिस्टर रहेजा के खिलाफ कोई बड़ी चाल चलने की तैयारी कर रही थी। सतीश को इस शहर से बाहर रुखसत करना भी उस चाल का ही हिस्सा था।''

''रहेजा को एक बड़ी रकम के नुकसान का झटका देना भी तो कम बड़ी चाल नहीं! आपके पति का पैट्रोल पम्प को बेच कर रकम खड़ी करने का दांव कभी भी लगता, करारनामे की गैरहाजिरी में रहेजा का नुकसान तो हो भी चुका था!''

''वो तो है!''

''रहेजा का ये नुकसान अपने आप में कत्ल का उद्देश्य है। क्या उसने आपके पति का कत्ल किया हो सकता है?''

''किसी कजन के कातिल होने की बाबत खयाल बदल गया?''

''जवाब दीजिये।''

''कह नहीं सकती। तुम्हारा क्या खयाल है?''

''मेरा भी यही खयाल है। कह नहीं सकता। खुद अपने बारे में क्या कहती हैं?''

''तुम'' – उसने घूरकर विकास को देखा – ''पूछ रहे हो कि क्या मैं अपने पति की कातिल हूं?''

''हां।''

''मिस्टर, शेम ऑन यू!''

''ये जवाब नहीं है।''

''जवाब ही है। अब तुम मेरे पर मिस्टर रहेजा के कत्ल का भी इल्जाम लगाओ ताकि मैं उसका भी जवाब दूं।''

''मुझे उस जवाब का अंदाजा है।''

''क्या अंदाजा है?''

''आप कहेंगी 'मिस्टर, डबल शेम ऑन यू'।''

''मैं ऐन यही कहूंगी।''

''इसीलिये तो आपकी राय पर अमल नहीं कर रहा, वो सवाल पूछ नहीं रहा।''

''वो औरत – उदिता अटवाल, जो उस कत्ल के वक्त तुम्हारे साथ थी – क्या वो मिस्टर रहेजा की कातिल हो सकती है?''

''आप उसके बारे में कैसे जानती हैं?''

''अखबार में पढ़ा। उसी में छपा था कि स्टडी में पड़ी मिस्टर रहेजा की लाश उसने बरामद की थी।''

''अच्छा! छपा है ऐसा?''

''हां।''

''उसने, यानी उदिता अटवाल ने?''

''हां।''

''कहां है अखबार? जरा दिखाइये तो!''

''यहां नहीं है। सुबह जब मैं मिल्क बूथ से दूध लेने गयी थी तो वहां किसी के पास देखा था। वहां मैंने अखबार में वो हौलनाक खबर पढ़ी थी।''

''यहां अखबार नहीं आता?''

''नहीं, यहां नहीं आता।''

''आई सी।''

''तुम ये पता लगाने की कोशिश कर रहे हो कि मिस्टर रहेजा को खरीद के काबिल प्रॉपर्टी की टिप कौन देता था?''

''तुम्हें कैसे मालूम?'' – विकास हैरानी से बोला।

''सुनंदा ने बताया।''

''कब? वो यहां आयी थी?''

''आई नहीं थी, फोन किया था।''

''ऐसे वो अक्सर फोन करती है?''

''नहीं, कभी भी नहीं करती। मुझे तो बड़ी हैरानी हुई थी जबकि मैंने उसकी कॉल रिसीव की थी।''

''बहरहाल फोन पर उसने आपको ये बात बताई थी?''

''हां। तुम क्यों ऐसे किसी शख्स की बाबत पूछ रहे थे?''

''क्योंकि . . . क्योंकि वो शख्स भी कातिल हो सकता है।''

''तुमने सवाल गलत जने से किया।''

''ऐसा?''

''हां। ये सवाल तुम्हें उदिता से करना चाहिये था जो कि एक संसद सदस्य की, एक नेता की बीवी है। किसी इलाके की कोई खास प्रस्तावित डेवलपमेंट गवर्नमेंट पॉलिसीज़ के तहत आती है और ऐसी पॉलिसीज़ की किसी एम.पी. से बेहतर जानकारी किसे हो सकती है!''

''बात तो आपकी ठीक है लेकिन जानकारी नहीं भी हो सकती।''

''नहीं हो सकती तो हासिल की जा सकती है। क्या मुश्किल है?''

''कोई मुश्किल नहीं।''

''अब सोचो, क्यों भला मिस्टर रहेजा को खरीद के काबिल प्रॉपर्टीज़ की बाबत टिप्स उदिता से हासिल होती नहीं हो सकती?''

''मेरे को तो ये भी मालूम नहीं था कि वो दोनों एक-दूसरे को जानते थे!''

''तुम्हें न मालूम होने से क्या होता है!''

''ठीक!''

''अब जबकि तुम ये कह के हटे हो कि मिस्टर रहेजा को वो टिप्स देने वाला शख्स भी कातिल हो सकता है तो बोलो उदिता के बारे में क्या कहते हो?''

''इस सिलसिले में'' – विकास सावधान स्वर में बोला – ''पुलिस की निगाहेकरम है तो सही उस पर।''

''मैंने सवाल पुलिस से नहीं किया, तुमसे किया है।''

''निझाला के इलाके में वाकया होने वाला'' – विकास पूर्ववत् सावधान स्वर में बोला – ''वो एक बहुत बड़ा प्रोजेक्ट है जिसकी इनसाइड इनफर्मेशन से करोड़ों के वारे-न्यारे मुमकिन हैं। ऐसे माल पर कोई ऐसा एम.पी. भी घात लगा सकता है जो कि खुद खुला खेल नहीं खेल सकता लेकिन किसी दूसरे को – पुखराज रहेजा जैसे को – आगे कर सकता है। पुखराज रहेजा एक घुटा हुआ प्रॉपर्टी डीलर और काइयां शख्स था। ऐसे शख्स से डबल क्रॉस की हमेशा ही उम्मीद की जा सकती है और डबल क्रॉस का नतीजा खून-खराबे से निकलना कोई बड़ी बात नहीं।''

''अभी जानते हो तुम क्या कर रहे हो?''

''क्या कर रहा हूं?''

''पत्नी की हिमायत करने के लिये, उस पर से फोकस हटाने के लिये, पति को बतौर कातिल प्रोजेक्ट कर रहे हो।''

''मैं सिर्फ एक सम्भावना व्यक्त कर रहा हूं।''

''तुम्हारा बीवी से अफेयर है?''

''बीवी से! कौन सी बीवी से?''

''लिहाजा कई बीवियों से अफेयर है!''

''आप किस बीवी की बात कर रही हैं?''

''मैं उदिता की बात कर रही हूं। बतौर कातिल उसके नाम पर गौर करने को तुम तैयार नहीं दिखाई देते तो इसकी कोई वजह होनी चाहिये। ऐसी एक वजह मैंने बयान की है।''

''ये बात नहीं है।''

''तो क्या बात है?''

''मैं उसकी कल्पना बतौर कातिल नहीं कर सकता।''

''बिल्कुल ठीक। लेकिन क्यों नहीं कर सकते? क्योंकि उसके लिये तुम्हारे मन में कोई सॉफ्ट कार्नर है। वो कातिल निकली तो तुम्हारा घाटा हो जायेगा।''

''क्या?''

''पटी-पटाई माशूक हाथ से निकल जायेगी।''

''क्या बात करती हैं! ऐसा कहीं होता है!''

''होता ही है।''

''आप भी कमाल की हैं। बात को कहां से कहां मोड़ दिया! मैं यहां ये दरयाफ्त करने आया था कि पुखराज रहेजा से आपके कैसे ताल्लुकात थे, अपने हस्बैंड से आपको कितनी मुहब्बत थी और क्या आप दोनों में से किसी की, या दोनों की, कातिल हो सकती थीं। वो बात तो मुझे याद ही नहीं आ रही कि कब पटरी से उतर गयी और कब ये नई ही कहानी शुरू हो गयी!''

''अब मेरे बारे में तुम्हारा फाइनल डायग्नोसिस क्या है?''

''कैसे होगा! डायग्नोसिस के लिये दरकार पड़ताल का मौका तो मुझे मिला ही नहीं!''

''क्या कसर रह गयी है? जो रह गयी है वो पूरी कर लो।''

''अब क्या फायदा! अब तो आप खबरदार हो गयीं! अब तो मरीज अपने

डॉक्टर से तथ्य छुपाने लग जायेगा और डॉक्टर के डायग्नोसिस को गलत कर देगा।''

''क्या मतलब हुआ इसका? ये कि मुझे धोखे से फंसाना चाहते थे? मुझे मुगालते में रखकर मेरे से कोई गलतबयानी कराना चाहते थे? अपनी माशूक को बचाने के लिये किसी बलि के बकरे की तलाश में निकले हो?''

''कैसी बातें करती हैं!''

''सच्ची बातें करती हूं। हो कौन तुम? क्या अथॉरिटी है तुम्हारी? तुम्हारे जैसे शख्स की हर बात मोटीवेटिड हो सकती है।''

''लेकिन है नहीं।''

''तुम इस बात से इनकार करते हो कि बतौर मर्डर सस्पैक्ट तुम्हारी निगाह मेरे पर है?''

''नहीं। लेकिन उसकी वजह है।''

''क्या वजह है? बताओ मुझे।''

''मेरा खयाल है कि कातिल कोई औरत है।''

''इस खयाल की वजह?''

''पहली तो ये है दोनों कत्ल बाईस कैलीबर की गन से हुए हैं जो कि जनाना हथियार माना जाता है। कातिल मर्द होता तो उसने कोई भारी गन इस्तेमाल की होती। दूसरी वजह परफ्यूम है।''

''परफ्यूम!''

''वो परफ्यूम जो सिर्फ औरतें इस्तेमाल करती हैं। मैंने जब यहां बैडरूम में आपके हस्बैंड की लाश बरामद की थी तो मुझे हवा में जनाना परफ्यूम की महक साफ महसूस हुई थी। किसी ने मेरे गैस्ट हाउस के सुइट की तलाशी ली थी तो तब वहां भी मुझे वही महक बसी हुई मिली थी।''

''आई सी।''

''इस वजह से मैं ये सोचने पर मजबूर हूं कि सब किया-धरा किसी औरत का है।''

''उदिता अटवाल के बारे में तुम्हें इनसाइड इंफर्मेशन है कि वो मर्द है। ठीक?''

''छोड़िये। वर्ना फिर तकरार शुरू हो जायेगी। बाई दि वे, हनीमून पर कहां गयी थीं?''

''इस बात का भी कत्ल से रिश्ता है?''

''मालूम नहीं। कोई ऐतराज है तो मत बताइये।''

''कोई ऐतराज नहीं। हम विश्व नगर गये थे और वहां मूनशाइन गैस्ट हाउस में ठहरे थे। और कुछ?''

''कुछ नहीं।'' – विकास उठ खड़ा हुआ – ''मैं जो जानना चाहता था, वो जान चुका हूं।''

''वाकई?''

''हां।''

''अब आगे क्या प्रोग्राम है?''

''आगे तो कातिल को थामने का ही प्रोग्राम है।''

''ये काम तुम करोगे?''

''हां।''

''बड़ा बोल बोल रहे हो!''

''हो सकता है। लेकिन सच में ऐसा है ये तो आने वाला वक्त ही बतायेगा। नमस्ते।''

वो फ्लैट से बाहर निकला, उसने अपने पीछे दरवाजा बंद किया, आवाज करते कदमों से सीढ़ियों की तरफ बढ़ा और फिर दबे पांव वापिस लौटा। दरवाजे पर पहुंचकर उसने नीचे झुककर की होल से कान लगाया।

''हल्लो।'' – उसे आलोका की संजीदा आवाज सुनायी दी – ''उदिता!''

सड़क पर पहुंचकर विकास ने एक पी.सी.ओ. बूथ तलाश किया जहां से टेलीफोन डायरेक्ट्री हासिल करके उसमें मूनशाइन गैस्ट हाउस, विश्व नगर की ऐंट्री तलाश की। जिस पेज पर वो ऐंट्री थी उसके निचले भाग पर गैस्ट हाउस का विज्ञापन छपा हुआ था जिसमें मोटे अंकों में उसका फोन नम्बर भी दर्ज था।

उसने उस नम्बर पर कॉल लगाई और जवाब मिलने पर मैनेजर से बात करने की इच्छा व्यक्त की। मैनेजर लाइन पर आया तो वो अधिकारपूर्ण में बोला – ''मैं राजनगर पुलिस हैडक्वार्टर से इंस्पेक्टर जिले सिंह बोलता हूं। ये इम्पोर्टेंट पुलिस इंक्वायरी है इसलिये ध्यान से सुनिये। अपना गैस्ट रजिस्टर चैक कीजिये और बताइये कि हाल में कब मिस्टर एण्ड मिसेज सतीश चावला आपके गैस्ट हाउस में ठहरे हुए थे? . . .हां, होल्ड करता हूं।''

उसे काफी देर होल्ड करना पड़ा।

शायद जहां मैनेजर था, वहीं गैस्ट रजिस्टर नहीं था।

आखिरकार आवाज आया और उसे वांछित जानकारी नोट करवाई गयी।

''अब ये बताइये कि क्या उन दोनों में से कोई बीच में अपना कॉटेज छोड़कर गया था? . . . ठीक है। थैंक्यू।''

उसने सम्पर्कविच्छेद कर दिया।

वो जाकर अपनी कार में सवार हुआ और नाक की सीध में निपन रोड पहुंचा।

जहां उसकी मंजिल गुलमोहर टावर्स, पेंटहाउस अपार्टमेंट ए थी।

मेन डोर पर पहुंचकर उसने कॉलबैल बजाने के लिये हाथ बढ़ाया तो वो रास्ते में ही ठिठक गया।

दरवाजा खुला था।

उसके पल्ले और चौखट में झिरी साफ़ दिखाई दे रही थी।

उसने हौले से दरवाजे को धक्का दिया तो वो निशब्द भीतर की तरफ सरकने लगा। दरवाजा इतना सरक चुका कि वो भीतर दाखिल हो पाता तो उसने हाथ खींच लिया। उसने भीतर नीमअंधेरे अपार्टमेंट में कदम रखा।

''हल्लो!'' – वो उच्च स्वर में बोला – ''कोई है?''

कोई जवाब न मिला।

''ऐनीबाडी होम?''

जवाब नदारद।

कहां थी उदिता!

फ्लैट यूं खुला क्यों पड़ा था?

जरूर किसी की – उदिता की! – लापरवाही का नतीजा था जो दरवाजा उसके पीछे लॉक नहीं हुआ था।

उसके लिये, उसकी वहां आमद के पीछे के मकसद के लिये, बहरहाल वो मुबारक मौका था।

वो मास्टर बैडरूम की तरफ बढ़ा जहां से कि इस बात की तसदीक हो सकती थी कि उदिता 'मिडनाइट पैशन' नाम का परफ्यूम इस्तेमाल करती थी या नहीं। उस घड़ी उसे नहीं मालूम था कि एक जोड़ी आंखें उसकी हर हरकत को नोट कर रही थीं।

वो एक भारी पर्दे की ओट लिये खड़ी थी और बिल्ली जैसी आंखों से विकास को ड्राईंगरूम लांघ कर मास्टर बैडरूम की तरफ बढ़ता देख रही थी।

मास्टर बैडरूम के दरवाजे पर विकास ठिठका फिर उसके दरवाजे को ठेल कर धीरे से भीतर दाखिल हुआ।

वो बैडरूम इतने ऐश्वर्यशाली ढंग से सजा हुआ था कि किसी फिल्म का सैट जान पड़ता था। सारे फर्श पर वॉल टु वॉल कार्पेटिंग थी, खिड़कियों पर डबल – जालीदार और शनील के – पर्दे थे और विशाल बैड कोई आठ फुट व्यास का गोल दायरा था जिस पर एक सफेद सिल्क की चादर थी और सिरहानों पर रंग-बिरंगे गिलाफ थे।

वो उस ऐश्वर्यशाली बैड पर उदिता के नग्न शरीर की कल्पना करने लगा और ये याद करके अपने साथ डंडी मारी गयी महसूस करने लगा कि वो औरत उसे वहां लाने की जगह ड्राईंगरूम के सोफे पर उसके साथ अभिसाररत हुई थी।

एक ओर तीन पल्लों में बंटे गोल शीशे वाली एक ड्रैसिंग टेबल थी जिस पर कुल जहान के कॉस्मैटिक्स और परफ्यूम दिखाई दे रहे थे।

वो उस टेबल पर पहुंचा, उसने परफ्यूम की एक शीशी उठाई और उसका ढक्कन उतारकर उसे सूंघा।

वैसे ही उसने बारी-बारी हर शीशी का मुआयना किया।

एक भी शीशी में वो परफ्यूम – मिडनाइट पैशन – नहीं था जिसकी एक शीशी उसकी जेब में मौजूद थी।

उदिता के पसंदीदा परफ्यूम में 'मिडनाइट पैशन' का शुमार नहीं था। न जाने क्यों उस रहस्योद्घाटन से उसने बड़ी राहत महसूस की।

वो बैडरूम से बाहर निकला। वहां से रुखसत पाने के लिए उसने ड्राईंगरूम में कदम रखा।

''नाहक जहमत की।'' – एक जनाना आवाज आयी – ''पूछते तो मैं ही बता देती कि मेरी परफ्यूम उदिता की ड्रैसिंग टेबल पर नहीं मिलने वाला था।''

''कौन?'' – विकास हकबकाया-सा दायें-बायें झांकता बोला।

''बैठ जाओ। पीछे दीवान है, उस पर। ताकि मुझे दिखाई देता रहे कि तुम कोई बेजा हरकत नहीं कर रहे हो।''

''कैसी बेजा हरकत?''

''कैसी भी। मेरे हाथ में गन है जिसको इस्तेमाल करने में मुझे कोई हिचक नहीं होने वाली।''

''कौन हो? कहां हो?''

''दीवान के बाजू में तिपाई पर पड़ा एक टेबल लैम्प है। उसे वहां से उठाओ और अपने पैरों के करीब फर्श पर रखो! चलो, जल्दी करो।''

उसने आदेश का पालन किया।

ये सोच के उसका कलेजा फुंक रहा था कि एक औरत उसे डिक्टेट कर रही थी, जो उसे दिखाई नहीं दे रही थी इसलिये कहना मुहाल था कि सच में उसके हाथ में गन थी या ब्लफ खेल रही थी।

''लैम्प का स्विच ऑन करो।''

''उसके लिये उठना पड़ेगा।''

''स्विच बोर्ड करीब ही है, वहां तक जा के वापिस लौटो। इतने के अलावा कुछ किया तो गोली।''

उसने उस आदेश का भी पालन किया।

यूं जो रोशनी कमरे में हुई वो या टेबल लैम्प के इर्द-गिर्द फर्श पर पड़ रही थी या छत की तरफ जा रही थी।

उस इंतजाम के तहत उस औरत से रूबरू होने पर भी वो उसकी सूरत न देख पाता।

लौटकर उसने बैठने की कोशिश न की।

''कौन हो?'' – वो बोला – ''सामने क्यों नहीं आती हो?''

''सोचो, कौन हूं! सूझा नहीं अभी तक?''

''एक फोन करने दो, फिर सोचने की जरूरत ही नहीं रहेगी।''

''नो फोन कॉल।'' – उसका स्वर कर्कश हो उठा – ''नो नथिंग। युअर टाइम इज अप।''

''क्यों?''

''क्यों? पूछते हो क्यों? क्योंकि मैं ऐसा कहती हूं। मैं कहती हूं तुम्हारा खेल खत्म तो तुम्हारा खेल खत्म।''

''तुम खुदा हो? लोगों की तकदीर लिखती हो?''

''तुम्हारे लिये तो हूं! तुम्हारी तो लिखूंगी!''

''जब खेल तुम्हारे हाथ में है तो उसका क्लाइमैक्स तो बताओ। और कुछ नहीं तो मरने वाले की आखिरी ख्वाहिश समझ कर बताओ। मुझे ये तक नहीं मालूम कि तुम कौन हो, लिहाजा तुम्हें क्या फर्क पड़ जायेगा?''

''इस वक्त नहीं मालूम है लेकिन एकाध दिन में जान जाने वाले थे, सब जान जाने वाले थे। मैं चांस नहीं ले सकती। मैं किसी भी वजह से तुम्हारा एण्ड डिले करना अफोर्ड नहीं कर सकती। मैंने बड़ी मेहनत से ईंट-ईंट करके अपने सपनों का महल खड़ा किया है। मैं तुम्हें उसको ढा देने का मौका नहीं दे सकती।''

''इतना तो कंफर्म करो कि मैं बिल्कुल ही अंधेरे में नहीं भटक रहा था, मैं सही राह आखिरकार लग चुका था और उसके सिरे पर पहुंचने ही वाला था!''

''उसके लिये कोई शाबाशी चाहते हो तो दी। और बोलो?''

''मेरी फ्रेंड शबनम को गैस से मारने की कोशिश तुमने की थी?''

''हां। क्या मुश्किल था! डोर-टु-डोर सेल्सगर्ल्स आज कल आम बात है। ऐसी मॉडर्न, फैशनेबल लड़की पैदा नहीं हुई जो फिफ्टी पर्सेंट डिसकाउंट पर मिलते ब्रांडिड कॉस्मैटिक्स का प्रलोभन छोड़ सकती हो।''

''तुमने उसकी कॉफी में नींद की गोलियां डाल दीं?''

''क्या मुश्किल काम था!''

"वो तुम्हें कॉफी न ऑफर करती तो?"

"तो मैं कुछ और करती। मसलन खुद ही किसी ठंडे-गर्म की मांग कर बैठती। गोली तो मैंने उसे खिला के रहना था। आखिर मैं वहां गयी किसलिये थी?"

"बाद में दोबारा भीतर कैसे दाखिल हुईं?"

"भीतर का लॉकिंग लीवर एक बार दबाने से लॉक होता है, दूसरी बार दबाने से रिलीज हो जाता है: फिर दबाओ तो लॉक हो जाता है, उसके बाद फिर दबाओ तो फिर रिलीज हो जाता है। दरवाजे पर मुझे रुखसत करने आते वक्त एक बार उसने उसे दबाया, एक बार उसकी आंख बचाकर मैंने दबा दिया। बस, इतनी सी बात थी।"

"लौट के आके किचन में गैस ऑन कर दी?"

"और क्या वो अपने आप ऑन हो गयी!"

"शुक्रवार रात को मेरे गैस्ट हाउस के सुइट में मेरे पर हमला किसने किया था? कौन मेरी ताक में भीतर छुपा बैठा था? कोई औरत तो नहीं थी मेरी हमलावर! कौन था?"

"राज।"

"राज! राज कौन?"

"तुम्हारे लिये पुखराज। पुखराज रहेजा।"

"तुम उसे राज बुलाती हो?"

"हां।"

"क्योंकि तुम उसकी माशूक हो! तुम्हारा ठोकू था वो?"

"शट अप!"

"क्यों किया उसने ऐसा?"

"तुम्हें खौफजदा करने के लिये। ताकि तुम्हें अपने काम से काम रखने का सबक मिलता।"

"उस मोटे, थुलथुल आदमी ने सोच कैसे लिया था कि वो मेरे से पार पा सकता था?"

"उसके पास लोहे की कीलें जड़ा पीतल का मुक्का था। एक हाथ ठीक पड़

जाता तो काम हो जाता तुम्हारा।''

''एक ही वार में खोपड़ी खोल दी, और क्या हाथ ठीक पड़ता?''

''भेजा बाहर न बिखरा।''

''मेरी कार में बारूद किसलिये लगाया गया था? वो भी मुझे खौफजदा करने के लिये? ठोकू का मुक्का न चला तो उसे बारूद की छड़ों का आइडिया आया?''

''वो आइडिया मेरा था और डराने के लिये नहीं, तुम्हें खत्म करने के लिये था। तकदीर वाले हो कि बच गये।''

''वो दोनों थे कौन जिन्होंने कार में बारूद लगाने का काम किया था? वो भी तुम्हारी फैन क्लब के मेम्बर थे?''

''मामूली मवाली थे, जो मामूली फीस पर वो काम करने को तैयार हो गये थे।''

''फीस क्या? बाइस्कोप खोल दिया था?''

''बकवास बंद।''

''तुम्हें अंदेशा नहीं कि पकड़े जायेंगे तो तुम्हारी पोल खोलेंगे?''

''नहीं पकड़े जायेंगे। बाहर से बुलाये थे। उस काम के बाद फौरन वापिस भेज दिये थे।''

''आई सी।''

''तुम बहुत खुशकिस्मत हो, मिस्टर विकास गुप्ता। कितनी बार जहन्नुमरसीद होने से बचे गये। परसों भी हमारे रास्ते क्रॉस हुए थे . . .''

''परसों! कब? कहां?''

''मुगलबाग में। दोपहर को। जब तुम अपनी फ्रेंड के साथ लंच के लिये निकले हुए थे। जब तुम सुनंदा के पीछे भागते हुए रेस्टोरेंट से बाहर निकले थे।''

''तुम्हें क्या मालूम मैं सुनंदा के पीछे था?''

''अंदाजा लगाया। तुम्हारे से जरा पहले वो भी तो वहां से यूं निकली थी जैसे भीतर भूत देख लिया हो!''

''तुमने उसे भी देखा था?''

''हां।''

''स्टिलेटो हील वाली लाल सैंडल पहने?''

''हां।''

''मुझे तो वो दिखाई दी नहीं थी?''

''क्योंकि वो रेस्टोरेंट से निकलते ही बगल के शू स्टोर में घुस गयी थी।''

''तुम कहां थीं?''

''मैं सड़क के पार फुटपाथ पर थी। मैंने तुम्हारी तमाम मशक्कत, तमाम भागदौड़ देखी थी। उस घड़ी मेरे पास साइलेंसर वाली गन होती तो मैं सरेराह तुम्हें गोली मार देती।''

''परसों रात मेरे सुइट का बुरा हाल भी तुमने किया था?''

''हां।''

''किस चीज की तलाश थी?''

''करारनामे की तीसरी कॉपी की तलाश में।''

''बाकी दो थीं तुम्हारे कब्जे में?''

''मैं हामी भरूंगी तो तुम समझ जाओगे मैं कौन हूं।''

''अब क्या फर्क पड़ता है जबकि तुम मेरी जान लेने पर आमादा हो!''

''ठीक!''

''और पर्दादारी का भी क्या फायदा?''

''ये भी ठीक!''

उसने भारी पर्दे की ओट से बाहर कदम रखा।

विकास को सिर्फ उसका आकार दिखाई दिया।

भरी भरी छातियां, पतली कमर, भारी कूल्हे!

सूरत, जैसा कि अपेक्षित था, उसे न दिखाई दी।

कौन?

कौन थी?

''उदिता!'' – एकाएक उसके मुंह से निकला।

वो हंसी।

''अच्छा!'' – फिर बोली – ''लगती हूं?''

''लगती तो हो लेकिन पूछने के अंदाज से जान पड़ता है कि नहीं हो।''

''मैं उसकी छोटी बहन हूं।''

फैमिली है ही नहीं। मां-बाप कब के मर खप गये, एक छोटी बहन है जो यहां राजनगर में ही रहती है।

''अगर तुम सच कह रही हो कि तुम उदिता की छोटी बहन हो तो उसके अपार्टमेंट में मेरा खून करने की नादानी किसलिये? तुम यकीनन नहीं चाहोगी कि कत्ल का शक तुम्हारी बहन पर किया जाये।''

''मैं ऐन यही चाहती हूं, ईडियट!'' – वो विषभरे स्वर में बोली – ''ऐन यही चाहती हूं कि तुम्हारे कत्ल का शक उदिता पर हो। इसीलिये मैंने तुम्हें यहां आने के लिये ये कहके उकसाया कि मिस्टर रहेजा को प्रॉपर्टी की खरीद के बारे में टिप्स कौन देता था, इस बाबत तुम्हें उदिता से पूछताछ करनी चाहिये थी और यहां ऐसा माहौल पैदा किया कि जब तुम यहां आते तो दरवाजा तो खुला होता लेकिन उदिता यहां न होती। मैं तुम्हें कहीं और भी शूट कर सकती थी लेकिन मेरी एडवांटेज इसी में थी कि तुम्हारी कत्ल हुई लाश की बरामदी यहां से, उदिता के इस फैंसी अपार्टमेंट से, होती।''

''ओह!''

''हमारे यहां अमूमन औरत को फांसी की सजा नहीं होती जो कि दुख की बात है।''

''अच्छा!''

''हां। इसीलिये पहले मैंने उसके कत्ल की कोशिश की . . .''

''क्या?''

''लेकिन उसकी जगह उसकी मेड रिम्पल मारी गयी।''

''क्या कह रही हो!''

''मुझे नहीं मालूम था उसके फैंसी बैडरूम के फैंसी बाथरूम के फैंसी बाथटब में मेड नहा रही थी। मैंने रोशनदान में से एक छड़ भीतर डाली थी और उसे पोर्टेबल टी.वी. की इलैक्ट्रिक वायर से उलझाकर टी.वी. को पानी में गिरा दिया था। खत्म!''

''तौबा!''

''लेकिन अच्छा ही हुआ कि उदिता उस रोज न मरी वर्ना हमें करारनामे की ओरीजिनल कौन देता! और ये कौन बताता कि उसकी एक कॉपी अरुण निझावन के पास उसके ऑफिस में थी!''

''आई सी।''

''मिस्टर रोमियो, अब तसव्वुर करो ग्लैमरस मिसेज उदिता अटवाल का जेल की सलाखों के पीछे जहां शानदार ड्रैसें न होंगी, विलायती कास्मैटिक्स न होंगे, फेबुलस हेयर स्टाइल्स न होंगे। स्टिलेटो हील वाली सैंडलें न होंगी, रेशम-रेशम जिस्म जैसे रेशमी अंडरगारमेंट्स न होंगे। कुछ होगा तो बोरी जैसी जेल की वर्दी होगी, बिखरे रूखे बाल होंगे, उजड़ी सूरत होगी और मुस्तकबिल का गहरा काला अंधेरा होगा।''

''तुम अपनी बहन पर ये जुल्म ढाओगी?''

वो हंसी।

''क्यों अपनी मांजायी से तुम्हें नफरत है?''

''तुम मर्द हो, तुम इन बातों को नहीं समझोगे।''

''समझा के देखो, शायद समझ जाऊं।''

वो दो कदम आगे बढ़ी।

उसकी सूरत उसे तब भी दिखाई न दी लेकिन हाथ की हरकत की वजह से उसमें थमी गन उसे साफ दिखाई दी जो कि अब उसकी तरफ तनी हुई थी।

बाईस कैलीबर की खिलौने सी गन!

''ये'' – वो बोला – ''वही फेमस गन है न, जो पहले दो कत्लों की वजह बन चुकी है?''

''अब तीन की। मरने के लिये तैयार . . .''

तभी एकाएक कोई बड़ी सी चीज हवा में लहराती आयी और उसके कंधे से टकराई। उसके मुंह से एक घुटी हुई चीख निकली, उस चीज के वेग से उसका जिस्म एक झटके से थोड़ा फिरा।

विकास ने उस पर छलांग लगा दी। दोनों के जिस्म टकराये, एक-दूसरे में

उलझे विकास का एक हाथ उसके गन वाले हाथ पर पड़ा, दूसरे हाथ का एक वजनी घूंसा उसने उसके मुंह पर रसीद किया। उसका जिस्म पीछे को उलटा तो वो भी उसके साथ उसको लिये-लिये फर्श पर ढेर हो गया। वो तड़पने लगी, हाथ-पांव झटकने लगी, खाली हाथ से उसका मुंह नोचने लगी लेकिन पकड़ गोली लगी बांह की होने के बावजूद उसने उसका गन वाला हाथ न छोड़ा।

तभी युवती ने अपने तीखे दांत उसकी गर्दन में धंसा दिये। वो तड़प गया। उसने खाली हाथ से उसके बाल थामकर उन्हें जोर से झटका दिया तो गर्दन में धंसे दांत वहां से अलग हुए। बाल उसने फिर भी न छोड़े। वो बालों को थामे-थामे उसके सिर को जोर-जोर से फर्श से टकराने लगा और तब तक ऐसा करता रहा, जब तक उसका जिस्म निश्चेष्ट न हो गया।

हांफता हुआ वो उस पर से उठा।

तब कहीं जाकर उसे उसकी शक्ल दिखाई दी।

वो भौंचक्का रह गया।

आलोका!

''आलोका!'' – दरवाजे पर से उदिता ने आर्तनाद किया – ''आलोका! हे भगवान! अरे, इसे उठाओ।''

विकास ने उसे उठाकर दीवान पर डाला। उसने टेबल लैम्प को भी वापिस तिपाई पर रखा।

उदिता दीवान के करीब पहुंची। कुछ क्षण वो डबडबाई आंखों से अपनी बहन को देखती रही, फिर हौले से उसके पहलू में दीवान पर बैठ गयी। उसने दोनों हाथों में उसका एक हाथ थाम लिया और कांपती आवाज से बार-बार उसका नाम पुकारने लगी।

विकास ने खुद जाकर किचन तलाश की, वहां फ्रिज में से पानी की एक बोतल निकाली और लौटकर बोतल उदिता को थमाई।

उदिता ने सिर उठाकर उसकी तरफ देखा, हौले से सहमति में सिर हिलाया और फिर बहन के मुंह पर पानी के छींटे मारने लगी, उसे पानी पिलाने की कोशिश करने लगी।

उसे होश आया। आंखें फड़फड़ाकर एक बार उसने अपने आजू-बाजू देखा और फिर बड़े यत्न से उठकर बैठी।

फिर उसकी निगाह उदिता से मिली।

''तुम!'' – वो बोली – ''यहां क्या कर रही हो?''

''मैं यहां क्या कर रही हूं!'' – उदिता के मुंह से निकला – ''लगता है अभी पूरी तरह से होश में नहीं आयी हो! या होश में हो लेकिन दिमाग हिल गया है। अरे, तुम बताओ, तुम यहां क्या कर रही हो! और ये सब क्या है?''

''उदिता, आई एम सॉरी। बस, मैं और कुछ नहीं कह सकती।''

''कह सकती भी तो क्या कहतीं? तुमने तो अति कर दी!''

''कुछ कह नहीं सकती हो'' – विकास शुष्क स्वर में बोला – ''तो कुछ बता तो सकती हो! ये बताओ, उदिता को पुखराज रहेजा से तुमने मिलवाया था?''

''भाड़ में जाओ।''

''तुम बताओ'' – वो उदिता की तरफ घूमा – ''इसके जरिये तुम रहेजा से मिली थी?''

''हां।'' – उदिता बोली – ''काफी टाइम पहले इसी ने मुझे रहेजा से इन्ट्रोड्यूस करवाया था।'' – वो फिर बहन की तरफ घूमी – ''ये क्या किया तूने? क्यों किया?''

''क्यों किया मैंने!'' – आलोका गुस्से से बोली – ''मेरी रिच बिच सिस्टर! मेरी महलों की राजकुमारी! ये तू पूछ रही है?''

''मेरी बहना, मेरा जो कुछ है, वो सब तेरा है। तूने मेरी ज्वेलरी, कोई कीमती पोशाक, इस्तेमाल करना चाही तो क्या मैंने इनकार किया?''

''नहीं।'' – आलोका विषभरे स्वर में बोली – ''दरियादिली दिखाई। एकाध बार कोई जेवर, कोई पोशाक पहनने देकर हातिम की कब्र पर लात मारी। दया भाव दिखाया, जो कोई किसी मंगते के लिये दिखाता है। जैसे देहात में औरतें किसी को घघरी पहनने के लिये देती हैं तो साथ में दस हिदायत देती हैं, उसके बाद में बोलती हैं, जरा सम्भाल के बैठ, हर चीज ऐसे दी। तोड़ न देना! मरोड़ न देना! खराब न कर देना! दाग न लगा देना! मसका न देना! मांगे की चीज क्या

अपनी हो जाती है! लौटानी पड़ती है। तू तो अपनी उतरन भी लौटाने की हिदायत के साथ मुझे सौंपती थी! आजिज आ गयी थी मैं तेरी इन बातों से। जी चाहता था कि मुझे तेरी कभी शक्ल दिखाई न दे। आज मेरा ये अरमान पूरा हो भी गया होता अगरचे कि मैंने इसे देखते ही गोली मार दी होती। मैं इस कमीने का गेम न समझी कि ये मेरे पर झपटने का कोई मौका ताड़ने के लिये मुझे बातों में लगा रहा था। कितनी अच्छी पोजीशन में थी मैं! किसी को मेरे बारे में कुछ पता नहीं था, किसी को मेरे पर कोई शक तक नहीं था।''

''तुम्हारी खामखयाली है ये।'' – विकास दबे स्वर में बोला – ''खुशफहमी है।''

''क्या! क्या बोला?''

''मुझे तो तभी तुम पर शक हो गया था जब मेरी सुनंदा से बात हुई थी। उसने मुझे बताया था कि चावला की बीवी के – जो कि तुम हो – बाल घुंघर वाले थे और हल्की भूरी रंगत के थे लेकिन मैं जब पहली बार तुमसे मिला था तो तुम्हारे बाल स्ट्रेट थे और स्याह काले थे। जाहिर था कि काले बाल विग था जो कि तुमने खास मेरी खातिर लगाया हुआ था। क्यों लगाया हुआ था? क्या जरूरत थी? जिस औरत को मैंने पहले कभी देखा ही नहीं था, उसको यूं अपना हुलिया तब्दील करने की क्या जरूरत थी? लेकिन जरूरत थी। जरूरत ये थी कि तुम नहीं चाहती थीं कि तुम दोनों बहनों में जो समानता थी, जो फैमिली रिज़ेम्बलेंस थी, उसका मुझे अहसास होता। कहो कि मैं गलत कह रहा हूं?''

वो खामोश रही।

''लेकिन दूसरी बार जब मैं बिना खबर किए तुम्हारे फ्लैट पर पहुंच गया तो तुम्हें पहली बार वाली तब्दीलियां खुद में लाने का मौका न मिला और मैंने तुम्हारी वो सूरत देखी जो कि तुम छुपाने की कोशिश कर रही थीं। तब फौरन मुझे अहसास हुआ कि वो सूरत देखी-भाली थी। क्योंकर देखी-भाली थी! क्योंकि वैसी ही सूरत तुम्हारी बहन की थी'' – उसने उदिता की तरफ देखा – ''उदिता की थी। फिर जब तुमने बड़ी शिद्दत से मेरे शक की सूई अपनी बहन की तरफ

मोड़ने की कोशिश की तो मैं सब कुछ समझ गया। सब कुछ न भी समझ गया तो तुम्हारा किरदार तो बराबर समझ गया।''

''मैं अभी भी कुछ समझ नहीं पा रही हूं।'' – उदिता बोली।

''अभी सब समझ जाओगी। तुम अपनी बहन से हर वो बात करती थीं जो तुम्हारा एम.पी. पति, नेता पति, तुमसे करता था?''

''करती तो थी!''

''ऐसी बातों में ये बात भी शामिल थी कि निझाला गांव के इलाके में आइन्दा दिनों में भारी डेवलपमेंट होने वाली थी क्योंकि उधर रिलायन्स का बड़ा प्रोजेक्ट आ रहा था और सरकार बदल जाने के बाद उधर रोड कंस्ट्रक्शन का जो काम ठण्डे बस्ते में डाल दिया गया था, उसे सरकार फिर शुरू करवाने जा रही थी?''

''हां।''

''ये एक ऐसी खुफिया जानकारी थी जो किसी आम आदमी को नहीं थी लेकिन पुखराज रहेजा को थी जो कि चुपचाप उधर निहायत सस्ते दामों पर बेतहाशा प्रॉपर्टी खरीदने लग गया था। कैसे थी? क्योंकि वो जानकारी इसने, तुम्हारी बहन ने, उस तक पहुंचाई। क्यों पहुंचाई? उसी तक क्यों पहुंचाई? क्योंकि ये रहेजा की कीप थी।''

''शट अप!'' – आलोका भड़क कर बोली।

''सॉरी! सखी थी। बिजनेस एसोसियट थी। तुम्हारे जरिये जो नायाब जानकारी इसे हासिल थी, उसे ये खुद कैश नहीं कर सकती थी क्योंकि प्रॉपर्टी में इनवेस्ट करने के लिये दरकार सरमाया इसके पास नहीं था। इसलिये इसने रहेजा का दामन थामा। रहेजा तो था ही इस धन्धे में, उसे फौरन वो बात जंच गयी, फौरन कबूल हो गयी। उस सिलसिले में इसका हासिल क्या था, ये तो ये ही जाने अलबत्ता इतनी इसके बिना बताये भी मुझे गारन्टी है कि इसने बारगेन में कोई कसर नहीं छोड़ी होगी और डील आखिर इसकी पसन्द की ही हुई होगी। अब अहमतरीन सवाल ये है – जो कि मैं इसी से पूछता हूं'' – विकास आलोका की तरफ घूमा – ''कि क्यों तुमने अपने हस्बैंड का और पुखराज रहेजा का कत्ल

किया? बोलो, क्यों किया?''

''क्यों बोलूं?''

''क्योंकि'' – उदिता बोली – ''मैं भी जानना चाहती हूं। मेरी बहना जिस हालत में इस घड़ी तू है, उसमें चुप रहना बेमानी है।''

''अभी भी बड़ी बहन का हुक्म ही मानूं?''

''दरख्वास्त! रिक्वेस्ट!''

''ठीक है। सुनो। सुनना ही चाहती हो तो शुरू से सुनो। मेरी शह पर जमीन की खरीद के सिलसिले में रहेजा ने जो अभियान शुरू किया था, उसमें ये निहायत जरूरी हो गया था कि वो जमीन उसकी मिल्कियत के दायरे में जरूर आती जिस पर कि पैट्रोल पम्प खड़ा था और जिसका ओरीजिनल ओनर जगन तिवारी नाम का शख्स था। रहेजा ने जब उससे बात की तो उसने पम्प बेचने से इनकार कर दिया। इनकार की वजह ये नहीं थी कि वो उसे बेचना नहीं चाहता था, बल्कि ये थी कि रहेजा को नहीं बेचना चाहता था क्यों? रहेजा से उसे कोई जाती खुन्दक थी। तब मैंने सतीश को जगह के मालिक जगन तिवारी से मिलवाया और उस पर जाहिर किया कि मेरी सतीश से शादी ही इसलिये रुकी हुई थी कि सतीश का कोई स्टेडी सोर्स ऑफ इंकम नहीं था जो कि पैट्रोल पम्प की खरीद के बाद बन सकता था। मैंने उसे ये बात ऐसे जज्बाती ढंग से सरकाई कि वो मेरे साथ जज्बाती हो गया और सतीश को पम्प बेचने को तैयार हो गया।''

''खरीद के लिये'' – विकास बोला – ''पैसा रहेजा ने दिया?''

''जाहिर है। और कौन देता? पैसा मेरे पास रखा था या सतीश के पास रखा था?''

''ठीक।''

''एक करारनामे के तहत रहेजा ने सतीश को पैट्रोल पम्प खरीदने के लिये दरकार रकम, साठ लाख रुपये, दी। करारनामा क्या कहता था, तुम्हें मालूम ही है।''

''आगे?''

''जगन तिवारी को किसी तरीके से मालूम पड़ गया कि उसके साथ धोखा हुआ था, पैट्रोल पम्प का मालिक अन्त पन्त रहेजा ही था जिसकी कि जात से उसे नफरत थी। वो सतीश का पैसा उसे लौटाने की और पम्प वापिस हासिल करने की जिद करने लगा जो न कबूल की जाने की सूरत में राजनगर पुलिस के इकोनॉमिक ऑफेंसिज विंग में जाने की धमकी देने लगा। वहां से इंक्वायरी शुरू होती तो वो सतीश और रहेजा दोनों पर भारी पड़ती। सतीश से ये जवाब देते न बनता कि पम्प पर इनवेस्ट करने के लिये साठ लाख रुपया उसके पास कहां से आया! वो बेनामी की खरीद साबित होता तो रहेजा टैक्स इंक्वायरी के लपेटे में आ जाता।''

''इसलिये जगन तिवारी का मुंह बन्द करना जरूरी हो गया?''

''हां। रहेजा के कहने पर सतीश ने पिछले सोमवार को उसे पम्प पर बुलाया जहां रहेजा के आदमी संजय चकोर ने उसका कत्ल कर दिया। यहां फच्चर ये पड़ा कि तुमने वो कत्ल होता देख लिया।''

''फिर भी ये एक्सट्रीम स्टैप लेने की क्या जरूरत थी?''

''क्योंकि जगन तिवारी के साथ धोखे के बाद और धोखा भी तो हुआ?''

''और धोखा?''

''हां।''

''वो क्या?''

''उसकी रकम भी तो हड़पी गयी!''

''क्या!''

''रहेजा ने सतीश को कहा कि वो आगे जगन तिवारी को कहे कि वो पैट्रोल पम्प उसे लौटाने को तैयार था, वो लिखा-पढ़ी के कागज़ात और अदा की गयी पूरी रकम लेकर पम्प पर पहुंचे।''

''तुम ये तो नहीं कहना चाहती हो कि कत्ल से पहले उससे वो रकम भी झटक ली गयी?''

''यही तो किया गया! इसीलिये तो कत्ल जरूरी था!''

''ओह!''

''उस वाकये के बाद ही तो मुझे अहसास हुआ कि सतीश भी कोई कम पहुंचा हुआ नहीं था, घात-प्रतिघात के थोड़े बहुत वो गुण उसमें भी थे जो कि रहेजा में बहुतायत में थे। तब मुझे लगा कि उस पर परमानेंट कब्जा बनाकर रखने का वक्त आ गया था।''

''कब्जा कैसे बनाया?''

''एक ही तो तरीका था! शादी कर ली।''

''फिर?''

''फिर सुनन्दा अपने पति के खिलाफ हो गयी।''

''क्यों?''

''क्योंकि तुम्हारी वजह से – या तुम्हारे हाथों, असलियत तो तुम ही जानो – संजय चकोर मारा गया। ये बात किसी को मालूम नहीं थी कि संजय चकोर सुनंदा का सीक्रेट ब्वाय फ्रेंड था, सुनंदा उससे पूरी तरह से फिट थी, उस पर जान छिड़कती थी। उसने चकोर की मौत के लिये अपने पति को – रहेजा को – जिम्मेदार ठहराया और उससे बदला उतारने की ठान ली।''

''कैसे उतारा?''

''शुरुआत उसे माली झटका देकर की। उसने सतीश के करारनामे की ओरीजिनल अपने पति के पास से चुराई और उसे इस शर्त के साथ सतीश को सौंप दिया कि हम लोग शहर छोड़कर किसी नामालूम जगह के लिये कूच कर जायें। उसने करारनामे की उस एक कॉपी का भी भेद सतीश को दिया जो कि रहेजा के वकील अरुण निझावन के ऑफिस में उपलब्ध थी। एक, तीसरी, कॉपी शुरू से सतीश के पास थी। वो तीनों दस्तावेज – एक ओरीजिनल और दो कॉपियां – नष्ट हो जातीं तो रहेजा सतीश को कभी अपने साठ लाख रुपये का देनदार साबित न कर पाता, कानूनन सतीश ही पैट्रोल पम्प का मालिक माना जाता।''

''ये चोट पहुंचाई'' – उदिता के मुंह से निकला – ''सुनंदा ने अपने पति को?''

''हां।''

''तुम लोग शहर से गायब हो जाने को तैयार हो गये?''

''सुनंदा की वो शर्त थी इसलिये होना ही था।''

''उसकी शर्त क्यों थी?''

''मेरे खयाल से जो कदम उसने चुना था, उसकी उसे दहशत भी थी। जरूर वो समझती थी कि अगर सतीश गायब हो जाता तो एक बड़ा बखेड़ा होने से बच सकता था।''

''खून खराबा हो सकता था?''

''क्यों नहीं! रहेजा कैसा आदमी था, ये क्या किसी से छुपा था!''

''ठीक!''

''उसी ने सुझाया था कि कहीं निकल लेने का हमारे पास बहाना भी था। हमारी ताजी-ताजी शादी हुई थी। हमारा हनीमून पर जाना स्वाभाविक था। नहीं?''

''हां।''

''बहरहाल'' – विकास तनिक उतावले स्वर में बोला – ''तुम लोग शहर से गायब हो जाने को तैयार हो गये?''

''मैं ऐसा जरूरी नहीं समझती थी। हम पम्प बेचकर यहीं बने रह सकते थे, रहेजा पम्प को कभी अपनी मिल्कियत साबित नहीं कर सकता था।''

''वो फौजदारी पर उतर सकता था।''

''उसकी मजाल नहीं हो सकती थी।''

''क्योंकि तुम उसकी . . . खैर जाने दो। तुम अपनी वजह बताओ।''

''हम भी तो उसकी पोल खोल सकते थे कि जगन तिवारी का कत्ल उसने करवाया था! और ऐसा इन्तजाम भी कर सकते थे कि हमारा मुंह बन्द करने के लिये भी वो वैसा ही कोई तरीका अख्तियार न कर पाता।''

''बात तो तुम्हारी ठीक है!''

''असल में सतीश डर गया था। ऊपर से जो पैसा उसके हाथ लग गया था, यानी कि साठ लाख रुपया जो जगन तिवारी से वापिस झटका गया और पांच लाख रुपया जो उसे बेनामी के पम्प का खरीदार बनने की फीस के तौर पर मिला

था, वो ही उसे अपनी औकात से बाहर लग रहा था।''

''लेकिन तुम्हें नहीं?''

''हां, मुझे नहीं। पम्प की बिक्री से हासिल होने वाली रकम को मैं छोड़ने को तैयार नहीं थी क्योंकि, मैंने पहले ही बोला, वो सेफ रकम थी।''

''फिर?''

''विश्व नगर के मूनशाइन गैस्ट हाउस के कॉटेज की तनहाई में सतीश को रहेजा का खौफ सताने लगा। डर अपनी जगह होता है, डर का मुकाबला एहतियात से किया जा सकता है लेकिन वो तो दहशत महसूस करने लगा, सोच-सोच के साइकिक हो उठा कि उसने रहेजा जैसे आदमी को डबल क्रॉस किया था। नतीजतन वापिस लौटने की और रहेजा से सुलह की जिद पकड़ने लगा। कहने लगा पैसा भी लौटा देगा, करारनामा भी लौटा देगा। मैंने उसे बहुत समझाया लेकिन वो न माना। मुझे गैस्ट हाउस में छोड़कर वो यहां के लिये रवाना हो गया, मैं चुपचाप उसके पीछे लगी। हमारे फ्लैट में एक आखिरी बार मैंने उसे फिर समझाया, उसने तब भी अपनी जिद न छोड़ी तो मैंने . . .''

वो खामोश हो गयी।

उदिता का शरीर जोर से कांपा, उसने अपनी बहन की तरफ यूं देखा जैसे वो कोई अजूबा हो।

''रहेजा के साथ क्या हुआ?'' – विकास ने पूछा।

''उसने कई तरीकों से अपनी मौत खुद बुलाई।'' – आलोका बोली – ''उसने हमारे फ्लैट की निगरानी के लिये अपना एक आदमी लगाया हुआ था जिसने मुझे सतीश को शूट करते तो न देखा लेकिन इतना बराबर भांप गया कि वो काम मेरे अलावा किसी का नहीं हो सकता था। उसने रहेजा को रिपोर्ट दी तो रहेजा को लगा कि वो मुझे ब्लैकमेल करके सब कुछ वापिस हासिल कर सकता था। मैंने फिफ्टी-फिफ्टी की पेशकश की जो उसने ठुकरा दी। मैंने कहा वो सिर्फ पैट्रोल पम्प मेरे पास रहने दे, उसे वो भी कबूल न हुआ। आखिरी पेशकश मैंने ये ही की कि वो मुझे अपने बिजनेस में नॉमिनल अमाउन्ट का, दस पर्सेंट का पार्टनर बना ले, उसे उस बात पर गौर करना भी गवारा न हुआ। मैंने उस पर

गन तानी तो वो हंसने लग गया, मेरी खिल्ली उड़ाने लग गया; बोला, चूहा मार के मैं समझने लगी थी कि मैं शेर भी मार सकती थी। फिर गन मेरे से छीनने की कोशिश की। तब मैं क्या करती? मैंने घोड़ा खींच दिया।''

''दो कत्लों से आयी दिलेरी को अब यहां इस्तेमाल करना चाहा, मेरे भी कत्ल का मंसूबा बना लिया!''

''मेरी मजबूरी थी। इससे पहले कि तुम असलियत भांप पाते, तुम्हें खत्म करना जरूरी था।''

''तुम्हारी असलियत तो मैं पहले ही भांप चुका था।''

''क्या!''

''कल तुम्हारे फ्लैट में अपने पहले फेरे के दौरान मैंने तुम्हें परफ्यूम की शीशी दिखाई थी तो शीशी देखते ही – बिना उसका लेबल पढ़े, बिना उसको परखे तुमने कह दिया था कि वो 'मिडनाइट मैलोडी' था और कहने जा ही रही थी कि वो परफ्यूम तुम्हारा था कि ठिठक गयी थीं।''

''नॉनसेंस!''

''ये भी नॉनसेंस कि अखबार में उस शख्स का नाम नहीं छपा था जिसने कि रहेजा की लाश बरामद की थी। लेकिन तुमने मुझे साफ कहा था कि लाश उदिता अटवाल ने बरामद की थी?''

उसे जैसे सांप सूंघ गया।

''तुम्हारी बहन एम.पी. की, एक बड़े नेता की बीवी है, पुलिस से इस बाबत खास दरख्वास्त की गयी थी कि वो इसका नाम अखबार में न उछाले। वो दरख्वास्त कबूल हुई थी, नाम अखबार में नहीं छपा था। तुमने अखबार देखा ही नहीं था, देखा होता तो ये बात तुम्हें मालूम होती। अखबार पढ़े बिना भी अगर तुम्हें मालूम था कि लाश उदिता ने बरामद की थी तो इसका साफ मतलब है कि तुम मौकायवारदात के आसपास कहीं मौजूद थीं, तुमने उदिता की चीख सुनी थी और उससे समझा था कि कोठी के भीतर गयी वो लाश से दो-चार हो चुकी थी। अब बोलो कहां थीं तुम?''

उसने उत्तर न दिया।

''मेरे खयाल से अभी कोठी के भीतर ही थीं। तुम वहां से रुखसत होने ही वाली थीं कि मैं और उदिता मेरी कार पर वहां पहुंच गये थे। तुमने उदिता को स्टडी में जाते देखा था, तब तुम्हें पिछवाड़े से निकल लेने का मौका मिला था, तुमने रास्ते में उदिता की चीख सुनी थी जो स्थापित करती थी कि लाश बरामद हो चुकी थी।''

वो खामोश रही।

''एक और झूठ तुमने ये बोला था कि सुनंदा ने तुम्हें फोन किया था जबकि वो ऐसी जगह थी जहां से कि वो तुम्हें फोन कर ही नहीं सकती थी। वो यहां से बहुत दूर नूरपुर में अपने पति के याट पर थी जहां कि फोन उपलब्ध नहीं था और जहां से बाहर उसने कदम नहीं रखा था क्योंकि उसका मिशन वहां छुपके रहना था। जो औरत इतनी शिद्दत से कहीं छुप के बैठी थी, वो क्यों तुम्हें फोन करेगी और बतायेगी कि वो कहां थी!''

वो बगलें झांकने लगी।

''और इस बात की भी कोई कम अहमियत नहीं कि आज मेरे तुम्हारे फ्लैट से रुखसत होते ही तुमने उदिता को फोन लगाया था। बाहर दरवाजे के की होल में कान लगाकर मैंने साफ तुम्हें फोन पर उदिता का नाम लेते सुना था।'' – वो उदिता की तरफ घूमा – ''कैसे इसने तुम्हें फ्लैट से बाहर किया?''

''फोन पर बोला'' – उदिता धीरे से बोली – ''कि ये फौरन मेरे से मिलना चाहती थी, जिन्दगी मौत का सवाल था, मैं फौरन रूपनगर इसके फ्लैट पर पहुंचूं।''

''ठीक। तुम्हें रूपनगर रवाना करके ये खुद यहां पहुंच गयी। मेरे से आगे-आगे ही ये यहां पहुंची और किसी तरह से मेनडोर खोलकर भीतर आ छुपी। इसी वजह से मुझे मेनडोर खुला मिला था।''

खामोशी छा गयी।

कितनी ही देर उस खामोशी में कोई विघ्न न आया।

आखिरकार उदिता ने फिर आलोका का हाथ अपने हाथ में ले लिया और भावुक स्वर में बोली – ''तू कैसी भी है, मेरी बहन है। तूने कुछ भी क्यों न किया

हो, तेरी रक्षा करना मेरा फर्ज है। मेरी बहना, तू बिल्कुल फिक्र न कर, मैं तेरी रक्षा करूंगी।''

''अब मेरी रक्षा कोई नहीं कर सकता।'' – आलोका दबे स्वर में बोली।

''मैं करूंगी। तू देखना।''

''कुछ करना चाहती है तो वो काम कर जो तू कर सकती है।''

''क्या?''

''मेरा हाथ यूं ही थामे रह।''

''वो तो मैं थामे हूं।''

''कस कर।''

''ये ले।''

''अब दूसरे हाथ से टेबल लैम्प में से उसका बल्ब निकाल।''

''क्या?''

''बल्ब निकालकर तिपाई पर रख।''

''अब?''

''अब बल्ब की जगह अपनी उंगली डाल।''

''क्या? पागल हुई है?''

''कहना मान। मेरी आखिरी ख्वाहिश समझ कर ये काम कर। ईश्वर तुझे इसका फल देगा।''

''तेरा . . . तेरा दिमाग हिल गया है।''

''मेरा हाथ न छोड़, मेरी बड़ी दीदी, मेरा हाथ न छोड़।''

''मैं . . . मैं ये काम नहीं कर सकती।''

''तो मैं करती हूं। साथ चल . . . साथ चल कि हसरतें दिलेमहरूम से निकलें।''

आलोका ने एकाएक बला की फुर्ती दिखाई, वो उठकर बैठ गयी, झपटकर उसने एक हाथ से उदिता की कलाई थामी, उसे फौलाद की तरह जकड़ा और दूसरा हाथ टेबल लैम्प के होल्डर में डाल दिया।

विकास स्विच बोर्ड की तरफ झपटा।

लेकिन जब तक उसने बोर्ड पर से टेबल लैम्प का स्विच आफ किया, तब तक बिजली के झटके से दोनों बहनों के प्राण पखेरू उड़ चुके थे।

खलनायिका जिन्दगी के आखिरी क्षण तक खलनायिका ही रही थी।

उपसंहार

पुलिस आयी।

बाईस कैलीबर की जो गन आलोका के हाथों फिर मौत उगलने को आमादा थी, उसको बैलेस्टिक्स एक्सपर्ट के हवाले किया गया जिसने अपनी जांच के बाद रिपोर्ट दी कि उसी गन से निकली गोलियां सतीश चावला और पुखराज रहेजा के जिस्मों से निकाली गयी थीं। वो तथ्य और आलोका का मौत से पहले का इकबालिया बयान, जिसका विकास जामिन था, पर्याप्त सबूत थे कि उन दो कत्लों के लिये आलोका जिम्मेदार थी।

शुक्रवार को इंस्पेक्टर जिले सिंह ने सहज ही ये सम्भावना व्यक्त की थी कि दूसरी हमलावर – जिसने कि मंगलवार रात को मिसेज सिम्पसन के गैस्ट हाउस में विकास पर दो गोलियां चलाई थीं – सम्भवत: संजय चकोर की माशूक थी जो कि यूं उसकी मौत का बदला लेना चाहती थी। वो नहीं जानता था – न कभी जान सका – कि उसकी बात कितनी सच थी।

रहेजा के पी.डी. दीपक पसारी ने और उसके कैरियर तपन घोष ने विकास गुप्ता को लेकर बहुत होहल्ला मचाया लेकिन जब उन्हें अहसास हुआ कि रहेजा की मौत के बाद अब सुनन्दा रहेजा रहेजा प्रॉपर्टीज की मालकिन थी, वो उनके होहल्ले से अप्रसन्न थी जिसकी वजह से दीपक पसारी को रहेजा प्रॉपर्टीज से सालाना फीस पर हुआ करार खत्म हो सकता था और तपन घोष को नौकरी से बरखास्त किया जा सकता था तो उन दोनों का उस बाबत जोशोखरोश झाग की तरह बैठ गया।

सुनंदा ने विकास गुप्ता पर ये खास मेहरबानी की थी – जो पुलिस इंस्पेक्टर जिले सिंह चाहकर भी न कर पाता – जिसके लिये विकास उसका वैसा शुक्रगुजार

हुआ, जैसा उसकी पसन्द था।

उस सिलसिले में कोई घाटे में रहा तो मनोहर लाल जिसने बेतहाशा मार तो खाई ही और शहरबदर हुआ सो अलग। दूसरे, जाली नोटों के नुकसान को भी वो नुकसान ही मानता था क्योंकि फ्री में तो वो भी नहीं आते थे। फिर भी वो खुश था कि उसके राजनगर लौट आने में अब कोई प्रॉब्लम नहीं थी।

शबनम को हीरे का क्लियर प्रॉफिट हुआ जिसकी बाबत कि कहीं से, कभी कोई सवाल न हुआ। पैट्रोल पम्प की मिल्कियत को लेकर सतीश चावला के भांजे अखिलेश ने खूब हाय-तौबा मचाई लेकिन जब सुनन्दा ने उसकी खामोशी को दस लाख रुपये में खरीदने की पेशकश की तो वो खुशी-खुशी बिक गया। जगन तिवारी से ठगा गया साठ लाख रुपया न कभी किसी जिक्र का मुद्दा बना, न कभी वो रकम बरामद हुई; पता नहीं सतीश चावला – या आलोका – उसे कहां गर्क कर गया था! अगर वो रकम अमानत के तौर पर किसी के हवाले थी तो उसे वसूलने वाला कोई नहीं था, लिहाजा ऐसे किसी शख्स के लिए 'छप्पर फटा था'।

उदिता, जो अपना नाम अखबार में आने के इतना खिलाफ थी, मर जाने के बाद बमय तसवीर हर अखबार के फ्रंट पेज पर दिखाई दी। अखबार में उसकी तसवीर देखकर चन्द्रा दवे ने विकास पर अपना विचार प्रकट किया कि वो स्टिलेटो हील वाली लाल सैंडलों वाली वो औरत जान पड़ती थी जिसने विकास पर गोलियां चलाई थीं लेकिन गनीमत थी कि ऐसा उसने विकास के सामने ही किया। उसने पुलिस को उस बाबत कोई बयान देने की बाबत न सोचा तो इसकी काफी हद तक वजह ये थी कि वो इंस्पेक्टर जिले सिंह के तब के व्यवहार से नाखुश थी जबकि वो उसका बयान लेने के लिये उससे मिला था और उसने हर बात को वल्गराइज़ करने की कोशिश की थी।

वो आठ दिन कत्लों का एक अनोखा सिलसिला था जिसमें हर कातिल उजागर था लेकिन सजा पाने की स्थिति में नहीं था। जगन तिवारी के कातिल संजय चकोर का खुदाई इंसाफ हुआ था कि वो अपने ही हाथों अपना ही चाकू अपने सीने में उतार बैठा था और सतीश चावला, पुखराज रहेजा और उदिता

की मेड रिम्पल की कातिला आलोका चावला ने भी अपना इंसाफ खुद करने को तरजीह दी थी लेकिन बहन उदिता के साथ 'हम तो डूबेंगे सनम तुमको भी ले डूबेंगे' जैसी हरकत करके अपनी जिन्दगी के आखिरी लम्हों में भारी नाइंसाफी भी की थी।

समाप्त